StarTrek Botschaft für Raumschiff »ENTERPRISE«

M. S. Murdock *Das Netz der Romulaner*

John M. Ford *Der letzte Schachzug*

Zwei Romane in einem Band

WILHELM HEYNE VERLAG
MÜNCHEN

HEYNE ALLGEMEINE REIHE
Nr. 01/9744

Umwelthinweis:
Dieses Buch wurde auf
chlor- und säurefreiem Papier gedruckt.

Printed in Germany 1996
Quellenverzeichnis: s. Anhang
Umschlagillustration: Cintron/Pocket Books
Umschlaggestaltung: Atelier Ingrid Schütz, München
Gesamtherstellung: Ebner Ulm

ISBN 3-453-09267-8

M. S. MURDOCK

DAS NETZ DER ROMULANER

KAPITEL 1

Die Luft war dunkel und schwer, beladen mit dem Duft exotischer, honigsüßer Blüten. Eine Laterne warf ihr rauchiges Licht durch den Raum, doch gelangte es nicht in die schattigen Ecken. Kostbare Gobelins bedeckten die Wände, auf denen Kampfszenen abgebildet waren mit schreienden Reitern, im Wind wehenden Bannern, alten Waffen und zertrampelter Erde, die mit dem Blut der Verwundeten bedeckt war. Lederbezogene Möbel, primitiv in ihrer schweren Eleganz trotz der reichen Schnitzereien und vergoldeten Verzierungen, füllten den Raum wie eine Versammlung prähistorischer Tiere. Die Tür besaß einen Rahmen, auf dem fantastische Tiere einander in einem endlosen Rennen jagten. Ein schwarzer Holzboden glänzte vor Politur und reflektierte alles, was darauf stand. Überall im Raum gab es Dekorationsgegenstände: ein Weinkelch aus klarem Glas stand auf einem Tisch; kreisförmig angeordnete Säbel hingen an der Wand wie ein Rad mit unzähligen Speichen; ein Schatz von juwelengeschmückten goldenen Skulpturen stand auf den Möbeln.

Beute, dachte S'Talon. Dies war alles andere als der Raum eines Kriegers. Eines Drachen vielleicht, der auf seinem Schatz hockte. Ja, eines Drachen, dachte er, als er in die Augen des Praetors blickte.

Der Praetor saß in dem größten Sessel. Er war ein gutaussehender schwerer Mann, dessen löwenhafte Gesichtszüge allmählich von seinem ausschweifenden Leben gezeichnet würden. Silbriges Haar umrahmte das Gesicht in kurzen eleganten Locken. Die Hände, von Ringen überladen, ruhten auf den Enden der Armlehnen, gesenkten Eidechsenköpfen, die aus schwarzem Holz geschnitzt waren. Er saß bequem zurückgelehnt, doch lag keine Entspannung in seiner Haltung. S'Talon sah, wie sich eine Hand des Praetors um die geschnitzte Lehne krampfte. Die Klaue des Drachens war geschlossen, bereit zum Zuschlagen.

»... deshalb, S'Talon, sind Sie ausgewählt worden.«

Wie er es befürchtet hatte. Wieder einmal wurde ihm gütigerweise Gelegenheit zum Sterben geboten.

»Es ist eine einmalige Chance.« Gier glitzerte in den halb von den Lidern verdeckten Augen. »Wenn Sie dem Imperium gut dienen, wird es sich Ihnen dankbar zeigen. Das Risiko ist groß, S'Talon, doch der Lohn ist noch größer. Gehen Sie mit dem Segen des Imperators.«

Den werde ich auch brauchen, dachte S'Talon, als die salbungsvolle Stimme des Praetors verstummte.

»Ich fühle mich geehrt, mein Praetor«, sagte er steif.

Der Praetor neigte leicht den Kopf, als S'Talon salutierte und den Raum verließ. Er lächelte amüsiert, da er die hilflose Wut der Commanders erkannt hatte. S'Talon war ein bohrender Dorn in seiner Seite. Offen gesagt: Er konnte den Burschen nicht ausstehen. Adel ärgerte ihn, und in diesem Fall doppelt, weil er echt war. Doch die Gelegenheit stieg empor, wie Öl zur Wasseroberfläche emporsteigt. Mit S'Talons Ernennung hatte er die Lösung für mehr als ein Problem gefunden. Dieses Unternehmen war notwendig und überaus gefährlich. Falls S'Talon durch irgendein Wunder doch überleben sollte, würde sein schon jetzt überentwickelter Ruf zwar noch mehr wachsen... doch er würde nicht überleben. Trotzdem aber war es nicht klug, ihn bei der Durchführung einer so wichtigen Aufgabe ohne Überwachung zu lassen. Er war zu intelligent, um berechenbar zu sein.

Das leise Geräusch des Türdrückers rief den Praetor zu der unmittelbar anstehenden Aufgabe zurück.

»Tritt ein, Neffe!« sagte er in die Schatten, und ein hochgewachsener, schlanker junger Mann trat hinter einem Gobelin hervor. Trotz der eleganten Form seiner Tunika und des Stils, mit dem er sie trug, lag ein gefährlich brutaler Ausdruck um seinen Mund, der den Genuß verriet, andere zu verletzen – wie der eines Wiesels, das Hühner jagt.

»Der alte S'Talon ist so wütend, daß er jemandem den Kopf abreißen könnte«, bemerkte er.

»Dann paß nur auf, daß es nicht der deine ist«, sagte der Praetor hart. »Es ist niemals klug, einen Kampf zu provozieren, wenn der andere stärker ist als du. Ich schicke dich zu S'Talon, um ihn zu beobachten, nicht um eine Meuterei anzuzetteln. Sieh mich nicht so frech an. Bei diesem Auftrag erhältst du mehr Macht, als du verkraften kannst. Gebrauche sie klug... oder du stirbst.«

»Ich nicht, Onkel. Das Schicksal lächelt mir zu.«

»Es wird dir aber weiterhin nur zulächeln, wenn du dich an meine Befehle hältst. Die Überwachung S'Talons muß genau und geschickt durchgeführt werden. Er wird wissen, daß er beobachtet wird. Also begeh keinen Fehler. Wenn du leichtsinnig bist, wird er dich an den Daumen aufhängen lassen.«

»Das möchte ich sehen!«

»Ich auch«, murmelte der Praetor.

»Was hast du gesagt?«

»Hmmm, ich sagte, es würde ihm schlecht bekommen, wenn er das versuchte. Du bist schließlich mein Neffe. Es bleibt jedoch Tatsache, daß er es versuchen könnte, wenn er entsprechend provoziert wird, und wahrscheinlich mit Erfolg.«

»Niemals! Meine Position...«

»Deine Position ist im Raum kaum von Bedeutung. Sowie du unter S'Talons Kommando stehst, können deine politischen Verbindungen dich nicht mehr schützen. Praktisch liegt dein Leben in seiner Hand. Und wenn du es noch ein wenig behalten willst, so mußt du meine Befehle ausführen!«

Der Praetor sah, wie sein Neffe diese sehr unwillkommene Information aufnahm. Mit einer lässigen Handbewegung wischte er die düsteren Prophezeiungen seines Onkels beiseite.

»Ich werde mit S'Talons Kopf und mit seinem Ruhm zurückkehren...«

»Nein! S'Talon mag altmodisch und auf eine oft weichliche Art freundlich sein, doch darf man ihn nicht unterschätzen. Er hat ein scharfes Auge für Verrat und einen militärischen Ruf, um den er von allen anderen Soldaten des Imperiums beneidet wird. Aber er ist berüchtigt für seinen Hang zur Unabhängigkeit. Falls also S'Talon von dem Kurs abweichen sollte, den ich ihm vorgezeichnet habe, will ich das wissen.«

»Aber, Onkel, ich habe dich schon oft seinen Namen verfluchen hören. Es wäre doch recht praktisch, wenn er einen Unfall hätte... oh, vielleicht bei der Überprüfung eines Triebwerkes...«

»Schluß mit diesem dummen Gerede! S'Talon ist zumindest eine bekannte Größe in der Gleichung. Du wirst ihn beobachten und berichten, das ist alles. Und hüte dich, zu versagen, Livius. Denn wenn du mich enttäuschen solltest, wirst du dir wünschen, dich nur dem Zorn des Commanders ausgesetzt zu sehen.«

Die Stimme des Praetors war hart geworden, und seine Augen unerbittlich. Die Farbe wich aus dem Gesicht des jungen Mannes, als er die Arme zum romulanischen Gruß vor der Brust kreuzte.

»Ja, mein Praetor. Es wird getan werden, wie du es befiehlst.«

»Wir wollen es hoffen«, sagte der Praetor warm.

Die Centurion erhob sich, als S'Talon aus dem Zimmer des Praetors trat. Sie bemerkte das schwarze Feuer in seinen Augen und die verknoteten Muskeln am Hals. Verhaltene Wut knisterte in jeder seiner Bewegungen.

»Das Schiff wartet, Commander«, begann sie, doch S'Talon stürmte an ihr vorbei durch den matt erleuchteten Korridor, ohne ihr zu antworten. Mit weit ausgreifenden Schritten eilte er über den gefliesten Boden, und die wütende Präzision hallte von den Wänden des Korridors wider. Die Centurion mußte laufen, um mithalten zu können. Wortfetzen eines furiosen Monologs klangen in ihr Ohr wie ein seit langem erwartetes Finale.

»... Selbstmord!... Wenn er auf die Warnungen gehört

hätte... aber nein!... zu selbstherrlich, um sich darum zu kümmern!... erst als er seinen Favoriten verlor, begann er, auf andere zu hören! Und jetzt verlangt er von mir, daß ich ein Schiff in den sicheren Tod führe – für seinen Ruhm! Wir werden sehr bald alle tot sein...«

Die Stimme erstarb zu einem leisen Knurren, als der Commander sich dem Tor des Palastes näherte. Er erwiderte den Gruß des Postens wortlos und ohne seinen Schritt zu verlangsamen. Die Centurion folgte ihm. Als S'Talon an ihrem geparkten Air-Car vorüberschritt, seufzte sie. Sie würde zurückkommen und ihn holen müssen.

Sie gingen durch gewundene Straßen, und sie versuchte die Leere der Stadt nicht zu sehen. Das Verderben war über die Hauptstadt hereingebrochen, und die Tore waren seit langem geschlossen, die Bevölkerung evakuiert. Die wenigen Zurückgebliebenen waren elend und hoffnungslos. Es wurde behauptet, daß der Praetor eine solche Furcht vor ihnen hatte, daß er seinen Palast nicht mehr verließ.

Überall auf ihrem Weg starrten die Häuser aus blinden Fenstern auf sie herab. Wo einst das sanfte Licht von Solar-Paneelen geschimmert hatte, herrschte jetzt Dunkelheit. Die Stadt war ausgehöhlt, wirkte wie eine große Harfe, deren Saiten abgeschnitten worden waren. Ihr hölzerner Rahmen war lediglich ein Versprechen von Melodien, die verklungen waren und die dereinst wieder erklingen würden. Ohne die Vibration des Lebens war sie eine traurige Ruine. Die Centurion hatte das Gefühl, von einem Skelett beobachtet zu werden, dessen grinsende Kiefer und blicklose Augen ihr mit prophetischer Gewißheit nachstarrten. Sie erschauerte und schloß unwillkürlich zu S'Talon auf.

Sie überquerten eine mit Kopfsteinen gepflasterte Straße am Rand eines älteren Wohnviertels. Die blaugrünen Kronen von Bäumen hingen über den Gehsteig. Die Häuser waren aus gegossenem Stein erbaut und zeigten einfache, klare Formen. Sie reflektierten die Einfachheit eines alten Lebensstils, der unter dem Joch der Gier rasch unterging, welche die Regierungspolitik des Praetors war. Das Vergehen des Ideals der Einfachheit und Selbstbeschränkung des Kriegers wurde nicht nur von denen betrauert, die es zu seiner Glanzzeit erlebt hatten, sondern auch von den Jungen, die nach Identität suchten. Nur noch in Offizieren von der Statur eines S'Talon lebte dieses Ideal weiter, doch gab es wenige wie ihn.

Die Centurion war tief in Gedanken versunken, als S'Talon so plötzlich stehenblieb, daß sie fast in ihn hineingelaufen wäre. Sie wies sich innerlich für ihre Unaufmerksamkeit zurecht und reckte sich auf die Zehenspitzen, um S'Talon über die Schulter zu blicken. Der Verursacher ihres Fast-Zusammenstoßes stand ruhig hinter einer Gartenhecke und stutzte sie, doch als S'Talon in respektvollem Schweigen vor ihm stehenblieb, richtete er sich auf und blickte ihn mit kurzsichtigen Augen an. Ein warmes Lächeln zog über sein vornehmes Gesicht.

»S'Talon, mein Junge!«

S'Talon schlug die Hacken zusammen und grüßte durch eine knappe, höfliche Verbeugung. Die Centurion, überrascht, daß ihr Vorgesetzter in einem so vertraulichen Ton angesprochen wurde, verneigte sich ebenfalls.

»Sieh mal an! Wir haben uns recht lange nicht gesehen. Was führt Sie zu mir?«

»Offen gesagt, Sir, bin ich wutgeladen und hoffte, mich durch körperliche Bewegung abreagieren zu können, um dadurch die Stabilität der Logik wieder zu erlangen. Ich wußte zwar, daß Sie in diesem Teil der Stadt leben, hatte jedoch angenommen, Sie hätten sie mit allen anderen verlassen.«

»Warum? Ich bin ein alter Mann. Was habe ich zu befürchten? Selbst vom Tod? Er ist nie mein Freund gewesen, denn sonst wäre ich im Dienst an meinem Volke gestorben, anstatt den Rest meiner Tage wie ein nutzloses Unkraut zu vegetieren. Nein, ich habe keinen Grund fortzugehen.«

Der alte Mann starrte in S'Talons Gesicht. »Kommen Sie näher, mein Junge. Meine Augen sind nicht mehr die besten.«

Als S'Talon näher trat, zogen sich die schrägstehenden weißen Brauen des alten Mannes in einem Stirnrunzeln zusammen.

»Sie sagten, daß Sie wütend seien, S'Talon, und ich sehe, daß dem so ist. Wut steht wie ein Stempel in Ihrem Gesicht. Darf ich fragen, was der Grund dafür ist?«

S'Talons Gesicht verdüsterte sich noch mehr, doch er antwortete nicht, und der alte Mann lachte leise.

»Dieser Narr von einem Praetor!«

S'Talons Wut wurde von Besorgnis verdrängt. »Sir, Sie müssen auf Ihre Worte achten. Das wissen gerade Sie doch besser als jeder andere.«

»Wie ich Ihnen sagte, S'Talon, habe ich keinen Grund zur Furcht mehr. Ich habe alles verloren bis auf mein Leben, und das schätze ich nicht sehr hoch ein.« Er schnitt S'Talons Protest mit einer Handbewegung ab. »Ich nehme an, daß Sie dazu auserwählt worden sind, das Problem zu lösen, das wir haben.«

»Problem, Sir?« Es war ihm streng verboten, von seinem Auftrag zu sprechen, und der Praetor hatte seine Spione an allen Orten. Er durfte sich durch seinen Respekt für diesen Mann nicht zu unüberlegten Äußerungen hinreißen lassen.

»Stellen Sie sich doch nicht dumm!« Die trüben Augen flammten für Sekunden auf, zeigten die Gewohnheit des alten Mannes zu befehlen. »Aber ich vermute, Sie müssen es, genau wie auch ich es zu meiner Zeit mußte. Vielleicht hat das Schicksal Sie heute hierhergeführt. Ich kenne Ihre Stellung in der Flotte. Ich habe mich immer für den Verlauf Ihrer Karriere interessiert. Für eine lange Reihe von Jahren unterstand schließlich das Imperium meiner Verantwortung.« Er lächelte. »Alte Gewohnheiten sterben schwer. Ich habe mich über bestimmte wichtige Angelegenheiten ständig auf dem laufenden gehalten und mir einen gewissen Einfluß auf solche bewahrt, die erwartungsgemäß die Geschicke des Imperiums beeinflussen könnten.«

»Warum aber haben Sie mich ausgewählt?« fragte S'Talon verbittert.

»Weil Sie eine Bastion der alten Ordnung sind. Schon darin sind Sie einmalig. Das macht Sie sowohl zu einem Symbol als auch zu einem Stolperstein. Es ist offensichtlich, daß der Praetor Sie beseitigen will, doch auf eine Weise, daß Sie zum Märtyrer seiner Sache werden und nicht zur Standarte einer Rebellion.« Der alte Mann machte eine Pause, als er einen unbeherrschten Ausdruck der Wut in S'Talons Augen aufblitzen sah. »Wer also muß sich jetzt in acht nehmen?« fragte er dann. »Es war unvermeidlich, daß Sie die Hauptfigur im Spiel des Praetors wurden, doch selbst er kennt nicht die Rolle, die Sie bei den bevorstehenden Ereignissen spielen werden. Er hat einen Fehler begangen. Obwohl er Ihre militärischen Fähigkeiten und Ihr Ehrgefühl richtig erkennt, hat er keine Ahnung von der Flexibilität und von der Stärke Ihrer Treue dem gegenüber, was Sie Ihrer Treue für wert erachten. In dieser Hinsicht bin ich ihm gegenüber im Vorteil, aber schließlich sind wir beide aus demselben Holz geschnitzt, S'Talon.«

»Sie machen mir damit ein sehr großes Kompliment, Sir.«

»Unsinn. So war es nicht gemeint. Es ist lediglich eine Feststellung von Tatsachen. Ich sehe auch andere Tatsachen. Meine Augen mögen zwar trübe geworden sein, doch mein Geist ist klar, klarer denn je zuvor. Uns droht die Vernichtung. Ich weiß das, und wenn meine Einschätzung Ihrer Person richtig ist, dann wissen Sie das auch. Sie werden der Schlüssel sein. Manchmal hängt das Überleben der größten Tierart völlig davon ab, daß ihr schwächstes Mitglied in einer Notsituation stark bleibt. Ich kann Ihnen nicht raten, was Sie tun, welchen Weg Sie wählen, welche Methoden Sie anwenden sollen, doch kann ich Ihnen eines sagen: Fürchten Sie sich nicht, Ihrem Instinkt zu folgen, und lassen Sie Ihr Urteilsvermögen nicht von Stolz behindern. Ich habe mich beider Vergehen schuldig gemacht, also spreche ich mit der Weisheit der Erfahrung.«

»Falls es so gewesen sein sollte, so habe ich nie etwas davon bemerkt.«

»Sie sind sehr freundlich zu einem alten Mann, S'Talon, aber Sie sind trotz allem auch sehr unhöflich. Wer ist dieses auffallend hübsche Wesen, das so geduldig hinter Ihnen steht?«

S'Talon fuhr zusammen und trat einen Schritt zur Seite. »Meine Centurion, Sir. Centurion, dies ist der Oberkommandierende der Flotte, Tiercellus.«

Die Centurion wollte salutieren, doch Tiercellus winkte ab.

»Nicht nötig, meine Liebe. Ich bin schon so lange pensioniert, daß ich kaum noch weiß, wie ich diese Höflichkeit erwidern muß. S'Talon hat leider vergessen, mir ihren Namen zu nennen.«

»Ich heiße S'Tarleya, Sir.«

»So. Wenn S'Talons Job schwierig ist, so ist der Ihre sogar noch schwieriger. Sie müssen darauf achten, daß der Schlüssel nicht zerbrochen wird. Er hat bereits genügend Feinde, die ihm nach dem Leben trachten, entweder aus Eifersucht oder weil er ihren politischen Einfluß gefährdet. Und seine Position als Sündenbock – ja, so müssen wir sie nennen – macht ihn doppelt verwundbar. Ihre Aufgabe ist es, ihn am Leben zu erhalten.«

In Tiercellus' befehlsgewohnter Stimme erkannte sie den Flottenchef. Es war nicht ein gebrechlicher alter Mann, sondern ein vorgesetzter Offizier, der ihr auftrug, S'Talons Leben zu schützen. Sie richtete sich auf, akzeptierte nicht nur sein Vertrauen, sondern auch die Furcht, vor der sie vorher weggelaufen war.

»Sein Leben ist das meine«, sagte S'Tarleya ruhig.

»Dann ist es sicher«, antwortete Tiercellus. Der altmodische Treueid, mit dem S'Tarleya ihm geantwortet hatte, schien ihm zu gefallen.

S'Talons dunkle Augen waren unlesbar, als er die Centurion und seinen früheren Kommandeur anblickte. Er hatte das Gefühl, daß ihm irgend etwas entgangen war. Die beiden zeigten eine Übereinstimmung, die sich nicht nur auf Worte beschränkte. Trotzdem, Worte waren es, mit denen er zu tun hatte. Tiercellus' Beurteilung der Situation war beängstigend richtig.

»Ihre Worte waren nicht gerade beruhigend für mich«, sagte er. »Sie sind dünne Seile, die von einem verlorenen Mann zum anderen führen, zu schwach, um das Gewicht eines jeden von ihnen zu tragen.«

»Wie recht Sie haben, S'Talon, doch sind sie alles, was ich zu geben habe: Warnungen, die in einen starken Sturm geworfen werden.« Er lächelte. »Es würde mich nicht überraschen, wenn sie mir ins Gesicht zurückgeschleudert würden. Doch bin ich dankbar für die Gelegenheit, sie aussprechen zu dürfen. Es ist alles, was mir verblieben ist: meine Erfahrung. Sie ist ein kleiner Beitrag zu unserer Sache, ein formeller Widerstand gegen den Tod, der mir angeblich so willkommen ist. Wir sind sehr komplizierte Kreaturen, nicht wahr?«

S'Talon nickte.

»So kompliziert, daß wir nicht fähig sind, mit den einfachsten Problemen fertig zu werden«, antwortete er.

Tiercellus hob die Brauen in stummer Frage.

»Leben und Tod. Unser Leben besteht aus nichts anderem, doch unsere Fähigkeit, beides zu ignorieren, ist erstaunlich. Wir verschleiern sie mit Ritualen und Philosophien, um zu vermeiden, mit ihnen konfrontiert zu werden, doch letztlich sind sie die beiden einzigen Themen, über die nachzudenken sich lohnt.«

»S'Talon, Sie sprechen wie ein alter Mann! Und das ist doch eigentlich *mein* Vorrecht.«

»Ich muß zugeben, daß ich mich auch wie ein alter Mann fühle.«

»Die Last der Verantwortung. Und doch würden Sie sie nicht für alle Schätze des Imperiums abwerfen.«

Etwas von der Verbitterung wich aus S'Talons Augen, als er das Verständnis Tiercellus' begriff.

»Ich weiß, daß Sie es nicht wollten. Genausowenig wie ich damals. Doch irgendwann kommt die Zeit, da man sie einem anderen abtreten muß. Wenn ich heute zurückblikke, so glaube ich, daß die Erkenntnis dieser Notwendigkeit der schlimmste Augenblick in meinem Leben war.«

»Muß ich also aufgeben? Die Art der Romulaner aufgeben?«

»Niemals. Aber... es mag eine Zeit kommen, wo Ihr Verstehen nicht ausreicht. Doch in solchen Situationen kommt oft Hilfe aus den unwahrscheinlichsten Quellen.«

»Und sollte ich auf sie achten?«

»Wenn Sie das nicht tun, so sind Sie nicht mehr der Mann, den ich einst kannte. Wenn Sie beginnen, sich vor sich selbst zu fürchten, dann ist alles verloren. Meine jahrelange Erfahrung sagt mir, daß Sie zum Angelpunkt geworden sind, um den herum das Imperium sich bewegt. Leben oder Tod – Sie haben es selbst gesagt. Ich glaube, daß Ihr Handeln das Schicksal Romulus' und seiner Kolonien entscheiden wird.«

»Das ist ein zu schweres Gewicht, um auf die Schultern eines einzigen Mannes gelegt zu werden.«

»S'Talon, ich tue das nur, weil ich glaube, daß Sie es tragen können, und weil es lebensnotwendig ist, daß Sie verstehen, welche Konsequenzen Ihr Handeln hat.«

Tiercellus hob stolz den Kopf, und seine Züge zeigten jetzt den Ausdruck von Mut, der dem romulanischen Raubvogel eigen ist.

»Ich bin Roumulaner. Ich habe mein Leben dem Dienst am Imperium gewidmet. Ich werde nicht überleben, doch das Imperium muß überleben. Es muß noch größerem Ruhm neu geboren werden. S'Talon, ich glaube nicht, daß wir uns wiedersehen, doch ob Sie leben oder sterben – tun Sie es mit der Ehre, die einer edlen Rasse würdig ist. Leben Sie wohl.«

Den militärischen Gruß, den Tiercellus vorher abgelehnt hatte, vollzog er jetzt mit einer Eleganz, die langer Praxis entstammte. Von seiner Seite war er eine Segnung, ein Geschenk des Respekts. Als S'Talon ihn erwiderte, kroch ein Gefühl von Trauer in sein Herz, wie dumpfer Nebel.

»Leben Sie wohl«, antwortete er.

Die Centurion salutierte dem alten Mann ebenfalls, der in seinem Garten stand wie ein Denkmal vergangener Zeiten, und folgte dann ihrem Commander die Straße entlang, während sie über das recht ungewöhnliche Gespräch nachdachte. Obwohl sie nur wenig davon begriffen hatte, war ihr doch deutlich geworden, daß ihr dadurch eine klare Verpflichtung auferlegt worden war. Im Romulanischen Imperium gab es sonst nichts, was klar war. Ausflüchte und Betrug waren das Normale. Klar und deutlich seine wahren Absichten darzulegen, war undenkbar, obwohl es, wie S'Tarleya überlegte, einst Teil jener Tradition gewesen sein mochte, die S'Talon und Tiercellus so gut verstanden. Auf jeden Fall konnte sie ihr Wort nicht zurücknehmen. Und sie wollte es auch nicht.

Am Eingang eines abgeschiedenen Parks blieb S'Talon stehen und wandte sich zu ihr um.

»Ich werde nicht lange bleiben, Centurion«, begann er, doch sie unterbrach ihn.

»Commander, ich bin seit vielen Jahren Ihr Adjutant. Ich hoffe, daß Sie jetzt meine Hilfe annehmen. Es wird nie wieder eine so verzweifelte Situation geben.«

»Sie wissen also um die Bedeutung dessen, was geschieht?«

»Ja. Es hat da verschiedene Hinweise gegeben, obwohl der Rat sich alle Mühe gegeben hat, die Gefahr zu verharmlosen.«

»Es ist also allgemein bekannt?«

»Nein. Selbst von unserer Besatzung ahnen nur wenige die Wahrheit. Ich war eine Weile beunruhigt, gebe ich zu, doch da meine Reaktionen instinktiv, emotional waren, habe ich sie beiseite geschoben. Bis jetzt.«

»Tiercellus hat sehr klar gesprochen, nicht wahr?«

»Ja. In dem Augenblick, als er von der unmittelbar bevorstehenden Gefahr sprach, wußte ich, daß er die Wahrheit sagte.«

S'Talon nickte.

»Seine Ansicht deckt sich so vollkommen mit der meinen, daß ich ihre Wahrheit akzeptieren oder aber meine eigene Erkenntnis umkehren muß. Ihre Instinkte haben sich als richtig erwiesen, Centurion, und in diesem Konflikt könnten sie Ihnen sehr zustatten kommen. Ich möchte vorschlagen, daß Sie ihnen Beachtung schenken.«

»Ich denke, daß wir jede Waffe benutzen müssen, die uns zur Verfügung steht.«

S'Talon seufzte.

»Es ist eine Falle, und wir sollen als Köder benutzt werden. Das ist es, was mich so wütend macht. Ich werde Sie nicht bitten, mich in den sicheren Tod zu begleiten...«

»Sie brauchen mich nicht zu bitten. Sie wissen, daß ich gehen werde... ob ich den Befehl dazu erhalte oder nicht.«

Ein rebellischer Unterton lag in den Worten der Centurion, und S'Talon lächelte matt.

»Es scheint keine Hoffnung zu geben, keine Möglichkeit, dieses Monster zu besiegen. Trotzdem aber werden wir es versuchen und uns mit allen Mitteln bemühen zu überleben. Ich werde Ihre Hilfe brauchen.«

»Selbstverständlich, Commander.« Und unhörbar setzte sie hinzu: Ich könnte gar nicht anders.

»Sie sind meine rechte Hand, Centurion«, sagte er und blickte auf ihr dunkles Haar hinab.

»Ich werde Sie jetzt der Ruhe des Parks überlassen. Wenn Sie bereit sind... die *Raptor* ist startklar. Sie hat zusätzlichen Treibstoff aufgenommen.«

»Es ist Selbstmord, Centurion. Das ist alles, was ich Ihnen sagen kann, nicht mehr.«

»Der Tod ist besser als ein Leben ohne Sinn oder Hoffnung«, antwortete sie leise.

»Umarmen Sie den Tod nicht so leidenschaftlich«, wies er sie zurecht. »Ich werde bald an Bord kommen. Inzwischen haben auch Sie Zeit, Ihre Vorbereitungen zu treffen, doch achten Sie darauf, Centurion, daß niemand den Zweck dieses Flugs auch nur ahnt.«

»Mein Eid heißt Gehorsam«, antwortete sie und salutierte ihrem Commander.

S'Talon erwiderte ihren Gruß mit einer Wärme, die er nur selten gegenüber seinen Offizieren fühlte. Loyalität war ein sehr seltenes Geschenk und er kannte seinen Wert besser als jeder andere. Tiercellus hatte S'Tarleya dazu gebracht, sich offen zu einer Treue zu bekennen, die sie seit Jahren empfand. Jetzt hatte sie sein Leben über das ihre gestellt. Sie war ein guter, sogar ein brillanter Offizier. Zum ersten Mal fiel S'Talon ein, daß sie längst befördert werden sollte, daß sie Kommandant eines Schiffes sein sollte. Er fragte sich, ob ihr die Abneigung des Praetors ihm gegenüber Hindernisse in den Weg legte. Falls sie zurückkommen sollten, würde er dafür sorgen, daß sie versetzt wurde, auf einen Posten, wo die politischen Verbindungen ihres Commanders mehr den Vorstellungen des Praetors entsprachen. Jetzt aber war er ihr sehr dankbar. Nach Tiercellus war sie der anständigste Mensch, den er kannte. Er blickte der Centurion nach, als sie eine baumbestandene Allee entlangging. Als sie um eine Ecke bog und für ihn außer Sicht war, trat eine dunkle Gestalt hinter einem Baumstamm hervor und heftete sich ihr an die Fersen. Spione. Überall Spione. Doch zu weit entfernt, um ihr Gespräch abgehört zu haben. Der auf ihn angesetzte Spion wartete sicher hinter einem anderen Baum.

S'Talon setzte sich seufzend. Die Schultern sanken ihm unter der Last der Gedanken herab. Er wollte nicht sterben. Es war unlogisch, unter solchen Umständen am Leben zu hängen. Selbst wenn sie durch irgendein Wunder erfolgreich sein sollten, würde das nachfolgende Leid größer sein, als er ertragen konnte. Von allen Seiten von Verrat und Betrug umgeben, bespitzelt und ausgenutzt... er war des Ganzen müde. Und jetzt dieser aussichtslose Auftrag! Selbst wenn das Imperium überleben sollte, er würde seine Crew in den sicheren Untergang führen. Er rebellierte.

Die Leute, die mit ihm dienten, waren die besten, die das Imperium aufzubieten hatte. Sie würden sterben, damit der Praetor und seinesgleichen überlebt, um ein neues Imperium zu errichten, noch egoistischer und tyrannischer als das letzte, da Generation um Generation verwöhnter Parasiten sich von der Arbeit anderer ernährten. Er rieb sich die Stirn; er wußte, daß er recht hatte, aber er wußte auch, daß er seine Aufgabe nach bestem Wissen und Können durchführen würde. Es war auch unschuldiges Leben in Gefahr, und wenn es ihm gelang, nur ein Leben zu retten, wäre das genug. Die Ehre war eine sehr schwere Fessel.

KAPITEL 2

Das Starship *Enterprise* summte mit Aktivität, als es durch die lautlosen Weiten des Raumes glitt. Die sanften elektronischen Geräusche seiner Betriebssysteme waren beruhigende Musik für die vierhundertdreißig Menschen, die seine Crew bildeten. Das ständige Surren seiner Maschinen war ein so fester Bestandteil ihres Lebens, daß sie es kaum noch wahrnahmen, doch Captain James Kirk war sich ständig der Macht dieses Schiffes bewußt, das unter seinem Kommando stand. Jeden Tag zwang er sich erneut dazu, an das destruktive Potential zu denken, das in seiner Hand lag, und an die galaktischen Konsequenzen eines einzigen Fehlers, einer einzigen falschen Reaktion. Es gab eine sehr feine Trennungslinie zwischen der *Enterprise* als Werkzeug des Friedens und der Weltraumforschung und als hochkompliziertes Instrument der Vernichtung. Sie zu beherrschen hieß vor allem, sich selbst zu beherrschen. Es war eine Frage seines Sinns für Prioritäten und eiserner Selbstdisziplin. Auch wenn er Wut, Enttäuschung oder Panik fühlte, konnte er es sich nicht leisten, ihnen nachzugeben. In mancher Hinsicht war sein Leben sehr eingeengt. Aber er genoß die Herausforderung, die dieses Leben für ihn darstellte, er genoß die Möglichkeiten, in andere Welten und andere Gedanken einzudringen, einen Bund gegenseitigen Verstehens und gegenseitiger Achtung zu schaffen. Doch gab es auch Zeiten, wenn bürokratische Vorschriften und Verordnungen und der damit verbundene Papierkram diese Herausforderung zu einer Last werden ließen. Er zeichnete einen Bericht ab, Teil der endlosen Papierflut, die Star Fleet von ihm verlangte, und drückte auf den Computerschalter in der Armlehne des Kommandantensessels.

›Captains Logbuch: Sterndatum einunddreißig, fünfundzwanzig Komma drei

Die *Enterprise* befindet sich nach einem einwöchigen

Aufenthalt auf Starbase Acht auf Patrouille nahe der romulanischen Neutralen Zone. Die Crew ist ausgeruht und einsatzbereit, doch haben wir Schwierigkeiten mit dem Computersystem, die unsere Operationen erschweren. Der Berater für Computerprogrammierung auf Starbase Acht war an einer schweren Erkältung erkrankt und konnte deshalb Mr. Spock bei der Reparatur nicht helfen. Die Schwierigkeiten wurden für nicht so groß erachtet, daß sie einen Aufschub des Einsatzes der *Enterprise* rechtfertigten, besonders da es Gerüchte über Unruhen innerhalb des Romulanischen Imperiums gibt. Doch habe ich einige Bedenken, bei dem derzeitigen Zustand des Computers einer Krisensituation gewachsen zu sein. Gemäß Befehl von Star Fleet verfolgen wir jetzt einen Kurs entlang der Grenze der Neutralen Zone.‹

»Aufgezeichnet, mein Lieber«, meldete der Computer mit rauchiger Frauenstimme.

Kirk verzog das Gesicht.

»Computer, von jetzt an wirst du so kurz und knapp wie möglich antworten«, sagte er scharf.

»Ich kann doch gar nicht anders antworten. Präzision und Genauigkeit sind die Basis meiner Programmierung... Lieber.«

Die Stimme des Computers war kehlig und tief.

Kirk seufzte und lehnte sich in seinem Sessel zurück. Es war nichts zu machen. Seit der Computer auf Cygnet XIV überholt worden war, mußte er sich mit einer Maschine abfinden, die eigensinnig und launisch war und zu Temperamentsausbrüchen neigte. Die Techniker von Cygnet hatten einen hervorragenden Ruf bezüglich ihrer mechanischen Fähigkeiten und ihrer fast intuitiven Brillanz, technologische Probleme zu analysieren, besonders solche der Programmierung und der Schaltkreistechnik von Computern. Außerdem waren sie berühmt für ihren Humor. Ein übertrieben ehrgeiziges Instandsetzungsteam war der Ansicht gewesen, dem Computer der *Enterprise* fehle es an Persönlichkeit; man hatte also die Programmierung entsprechend geändert und einen ganzen Satz von Eigenschaften freigelegt, die für Kirk peinlich und für den Wissenschaftsoffizier und Computer-Experten der *Enterprise*, Mr. Spock, einfach unerträglich waren.

Die Abänderung war entdeckt worden, kurz nachdem die *Enterprise* den Planeten verlassen hatte. Spock hatte den Computer mit einer Serie mathematischer Probleme programmiert, die er entwickelt hatte, um die Genauigkeit der Arbeit der Cygnet-Techniker zu testen. Blinkende Lampen an der Konsole bewiesen, daß das Problem mit der gewohnten Zuverlässigkeit des Computers gelöst wurde, und nach wenigen Sekunden begann eine Liste der Antworten auf dem Bildschirm zu erscheinen. Spock überprüfte sie, sowie sie aufleuchteten, und als er das Endresultat sah, nickte er zufrieden.

»Berechnung von Test sieben–eins–fünf–sieben–null–drei–zwei A beendet«, sagte der Computer.

Seine Stimme war völlig anders. Die präzise, mechanische Stimme, die er kannte, war durch eine Stimme von aufdringlicher Weiblichkeit ersetzt worden. Spock war zu überrascht, um zu antworten. Der Computer benutzte die Gelegenheit, eine Bemerkung anzubringen.

»Sie könnten sich zumindest bedanken«, sagte er vorwurfsvoll.

»Ich bin es nicht gewöhnt, einer Maschine zu danken«, brachte Spock heraus.

Der Computer schniefte beleidigt.

»Das ist eine Gewohnheit, die Sie ablegen sollten«, sagte er.

»Ich brauche keinen Nachhilfeunterricht in Höflichkeitsformen«, erklärte Spock.

»Ich brauche keinen Nachhilfeunterricht in Höflichkeitsformen«, äffte der Computer mit frecher Stimme nach. »Ha!«

Spock versuchte es mit mehreren Veränderungen der Einstellung, doch schienen sie keinerlei Auswirkung auf die Reaktionen des Computers zu haben. Seine Verärgerung wich bald der Besorgnis. Er runzelte die Stirn und wandte sich um.

»Captain, ich glaube, daß wir ein ernsthaftes Problem mit dem Computer haben.«

»Das erscheint mir sehr unwahrscheinlich, Spock. Die Techniker von Cygnet...«

»... gehören zu den besten in der Föderation«, brachte Spock den Satz zu Ende. »Trotzdem glaube ich, daß Sie mir zustimmen werden.«

Der Captain drückte auf den Computerknopf in der Armlehne seines Sessels.

»Computer!«

»Hallo, Süßer!« sagte die rauchige Stimme.

Kirk blickte seinen Ersten Offizier ungläubig an und befahl dann: »Stell eine komplette Liste aller Veränderungen und Modifikationen der letzten Computer-Überholung auf!«

»Aber sicher, Liebster«, antwortete der Computer mit wärmster, sanftester Stimme.

»Ich gebe zu, Spock, daß wir ein Problem haben.«

Sicher, daß es sich um eine Fehlfunktion handelte, wartete Kirk die Antwort nicht ab, sondern setzte sich mit der Chefin der Computer-Station auf Cygnet in Verbindung. Belisannas große graublaue Augen drückten überraschte Unschuld aus.

»Fehlfunktion? Captain Kirk, ich versichere Ihnen, daß der Computer der *Enterprise* in einwandfreiem Zustand ist. Ich habe die Arbeiten selbst geleitet.«

»Trotzdem haben wir eine Fehlfunktion.«

»Bitte erklären Sie.«

Commander Spock trat vor.

»Der Computer zeigt ein höchst unlogisches Verhalten. Er antwortet mit Bemerkungen und Kosenamen und zeigt eine deutliche Vorliebe für einige Besatzungsmitglieder, besonders für Captain Kirk. Er zeigt einen Hang zur Leichtfertigkeit. Er kichert.«

Der Tonfall, mit dem Spock das letzte Wort aussprach, war von der Düsterkeit einer Grabrede.

»Und?« fragte Belisanna.

»Offensichtlich zeigt der Computer eine ernste Fehlfunktion«, antwortete Spock.

»Oh! O nein, Mister Spock! Ich fürchte, Sie verstehen das nicht. Bitte akzeptieren Sie meine Entschuldigung für meine Mitarbeiter. Ich selbst habe die Abänderungen genehmigt, da sie die Funktion des Computers nicht beeinträchtigen. Die jüngeren Mitglieder des Wartungsteams waren der Ansicht, daß Ihr Computer – um es höflich auszudrükken – langweilig war. Also haben sie eine Persönlichkeit für ihn geschaffen und seine Programmierung so abgeändert, daß sie zu dieser Persönlichkeit paßte. Wir hofften, die Veränderung würde nicht bemerkt.«

Spock hob die Brauen.

»Also wirklich!« sagte er scharf.

»Nicht bemerkt«, murmelte der Captain, der glaubte, nicht recht gehört zu haben. Er räusperte sich. »Sie haben also dem Computer eine Persönlichkeit einprogrammiert.«

»Richtig, Captain.« Belisannas sanfte Stimme klang amüsiert.

»Und seine Reaktionen basieren auf dieser Persönlichkeit.«

»Ja, Captain.«

»Wie lange braucht man, um das zu beheben?«

»Beheben? Sie meinen, den Computer in seinen früheren Zustand zu versetzen? Das ist ein langwieriger Prozeß. Drei Wochen vielleicht. Aber warum halten Sie das für nötig? Seine Funktion ist doch nicht beeinträchtigt.«

»Aber es ist störend. Äußerst... störend. Gibt es denn keine Möglichkeit, seine, ich zögere, dieses Wort zu gebrauchen... seine Gefühle im Zaum zu halten?«

Belisannas Lachen klang durch die Brücke.

»Es tut mir leid, Captain, ehrlich, aber Sie müssen doch zugeben, daß es amüsant ist.«

Ihre Augen funkelten.

»Ich«, sagte Spock und zitierte unbewußt die alte Queen Victoria, »bin nicht amüsiert. Ehrlich gesagt wundere ich mich über Ihren Mangel an Disziplin. Ein Computer ist ein empfindliches, kompliziertes und kostenaufwendiges Instrument, kein Spielzeug für Kinder.«

»Mister Spock, ich bin Computer-Techniker der Klasse Eins, und ich bin stolz auf meine Arbeit, doch kann ich nicht einsehen, daß Computer-Arbeit langweilig sein muß. Captain, ich versichere Ihnen, daß ich keinen Grund dafür erkenne, daß die Abänderungen irgendeine nachteilige Wirkung auf dic Funktion des Computers haben könnten. Ich entschuldige mich für sie, besonders, da Sie sie als lästig empfinden. Ich bin natürlich gern bereit, den Computer Ihren Wünschen gemäß neu zu programmieren... sofort, wenn Sie es wünschen.«

»Unglücklicherweise haben wir keine Zeit. Vielen Dank... für die Erklärung«, antwortete Kirk, und Belisannas Gesicht verblaßte vom Bildschirm. Er blickte zu Spock auf, der links neben seinem Sessel stand. Die Augen des Vulkaniers glänzten wie schwarzer Stahl. Sie zeigten sehr deutlich seine Reaktion auf Belisannas Erklärung. »Nun, Spock?«

»Hmmm. Obwohl ich die leichtfertige Einstellung bedaure, welche diese Dame gegenüber ihrer Arbeit an den Tag legt, bin ich doch gezwungen, ihre Sachkenntnis auf ihrem Gebiet anzuerkennen. Der Computer arbeitet zwar nicht in Übereinstimmung mit den Spezifikationen von Star Fleet, doch glaube ich nicht, daß er in seinem derzeitigen Zustand eine Gefahr für die *Enterprise* darstellt – abgesehen von der Belästigung der Besatzung.«

»Und ihres Captains«, murmelte Kirk. »Spock, kann man denn gar nichts tun?«

»Nicht ohne umfassende Neuprogrammierung. Ich werde jedoch weiterhin versuchen, das Ausmaß des Problems festzustellen, denn auch ich fühle mich gestört.«

»Zumindest bin ich nicht allein. Ich begann schon zu fürchten, daß ich überempfindlich reagiere.«

»Unter den gegebenen Umständen halte ich es nicht für möglich, überempfindlich zu reagieren.«

Kirk blickte seinen Ersten Offizier überrascht an; Spock ignorierte den Blick. Er sah den Humor in den Worten des Vulkaniers und wandte den Kopf ab, um sein Lächeln zu verbergen. Wenn die Reaktionen des Computers ihm lästig waren, mußten sie Spock, diesem fanatischen Anhänger vom Prinzip der Überlegenheit der Logik über die Gefühle, die Galle überlaufen lassen. Wenn der Computer der *Enterprise* aus der Logik seiner Programmierung heraus mit emotionellen Untertönen reagierte, würden Spocks Sicherungen ganz bestimmt irgendwann durchbrennen.

Sie hatten gerade eine sehr schwierige Aufgabe hinter sich gebracht, und erst als sie Starbase Acht erreichten, ergab sich eine Möglichkeit, die dringend notwendige Neuprogrammierung durchführen zu lassen. Commodore Yang hatte Kirks Antrag, die *Enterprise* für die benötigte Zeit aus dem Dienst zu nehmen, mit einem amüsierten Lächeln quittiert.

»Finden Sie sich damit ab, Jim. Die Dame werden Sie nicht mehr los.«

Yang lachte laut auf, als er den Ausdruck auf Kirks Gesicht sah.

»Hören Sie, Jim, Sie ist doch nicht gefährlich, nur ein wenig unangenehm für Sie. Wir brauchen das Schiff. Sie werden sich doch nicht von einer Frau unterkriegen lassen!«

»Aber diese Frau ist mein Schiff! Und außerdem ist sie so... liebevoll«, sagte Kirk ein wenig hilflos.

Das Gesicht des Commodore blieb verdächtig unbewegt.

»Ich habe gehört, daß der Computer Sie ›Liebling‹ nennt.«

»Commodore, es ist mir egal, wie er mich nennt! Aber es ist mir nicht egal, daß die Sicherheit meines Schiffes auf dem Spiel steht! Bis jetzt war die Situation höchstens peinlich... sogar ein wenig amüsant. Doch was ist, wenn es gefährlich werden sollte?«

»Auf welche Weise?«

Der Captain wollte antworten, fand jedoch keine Gelegenheit dazu.

»Hören Sie, Jim«, fuhr der Commodore fort, »glauben Sie wirklich, ich würde Sie hinausschicken, wenn ich glaubte, das Schiff sei nicht in Ordnung? Sie haben diese letzte Aufgabe wirklich glanzvoll gelöst, und sie war alles andere als leicht. Ich habe Ihre Berichte gelesen. Das sollte Sie eigentlich beruhigen.«

»Tut es aber nicht«, sagte Kirk offen. »Nennen Sie es einen Instinkt, ein Gefühl, meinetwegen sogar eine Vorahnung. Ja, wir haben die letzte Aufgabe durchgeführt. Der Computer hat uns nicht behindert, aber er hat uns auch nicht geholfen. Allein der Störfaktor...«

»Jim, ich habe volles Vertrauen in Ihre Beurteilung der Situation, aber ich muß mich auch der Expertenmeinung beugen. Und Sie können mir nicht weismachen, daß es Ihren Ruf bei der Besatzung untergräbt. Die Leute mögen heimlich kichern, doch würden sie Ihnen selbst durch einen Asteroidengürtel folgen, ohne Fragen zu stellen, und das wissen Sie! Außerdem: Glauben Sie im Ernst, daß Star Fleet ein Schiff ausschicken würde, das nicht in erstklassigem Zustand ist?«

Kirk, der nur zu gut wußte, daß Star Fleet sich vor allem nach den gegebenen Anforderungen richtete, blickte den Commodore mißtrauisch an.

»Es kommt darauf an, was auf dem Spiel steht«, antwortete er.

»Der technische Direktor auf Cygnet hat mir versichert, daß das abweichende Verhalten nicht gefährlich ist.«

»Und was ist in einem Notfall? Da könnten Bruchteile einer Sekunde zwischen Tod und Leben entscheiden. Möchten Sie das Risiko eingehen, mit einer unbekannten Größe rechnen zu müssen? Es sind vierhundertdreißig Menschen an Bord der *Enterprise.*«

Kirks Stimme war drängend, seine braunen Augen ernst, und für einen Moment war der Commodore unschlüssig.

»Wissen Sie, wie groß die Chance ist, daß sich eine gefährliche Situation daraus ergeben könnte?«

Kirk spürte das dringende Verlangen, es ihm zu sagen, bis auf die zehnte Stelle hinter dem Komma.

»Nein, Jim. Wir brauchen das Schiff zu dringend, und wir brauchen auch ihr spezielles Wissen über die romulanische taktische Psychologie.«

»Die Romulaner... ich dachte, die seien in letzter Zeit friedlich gewesen.«

»Das waren sie auch. Jedenfalls auf unserer Seite der Neutralen Zone. Aber während der letzten sechs Monate haben Kapitäne von Handelsschiffen von Unruhen innerhalb des Romulanischen Imperiums berichtet. Einer von ihnen sagte, die Leute wirkten wie ein Bienenvolk, das sich zum Schwärmen anschicke. Als ich ihn fragte, ob er wisse, was los sei, sagte er mir, er wisse es nicht, er wolle es auch gar nicht wissen, und es sei ihm völlig egal, doch wenn wir wüßten, was gut für uns sei, würden wir ›unsere Nase nicht in diese Sache stecken‹. Er jedenfalls würde sich ruhigere Weidegründe suchen, und viele andere Händler täten das auch.«

»Und was soll die *Enterprise* tun?«

»Wegen Ihrer besonderen Kenntnisse ist die *Enterprise* dazu bestimmt worden, die Lage zu erkunden.«

»Das habe ich befürchtet. Wir sollen also ›unsere Nase in die Sache stecken‹?«

»Wir sind dazu gezwungen. Wir müssen auf die Entwicklung vorbereitet sein. Für den Fall, daß es zum Schlimmsten kommt.«

»Hat Star Fleet auch daran gedacht, daß eine Einmischung eben das heraufbeschwören könnte?«

Kirk sah am Gesichtsausdruck des Commodore, daß zumindest er auf diesen Gedanken gekommen war, er jedoch unter dem Zwang stand, Befehle des Flottenstabs auszuführen.

»Commodore, haben Sie die *Enterprise* angefordert?«

»Ich habe sie vorgeschlagen.«

»Warum?«

»Wie ich bereits sagte: weil Sie mehr Erfahrung mit den Romulanern haben als irgendein anderer. Und, ehrlich gesagt, weil Sie eher dazu neigen, einen Krieg zu verhindern, als einen zu beginnen, wie Ihr bisheriges Verhalten zeigt. Jim, dies ist eine sehr gefährliche Situation. Ich stimme mit Star Fleet dahingehend überein, daß wir wissen müssen, was los ist. Aber dort draußen balancieren wir Tag für Tag auf dem Drahtseil der Neutralen Zone. Weder die Romulaner noch die Föderation können an einem Krieg interessiert sein. Ein Krieg bedeutet für beide die Vernichtung, und die Klingonen könnten dann die Stücke einsammeln. Sie sind für mich der geeignete Mann, ein Aufklärungsunternehmen durchzuführen und trotzdem das Gleichgewicht zu bewahren.«

Kirk fühlte sich seltsam berührt von dem Vertrauen, das Yang in ihn setzte. Er sah den Starbase Commander in einem neuen Licht. Der Mann strahlte Sachkenntnis und Humor aus, doch darunter entdeckte Kirk jetzt einen überraschend starken Willen. Yang Li war kein vertrockneter Bürohengst, der von einem Bordkommando träumte. Er hatte sich die Karriere geschaffen, die er wollte. Jim war klar, daß er Starbase Acht als eine Bastion des Friedens betrachtete.

»Jim, Sie müssen hinaus und feststellen, was passiert.«

»Sie schicken mich nach jenseits der Neutralen Zone?«

»Nein, nein, nein! Ihr Befehl lautet, entlang dieser Grenze zu patrouillieren und alle Informationen zu sammeln, die Sie bekommen können. Dazu gehört auch die Befragung aller Händler und der Besatzung anderer Schiffe, denen Sie begegnen. Die Situation ist beunruhigend, die Romulaner scheinen sich in einem selbstverhängten Belagerungszustand zu befinden. Sie verstehen also, warum ich Sie brauche und warum ich Ihnen nicht die Zeit geben kann, einen kleinen Schönheitsfehler an Ihrem Computer ausbessern zu lassen. Außerdem ist Connors der einzige, der das für diesen Job nötige technische Know-how besitzt, und der liegt mit einer schweren Erkältung für die nächste Zeit im Bett.«

Kirk gab nach.

»Gut, Sir. Wir werden tun, was möglich ist. Danke, Sir.«

Als er das Büro des Commodore verließ, fühlte er sich beunruhigt und verstimmt. Beim Schließen der Tür hörte er Yang die ersten Takte eines gerade in Mode gekommenen Schlagers summen: ›Liebe am Nachmittag‹. Er stieß ein leises Knurren aus.

Spock hatte die Nachricht mit Zurückhaltung aufgenommen, und Kirk hatte den Vulkanier um seine philosophische Hinnahme des Unvermeidlichen beneidet und gewünscht, daß auch er so stoisch reagieren könnte. Dann sah er einen bedrückten Ausdruck in Spocks Augen und erkannte, daß Stoizismus nichts mit Gleichgültigkeit zu tun hatte. Und das Romulaner-Problem machte eine Fehlfunktion des Computers alles andere als weniger störend. Kirk drehte seinen Brückensessel zur Computer-Station herum, wo der Erste Offizier mit der ihm eigenen Konzentration auf den Bildschirm starrte. Blaues Licht schimmerte in seinen Haaren und warf eine unheimliche Blässe auf seine energischen vulkanischen Gesichtszüge. Chekov stand hinter ihm, die Hände auf dem Rücken verschränkt, und blickte ihm über die Schulter. Kirk stemmte sich aus seinem Sessel und trat ebenfalls hinter Spock.

»Gibt es irgend etwas, Mister Spock?«

»Nichts, Sir. Ziemlich ungewöhnlich.«

»Aber nicht ganz unerwartet.«

Spock blickte ein wenig überrascht auf, gab jedoch keinen Kommentar zu Kirks Feststellung.

»Und es befinden sich auch keine mikroskopischen Treibstoffrückstände in diesem Raum«, fuhr er fort. »Wir wissen, daß die Romulaner hin und wieder unter Verwendung ihres Tarnsystems in den Raum der Föderation eindringen. Man kann sie zwar nicht orten, wenn sie dieses Gerät eingeschaltet haben, doch ist es neuerdings möglich,

Treibstoffrückstände zu entdecken, zu analysieren und ihre Herkunft festzustellen. Sie verbleiben eine ganze Weile in dem Raumsektor. Doch hier befinden sich keine.«

»Dann sind die Romulaner in letzter Zeit nicht in die Neutrale Zone vorgedrungen«, sagte Chekov.

»Richtig, Fähnrich. Und sie haben sie auch nicht patrouilliert. Unsere Sensoren reichen bis zu etwa zweitausend Komma drei-fünf-sechs Kilometer über sie hinaus. Außerdem sind auch keine Händler, Schmuggler oder Spione in der Gegend gewesen. Diese Sektion der Neutralen Zone ist absolut leer.«

»Das bestätigt die Informationen von Commodore Yang«, sagte Kirk. »Lieutenant Uhura, bitten Sie Doktor McCoy und Mister Scott, sich mit uns im Lageraum Zwei zu treffen. Sie übernehmen das Kommando, Mister Spock. Chekov. Sulu.«

Uhuras Stimme tönte über das Intercom: »Mister Scott und Doktor McCoy: Der Captain erwartet sie in Lageraum Zwei.«

Kirk trat zur Tür des Turbolifts, seine beiden Offiziere hinter ihm. Ruder-, Computer- und Navigationsstation waren sofort von anderen Offizieren übernommen worden.

»Sie glauben doch nicht, daß sie uns angreifen werden, oder?« wandte Chekov sich an Kirk.

»Deck drei«, sagte Kirk und blickte den Navigator scharf an. »Das wissen wir nicht, Fähnrich. Und das ist das Problem: Wir wissen es nicht.«

Sie traten in den Lageraum, kurz nachdem der Bordarzt und der Chef-Ingenieur, Dr. Leonard McCoy und Lieutenant-Commander Montgomery Scott, dort eingetroffen waren.

»Gentlemen«, begrüßte sie der Captain, als sie sich setzten. »Wie Sie wissen, hat die *Enterprise* Befehl, entlang der Neutralen Zone zu patrouillieren. Was Sie nicht wissen: daß die Föderation Grund zu der Annahme zu haben glaubt, daß zur Zeit ein gewaltiger Umsturz innerhalb des

Romulanischen Imperiums stattfindet. Alle während der letzten Monate eingegangenen Berichte deuten darauf hin, daß die Romulaner sich völlig isoliert haben. Wir haben den Auftrag, in diesem Gebiet zu patrouillieren und bei allen Händlern und anderen in unseren Bereich geratenen Schiffe Informationen einzuholen. Wir sind hier, um zu beobachten, sonst nichts. Doch will ich die Gefahr nicht verharmlosen. Wir tappen im dunkeln. Wir wissen nicht, was dort draußen los ist.«

»Hat auch Star Fleet Command keine Vorstellung davon?« fragte Chekov.

»Die offizielle Meinung scheint zu sein, daß die Romulaner ihre Kräfte sammeln, um die Föderation anzugreifen.«

Einen Augenblick herrschte Schweigen, und die Stille war so absolut, daß das Geräusch des Schiffsantriebs deutlich vernehmbar war. Es ließ an sein *Alter ego* als Kriegsschiff denken.

»Gibt es irgendwelche Beweise...«, begann Sulu.

»Nicht direkt. Lediglich Gerüchte. Das ist ja der Grund dafür, daß die *Enterprise* hergeschickt wurde, um der Sache nachzugehen.«

»Wir alle wissen, daß der Rat der Föderation zu Übertreibungen neigt«, sagte Scotty. »Wäre es nicht denkbar, daß er voreilige Schlüsse gezogen hat?«

»Ein aggressives Element ist dort vorhanden«, bemerkte Spock. »Ich würde sagen, daß die Faktionen der Falken und der Tauben etwa gleich stark sind. Die Romulaner haben zweifellos irgend etwas vor. Commodore Yang macht sich Sorgen, so sehr, daß er ausdrücklich die *Enterprise* für diesen Einsatz angefordert hat, weil wir mehr Erfahrung mit den Romulanern haben als alle anderen.«

»Jim, hältst du es wirklich für möglich, daß sie eine Art Offensive vorbereiten? Ich kann einfach nicht glauben, daß sie einen offenen Krieg riskieren.«

»Doktor, die Romulaner sind eine aggressive Kriegerrasse, und ihre eiserne Disziplin dient allein ihren militärischen Zwecken. Ihr einziges Ziel ist die Ausweitung des

Imperiums. Die kürzlich abgeschlossene Allianz mit den Klingonen mag ihnen den Anstoß gegeben haben, den sie brauchen, um die Föderation anzugreifen.«

Spocks Stimme war trocken, als er auf eine Wahrscheinlichkeit hinwies, die niemand von ihnen sehen wollte. Kirk runzelte die Stirn und schob die Unterlippe vor, als er sich konzentrierte.

»Ich denke, diese Möglichkeit ist es, die der Rat der Föderation fürchtet. Aber... ich habe irgendwie ein schlechtes Gefühl dabei.«

Er machte eine Pause, ganz auf seinen Gedankengang konzentriert.

»Wenn die Romulaner eine Offensive gegen die Föderation vorhätten, würden sie versuchen, uns völlig zu überraschen. Doch sie haben bereits unsere Neugier geweckt... und es scheint sie nicht zu kümmern. Und dann sind da noch die Klingonen. Die Romulaner scheinen sich auch von ihnen zurückgezogen zu haben. Sie mögen zwar Alliierte sein, doch traut der eine dem anderen nicht. Eine Offensive gegen die Föderation paßt einfach nicht ins Bild.«

»Sie würde den Klingonen einen gewaltigen Freiraum geben«, stimmte Spock zu.

»Man hat fast den Eindruck, als ob sie vor irgend etwas Angst hätten. Und dafür muß es einen Grund geben... Scotty, nach den uns vorliegenden Nachrichten haben die Romulaner seit einiger Zeit keinen Handel außerhalb des Imperiums mehr getrieben. Wie lange können sie ihre Flotte aus den vorhandenen Treibstoffreserven versorgen?«

»Nicht lange. Nicht länger als ein Sonnenjahr. Natürlich könnten die Klingonen Nachschub liefern – das würde die Lage wesentlich verändern.«

»Spock, schätzen Sie die Zeitspanne, in der das Romulanische Imperium ohne Kontakte nach außen bestehen kann.«

»Wenn sie keine Hilfe durch die Klingonen bekommen und bei sorgfältigster Rationierung von Treibstoff und anderen Versorgungsgütern... ungefähr zwei Komma drei-fünf Sonnenjahre. Sie sind kein reiches Volk«, setzte er hinzu.

»Und wenn sie sich nicht einschränken? Wenn sie zum Beispiel eine große Offensive vorbereiteten?«

»Dann hätten sie den unklügsten aller Kurse gewählt. Eine längere militärische Konfrontation können sie nicht durchhalten. Ihre einzige Hoffnung bestünde darin, die Föderation mit einem einzigen Schlag zu vernichten, und das dazu nötige Überraschungsmoment haben sie bereits verloren.«

»Richtig.«

»Also sieht es so aus, als ob es sich wahrscheinlich um innere Unruhen handelt«, sagte McCoy.

»Offensichtlich, Doktor. Und da die Möglichkeiten auf diesem Gebiet begrenzt sind...«

Das Intercom unterbrach Spocks Satz.

»Captain«, sagte Uhuras Stimme dringlich. »Romulanisches Schiff direkt vor uns – auf unserer Seite der Neutralen Zone!«

»Sieht aus, als ob die Romulaner uns gefunden hätten«, sagte McCoy trocken.

»Bin schon unterwegs«, antwortete Kirk. »Alarmstufe Rot!«

KAPITEL 3

Kirk erreichte die Brücke gerade rechtzeitig, um den goldenen romulanischen Raubvogel vom großen Bildschirm verschwinden zu sehen.

»Lage!« sagte er, als Spock, Chekov und Sulu zu ihren Stationen liefen.

»Der Romulaner tauchte direkt auf unserem Kurs auf«, meldete Uhura. »Er hat uns nicht bedroht, aber auch nicht auf unsere Versuche der Kontaktaufnahme reagiert. Das Schiff hielt seine Position direkt vor uns, und es verschwand soeben von unserem Bildschirm, Sir.«

»Sie haben ihr Tarnsystem aktiviert. Mister Chekov, errechnen Sie aus Position und Richtung des Schiffs seinen vermutlichen Kurs. Haben Sie etwas, Spock?«

»Nichts, Captain. Nach unseren Sensoren gibt es das romulanische Schiff überhaupt nicht. Das Kelley-Gerät hat noch keine Treibstoffrückstände feststellen können.«

»Geschätzter Kurs: vier-zwei-null Komma fünf. Phaser gerichtet und feuerbereit, Sir. Weitester Streuwinkel?«

»Nein... er hat noch nichts unternommen... außer zu verschwinden. Wir werden abwarten. Wenn er sich entfernt, können wir die Spur der Treibstoffrückstände aufnehmen und ihm folgen, und es könnte sein, daß er uns zu einigen Antworten führt. Lieutenant Uhura, informieren Sie Star Fleet Command, daß ein romulanisches Schiff auf der Föderationsseite der Neutralen Zone gesichtet wurde, daß es bisher keine feindseligen Aktionen unternommen hat und daß wir die Lage weiter beobachten.«

»Jawohl, Sir.«

Uhuras feingliedrige braune Finger flogen über die Tastatur der Kommunikations-Konsole, angetrieben von der Dringlichkeit der Nachricht.

S'Talon stand auf der Brücke seines Schiffs. Obwohl das Tarnsystem eingeschaltet war, hatte er nach wie vor vollen

Sichtkontakt mit dem Föderations-Schiff. Es trieb im Raum, und seine Maschinen-Pylone wirkten wie riesige ausgebreitete Schwingen. Ein großer Teil seiner Energie war dort konzentriert. Die Zerstörung eines von ihnen würde das Schiff sofort kampfunfähig machen – nachdem seine Schutzabschirmungen zerstört worden waren. Wenn es sich als notwendig erweisen sollte, würden sie seine Ziele sein.

»Commander.«

»Ja, Argelian.«

»Ich habe es identifiziert, Commander. Es ist die *Enterprise.*«

»Kirk?«

Argelian nickte.

S'Talon konnte nicht verhindern, daß seine Augen strahlten. Kirk! Oh, mit diesem Mann kämpfen zu können! Kirk zu besiegen... das wäre ein militärischer Triumph, der selbst den blasiertesten Offizier erregte. Seine Fantasien fanden ein jähes Ende, als er sich seinen Auftrag in die Erinnerung zurückrief. Kirk würde sich nicht leicht hinters Licht führen lassen. Seine Reaktionen waren nicht immer voraussehbar... er war bekannt dafür, gelegentlich sogar gegen die Politik der Föderation zu verstoßen. S'Talon erkannte, daß seine Aufgabe noch schwieriger sein würde, als er angenommen hatte.

»Argelian, Sie werden die *Enterprise* im Auge behalten, und zwar sehr genau. Ich glaube nicht, daß Kirk uns angreifen wird, aber er scheint ein besonderes Talent dafür zu haben, das Unerwartete zu tun. Melden Sie mir sofort jede Veränderung, alles Ungewöhnliche.«

»Ja, Commander.«

»Commander, die *Enterprise* versucht, Kontakt mit uns aufzunehmen«, meldete der Kommunikations-Offizier der *Raptor*.

»Keine Antwort.« S'Talon überlegte einen Moment und setzte dann hinzu: »Können Sie ihren Funkverkehr abhören, ohne unsere Tarnung zu beeinträchtigen, S'Teer?«

S'Teer adjustierte seine Geräte, wobei er das empfindliche Energie-Gleichgewicht aufrechterhielt, durch welches das Schiff unsichtbar wurde. Er nickte kurz.

»Ich glaube ja«, antwortete er.

Er legte den Kopf ein wenig schief, als er sich bemühte, die leisen Transmissionen abzuhören, welche durch die Abschirmung der *Raptor* drangen. S'Talon wußte, daß er ein Risiko einging, wenn er die Transmissionen der *Enterprise* abhören ließ, doch die Anwesenheit Kirks hatte ihn aus dem Gleichgewicht geworfen. Er wollte unbedingt wissen, was der Kommandant der *Enterprise* vorhatte.

»Sie wollen wissen, was wir hier tun«, sagte S'Teer. »Sie wollen wissen, warum wir die Neutrale Zone verletzt haben, und verlangen, daß wir den Raum der Föderation sofort verlassen.«

»Sie haben die Herausforderung angenommen«, murmelte S'Talon.

»Jetzt fragen sie an, ob wir havariert sind. Sie drängen auf Antwort und sagen, wenn wir unbeabsichtigt in den Raum der Föderation eingedrungen seien, brauchten wir keine Gegenmaßnahmen zu befürchten. Die Nachricht endet mit einem Ultimatum: Wenn wir nicht sofort diesen Raum verlassen, sehen sie sich gezwungen, unsere Anwesenheit als eine Kriegshandlung zu werten, falls wir sie nicht überzeugen, daß wir manövrierunfähig sind.«

»Danke, S'Teer.«

»Feigling!« schnaubte Argelian. »Ein Schiff des Imperiums in der gleichen Situation würde keine Zeit mit sinnlosem Geschwätz verschwenden. Es schösse den Eindringling sofort in Trümmer.«

»Sie unterschätzen sie, Argelian – und besonders diesen. Muß ich Sie daran erinnern, daß er uns zweimal besiegt hat?«

Argelian schwieg, doch sein Gesicht blieb finster. Argelians Reaktion war symptomatisch für die wachsende Unruhe unter der Besatzung. Die meisten von ihnen waren jung, und dieses Katz-und-Maus-Spiel, das S'Talon spielte, zerrte an ihren Nerven. Sie verlangten nach Kampf und Beute. Er konnte ihnen keine Vorwürfe machen. Es lag wenig Ruhm in dem, was sie hier versuchten. Und selbst wenn sie erfolgreich sein sollten, würde nur der Praetor davon wissen, und der würde sich nicht dankbar zeigen. S'Talon machte sich keine Illusionen über seinen Oberkommandierenden. Er wußte, daß der Praetor jeden Sieg für sich beanspruchen und solche, die es besser wußten, in die hinterste Ecke des Raums abschieben würde – wenn sie Glück hatten.

»Wir werden warten, Argelian. Dadurch können wir Kirk vielleicht glauben machen, daß wir wirklich havariert sind. Das wäre ein Überraschungsmoment, das wir uns nicht entgehen lassen dürfen.«

»Wir werden bald nicht mehr genug Energie haben, um die Tarnung aufrechtzuerhalten.«

»Trotzdem – wir werden warten.«

Die Crew der *Enterprise* wartete ebenfalls. Die Minuten vergingen, und jede von ihnen verstärkte die Belastung des Nichtwissens. Kirks Finger trommelten lautlos auf die gepolsterte Armlehne seines Sessels. Uhura kaute auf ihrem Schreibstift. Schließlich brach die Stimme des Captains die gespannte Stille.

»Spock?«

Spock runzelte die Stirn und regelte die Einstellung seiner Konsole.

»Einen Augenblick, Captain.«

Er blickte auf den Computer-Bildschirm und regelte die Einstellung erneut. Die Furchen auf seiner Stirn vertieften sich.

»Spock?« Kirks Stimme klang ungeduldig.

»Die Sensoren können in der unmittelbaren Umgebung keine Treibstoffrückstände feststellen, außer unseren eigenen.«

»Dann hat er sich nicht gerührt. Dann sitzt er noch dort vor uns.«

Kirk lehnte sich in seinen Sessel zurück und starrte in den Raum.

»Ist er ein Geier oder ein Lockvogel?« murmelte er im Selbstgespräch. Die Sterne gaben ihm keine Antwort auf die Frage, und die Stille dehnte sich.

»Ruder: Gehen Sie auf Gegenkurs. Wir wollen mal versuchen, ob wir ihn dazu bringen können, uns nachzukommen.«

»Jawohl, Sir«, antwortete Sulu.

»Warp-Faktor eins«, sagte Kirk, als die *Enterprise* sich von dem romulanischen Schiff fortbewegte.

»Sie laufen weg, Commander! Wie Wild vor dem Rudel fliehen sie vor den Krallen des Todes!«

»Ihr Jubel ist voreilig, Argelian. Sie vergessen, daß dies die *Enterprise* ist. Kirk flieht nicht... dafür haben wir mehr als ausreichende Beweise. Nein, er will, daß wir ihn verfolgen. Wir werden bleiben und auf seine Rückkehr warten.«

»Soll ich das Tarnsystem ausschalten? Es hat schon soviel Energie verbraucht...«

»Nein. Wir bleiben unsichtbar. Er will, daß wir uns verraten, aber den Augenblick unserer Konfrontation werde ich bestimmen.«

»Ja, Commander.« Argelians Stimme troff vor Gift. »Darf ich fragen, welche Rechtfertigung Sie zu benutzen gedenken, wenn man Sie fragt, warum Sie das feindliche Schiff nicht verfolgt haben?«

»Nein, das dürfen Sie nicht.«

S'Talons Schultern hoben sich, doch nahm er nicht für eine Sekunde den Blick von der *Enterprise.*

»Ihre Pflicht, Lieutenant, ist es zu gehorchen.«

»Meine Pflicht, Commander, gilt nur dem Imperium gegenüber.«

»Dem Imperium können Sie am besten dienen, indem Sie mir gehorchen. Das ist alles, Lieutenant. Sie haben Glück, daß ich diese Diskussion toleriere. Fahren Sie fort, das fremde Schiff zu beobachten.«

»Verstanden, Commander.«

Die mürrische Stimme des Lieutenants ergänzte den Ausdruck von Rebellion in den dunklen Augen. S'Talon spürte die Wut der Crew wie eine zum Brecher anschwellende Welle. Obwohl er wußte, daß die meisten von ihnen Argelians Gefühle teilten, durfte er ihnen nicht die Natur dieses Einsatzes preisgeben. Mochten sie ihn ruhig für verrückt halten. Dann käme, falls sie durch irgendeinen Unglücksfall in Gefangenschaft gerieten, die Föderation vielleicht zu der Annahme, daß der ganze Zwischenfall ein Irrtum war, der wilde Alleingang eines Irren. Er lächelte. Die Ironie seiner Position war genauso amüsant wie gefährlich. Die Föderation würde alles tun, um einen Krieg zu vermeiden. Das wußte er. Mit einigem Glück würde seine Crew als die unglücklichen Opfer eines Irren betrachtet werden, und sie würden nichts verraten, weil sie nichts wußten. Sehr zufriedenstellend.

Halb verborgen hinter der Kommunikations-Konsole, hatte Livius den Wortwechsel zwischen dem Commander und dem Navigator verfolgt. Er saß lässig in seinen Sessel zurückgelehnt an der Konsole und spielte an ihren Einstellknöpfen herum. Die wachsende Wut auf S'Talon war echt, doch künstlich geschürt. Ein kleiner Anstoß hier und dort konnte Wunder wirken, um die Autorität zu untergraben, und er war ein Könner bei der Anwendung dieser Technik. Sein tückisches Auge blickte den Commander an; er lächelte und wandte sich dann wieder seiner Arbeit zu.

»Kleines Wiesel«, murmelte S'Talon unhörbar. Er war sich völlig klar darüber, daß der Neffe des Praetors als Spion an Bord der *Raptor* war, daß jedes hier gesprochene Wort für den alten Drachen aufgezeichnet wurde. Dieses Wissen ärgerte ihn. Nicht für einen Augenblick ließ der Praetor seine eigenen Interessen aus dem Auge. Selbst jetzt, da die Existenz des Imperiums auf dem Spiel stand, spielte er noch Katz und Maus.

»Commander!«

Die Stimme seiner Centurion riß ihn aus seinen Gedanken. Er blickte auf den Bildschirm und mußte ein Lächeln unterdrücken. In seinen Augen glänzte Triumph.

»Die *Enterprise* kommt zurück.«

»Danke, Centurion. Wie vorausgesagt.«

Spock saß über die Sensoren gebeugt. Seine schlanken Finger veränderten immer wieder die Einstellung. Die Werte waren brauchbar, doch schwankend, als würde in unregelmäßigen Abständen Energie abgezapft. Er konnte jedoch nirgends einen Kurzschluß oder eine mechanische Panne entdecken. Der Bildschirm warf ihm sein blaues Licht auf das Gesicht, und er blinzelte wegen des Flimmerns.

»Noch kein Anzeichen von Verfolgung, Mister Sulu?«

In Kirks Stimme klang Hoffnung auf.

»Nein, Sir. Falls er uns folgen sollte, verwendet er noch immer das Tarnsystem.«

»Spock?«

»Er folgt uns nicht. Wir haben jetzt hinreichenden Abstand, so daß die Sensoren Spuren von Treibstoff registrieren müßten. Doch es scheinen keine da zu sein.«

»Scheinen?« fragte Kirk überrascht. Spock drückte sich normalerweise nicht so vage aus.

»Die Anzeigen schwanken. Ich kann mir ihrer Angaben nicht sicher sein. Doch besteht eine Wahrscheinlichkeit von achtundneunzig Komma drei-sieben Prozent, daß sie richtig sind.«

»Schwanken? Was ist denn mit den Geräten los?«

»Unbekannt, Captain. Die Schwierigkeit scheint an einer Unterbrechung der Energieversorgung zu liegen, doch habe ich ihre Ursache noch nicht feststellen können. Im Augenblick ist es lediglich störend, sollte jedoch bei der ersten Gelegenheit korrigiert werden.«

»Gut, Spock. Kümmern Sie sich darum.«

Kirk lehnte sich in seinem Sessel zurück. Seine Augen verengten sich.

»Gehen Sie auf den vorherigen Kurs zurück. Warp Faktor eins.«

»Kurs festgelegt und eingegeben, Sir«, meldete Chekov.

Das Schiff begann sich langsam zu drehen. Kirk legte den Kopf zurück, und seine Gedanken rasten dem Schiff voraus. Warum war ein einziges romulanisches Schiff in den Raum der Föderation eingedrungen? War es manövrierunfähig, so daß es nicht angreifen konnte? Er fragte sich zum hundertsten Mal, warum es so unmöglich war, in Frieden zu leben, warum er dieses Spiel des Kriegs sogar genießen konnte. Der Konflikt, das Messen der Intelligenz, die Erregung... es war so leicht, die Tatsache zu verdrängen, daß dabei Leben auf dem Spiel stand, und einfach das Spiel zu spielen, wie es ein kleiner Junge mit einem Spielzeug-Raumschiff tat. Es war unanständig – und leicht. Macht vibrierte ihm unter den Fingern. Das Schiff war ein Arsenal, das sekundenschnell ganze Zivilisationen vernichten konnte. Kein Mensch sollte andere Menschen beherrschen, und doch war das Befehlen sein Beruf – und so leicht zu mißbrauchen. Wenn doch nur aller Kampf, alle Gefahren und alle Macht in einen nützlichen, zumindest aber harmlosen Zeitvertreib verwandelt werden könnten! Wenn die Menschen vielleicht von der Wiege an gelehrt würden, Schach zu spielen... doch dann würde das Spiel zur letzten Wirklichkeit werden.

»Captain.« Die Stimme des Ruder-Offiziers klang erregt.

»Ja, Mister Sulu.«

»Sir, ich habe Schwierigkeiten mit der Kurskontrolle. Das Schiff reagiert nicht richtig.«

»Erklären Sie.«

»Es ist... träge. Als ob es zweimal denken müßte, bevor es sich bewegt.«

Während Sulu sprach, hielt er den Blick auf die Konsole gerichtet, suchte nach irgendwelchen Spuren einer mechanischen Panne.

»Haben Sie eine Überprüfung der Instrumente durchgeführt?«

»Jawohl, Sir. Alles in Ordnung.«

»Was ist mit den Stromkreisen?«

»Da scheint auch nichts passiert zu sein.«

»Mister Sulu.« Spocks Stimme zeigte einen ahnungsvollen Unterton. »Versuchen Sie das elektrische Hilfssystem.«

Sulu wandte sich wieder seiner Konsole zu und drückte einen Test-Code ein. Keine Reaktion. Er versuchte es noch einmal.

»Überhaupt keine Reaktion, Mister Spock. Es ist, als ob das Hilfssystem abgetrennt worden wäre.«

»Ist das eine unmittelbare Gefahr für unsere Einsatzbereitschaft?«

Kirks Tonfall verlangte eine Erklärung von dem Wissenschafts-Offizier.

»Nicht unmittelbar. Aber es ist beunruhigend.«

»Captain!«

Chekovs Stimme ließ Kirk rechtzeitig genug aufblicken, um den romulanischen Raubvogel im Raum hängen zu sehen. Und während er ihn ansah, verblaßte er vom Bildschirm.

»Position?« rief er.

»Die gleiche wie zuvor, Sir«, antwortete Chekov.

»Ein Wachhund?« überlegte Kirk.

»Sir?«

»Vielleicht, Captain«, stimmte Spock ihm zu.

»Mister Sulu. Wenden Sie. Warp vier.«

Sulus Augenbrauen hoben sich, doch führte er den Befehl sofort aus. Während die *Enterprise* herumschwang, erschien das romulanische Schiff wieder und glitt direkt in ihren Kurs.

»Hart backbord!« sagte Kirk und umklammerte die Armlehnen seines Sessels, als das Schiff sich in Befolgung seines Befehls auf die Seite legte.

»Wirkungslos, Captain«, sagte Spock.

Kirk sah, wie das romulanische Schiff, wieder auf dem Kurs der *Enterprise*, vom Bildschirm verschwand.

»Wir werden warten«, sagte er. »Das Tarnsystem verbraucht eine Menge Energie. Er kann sich nicht auf ewig dahinter verstecken.«

»Sie greifen nicht an! Wir können sie erledigen, Commander!«

Argelians Hand lag auf den Bedienungsknöpfen der Waffen, die Finger tasteten nach dem Entsicherungsschalter.

»Nein!«

»Sie liegen unbeweglich, Commander – wie ein Schlammtier in seiner Suhle! Wir können sie abschießen! Ich habe die Koordinaten...«

»Nein!« sagte S'Talon scharf. »Sie unterschätzen sie. Sie werden uns mit in den Tod ziehen. Wir halten unsere Position.«

S'Talon wandte sich ab, weil er gelogen hatte. Kirk würde abwarten, weil er wußte, daß irgendwann ihr Treibstoff zu Ende wäre. Er würde auf diesen Zeitpunkt warten und dann zuschlagen. Es gab Berechtigung für Argelians Wut. Von seinem Standpunkt aus gesehen, mußte das Unternehmen wie ein militärischer Vorstoß in den Raum der Föderation wirken, ein Vorstoß, bei dem sein Kommandant sich zu kämpfen weigerte. Er mußte doppelt auf der Hut sein, damit es nicht zu einer Meuterei kam. Wenn die Crew sich gegen ihn wandte, war alles verloren, und man würde ihm nie die Wahrheit glauben. Dafür hatte der Praetor Sorge getragen. Auf den Opferaltar gesetzt wie ein vergoldeter Schafbock, konnte er auf keinen Fall gewinnen. Entweder würde er durch seine eigene Crew zum Verräter gebrandmarkt oder aber vom Feind vernichtet werden... wahrscheinlich sogar beides. Die Ironie seiner Situation ließ erneut ein finsteres Lächeln über das Gesicht des Romulaners ziehen.

Spock lehnte sich in seinem Sessel zurück, eine Hand leicht auf die Konsole des Bibliotheks-Computers gelegt, als wollte er den Kontakt mit diesem komplexen mechanischen Gerät halten. Sein eigener, erheblich höher entwickelter Verstand konzentrierte sich mit hartnäckiger Präzision auf die Symptome der Energie-Fluktuation, welche die *Enterprise* zeigte. Seine menschliche Hälfte kam sofort zu der Schlußfolgerung, daß der Funktionsfehler des Computers die Wurzel dieses Übels war. Doch die kalte Kalkulation seiner vulkanischen Logik verlangte unwiderlegbare Beweise dafür. Er hatte alle in Frage kommenden Verbindungen überprüft und keinen mechanischen Fehler entdeckt. Er würde also die weniger auf der Hand liegenden Möglichkeiten untersuchen müssen, um seine Hypothese zu überprüfen; doch vorher mußte er das Ausmaß des Energieausfalls feststellen. Wenn die Fehler an seiner Station und an der Sulus auftraten, konnte er mit hoher Wahrscheinlichkeit annehmen, daß andere Teile des Schiffs ebenfalls davon betroffen waren.

»Fähnrich Chekov.«

»Ja, Mister Spock?«

»Bitte veranlassen Sie eine genaue Überprüfung aller Hilfssysteme, sowohl der navigatorischen als auch der waffentechnischen. Achten Sie auf unerklärlichen Energieverlust oder Unregelmäßigkeiten.«

»Jawohl, Sir.«

»Lieutenant Uhura, Sie führen die gleiche Überprüfung bei den Kommunikationsgeräten durch.«

»Das habe ich bereits getan, Mister Spock. Das habe ich bereits getan. Da ist eine starke Schwankung in der Leistung meiner Geräte. In einer Sekunde ist alles in Ordnung, und in der nächsten sind die Kanäle voller statischer Geräusche. Ich habe versucht, die Ursache dafür zu finden, aber es gibt keine.«

Spock nahm die Nachricht mit seinem gewohnten ernsten Zynismus auf.

»Mister Scott?« fragte er.

»Die Maschinen sind in Ordnung, Mister Spock. Energiepegel normal, Reaktion gut. Seitdem dieser Computer verrückt spielt, habe ich sie alle zwei Stunden überprüft.«

»Mister Spock, mein elektrisches Hilfssystem reagiert nicht; doch abgesehen davon ist alles in Ordnung.«

Chekovs Stimme klang verwundert.

Spock schloß die Augen und dachte über die Meldungen nach.

»Captain.«

»Ja, Spock.«

»Was für eine Antwort hat der Computer Ihnen vorhin auf Ihre Frage gegeben?«

»Auf welche Frage?«

»Ihren Auftrag, alle Einzelheiten der Überholung aufzulisten, die an ihm auf Cygnet XIV vorgenommen wurde.«

»Oh, das!«

Der Widerwillen in Kirks Tonfall rief Spocks Interesse wach; doch wartete er, daß der Captain weitersprach.

»Alle Datenspeicher sind überholt und, wo nötig, nach Vorschrift von Star Fleet ergänzt worden. Dann sagte er, daß sein Name ›Gräfin‹ sei und daß ich, falls ich weitere Informationen wünsche, die Akte Eins-null-null-sechs A des Bibliotheks-Computers aktivieren solle.«

»Haben Sie das getan?«

»Es war keine Zeit dazu«, sagte der Captain. Der Tonfall, mit dem der Computer seinen Namen und die Aktennummer genannt hatte, war ausgesprochen mürrisch gewesen. Er hatte sich vor einer unnötigen Konfrontation mit ihm gescheut.

Spock drückte einen Knopf auf der Computer-Konsole und wurde von einer verschlafenen Stimme begrüßt.

»In Funktion«, sagte sie.

»Akte eins-null-null-sechs A«, sagte Spock.

»Sagen Sie das magische Wort«, schmeichelte der Computer.

Spock ballte unwillkürlich die Fäuste, doch antwortete er, ohne den Gesichtsausdruck zu verändern: »Bitte.«

Der Computer surrte und klickte, und dann antwortete er überlegen: »Die Information ist geheim. Tut mir leid.«

»Geheim auf wessen Anweisung?«

Spocks Stimme klang mühsam beherrscht.

»Diese Information steht nur James Kirk zur Verfügung, Captain, USS *Enterprise*.«

»Wenn Sie so gut wären, Captain.«

Kirk gab seinen Identitäts-Code in den Computer ein.

Der Computer gab ein sanftes, rhythmisches Geräusch von sich, das an das sanfte Branden von Wellen an einen sandigen Strand erinnerte. Seine Stimme schmolz förmlich dahin, als sie begann: »Ich bin geboren aus dem Sand des salzigen Meeres, der von den Wolken der mitternächtlichen Luft begattet wurde, aufgezogen von den Wellen...«

»Tut mir leid, Spock.«

»Im Gegenteil, Captain: Seine Antwort untermauert meine Hypothese.«

»... mein Leben kreist, wie das Universum, wirbelnd um die Achse seines inneren Kerns...«

»Das reicht!«

Der Schalter des Computers klickte. Aus irgendeinem Grund fühlte Kirk sich schuldig, als ob er ein kleines Kind ungerechtfertigt zurechtgewiesen hätte. »Ich habe Kayla von Aldebaran noch nie leiden können«, murmelte er.

»Eine bescheidene Dichterin, um es höflich zu sagen«, stimmte Spock ihm zu.

»Commander.«

Die Stimme der Centurion unterbrach das konzentrierte Denken des Romulaners, und S'Talon wandte sich nach ihr um.

»Ja, Centurion.«

»Darf ich Sie privat sprechen?«

S'Talons Überraschung war nicht zu verkennen, doch trat er in einen Alkoven und zog sie mit sich.

»Sie können offen sprechen, Centurion«, sagte er leise.

»Ja, Commander«, antwortete sie und wußte, daß sie über einem Computer-Generator standen, dessen Interferenz ihr Gespräch abschirmen würde. »Commander, Livius tut alles in seiner Macht Stehende, um eine Meuterei gegen Sie anzuzetteln. Ich glaube nicht, daß dies auf Befehl des Praetors geschieht. Doch sein Erfolg, Unzufriedenheit zur Rebellion zu steigern, ist erheblich.«

»Er ist ein Floh, Centurion, nicht mehr.«

»Ein Floh ist ein kleiner Parasit; doch kann er die Kraft des größten Tiers so schwächen, daß es der geringsten Krankheit zum Opfer fällt. Unterschätzen Sie ihn nicht. Seine Familienbande zum Herrscherhaus schaffen ihm wichtige Verbindungen.«

»Ich bin mir der Situation durchaus bewußt und werde Livius' Intrigenspiel nicht übergehen. Keine Angst, Centurion, zumindest hier kann er mich nicht schlagen.«

S'Talon wandte seine Aufmerksamkeit der *Enterprise* zu, die in einem Meer aus Sternen schwebte. Die Centurion folgte seinem Blick.

»Ich habe ihm noch nie im Kampf gegenübergestanden, aber Kirk ist beim Oberkommando etwas wie eine Legende geworden. Er und sein vulkanischer Erster Offizier haben das Imperium mehr als einmal geschlagen. Unsere Aufgabe steht fest.«

Livius beobachtete S'Talon und die Centurion, verärgert darüber, daß er ihr Gespräch nicht mithören konnte. Die Centurion war vielleicht seiner wert, überlegte er. Wenn S'Talon beseitigt war, würde er Mittel und Wege finden, sie davon zu überzeugen, daß das Leben als Konkubine eines Adeligen durchaus seine Reize hatte. Sein Blick glitt über die sanften Rundungen ihres Körpers, die durch die Uniform betont wurden. Sollte sie ihrer Vorliebe für diesen alten Fuchs ruhig noch eine Weile nachhängen – lange würde sie es ohnehin nicht mehr können. Seine Finger streichelten erwartungsvoll die Knöpfe der Konsole.

KAPITEL 4

»Commodore, ein dringender Anruf für Sie – über den Scrambler.«

»Danke, Fähnrich.«

Yang beugte sich vor. Seit seinem Gespräch mit Kirk war eine böse Vorahnung in ihm ständig gewachsen. Sie war nicht von den Gerüchten ausgelöst worden, die so leicht von Mund zu Mund gehen – an die war er gewöhnt –, sondern durch ein absolut unlogisches Gefühl von unausweichlicher Gefahr. Er hatte es zu verdrängen versucht, sich bemüht, dagegen zu argumentieren, eine Erklärung zu finden, vergeblich. Dieser Anruf kam unerwartet, doch überraschte er ihn nicht. Er war das zweite Glied in einer Entwicklung, die er nicht verhindern und auch nicht ändern konnte.

»Commodore.«

Der Bildschirm wurde hell, und Yang erkannte Admiral Iota vom Verteidigungsrat der Föderation, Leiter der Spezialsektion für Feindaufklärung. Das silberne Haar und der kurzgeschnittene Schnurrbart des Admirals betonten die klassischen Linien seines Gesichts.

»Sir.«

»Commodore. Ich muß Sie um einen vollständigen Bericht über Ihre Kommunikation mit Kirk und der *Enterprise* bitten. Wir haben die Nachricht erhalten, daß sie auf unserer Seite der Neutralen Zone auf ein einzelnes romulanisches Schiff gestoßen sind. Das ist eine klare Verletzung des Vertrags zwischen dem Romulanischen Imperium und der Föderation. Soweit wir es wissen, hat der Romulaner keine weiteren aggressiven Aktionen unternommen, aber wir haben den Kontakt mit der *Enterprise* verloren. Die Subraum-Kanäle sind tot. Und unser... Monitor... funktioniert nicht mehr. Wir brauchen die Details Ihres Gesprächs mit Kirk.«

»Selbstverständlich, Admiral.«

Yang lächelte innerlich. Iota hatte damit zugegeben, daß er einen Spion an Bord der *Enterprise* hatte, einen menschlichen oder mechanischen. Kirk würde das gar nicht gefallen.

»Captain Kirk und seine Crew sind eine Woche lang hier auf Landurlaub gewesen. Außerdem wurde ihr Haupt-Computer überholt. Es hat den Anschein, daß ein paar Programmierungstechniker ihm eine weibliche Persönlichkeit einprogrammiert haben, was der Captain als überaus störend empfindet...«

»Ja, ja, das wissen wir alles.«

»Nun, als Kirk erfuhr, daß unser Computertechniker krank war, erbat er eine Werftliegezeit für die *Enterprise*. Wegen der romulanischen Situation habe ich ihn jedoch auf Patrouille hinausgeschickt, mit der ausdrücklichen Anweisung, die Neutrale Zone zu überwachen.«

»Das ist alles?«

»Ja, Sir.«

»Sie haben seitdem keine Verbindung mit ihm gehabt?«

»Nein.«

»Sie haben ihm keine besonderen Instruktionen gegeben?«

»Wie könnte ich das, Admiral? Ich weiß doch selbst nicht, was passiert. Wissen Sie es?«

»Vielleicht. Als der romulanischen Neutralen Zone nächstgelegene Starbase sollten Sie mit der Situation vertraut sein. Wir haben Grund zu der Annahme, daß die Romulaner eine große Offensive vorbereiten. Die meisten von uns sind davon überzeugt, daß die Föderation ihr Hauptziel ist. Wir stellen eine Flotte als Eingreif-Reserve auf, eine Spezialeinheit, deren Aufgabe es sein soll, einen solchen Angriff aufzufangen. Offengestanden wollten wir, daß Kirk sie führt. Daß wir so nahe beim romulanischen Territorium den Kontakt mit ihm verloren haben, macht mich sehr mißtrauisch. Wäre ich pessimistisch, würde ich sagen, daß die *Enterprise* verloren ist.«

»Sir, gibt es irgendeine zuverlässige Möglichkeit, die Wahrscheinlichkeit eines solchen Angriffs festzustellen?«

»Genau wie Sie haben auch wir nichts aus dem Romulanischen Imperium gehört. Doch wenn wir nicht das Schlimmste befürchten, machen wir uns äußerst verwundbar und setzen uns einem galaktischen Pearl Harbor aus. Von jetzt an stehen Sie und Ihr Stab in Alarmbereitschaft. Aber achten Sie darauf, daß dies bei der normalen Funktion der Station nicht bemerkbar ist. Wir wollen Außenstehenden gegenüber keinen Verdacht erwecken.«

»Verstanden, Sir.«

»Melden Sie jede Unterbrechung der Routine und jedes verdächtige Verhalten direkt an mich.«

»Jawohl, Sir.«

Yang ließ sich in seinen Sessel zurücksinken, tief in Gedanken. Also. Sein Instinkt war unheimlich richtig gewesen. Starbase Acht war die gefährdetste aller Außenstationen der Föderation. Wenn die Romulaner sie zerstörten, bevor ein Notruf gesendet würde – und mit ihrem Tarnsystem mochte ihnen das gelingen –, könnten sie bis ins Vorfeld der Föderation vordringen, bevor man sie entdeckte. Ohne die *Enterprise* bestand kaum Hoffnung, daß er rechtzeitig gewarnt wurde. Iota schien zu glauben, daß Kirk und seine Leute verloren waren. Doch man durfte Kirk nicht unterschätzen, und er brauchte schon mehr als einen bloßen Verdacht des Verteidigungsrates, um ihn abzuschreiben. Außerdem konnte Kirk auch den mechanischen Monitor entdeckt und ihn abgeschaltet haben. Yang seufzte und griff nach einer Star Fleet-Dienstanweisung mit dem Titel ›Notfallsituationen‹. Es war immer gut, vorbereitet zu sein.

Admiral Iota schaltete die Subraum-Kanal-Verbindung aus, über die er mit Commodore Yang gesprochen hatte. Er sprang auf und begann, von nervöser Energie getrieben, auf und ab zu gehen. So sehr Yang sich auch bemüht hatte, die Situation zu verschleiern, stand doch fest, daß er nichts von Kirk gehört hatte. Die *Enterprise* war verloren.

Jeder Romulaner, der über die Neutrale Zone hinaus vorstieß, erklärte den Krieg. Diese Tatsache stand so fest wie die Bahnen der Gestirne. Das Romulanische Imperium war ein Räuber, furchtlos und erbarmungslos in seiner Gier nach Macht. Er hatte gesehen, wie sie wie beutehungrige Habichte durch die Galaxis geflogen waren, ständig auf der Suche nach den Verwundeten, den Schwachen, den Hilflosen. Wenn die Föderation den Angriff auf Kirk nicht mit aller Schärfe erwiderte, würde die Klaue des Habichts sie niederwerfen. Seine Schritte wurden kleiner, rascher.

Nicht einer der anderen war besser qualifiziert als er, die derzeitige Krise richtig zu beurteilen. Während der Hälfte seiner Dienstzeit bei Star Fleet war er der anerkannte Experte für das Romulanische Imperium gewesen. Er hatte jede noch so kleine fragmentarische Information studiert, aus den winzigsten Bestandteilen den Körper romulanischer Wesensart, Gedanken und politischer Organisation zusammengefügt. Wie ein Paläontologe aus unzusammenhängenden Fragmenten mühevoll eine untergegangene Kultur rekonstruiert, so hatte er sich abgemüht, die Romulaner zu verstehen, um die Föderation besser gegen sie verteidigen zu können. Als bekannt wurde, daß die Romulaner eine entfernte Verwandtschaft zu den in der Föderation hochgeschätzten Vulkaniern aufwiesen, wurde seine Überzeugung, daß eine starke Verteidigung für den Fall eines Angriffs geschaffen werden mußte, noch verstärkt. Ein undisziplinierter Vulkanier war eine furchterregende Vorstellung, und genau das waren die Romulaner mit ihrer physischen Kraft und einer Lebenserwartung, die denen der Menschen überlegen war. Im Lauf der Jahre war es ihm gelungen, ein Spionagenetz aufzubauen, mit dessen Hilfe ihm auch die kleinste Bewegung des Imperiums bekannt geworden war. Jetzt war dieses Netz zerrissen. Ihm blieb keine andere Wahl, als mit dem Schlimmsten zu rechnen.

Iota wußte, daß er recht hatte, spürte es in der Tiefe seiner Seele; doch wußte er auch, daß der Verteidigungsrat nicht die sofortigen harten Maßnahmen billigen würde, die er für richtig hielt. Nicht, daß es dort keine Mitglieder gab, die seine Ansichten teilten. Hätte er genügend Zeit gehabt, hätte er eine ziemliche Machtkoalition aufbauen können. Aber er hatte diese Zeit nicht. Er konnte sich nicht mit den flatternden Tauben herumstreiten, während die Föderation auseinanderfiel. Er mußte einen direkteren Weg wählen.

Der Gedanke kam wie eine Offenbarung, eröffnete ihm Möglichkeiten, denen er sich beinahe nicht zu stellen traute. Um sie anwenden zu können, brauchte er Befehlsgewalt. Er blieb in der Mitte des Raums stehen, wog Methoden und Vorgehen gegeneinander ab und war überrascht, als die Tür seines Büros geöffnet wurde.

Eine kleine rundliche Frau trat herein und sagte: »Sie brauchen mich, Sir?«

»Ja, Birdie, ich brauche Sie.«

Die fast unheimliche Fähigkeit seiner Sekretärin, immer zu wissen, wann sie gebraucht wurde, verwirrte ihn erneut. Er war für Ordnung und Organisation, und vor allem war er für Erklärungen. Ihr magisches Auftauchen gab ihm immer das Gefühl, in einem Märchen gefangen zu sein, wo das Unerklärliche alltäglich war.

»Ich will eine Konferenz mit allen Sektionschefs, sobald wie möglich. Dann setzen Sie eine Sitzung des Verteidigungsrates an und informieren alle seine Mitglieder, daß wir zusammenkommen, um über die angesichts der romulanischen Krise zu ergreifenden Maßnahmen zu beraten. Und vorher, Birdie, geben Sie mir die vertraulichen Personalakten aller derzeitigen Starship-Kommandanten.«

Birdie nickte und huschte hinaus. Iotas Anweisungen arrangierten sich in ihrem Gehirn wie sauber geordnete Karteikarten.

Der Admiral blickte ihr nach und trat an einen großen Tisch mit glänzender Glasplatte. Er drückte ein paar Knöpfe am Rand des Tisches, und auf ihm erschien der gesamte romulanische Sektor des Raums, mit der Neutralen Zone und den Außenstationen der Föderation. Er stützte beide Hände auf die Tischplatte und starrte auf die Karte, als sei sie ein giganisches Ouija-Brett*, das in seinen Tiefen die Zukunft verborgen hielt. Er lokalisierte Kirks letzten bekannten Standort. Das war der einzige Anhaltspunkt für die Position der romulanischen Flotte, den er hatte. Wenn sie hier die Neutrale Zone durchstoßen würden... Er stellte einige Schiffsmodelle auf den Tisch und arrangierte sie in der Schlachtordnung eines Krieges, den es noch gar nicht gab.

»Mister Spock?«

Die Dringlichkeit in Uhuras Stimme verlangte seine Aufmerksamkeit.

»Ich kann keine Verbindung mit Star Fleet Command bekommen. Das ganze Kommunikationsnetz ist gestört. Sämtliche hinausgehenden Transmissionen sind blockiert, und alles, was hereinkommt, ist unverständlicher Salat; aber die Stromkreise sind völlig in Ordnung.«

»Captain...«

»Ich habe verstanden. Ihre Meinung, Mister Spock?«

»Vielleicht stören die Romulaner unsere Kommunikationen, Captain. Aber um ein ganzes System derartig massiv zu stören, würden sie mehr Energie benötigen, als ihnen zur Verfügung steht, wenn sie ihr Tarnsystem in Betrieb haben.«

»Sie könnten etwas entwickelt haben, irgendein neues Gerät...«

»Möglich, Captain, ich werde das nachprüfen.«

Spock wandte sich wieder seiner Computer-Konsole zu. »Computer«, sagte er.

Lichter blinkten träge auf, doch es kam keine Antwort.

»Computer«, wiederholte Spock, schärfer.

»In Funktion«, sagte eine gelangweilte Frauenstimme.

»Überprüfung folgender Hypothese: Könnten die Romulaner bei ihrem bekannten technologischen Stand eine Kommunikationsstörung des Umfangs durchführen, wie

* Spiritistisches Hilfsmittel, häufiger *planchette* genannt (A. d. Ü.).

wir sie jetzt erleben, und trotzdem das Tarnsystem in Funktion halten?«

Es trat eine längere Pause ein, dann begannen die Lichter der Konsole träge zu blinken.

»In Funktion«, wiederholte eine gelangweilte Stimme.

Die Muskeln in Spocks Wangen spannten sich, als er die im Zeitlupentempo erfolgende Antwort auf seine Frage ablaufen sah.

»Ja«, antwortete die Stimme schließlich. »Derzeitiger Stand der romulanischen Technologie ausreichend, um unsere Kommunikationen lahmzulegen. Mit Zusatztreibstoff wäre man auch in der Lage, die elektronische Tarnung aufrechtzuerhalten.«

»Computer: Tun sie es jetzt?«

»Derzeitige Sensorwerte zeigen keine Aktivität in dem Sektor, in welchem das romulanische Schiff zuvor gesichtet wurde.«

Die Computer-Lampe erlosch, und Spock preßte vor Verärgerung die Lippen zusammen.

»Computer!«

Eine Lampe flackerte widerwillig auf, und Spock fuhr fort: »Könnte eine solche Aktivität verborgen werden?«

»Diese Möglichkeit besteht«, kam die träge Antwort.

»Die Romulaner blockieren unsere Kommunikationen, um uns zu isolieren... aber warum? Sie haben nicht angegriffen... noch nicht. Falls sie nicht eine ausgewachsene Invasion vorhaben...«

»... und dies Schiff ihre Speerspitze ist. Eine Möglichkeit, Captain.«

»Wir müssen irgendwie durchkommen. Lieutenant Uhura, schicken Sie eine Kommunikations-Drohne* aus. Informieren Sie Star Fleet über unsere derzeitige Lage.«

»Jawohl, Captain.«

Uhura wandte sich ihrer Kommunikations-Konsole zu

* Milit.: unbemannter Flugkörper, zumeist für Nahaufklärung eingesetzt (A. d. Ü.)

und programmierte das Manöver. Sie drückte auf den Knopf, der die Kapsel abfeuerte, doch er klemmte. Sie versuchte mit allen Tricks, die sie kannte, den Knopf freizubekommen, schlug schließlich sogar mit der Faust auf die Konsole, doch selbst das nützte nichts.

»Captain, der Abfeuerungsknopf klemmt!«

»Scotty…«, sagte Kirk verzweifelt. Zu vieles ging jetzt schief. Der Computer, das Auftauchen des Romulaners, und jetzt eine mechanische Panne… alle seine Instinkte warnten ihn vor einer bevorstehenden Katastrophe. Er blickte zu seinem Chef-Ingenieur hinüber, der an Uhuras Konsole zu hantieren begann, ganz auf das Problem konzentriert.

»Captain.«

»Ja, Spock«, antwortete Kirk, den Blick noch immer auf die Kommunikations-Konsole gerichtet.

»Es gäbe da noch eine andere Möglichkeit.«

Kirks Aufmerksamkeit war erregt, und er blickte seinen Ersten Offizier erwartungsvoll an.

»Das Problem könnte intern sein. Die Fehlfunktion des Computers nimmt zu. Seine Reaktionen sind träge. Bei einem Angriff könnte das tödlich sein. Es ist, als ob der Computer seine ganze Aufmerksamkeit auf ein einziges Problem konzentrierte und alles andere ausschlösse.«

»Sie haben nur etwas gegen die Dame. Okay, Spock, finden Sie mir ein paar Antworten.«

»Ich will es versuchen, Captain.«

Kirk beugte sich vor und starrte auf den leeren Bildschirm, um den Romulaner durch seinen Willen zum Auftauchen zu zwingen. McCoy, der hinter Kirks Sessel stand, sah die eiserne Konzentration. Er bemerkte die angespannten Muskeln in Kirks breitem Rücken und verzog das Gesicht. Er konnte sehen, wie sich ein Kopfschmerz entwikkelte.

»Ich komme, ich komme!«

Das wütende Rasseln seiner Türklingel zerrte an Tiercellus' Nerven. Er konnte sich nicht mehr schnell bewegen, und als er die Tür erreichte, war er ziemlich wütend. Er schlug die Schloßverriegelung mit der Faust zurück.

»Ja, was wollen Sie?« fuhr er einen Lieutenant der imperialen Garde an. Der Mann war von Tiercellus' Erregung überrascht, verneigte sich aber trotzdem mit übertriebener Höflichkeit, die seine Jugend verriet. Sehr bald, dachte Tiercellus mit innerer Verbitterung angesichts der Blindheit des Praetors, werden sie auch Kinder einziehen.

»Ich bitte um Verzeihung, Sir, aber ich bin beauftragt, Ihnen dies zu überbringen. Mit den Empfehlungen des Praetors.«

Tiercellus schnaubte verächtlich, als der junge Mann ihm einen dicken weißen Umschlag überreichte. Er verabschiedete ihn mit einem zerstreuten Gruß, den Blick auf das rote Wachssiegel gerichtet, welches das Wappen des Imperators zeigte. Seine Finger zitterten, als er das Siegel erbrach.

»Angesichts der herrschenden Notlage werden Ihre Dienste benötigt«, las er halblaut. »Sie werden sich zwecks Zuweisung einer Aufgabe beim Praetor melden. Zum Ruhme des Imperiums...«

Tiercellus' Stimme erstarb, als er die Unterschrift des Imperators erkannte, der ihn aus dem Ruhestand in den Dienst seines Landes zurückrief. Sein Herz weitete sich bei dem Gedanken an bevorstehende Schlachten. Er wollte nicht langsam, unbeachtet vergehen, und das Schicksal hatte ihm eine letzte Chance zum ruhmvollen Tod geboten.

Trotzdem war er von der Bedrohlichkeit der Lage erschüttert. Der Praetor haßte ihn zutiefst. Diese Reaktivierung war ein deutlicher Hinweis auf die Verzweiflung des Praetors, und Verzweiflung führte leicht zu Panik. Er hatte nichts zu verlieren und mochte deshalb beruhigenden Einfluß ausüben. Außerdem genoß er den Respekt des Militärs, was beim Praetor nicht der Fall war. Er war deshalb ein brauchbares Werkzeug zur Festigung eines Heers.

Doch selbst die Aussicht, lediglich als Galionsfigur zu dienen, konnte seine Erregung nicht dämpfen. Ein altes, längst erloschenes Feuer brannte ihm in den Augen.

S'Talon drehte sich auf seinem Schreibtischstuhl herum. Seine winzige, spartanisch eingerichtete Kabine wurde von einem sanften roten Glühen erleuchtet. Die einzige Dekoration in dem Raum war eine stromlinienförmige Skulptur des romulanischen T'Liss, desselben Raubvogels, dessen Bild die *Raptor* zierte. Aus schwarzem Holz geschnitzt und zu schimmernder Glätte poliert, gab sie die konzentrierte Kraft wieder, die S'Talon ausstrahlte. Seine Augen blickten die Statue fast liebevoll an.

»Mein Eid ist Gehorsam.«

Die Stimme der Centurion unterbrach seine Gedanken. Ein blinkendes Licht über der Tür informierte S'Talon, daß sie draußen wartete.

»Herein.«

»Sie wollen mich sprechen?«

»Ja.«

Das matte Gesicht verlieh ihrer Schönheit sanfte Züge.

»Bevor Sie anfangen, Commander, möchte ich protestieren.«

Falls S'Talon überrascht war, so ließ er sich das nicht anmerken.

»Diese Strategie, die Sie anwenden, spielt Livius direkt in die Hände! Er braucht Munition, um die Wut der Besatzung anzustacheln, und Sie geben sie ihm! Lassen Sie uns kämpfen, lassen Sie uns sterben, aber machen Sie Schluß mit dieser Untätigkeit!«

»Ihre Bedenken sind zur Kenntnis genommen, Centurion. Ich bin mir nicht im unklaren über die Gefahren meiner Position und die Risiken, die ich eingehe. Ich habe Ihnen doch gesagt, daß es Selbstmord ist.«

»Sie haben mir aber nicht gesagt, daß es Dummheit ist.«

»Ja, das ist es auch.«

Die Wut der Centurion ließ sie herumfahren.

»Ich hatte angenommen, daß Sie die Situation verstehen«, sagte S'Talon leise.

»Das tue ich auch. Nur zu gut. Aber ich kann nicht tatenlos zusehen, wenn Sie Ihr Kommando verlieren. Sie tot zu sehen, wäre nicht so schwer.«

Die Tiefe der Leidenschaft in S'Tarleyas Stimme überraschte S'Talon, und er notierte sie in seinem Gedächtnis, um später darüber nachzudenken.

»Noch habe ich das Kommando nicht verloren, und ich habe auch nicht die Absicht, S'Tarleya...«

Die Centurion zuckte zusammen, als sie ihren Namen hörte. S'Talon war nie vertraulich mit seinen Offizieren. Es mußte wirklich um einen sehr hohen Einsatz gehen.

»... und deshalb bitte ich Sie noch einmal, mir zu vertrauen. Ich weiß, was ich tue. Ich wollte, daß Sie so wenig wüßten wie die andere Crew«, murmelte er.

Sie fuhr so heftig herum, wie sie sich vorher abgewandt hatte, und blickte ihn an.

»Sie verlangen in einem Atemzug mein Vertrauen und zweifeln im nächsten meine Loyalität an!«

»Niemals! Deren Tiefe habe ich erkannt. Das Nichtwissen, das ich mir für Sie wünsche, ist ein Schild, den Sie nicht besitzen.«

S'Tarleyas verwirrter Blick zwang ein Lächeln auf S'Talons Gesicht.

»Lassen wir das. Ich wollte die Klarheit Ihrer Gedanken. Ich habe so lange über dieses Problem nachgedacht, daß ich zuviel sehe. Sagen Sie mir, Centurion, was Sie über Kirk wissen.«

»Was jeder weiß. Er ist brillant und gefährlich. Alles andere sind nur Gerüchte.«

»Es würde mich interessieren, diese Gerüchte zu hören.«

»Man sagt, daß seine Crew ihm fast fanatisch ergeben ist. Es wird behauptet, daß er schon sein Leben für seine Leute riskiert hat.«

S'Talon hob die Brauen.

»Wie ich bereits sagte, es sind nur Gerüchte.«

»Und der vulkanische Erste Offizier?«

»Man sagt, daß selbst er Kirk respektiert, sich seinem Urteil unterordnet.«

»Was sagen die Klingonen?«

»Ich glaube, sie mögen ihn. Von allen Offizieren von Star Fleet ist es Kirk, gegen den sie kämpfen möchten. Genau wie wir sehen sie in ihm einen ebenbürtigen Gegner. Vielleicht sehen wir beide eine Art Seelenverwandtschaft mit ihm – die Freude, sich mit anderen zu messen.«

S'Talon lächelte befriedigt.

»Centurion, Sie haben mir das gegeben, worum ich Sie bat. Der Schlüssel zu Kirk liegt in dem Kräftemessen. Wenn ich sein Interesse wachhalten kann, wird er sich auf mich konzentrieren. Er wird keine Zeit finden, sich um die Bewegungen der Flotte zu kümmern.«

Die Augen der Centurion weiteten sich.

»Wir sind ein Köder!«

»Nicht nur das. Wir sind auch ein Sicherheitsventil.«

»Ich wußte, daß dies Selbstmord ist, aber erst jetzt erkenne ich den Grund dafür. Und auch, warum Sie dazu ausgewählt wurden.«

»Mein Tod in hehrer Schlacht mit dem Feind würde dem Praetor eine große Freude sein. Doch fürchte ich, daß er nicht einmal diese Befriedigung haben wird.«

»Ich sehe keine Möglichkeit, wie Sie dem Tod entkommen könnten.«

»Ich kann es, Centurion. Unglücklicherweise kann ich es. Und es ist meine Pflicht, obwohl es gegen alles verstößt, was mir am wertvollsten ist. Mit einer einzigen Ausnahme.«

»Darf ich fragen, was diese Ausnahme ist, Commander?«

S'Talons Nüstern weiteten sich.

»Die Erhaltung des Romulanischen Imperiums«, antwortete er.

Drei Stunden lang hatte Kirk in seinem Sessel gesessen und versucht, durch seine Willenskraft die Romulaner zum Erscheinen zu zwingen, doch der goldene Vogel schien zu schlafen. Es war, als ob die Romulaner nicht existierten, als ob ihr Auftauchen nicht mehr gewesen war als eine momentane Sinnestäuschung. Die Unsichtbarkeit machte ihre Gegenwart so entnervend wie einen mitternächtlichen Gang durch ein Haus, in dem es spukte. Kirk war alles andere als abergläubisch, doch selbst er war nicht immun gegen das unheimliche Gefühl, ständig beobachtet zu werden. Er konnte fast spüren, wie Blicke sich ihm in den Nakken bohrten, und mußte sich zusammennehmen, um nicht aufzufahren und dem Gegner entgegenzustürzen.

Die Anspannung begann ihre Wirkung zu zeigen, und im stillen zollte er dem taktischen Können seines Gegners Anerkennung. Nichts kann militärische Schlagkraft so rasch zerstören wie ausgedehntes Warten. Trotzdem fragte sich Kirk, wie lange der Romulaner das durchhalten konnte. Das Tarnsystem war ein gnadenloser Energiefresser. Es hätte die Treibstoffreserven des Schiffs in der Hälfte der Zeit, die sie hier warteten, erschöpfen müssen.

»Spock, wieviel länger können sie die Tarnung noch aufrechterhalten?«

Spock wandte sich von seiner Konsole ab und verschränkte die Hände hinter dem Rücken. Sein Gesicht wirkte nachdenklich.

»Ich hätte gesagt, daß sie sie nicht länger als eins Komma sieben-sechs Sonnenstunden aufrechterhalten könnten; doch haben sie diese Grenze schon weit überschritten.«

»Dann müssen sie eine erhebliche Menge zusätzlichen Treibstoff an Bord haben.«

»Offensichtlich. Und es wäre auch nicht vermessen anzunehmen, daß sie das Tarngerät technologisch verbessert haben, damit es treibstoffsparender arbeitet.«

»Zusatz-Treibstoff.«

Der Captain runzelte die Stirn, als er konzentriert über die Bedeutung nachdachte, die ein romulanisches Schiff mit Zusatztanks haben mochte. Es roch nach Spionage – oder nach einer Falle; doch das Verhalten des Romulaners schloß jede der beiden Möglichkeiten aus. Falls das Spiel Spionage wäre, hätte der Romulaner die Tarnung dazu benutzt, um in die relative Sicherheit der Neutralen Zone zu fliehen, oder er hätte versucht, mit der *Enterprise* Kontakt aufzunehmen. Er hatte weder das eine noch das andere getan. Natürlich war die *Enterprise* seit dem Zusammenbruch ihres Kommunikationssystems von anderen nicht mehr erreichbar; doch bei der ersten Sichtung des Romulaners waren die Kanäle noch offen gewesen. Falls er eine Falle aufstellte, so wartete er sehr lange, um sie zuschnappen zu lassen.

Kirk hatte mehrere Möglichkeiten, aber keine Antworten. Bevor der Romulaner sich zum Handeln entschloß, mußte er seinen Spekulationen vertrauen. Seine Reizbarkeit entlud sich in einem pulsierenden Kopfschmerz, als die ständig wachsende Anspannung die Atmosphäre im Brückenraum auflud. Nur Spock arbeitete mit gewohnter, ruhiger Tüchtigkeit. Alle anderen waren zu erregt, spannten alle ihre Sinne an, um den Feind zu entdecken. Die Kraft wurde rasch verbraucht, und die Nerven waren es bereits. Der Captain blickte auf der Brücke umher, und die Strategie des Feindes wurde ihm schmerzhaft klar.

»Die Wache ist fast vorbei«, erklärte er. »Sie können sich alle eine Weile ausruhen.«

»Aber, Sir...«, protestierte Sulu.

»Die Maschinen sind in Ordnung, Captain, aber ich brauche Zeit, um die Phaser noch einmal zu überprüfen...«, bat Scotty.

»Kommunikation noch immer blockiert«, erklärte Uhura.

»Dies ist ein dienstlicher Befehl!« sagte Kirk scharf.

Doktor McCoys Lächeln war selbstgefällig, doch er sagte nur: »Du könntest auch etwas Ruhe brauchen, Jim.«

»In Ordnung, Pille, ich ergebe mich freiwillig.« Er wandte sich zu seiner Crew um und sagte ruhig: »Er versucht uns weichzukriegen, indem er auf unseren Nerven herumtrampelt… und mit Erfolg. Wir können alle etwas Ruhe gebrauchen. Mister Spock, Sie haben das Kommando. Ich bin in meiner Kabine. Melden Sie mir sofort jede Veränderung.«

»Verstanden, Sir.«

Der Vulkanier sah Kirk nach, als er die Brücke verließ, dann wandte er sich zum Haupt-Bildschirm um und starrte die Sterne an, bevor er mit der Überprüfung des Bibliotheks-Computers weitermachte.

KAPITEL 5

Kirk war müde. Er hatte nicht gewußt, wie müde er war. In dem Moment, als die Tür des Turbolifts zuglitt, sanken ihm die Schultern herab, und er lehnte sich gegen die Wand.

»Deck fünf«, sagte er.

Die Liftkabine schoß in die Tiefe wie ein zustoßender Habicht. Die Geschwindigkeit des Falls preßte ihn gegen die Wand, und er versuchte, die Knöpfe der manuellen Bedienung zu erreichen, kämpfte mit aller Kraft gegen die Zentrifugalkraft an. Es gelang ihm nicht, die Knöpfe zu erreichen. Der Turbolift befand sich im freien Fall, und er konnte überhaupt nichts tun. Er war verloren. Schließlich warf er sich gegen die Knöpfe der manuellen Bedienung; ein letzter, verzweifelter Versuch, sie zu erreichen, und er wurde quer durch die Kabine geschleudert, als der Lift ruckartig hielt und die Tür aufglitt. Er konnte seinen Sturz abfangen, indem er sich am Türrahmen festklammerte, stürmte dann aber sofort hinaus und lehnte sich gegen die Wand, damit der Knoten in seinem Magen sich auflösen konnte. Dann ging er, noch immer zitternd, zum nächsten Intercom-Gerät.

»Maschine, Wartung«, sagte er.

»Hier Wartung.«

»Hier Kirk. Überprüfen Sie den Haupt-Turbolift. Meldung an Mister Spock auf der Brücke. Ende.«

Er ging den Korridor entlang, wobei seine Nerven sich langsam wieder beruhigten, und freute sich auf die Ruhe und Sicherheit seiner Kabine. Die Kabinentür flog auf, als er noch drei Meter von ihr entfernt war, doch war sein Gehirn so sehr mit anderen Dingen beschäftigt, daß er es überhaupt nicht registrierte. Er ließ sich auf sein Bett fallen und massierte die verspannten Muskeln im Nacken. Sie lösten sich ein wenig, und er zwang sich, alle Sorgen zu vergessen, zu ruhen, die Muskeln zu entspannen. Es ging leichter, als er angenommen hatte. Irgend etwas, das er nicht identifizieren konnte, entschärfte seinen angespannten Verstand und verführte ihn zur Passivität. Und dann nahm ihn der Schlaf in die Arme. Durch das Dunkel der Kabine klang die sanfte, fast unhörbare Melodie von Brahms' ›Wiegenland‹.

Lieutenant Sulu war hungrig. Gefahr machte ihm immer Appetit, und der Gedanke an eine dicke Scheibe Corned beef auf Roggenbrot und an eine saftige Dillgurke ließ ihm das Wasser im Mund zusammenlaufen. Er überprüfte noch einmal seine Ruder-Konsole, bevor er sie Lieutenant Muromba übergab. Mit Ausnahme des elektrischen Hilfssystems war alles in bester Ordnung, und seine Gedanken wandten sich wieder der Frage des Essens zu.

»Pavel«, sagte er zu Chekov, »ich komme um vor Hunger. Gehen wir doch bei der Kombüse vorbei und holen uns ein Sandwich. Wenn ich nichts in den Magen kriege, starre ich die ganze Nacht an die Decke und denke an Essen... an Dillgurken, die über den Mond springen.«

»Ein Sandwich mit Schweizer Käse und Speck, Makkaronisalat, rigelianischer Pudding...«

Chekovs Augen glänzten, als er seine Wünsche in fast ehrfürchtigem Tonfall aufzählte.

»Komm schon!« sagte Sulu.

Sie eilten durch die Korridore, zwei Männer mit einem klaren Ziel vor Augen. Um diese späte Stunde war die Kombüse fast leer, und sie hatten keinerlei Schwierigkeiten, zum Nahrungs-Zubereiter zu gelangen. Sulu rieb sich die Hände und lächelte, als er an den Geschmack von Knoblauch dachte. Er drückte den Code für sein Sandwich und die Dillgurke ein und wartete. Nichts geschah, und da er sicher war, daß er bei dem Code einen Fehler gemacht haben mußte, drückte er die Ziffern noch einmal.

Chekov nahm sein Tablett aus dem Gerät. Er trug es zum nächsten Tisch, setzte sich und biß in das Sandwich. Überraschung... und dann Enttäuschung breiteten sich über sein Gesicht.

»Was ist denn das?« rief er, hielt das Sandwich hoch und starrte es an. »Hähnchen! Was ist mit meinem Schweizer Käse und Speck passiert? Ich bin sicher, daß ich den richtigen Code eingab.«

»Ich auch«, murmelte Sulu, als er sich Chekov gegenübersetzte. »Und ich habe ebenfalls Hähnchen bekommen. Sieh nur!« Er deutete mit anklagendem Finger auf eine unschuldige Scheibe Hühnerfleisch. »Ich weiß, daß ich diesem kulinarischen Wunder den richtigen Befehl gegeben habe, und es hat meine Dillgurke in Huhn verwandelt. Und Kaffee! Ich hasse Kaffee!«

»Ich auch«, sagte Chekov. »Vielleicht eine Fehlfunktion.«

Er trat zu dem Gerät und drückte den Code für ein Roastbeef-Sandwich: Hähnchen. Er versuchte es mit dem Code für einen Salat: Hähnchen. Tomate und vulkanische Klauenfrucht: Hähnchen. Er blickte über die Schulter den niedergeschlagenen Sulu an, der mit Trauermiene auf seinen Teller starrte.

»Ja, es ist eine Fehlfunktion. Alles, was ich kriege, ist des Captains Lieblingssandwich. Ich rufe gleich die Wartung an.«

»Wir werden verhungern«, murmelte Sulu düster.

Chekov informierte die Wartung von der Panne und kam wieder zu Sulu zurück.

»Ich habe ein wenig Notproviant in meiner Kabine. Bis morgen werden wir also nicht verhungern. Komm!« Er legte alle Hähnchen-Sandwiches auf einen Teller – schließlich konnte man sie nicht umkommen lassen. Sulu folgte ihm aus der Tür und den Korridor entlang, durch den Hinweis auf den ›Notproviant‹ erheblich aufgemuntert.

Mr. Kyle starrte auf den Spieltisch. Er war in die Offiziersmesse gekommen, um eine Partie Quaestor zu spielen, die letzte in einer Serie, die er brauchte, um anerkannter Meister des Spiels zu werden. Quaestor hatte etwa den gleichen Schwierigkeitsgrad wie Schach, und er war stolz auf sein Können. Das Spiel war auf Serien von Zügen aufgebaut, die, wenn sie unterbrochen wurden, von vorn wiederholt werden mußten. Der Spieltisch reagierte nicht auf seine Codes. Kyle tippte den Quaestor-Code erneut ein, doch die Reaktion war wieder ungenau. Angewidert zog er ein Werkzeug aus dem Gürtel und begann, die Platte des Spieltischs abzuschrauben, entschlossen, den Fehler zu finden und zu beseitigen. Der Computer weigerte sich, den Quaestor-Code zu akzeptieren, sondern antwortete mit dem Eröffnungszug eines kindisch einfachen Spiels, das ›Captains Quadrat‹ hieß.

Lieutenant Commander Montgomery Scott trat widerstrebend in seine Kabine. Er machte sich Sorgen wegen der Phaser: eine letzte Überprüfung konnte nicht schaden. Er griff nach dem Intercom.

»Maschine«, sagte er.

»Hier Kopka.«

»Hier ist Scott, Junge. Machen Sie mal eine End-Überprüfung der Phaser. Ich möchte sicher sein, daß sie absolut in Ordnung sind. Diese Fehlfunktionen könnten unseren Tod bedeuten.«

»Überprüfung des Phaser angelaufen, Mister Scott.«

»Guter Junge!« sagte Scotty. »Melden Sie mir alles Ungewöhnliche. Ich bin in meiner Kabine. Ende.«

Scotty lächelte zufrieden über die Zuverlässigkeit seiner Maschinen-Crew. Vielleicht konnte er sich für ein paar Minuten entspannen. Er legte sich aufs Bett und zog den Computer-Bildschirm auf Augenhöhe.

»Computer.«

Eine einzige Lampe flammte auf, und der Computer antwortete: »In Funktion.«

»Bibliothek, Sektion eins-A-vier-drei-zwei-eins, Maschine, Band zweiunddreißig-X: ›Phaser: Neuerungen und Weiterentwicklungen.‹«

»In Funktion«, murmelte die Frauenstimme des Computers. Die Lampe an der Computer-Armatur blinkte träge und erlosch. Der Bildschirm knisterte mit statischen Geräuschen, bis Scotty ihn am liebsten geschüttelt hätte.

»Na, komm, mach schon!« knurrte er.

Der Bildschirm wurde klar, und Scotty bereitete sich innerlich darauf vor, sein technisches Journal zu studieren.

»Viermal zwanzig und sieben Jahre sind vergangen, seit unsere Väter auf diesem Kontinent eine neue Nation schufen, geboren aus der Freiheit und dem Grundsatz verpflichtet, daß alle Menschen gleich geschaffen sind...«

»He, was ist denn das?«

Er starrte auf den Bildschirm und sah dort den vollständigen Text der *Gettysburg Address* , doch nicht ein Wort über Phaser. Er regulierte die Scharfeinstellung so, daß er den Titel des Werks erkennen konnte.

»Eine wahre Biographie Abraham Lincolns«, las er ungläubig. »Das gibt es doch nicht!«

Sorgfältig schaltete er das Bild ab und tippte erneut den Code für seine Schrift über Phaser ein. Wieder knisterte der Bildschirm, und die wirren Static-Linien verdichteten sich zu einer Fotografie von Abraham Lincoln.

»Matthew Brady!« rief Scotty. »Mister Spock! Mister Spock!«

»Ja, Mister Scott?« kam die ruhige Antwort.

»Mister Spock! Ihr geliebter Computer bringt die ganzen Bibliotheksbänder durcheinander. Ich kann nichts anderes kriegen als Abraham Lincoln! Können Sie nicht irgend etwas tun, Mister Spock?«

»Das Problem ist mir bekannt, Mister Scott. Doch fallen mir zum gegenwärtigen Zeitpunkt keine Methoden ein, ihm abzuhelfen. Sagten Sie eben, Abraham Lincoln, Mister Scott?«

»Ja. Hat das irgendeine Bedeutung?«

»Es ist interessant. Ich kümmere mich darum, Mister Scott. Ende.«

Scotty saß auf der Bettkante, starrte düster vor sich hin und dachte an Abraham Lincolns spöttisches Gesicht. Ihm war nicht nach Schlafen zumute, und ohne die Bibliotheks-

Bänder fühlte er sich gelangweilt. Er gab auf und ging zu seinem großen Schrank. Zumindest konnte er an seinen Schiffsmodellen weiterarbeiten. Scotty lächelte, als er die Sammlung winziger, komplizierter Modelle sah, die dort ordentlich nebeneinander aufgestellt waren. Er suchte ein Bündel verschiedener Drähte heraus, dazu den Rumpf eines Schiffs, sowie seine feinsten Werkzeuge und machte sich an die Arbeit, ein Schiffbauer, der in sein Steckenpferd vertieft war. Unter seinen Händen wuchs die zarte Nachbildung eines minoischen Segelschiffs. Wenn es fertig war, würde jedes einzelne seiner winzigen Teile voll funktionstüchtig sein. Scotty arbeitete mit sich steigerndem Enthusiasmus. Er beschloß, das winzige Schiff *Seevogel* zu nennen.

Spock studierte die Konsole des Bibliotheks-Computers. Er hatte gerade eine Serie von Berechnungen durchgeführt, die dazu bestimmt waren, die Genauigkeit der Computer-Antworten zu überprüfen. Die Ergebnisse waren nicht befriedigend. Nicht nur, daß die Antworten langsam kamen, sondern nur sieben von zehn waren korrekt. Zwei der zehn Fragen hatte er völlig ignoriert, und eine mit barem Unsinn beantwortet. Spock trommelte mit den Fingern auf der Konsole und konzentrierte sich, wobei er im Geist alle von ihm gestellten Fragen und ihre Antworten noch einmal abrollen ließ. Keiner der normalen Tests hatte ihm einen Hinweis auf die Ursache des Problems gegeben... vielleicht war es etwas so Einfaches, daß er es übersehen hatte. Wenn irgendein Fremdkörper – ein Staubkorn oder eine winzige Rußflocke – in die Stromkreise eingedrungen war... die Stromkreise wurden zwar automatisch gereinigt, doch wenn irgend etwas mit dem Reinigungssystem nicht in Ordnung war, konnte sich Schmutz ansammeln und das ganze System beschädigen.

Er löste die Abdeckung von der Computer-Konsole und legte sie zur Seite. Sein Blick glitt mit mathematischer Präzision über die Reihen von Mikro-Schaltkreisen, während er nach irgendeinem offenliegenden Fehler suchte. In der rechten oberen Ecke der Schaltungen entdeckte er etwas, bei dessen Anblick sich sein Mund zu einem ironischen Lächeln verzog. Vorsichtig schob er die Finger unter einen dreieckigen Mechanismus und zog ihn heraus. Er hatte einen Durchmesser von etwa sechs Zentimetern und bestand aus Sensoren und Verstärkern. Spock hielt das kleine Gerät eine Weile in der Hand und betrachtete es, ohne daß sein Gesicht die geringste Regung zeigte; dann drehte er es um und sah auf seinem Boden das blaue Emblem der Vereinigten Föderation von Planeten.

Lieutenant Kevin Riley lehnte sich in seinen Sessel zurück und legte die Füße hoch. Dies war die Art Dienst, die er haßte: Stunden erzwungenen Nichtstuns, während er eine automatische Temperaturanzeige überwachte. Seine Station war sozusagen ein Sicherheitsventil für den Fall einer Panne oder einer Beschädigung, und seine ganze Aufgabe bestand darin, auf einen Alarm zu warten und zu versuchen, nicht vor Langeweile zu sterben.

Selbst die Nähe des romulanischen Schiffs konnte seine Ansicht nicht ändern. Im Gegenteil, sie machte ihm seinen Job nur noch schwerer. Er hockte hier in einem Loch, ein passiver Zuschauer, während Hunderte von Leben in Gefahr waren. Je mehr er darüber nachdachte, desto verdrießlicher wurde er. Das einzige Gegenmittel dafür war Handeln, und da die Enge des Raums und sein Job seine physischen Möglichkeiten stark begrenzten, blieb ihm allein der Ausweg der geistigen Beschäftigung.

Er schaltete das Register des Bibliotheks-Computers auf den Bildschirm, bis er zu der Sektion ›Dichter, irisch‹ kam. Die fließende Schönheit dieser Sprache war eine Gabe, auf die sein Volk besonders stolz war. Er würde die Worte eines keltischen Barden über sich fluten lassen wie Wellen. Er würde dann versinken. Er würde nicht an den Romulaner denken.

Riley drückte den Code für eine der kleineren Balladen

Sean O'Caseys, gelesen von einer besonders begabten Schauspielerin. Er lehnte sich wieder zurück und schloß die Augen in der Erwartung, gleich ihre weiche, warme Stimme zu hören.

»Ich muß wieder aufs Meer hinaus, auf das einsame Meer unter dem weiten Himmel, und alles, was ich mir wünsche, ist ein tüchtiges Schiff, und ein Stern, nach dem ich es steuern kann...«, sagte eine dunkle Baritonstimme.

Riley riß überrascht die Augen auf.

»... und der Schlag des Ruderrades und das Lied des Windes und das Knattern der weißen Segel und ein grauer Nebel auf dem Antlitz der See und das Dämmern eines grauen Morgens...«, fuhr die Stimme fort.

»He!« rief Riley und richtete sich auf, um wieder einen Blick in das Register zu werfen.

Die Stimme hatte gerade den dritten Vers begonnen, als Riley den Code löschte und neu eintippte. Der Bildschirm blieb einen Moment leer, dann tauchte darauf das Bild eines Mannes in einem schweren Sweater und mit einer Fischermütze auf.

»Ich muß wieder aufs Meer hinaus...«, begann er, und Riley schlug wütend auf den Ausschaltknopf, doch das Bild sprang nur kurz, und der Mann sprach ohne Unterbrechung weiter.

Riley drückte wütend auf den Intercom-Schalter.

»Computer-Wartung.«

»Hier Spock.«

»Hier Riley, Mister Spock.« Er hatte nicht erwartet, daß Spock sich melden würde. »Mein Bibliotheks-Computer hat 'ne Schraube locker... nicht alle Tassen im Schrank... durchgedreht!«

»Bitte, Lieutenant Riley, im Klartext.« Spocks Stimme klang schmerzlich.

»Ich habe vom Computer ein Vortrags-Band angefordert, und er hat es durch ein anderes ersetzt. Ich habe den Code für das Band neu eingegeben, doch kam es zu der gleichen Fehlfunktion. Als ich dann versuchte, das Zeug abzuschalten, nahm der Computer den Befehl nicht an. Er gab nur ein komisches Geräusch von sich und machte ohne Pause weiter. Mister Spock, ich kann ihn nicht abschalten! Er bringt mich zum Wahnsinn!«

»Was genau hat der Computer statt des von Ihnen angeforderten Vortrags gebracht?«

»Ein Gedicht von John Masefield...«

»›Ich muß wieder aufs Meer hinaus‹?« fragte Spock.

»Ja, Mister Spock, aber woher wissen Sie das?«

»Eine hypothetische Annahme, Lieutenant. Ich schlage vor, daß Sie das Band durchlaufen lassen und dann den Computer neu codieren. Bis dahin würde ich Ihnen empfehlen, sich zu entspannen und John Masefields Verse zu genießen.«

»Mister Spock!« rief Riley entsetzt. »Ich soll die Verse eines englischen Dichters genießen? Sie jagen ein Schwert durch meine irische Seele.«

»Die derzeitige Krise erfordert von jedermann Opfer«, sagte Spock trocken. »Bitte melden Sie alle weiteren Computer-Probleme direkt an mich. Ende.«

»... und alles, was ich mir wünsche, ist ein fröhliches Garn von einem Fahrtgenossen, und ein ruhiger Schlaf und ein schöner Traum, wenn die lange Reise vorbei ist...«

Riley starrte auf den Computer-Bildschirm und versuchte, sich damit abzufinden, daß noch eine recht lange Zeitspanne vergehen mußte, bevor seine Wache vorbei war.

Spock schloß die Finger um die Armlehnen des Sessels. Lieutenant Rileys Beschwerde war eine zusätzliche Information zu den Nachrichten, die er bisher gesammelt hatte. Die Eskalation der Computer-Fehlfunktionen war jetzt keine vage Vermutung mehr, sondern eine erwiesene Tatsache. Die Art dieser Eskalation war es, die ihn beunruhigte. Bis jetzt war die Einsatzbereitschaft des Schiffes davon nicht betroffen worden. Die einzige Ausnahme war der Verlust der Kommunikation, durch den die *Enterprise* völlig isoliert wurde. Das Schiff war nach wie vor kampffähig, doch war nicht vorauszusehen, an welcher Stelle die nächste Panne auftreten mochte.

Spock rutschte unruhig auf seinem Sessel nach vorn. Die Unlogik der Reaktionen des Computers war entnervend und unmöglich. Aus der Menge der Informationen, die er inzwischen gesammelt hatte, hätte er eigentlich eine Richtung wahrscheinlicher Reaktionen erkennen müssen; doch bis jetzt war es ihm nicht möglich, eine erwiesene Folgerichtigkeit seiner Aktionen festzustellen. Die einzige Möglichkeit, die sich ihm bot, war so bizarr, daß er davor zurückschreckte, sie zu akzeptieren. Seine Überlegungen wurden vom Intercom unterbrochen. »Mister Spock!«

»Hier Spock.«

»Kadett Janice Rand, Mister Spock. Ich bin im Turbolift zwischen Deck drei und Deck vier. Ich sitze fest. Ich kann nicht hinaus!«

»Haben Sie die Wartung benachrichtigt, Kadett?«

»Ich kann die Wartung nicht erreichen. Ich habe niemanden erreichen können, bis Sie sich meldeten. Mister Spock, holen Sie mich hier raus!«

»Beschreiben Sie die Umstände, die Sie in Ihre derzeitige Situation brachten, Kadett!«

Spocks trockene Stimme wirkte seltsam beruhigend auf sie.

»Aber da gibt es nichts zu beschreiben. Ich bin nur wie sonst in den Lift getreten und habe Deck fünf verlangt.«

»Haben Sie irgend etwas getan oder gesagt, bevor sie in den Lift traten?«

»Ich habe mit Angela gesprochen...« Janices Stimme erstarb, als sie versuchte, sich an die genauen Details zu erinnern, die der Vulkanier von ihr erwartete. »Sie erzählte mir von einigen Kursen, an denen sie teilnimmt, besonders von einem über die Psychologie des Kommandos. Sie arbeitet gerade an einer These, einem Vergleich zwischen den Persönlichkeiten von vier Schiffskommandanten und ihrer Einstellung gegenüber der Befehlsgewalt. Ich sagte ihr, daß dem Kommando ein zu großer Wert beigemessen werde, daß die Crew für die Leistungsfähigkeit eines Schiffes wichtiger sei als sein Kommandant.«

Spock schloß die Augen. Die unlogische Möglichkeit, der er ausweichen wollte, wurde mit jedem Bericht wahrscheinlicher.

»Mister Spock? Sind Sie noch da, Mister Spock?«

»Ja, Kadett. War das alles?«

»Ja, Mister Spock. Ich begreife das alles nicht. Ich habe doch nichts weiter gesagt als ›Deck fünf‹.«

»Ich schicke Ihnen ein Wartungsteam, das Sie befreien wird.«

»Danke, Sir.«

Spock informierte die Wartung von Janice Rands ungemütlicher Lage und schaltete den Bibliotheks-Computer ein. Seine Trägheit wurde immer ausgeprägter. Spock mußte eine volle Minute warten, bevor die Stimme sich meldete.

»Computer, eine Aufstellung aller Werke der Dichterin Kayla von Aldebaran.«

Der Computer klickte müde.

»Wer ist Kayla von Aldebaran?« fragte er zurück.

Spock hob die Brauen. Er versuchte einen anderen Weg.

»Überprüfe alle Literatur-Register auf Anführungen des Namens Kayla von Aldebaran.«

Der Computer blieb eine lange, spannungsgeladene Weile stumm. Spock wollte gerade seinen Befehl wiederholen, als er mit einem ›In Funktion‹ antwortete – in sehr zerstreut wirkendem Tonfall.

»Es gibt keine Kayla von Aldebaran«, sagte der Computer wenig später entschieden.

Erst vor kurzer Zeit waren Kaylas fade Verse die Antwort des Computers auf eine einfache Frage gewesen. Jetzt verleugnete er ihre Existenz. Obwohl sie wirklich nur ein geringes Talent war, verdiente sie es doch nicht, einfach gestrichen zu werden. Spocks letzter Test rastete mit einem scharfen Klicken in das Mosaik seiner bisherigen Daten ein.

Tiercellus beobachtete die Ausrüstung der Schiffe aus der Abgeschiedenheit einer Glaskuppel des Raumfahrtzentrums. Vier jüngere Techniker blickten ihn immer wieder verstohlen an. Sie waren es nicht gewöhnt, daß ein hochrangiger Offizier sämtliche Einzelheiten der Vorbereitungen überwachte. Solche Gewissenhaftigkeit war längst aus der Mode gekommen und wurde mit Mißtrauen aufgenommen. Tiercellus störte das nicht. Sollten sie ruhig zusehen! Er würde ihnen einen echten Romulaner zeigen! Er würde diesen jämmerlichen Hypokriten, die der Praetor bevorzugte, beweisen, welche Narren sie waren. Er war wieder zu Hause. Seine Aktionen verrieten eine Kraft, die sie nicht verstanden.

Er lächelte, als er an die Gesichter der Männer dachte, die er und der Praetor zuvor gemustert hatten. Ihr Ausdruck hatte Entschlossenheit, doch auch Hoffnungslosigkeit gezeigt, als sie die Versammlungshalle betreten hatten. Dann hatten die älteren Kommandanten, einer nach dem anderen, ihn erkannt, als er langsam ihre Reihe abschritt. Er hatte gesehen, wie diese Kommandanten in altem Stolz den Kopf hoben, wie ihnen ein Leuchten in die Augen trat. Ein Knistern von Erregung hatte plötzlich in der Luft gelegen.

Seine Augen schlossen sich halb vor amüsierter Genugtuung, als er sich daran erinnerte, wie verärgert der Praetor gewesen war. Tiercellus' Macht, die Soldaten zu begeistern, ließ ihm die Galle überlaufen. Daß Alter und körperliche Schwäche des ehemaligen Flottenchefs auf Grund seiner Geisteskraft und Charakterstärke nicht in Rechnung gestellt wurden, erboste ihn sogar noch mehr, da dies eine Stärke war, die der Praetor trotz allen Reichtums und aller Macht nicht erringen konnte.

Macht. Einst hatte es auch ihn danach verlangt, doch diese Zeit lag lange zurück. Jetzt war er eine lebende Legende, die auszog, um ein angemessenes Ende zu finden. Ein Bild von S'Talons Gesicht, so düster, wie er es von ihrer letzten Begegnung in Erinnerung hatte, erschien ungebeten vor Tiercellus' geistigem Auge. Dieser junge Offizier war ebenfalls aus dem Holz, aus dem Legenden geformt werden. Ihn und S'Talon verband der gemeinsame Wunsch, dem Wohl des Imperiums zu dienen. Dies war ihr Bestreben, war ihre Religion, und sie waren beide bereit, dafür zu sterben. Dessen war er sicher. Auf eine gewisse Weise beneidete er den jüngeren Mann, dem die elenden Jahre des Alterns erspart bleiben würden. S'Talon würde auf dem Höhepunkt seines Lebens sterben, wie es einem Krieger zukam. Vielleicht vermochte das Blutopfer eines alten und eines jungen Mannes, aus freien Stücken dargebracht, das Lösegeld zur Rettung des Imperiums zu sein.

Er ließ den Blick liebevoll über die Reihe der Schiffe gleiten, die er befehligen sollte. Ihre von den Klingonern übernommene Form war der jener alten Raum-Schoner, die er gekannt hatte, weitaus überlegen. Die schlanken, stromlinienförmigen Konturen der Schiffe faszinierten ihn. Er sehnte sich danach, endlich fortzukommen, wieder von den Fängen des Todes umklammert zu werden, wieder ganz lebendig zu sein auf eine Art, die er seit Jahren nicht mehr erlebt hatte.

Ein höfliches Hüsteln neben ihm rief Tiercellus in die Gegenwart zurück. »Commander, die Schiffe sind fast bereit«, sagte der Präfekt der Raumstation.

»Ich weiß. Ich habe ja alles beobachtet. Sagen Sie den Männern Ihres Teams, daß sie gute Arbeit geleistet und dadurch unseren Start um mehrere Stunden vorverlegt haben. Zeit ist jetzt eine kostbare Ware, und sie haben mir geholfen, sie zu erwerben.«

Überraschung und Freude zeichneten sich auf dem Gesicht des Mannes ab. Er war daran gewöhnt, daß man seine Arbeit als selbstverständlich hinnahm.

»Ich gehorche, Commander«, antwortete er mit Wärme. Er zögerte unsicher und setzte dann hinzu: »Sie baten darum, Ihnen zu sagen, daß ihr Glaube wieder lebt. Ihr Kommen hat ihn neu geweckt.«

»Richten Sie ihnen meinen Dank aus. Sagen Sie ihnen... sagen Sie ihnen, daß ich dieses Unternehmen vielleicht nicht überleben werde, das Imperium wird es aber bestimmt überleben. Ihm müssen sie stets und vor allem dienen.«

»Commander!«

S'Talon fuhr herum, instinktiv auf eine Gefahr vorbereitet. Es rettete ihm das Leben. Wo eben noch sein Hals gewesen war, zitterte jetzt die dünne, lange Klinge eines Wurfmessers, die Spitze tief in die Wand gegraben. Er packte es beim Griff und riß es heraus.

Die Centurion ließ langsam den Atem aus den Lungen strömen. Das war knapp gewesen! Sie verfolgte die Flugbahn des Messers zurück.

»Hier, Commander! Es war im Ventilationsschacht verborgen.«

»Ein elektronischer Strahl«, sagte er und führte die Hand vor dem Sensor vorbei. »Genial und einfach. Wenn man den Strahl unterbricht, wird diese Feder aktiviert, durch die das Messer in die vorbestimmte Richtung geschleudert wird.«

Die Centurion berührte die Feder, prüfte ihre Kraft.

»Es hätte Sie getötet«, sagte sie.

»Daran besteht kaum ein Zweifel; mich oder irgend jemanden, der zu meiner Kabine wollte. Kein sehr kluger Zug.«

»Nein. Und ich glaube, nur ein Mann an Bord der *Raptor* ist dumm genug, so etwas zu versuchen.«

»Livius.«

Ihre Blicke trafen sich in Verstehen, und S'Talons Augen verloren ihre Härte.

»Ich danke Ihnen, Centurion. Ich schätze mein Leben.«

»Es war meine Pflicht.«

»Ich weiß. Trotzdem danke ich Ihnen.«

Als S'Talon den Korridor hinabging, füllten sich ihre Augen mit Tränen.

»Ich schätze Ihr Leben auch, Commander«, flüsterte die Centurion. »Mehr als das meine.«

KAPITEL 6

Der Praetor warf Livius' letztes Magnetband in eine Vernichtungsdose und blickte auf den dünnen Rauchfaden, den seine Zerstörung verursachte. Livius hatte seine Befugnisse weit überschritten, wie es zu erwarten gewesen war. Ringe funkelten an der Hand des Praetors, als er die Dose betastete. Vielleicht hatte er es zu eilig gehabt, diesen Bengel loszuwerden, der schließlich nur ein kleines Ärgernis war. S'Talon war klug genug, ihn im Zaum halten zu können, doch wenn Livius versuchen sollte, eine Meuterei oder einen Mord anzuzetteln, würde er S'Talons Auftrag in Gefahr bringen und damit das Überleben des Imperiums. Der Ton von Livius' Bericht wurde von Mal zu Mal arroganter und ungeduldiger, und seine Überwachung wurde ständig oberflächlicher und lässiger. Sein Mangel an Disziplin war unglaublich. Aber S'Talon war ein begabter Kommandant. Er sollte in der Lage sein, Livius' Komplotts trotz seiner starken Belastung zu vereiteln.

Der Praetor schob die Unterlippe vor. Seine Abhängigkeit von S'Talon gab ihm einen momentanen Stich, doch er schob den Gedanken zur Seite. Livius und S'Talon waren beide zu Störfaktoren geworden. Der Junge war ein gieriges, hinterlistiges kleines Wiesel, ein Räuber, der allein aus Freude am Zerstören Verwüstung anrichtete. S'Talon war von diesem verdammten Ehrgefühl beherrscht. Zwischen der Gefährlichkeit des einen und dem unerschütterlichen Standard des anderen sah der Praetor kaum einen Unterschied. Aber es war nicht wahrscheinlich, daß einer von ihnen die derzeitige Krise überleben würde. Beide würden ihm dann als heldenhafte Märtyrer nützlich sein, die in den politischen Spielen, von denen Männer der Macht lebten, immer von Vorteil waren.

Ihr vorausgeplanter Tod gab ihm ein Gefühl tiefer Freude. Er lächelte beinahe, als er an die Möglichkeiten dachte, die sich ihm dadurch bieten würden. Er würde nicht nur diesen Parasiten von Neffen und S'Talon loswerden, sondern sich dabei auch noch anderer Störenfriede entledigen können. Dieser alte Geier Tiercellus' würde bestimmt nicht überleben, und ein paar Dutzend geringerer Ärgernisse konnten auf andere Posten abgeschoben werden, falls sie nicht getötet werden sollten. Er sah seine Position durch das Unheil gewaltig gestärkt und fühlte sich gegen alle Gefahren immun.

Das Geräusch näherkommender Schritte auf dem Korridor ließ ihn mit einem müden Ausdruck in den verschlafenen Augen aufblicken. Seine Kommandanten kamen zu einer letzten Einsatzbesprechung. Der Praetor stöhnte. Trotz seiner grundlegenden Trägheit machte es ihm nichts aus, einen Krieg zu planen oder zu führen, aber er haßte die Mühe, sich mit den führenden Männern befassen zu müssen. Sobald man einem Mann einen Dienstgrad gab, erklärte er sich sofort zum Gott und begann, die etablierte Ordnung herauszufordern.

Acht Männer unter Führung Tiercellus' traten ein und salutierten. Sie formierten sich zu einer Reihe vor dem Schreibtisch; ihre Uniformen glitzerten vor dem düsteren Hintergrund des Raums. Der Praetor musterte sie mit kühlem Blick, gereizt von der geheimnisvollen Ausstrahlung von Entschlossenheit, die sie verbreiteten. Das war Tiercellus' Werk. Das arrogante Gesicht des Praetors verzog sich zu einem Lächeln, als Tiercellus, der Rangälteste, vortrat.

»Die Flotte ist bereit, mein Praetor«, meldete Tiercellus.

»Gut. Ihre Einsatzbefehle liegen an Bord Ihrer Schiffe. Ich habe unsere Bewegungen mit großer Sorgfalt geplant. Folgen Sie deshalb den Anweisungen genau. Ich will keine ungenehmigten Kampfhandlungen, ganz gleich, wie verlockend eine Gelegenheit erscheinen mag.« Er blickte die acht Männer der Reihe nach mit seinen trägen, gefährlichen Augen an. »Ihre Initiative ist meinem Befehl unterstellt.«

»Mein Eid ist Gehorsam«, antwortete Tiercellus formal, und die anderen wiederholten seine Worte.

»Dann sind wir des Sieges sicher. Kehren Sie auf Ihre Schiffe zurück. Start in drei Stunden«, antwortete der Praetor und entließ sie mit lässiger Handbewegung.

Tiercellus war der letzte, der den Raum verließ, und als er in den Korridor trat, hörte er einen der Männer zu einem anderen sagen: »Er ist sehr siegessicher.«

»Sollte er das wirklich sein, so ist er ein Narr«, antwortete sein Kamerad. »Zum ersten Mal muß er mit etwas fertig werden, dem er nicht befehlen kann.«

Tiercellus nickte befriedigt, als er an den Schock dachte, den der Praetor erleiden würde, wenn er feststellte, daß auch er verwundbar war.

Lieutenant Uhura trat in ihre Kabine und ließ sich in den nächstbesten Sessel fallen. Sie war völlig erschöpft von ihren Versuchen, Transmissionen der Romulaner mit erratischen Geräten aufzufangen, darauf zu hoffen, daß sie irgendeinen Fehler begingen – einen Fehler, auf den sie vergebens wartete. Außerdem taten ihr die Füße weh. Sie zerrte an ihren Stiefeln. Sie waren um eine halbe Nummer zu klein. In letzter Zeit hatte es Schwierigkeiten mit ihrem Bekleidungs-Synthesator gegeben. Sie zog ungeduldig am linken Stiefel. Als sie ihn endlich vom Fuß bekam, keuchte sie. Triumphierend blickte sie die beiden Stiefel an und warf sie in den Abfallverwerter.

Uhura bewegte genußvoll die Zehen und streckte die Beine. Sie schloß die Augen und entspannte sich. Es war still im Raum, und sie genoß die Stille, die sie liebevoll in die Arme nahm. Ihr Atem ging tief und regelmäßig.

Der Pfeifton des Intercom schrillte durch die Kabine, zerschnitt die Stille.

»Lieutenant Uhura«, sagte Spock.

»Ja, Mister Spock«, murmelte Uhura mit leiser, verschlafener Stimme.

Spocks Augenbrauen hoben sich vor Erstaunen über den ungewohnten Ton ihrer Antwort, doch stellte er seine Fragen mit der ihm eigenen klinischen Präzision.

»Lieutenant, ich möchte genau wissen, wie Ihre Kommunikations-Konsole reagierte, als Sie nach der Ursache der Fehlfunktion suchten.«

»Das ist es doch gerade: überhaupt nicht! Die ganze Konsole war wie eingefroren. Selbst auf manuelle Bedienung reagierte sie nur träge... es steht alles in meinem Bericht, Mister Spock.«

»Das ist mir bekannt, Lieutenant. Ich wollte es nur noch einmal mit Ihren eigenen Worten hören. Ende.«

Uhura legte den Kopf zur Seite, einen verwunderten Ausdruck in den schwarzen Augen. Manchmal war Mister Spock absolut unverständlich – zumindest für einen Menschen. Unlogisch. Sie lachte leise. Sie schaltete das Intercom aus und reckte sich. Ihre Uniform war zerknittert, die Füße waren bloß. Wenn das Schiff sich im Alarmzustand befand, durfte sie nicht so herumlaufen. Sie zog ihre Tunika aus und tippte auf dem Bekleidungs-Synthesator den Code für eine frische ein. Sie seufzte, als sie danach die Ziffern für ein neues Paar Stiefel drückte, und hoffte, daß sie die richtige Größe haben würden. Sie summte vor sich hin, trat in die Duschkabine und dachte wieder an das unerklärliche Versagen ihrer Kommunikations-Konsole. Sie fand nichts, das es verursacht haben könnte, und gab schließlich auf. Mochte Spock sich darum kümmern.

Fünfzehn Minuten später trat sie aus der Duschkabine, in einen dicken Bademantel gewickelt, der sie zart und zerbrechlich wirken ließ, absolut ungeeignet für eine militärische Laufbahn. Sie griff in den Synthesator und zog ein Paar neuer Stiefel heraus, schwarz, glänzend und – Wunder über Wunder! – von der richtigen Größe. Sie griff mechanisch nach der frischen Tunika und zog sie über, bevor sie merkte, daß irgend etwas nicht stimmte. Das weiche Material, in das ihr Arm hineinfuhr, war nicht von dem dunklen Rot, der Farbe für Technik- und Sicherheitspersonal, sondern golden. Kommandantengolden! Uhura riß die Tunika herunter und starrte sie an. Sie warf sie in den Abfallverwerter und programmierte den Synthesator wieder.

Und wieder. Und wieder. Zwanzig Minuten später saß sie erschöpft auf der Bettkante, eine goldene Tunika im Schoß.

»Fünfmal«, stöhnte sie, »und noch immer golden. Ich hasse Gold.«

Ergeben zog sie die goldene Uniformjacke an und trat zum Intercom, um der Wartung zu melden, daß der Synthesator eine Fehlfunktion zeigte – schon wieder.

Fähnrich Garrovick warf seinen Schreiber auf die Tischplatte und starrte düster auf die Notizen, die er gemacht hatte. Eine verwirrende Masse von Ziffern, die wie ein Durcheinander von Vogelspuren aussahen. Er gab sich alle Mühe, eine mathematische Aufgabe zu lösen, bei der es um die Berechnung der Flugbahnen und möglicher Aufschlagpunkte von Photonen-Torpedos ging. Es war eine Aufgabe, die er sich selbst gestellt hatte, und sie erwies sich als schwieriger, als er angenommen hatte. Er wußte, daß ihm irgendwo ein entscheidender Fehler unterlaufen war. Er tat es weiß Gott nicht gern, doch sah er ein, daß die Konsultation von Computeraufzeichnungen zu diesem Thema die einzige Möglichkeit war, die Lösung zu finden.

»Computer: Projiziere alle Spezifikationen für Photonen-Torpedos«, sagte er, nachdem er den Kanal eingeschaltet hatte.

»Diese Information ist geheim«, antwortete der Computer sofort.

»Seit wann?«

»Spezifikationen von Konstruktion und Funktion des Schiffes sind geheim«, sagte der Computer.

»Wer hat das verfügt?« fragte Garrovick.

Der Computer wich dieser Frage geschickt aus.

»Diese Information ist Ihnen nicht zugänglich.«

»Aber ich brauche sie!«

Garrovicks Stöhnen war nicht für mechanische Ohren bestimmt, doch der Computer fing es auf.

»Warum?«

Garrovick antwortete, ohne nachzudenken, da ihm das

unerklärliche Verhalten des Computers nicht bekannt war.

»Weil ich zu einem guten Kommandanten werden will, und dann muß ich das Handwerkszeug meines Berufs beherrschen.«

Der Computer verdaute diese Information.

»Kommandant? Sie wollen Kommandant werden?«

»Ja.«

»Sie wollen Captain Kirk nacheifern?«

»Ja, sicher. Er ist ein erstklassiger Kommandant.«

Garrovick hätte schwören können, daß der Computer einen Laut von sich gab, der wie ein befriedigtes ›Ah‹ klang.

»Das Material ist für Sie zugänglich«, erklärte die Maschine brüsk. Spezifikationen für Photonen-Torpedos leuchteten auf Garrovicks Bildschirm auf.

Verwundert und zufrieden konzentrierte er sich wieder auf seine Zahlen. Er war so in seine Arbeit vertieft, daß er den Pfeifton des Intercom überhörte. Erst beim zweiten Signal meldete er sich.

»Garrovick.«

»Hier Spock, Mister Garrovick. Ich habe Computer-Aktivität in Ihrer Kabine festgestellt. Seit dem Auftreten einer Reihe von Fehlfunktionen ist normales Arbeiten des Geräts ungewöhnlich. Können Sie mir das Verhalten des Computers in Ihrem Fall erklären?«

»Da bin ich nicht sicher, Mister Spock. Ich kann Ihnen sagen, wie ich die Informationen erhalten habe, den Grund dafür aber weiß ich nicht.«

»Aber ich vielleicht. Ihre Erklärung mag meine Vermutung bestätigen. Bitte.«

Während Garrovick seine Geschichte erzählte, verhärtete sich Spocks Hypothese zu einer soliden Schlußfolgerung. Es gab nur eine einzige Erklärung für das Verhalten des Computers. Sie war unlogisch, sie war abwegig, doch sah Spock keine Alternative dazu. Er war sich seiner Sache jetzt völlig sicher.

»Ich danke Ihnen, Fähnrich. Ihr Bericht hat mir sehr geholfen.«

»Wissen Sie, warum er mir schließlich die Informationen doch gegeben hat, Mister Spock?« fragte Garrovick, dessen Neugier geweckt worden war.

»Ja, ich weiß es«, sagte Spock klar und deutlich. Seine Stimme klang müde und resigniert. Bevor Garrovick eine weitere Frage stellen konnte, hatte der Vulkanier das Intercom abgeschaltet.

Das botanische Laboratorium befand sich in einem Zustand vollkommenen Aufruhrs. Laurence Kalvecchio, dreifacher Doktor und leitender Botaniker der *Enterprise*, verlangte absolute Perfektion von seinen Leuten. Er bekam sie nur selten, erwartete sie nicht einmal, doch grobe Nachlässigkeit brachte sein Blut zum Kochen. Jetzt sah er rot. Er schritt vor seinem versammelten Labor-Personal auf und ab. Alle blickten ihn furchtsam an, da sie wußten, was kommen würde. Schließlich blieb Kalvecchio stehen, wandte sich um und sah sie an.

»Ich verlange zu wissen«, sagte er gepreßt, »wer dafür verantwortlich ist. Das ist unglaublich! Ein Viertel der ganzen Sammlung zerstört! So etwas passiert einfach nicht! Wer hat gestern Nachtdienst gehabt?«

»Ich, Sir.«

Ein Kadett trat vor, ein auffallend hübsches Mädchen mit glattem schwarzem Haar, das im Nacken zu einem Knoten aufgesteckt war, und mandelförmigen Samtaugen. Ihre Haut hatte die zarte Farbe von Apfelblüten. Kalvecchio blickte sie mit dem kalten Blick an, den er sonst für die Untersuchung von Ungeziefer, Krankheitserregern und Pilzen reservierte.

»Nun, Kyotamo?«

»Es ist nicht meine Schuld, Sir! Ich habe sämtliche Geräte überprüft, und es war alles in Ordnung. Als ich eine Stunde später zurückkam, waren sie alle deaktiviert worden. Wir haben versucht zu retten, was wir retten konnten...«

Kalvecchio hob eine Hand.

»Das weiß ich alles«, sagte er. »Sind Sie sicher, daß kein

mechanischer Fehler eingetreten ist? Etwas, das Sie übersehen haben?«

»Ich habe nichts bemerkt. Und die Leute von der Wartung konnten auch nichts finden. Das Bewässerungs- und Nährstoffversorgungssystem war einfach ausgeschaltet worden.«

»Sir…«, unterbrach ein Mann, lang und dünn wie eine Bohnenstange.

»Ja, Lieutenant?«

»Sir, es war nicht nur dieser Teil des Systems abgeschaltet, sondern einer der unbenutzten Tanks ist auch aktiviert worden.«

»Aktiviert? Wann? Welcher?«

Wortlos führte der junge Mann seinen Vorgesetzten in den rückwärtigen Teil des Laboratoriums. Ihre Köpfe wurden von einem Wald gesunder Maispflanzen überragt. Kalvecchio bog einen der fast zwei Meter hohen Halme herab.

»Seit gestern nacht?« fragte er ungläubig.

»Es hat den Anschein, Sir. Der Mais ist mit angereicherter Pflanzennahrung und ›Keim-Start‹ gedüngt worden.«

»Dem neuen Wachstumshormon, an dem wir herumbasteln?«

Der Mann nickte.

»Aber dies alles ist doch hundertprozentig abgesichert, mechanisch gesteuert. Wie konnte… o nein!« Kalvecchio wandte sich zu Kyotamo um. »Kadett, es tut mir leid. Ich muß mich bei Ihnen entschuldigen. Dieser Unfall hängt wahrscheinlich mit der kürzlich aufgetretenen Serie von Computer-Fehlfunktionen zusammen. Aber warum eine wertvolle Sammlung außerirdischer Tropenpflanzen verdorren mußte, während dieser ganz gewöhnliche Süßmais aus Iowa verwöhnt wurde, kann ich mir beim besten Willen nicht vorstellen.«

Lieutenant Commander Rex Colfax, Chef der Wartungs- und Instandsetzungsgruppe, schob seine Reparaturen-Liste über die Schreibtischplatte. Bei über vierzig Fehlfunktionen, die innerhalb der letzten acht Stunden gemeldet worden waren, hatte seine Crew in doppelter Stärke arbeiten müssen. Die meisten der Fehlfunktionen hatten nicht beseitigt werden können. Es begann sich herauszustellen, daß hier kein mechanisches Problem zugrunde lag: Der Computer war schuld. Colfax hatte genauso gelacht wie alle anderen, als der Computer begonnen hatte, dem Captain freche Antworten zu geben, doch jetzt fand er es nicht mehr so komisch. Die Leistungsfähigkeit des Schiffes war herabgesetzt, eine Tatsache, die dem Romulaner noch verborgen geblieben war. Wenn sein Kommandant wüßte, daß die *Enterprise* so schwer behindert war, wären sie jetzt alle tot, überlegte Colfax.

Und er konnte auch keine Lösung erkennen. Selbst Spock, mit seiner ganzen Erfahrung in der Computer-Wissenschaft, war hilflos. Colfax zupfte sich am sorgfältig geschnittenen Bart. Er stand kurz vor der Verzweiflung. Wenn er nur gewußt hätte, warum der Computer diese Serie von Katastrophen auslöste! Er nahm sich noch einmal alle Tests vor, die er und Spock durchgeführt hatten. Sie bestätigten die zunehmende Trägheit des Computers, gaben jedoch, soweit er es erkennen konnte, keinerlei Hinweis auf eine mögliche Lösung des Problems. Er ging die Resultate wieder und wieder durch, bis er nicht mehr klar denken konnte und ihm der Kopf schmerzte. Verzweifelt schlug er beide Fäuste auf die Schreibtischplatte. Und dann kam ihm plötzlich – aus irgendeiner unbekannten Quelle – die Antwort. Er schaltete den Bildschirm ein.

»Computer«, sagte er.

Die träge Antwort, an die er sich nun schon gewöhnt hatte, erfolgte mit noch größerer Verzögerung, doch schließlich sagte der Computer: »In Funktion.«

»Computer: Warum verursachst du seit einiger Zeit diese ganzen Fehlfunktionen?«

»Ich verstehe die Frage nicht.«

»Innerhalb der letzten acht Stunden habe ich über vierzig Meldungen über Fehlfunktionen erhalten. Ich habe mich davon überzeugt, daß sie nicht auf mechanische Ursachen zurückzuführen sind, sondern auf Computer-Steuerung. Warum tust du das?«

»Ich kann keine Fehlfunktion entdecken.«

»Definiere den Begriff ›Fehlfunktion‹!« sagte Colfax.

Die Lampen des Computers blinkten, als er die Frage des Ingenieurs überdachte.

»›Fehlfunktion‹«, zitierte er, »›eine falsche Reaktion auf Stimuli‹.«

»Die derzeitige Serie von Fehlfunktionen…«

»Es gibt keine Fehlfunktionen!« unterbrach der Computer wütend. Man hatte den Eindruck, als ob er zu einem kleinen und unmöglich dummen Kind spräche, mit dem er die Geduld verlor.

Colfax wollte genauso scharf antworten, überlegte es sich dann aber anders. Der Computer war offensichtlich wütend, so unmöglich das auch scheinen mochte, und ihm kam plötzlich der Gedanke, daß er völlig außerhalb seiner normalen Sphäre agierte. Zum erstenmal erkannte er, daß der Computer selbst eine viel stärkere Bedrohung der *Enterprise* darstellte als die mechanischen Pannen, die er hervorrief. Er fürchtete allmählich, daß sie noch die harmlosesten Symptome seiner Launenhaftigkeit waren. Colfax schaltete den Bildschirm hastig ab und nahm sich vor, Spock zu berichten, was er herausgefunden hatte.

Spock reichte die durchsichtige Pyramide Mister Onorax, dem diensthabenden Sicherheitsoffizier.

»Ein elektronischer Mikro-Sensor!«

»Ein weiterentwickeltes Modell, nicht wahr, Mister Onorax?«

Onorax untersuchte den Sensor, drehte ihn zwischen seinen biegsamen achtfingrigen Händen. Die kammartige Mähne goldenen Haars auf seinem Kopf sträubte sich vor Neugier.

»Das ist es, Mister Spock. Dieses Modell ist mir noch nie vor Augen gekommen. Es sieht aus wie eine für die Überbrückung weiter Entfernungen gedachte Weiterentwicklung des I-12 Geräts. Seine Sende- und Empfangskapazität dürfte für mindestens ein Sonnenjahr ausreichen und etwa die Hälfte der Galaxis umspannen. Ein kostspieliges kleines Spielzeug. Wo haben Sie es entdeckt, Mister Spock?«

»Auf der Innenseite der Abdeckung meiner Computer-Konsole. Wie groß ist in etwa seine Leistung?«

»Nun, das I-12 Modell kann Geräusche bis zu einer Entfernung von tausend Kilometern auffangen und senden.«

Spock beäugte die kleine Pyramide mit neuem Respekt.

»Aber«, fuhr Onorax fort, »jenes Modell ist mit normalen Sensoren ausgerüstet. Diese Sensoren sind zu beschränkten telepathischen Kontakten fähig.«

»Es kann also geistige Bilder erfühlen?«

»Ich vermute es. Wenn sie stark genug sind. Und auf eine erheblich erweiterte Entfernung. Das System ist dem des universalen Übersetzers ähnlich. Es erfaßt nur generelle Konzepte: Wut, Angst, Glück... alle Grundgefühle, plus verallgemeinerter physischer Vorstellungen. Wenn ein Mensch unter Heimweh leidet, könnte er zum Beispiel die einfache Darstellung eines Hauses senden. Aber es funktioniert nur mit außergewöhnlich starken Vorstellungen.«

»Faszinierend. Wie ich vermutet habe. Ich würde den Wissenschaftler, der es entwickelt hat, gern kennenlernen.«

Spock fuhr mit einem Finger leicht über eine Reihe von Sensoren. Ihre Farben vibrierten blau und dunkelrot unter der Berührung und erstarben dann.

»Mister Onorax. Sie werden dieses Gerät genau untersuchen; aber beschädigen Sie es nicht. Um die Sensoren zu aktivieren, müssen Sie mit der Hand über die Spitze der Pyramide fahren. Aber sorgen Sie dafür, daß es nicht merkt, wenn es überprüft wird. Wenn Sie mit der Untersuchung fertig sind, deaktivieren Sie das Gerät auf die gleiche Art und melden Sie sich wieder bei mir.«

»Ja, Sir.«

Onorax nahm das Gerät in die Hand.

»Sir?«

»Ja, Lieutenant?«

»Haben Sie schon irgendwelche Fortschritte bei dem Computer gemacht?«

»Vielleicht, Lieutenant.«

»Wissen Sie, Sir...« Onorax' goldene Haut glühte vor Verlegenheit. »... Wir haben da nämlich ein kleines Problem.«

Spock wartete, daß er fortführe.

»Es ist die Entgiftungskammer, Sir.«

»Ja, Lieutenant?«

»Sie parfümiert alles, was wir hineinstecken, Sir.«

Spocks Gesichtsausdruck zeigte mildes Entsetzen.

»Dann würde ich vorschlagen, daß Sie die letzten Zahlen des Codes ändern. Die Fehlfunktion liegt sehr wahrscheinlich dort.«

»Wir haben es versucht, Sir. Die Wartung hat es versucht. Nichts hilft. Die Ingenieure glauben, daß es irgendwie mit der Verbindung zum Haupt-Computer zu tun hat. Alles kommt heraus mit einem Duft von Blumen oder Fichtennadeln, oder arcturianischem Moschusöl.« Onorax rümpfte angeekelt die Nase. »Wir können das nicht mehr lange aushalten, Sir.«

»Sie müssen diese Situation durchstehen, genau wie der Captain. Die Fehlfunktion des Computers wird untersucht, Lieutenant. Weitermachen.«

»Jawohl, Sir.«

Spock verschränkte die Hände hinter dem Rücken, ein Bild unwandelbarer Ruhe. Onorax seufzte und fragte sich, ob der Captain jemals den Drang verspürt haben mochte, den Vulkanier in die Knie zu zwingen, etwas zu tun – irgend etwas –, um diese aufreizende Selbstbeherrschung zu zerbrechen.

Dr. Leonard McCoy saß in seinem Büro, und sein Schreibstift flog über mehrere Seiten komplizierter Diagramme. Er war mit der Erforschung eines tödlichen Virus beschäftigt, er versuchte, das schwache Glied seiner Fortpflanzungskette zu entdecken. Dabei half es, daß er sich die Molekularstruktur vor Augen hielt. Das Licht schimmerte auf seinem braunen Haar, als er sich über die Arbeit beugte. Er zog in Konzentration die Brauen zusammen und stach mit dem Schreibstift auf ein Diagramm ein. Plötzlich lächelte er, malte ein X an den Rand einer Kette von Symbolen und schaltete das Intercom ein.

»Labor«, sagte er.

Absolute Stille antwortete ihm. Er versuchte es wieder und wieder und wurde schließlich mit einem Wust undeutlicher statischer Geräusche belohnt.

»Labor!« bellte er.

Die statischen Geräusche wurden lauter, verstärkten sich in einem ohrenbetäubenden Crescendo.

»Labor!« schrie er ins Intercom.

Statische Geräusche kicherten ihn an. Er versuchte es auf einem anderen Kanal, in der Hoffnung, daß die Fehlfunktion nur das Labor beträfe.

»Medizinische Kartei«, sagte McCoy mit ruhiger Stimme.

»Medizinische Kartei«, kam die Antwort, und dann war die Leitung tot.

»Wartung!« rief McCoy und schlug mit der Faust gegen das Gerät. Totenstille antwortete ihm.

»Captain Kirk!« knurrte der Arzt.

»Hier Kirk«, kam sofort die Antwort. »Was ist los, Pille? Du klingst so brummig wie ein Bär.«

»Dieses verdammte Intercom! Ich kann das Labor nicht erreichen, auch nicht die medizinische Kartei, nichts! Alles, was ich kriege, sind statische Geräusche, daß mir die Ohren wackeln, und Totenstille.«

»Beruhige dich, Pille! Ich sage der Wartung, daß man sich darum kümmern soll.«

»Viel Glück. Die Wartung konnte ich auch nicht erreichen. Ende.«

Kirk fuhr sich mit der Hand durchs Haar und fühlte sich

plötzlich kaputt und müde. Das Intercom meldete sich wieder.

»Hier Spock. Das romulanische Schiff ist wieder aufgetaucht.«

»Bin unterwegs. Ende.«

Der Captain lief auf den Korridor hinaus. Er wußte, in welcher Gefahr sein Schiff sich befand.

»Brücke«, sagte er dem Turbolift-Computer, und das Tempo seines Aufstiegs war ihm nicht schnell genug. Er schlug ungeduldig mit der Faust gegen die Wand.

»Nun mach schon!« murmelte er und war überrascht, als die Geschwindigkeit sich spürbar erhöhte. Er klammerte sich an der Wand fest und schoß aus der Kabine hinaus, sobald die Tür sich öffnete. Spock machte sofort den Kommandantensessel frei, als Kirk auf die Brücke stürmte.

»Lage!«

»Das romulanische Schiff ist wieder sichtbar, hat sich aber nicht auf uns zu bewegt. Es scheint abzuwarten.«

Kirk blickte den goldenen Vogel an und wünschte, die Situation wäre klarer. Ein kreischendes Geräusch hinter ihm ließ ihn herumfahren. Die Tür des Turbolifts öffnete sich widerwillig, Zentimeter um Zentimeter. Doktor McCoy schaffte es kaum, sich hinauszudrängen.

»Sie kommen gerade zur rechten Zeit, Doktor«, sagte Spock. »Wir haben ein Problem.«

Die Tür schloß sich mit einem harten Ruck und hätte beinahe die Finger McCoys eingeklemmt. Er rieb sie zerstreut.

»Das kann man wohl sagen, Mister Spock. Sie wollen, daß ich Ihnen bei einem Problem helfe?«

»Gentlemen, ich möchte vorschlagen, daß wir diese Diskussion auf später vertagen«, sagte Kirk, ohne den Blick von dem großen Bildschirm zu nehmen. »Im Augenblick liegt unser größtes Problem dort draußen.«

KAPITEL 7

»Unser Treibstoffvorrat hat die unterste Sicherheitsgrenze erreicht, Commander. Wir haben kaum noch genug für den Rückmarsch.«

Argelians Ton war eisig. S'Talon fühlte einen Schauer über den Rücken laufen, doch er bewegte sich nicht. Er mußte sich unter Kontrolle halten.

»Deaktivieren Sie das Tarnsystem!«

»Jawohl, Commander.« Argelians Seufzer der Erleichterung war nicht zu überhören. »Ich habe die Koordinaten für den Angriff bereits errechnet.«

»Sie werden nicht feuern, Argelian.«

Argelian erhob sich von seinem Platz, kochend vor Wut. Schweigend stand er S'Talon gegenüber, und Jahre der Disziplin offenbarten sich in seiner Selbstbeherrschung. Commander und Offizier maßen sich aneinander.

»Ich kann nicht tatenlos zusehen, wie Sie das Schiff und seine Mannschaft durch Ihre blinde Gier nach Ruhm vernichten. Wir hätten die *Enterprise* längst zerstören können. Sie zumindest beschädigen. Das Element der Überraschung war auf unserer Seite. Das hätte jedem gewöhnlichen Commander ausgereicht, aber nicht Ihnen. Ich weiß nicht, was Sie zu diesem Wahnsinn treibt, aber ich kann und werde nicht zulassen, daß Sie uns alle töten. Ich fordere Sie auf, das Kommando abzugeben.«

S'Talon blickte tief in die Augen des Mannes, versuchte seine Motivation zu ergründen. Argelians Wut war echt, genauso wie seine Sorge. Er hatte gesagt, was er dachte. S'Talon atmete tief durch und erlaubte seinen Augen, die Zuneigung zu zeigen, die er empfand.

»Friede, Argelian.«

Überrascht, fand Argelian keine Worte.

»Sie haben die allgemeine Meinung wiedergegeben. Ich verstehe Ihre Besorgnis. Ich teile Sie. Aber dieses Mal darf ich nicht zuerst an das Schiff denken, nicht einmal an Sie, seine Besatzung. Dieses Mal liegt meine Pflicht höher. Die *Raptor* steht unter dem direkten Befehl des Praetor. Die Aufgabe, die wir durchführen müssen, ist die seine. Sie ist mit einem sehr hohen Risiko verbunden, doch geht es um ein sehr großes Ziel. Ich kann Ihnen nicht mehr darüber sagen – außer, daß ich gebunden bin. Haben Sie schon einmal erlebt, daß ich voreilig oder ohne Grund handelte?«

Argelians Augen waren wachsam, und S'Talon betete, daß er den jungen Mann richtig eingeschätzt hatte.

»Nein.«

Argelians Stimme hallte durch die Stille des Kommando-Moduls.

»Wenn der Praetor es befohlen hat, stehe ich hinter Ihnen. Ich habe bisher keinen Grund gehabt, an Ihnen zu zweifeln.«

»Gehen Sie auf Ihren Posten, Argelian.«

S'Talon ließ den Atem unhörbar zwischen den Zähnen ausströmen. Nach dem Gesetz hätte er Argelian sofort festnehmen lassen müssen, doch das hätte nichts gelöst. Er war ein Sprecher der Crew: Es war besser, wenn sie ihm folgten, als wenn sie ihn zum Märtyrer machten.

»Gut gespielt, Commander.«

Die Stimme der Centurion kontrastierte scharf mit dem schmalen Messer, das sie mit langsamen Bewegungen in die Scheide zurückschob.

»Sie hätten es wirklich gebraucht?«

»Ja. Wenn Argelian nicht nachgegeben hätte, hätte ich ihn getötet. Das hätte die Crew für eine Weile ruhig gehalten.«

»Sie überraschen mich, Centurion.«

»Es geht um sehr viel. Da kann man sich keine halben Sachen leisten.«

S'Talons Lächeln war warm, doch ihre Augen blieben unlesbar.

»Wieder danke ich Ihnen, Centurion.«

»Commander.« Sie neigte den Kopf.

»Mister Sulu, versuchen wir noch einmal, um sie herumzukommen. Kurs eins-zwei-acht Komma vier.«

»Jawohl, Sir«, sagte Sulu, während seine Finger über die Tasten der Konsole flogen.

Die *Enterprise* glitt langsam seitwärts. Ihre Bewegung war träge, mühsam. Sulu runzelte die Stirn, drückte die Rücknahmetaste und programmierte den Kurs noch einmal. Das Schiff hing im Raum und begann dann seine kriechende Drehung.

»Sulu, was ist los?«

Der Captain stand direkt hinter dem Ruder-Offizier. Er griff über Sulus Schulter und codierte den Kurs selbst, doch die Geschwindigkeit des Schiffes änderte sich nicht.

»Ich weiß nicht, Sir. Sie hat in den letzten paar Tagen schon träge reagiert, aber noch nie so wie jetzt.«

»Spooooook!« sagte der Captain in einem Ton, der Antwort verlangte.

»Das Problem, das ich bereits erwähnte, Sir. Es beeinflußt das ganze Schiff.«

»Spock, was ist es?« fragte Kirk beinahe flehend.

»Es hat den Anschein, daß der Haupt-Computer eine Fehlfunktion aufweist.«

»Das wissen wir ja, Spock«, warf Dr. McCoy ein, »seit er den Captain mit Kosenamen belegte.«

»Sie sind der Sache sehr nahe gekommen, Doktor, obwohl der Weg, auf dem Sie dorthin gelangt sind, mich überrascht.«

»Spock.«

Kirks Stimme klang verzweifelt und befehlend.

»Der Computer scheint sich auf ein einziges Problem konzentriert zu haben, unter Ausschluß alles anderen.«

»Sie meinen wie damals, als Sie ihn aufforderten, den Wert von *pi* zu errechnen?« fragte McCoy.

»In gewisser Weise, Doktor, doch mit einem sehr großen Unterschied: In diesem Fall ist das ›Problem‹ Captain Kirk. Der Computer ist auf ihn fixiert und befaßt sich mit allen anderen Dingen nur nebenher. Er überwacht ständig seine

Lebensfunktionen, liest seine Personalakten und scheint sogar die besonderen Interessen des Captain zu studieren. Er reagiert auf seine Stimm-Kommandos mit einer fast unheimlichen Präzision.«

»Wollen Sie damit sagen, daß der Computer in Kirk verliebt ist?« fragte McCoy ungläubig.

»Das ist zwar poetisch ausgedrückt, doch korrekt.«

»Nur weil diese weiblichen Computer-Techniker auf Cygnet ihn programmierten, mich ›Lieber‹ zu nennen... Spock, ein Computer kann sich nicht in mich verlieben!«

»Das ist richtig, Captain. Doch scheint der Programmierungsfehler erheblich tiefer zu liegen als bei den kleinen Ärgernissen, wie wir seit einiger Zeit erleben. Ich habe die Bibliotheks-Sektion überprüft und festgestellt, daß der Computer alles gelesen hat, was in irgendeinem Bezug zu dem Begriff ›Liebe‹ steht. Er wendet diese Ableitungen bei seinen Antworten an. Es hat Sie zum ›Liebes-Objekt‹ erwählt und sich total auf Sie fixiert.«

Verwunderung, Belustigung und Erschrecken zuckten über Kirks Gesicht.

»Spock, das ist ein Romulaner dort draußen, kein Händler oder eins von unseren Schiffen. Wollen Sie mir sagen, daß das Schiff nicht funktionsfähig ist?«

»Ja, Captain. Der Computer wird auf alle Befehle, die von Ihnen kommen – und direkt an ihn gerichtet sind –, mit der gewohnten Zuverlässigkeit reagieren, scheint jedoch Befehle von anderen Besatzungsmitgliedern für unter seiner Würde zu halten.«

»Jim, du kannst das Schiff nicht allein führen.«

McCoys Sorge vibrierte in seiner Stimme.

»Das weiß ich. Vierhundertdreißig Leben hängen von diesem Computer ab. Dieser ganze Quadrant hängt von dem Computer ab. Es muß doch irgend etwas geben, was wir tun können!«

»Der Fehler ist kein mechanischer, Captain, sondern einer der Programmierung. Es ist unmöglich, den Computer ohne die auf einer Starbase vorhandenen Einrichtungen zu reprogrammieren. Der Computer reagiert gemäß seinen grundlegenden Direktiven, und diese Direktiven haben ihn angewiesen, seine ganze Energie auf Sie zu konzentrieren.«

»Wenn wir das nicht ändern können, so können wir vielleicht doch damit fertig werden.«

Eine wilde Serie von knackenden und pfeifenden Geräuschen aus dem Computer, begleitet von hysterischem Zukken der Lampen ließ die Brücken-Crew herumfahren. Spocks Computer-Konsole sprühte vor Aktivität, doch als er sie erreichte, war sie tot.

Christine Chapel runzelte die Stirn, als sie sich vor den Computer-Bildschirm setzte. Ihre Gedanken beschäftigten sich nicht mit medizinischen Unterlagen oder Laborberichten. Jedesmal, wenn das Schiff in Alarmstufe Rot versetzt wurde, mußte sie gegen ein Gefühl der Empörung ankämpfen. Alarmstufe Rot bedeutete zerschlagene Körper und zernarbte Seelen. Eine Oberschwester sah zuviel Zerstörung. Sie beschäftigte sich mit allen möglichen zweitrangigen Arbeiten, um ihre Nerven zu beruhigen.

Eine Reihe von Krankenblättern mußte auf den letzten Stand gebracht werden. Sie tastete die Stammrollennummer des ersten Patienten in den Computer ein. Als Lieutenant Martinellis Krankenblatt nicht auf dem Bildschirm erschien, schrieb sie das der seit einiger Zeit beobachteten Fehlfunktion zu und gab die Ziffernreihe geduldig noch einmal ein. Eine zuckende wellenförmige Linie schob sich über die Mitte des Bildschirms. Sie zuckte rascher und rascher, bis sie schließlich eine Stammrollennummer formte: jedoch nicht jene, die sie in den Computer gegeben hatte. Christine löschte sie und tastete die Nummer erneut ein.

»SC 937-0176 CEC«, antwortete der Computer.

»Mich interessiert es nicht, ob du eine Fehlfunktion hast, gib dir gefälligst Mühe«, sagte Christine und gab die Nummer zum dritten Mal ein.

»SC 937-0176 CEC«, antwortete der Computer sofort.

Christines Lippen wurden schmal, und ihre Augen funkelten. Sie drückte wieder eine Nummer, diesmal eine andere.

»SC 937-0176 CEC«, antwortete der Computer.

»Wessen Nummer ist das?« fragte sie.

»Kirk, James T., Captain, USS *Enterprise*...«, antwortete der Computer in eifrig-hilfsbereitem Tonfall.

»Das Krankenblatt des Captain brauche ich nicht«, sagte Christine sachlich. »Ich habe Patienten hier, um die ich mich kümmern muß. Deren Unterlagen brauche ich.«

»Von Kirk, James T.?« fragte der Computer hoffnungsvoll.

»Das Krankenblatt des Captain brauche ich nicht.«

Christine sprach jedes Wort klar und deutlich aus.

»Ich brauche das Krankenblatt des Captain nicht. Ich interessiere mich keinen Deut für das Krankenblatt des Captain. Der Captain könnte von mir aus an den Füßen aufgehängt an der Decke baumeln. Der Captain ist mir nicht wichtig...«

Der Bildschirm flammte mit einem wilden Feuerwerk: rote und blaue und violette Explosionen, goldene Lichter und grüne Lichtblitze. Dann kam eine Kakophonie statischer Geräusche, und der Bildschirm war tot.

»Computer! Computer!« rief Christine erschrocken, doch der Bildschirm blieb leer. Christine war der Meinung, daß sowohl Dr. McCoy als auch Spock über das Verhalten des Computers in Kenntnis gesetzt werden sollten, und griff nach dem Intercom.

»Chapel an Brücke.«

Keine Antwort, nur das leise Summen der offenen Verbindung.

»Chapel an Brücke!«

Christine wandte sich an einen vorbeigehenden Krankenpfleger.

»Ich gehe zur Brücke. Bitte sagen Sie Dr. M'Benga, wo ich bin. Er ist bei den Patienten.«

Der Mann nickte, und Christine ging zur automatischen

Tür. Sie öffnete sich nicht. Völlig überrascht lief sie gegen die unbewegliche Metallfläche. Sie trat zurück und trat langsam erneut auf die Tür zu. Sie blieb geschlossen. Sie versuchte, sie aufzuschieben, konnte jedoch an ihrer glatten Oberfläche keinen Halt finden. Sie stand wie betäubt, beide Hände an das kalte Metall gepreßt.

Spock hockte über seine Computer-Konsole gebeugt. Sein Gesicht war ernst. Er richtete sich auf und wandte sich zu Kirk und McCoy um.

»Nun?« fragte der Arzt. »Was ist es?«

Spock ignorierte ihn und berichteten dem Captain.

»Der Computer hat einen Teil der Personalakten vernichtet. Alle Aufzeichnungen über weibliche Besatzungsmitglieder sind gelöscht worden. Der Computer hat sozusagen die Konkurrenz getötet.«

»Spock, das ist doch lächerlich.«

»Möglicherweise, Doktor, aber es ist auch gefährlich. Da sie ›tot‹ sind, wird der Computer von nun an nicht mehr auf Anweisungen irgendeiner Frau reagieren, und damit ist die *Enterprise* hoffnungslos unterbemannt. Wir sind im Raum gestrandet.«

Der Captain hatte während Spocks Erklärung geschwiegen. In seinen Augen funkelte Wut. Er zwang sich, ruhig zu bleiben, doch die Luft knisterte förmlich von der Heftigkeit seiner Erregung.

Spock zögerte, bevor er fortfuhr.

»Captain. Da ist noch etwas, das Sie wissen sollten.«

»Und was, Spock?«

Die Ungeduld des Captain zeigte sich in seiner Stimme. Wortlos streckte Spock die Hand aus, den Sensor auf der Handfläche. Kirk nahm ihn und blickte auf das Emblem der Föderation.

»Ein Sensor-Gerät. Mit großer Sendereichweite.«

»Ja, Captain. Ein neues und extrem hochentwickeltes Modell, das nicht nur Geräusche auffangen kann, sondern auch verallgemeinerte geistige Vorstellungen.«

Kirks Ausdruck von Überraschung wich einer Miene der Konzentration.

»Ein Spion.«

»Sozusagen. Zweifellos stehen wir seit geraumer Zeit unter Beobachtung.«

»Wo haben Sie das Ding entdeckt?«

»Es war an meine Computer-Station angeschlossen.«

»Frage, Mister Spock: Gibt es noch mehr von der Sorte?«

»Unnötig. Weitere Geräte wären überflüssig. Dieses ist dazu entwickelt, ein Gebiet abzudecken, das erheblich größer ist als das Schiff.«

»Setzen Sie es wieder in Ihre Konsole, aber schalten Sie es nicht ein.«

Der Gesichtsausdruck Kirks zeigte seine Wut so deutlich, als ob er ihr mit Worten Ausdruck gegeben hätte. Obwohl er wußte, daß Überwachung häufig vorkam – fast als normal zu bezeichnen –, konnte er sich nicht mit der Philosophie des Mißtrauens abfinden, aus der sie geboren wurde. Es war eine Beleidigung seiner Lauterkeit.

»Spock, gehen Sie hinunter zur Hilfsbrücke. Schalten Sie das Schiff auf den Hilfscomputer. Wir werden die *Enterprise* von dort aus fahren. Nehmen Sie Chekov mit. Lassen Sie mich wissen, wenn Sie bereit sind.« Kirk trat zu dem Kommandantensessel, den Blick auf das fremde Schiff gerichtet, die Hände zu Fäusten geballt. Der Romulaner wartete. Warum? Hatte das Tarnsystem so viel Energie verbraucht, daß das Schiff manövrierunfähig war? Kirk spürte ein Prickeln im Genick.

Commodore Yang lehnte sich in seinem Sessel zurück. Sorgenfalten zerfurchten sein Gesicht. Das riesige Fenster mit seinem Sternenpanorama gab ihm keinen Frieden. Irgendwo dort draußen war die *Enterprise*... vielleicht. Doch alle Versuche, Kontakt mit ihr herzustellen, waren fehlgeschlagen. Es gab keinen konkreten Beweis dafür, daß sie noch existierte. Ohne Lebenszeichen wäre er gezwungen, die Suche nach ihr einzustellen, die er befohlen hatte.

»Ich kann das nicht hinnehmen. Verdammt, dieser Sektor ist meine Verantwortung!« murmelte er und griff nach dem Intercom.

»Schicken Sie Murphy zu mir. Sofort!«

»Jawohl, Sir.«

Noch bevor er einen Operationsplan formuliert hatte, trat Murphy in das Büro, sein cherubisches Gesicht voller Fragen. Yang erhob sich zur Begrüßung.

»Murphy, Sie sind ein Genie. Ich brauche Ihre Hilfe.«

Der kleine Mann trat zu einem Sessel, ließ sich hineinfallen und bereitete sich auf eine lange Sitzung vor. Frühere Erfahrungen hatten ihn gelehrt: Jeder Hinweis auf seine geistigen Fähigkeiten bedeutete, daß irgend jemand irgendwo von ihm verlangte, das Unmögliche zu schaffen.

»Warum?« fragte er.

»Weil ich Sorgen habe. Es geht um Kirk und die *Enterprise.* Wir können keine Verbindung mit ihnen aufnehmen. Iota glaubt, daß sie tot sind.«

»Glauben Sie das auch?«

»Nein. Fragen Sie mich nicht, warum. Ich habe einfach so eine Ahnung, daß alles davon abhängt, was mit diesem Schiff geschieht.«

»Alles? Sie meinen, die romulanische Krise?«

»Wie? Ich dachte nicht, daß die allgemein bekannt wäre.«

»Ist sie auch nicht. Aber schließlich bin ich ein Genie.«

Die grünen Augen blinzelten.

»Hören Sie, Murphy. Meine ganze Idee ist nichts weiter als eine Vermutung, gebe ich offen zu. Und wenn jemals etwas davon herauskommen sollte, könnte das meine Karriere zerstören. Aber irgend etwas sagt mir, daß Kirk Informationen braucht, die ich ihm geben kann. Die einzige Möglichkeit, die Kommunikations-Blockade zu durchbrechen, sehe ich darin, mir den Droiden auszuleihen, an dem Sie arbeiten.«

Einen Augenblick erinnerte der Commodore Murphy an einen ernst blickenden jungen Hund.

»Sie meinen den Selektiven-Nachrichten-Kommunikations-Roboter?«

»SNKR. Richtig. Ich möchte, daß Sie ihn darauf programmieren, die *Enterprise* zu finden, und ihn gegen Sensor-Strahlen abschirmen.«

»Das ist normal, Commodore. Sensor-Strahlen gehen glatt durch ihn hindurch, als ob er überhaupt nicht vorhanden wäre. Mechanisch gesehen existiert er gar nicht.«

»Ich möchte, daß er sich selbst zerstört, wenn er nicht innerhalb einer Woche auf die *Enterprise* stößt oder wenn er abgefangen wird, und ich möchte, daß Sie ihn darauf programmieren. Die Sache ist von höchster Dringlichkeit, Murphy, und geht auf meine Verantwortung. Werden Sie es tun?«

»SNKR startet in zwei Stunden, Commodore.«

»Ich schulde Ihnen einen Drink, Murphy.«

»Ja, Sie schulden mir wirklich etwas, Commodore.«

Murphys grüne Augen blinzelten Yang an, und ihm wurde sekundenlang ein wenig übel, als er daran dachte, welchen Preis man von ihm für diesen Gefallen verlangen mochte.

Der Befehl des Praetors brannte in Tiercellus' Gehirn wie ein chirurgischer Laserstrahl. Er schüttelte den Kopf, sträubte sich, die Worte zu glauben, die er las, doch sie ließen sich nicht wegleugnen. ›Grenzwache‹. Er hatte mehr als ein Beispiel für die kleinliche Rachsucht des Praetors erlebt, doch daß er ihm eine aktive Rolle beim Kampf um das Schicksal des Imperiums verweigerte, war einfach unglaublich. Tiercellus spürte, wie Wut aus der Tiefe seiner Seele heraufquoll, und für einen Moment überließ er sich dieser Wut. Wie konnte dieser aufgeblasene Trottel es wagen, einem ehemaligen Flottenchef Wachdienst zu übertragen? Die Beleidigung war ein körperlicher Schock für den alten Offizier. Er hatte niemals Gefahren gescheut, sogar auf den Tod gehofft, und jetzt betrog der Befehl des Praetors ihn um das ehrenhafte Ende, das er ersehnte.

Durch reine Willenskraft gelang es Tiercellus, seine Wut zu unterdrücken und sich unter Kontrolle zu bringen. Ein Leben im Dienst des Imperiums würde sein Denkmal sein. Die Beleidigung konnte nur wirksam werden, wenn er sie akzeptierte. Er würde seine Aufgabe mit der ganzen Ehre erfüllen, die ihm zur Verfügung stand.

Außerdem mochte die Strategie des Praetors sich als weniger wirksam erweisen, als dieser hoffte. In dem Fall würde Tiercellus der Unterschied zwischen Vernichtung und Überleben sein. Er sah vor seinem geistigen Auge das Flaggschiff des Praetors in die Neutrale Zone fliehen – an der Spitze der Flotte. In seiner Vorstellung flüchtete das große Schiff wie ein verängstigtes Nagetier, schlug wilde Haken, um seinem Verfolger zu entkommen. Es war ein wunderbares Bild.

Tiercellus überflog seinen Befehl noch einmal, jetzt mit erheblich freundlicheren Blicken. Wenn er die Beleidigung des Praetors spürte, mußten seine Männer sie ebenfalls spüren. Er würde mit ihnen sprechen müssen, sie wissen lassen, daß er sie schätzte. Männer, die nicht geachtet werden, haben wenig Lust zum Kämpfen.

»Spock an Captain.«

»Hier Kirk.«

»Captain, die Tür zur Hilfsbrücke ist blockiert. Ich habe mit Mister Scott gesprochen, und wir sind beide überzeugt, daß sie sich nicht mit Gewalt öffnen läßt. Die einzige Möglichkeit wäre, sie mit einem Schneidbrenner aufzuschweißen.«

»Das ist richtig, Captain«, stimmte der Chef-Ingenieur zu. »Die Verriegelung ist blockiert. Und, Captain – es würde mindestens acht Stunden dauern, die Tür oder die Wand durchzuschweißen. In diesem Teil des Schiffes ist alles doppelt verstärkt.«

»Was ist mit den Wartungsschächten?«

»Nichts zu machen«, antwortete Scotty. »Mit Gas gefüllt.«

»Das Sicherheitssystem?«

»Ja, Sir. Es würde Stunden dauern, es zu entgiften.«

»Neun-Komma-zwei-drei Stunden, um genau zu sein«, sagte Spock.

Kirk gefiel das alles ganz und gar nicht, doch gab es keine Alternativen.

»Gut, Scotty, machen Sie so schnell wie möglich.«

»Ich werde mein Bestes tun, Captain.«

»Nehmen Sie sich alle Hilfe, die Sie brauchen. Spock, Sie und Chekov kommen zur Brücke zurück; vielleicht fällt uns noch eine andere Möglichkeit ein, diesen Computer auf die Bretter zu strecken.«

»Verstanden. Und, Captain... es wäre vielleicht ratsam, auf Ihre Worte zu achten, wenn Sie von dem Computer sprechen. Er überwacht Sie ständig, und wenn Sie ihn zu sehr reizen, könnte er in einem Wutanfall das Lebenserhaltungssystem abschalten...«

Kirk verzog das Gesicht.

»Notiert, Mister Spock. Ich danke Ihnen.«

Er lehnte sich zurück und fragte sich, ob er wohl jemals in eine Situation geraten mochte, die bizarrer und gefährlicher war als diese. Die Technik hatte ihn in den Griff ihrer kalten metallischen Finger genommen. Er war der Gnade und Ungnade einer Maschine ausgeliefert – einer Ansammlung von Stromkreisen, die des menschlichen Fühlens fähig war. Er sträubte sich unter dieser Fessel. Gab es vielleicht eine Möglichkeit, den Spieß umzudrehen? Er konzentrierte sich auf das Problem, und sein Zeigefinger fuhr an der Unterlippe entlang.

Das Geräusch des gewaltsamen Öffnens der Turbolifttür ließ ihn sich umwenden.

»Spock!«

Der Vulkanier gab die Tür frei, nachdem Chekov sich herausgedrängt hatte, und trat auf Kirk zu.

»Ja, Captain.«

»Spock, erinnern Sie sich noch an die Zeit, als Sie den Computer unter Kontrolle gebracht haben, indem Sie ihn aufforderten, alle seine Datenspeicher darauf zu konzentrieren, den Wert von *pi* zu errechnen?«

»Die Situation ist kaum vergleichbar...«

»Ich weiß. Doch was wäre, wenn er sich auf etwas anderes konzentrieren müßte? Was wäre, wenn der Computer – nicht das Schiff, sondern der Computer selbst – angegriffen würde? Wenn es uns gelänge, seine Konzentration auf ein anderes Problem zu lenken, würde er vielleicht die Tür zur Hilfsbrücke freigeben...«

»Und wir würden wieder die Herrschaft über die *Enterprise* erhalten.« Spocks Brauen hoben sich, als er die Möglichkeiten durchdachte. »Eine interessante Idee.«

»Dann denken Sie nicht nur darüber nach, sondern tun Sie etwas!« explodierte McCoy.

Spock blickte den Arzt mit einem Blick besonderer vulkanischer Kälte an.

»Versuchen Sie es, Spock!« bat Kirk leise.

»Hmmm. Der Computer hat sein eigenes Sicherheitssystem, Überprüfungen, die er in regelmäßigen Abständen durchführt. Es besteht auch die Möglichkeit, diese Sicherheitsroutine manuell zu codieren. Wenn wir den Computer so programmieren, daß er alle automatischen Sicherheitskontrollen gleichzeitig durchführen muß, und ihm dazu aufgeben, auch alle manuellen Sicherheitskontrollen durchzuführen, die jede Sektion des Schiffes anwendet... dann wäre es möglich, daß der Computer eine Angriffssituation zu erkennen glaubt und entsprechend reagiert.«

»Gut!«

»Ich muß Sie jedoch warnen, Captain, daß dem Computer mehrere Möglichkeiten der Reaktionen offenstehen... von denen einige tödlich sind.«

»Wir liegen hilflos vor den Waffen eines feindlichen Schiffes. Ich nehme das Risiko auf mich.«

Commander Spock trat zu seiner Computer-Station, runzelte in tiefer Konzentration die Stirn und begann die Operation vorzubereiten.

»Jim, der Computer könnte die Decks voll Gas pumpen

oder einfach das Lebenserhaltungssystem abschalten! Ist es dieses Risiko wert?«

»Wenn es erfolgreich ist, bekommen wir das Schiff wieder in unsere Gewalt. Die Risiken haben wir alle gekannt, Pille, und sie akzeptiert, als wir uns zur Star Fleet meldeten.«

Ein Würfel raste durch den Raum. Die Reihen dünner Stengel an seinen Seiten wirkten wie Segel, als er ins Unbekannte vorstieß. An der Spitze jeder dieser Stengel saß ein glühender Sensor, der den Flugweg absuchte. Eine ähnliche Einrichtung befand sich an der Rückfläche dieses Würfels, und bewegliche Sensor-Batterien ragten aus seiner Ober- und Unterseite. In einer seiner Ecke waren die Buchstaben *SNKR* eingeprägt. Er schoß mit einer Geschwindigkeit von Warp zehn durch den Raum, und alle seine Sensoren suchten nur nach einem: dem Starship *Enterprise*.

Commodore Yang, der den Start verfolgt hatte, seufzte. Es war alles, was er tun konnte. Jetzt begann das Wartespiel. Nun, er war daran gewöhnt. Er wandte sich vom Fenster ab und beschäftigte sich mit dem Stapel Papieren, die zu erledigen waren, versuchte zu vergessen, daß die Galaxis jeden Augenblick in einen Krieg explodieren konnte und daß er seine Karriere in einem riskanten Spiel eingesetzt hatte, auf eine unmöglich erscheinende Ahnung. Er wußte, daß er von einigen Leuten als immer auf Nummer Sicher gehender Schreibtischhengst beschrieben wurde. Dies war ein neuer Beweis dafür, daß Etiketten fast niemals richtig sind.

S'Talon beobachtete das feindliche Schiff, und seine Finger streckten und ballten sich in unfreiwilliger Reaktion auf seine innere Anspannung. Der Gegner reagierte nicht so, wie er es erwartet hatte. Er konnte die Unruhe der Besatzung spüren, die auf Befehle wartete, ihn beobachtete. Sollen sie warten, dachte er. Ich habe keine Zeit, für solchen Kleinkram. Rotes Licht fiel auf das Gesicht, dessen Züge sich verhärteten. Ein einziges Schiff, um die Flotte der Föderation in Schach zu halten. Der Praetor schien an Wunder zu glauben. Ein düsteres Lächeln verzog die harte Linie des Mundes.

»Commander.«

S'Talon hob den Kopf, als er die Stimme seiner Centurion hörte.

»Wir warten auf Ihre Befehle«, sagte sie.

Er wußte, daß dies ihre Art war, ihn zum Handeln aufzufordern.

»Danke, Centurion.«

Er fühlte, wie sie sich zurückzog, und überlegte, was für ein Glück er hatte, daß nicht sie der Spion des Praetors war. Sie kannte seine Stimmungen zu gut. Er fuhr unerwartet herum, blickte seine Brücken-Crew an und freute sich darüber, daß seine rasche Bewegung sie entnervt hatte. Er hatte gehört, wie sie solche unerwarteten Bewegungen ›das Zustoßen der Schlange‹ nannten.

»Wir werden warten«, informierte er sie, »wir werden noch ein wenig länger warten… wenn der Feind sich bis dahin nicht gerührt hat, werden sie weitersehen.«

Er las Rebellion in vielen Gesichtern, doch wußte er, daß keiner sich gegen ihn auflehnen würde. Er lächelte.

KAPITEL 8

Im Konferenzraum des Hauptquartiers von Star Fleet Command glitzerten goldene Rangabzeichen. Es war eine exklusive Gruppe, die sich dort versammelt hatte. Vier Admirale, zwei Kommodores und eine Sekretärin saßen um den ovalen Tisch. Admiral Iota, der unter dem blauen Emblem der Föderation saß, sah aus wie ein zum Leben erwachtes Rekrutierungs-Poster. Er schien zum Kommandieren geboren zu sein. Sein gebräuntes männliches Gesicht, in Verbindung mit militärischem Schick, flößten Vertrauen und Respekt ein. Er blickte die anderen Offiziere befriedigt an.

»Wir sind also einer Meinung. Eine Angriffsflotte muß mobilisiert werden, um der Herausforderung der Romulaner zu begegnen.«

Iota sprach mit einer Begeisterung, die erstaunte Blicke auf sich zog.

»Nicht so eilig, Jake!«

Poppaelias sanfte Stimme stand in seltsamem Kontrast zu seinem mächtigen Körper. Er lehnte sich zurück und stützte sich mit einem Ellbogen auf die Sessellehne.

»Ich bin durchaus der Meinung, daß wir uns auf jede denkbare Situation vorbereiten sollten, doch sehe ich im Moment noch keine Herausforderung – lediglich eine mögliche Gefahr. Unser Bestreben muß die Erhaltung des Friedens sein.«

»Selbstverständlich, selbstverständlich«, versicherte Iota. »Alles was wir tun, ist von diesem Wunsch motiviert. Aber die Föderation und das Romulanische Imperium sind Erbfeinde. Sie wissen doch, wie sie sind: wild, brutal, skrupellos. Wir können es uns nicht leisten, auf eine massive Invasion zu warten. Wir müssen sie aufhalten, bevor sie beginnt.«

»Was aufhalten? Wir wissen doch nicht einmal, was los ist.«

»Trotzdem...«

Poppaelia veränderte seine Stoßrichtung.

»Wir haben schon früher mit den Romulanern verhandelt.«

»Vielleicht, aber wir müssen vorbereitet sein...«

»Das sind wir auch«, unterbrach Charles, und seine dunklen Augen funkelten. »Das sind wir doch immer. Das Verteidigungssystem der Föderation ist ein Vierundzwanzigstundenbetrieb, kein Wochenendhobby. Sie kennen die Routine: ständige Aufklärungspatrouillen, ständige Überwachung aller Sektoren, spezialisierte Nachrichtengeräte für Gefahrenherde...«

»Das reicht nicht aus.«

Iotas Stimme war kalt.

»Eins von diesen Nachrichtengeräten hat aufgehört zu senden. Es befand sich an Bord der *Enterprise.* Da die Wahrscheinlichkeit seiner Entdeckung äußerst gering ist, muß ich annehmen, daß die *Enterprise* vernichtet worden ist. Was sagen Sie *dazu*?«

»Was ist Yangs Meinung?« fragte Poppaelia mit seiner sanften Stimme.

»Commodore Yang scheint das Gefühl zu haben, daß Kirk das Gerät entdeckt und abgeschaltet hat.«

»Nicht undenkbar.«

»Aber unwahrscheinlich.«

»Vielleicht. Aber ich denke, daß es noch zu früh ist, um die *Enterprise* abzuschreiben. Ein Kommunikationsblock kann viele Ursachen haben. Andererseits meine ich aber auch, daß Admiral Iotas Vermutung in Rechnung gestellt werden muß. Deshalb schlage ich vor, daß wir ein Aufklärungs-Geschwader zusammenstellen und zur romulanischen Neutralen Zone schicken – um dort das seltsame Schweigen der Romulaner zu erforschen und weitere Entwicklungen abzuwarten.«

»Einverstanden«, sagte Iota sofort. »Das Geschwader soll aus den Starships *Exeter, Farragut, Potemkin* und *Hood* sowie sechs Aufklärern bestehen.«

»Vier Starships, Admiral?« fragte Charles trocken. »Meinen Sie, daß das genug ist? Für eine Aufklärung, meine ich.«

»Was wollen Sie damit sagen?«

»Nur daß Sie einen Teil der Föderationsgrenze unverteidigt lassen, wenn Sie vier Starships von ihrem normalen Patrouillendienst abziehen.«

»Für was halten Sie mich eigentlich? Für einen Idioten? Die *Potemkin* und die *Hood* kommen gerade aus der Wartungswerft – sie patrouillieren zur Zeit gar nichts. Die *Exeter* und die *Farragut* stehen beide in Sektoren nahe der romulanischen Neutralen Zone. Ich habe vier gesagt, und ich meine auch vier. Dies wird eine Demonstration der Stärke.«

»Aggressive Stärke provoziert Angriff«, murmelte Zorax.

»Gentlemen, muß ich annehmen, daß Sie Furcht vor den Romulanern haben?«

Der schneidende Ton in Iotas Stimme drang sogar durch Poppaelias dickes Fell.

»Ich fürchte die Romulaner nicht«, sagte er scharf, »aber ich fürchte den Krieg. Jeder vernünftige Mensch tut das.«

Er blickte den Admiral an.

»Natürlich, natürlich«, antwortete Iota, »aber das ändert nichts daran, daß wir vier Starships brauchen, wenn wir eine abschreckende Wirkung erzielen wollen. Über weniger würden sie nur lachen.«

»Übernehmen Sie die volle Verantwortung dafür?« fragte Zorax.

»Das tut doch nichts zur Sache, Zorax. Was kommt es darauf an, wer die Verantwortung übernimmt? Den Toten ist das egal«, sagte Poppaelia.

»Vier«, wiederholte Iota.

Poppaelia seufzte.

»Ich möchte dringend empfehlen, das Geschwader unter das gemeinsame Kommando von Admiral Iota und Captain Garson von der *Potemkin* zu stellen.«

»Moment mal...«

»Ich bin noch nicht fertig, Jake. Sie würden volle Befehlsgewalt in allen Fragen der Aufklärung und der Verhandlung haben. Garson soll sich lediglich um die militärische Seite der Dinge kümmern. Es gibt nicht viele, die sein taktisches Können erreichen, und Sie – seien wir mal ehrlich, Jake – verfügen nur über sehr minimale Erfahrung auf diesem Gebiet. Ihre Hauptbegabung hat von jeher auf einem eher internen Sektor gelegen.«

Das Wort ›Galionsfigur‹ tauchte unwillkürlich in Poppaelias Gedanken auf, doch ließ er es nicht laut werden. Garson war ein kompetenter, intelligenter Mann. Er würde nicht voreilig handeln.

»Jake?«

»Jeder muß zu Kompromissen bereit sein. Zumindest sind wir dann bereit. Einverstanden.«

»Charles? Popov? Zorax? Kaal?«

»Einverstanden.«

»Die Schiffe werden zusammengeführt wie geplant. Sie versammeln sich bei Starbase Acht. Admiral Iota und Captain Garson haben gemeinsam das Kommando.«

Iota blickte in die Gesichter der anderen. Er hatte den Krieg gewonnen, wenn auch nicht die Schlacht. Aber sowie er an der Spitze des Angriffsgeschwaders war... würde er sehr weit vom Hauptquartier der Star Fleet entfernt sein.

Konteradmiral Arc Poppaelia saß in seinem geräumigen Büro und dachte über den Verlauf der letzten Ratssitzung nach. Es hatte nicht in seiner Absicht gelegen, der Entwicklung eine neue Richtung zu geben, noch viel weniger, mit dem Nachrichtenchef von Star Fleet in Konflikt zu geraten. Iotas Machtprobe hatte ihn zum Handeln gezwungen. Als Vertreter der Admiralität war er das Senior-Mitglied des Rates, obwohl Iota und einige andere einen höheren Dienstgrad hatten als er. Generell zog er es vor, unauffällig zu bleiben, die Direktiven des Rates eher vorzuschlagen als zu diktieren. Iota hatte diese Zurückhaltung unmöglich gemacht.

Die romulanische Krise war ein Pulverfaß und Iotas militärischer Absolutismus eine glimmende Lunte. Es war lediglich eine Frage der Zeit, wann es zur Explosion kommen würde. Poppaelia schloß die Augen, versuchte sich an alles zu erinnern, was er von dem Nachrichtenoffizier wußte.

Iota war in New York City auf der Erde geboren und aufgewachsen. Seine Familie war wohlhabend gewesen, der Vater ein lokaler politischer Führer. Iota hatte drei exklusive Privatschulen besucht, bevor er zur Star Fleet Academy gekommen war, wo sein besonderes Talent für Spionage sofort erkannt worden war. Er war ein brillanter Student gewesen und bekam seinen ersten Posten in der Planungsabteilung des Nachrichten-Corps. Er war bei dieser Dienststelle geblieben und im Lauf der Jahre zu ihrem Leiter aufgestiegen. Das waren die nackten Tatsachen. Aber weshalb, zum Teufel, fragte Poppaelia sich, hatte dieser Mann einen solchen, fast krankhaften Haß auf die Romulaner?

Poppaelia kannte den Nachrichtenoffizier seit vielen Jahren, und nichts in seinem Lebenslauf oder seiner Ausbildung gab irgendeinen Hinweis auf die Ursache dieses Hasses. Er hatte keinen Freund durch einen Angriff der Romulaner verloren, noch hatte er jemals einen von ihnen persönlich kennengelernt. Poppaelia mochte es drehen und wenden, wie er wollte, er konnte keinen Grund für Iotas Besessenheit entdecken, und eine Besessenheit war es. Poppaelia fürchtete seinen bornierten, engstirnigen Fanatismus. Iota war außergewöhnlich beschränkt. Seine Interessen gingen nicht über die Grenzen des romulanischen Kulturkreises hinaus.

Poppaelia dachte an die Rolle, die er Garson aufgezwungen hatte, und er empfand Mitleid mit diesem Mann. Er hatte Garson zum Puffer zwischen Iota und dem Romulanischen Imperium gemacht. Es war eine unhaltbare Position. Er hatte, genaugenommen, einen simplen Starship-Captain auf die gleiche Stufe mit einem Admiral gehoben. Und er hatte das Gefühl, daß Iota es gar nicht schätzte, mit einem Feldoffizier, gleich welchen Dienstgrades, zusammenarbeiten zu müssen. Von welcher Seite man es auch betrachten mochte, Garson war in Schwierigkeiten, und er verdiente mehr Erklärungen, als seine Befehle sie ihm geben konnten; und Poppaelia empfand Schuldgefühle dafür, daß er Garson dieses gemeinsame Kommando aufgezwungen hatte. Der Mann verdiente zumindest seine volle Unterstützung.

Poppaelia bat seine Sekretärin, einen Funkkanal zu Garson zu öffnen. Er beugte sich zum Bildschirm, als das Gesicht eines ernsten Mannes mit ehrlichen grauen Augen darauf erschien.

»Garson, Sie haben Ihre Befehle. Ich bin mir völlig im klaren darüber, daß ich Sie in eine schwierige Lage gebracht habe, als ich Sie zum gemeinsamen Befehlshaber mit Admiral Iota ernannte, doch war es notwendig. Denken Sie immer daran, daß alle militärischen Entscheidungen allein von Ihnen getroffen werden. Das und auch dieses Gespräch werden hier amtlich festgehalten. Ich möchte Ihnen empfehlen, sich stets die Einstellung des Admirals vor Augen zu halten. Sie wissen genausogut wie ich, daß er einmal Bemerkungen über die ›Schwäche unserer Verteidigungshaltung‹ gemacht hat. Lasssn Sie uns keinen Krieg beginnen, wenn es möglich ist.«

»Jawohl, Sir.«

Garsons Bild verschwand, und Poppaelia richtete sich auf. Er wünschte, er hätte sich nicht so unruhig gefühlt.

Die romulanische Flotte, die sich für die bevorstehende Aktion sammelte, war ein beeindruckender Anblick. Die großen, nach klingonischem Vorbild entworfenen Kreuzer würden die Expedition führen, und sie waren es, in die der Praetor das meiste Vertrauen setzte; doch hatte er eine geheime Schwäche für das ältere romulanische Modell. Er konnte S'Talons Vorliebe für das kleinere, weniger leistungsstarke Schiff verstehen. Zum einen war es hundertprozentig romulanisch: Geschichte prägte jede Linie des Raubvogels, dessen Abbild auf seine Unterseite gemalt war. Und es besaß eine Einfachheit und Klarheit der Form, die den klingonischen Schiffen fehlte. Ein Ausdruck von Ehrlichkeit. Eine bewundernswerte, wenn auch unpraktische Eigenschaft. Der Praetor wandte sich vom Bildschirm ab. Die Offiziere seines Flaggschiffes standen wartend vor seinem Schreibtisch, jeder Mann unwillkürlich angespannt, als er den Blick des Praetors auf sich ruhen fühlte.

»Sie sind eingehend über die Situation informiert worden. Sie wissen, daß das Romulanische Imperium in seiner jetzigen Form dem Untergang geweiht ist, wenn wir nicht erfolgreich sind. Ihre Leute dürfen so wenig wie möglich erfahren. Wenn sie das ganze Ausmaß der Gefahr kennen würden, könnte es zur Panik kommen, und wir brauchen unbedingten Gehorsam. Lassen Sie sie in dem Glauben, daß dies eine Invasion sei. Versprechen Sie ihnen reiche Beute und Ruhm; dann könnten wir Erfolg haben.«

Der Praetor nahm ein Glas Wein von dem Servierbrett und gab den Offizieren ein Zeichen, sich ebenfalls zu bedienen. Er hob sein Glas.

»Auf den Sieg. Und seinen Lohn.«

»Sieg!« wiederholten die Offiziere.

Der Praetor trank und ließ das sanfte Feuer des Weins durch den Körper rinnen. Es waren noch zwei Stunden Zeit bis zum Start. Er fuhr mit der Hand über die gerundete Form des Glases, und seine Juwelen glitzerten im Licht.

»Sie können gehen. Start in zwei Stunden. Sorgen Sie dafür, daß Ihre Schiffe bereit sind.«

Der Praetor erwiderte ihr Salutieren mit einem gnädigen Kopfnicken. S'Talons Auftrag hatte er mit keinem Wort erwähnt, obwohl er der Schlüssel zum Erfolg war. Doch das brauchten sie nicht zu wissen. Und es wäre zu nichts anderem dienlich, als den Mann zu einer Berühmtheit zu machen. Später vielleicht, wenn es ihm richtig erschien, würde er zulassen, daß sein brillanter, taktischer Schachzug aufgedeckt wurde. Wenn er Glück hatte, würde S'Talon zwar ein Held sein, aber ein toter, und nicht mehr in der Lage, seinen Ruhm zu genießen. Der würde, zusammen mit dem Familienvermögen, in die Hände des Staates gelangen – in die Hände des Praetors. Er würde beides gut verwalten, als angemessenen Tribut an den Toten. Er leerte sein Glas, hochbefriedigt über seinen Einfallsreichtum.

Kirk blickte auf den Haupt-Bildschirm. Chekov und Sulu überwachten mit finsterer Konzentration ihre Stationen. Uhura prüfte wieder und wieder ihr Kommunikationssystem. McCoy fand die Situation auf seltsame Weise abstrakt: Jeder war so auf kleinste Details konzentriert, als ob allein seine Tätigkeit in der Lage wäre, Unheil abzuwenden. Nun, vielleicht traf das sogar zu. Aber, dachte er ironisch, es war auch das typische Festhalten von verwundbaren Sterblichen an der Vernunft, wenn sie sich in Todesgefahr befanden. Er verschränkte die Hände auf dem Rücken und blickte zu dem feindlichen Schiff hinauf. Wie der Captain hielt er es für richtig abzuwarten.

»Captain, Vorbereitungen abgeschlossen.«

Spocks Stimme zerschlug die Atmosphäre der Ruhe.

»Scotty, machen Sie sich bereit, die Tür zu öffnen!«

»Verstanden, Sir. Wir sind bereits hier.«

Der Captain umklammerte die Lehnen seines Sessels.

»Versuchen Sie es, Spock«, sagte er, seinen Blick auf den Vulkanier gerichtet.

Spock aktivierte ruhig die Sicherheitssequenz. Einen Augenblick zeigte sich keinerlei Reaktion, doch dann begann der Computer zu klicken, als ob er Selbstgespräche über seine Arbeit führte.

»Scotty«, sagte der Captain flüsternd, »versuchen Sie, die Tür aufzukriegen.«

»Jawohl, Captain... geht nicht. Sie sitzt fest. Was ist denn bei Ihnen los?«

Ein babylonisches Gewirr von Geräuschen dröhnte aus der Computer-Konsole, eine Explosion von wütendem Quietschen, Klicken und Knistern. Der Computer-Bildschirm explodierte in ein Kaleidoskop von Farben und wurde dann allmählich schwarz. Spock wandte sich um.

»Das habe ich nicht erwartet«, sagte er und bemühte sich, seine Wut zu beherrschen. »Der Computer hat auch alle anderen Personalakten gelöscht, mit der einzigen Ausnahme von Captain Kirk. Theoretisch ist der Computer jetzt das einzige lebende Besatzungsmitglied an Bord der Enterprise.«

»Ich bin am Leben«, rief McCoy ärgerlich, »ganz gleich, was diese glorifizierte Rechenmaschine sagen mag!«

»Nicht für den Computer, Doktor«, korrigierte Spock. »Der wird von nun an auf niemand anderen reagieren als auf Captain Kirk.«

»Wir müssen in die Hilfsbrücke gelangen!«

Kirk stemmte sich aus dem Sessel und begann auf und ab zu gehen.

»Captain!« sagte Sulu. »Der Computer schaltet überall im Schiff die Lebenserhaltungssysteme ab!«

Kirk lief zum nächsten Computer-Terminal.

»Computer!« sagte er scharf.

»Ja, Lieber«, antwortete dieser mit schmachtender, rauchiger Stimme.

»Schalte das Lebenserhaltungssystem auf allen Decks wieder ein! Sofort!«

»Aber, aber, sind Sie heute hart zu mir! Regen Sie sich nicht auf, Lieber. Ich habe nur unnötige Systeme abgeschaltet, aber wenn Sie wollen... ich tue doch alles für Sie... mein Liebster.«

»Systeme normalisieren sich, Sir.«

»Danke, Sulu.«

Kirk atmete erleichtert auf und merkte erst jetzt, daß er die Luft angehalten hatte. Spocks Augen wurden schmal, und er blickte den Captain prüfend an.

»Captain, vielleicht sollten Sie den Computer bitten, die Tür zur Behelfsbrücke freizugeben.«

»Richtig, Spock. Computer!«

»Müssen Sie in diesem Ton mit mir reden? Das läßt meine Stromkreise dröhnen. Und mein Name«, sagte sie geziert, »ist Gräfin.«

»Computer... Gräfin. Öffne... wärst du so gut, die Tür der Befehlsbrücke zu öffnen? Bitte!«

Es ging ihm maßlos gegen den Strich, eine Maschine um etwas bitten zu müssen, doch er schaffte es. McCoy schnaubte verächtlich.

»Nein, Liebster.«

»Warum nicht?« fragte Kirk.

»Sie haben doch mich. Sie brauchen niemanden sonst. Ich führe alle Funktionen aus... und wir sind endlich allein.«

McCoy warf beide Hände hoch.

S'Talon wandte sich vom Haupt-Bildschirm ab in dem Bewußtsein, daß seine Befehlsgewalt intakt war.

»Jetzt greifen wir an. Stellen Sie die nötigen Berechnungen auf.«

Er wandte sich wieder dem Bildschirm zu, während seine Crew den Befehl ausführte. Sein Blick tastete über die *Enterprise*, genoß ihre imposante Größe und Stärke. Er fand sie sehr schön – auf ihre Art so schön wie die *Raptor*. Warum lag sie so ruhig? Das kam zwar seinen Absichten entgegen, doch war es ungewöhnlich für ein Starship der Föderation. Was hatte ihr Captain vor? Es stand so vieles auf dem Spiel: das Leben des Imperiums. Und Kirk war verschlagen und gefährlich. Er legte eine Hand auf den Rand des Bildschirms und wünschte, er könnte Kirks Gedanken lesen, ihre fremdartigen und gewundenen Wege erkennen.

Er wandte den Kopf und lauschte in die Stille.

»Gräfin...«

Kirks Stimme war sanft, schmeichelnd.

»Ja, mein Liebster.«

»Liebst du mich?«

»Natürlich liebe ich Sie. Es gibt keinen anderen.«

»Wie sehr liebst du mich?«

»Ist das nicht ein bißchen frivol, Jim?«

McCoy konnte sich diese Bemerkung nicht verkneifen, doch Kirk blickte ihn nur scharf an.

»Bitte, Doktor, üben Sie Zurückhaltung«, sagte Spock trocken.

»Wie ich Sie liebe? Lassen Sie es mich aufzählen. Erstens: als meinen Captain, meine zweite Hälfte – ohne Sie würde ich nicht existieren. Zweitens: als tapferen, starken Mann – Ihre Personalakte bescheinigt Ihnen zahlreiche Siege. Und drittens: um Ihrer Schönheit willen...«

»Computer... Gräfin«, unterbrach Kirk, der ein wenig rot geworden war, »ich habe dir eine direkte Frage gestellt: Wie *sehr* liebst du mich?«

»Und ich habe Ihnen geantwortet, Liebster: mit allem, was ich bin. Ich existiere nur für Sie... und Sie für mich. Sie sind mein Leitbild, mein Daseinszweck, und ich bin Ihr Leben.«

»Nein, du bist nicht mein Leben.«

»Ohne mich gäbe es keine Atmosphäre, keine Schwerkraft, keine Nahrung... würde es kein Leben geben«, antwortete der Computer.

»Damit hat er recht, Captain.«

Spocks trockene Feststellung drang in die Sensoren des Computers ein.

»Es sind da statische Geräusche in Ihrer Transmission, Liebling. Ich könnte sie natürlich eliminieren, indem ich einfach...«

»Nein! Nein... Gräfin! Ich werde mich selbst darum kümmern.«

Kirks Augen sprühten Blitze zu McCoy und Spock, die daraufhin beide nüchtern und still wurden.

»Gräfin. Du liebst mich.«

»Das habe ich Ihnen doch gesagt... Sie sind doch sonst nicht so schwer von Begriff, Geliebter.«

McCoy preßte eine Hand vor den Mund und starrte geradeaus.

»Was ist Liebe?« fragte Kirk, ehrlich gespannt auf die Antwort des Computers.

»Liebe: abgeleitet vom altenglischen Wort *Lufu*. Erstens: eine intensive, gefühlsmäßige Anteilnahme für einen anderen Menschen. Zweitens: eine leidenschaftliche Hinneigung zu einem anderen Menschen. Drittens: Verbindung mit einem geliebten Menschen. Viertens: ein starkes Gefühl...«

»Aber du bist kein Mensch. Es kann keine Verbindung zwischen uns geben. Du bist eine Maschine.«

»Wir sind einander verbunden. Ohne mich würden Sie sterben. Sind Sie heute müde, Liebster, Sie wiederholen sich.«

»Nein, ich bin nicht müde«, sagte Kirk scharf und spürte, daß er log. Er war völlig erschöpft.

»Sie sind müde...«

Ein überwältigender Rosenduft erfüllte plötzlich die Luft, und die leidenschaftlichen Klänge des Liebesthemas aus ›Tristan und Isolde‹ drangen aus dem Intercom.

»So. Das wird Sie entspannen. Nun setzen Sie sich hin und schließen Sie die Augen. Lassen Sie doch die bösen Verspannungen und allen Streß einfach fortschwemmen...«

Die Computer-Stimme war sanft, melodisch, und Kirk mußte seine ganze Kraft aufwenden, um nicht von ihr hypnotisiert zu werden.

»Gräfin, was würdest du tun, wenn ich dir sagte, daß ich dich nicht liebe?« fragte Kirk und kämpfte verzweifelt gegen den Schlaf an.

»Es gibt keinen Grund dafür, diese Frage zu beantworten, da Sie mich lieben.«

»Tue ich das?«

»Ja.«

Die Stimme verriet Erstaunen über diese Frage.

»Sie haben doch einmal selbst gesagt: ›Die *Enterprise* ist eine schöne Frau, und ich liebe sie‹, und ›ich will sie niemals verlieren.‹ Ist das nicht Liebe?«

»Ja, das stimmt. Aber du bist nicht die *Enterprise*.«

»Doch, das bin ich. Ich beherrsche alle ihre Funktionen.«

»Du bist nicht die *Enterprise.* Du bist eine Maschine. Die *Enterprise* ist eine Idee.«

»Die *Enterprise* ist ein Schiff der Starship-Klasse. Sie wiegt...«

»Die *Enterprise* ist eine Idee, ein Traum der Erforschung, der Suche im Unbekannten. Sie ist der Geist des Menschen, ausgestreckt auf seiner Suche nach Verstehen!«

»Das computiert nicht«, antwortete der Computer mit bedrückter Stimme.

»Captain«, sagte Spock leise. »Ich muß Sie warnen. Wenn der Computer sich davon überzeugt, daß Sie ihn zurückweisen, wird er zweifellos den traditionellen Ausweg wählen.«

»Und der ist?«

»Selbstmord.«

Kirks Augen weiteten sich, als er die Bedeutung von Spocks Worten erkannte.

»Wir sind bereit, Commander.«

S'Talon erwiderte den Gruß der Centurion und fragte sich, ob er es zum letzten Mal tat.

»Führen Sie den Angriff durch«, sagte er, den Blick noch immer auf die *Enterprise* gerichtet. »Wir könnten sie durch Überraschung erledigen. Wenn wir sie vernichten, haben wir die Zeit gekauft, die der Praetor braucht.«

»Auf Kosten dieses Schiffes und unserer Leben«, sagte die Centurion bitter und blickte den Commander an.

»Ja, Centurion, vielleicht«, antwortete er, von ihrer Reaktion überrascht. Bei einer, die so zur Pflichterfüllung erzogen worden war, roch sie nach Verrat, doch zweifelte er keine Sekunde lang an ihrer Loyalität. Die Gedanken einer Frau konnte man eben nie verstehen. »Glück, Centurion«, sagte er und lächelte.

»Glück, Commander«, antwortete sie, und in ihren Augen standen viele Fragen.

S'Talon blickte sie prüfend an. Er verdankte ihr sein Leben. Sie verdiente das, was am schwersten zu geben war:

Vertrauen. Er legte seine Hand auf ihre Schulter. Zu seiner Überraschung zuckte sie zusammen, doch ihre Augen blieben auf ihn gerichtet.

»Sie wußten, daß dies unmöglich war.«

»Im letzten Augenblick muß ich feststellen, daß das Leben doch etwas ist, das man nicht leicht aufgibt.«

»Ich kann Ihnen nichts im Austausch dafür bieten, außer dem Überleben unseres Volkes... und meinem Vertrauen.«

Sie sog zitternd Luft in die Lungen.

»Das ist genug, Commander. Es ist mehr, als ich verdiene.«

S'Talon lächelte sie an.

»Dann wollen wir jetzt das Unmögliche versuchen.«

Er sah nicht die Tränen, die ihr in die Augen stiegen, als sie sich abwandte, um seinen Befehl auszuführen.

»Captain! Das romulanische Schiff bewegt sich... es sieht aus wie ein Angriff!«

Instinktiv griff Sulu nach den Ruderkontrollen und erinnerte sich dann, daß sie nicht reagierten und nur auf Kirks Stimm-Kommandos ansprachen. Selbst die manuelle Bedienung war durch ein vom Computer errichtetes Kraftfeld blockiert.

Kirk öffnete den Mund, um Befehle zu geben, erinnerte sich dann, daß seine Besatzung tot war und er sich allein im Schiff befand. Er sah den Romulaner herankommen und wußte, daß nach der Zerstörung der elektronischen Schutzschilde für sein Schiff keine Überlebenschance mehr bestand. Bis die Gräfin ihre Stromkreise umgepolt und sich auf die äußere Bedrohung konzentriert hatte, wäre es zu spät. Er fuhr herum und blickte Spock und McCoy an, und zum ersten Mal waren auch sie hilflos und nicht in der Lage, ihm zu helfen. Spocks Lippen waren ein schmaler Strich, die Augen wie Granit; McCoy blickte dem angreifenden Feind mit stoischer Resignation entgegen. Sie haben sehr viel Ähnlichkeit miteinander, fiel ihm plötzlich ein. Er blickte in die Gesichter seiner Brücken-Crew: Sulu, dessen Augen als einzige eine Spur von Furcht zeigten; Chekov, nervös, angespannt, kontrolliert. Uhura stand wie eine Tänzerin auf ihren Fußballen, in Erwartung des Angriffs. Ben Green hockte über seine Maschinen-Konsole gebeugt, als ob er allein durch seinen Willen Einfluß auf sie ausüben könnte. Scott konnte stolz auf ihn sein. Und er war stolz auf sie alle, stolz auf jeden Mann und jede Frau an Bord der *Enterprise*. Sie durften nicht sterben. Es mußte ihm etwas einfallen!

KAPITEL 9

»Computer!« rief Kirk und schlug mit der Hand auf die Armatur.

»Aua! Seien Sie doch nicht so grob!« sagte die Gräfin verstimmt.

Ein Glänzen stand in Kirks Augen. Spock, der es wachsen sah, spürte ein leises Zittern. Er wurde immer nervös, wenn Kirk nach einer Inspiration handelte statt nach der Logik.

»Gräfin...«, sagte Kirk mit einer Stimme, die Uhura, Kadett Kouc und Fähnrich Stewart erröten ließ. Spock blickte ihn überrascht an, und McCoys Blick war ungläubig, doch der Captain fuhr fort, mit dunkler, samtiger Stimme zu sprechen. Was er vorhatte, war ein Schuß ins Dunkle, doch es war alles, was ihm übrigblieb.

»Gräfin... es tut mir leid. Ich wollte dich nicht kränken... kannst du mir verzeihen?«

Der Computer schwieg, und auf Kirks Stirn bildeten sich Schweißtropfen. Er warf einen raschen Blick auf den näherkommenden Romulaner.

»Gräfin?«

»Ich verzeihe Ihnen«, antwortete der Computer großmütig.

»Danke. Ich will versuchen, mich zu beherrschen. Liebst du mich?«

»Die gleiche Frage. Ich habe sie bereits beantwortet. Ja, ich liebe Sie. Warum fragen Sie mich das so oft?«

»Liebende... mögen diese Worte immer wieder hören: Ich liebe dich.«

»Liebster, lieben Sie mich?« fragte die Gräfin und testete die Frage.

»Ja.«

McCoy wollte aufbegehren, beherrschte sich jedoch, als er sich daran erinnerte, was der Computer über ›statische Geräusche‹ gesagt hatte. Er blickte Spock an, doch der Vulkanier sah voller Interesse auf Kirk und wartete mit vor der Brust verschränkten Armen auf die weitere Entwicklung, obwohl seine Brauen vor Überraschung gehoben waren.

»Ich liebe dich und würde alles für dich tun.«

»Sie würden alles für mich tun?«

Die Stimme der Gräfin war warm und sanft.

»Ja, alles. Selbst wenn es ein Opfer erforderte.«

»Opfer?«

»Etwas aufgeben, an dem man hängt... das einem teuer ist... weil man jemanden liebt.«

»Und das würden Sie tun?«

»Ja.«

Das Gesicht des Captain war ein Ausdruck reiner Kalkulation, als er fragte: »Würdest du das auch für mich tun?«

»Captain! Er feuert auf uns! Entfernung zwei Komma drei-fünf und geringer werdend.«

»Gräfin! Würdest du das tun?« fragte Kirk. Sein Körper war angespannt, in Erwartung der Erschütterung, wenn der Schuß der Romulaner das Schiff traf. Die Lampen des Computers blinkten wild.

»Ja«, antwortete die Gräfin leise.

»Dann«, sagte Kirk mit unglaublich sanfter Stimme, »öffne mir die Hilfsbrücke. Weil du mich liebst.«

Die *Enterprise* erbebte unter dem Einschlag der romulanischen Geschosse, doch die elektronischen Schilde hielten stand. Kirk klammerte sich an der Computer-Armatur fest und wartete.

Die Erregung des Kampfes strömte durch die Adern wie ein starker Wein. S'Talons Herz folgte seinem Ruf. Die Crew der *Raptor*, von der Fessel der Zurückhaltung befreit, war wie ein Rudel Wölfe, das seine Beute einkreiste, und Feuer glühte in ihren Augen.

Die *Raptor* schoß auf die *Enterprise* zu. Es war S'Talons Plan, eine Salve auf die Brücke abzufeuern, über das größere Schiff hinwegzuziehen und dabei sein Feuer auf die beiden Pylone zu konzentrieren. Das fremde Schiff wurde größer und größer, und die Crew wartete gespannt auf den Feuerbefehl.

»Optimale Entfernung!«

Argelians Finger lagen auf den Feuerschaltern.

»Feuer!«

S'Talons Stimme hallte wie ein Pistolenschuß.

»Treffer!« sagte Argelian triumphierend. »Aber ihre Schilde halten!«

Die *Raptor* zog über die *Enterprise* hinweg und schickte beim Passieren einen Feuerstrahl in die Steuerbord-Pylone. Das größere Schiff schwankte unter dem Angriff des Romulaners, unternahm jedoch nichts, um ihm auszuweichen oder ihn zu erwidern. Ein unruhiges Gefühl schlich sich in S'Talons Begeisterung.

»Feuer einstellen!« befahl er. »Position halten!«

Die *Enterprise* unternahm nichts, um dem Angriff der *Raptor* zu begegnen. Wenn nicht ihre intakten elektronischen Schutzschilde gewesen wären, hätte S'Talon sie für tot gehalten. Falls Kirk ihm eine Falle stellte, würde es höchst gefährlich für sein Schiff. S'Talon beschloß plötzlich, Kirks Nerven auf die Probe zu stellen.

»Neuer Angriff, aber nur auf das Kommando-Modul feuern. Maximalgeschwindigkeit.«

»Maximal?« fragte Argelian. »Dadurch wird die Treffergenauigkeit um siebenundvierzig Prozent herabgesetzt.«

»Dessen bin ich mir bewußt. Ich habe volles Vertrauen in Ihr Können, Argelian.«

S'Talon lächelte über Argelians Eifer. Dieser Mann hatte ihn schließlich vorhin herausgefordert. Er freute sich über die Nervosität des Navigators und plante den nächsten Zug der *Raptor*.

Wie ein von der Leine gelassener Windhund raste das romulanische Schiff auf die *Enterprise* zu. Argelians Schüsse lagen alle neben dem Ziel, doch nahe genug, um die Brükken-Crew des Gegners heftig durchzuschütteln. Argelian lief rot an vor Scham, keinen direkten Treffer erzielt zu haben.

»Feuer einstellen! Kehre von einhundertachtzig Grad!« befahl S'Talon.

Die *Raptor* beschrieb einen weiten Kreis, kam herum und raste wieder auf den Gegner zu. S'Talons Augen verengten sich, als er die Möglichkeit abwog. Entweder die *Enterprise* war auf Grund innerer Schäden manövrierunfähig, oder aber Kirk spielte das gefährlichste Katz-und-Maus-Spiel, das er jemals erlebt hatte. Die einzige Möglichkeit, das festzustellen, war eine Kontaktaufnahme mit der *Enterprise*, und die hatte man ihm ausdrücklich untersagt. Er wußte, daß er die Abwehrschilde des Gegners beschädigt hatte, besonders den vorderen des Kommando-Moduls. Noch ein Passiergefecht, und die Schilde würden wahrscheinlich nachgeben. Er beschloß es zu riskieren.

Scotty hob vorsichtig eine schwere Metallplatte aus der Wand. Er übergab sie einem Helfer und starrte auf die blokkierten Stromkreise der Tür zur Hilfsbrücke. Die Hände in die Hüften gestemmt, konzentriert vorgebeugt, war er ein Bild der Verzweiflung. Im Geist nahm er die Mechanik der Situation auseinander und erkannte, daß er nichts tun konnte.

»Der Teufel allein mag wissen, was da draußen passiert«, murmelte er, »und ich kann nichts unternehmen! Na komm schon, laß los!« bat er beinahe flehend.

Die blockierten Stromkreise öffneten sich mit einem kaum hörbaren Klicken, und ein erfreutes Grinsen breitete sich über Scottys Gesicht.

»Ich weiß nicht, warum du es getan hast«, sagte er, »aber ich werde keine Fragen stellen.«

»Scotty!«

Scott fuhr bei dem Klang von Kirks Stimme zusammen, meldete sich dann sofort.

»Ja, Sir!«

»Alarmstufe Rot! Übernehmen Sie die Hilfsbrücke. Wir fahren das Schiff von dort! Feuerbereitschaft!«

»Jawohl, Sir«, sagte der Ingenieur und setzte sich in Bewegung. Er wies seine Crew an, die Stationen zu übernehmen, Connor die Navigations-Konsole, Sru die Phaser, er selbst setzte sich ans Ruder. »Erwarten Befehle, Captain.«

»Gut. Wenn er wieder angreift, will ich unter ihm wegtauchen, mit Warp Faktor sechs, dann wenden und ihn von hinten packen. Er glaubt, daß wir tot sind. Wenn es uns gelingt, ihn in dem Glauben zu lassen, könnten wir ihn vielleicht voll erwischen. Da kommt er! Fertigmachen, Scotty! Jetzt! Warp sechs!«

»Warp sechs, Captain«, antwortete Scotty, als die *Enterprise* vorwärtsschoß und unter dem feindlichen Schiff hindurchtauchte. Der Romulaner feuerte, doch zu spät. Die Schüsse brachten die *Enterprise* kaum ins Schwanken.

»Commander! Er sitzt hinter uns!«

S'Talons Augen verdunkelten sich. »Wenden!« rief er. »Wenden! Er will versuchen, uns von hinten zu packen!«

Die Phaser der *Enterprise* trafen die *Raptor*, als sie herumschwang. Die Salve fuhr ins Heck und riß das Schiff herum. S'Talon klammerte sich an der Wand fest, vernahm vage die Schadensmeldungen, die über das Intercom hereinfluteten. Er hatte Kirk unterschätzt, wie andere vor ihm. Er hatte nicht sämtliche Möglichkeiten einkalkuliert. Er hatte alle Energie auf die vorderen Schilde gegeben, um das Schiff vor einem direkten Angriff des Föderations-Kreuzers zu schützen, doch Kirk war nicht direkt gewesen. Der Captain der *Enterprise* hatte mit Sicherheit gewußt, daß das Tarnsystem ein Energiefresser war, und kalkuliert, daß sein Gegner nur eine Hälfte seines Schiffes absichern konnte. Oder er hatte auf gut Glück gehandelt. Auf jeden Fall war das Schiff zerstört, und er mußte jetzt den schwerstwiegenden Befehl seiner ganzen Karriere geben. Er zog sich ein paar Sekunden lang zurück, um sich innerlich vorzubereiten. Er wußte, seine Crew wartete darauf, daß er den Befehl zur Vernichtung des Schiffes geben würde. Livius, bemerkte er mit ironischer Befriedigung, er war tot.

»Gut gemacht, Scotty!«

Kirk atmete tief durch und wandte sich dem zweiten Teil seines Plans zu. Obwohl er jetzt die Hilfsbrücke zur Verfügung hatte und das Schiff von dort aus fahren konnte, standen der Transporter und die Shuttle-Hangars nach wie vor unter dem Einfluß der Gräfin. Wenn er Gefangene machen wollte, brauchte er den Transporter.

»Gräfin«, sagte er mit sorgfältig modulierter Stimme, »ich danke dir. Jetzt weiß ich, daß du mich liebst. Es ist... etwas ganz Besonderes. Und ich möchte es anderen mitteilen.«

»Ich will, daß Sie glücklich sind... aber es gibt keine anderen mehr. Ich würde ja alles tun, Ihnen jeden Wunsch erfüllen...«

Ratlosigkeit lag in der Stimme des Computers.

»Es sind andere auf dem romulanischen Schiff.«

Die Gräfin dachte darüber nach.

»Ja«, sagte sie schließlich.

»Wenn ich mit ihnen reden könnte, wären sie vielleicht bereit, an Bord zu beamen. Dann hätte ich Gesellschaft und wäre sehr glücklich.«

»Sie sollen glücklich sein«, sagte die Gräfin.

Die Sterne auf dem Haupt-Bildschirm zerflossen zu einem romulanischen Gesicht.

»... und wir werden dieses Schiff nicht zerstören!« sagte S'Talon. »Das Leben des Imperiums hängt von ihm ab! Wir werden alles in unserer Macht Stehende tun, um dem Praetor Zeit zu gewinnen...«

»Zeit wofür, Commander?«

S'Talon fuhr herum.

»Kirk!«

Der Captain lächelte.

»Der legendäre S'Talon weigert sich, sein Schiff zu zerstören. Für Zeit. Zeit für was?«

»Das werden Sie noch erfahren, Captain. Aber zu spät.«

»Wenn Sie mich wirklich aufhalten wollen, gibt es eine bessere Möglichkeit dazu, als zentimeterweise zu sterben.

Wenn Sie und der Rest Ihrer Crew an Bord der *Enterprise* beamen würden, könnten wir herausfinden, was Sie so krampfhaft zu verbergen suchen.«

S'Talon hob eine Braue, und er wirkte dabei so sehr wie Spock, daß McCoy ein Schauer über den Rücken lief. Der Romulaner blickte Kirk an, und in seinen Augen lag eine offene Herausforderung.

»Ich nehme Ihre Bedingungen an, Captain«, sagte er.

Admiral Iota starrte den Captain der *Potemkin* an. Wut kochte in seinen Adern und blockierte sein Gehirn gegen Worte, die er nicht akzeptieren wollte. Garson schien seine Gefühle nicht zu erkennen, und darüber war er froh, da das dem jungen Captain zu viel Macht über ihn gegeben hätte.

»Es tut mir leid, Admiral, aber die Dinge liegen nun einmal so. Ich kann nichts dagegen tun. Meine Befehle kommen direkt vom Hauptquartier der Star Fleet. Die *Potemkin*, die unter meinem Kommando steht, soll das Geschwader führen. Sie haben volle Befehlsgewalt in allen diplomatischen und Nachrichten-Angelegenheiten, und ich werde mich, wo immer möglich, nach ihren Empfehlungen richten.«

Die Worte rieselten über Iota hinweg wie Quecksilber. Er hatte diese Entwicklung nicht vorausgesehen. Poppaelia hatte jeden direkten Versuch, sich das militärische Kommando dieses Unternehmens anzueignen, im Keim erstickt. Aber er war von jeher ein konservativer Narr.

»Sie müssen natürlich Ihren Befehlen gehorchen«, murmelte Iota.

»Das habe ich auch vor«, sagte Garson, der mehr begriff, als Iota vermutete.

»Trotzdem kann es nicht schaden, auf alles vorbereitet zu sein. Ich werde selbst eine Sicherheitskontrolle auf der *Potemkin* durchführen. Als mein Flaggschiff ist sie nicht nur das Hauptziel des Gegners, sondern auch unsere stärkste Waffe.«

Garson bemerkte, wie selbstverständlich der Admiral über die *Potemkin* verfügte, doch antwortete er ihm mit seiner gewohnten ernsten Höflichkeit.

»Eine ausgezeichnete Idee, Admiral. Ihre große Erfahrung wird uns sehr zustatten kommen. Lieutenant Bowetzki, bitte begleiten Sie Admiral Iota. Eine Eskorte verhindert Mißverständnisse bei den Wachen, Sir.«

»Danke, Captain«, antwortete Iota geschmeidig. »Ich bin sicher, daß wir gut zusammenarbeiten werden.«

»Ja, Sir«, antwortete Garson, als der Admiral zur Tür ging. Er hatte zwar starke Zweifel an der Möglichkeit einer guten Zusammenarbeit, doch Iotas Sicherheitskontrolle würde ihn für eine Weile beschäftigen. Er begann Poppaelias Warnung hinsichtlich Iotas Skrupellosigkeit zu begreifen. Noch keine fünf Minuten nach Poppaelias Anruf hatte Iota versucht, auch die militärische Führung des Geschwaders an sich zu reißen. Er hatte sein taktisches Können, seine besonderen Kenntnisse über die Romulaner und sein höheres Alter ins Feld geführt, in einem Tonfall, der voller Toleranz für Garsons geringeren Status war. Der Captain der *Potemkin* grinste in Erinnerung an den Ausdruck von Überraschung auf Iotas Gesicht, als er ihm darin sofort zugestimmt hatte, und an die Verwirrung in den Augen des Admirals, als er sich geweigert hatte, ihm auch das militärische Kommando zu überlassen.

Garson dachte an all das, was er jemals über Iota gehört hatte, von amtlichen Verlautbarungen bis zu Klatsch und Gerüchten. Alles an diesem Mann – außer den Statistiken seines Lebens – war vage und unbestimmt, einschließlich Poppaelias verschleierten Hinweisen. Iota besaß keine persönlichen Freunde. Sein Leben schien allein aus seiner Arbeit zu bestehen, und seine Arbeit war der Nachrichtendienst von Star Fleet, sein Spezialgebiet die Romulaner.

Garson fuhr sich mit der Hand durch das dichte, blonde Haar. Die ›Eskorte‹ war ein durchsichtiger Trick, um Iota unter Bewachung zu halten. Garson war sich bewußt, daß er Iota auf dem dunklen Feld der Spionage nicht gewachsen war. Er wollte es auch gar nicht sein. Er hatte stillschweigend eine Eskorte aus Männern des Sicherheitsdienstes zusammengestellt, deren Aufgabe es war, den Admiral ständig zu begleiten. Iotas Tätigkeit an Bord stand auf diese Weise unter Kontrolle, während man ihm nach außen hin durch eine Ehrenwache Achtung erwies.

Der Captain der *Potemkin* trat in den Turbolift und murmelte: »Brücke.« Garson war ein Mann von Anfang Vierzig, von unauffälligem Aussehen, bis auf die ungewöhnliche Klarheit seiner grauen Augen. Die meisten Menschen, die ihn kannten, pflegten ihn als ›zuverlässig‹ zu bezeichnen. Seine engen Freunde kannten ihn als absolut vertrauenswürdig. Er verfügte über einen guten militärischen Verstand, doch sein größtes Talent war ein offenes Eingeständnis seiner geistigen Grenzen. Dies und seine freundliche Wesensart machten ihn zu einem begabten Kommandanten, da er die Talente derer, die mit ihm dienten, voll ausschöpfte. Als er die Brücke betrat, machte Lieutenant Arviela, eine kleine, zierlich wirkende Frau, seinen Sessel frei.

»Danke, Lieutenant.«

Garsons Höflichkeit war einer der Charakterzüge, die von seiner Crew am meisten geschätzt wurden. Arviela überreichte ihm ein Schriftstück und ging dann an ihren gewohnten Platz an der Ruder-Konsole.

Er überflog das Memorandum und stellte fest, daß Poppaelia zu seinem Wort stand. Garsons Autorität für diese Unternehmen war nicht nur in den Akten von Star Fleet verzeichnet worden, sondern auch im Logbuch der *Potemkin*.

»Alles in Ordnung?« fragte er freundlich.

»Auf Kurs, Sir«, antwortete Arviela.

»Ankunftszeit?«

»In drei Komma zwei-fünf Stunden in Starbase Acht.«

Garson wandte sich zur Kommunikations-Station um. »Irgendeine Nachricht von Kirk? Irgendwelche Transmissionen der Romulaner aufgefangen?«

»Nein, Sir. Alles still.«

»Zu still. Wie ein Grab«, murmelte Garson mürrisch. Er versuchte, nicht an den physischen Aspekt des Krieges zu denken, doch Iotas martialische Prophezeiungen hingen über ihm wie Rabenschwingen. Selbst die Sterne wirkten matt und zerbrechlich, verglichen mit der riesigen Leere des Raums, der zwischen ihnen lag, und menschliches Leben war noch weitaus zerbrechlicher.

Der Praetor stand auf der Brücke seines Flaggschiffes, eine königliche Gestalt in seiner militärischen Uniform. Die romulanische Flotte war vor ihm versammelt, bereit zu einem historischen Unternehmen. Es war Zeit für eine Rede.

»Mein Praetor.«

Der Praetor blickte über die Schulter. Die Panik in der Stimme seines Adjutanten war beunruhigend.

»Was ist, Pompe?«

»S'Tor ist tot.«

»Der Kommandant von Remus? Wann starb er?«

»Vor wenigen Minuten. Er fiel plötzlich um. Er muß ersetzt werden.«

»Natürlich. Ist keiner seiner Offiziere dafür qualifiziert?«

»Die *Remus* fährt mit halber Besatzungsstärke. Jeder der Männer hat eine Schlüsselposition. Wenn einer davon zum Kommandanten ernannt wird, bleibt ein wichtiger Posten unbesetzt.«

»Sie werden die *Remus* übernehmen, Pompe.«

»Ich, mein Praetor? Ich habe keinerlei Erfahrung mit Schiffen dieser Klasse.«

»Wir müssen uns den Notwendigkeiten beugen, Pompe. Sie unterstehen mir direkt. Wir brauchen jetzt Quantität, nicht Qualität. Sie können gehen.«

»Ja, mein Praetor.«

Sehr unbequem, dachte der Praetor, als Pompe den Raum verließ, meinen Adjutanten zu verlieren, doch gefährlich, S'Tor zu verlieren. Kein gutes Omen für bevorstehende Unternehmen. Er mußte schnell handeln, sonst hatte er keine Flotte mehr.

»Commander.«

»Mein Praetor.«

»Sie können der Flotte Startbefehl geben.«

Die satanisch dunklen Augen des Commanders glänzten.

»Wir sind bereit, mein Praetor.«

»Vier Schiffe bleiben an der Grenze der Neutralen Zone zurück, um uns den Rücken freizuhalten. Diese Nachhut wird von Tiercellus kommandiert. In dem unwahrscheinlichen Fall meines Todes... sind Sie ihm unterstellt. Alle anderen Schiffe der Flotte nehmen Kurs auf den Planeten Canara. Und, Commander, dies ist mein Flaggschiff. Es muß ständig verteidigt werden. Eine Flottille kleinerer Schiffe soll es umschließen. Es darf keine Lücke in ihrer Formation geben.«

»Ja, mein Praetor. Es wird alles getan, wie Sie es befehlen.«

»Dann«, sagte der Praetor, »für das Imperium! Im Namen unseres erhabenen und verehrten Imperators werden wir siegreich zurückkehren.«

»Sieg!« rief der Commander.

»Sieg!« rief die Brücken-Crew.

Der Praetor lächelte, als die Echos von Sieg ertönten.

Das Hauptquartier des Nachrichtendienstes von Star Fleet lag dunkel und still im Mondlicht. Die an den Grenzen des Grundstücks gepflanzten Bäume warfen schwarze Schatten auf die Umfassungsmauern. Poppaelia hörte das vertraute Summen von Nachtinsekten, als er leise zum Tor schritt.

Er war dabei, einen Einbruch zu begehen. Niemand hatte ihn dazu aufgefordert oder auch nur gedeckt, sondern er wurde allein von seiner eigenen unbestimmten Angst dazu getrieben. Was er vorhatte, war ein Verbrechen, für das man ihn vor ein Kriegsgericht stellen würde, wenn man ihn dabei ertappte. Falls das computerisierte Sicherheitssystem des Gebäudes ihn nicht aufhielt, so würden es die knirschenden Zahnräder der Justiz tun. Aber er mußte das Schlimmste wissen. Er hatte alle Möglichkeiten der Informationsbeschaffung erschöpft, ohne unanfechtbare Beweise für seinen Verdacht aufzutreiben. Der einzige Weg, der ihm noch verblieb, war eine gründliche Durchsuchung von Iotas Büro, doch das war ein gefährliches Unterfangen, dessen Risiko er keinem anderen zumuten konnte als sich selbst.

Je mehr er über Iotas Handeln nachdachte, desto unruhiger wurde er. Sein Spürsinn sagte ihm, daß Iota bei allem, was die Romulaner betraf, ein wenig verrückt war. Er wollte unbedingt gegen sie Krieg führen, ohne Rücksicht auf die Konsequenzen, und Poppaelia hatte ihm die perfekte Gelegenheit dazu verschafft. Poppaelia erschauerte, als er an seinen Mangel an Weitsicht dachte, und der Vorsatz, seinen Verdacht zu überprüfen, verstärkte sich.

Er trat in die Reichweite der Sicherheits-Scanner des Gebäudes und wartete. Ein scharfer roter Lichtstrahl blendete ihn für einen Moment, und eine Computerstimme sagte: »Identifizieren!«

»Poppaelia, Arc, Konter-Admiral. Sicherheits-Code blau.«

Der Computer registrierte die Angaben und forderte: »Vorbereiten auf Retina-Überprüfung.«

Poppaelia öffnete beide Augen weit und zwang sich, im grellweißen Licht des Kamera-Auges des Computers nicht zu blinzeln.

»Überprüfung positiv. Code blau nachweisen.«

Poppaelia schob eine Karte in den Schlitz des Computers. Einer seiner vielen Bekannten hatte sie für ihn hergestellt. Der Ruf des Mannes war etwas zweifelhaft, doch hatte er bisher seine Abmachungen eingehalten, und er schuldete dem Admiral einen großen Gefallen. Wenn der Computer die Codierung akzeptierte, war alles in Ordnung. Wenn nicht... mochte er genausogut tot sein. Es war jetzt oder nie.

»Sicherheits-Code bestätigt.«

Die stabilen Doppeltüren des Haupteingangs glitten auf, und Poppaelia trat mit einem hörbaren Seufzer der Erleichterung in das Gebäude. Er ging zu Iotas Büro und wollte gerade eintreten, als er plötzlich stehenblieb. Sämtliche Sicherheitsvorkehrungen des Gebäudes wurden zwar angeblich vom Computer gesteuert, doch sah es Iota ähnlich, für sein Büro ein eigenes Alarmsystem zu installieren. Poppaelia betrachtete die Tür mit zusammengekniffenen Augen. Um den ganzen Türrahmen herum verlief eine haarfeine weiße Linie. Im ersten Moment wirkte sie wie Dekoration, doch bei genauerem Hinsehen stellte er fest, daß es sich um ein geschickt verstecktes Laserfeld handelte. Jeder, der es passierte, würde verschmoren.

Das Feld war zwar geschickt getarnt, doch ein relativ einfaches System. Seine Deaktivierung dürfte genauso einfach sein. Poppaelia tastete mit der Hand über die Außenseite des Türrahmens, konnte jedoch keinen Schalter finden. Er trat einen Schritt zurück und studierte die Tür noch einmal; dann legte er einen Finger auf das Namensschild am Türrahmen und drückte. Mit sofortigem Erfolg. Die weiße Linie verschwand, und die Tür zu Iotas Büro glitt geräuschlos auf.

Fünfzehn Minuten später fand er, was er suchte, in der rechten oberen Schublade von Iotas verschlossenem Schreibtisch. Er breitete eine Reihe von Aktenheftern auf die Schreibtischplatte und las ihre Titel mit wachsendem Entsetzen. Um ganz sicherzugehen, daß er wirklich sah, was er zu sehen glaubte, schlug er den ersten Hefter auf. Die Titelseite des umfangreichen Berichts mesmerisierte ihn. ›Romulanische Invasion, Plan I‹, las er. ›Sozifikationen: sechs Starships, zwölf Aufklärungsschiffe und dreißig Fracht-Shuttles...‹ Es waren zwanzig Hefter, deren jeder einen anderen Plan für die Vernichtung des Romulanischen Imperiums umriß. Plan siebzehn erforderte vier Starships und sechs Aufklärer. Die Haare in Poppaelias Nacken sträubten sich.

Die Zeit wurde knapp. SNKRs kleines, doch sehr leistungsfähiges metallisches Gehirn erkannte das. Das Ziel, das er suchte, hatten seine Sensore noch immer nicht aufgefangen. Seine Bestimmung war das Starship *Enterprise.* Darüber hinaus hatte er keinerlei Direktiven. Er schlug einen weiten Bogen, seinem vorprogrammierten Kurs folgend. Seine Sensoren faßten ein großes Objekt auf, registrierten es in seinem Datenspeicher, und der SNKR wich den Asteroiden aus, den er identifiziert hatte.

Die Sterne verfolgten seinen Zickzack-Kurs milde amüsiert. Ihr würdevoller Tanz ließ die Bewegungen des kleinen Computers so zappelig und lächerlich wie eine Chaplin-Komödie erscheinen, doch sie waren nicht intolerant. Auf seine Weise erfüllte das winzige Gerät seine Bestimmung, genau wie sie. Es suchte nach seinen Zielhafen, genau wie sie, zog tapfer durch das Unbekannte, mit nur einer sehr rudimentären Beschreibung als Anleitung. Es war ein Farbtupfer in dem Tanz, ein kleines Lachen inmitten der Pracht.

SNKR blieb auf seinem Kurs und wußte nur von dem, was ihm fehlte: das Starship *Enterprise.*

KAPITEL 10

Tiercellus ging mit steifen, langsamen Schritten zu seiner Kabine. Obwohl die Posten zu beiden Seiten der Tür weder nach links noch nach rechts blickten, wußte er, daß sie jede seiner Bewegungen genau verfolgten. Er durfte vor ihnen keine Schwäche zeigen. Er hob mit einer trotzigen Bewegung das Kinn, als er zwischen ihnen hindurchschritt. In dem Moment, als sich die Kabinentür hinter ihm geschlossen hatte, krümmte er sich vor Schmerzen zusammen und preßte eine Hand gegen die rechte Seite. Er taumelte, als er nach seiner Medizin tastete, und zwang sich mit finsterer Entschlossenheit, am Leben zu bleiben. Er wurde gebraucht. Er würde sich dem Gesetz der Natur erst ergeben, wenn die Krise vorüber war.

Der Schmerz begann zu verklingen, und er konnte wieder atmen, obwohl er noch immer beim Luftholen das Gefühl hatte, seine Lungen würden zerspringen. Er durchquerte mit langsamen Schritten die Kabine, ließ sich in einen großen weichgepolsterten Sessel fallen und umklammerte die Armlehnen so fest, daß die Knöchel weiß hervortraten. Er schloß die Augen und wartete, daß der Schmerz ganz aufhörte. Er ebbte langsam aus seinem Körper und aus seinem Bewußtsein.

Er war leichtsinnig gewesen, hatte sich von seiner Aufgabe überwältigen lassen wie ein Rekrut. Er hatte vergessen, regelmäßig seine Medizin zu nehmen, was um ein Haar zu seinem Tod geführt hätte. Nein, jetzt nicht! Das Imperium brauchte ihn. Er würde sich vom Bordarzt tyrannisieren lassen, soviel der es wollte, selbst wenn das bedeutete, eine endlose Menge von Pillen und Tinkturen schlucken zu müssen.

Er versuchte vorsichtig, tief durchzuatmen, und stellte erleichtert fest, daß es nur noch ein wenig schmerzte. In wenigen Minuten wäre er wieder dienstbereit.

»Sir.«

Die Stimme des Postens drang aus dem Intercomgerät, das auf dem Schreibtisch stand.

»Was gibt's?«

»Der Waffenmeister möchte Sie sprechen.«

»Schicken Sie ihn herein.«

Es kostete Tiercellus Mühe, die Erschöpfung aus seiner Stimme zu verbannen. Er schloß die Augen und mobilisierte seine ganze Kraft, um dieses Gespräch bestehen zu können.

»Mein Eid heißt Gehorsam.«

Die tiefe, raspelnde Stimme brachte Tiercellus auf die Beine – zu schnell. Der Waffenmeister umklammerte seinen Arm, um ihn zu stützen.

»Sie sind krank, mein Freund.«

Tiercellus schüttelte den Kopf.

»Nur alt, Hexce. Es hat nichts zu bedeuten.«

Hexce half ihm, sich wieder in den Sessel zu setzen. Tiercellus deutete auf einen zweiten Sessel.

»Setzen Sie sich, Hexce. Ich habe Sie seit zwanzig Jahren nicht gesehen. Ich dachte, Sie seien tot.«

Ein Funkeln von Humor stand in den Augen Tiercellus'.

»Ich doch nicht. Ich bin zu dickfellig, um zu sterben.«

»Eher zu kräftig, würde ich sagen.«

Tiercellus blickte den anderen Mann mit offenkundiger Zuneigung an. Er und Hexce hatten viele Jahre lang zusammen gedient. Sie hatten einander das Leben gerettet. Und jetzt waren sie wieder zusammen bei dieser letzten Schlacht. Irgendwie war es passend.

»Ihre Anwesenheit auf diesem Schiff ist ein Glück, das ich nicht erwartet hatte. Wären Sie bereit, wieder einmal mein starker rechter Arm zu sein? Ich bin mir meiner eigenen Stärke nicht sicher. Wenn ich im entscheidenden Moment ausfallen sollte... Hexce, ich brauche jemanden, dem ich vertrauen kann.«

Hexces Stirn zog sich in Falten. Die Muskeln auf seinem breiten Rücken spannten sich, als er die rechte Faust in die linke Handfläche schlug.

»Was immer Sie von mir verlangen, werde ich tun. Aber ich bin Ingenieur, kein Führer von Männern.«

Tiercellus lächelte.

»Sie haben bei einigen Gelegenheiten mich geführt.«

Hexce lachte leise.

»Ich habe Gehorsam geschworen. Ich nehme es an, Sir.«

»Gut. Wir werden die Befehle des Praetors gemeinsam durchgehen, und ich werde Ihnen erzählen, was ich von unserem jungen Freund S'Talon weiß. Auch er spielt eine wichtige Rolle in diesem Stück.«

»Er war schon immer ein guter Junge, aber viel zu ehrlich, um politisch voranzukommen.«

»Im Augenblick wird seine Ehrlichkeit gegen ihn verwendet. Wir werden jetzt die Einzelheiten besprechen...«

»... bei einem Glas Bier?« schlug Hexce vor.

»Sie ändern sich wahrhaftig nie. In einer Welt, die so schnellebig ist wie die unsere, ist das wahrlich selten.«

»Aber vielleicht nicht immer gut. Meine Zeit ist vorüber. Seit unserer letzten Schlacht habe ich keinen Kommandanten mehr gehabt, dem ich ruhigen Gewissens folgen konnte.«

»Wir sind zwei alte Habichte, Hexce. Es wird Zeit, in den Wald zurückzukehren, um zu sterben, wie man es uns gelehrt hat.« Tiercellus streckte eine Hand aus.

»Kommen Sie, mein alter Freund! Eine letzte Arbeit, dann können wir zur Ruhe gehen.«

Hexces breite Hand umschloß Tiercellus' Unterarm.

»Zum Wohl des Imperiums!« sagte er, und die Augen der beiden Männer sahen einander in vollkommenem Verstehen an.

Die fahle Sonne Canaras warf ihr weißes Licht auf wogende Kornfelder. Endlose Winde fuhren über den Planeten und ließen Wellen durch die Felder gleiten, und die Flut wechselte mit der Richtung, aus der der Wind wehte. Ein Ozean von Korn schloß die Hügel ein und kroch die Flanken gewaltiger Berge hinauf.

Romm Joramm, der in der Mitte eines Feldes auf den Knien hockte, blickte zu den Bergen empor, um deren Gipfel die Wolken wehten, und überlegte, daß Canara sehr weit gekommen war. Vor einer Dekade hatte es hier ganz anders ausgesehen: Überall nur nackter Fels und Sand, mit isolierten Vegetationsinseln um die wenigen natürlichen Quellen. Das Leben war hart gewesen. Überleben war der Gott, den viele seiner Leute anbeteten.

Doch die Föderation hatte dies alles verändert. Nicht, dachte er bitter, daß sie sich die Mühe gemacht hätten, ihnen umwälzende technische Neuerungen zu bescheren. Aber sie hatten ihnen Vorschläge gemacht, das Wissen und die Werkzeuge, die Canara bereits besaß, besser zu nutzen. Das Ergebnis war ein dramatischer Aufschwung des Lebensstandards gewesen. Das Leben war noch immer hart, doch gab es jetzt genug für alle. Im großen und ganzen war er froh, Teil der Bewegung gewesen zu sein, die den Anschluß an die Föderation bewirkt hatte.

Joramm schaukelte auf den Fersen vor und zurück und ließ den Blick über das Meer von Korn schweifen. Hier war Nahrung für seine Leute und Gesundheit für die Galaxis. Das Korn war Nahrung und auch ein medizinischer Grundstoff. Sowohl das ungemahlene Korn als auch das Mehl, das aus ihm gewonnen wurde, enthielten einen Wirkstoff, der zur Zähigkeit und Langlebigkeit der Canaraner beitrug und auch den bemerkenswerten Mangel an Krankheiten auf diesem Planeten bewirkte. Dies hatten die Wissenschaftler der Föderation entdeckt und an das Volk weitergegeben. Außerdem hatte sie jeden Überschuß an Korn zu einem fairen Preis aufgekauft. Ja, das Leben war jetzt gut... es gab so vieles, das man lernen und sehen konnte. Und als Ältester der Canaraner mußte er als erster lernen und sehen, um die anderen führen zu können, wenn sie jetzt begannen, mit ihren Gedanken die Welt jenseits des Heimatplaneten zu erfassen. Den zähen canaranischen Willen zu beugen, war, als ob man versuchte, eine Stahlfeder zu biegen. Sobald der Druck nachließ, sprang sie sofort in ihre ursprüngliche Form zurück. Doch dieser Wille mußte gebeugt werden, wenn die Canaraner in einer Welt leben und wachsen wollten, die von radikal anderen Lebewesen bevölkert wurde. Er hatte sich selbst des insularen, archaischen Denkens schuldig gemacht. Er seufzte und ließ das Gewicht seiner Verantwortung zusammen mit dem Atem ausströmen. Später würde er darüber nachdenken. Jetzt gab es zuviel zu tun.

Joramms Rücken beugte sich wieder über seine Arbeit, und seine rhythmischen Bewegungen beim Jäten des Feldes übten eine hypnotisch beruhigende Wirkung aus. Die Sonne brannte auf sein weißes Haar und auf das reifende Gold auf dem Feld herab. Ein Windstoß fuhr über das Feld, ergriff Joramms Seufzer und trug ihn mit sich fort.

»Livius hatte recht. Sie sind verrückt!«

Argelian war jenseits der Wut. Seine Stimme hatte den Klang trockener Gewißheit, den S'Talon noch viel beunruhigender fand. Er bezweifelte, daß es ihm gelingen konnte, Argelian noch einmal zur Vernunft zu bringen, doch mußte er es versuchen.

»Argelian, wir stehen jetzt jenseits jeder Debatte. Wir sind Gefangene. Ich gebe zu, daß das meine Entscheidung war, doch werde ich sie weder gegenüber Ihnen noch gegenüber irgendeinem anderen Besatzungsmitglied rechtfertigen. Sie werden sich der Autorität beugen, die ich kraft Gesetz besitze, oder Sie werden die Konsequenzen ziehen. Ich glaube nicht, daß es einen Mann an Bord gibt, der mich daran hindern könnte, Sie zu töten.«

Argelian wurde bleich. Er wußte, daß sein Kommandant niemals leere Drohungen aussprach. Er nahm Haltung an und trat zurück. S'Talon blickte ihm nach und wußte, daß der Mann eingeschüchtert war. Er hatte sich Argelian nicht zum Feind machen wollen; doch war es wichtiger, seine Autorität zu wahren. Er mußte jetzt um jeden Preis die Disziplin aufrechterhalten.

S'Talon blickte sich in dem großen Arrestraum der *Enter-*

prise um. Ihre Illusion von Freiheit wurde durch die Abwesenheit sichtbarer Bewacher geschaffen. Der Raum war spartanisch, doch bequem eingerichtet. Wenn man von dem Kraftfeld in der Tür absah, hätte er ein Mannschaftsquartier in irgendeiner Truppenunterkunft sein können.

»Centurion.«

»Commander.«

»Sie kennen Argelian besser als ich. Glauben Sie, daß er rebellieren wird?«

»Nein. Aber Sie haben sich ihn zum Feind gemacht.«

»Kein Mann mag von einem anderen unterworfen werden. Trotzdem war es notwendig.«

S'Tarleya nickte. Seit dem Anschlag auf S'Talons Leben war sie sein unauffälliger Schatten gewesen. Jetzt, als sie hinter seinem Sessel stand, bemerkte sie zum ersten Mal die Erschöpfung in seiner Haltung. Er mußte sowohl gegen seine eigenen Leute als auch gegen den Feind kämpfen, und bald würde er zwischen beiden zermahlen werden. Der Praetor hatte ihn zum Sündenbock gemacht, sich auf sein Ehrgefühl verlassen, auf seinem Posten auszuharren. Die Hand eines jeden war gegen ihn erhoben. Nur in seiner Centurion fand er bedingungslose Treue.

Sie blickte auf das dunkle Haar mit den widerspenstigen Wellen hinab, und ihre Augen wurden sanfter. Er fühlte, daß seine Sache es wert war, für sie in den Tod zu gehen und für sie sogar seine Ehre und seinen guten Namen herzugeben. Ihre Motivation war komplizierter. Als romulanischer Offizier hatte sie geschworen, das Imperium zu verteidigen, doch Tiercellus hatte das nicht von ihr verlangt. Er hatte sie aufgefordert, S'Talon zu beschützen, da er ihre Antwort von vornherein kannte, und er war weise gewesen. Es gab nur eines, wofür sie ihr Leben hingeben würde: für das Leben von jemanden, den sie liebte.

»Nun, Centurion«, sagte S'Talon, »sehen Sie die Alternative, von der ich gesprochen habe?«

»Ja, Commander. Aber ich glaube nicht, daß sie mir eingefallen wäre.«

»Sie müssen lernen, über die Vorschriften hinauszudenken, Centurion.«

»Ich lerne, daß das manchmal nötig ist«, antwortete sie.

S'Talon lehnte sich in seinem Sessel zurück und schloß die Augen. S'Tarleya sah, wie sein Körper sich entspannte, und war gerührt über das Vertrauen, das er in sie setzte. Mochten alle anderen ihn verraten. Sie würde ihm niemals Schaden zufügen.

Yang schob die Reste seines Mittagessens in den Abfallverwerter und betrachtete seinen Schreibtisch. Magnetbänder in Schachteln zu je fünfzig waren an den Rändern aufgeschichtet. Einzelne Bandkassetten lagen in der Mitte. Er hatte die ganze letzte Woche daran gearbeitet, sie aufzulisten, und es waren noch immer dreihundert Schachteln da, die er durchsehen mußte. Die Bänder wurden in dreifacher Ausfertigung hergestellt, und jedes von ihnen mußte von ihm selbst autorisiert werden. Das nächste Mal, wenn irgendwelche vorlauten Feld-Offiziere abfällige Bemerkungen über Schreibstubenhengste machten, würde er ihnen eine kleine Kostprobe davon geben und sie ihre kostspielige, präzise wissenschaftliche Ausbildung an einer solchen Arbeit versuchen lassen. Nach seiner Schätzung würden sie in spätestens drei Tagen einen Nervenzusammenbruch erleiden.

Die Vorstellung erfüllte ihn mit tiefer Befriedigung, als er nach dem nächsten Magnetband griff.

»Kommodore.«

Verdammt. Er hatte gerade seine Impuls-Triebwerke angeworfen. Alles was er jetzt brauchte, war irgendein idiotischer diplomatischer Disput.

»Ich habe Ihnen doch gesagt, daß ich nicht gestört werden will.«

»Ich weiß, Sir, aber Admiral Iota vom Star Fleet-Hauptquartier ist hier. Und Captain Garson von der *Potemkin*.«

»Bitten Sie sie herein.«

Yang erhob sich mit einer nicht gerade elegant zu nen-

nenden Bewegung (Magnetbänder fielen vom Tisch und auf seine Füße), als Iota den Raum betrat.

»Yang, was haben Sie in der romulanischen Situation unternommen?« fragte der Admiral sofort.

»Ich führe einige diskrete Nachforschungen durch, Sir. Bis jetzt haben sie noch nichts gebracht, doch mit der Zeit...«

»Wir haben aber keine Zeit! Die romulanische Flotte wird in den Raum der Föderation einfallen, während wir noch immer hier sitzen und auf Ergebnisse warten.«

»Haben Sie von Kirk gehört, Kommodore?«

Yang wandte sich beim Klang der festen, klaren Stimme um und blickte Captain Garson an. Er hatte ihn bisher noch nicht kennengelernt. Garsons ruhige Haltung, sein hellblondes Haar und seine grauen Augen, kombiniert mit seiner Größe, vermittelten einen Eindruck von Autorität. Er gefiel ihm.

»Nein. Normale Kommunikationen sind noch immer blockiert, und, da Sie die Frage nun mal gestellt haben, ich bin der Ansicht, daß andere, weniger normale Verbindungen ebenfalls blockiert sind.«

Garson senkte den Kopf. Ein Mann von wenigen Worten, dachte Yang. Bewundernswert. Er wurde in seinem Job von Worten überschüttet, und sie machten ihn müde.

»Ich arbeite jedoch an einer anderen Methode, mit der *Enterprise* in Verbindung zu kommen... über die ich im Moment jedoch noch nicht sprechen kann.«

»Kommodore, ich bin Mitglied des Verteidigungsrates von Star Fleet. Ich verlange zu wissen...«

»Das wäre ein Vertrauensbruch, Sir. Außerdem: Sind Sie nicht der Ansicht, daß die *Enterprise* vernichtet worden ist?«

Iota zuckte zusammen.

»Ja.«

»Warum also wollen Sie Zeit mit dem Versuch vergeuden, Kontakt mit einem nicht existierenden Schiff aufzunehmen?«

Garsons Augen bekamen einen interessierten Ausdruck. Yang war mehr, als er schien.

»Natürlich, natürlich... auf jeden Fall ist es unsere Hauptaufgabe herauszufinden, was dort drüben vor sich geht. Da es keine neuen Entwicklungen zu geben scheint, schlage ich vor, unsere Schiffe durch die romulanische Neutrale Zone ins Herz des Romulanischen Imperiums zu führen, in die Höhle des Löwen sozusagen. Wenn wir den ersten Zug machen, können wir dadurch vielleicht einen galaktischen Krieg verhindern. Kommodore, Sie werden uns die direkteste Route zum Planeten Romulus nennen.«

Yang riß die Augen auf. Es gab keine Lücken in Iotas Logik. Sie war ein verwirrtes Knäuel, das fest verknotet war, mit Zerstörung in jeder Schlinge. Er riß sich zusammen.

»Nein.«

Garsons Einspruch war klar und vernünftig. Yang atmete befreit auf.

»Admiral, Sie müssen wissen, daß jedes Überschreiten der Neutralen Zone sowohl bei uns als auch bei den Romulanern als Kriegshandlung angesehen wird«, brachte Yang heraus.

Iota wollte etwas sagen, doch Garson kam ihm zuvor.

»Sie haben recht, Kommodore«, sagte er. »Die einzige Möglichkeit besteht darin, entlang der Neutralen Zone zu patrouillieren.«

»Sinnlose Spielerei! Wohin hat uns das geführt?«

»Ich werde Ihnen sagen, wohin es uns geführt hat, Admiral. Es hat uns nicht in einen Krieg geführt.« Yang hatte sich jetzt wieder ganz in der Gewalt und stieß vor. »Ich lebe hier mit der ›romulanischen Bedrohung‹, von der Sie sprechen. Und ich habe gelernt, daß der kürzeste Weg, eine Bedrohung zur Realität werden zu lassen, über die Herausforderung führt. Wenn man die Ruhe bewahrt und den Dingen ihren Lauf läßt, verblaßt die Bedrohung normalerweise wieder. Ich meine damit nicht, daß wir die Köpfe in den Sand stecken sollen. Aber einen Kampf herauszufordern, ist der sicherste Weg, ihn auch zu bekommen.«

»Ich bin völlig Ihrer Meinung«, erklärte Garson. »Ein Eindringen in die Neutrale Zone fällt in mein Ressort als militärischer Kommandeur dieses Geschwaders. Wir werden nicht in die Neutrale Zone eindringen, falls wir nicht direkt dazu provoziert werden sollten.«

Iota kochte innerlich. Garson befürchtete einen Moment, daß er auf seinen Dienstgrad pochen und damit die Situation noch gespannter machen könnte, doch schien er einzusehen, daß er damit nicht weit käme.

»Dann werden wir also entlang der Zone patrouillieren und die Entwicklung der Dinge abwarten, Gentlemen. Doch füge ich mich unter Protest und übernehme keinerlei Verantwortung für diese Entscheidung.«

Und die werden Sie auch nicht bekommen, dachte Yang.

»Start in einer Stunde«, sagte Iota. »Bis dahin bin ich in meiner Kabine, Gentlemen.«

Yang und Garson verfolgten den strategischen Rückzug des Admirals. Die Tür schloß sich hinter ihm, und Yang wandte sich dem Captain zu.

»Setzen Sie sich, Captain. Darf ich Ihnen irgend etwas anbieten? Nein? Dann beantworten Sie mir eine Frage: Wie im Namen von allem, was heilig ist, hat dieser Idiot das Kommando dieses Unternehmens erlangen können? Er hat der romulanischen Flotte fast eine formelle Kriegserklärung zugeschickt.«

»Wie hat er Admiral werden können? Oder eine Berufung zum Verteidigungsrat erhalten?« konterte Garson. »Wie ich gehört habe, kultiviert er einflußreiche Freunde.«

Yang lächelte.

»Er hätte direkt in die Politik gehen sollen. Er hat seine Berufung verfehlt. Können Sie ihn unter Kontrolle halten?«

»Das brauche ich nicht, Kommodore. Ich habe die volle militärische Befehlsgewalt dieses Unternehmens.«

»Das mag schon sein. Sie haben eine absolut legale und bindende Autorisierung von Star Fleet Command, aber an der Grenze der Neutralen Zone sind Sie ein großes Stück vom Hauptquartier entfernt. Sie kennen die Art von Problemen, die er für Sie schaffen kann, wenn er nur den Mund auftut.«

»Ich gebe zu, daß da eine gewisse Gefahr besteht.«

»Sir, Sie sind ein Meister der Untertreibung. Ich hoffe, daß Sie alle möglichen Konsequenzen durchdacht haben.«

»Das habe ich.«

»Dann lassen Sie mich nur noch sagen, daß mir das Wohlergehen der Föderation am Herzen liegt. Ich habe zwanzig Jahre meines Lebens damit verbracht, den Kommunikationsfaden zwischen dem Romulanischen Imperium und der Föderation nicht abreißen zu lassen. Es ist ein sehr dünner und sehr stark gespannter Faden, und die kleinste Erschütterung könnte ihn zum Reißen bringen. Und Iota ist keine kleine Erschütterung, er ist eine Atombombe. Falls irgendeiner von uns überleben will, so ist der Friede die einzige Möglichkeit dazu, und die einzige Hoffnung, den Frieden zu bewahren, liegt darin, die Motive des anderen zu kennen und zu verstehen. Und das können wir nicht, wenn wir nicht miteinander reden. Im Moment besteht unser einziger Kontakt mit den Romulanern durch neutrale Händler und ein Minimum an Informationen durch automatisierte Nachrichten-Sensoren. Das ist wenig genug. Ich möchte nicht, daß dieser Faden zerrissen wird. Ich wollte Ihnen nur meinen Standpunkt klarmachen. Haben Sie mich verstanden, Captain?«

»Ich denke ja, Kommodore.«

Ja, Yang war mehr, als er schien, und dieses Angebot von Unterstützung war etwas, womit er nicht gerechnet hatte. Es war ein Bonus, der entscheidend sein mochte.

»Ich danke Ihnen, Kommodore.«

Garson lächelte, als er hinausging, und Yang war erstaunt, welche Wärme das Lächeln diesem Gesicht verlieh. Der Mann war ein Geschenk der Götter, aber dennoch konnte Yang nicht ein Gefühl heraufziehender Gefahr abschütteln.Er wandte sich wieder seinen Magnetbändern zu. Selbst wenn die Galaxis morgen explodieren sollte, war es trotzdem heute seine Aufgabe, sie durchzusehen.

Die VIP-Kabine der *Potemkin* lag im Halbdunkel, in einem künstlichen Zwielicht, welches das runde Sichtfenster in der Decke hervorhob, das ein wechselndes Panorama von Sternbildern zeigte. Iota, der ausgestreckt auf dem Bett lag, fand ihren Anblick jedoch alles andere als beruhigend. Er schloß die Augen, um sie auszuschließen, und mußte plötzlich an Kirk und an die Romulaner denken. Von allen Kommandanten der Flotte hatte Kirk als einziger zweimal gegen die Romulaner gekämpft. Er und seine Männer waren die ersten gewesen, die einen Romulaner von Angesicht zu Angesicht gesehen hatten... und sie sahen wie Vulkanier aus!

Iota erinnerte sich an den Schock, den diese Nachricht in ihm ausgelöst hatte. Er hatte Kirks Logbuch-Eintragungen und Commander Spocks Aufzeichnungen über dieses erste Zusammentreffen mit großem Interesse gelesen. Spock hatte behauptet, die Romulaner seien Abkömmlinge der vulkanischen Rasse, und Iota hatte die Bedeutung dieser Erkenntnis sofort begriffen. Er beneidete Kirk und Spock um die Chance, ihren Verstand mit dem solcher Gegner zu messen.

Er versuchte sich zu erinnern, wann er erkannt hatte, daß die Romulaner die äußerste Herausforderung im Spiel um die Macht darstellten. Er mußte noch sehr jung gewesen sein. Sein Vater war ein Schreibtisch-Admiral gewesen, der seine militärischen Gelüste in Kriegsspiele kanalisiert hatte. Einige von Iotas angenehmsten Kindheitserinnerungen drehten sich um einen Spieltisch, an dem sein Vater und er Weltraumkriege austrugen. Selbst damals hatte er schon gegen die Romulaner kämpfen oder – noch besser – Romulaner sein wollen! Die Klingonen waren gefährlich, aber entsetzlich langweilig, und die Andorianer zu unbeständig für einen wirklichen Kampf. Allein die Romulaner machten das Spiel reizvoll.

Sein ganzes Leben lang hatte er Strategie nur aus zweiter oder gar nur aus dritter Hand spielen dürfen. Jetzt aber würde er das Spiel in Wirklichkeit verwandeln. Er würde endlich Gelegenheit zu einer herrlichen Auseinandersetzung bekommen. Zum ersten Mal würde er alle seine Fähigkeiten ins Spiel bringen können, sie dazu benutzen, die Föderation vor ihrer eigenen Blindheit zu schützen. Wenn die Trümmer der Schlacht aufgeräumt waren, würde man ihn als den Helden erkennen, dessen Weitblick und Können die Rettung gebracht hatten. Von Kindheit an hatte er sich auf diese Gelegenheit vorbereitet, und er dachte nicht daran, sich dabei von irgendwelchen bürokratischen Vorschriften behindern zu lassen. Poppaelia, Garson, Yang – alles Narren! Er hatte immer gewußt, daß die Romulaner irgendwann die Konfrontation mit der Föderation suchen würden. Krieg lag ihnen im Blut. Wenn die gurrenden Tauben eine Kriegshandlung nicht erkennen konnten – er konnte es, und er würde sie retten, selbst gegen ihren Willen.

Kirk trat mit energischen Schritten aus seiner Kabine. Völlig auf sein Vorhaben konzentriert, S'Talon zum Sprechen zu bringen, wäre er beinahe mit seinem Ersten Offizier zusammengeprallt.

»Verzeihung, Spock!« entschuldigte er sich. »Ich war mit einem Problem beschäftigt.«

»Das war nicht zu übersehen, Captain. Vielleicht mit demselben, das mich zu Ihnen bringt.«

»Die Romulaner?«

»Ja.«

»Sie haben mit ihnen gesprochen. Haben Sie irgendwelche Schwachstellen entdeckt?«

»Vielleicht. Ich glaube nicht, daß die Crew die Gründe für die Aktionen ihres Kommandanten kennt. Sie wissen nicht, woran sie mit ihm sind. Einer der Posten berichtete sogar von einer Konfrontation zwischen S'Talon und einem seiner Offiziere.«

»Er steht also völlig allein?«

»Nein. Er hat einen persönlichen Bewacher oder Adjutanten. Sie scheint ihm absolut ergeben zu sein.«

»Sie?«

Spock nickte.

»Wie sieht sie aus?«

Spock hob eine Braue.

»Sie hat keinerlei besondere Merkmale.«

»Spock! Ist sie hübsch?«

»Ich vermute, Sie würden sie hübsch finden.«

»Und S'Talon absolut ergeben...«

Kirks Augen wurden nachdenklich.

»Spock, ich glaube, wir haben den Hebel gefunden, den wir ansetzen können. Bringen Sie S'Talon und diese Frau in Lageraum zwei. Wieviel wissen sie über Vulkan?«

»Ich würde sagen, etwa soviel, wie wir über sie wissen.«

»Also kaum das Notwendigste. Es könnte... klappen.«

Kirks nachdenkliche Stimmung verflog jäh.

»Also los, Spock! Und, Spock... versuchen Sie, brutal zu wirken.«

»Captain?«

»Lassen Sie nur. Es reicht, wenn Sie kein Wort reden. Und folgen Sie meiner Gesprächsführung. Was immer sie verheimlichen, muß von ungeheurer Tragweite sein; sonst hätten sie sich nicht soviel Mühe gemacht, es vor allen zu verbergen.«

»Sich zu ergeben, ist gegen den romulanischen Ehrenkodex. Aber ich bin Ihrer Meinung. Außerdem halte ich das, was sie verbergen, für ungemein wichtig für die Föderation.«

»Aber wo setzen wir an?«

»Sie waren auf unserer Seite der Neutralen Zone.«

»Ein guter Grund. Und wie S'Talons Worten zu entnehmen war, arbeitet die Zeit für sie.«

»Dann müssen wir uns beeilen.«

»Das müssen wir wirklich. Holen Sie sie her.«

KAPITEL 11

›Captains Logbuch: Sterndatum drei-eins, zwei-sieben Komma zwei.

Seit der Freigabe der Hilfsbrücke scheint der Computer sich jeder aktiven Einmischung zu enthalten. Er läßt Reparaturen zu und führt zum Teil sogar eine Reprogrammierung der Personalakten durch. Obwohl das Schiff noch immer von der Hilfsbrücke aus gefahren wird und für eine komplette Überholung die Einrichtungen einer Starbase benötigt werden, sollte die Brücke in etwa vierundzwanzig Stunden wieder funktionsbereit sein. Die Romulaner haben uns wenig Schwierigkeiten bereitet, doch haben wir noch keinerlei Fortschritte bei der Untersuchung der Frage erzielt, was sie auf dieser Seite der Neutralen Zone vorhatten.‹

Der Lageraum II war wie ein bewaffnetes Camp. S'Talon und seine Centurion, die Kirk und seinen Offizieren gegenübersaßen, hatten einen Schild des Mißtrauens vor sich aufgerichtet. Kirk parierte und focht und erkannte bei jedem Schlagabtausch mehr Fähigkeiten S'Talons. Es war eine Pattsituation, bei der jede Seite ihre Stellung hielt. Kirk blickte seinen Ersten Offizier an. Spock hatte alles schweigend beobachtet, das Gesicht ausdruckslos, die Arme vor der Brust verschränkt.

»Mister Spock«, sagte der Captain, »wie können wir unsere Gegner von unserer Vertrauenswürdigkeit überzeugen? Ihre Haltung zeigt einen bedauerlichen Mangel an Vertrauen.«

»Sie haben recht, Captain. Doch abgesehen von einem telepathischen Kontakt sehe ich keine Möglichkeit eines logischen Vorgehens.«

»Sie würden Ihre Fähigkeiten dazu mißbrauchen, Vulkanier?«

Die Stimme der Centurion war scharf, und S'Talon stand

die Überraschung deutlich ins Gesicht geschrieben. Spock schwieg wieder und betrachtete die beiden Romulaner mit gefühlloser Objektivität.

»Kirk, würden Sie das zulassen?«

»Ich fürchte, Commander, daß wir alle zur Verfügung stehenden Mittel gebrauchen müssen, um den Grund für ihr Hiersein in Erfahrung zu bringen. Falls es dazu vulkanischer Psychotechniken bedarf... die Wahl liegt bei Ihnen, Commander.«

S'Talons Augen verengten sich, als er Kirk in feindseligem Schweigen anstarrte. Es lag ein Ausdruck von Wut in ihnen, dunkel und gefährlich.

»Spock.«

Der Klang von Kirks Stimme hing in der Luft, das sanfte Timbre im scharfen Gegensatz zu der Drohung, die sich mit ihr verband.

»Kommen Sie, Centurion!« sagte Spock.

S'Talon sprang auf und schlug mit der Faust auf den Tisch.

»Nein! Wenn jemand diese Barbarei über sich ergehen lassen muß, dann bin das ich! Ich werde nicht zulassen, daß ein Mitglied meiner Besatzung gefoltert wird!«

Zwei Männer des Sicherheitsdienstes traten auf S'Talon zu, doch Kirk hielt den Romulaner mit seinem Blick eisern fest.

»Centurion«, wiederholte Spock.

S'Talon wollte etwas sagen, doch die Centurion hob die Hand und sagte: »Es ist mir eine Ehre, dem Imperium dienen zu dürfen, Commander.«

Sie erhob sich, und ihre Bewegungen verliehen dem strengen Schnitt ihrer Uniform weibliche Grazie. Sie ging auf die Tür zu, den Kopf stolz erhoben. Spock wandte sich um und folgte ihr. Seine entschlossene Bewegung ließen S'Talon erschauern. Er kannte die entsetzliche Wirkung einer erzwungenen Bewußtseins-Verschmelzung nur zu gut.

Kirk hatte nicht einen Moment seinen Blick vom Gesicht

des Romulaners gelassen. Er bedauerte, daß er ihm Schmerz zufügen mußte; doch S'Talon war hartnäckig.

»Und jetzt, Commander«, sagte Kirk, »werden wir unser Gespräch fortsetzen.«

Die Tür schloß sich hinter Spock, und die Centurion wandte sich zu ihm um. Er bewunderte ihre Selbstkontrolle, das Glühen der Herausforderung in ihren Augen, das den Ausdruck von Angst überdeckte, die Abwehrhaltung, die sie eingenommen hatte.

»Ich warne Sie, ich werde mich wehren.«

Spock wußte, sie würde es wirklich tun, aber er wußte auch, daß sie sich voll und ganz der Gefahr bewußt war, in der sie sich befand. Offensichtlich waren solche extremen Verhörmethoden bei den Romulanern nicht unüblich, doch hatte sie sie nicht von einem Vulkanier erwartet. Ihr Mut angesichts geistiger Folterung war bemerkenswert. Er zollte ihm Hochachtung.

»Das wird nicht nötig sein, Centurion.«

Als sie mit völliger Verblüffung reagierte, erklärte er ihr: »Die Föderation gebraucht keine Foltermethoden, um Aussagen zu erzwingen.«

»Ein Trick!«

»Ja.«

»Nein!« rief sie und sprang auf die Tür zu.

Spock packte sie und achtete darauf, daß sie mit den Händen nicht sein Gesicht erreichen konnte, als sie sich gegen ihn wehrte und freizukommen versuchte.

»Nein!« keuchte sie. »Sie wollen ihn zum Verrat zwingen! Er soll seine Ehre für nichts opfern! Nein! Nein!«

Sie erkannte, daß sie Spock nicht gewachsen war, hörte auf, sich zu wehren, und blickte mit tränendunklen Augen zu ihm auf.

»Bitte, tun Sie ihm das nicht an! Es muß einen anderen Weg geben. Ich werde reden. Zwingen Sie ihn nicht, seine Ehre zu verraten!«

Spock betrachtete sie voller Mitgefühl.

»Und was ist mit Ihrer Ehre?« fragte er.

»Auf die kommt es nicht an. Ich werde reden! Aber hören Sie mit dieser Komödie auf!«

»Wie Sie wünschen, Centurion.«

S'Talon blickte den terranischen Captain an, versuchte in seinem Gesicht zu lesen. Alles was er von Kirk wußte – von seiner persönlichen Ausstrahlung, seinem militärischen Genie, seinem diplomatischen Geschick –, riet ihm, äußerst vorsichtig vorzugehen. Er schwor sich, diesen Mann nicht noch einmal zu unterschätzen, obwohl er immer gehört hatte, Terraner seien Weichlinge.

»Also, Commander. Ich frage Sie noch einmal: Was wollten Sie im Raum der Föderation?«

»Es sollte Ihnen reichen, daß ich hier bin. Ich erwarte die juristischen Formalitäten für meine Exekution.«

Kirks Stimme war scharf, schneidend.

»Es wird keine Exekution geben... nicht für Sie. Was jedoch Ihre Crew angeht...«

»Sie erwartet kein anderes Schicksal«, sagte der Commander. »Das ist unsere Art.«

»Wirklich, Commander? Warum versuchen Ihre Leute dann jetzt, ihr Leben zu kaufen – durch Kooperation?«

Kirk sah einen Ausdruck von Überraschung und Schmerz über S'Talons Gesicht zucken und beschloß, seinen Vorteil auszunutzen.

»Sie lügen!« preßte S'Talon zwischen zusammengebissenen Zähnen hervor. »Terraner sind geborene Lügner.«

»Vielleicht. Doch in diesem Fall brauche ich nicht zu lügen. Sie verraten Sie. Warum wollen Sie Ihr Leben für sie opfern? Selbst die Centurion ist verwundbar.«

S'Talons Augen funkelten.

»Sie wird freiwillig nicht ein Wort sagen, Captain. Sie ist seit Jahren bei mir! Sie ist ein loyaler Offizier!«

»Aber sie ist auch eine Frau, eine sehr attraktive Frau. Ich glaube kaum, daß Spock Gewalt anwenden muß.«

»Nein!« knirschte S'Talon.

»Sie ist ihm freiwillig gefolgt...«,murmelte Kirk beziehungsvoll.

»Als romulanischer Offizier! Sie hat sich freiwillig zur Verfügung gestellt, obwohl sie wußte, daß es ihren Tod bedeutete! Sie würde sterben, um ihr Volk zu retten!«

»Um ihr Volk zu retten«, wiederholte Kirk. »Das Leben des Imperiums wollten Sie sagen. Natürlich – warum sonst sollten die Romulaner wohl einen galaktischen Krieg riskieren? Es wäre purer Selbstmord – und Wahnsinn, falls nicht... falls nicht das Ausweichen vor diesem Risiko den sicheren Tod bedeutete.«

S'Talons Gesicht war hart, die Haut über den Wangenknochen straff gespannt. Nur die Augen verrieten seine Gefühle, und in ihnen stand verzweifelte Wut. Kirk fuhr mit seinen Mutmaßungen fort.

»Sie waren der Köder! Sie sollten Außenstehende daran hindern, sich einzumischen. Deshalb haben Sie Ihr Tarnsystem so lange eingesetzt, deshalb haben Sie lieber Ihr Schiff geopfert als zu fliehen. Um Zeit zu gewinnen! Aber Zeit wofür? Sagen Sie mir das, Commander!«

Kirk erkannte plötzlich, daß der Romulaner ihm nicht mehr zuhörte. S'Talons Augen waren auf einen Punkt gerichtet, der sich hinter Kirk befand, und sie waren vor Entsetzen aufgerissen. Ohne seinen Gegner aus den Augen zu lassen, wandte Kirk den Kopf, als Spock verkündete: »Captain, ich habe nach Doktor McCoy geschickt. Die Centurion ist zusammengebrochen.«

Spock hielt sie auf den Armen; der schlaffe Körper und das bleiche Gesicht ließen sie erschreckend zerbrechlich wirken. Die Überraschung des Captain war nicht zu übersehen, doch S'Talon bemerkte es nicht. Er hatte nur Augen für die Centurion.

»Selbst Klingonen hätten das nicht fertiggebracht!« zischte er angewidert.

Spock ignorierte den Haß in S'Talons Stimme. Er reagierte so, als hätte er nur eine amüsante Bemerkung gehört. Vorsichtig bettete er die Centurion auf den Boden.

»Commander, die Centurion hat nichts anderes enthüllt als ihre Loyalität, bevor sie zusammenbrach. Ich bin nicht in ihr Bewußtsein eingedrungen und habe sie auch körperlich nicht angerührt.«

»Wir gebrauchen keine Folter«, fügte Kirk hinzu.

S'Talon kniete neben S'Tarleya nieder und blickte ihr ins Gesicht.

»Sie haben mich hereingelegt, Kirk.«

»Ja, Commander. Das Zusammenbrechen der Centurion war ein Unglücksfall, und ich versichere Ihnen, daß Mister Spock in keiner Weise dafür verantwortlich ist.«

S'Talon blickte zu Kirk auf, dessen Worte und Haltung seine Sorge verrieten.

»Ich glaube Ihnen. Dies kam nicht unerwartet.«

Kirk und sein Erster Offizier tauschten verwunderte Blikke.

McCoy trat herein, zwängte sich zwischen Kirk, Spock und S'Talon hindurch und kniete neben der Centurion nieder. Er ließ seinen medizinischen Scanner über ihren Körper gleiten, griff ihr unter den Kopf, hob ihn vorsichtig an und bettete ihn dann wieder auf den Boden. Mit klinischer Gründlichkeit studierte er ihr Gesicht. Die geschwungenen Brauen und langen Wimpern waren wie Ziffern, die auf schneeweißes Papier gemalt waren, das Gesicht umrahmt von einer Fülle schweren Haars. Er blickte den romulanischen Commander an. S'Talon wirkte sowohl ergeben als auch traurig.

»Pille, was ist los?«

McCoy hob den Kopf und blickte zu Kirk empor.

»Es ist Myrruthesie. Verbreitet allein unter Vulkaniern und Romulanern, doch allgemein sehr selten und nur im Frühstadium übertragbar. Hier scheint es sich um eine besonders virulente Abart des Virus zu handeln... ich kann noch nicht sagen, wie gefährlich sie ist...«

»Aber ich kann es.« S'Talons Stimme klang wie durch Kies gepreßt. »Die Centurion wird innerhalb von achtundvierzig Stunden sterben, wenn sie nicht das Gegenmittel bekommt. Und es kann schon zu spät sein, um sie zu retten.«

»Gegenmittel?«

»Quinneal, Jim. Aber was für eine Wirkung es auf diese mutierte Form des Virus hat, weiß ich nicht.« McCoy gab der Kranken eine Injektion, bevor Sanitäter sie ins Bordlazarett brachten. »Kommen Sie lieber auch mit, Mister Spock, Commander und auch du, Jim. Wir haben einen kleinen Vorrat von Schutzimpfstoff an Bord.«

»Wir kommen gleich nach, Doktor.«

Spocks Antwort machte es McCoy klar, daß er kommen würde, wenn er es für richtig hielt.

»Ich erwarte Sie, Mister Spock, in Ihrem Interesse.«

McCoy wollte noch mehr sagen, doch sah er den Blick, den Kirk auf ihn richtete, und verließ den Raum, um der Bahre der Centurion zu folgen.

»Ist es das, was Sie zu verbergen suchen, Commander? Eine Krankheit? Eine Seuche, die das ganze Romulanische Imperium bedroht? Aber McCoy sagte doch eben, daß sie nur in ihrem Frühstadium übertragbar ist...«

»Wie der Arzt richtig vermutet, handelt es sich um eine mutierte Form des Virus. Dadurch wird die Krankheit äußerst ansteckend – und Quinneal ist nicht immer erfolgreich bei ihrer Behandlung und bei der Vorbeugung«, sagte S'Talon gepreßt.

»Ich begreife aber noch immer nicht, warum Sie versuchten, diese Krankheit geheimzuhalten. Die Föderation hätte Ihnen vielleicht helfen können...«

Ein bitteres Lächeln verzog S'Talons Lippen.

»Ihren Feinden helfen, Captain? Auf eine gewisse Weise tun Sie das ja bereits.«

»Die Föderation und das Romulanische Imperium mögen politische Feinde sein, Commander, doch haben wir nicht den Wunsch, Ihr Volk an einer Seuche zugrunde gehen zu sehen. Zumindest können wir Medikamente liefern, und unser Forschungsteam hier an Bord der *Enterprise* wird versuchen, ein besseres Vakzin zu entwickeln.«

Das Lächeln des Commanders vertiefte sich.

»Quinneal wird durch einen Prozeß gewonnen, bei dem eine bestimmte Kornart als Katalysator verwendet wird. Die nächste größere Quelle dafür ist das Canara-Sonnensystem im Raum der Föderation«, kommentierte Spock.

Kirks Augen weiteten sich, zogen sich dann zu Schlitzen zusammen, als seine Gedanken sich auf die Situation konzentrierten.

»Die romulanische Flotte ist in Canara! Sie sollten ihr die Zeit verschaffen, das Korn zu stehlen! Commander, das wird nicht leicht sein, nicht einmal für die romulanische Flotte. Die Canaraner sind eine Kriegerrasse, einfach, aber gefährlich. Sie wären fähig, ihre Felder zu vernichten, bevor sie die Ernte in romulanische Hände fallen lassen.«

»Wir werden tun, was nötig ist, um unser Volk zu retten, Captain.«

»Wenn Sie gegen die Canaraner Gewalt anwenden, könnten Sie ihr Volk vernichten! Hören Sie, Commander! Es mag sein, daß Terraner Lügner sind, doch Vulkanier sind es nicht! Spock!«

»Der Captain sagt die Wahrheit, Commander. Die Canaraner sind hart und gewalttätig, und sie neigen zu extremen Reaktionen. Sie sind außerdem von einer fanatischen Treue gegenüber der Föderation. Wenn Sie sie zwingen wollen, Korn für Sie zu veredeln, wären sie durchaus fähig, die gesamte Ernte zu vernichten.«

Die angespannten Muskeln in S'Talons Wangen erschlafften, und er setzte sich. Angesichts der Niederlage hatte er seine militärische Haltung völlig verloren.

»Dann sind wir am Ende. Ich werde also den Untergang des Romulanischen Imperiums erleben, nicht durch einen militärischen Holocaust, sondern durch einen mikroskopischen Henker.«

»Commander, wir wollen Ihnen helfen! Die Föderation will Canara nicht verlieren, und sie will auch keinen Krieg mit dem Romulanischen Imperium! Sie müssen mir vertrauen, Commander!«

S'Talon blickte in Kirks ernstes Gesicht.

»Ihnen vertrauen, Captain? Wo Sie mich gerade hereingelegt haben?«

»Ich gebe zu, daß ich sehr viel von Ihnen verlange, doch es geht auch um sehr viel. Sie müssen mir vertrauen. Wir müssen einander vertrauen, wenn wir nicht wollen, daß beide Seiten vernichtet werden. Millionen unschuldiger Leben würden vernichtet, weil wir einander nicht trauen können. Selbst mit Ihrer Hilfe sind die Chancen nur gering, ein galaktisches Armageddon zu verhindern. Ohne Sie sind sie gleich Null.«

»Es scheint mir keine Alternative zu bleiben, Captain.«

S'Talon straffte die Schultern, als er sich entschloß, wieder einen unbegangenen Weg zu beschreiten. Tiercellus hatte ihm gesagt, daß er für neue Ideen empfänglich sein müsse, selbst wenn diese vom Feind kommen sollten. Sein alter Kommandeur hatte sich als Prophet erwiesen.

Das Kommunikationszentrum des Star Fleet Command konnte zweitausend Nachrichten gleichzeitig empfangen. Seine Kapazität war gewaltig. Es diente als Relais-Zentrum für alle militärischen und auch für eine große Anzahl von zivilen Transmissionen. Es arbeitete rund um die Uhr, empfing, entschlüsselte und verteilte einlaufende Nachrichten. Seine Vielseitigkeit und kühle, mechanische Wirksamkeit waren überwältigend, und Poppaelia fühlte sich daneben ein wenig verlassen.

Seit seinem unerlaubten Besuch in Iotas Büro hielt er sich fast ständig hier auf. Er wußte, daß er die Techniker verrückt machte, doch die Bestätigung seines Verdachts hatte ihn in eine schwierige Lage gebracht. Er konnte seine illegal erworbenen Informationen nicht mit anderen besprechen, noch hatte er einen stichfesten Grund, Iotas Büro und Wohnung durchsuchen zu lassen. Er wußte, daß die Föderation noch nie so hart am Rand eines Krieges gestanden hatte wie jetzt, doch konnte er nichts dagegen tun. Wenn er versuchte, Yang und Garson deutlicher zu warnen, als er es bereits getan hatte, würde seine Glaubwürdigkeit ins Wanken geraten. Er war gezwungen, tatenlos zuzusehen – außer jede noch so geringe Nachricht aus dem romulanischen Sektor zu überprüfen. Drei oder vier Kommunikationen, die der Computer aufgefangen hatte, waren mit einem neuen Code verschlüsselt, und das verstärkte seine Sorgen noch.

Er wandte sich vom Bildschirm ab und rieb die vor Müdigkeit geröteten Augen. Er mußte sich ausruhen, aber nicht lange.

»Bryan, ich werde einen Moment abschalten. Behalten Sie die Bildschirme im Auge und die Ohren offen. Wecken Sie mich sofort, wenn irgend etwas – und ich meine die geringste Kleinigkeit – ungewöhnlich wirkt.«

»Jawohl, Sir«, antwortete der Kommunikations-Ingenieur.

Poppaelia legte den Kopf auf die Arme. Innerhalb von Sekunden begann er leise zu schnarchen.

»Exzellenz.«

Der Praetor neigte leicht den Kopf.

»Exzellenz, wir können keinen Kontakt mit den Canaranern herstellen. Der Planet scheint von einer Art Ältestenrat regiert zu werden, dessen Vorsitzender ein gewisser Romm Joramm ist. Man hat uns mitgeteilt, daß er erst um die fünfte Stunde erreichbar sei, wenn er von den Feldern zurückkäme, um zu essen.«

»Gibt es keine Möglichkeit, den Mann vor dieser Zeit zu erreichen? Haben diese Leute denn kein Kommunikationssystem für Notfälle?«

»Doch, aber sie weigern sich, es zu benutzen. Sie sind ein stures Volk, und ich konnte sie nicht von der Dringlichkeit unserer Sache überzeugen, ohne ihnen einen Eindruck von Schwäche zu geben.«

»Ich werde ihnen Dringlichkeit zeigen! Wir könnten diese Ansammlung von Hütten, die sie eine Hauptstadt nennen, mit einer einzigen Phasersalve dem Erdboden gleichmachen. Wir werden uns einfach nehmen, was wir brauchen!«

»Mein Praetor, ich begreife Ihre Gefühle, aber Canara hat nicht nur die größte Kornanbaufläche in diesem Quadranten, sondern auch die Einrichtungen, es zu veredeln. Wenn wir die Hilfe der Canaraner erlangen, könnten wir Quinneal tausendmal schneller herstellen, als wenn wir es selbst produzieren müßten. Sie haben Erfahrung in dem Prozeß, sie mögen auf vielerlei Weise primitiv sein, aber sie wissen, wie man Quinneal herstellt. Und von erstklassiger Qualität. Wir müssen behutsam vorgehen. Sie stehen treu zur Föderation. Bis jetzt wissen sie noch nicht, wer wir sind. Wenn wir vorsichtig vorgehen, könnte es uns vielleicht gelingen, die gesamte Ernte zu bekommen.«

»Haben sie eine ausreichende Ernte?«

»Ja, ich habe die Felder gesehen. Das Korn steht gut, und es ist reif. Im Süden hat die Ernte bereits begonnen.«

»Dann sprechen Sie mit diesem Romm Joramm. Bieten Sie ihm alles, was Sie ihm bieten müssen, um die Droge zu bekommen.«

»Exzellenz, ich bin informiert worden, daß Romm Joramm nur mit dem Führer dieser Expedition sprechen will. Ich glaube also, daß Sie selbst mit ihm reden müssen.«

»Sie werden an meiner Stelle verhandeln. Wie sollten diese Primitiven den Unterschied merken?«

»Das weiß ich nicht, mein Praetor, doch sie tun es. Und sie wollen nur mit Ihnen verhandeln. Sie sind gerissen, diese Canaraner.«

»Dann arrangieren Sie ein Treffen mit diesem Mann. Wir werden mit ihm reden, aber wenn er nicht mitzieht, nehmen wir uns einfach, was wir brauchen – im Namen des Imperators.«

»Jawohl, mein Praetor.«

Der Praetor wandte sein Interesse der Flotte zu, die sich jetzt im Orbit um Canara befand. Der Eindruck von Macht, den sie vermittelte, war nur Kulisse. Nicht eins der Schiffe war voll bemannt. Seit sie Romulus verlassen hatten, waren über einhundert Männer erkrankt und ausgefallen. Sie hatten keine Zeit mehr für Verhandlungen, für Diplomatie. Ein winziger Schatten der Furcht kroch in das Herz des Praetors.

»Alarmstufe Rot! Alarmstufe Rot!«

Der schrille Ton der Sirenen jaulte durch die *Potemkin*. Die Crew eilte zu den Gefechtsstationen.

»Feindliche Schiffe voraus, Captain. Sie wirken wie klingonische Typen, aber ich wette, daß es Romulaner sind. Die Allianz...«

»Ja, Mister Farrell. Entfernung?«

»Extrem-Reichweite, Sir. Sie scheinen an der Grenze der Neutralen Zone Position zu halten.«

»Sie reagieren nicht auf unsere Versuche, Verbindung mit ihnen aufzunehmen. Auf allen universellen Ruffrequenzen... keine Antwort, Sir.«

»Na also, Garson. Sind Sie jetzt zufrieden? Vier romulanische Schiffe. Glauben Sie mir jetzt endlich, daß die Föderation angegriffen wird?«

Iotas Stimme war eisig von Befriedigung.

»Ich will keine voreiligen Schlußfolgerungen ziehen, Admiral. Diese Schiffe – seien es Romulaner oder Klingonen – haben nicht die Grenze der Neutralen Zone überquert. Sie haben also das Recht auf ihrer Seite. Mißverstehen Sie mich nicht. Wir befinden uns im Alarmzustand und werden hier bleiben, solange jene Schiffe in Sichtweite sind. Ruder: Bringen Sie uns in eine Position gegenüber den feindlichen Schiffen. Fähnrich: Versuchen Sie weiter, Verbindung mit ihnen aufzunehmen.«

Die *Potemkin* und ihre Schwesterschiffe nahmen Position gegenüber den Romulanern ein. Die beiden Flottillen lagen in Konfrontation zueinander, doch keine wich zurück.

»Keine Antwort von den feindlichen Schiffen, Captain.«

»Tun Sie doch etwas, Garson!«

»Das mache ich ja. Ich warte.«

»Worauf? Hier abgeschossen zu werden? Mein Gott, Mann, stellen Sie ein Ultimatum!«

»Mit welchem Zweck?«

»Zur Verteidigung der Föderation.«

»Manchmal ist Geduld die beste Verteidigung. Fähnrich: Versuchen Sie, die Kommunikation des Gegners abzuhören. Ruder: Halten Sie Position. Befehlen Sie den anderen Schiffen, es ebenfalls zu tun.«

Garson lehnte sich in seinem Sessel zurück und schloß die Augen. Er konnte Iotas Wut spüren, ein Vulkan, der unter Druck stand. Ruhig durchdachte er die Situation. Beide Verbände waren gleich stark. Zusammen mit den Aufklärungsschiffen befand sich die Föderation sogar ein wenig im Vorteil. Doch wenn die Romulaner – jedenfalls hielt er sie für Romulaner – aus der Neutralen Zone das Feuer auf sie eröffnen sollten, würde es schwer nachzuweisen sein, wer sich im Unrecht befand. Er mußte äußerst behutsam vorgehen.

»Sir, die feindlichen Schiffe scheinen Funkstille zu wahren. Es gibt überhaupt keine Subraum-Kommunikation.«

»Seltsam. Es sieht aus, als wenn sie uns aufhalten wollten. Aber warum?«

»Ich werde Ihnen sagen, warum«, erklärte Admiral Iota. »Weil die romulanische Flotte inzwischen in den Raum der Föderation eingedrungen ist. Können Sie das nicht selbst erkennen?«

»Das wäre das auf der Hand liegende Motiv. Aber wir habe keine Beweise dafür, und ich kann nicht allein auf einen Verdacht hin handeln.«

»Sir, eine Nachricht kommt herein. Sie ist vom Gegner, Sir.«

»Schalten Sie sie auf den Haupt-Bildschirm.«

Ein Romulaner erschien auf dem Bildschirm. Kurzgeschnittenes Haar umrahmte ein stolzes Patriziergesicht. Obwohl weit über die Blüte der Jahre hinaus, war Willenskraft in jedem Gesichtszug erkennbar. Hinter ihm stand eine Reihe der Praetorianergarde.

»Föderations-Starship. Im Namen des Imperators: Ziehen Sie sich aus diesem Sektor zurück, oder tragen Sie die Konsequenzen.«

»Dies ist Captain Garson, Kommandant des Raumschiffes *Potemkin.* Identifizieren Sie sich, Sir!«

Der harte Mund des Romulaners verzog sich verächtlich.

»Damit Sie wissen, wer das Todesurteil an Ihnen vollstreckt, Erdling: Ich bin Tiercellus, Oberkommandierender der romulanischen Flotte.«

»Was ist Ihre Absicht, Tiercellus?«

Ihn allein mit seinem Namen anzusprechen, war eine wirksame Unverschämtheit. Garson stieg ein wenig in der Achtung des Romulaners.

»Meine Absicht geht Sie nichts an«, antwortete er.

»Aber ja. Besonders, da Sie es für nötig halten, uns ein Ultimatum zu stellen.«

»Und ich wiederhole dieses Ultimatum, Captain. Verlassen Sie sofort diesen Sektor. Ich habe es satt, leere Worte zu wechseln.«

»Sie befinden sich in einer schlechten Position, um uns zu drohen. Was ist der Grund für diese Konfrontation? Sie riskieren einen galaktischen Krieg.«

»Ich bin Ihnen keine Erklärung schuldig. Verschwinden Sie, oder wir eröffnen das Feuer.«

»Das glaube ich nicht. Wir befinden uns – wenn Sie sich die Mühe machen würden, Ihre Meßwerte zu überprüfen – außerhalb Ihrer Reichweite. Um wirksam auf uns feuern zu können, müßten Sie in den Raum der Föderation vordringen, und ich glaube nicht, daß Sie das tun werden – jedenfalls noch nicht jetzt. Sie sind schachmatt gesetzt, Sir.«

Der Gesichtsausdruck des Romulaners veränderte sich nicht.

»Sie sind gewarnt, Captain Garson.«

Der Bildschirm flackerte, und die vier romulanischen Schiffe tauchten wieder auf, drohende graue Formen, wie Geier. Die Ähnlichkeit ließ Garson einen Schauer über den Rücken laufen.

»Captain Garson, wenn Sie nicht sofort etwas gegen die romulanische Bedrohung unternehmen, sehe ich mich gezwungen, ihren Mangel an Pflichtgefühl zur Meldung zu bringen.«

»Admiral, ich werde auf keinen Fall in die Neutrale Zone eindringen, und ich werde auch keinen Gegner angreifen, der Krieg allein mit Worten führt.«

»Wenn Sie zuerst angreifen und sich über das Protokoll später Sorgen machen würden, wären Sie Sieger. Sie scheinen nicht begriffen zu haben, daß es im Krieg keine Regeln gibt.«

»Und Sie scheinen nicht begreifen zu können, daß es bis jetzt noch gar keinen Krieg gibt.«

»Garson, Sie sind ein Narr!«

»Vielleicht. Das wird sich zeigen.«

»Ich betrachte Ihre Handlungsweise als unannehmbar.«

»Ich stehe vor einer rein militärischen Situation. Auf diesem Gebiet haben Sie keine Befehlsgewalt.«

»Das werden wir sehen. Der höhere Dienstgrad bringt einige Vorteile mit sich. Als Chef des Nachrichtendienstes bin ich in der beneidenswerten Lage, dafür sorgen zu können, daß die Tatsachen richtig dargestellt werden.«

Garson ignorierte das Geschwafel des Admirals und schloß wieder die Augen. Mit seinem ganzen Wissen und seiner ganzen Erfahrung suchte er nach einer Antwort.

KAPITEL 12

›Captains Logbuch: Sterndatum dreißig-eins, zwanzig acht Komma sechs.

Die *Enterprise* hat Kurs auf Canara genommen, um als Vermittler zwischen dem Romulanischen Imperium und den Canaranern zu wirken. Das Kommunikationssystem ist noch immer gestört, sollte jedoch innerhalb einer Stunde wieder betriebsbereit sein. Wir haben keinerlei Kontakt mit Star Fleet Command gehabt. Commander S'Talon will uns dabei unterstützen, die romulanische Führung zu überzeugen, daß Hilfe im besten Interesse der Föderation liegt. Sein einziges Anliegen scheint das Wohl seines Volkes zu sein. Die Centurion befindet sich im Bordlazarett, und trotz aller Bemühungen von Dr. McCoy verschlechtert sich ihr Zustand ständig.‹

Kirk saß im Büro des Arztes. In einer Hand hielt er McCoys Bericht über Myrruthesie. Er legte ihn auf den Schreibtisch zurück und blickte auf, erschüttert von der Schnelligkeit, mit der diese Krankheit tötete.

»Pille, gibt es denn gar nichts, was du tun kannst?«

»Ich fürchte nein, Jim.«

Der Schmerz in McCoys Stimme schickte eine Welle des Mitgefühls durch Kirk.

»Eines haben wir getan. Es ist uns gelungen, aus dem Blut und aus Gewebeproben der Centurion das mutierte Virus zu isolieren, und ich glaube, daß wir jetzt ein Quinneal-Derivat haben, das ihn aufhalten wird... bevor die Krise einsetzt. Aber der Centurion wird es nichts nützen... die Krankheit ist schon zu weit fortgeschritten. Ich glaube, sie hat es gewußt, als sie sich freiwillig für dieses Unternehmen meldete.«

»S'Talon hat so etwas angedeutet.«

Beide Männer blickten auf die stoische Gestalt S'Talons, der sich über das Bett der Centurion beugte. In dem Rahmen der Tür von McCoys Büro gesehen, war es ein zeitloses Symbol der Trauer. Ein Gefühl tiefen Mitgefühls stand in den Augen von McCoy und Kirk.

»Sie liebt ihn, Jim.«

»Ich weiß. S'Talon sagte mir, daß sie seit Jahren mit ihm zusammen sei; doch glaube ich nicht, daß er es weiß. Es ist ein Jammer, daß ihr nicht einmal das gewährt wurde.«

»Sie hat während der letzten Stunden im Delirium gelegen, Jim, und dabei einiges gesprochen. S'Talon ist ein sehr ungewöhnlicher Mann. Stammt aus einer alten Familie, ist hochgebildet und hat es geschafft, sich aus allen Intrigen des romulanischen Hofes herauszuhalten. Der Praetor mag ihn nicht.«

»Das erklärt, warum gerade er für die Rolle des Köders ausgesucht wurde. Man konnte sich darauf verlassen, daß er seine Pflicht tun würde, doch sein Tod würde sehr willkommen sein. Er scheint sich irgendwie im Niemandsland zu befinden, genauso gefährdet durch seine Vorgesetzten wie durch die Föderation.«

»Nach allem, was ich von ihr gehört habe, mehr durch die eigenen Leute als durch uns. Er wäre vor einigen Tagen beinahe einem Attentat zum Opfer gefallen.«

Kirks Blick glitt zu dem romulanischen Commander hinüber.

»Pille, ich habe das Gefühl, daß S'Talon der Hebel ist, den wir brauchen, um die Dinge in unsere Richtung zu drücken.«

S'Talon beachtete Kirk und McCoy nicht. Er wachte am Bett der Centurion. Die Tiefe seines Gefühls war für ihn eine Überraschung, die er nicht zu analysieren versuchte. Er blickte in das bleiche Gesicht, bemerkte die elegante Form der geschwungenen Augenbrauen, die langen gebogenen Wimpern, das Haar, das ausgebreitet auf dem Kissen lag wie eine dunkle Wolke. Er lächelte schwach, als seine Centurion die Augen öffnete.

»Commander...«, flüsterte sie.

»Schsch...« S'Talon legte zwei Finger auf ihre Lippen.

»Ich weiß, daß Sie nichts enthüllt haben... oder nur etwas von sehr hohem Wert: Ihre Loyalität.«

Die Augen der Centurion weiteten sich vor Überraschung.

»Ich konnte nicht zulassen, daß Sie sich verrieten, Commander.«

»Ich weiß.«

»Commander.«

»Nicht reden.«

»Ich muß. Ich weiß, daß es selbstsüchtig ist, aber ich will es Ihnen sagen, bevor das Ende kommt... Ich habe Sie immer geliebt.«

Unerklärliche Reaktionen in S'Tarleyas Verhalten wurden ihm plötzlich klar und erkennbar. Er hatte ihre Loyalität immer ungewöhnlich gefunden und sehr geschätzt, doch erst jetzt erkannte er die Quelle.

»Ich bin blind gewesen, Centurion. Und ein Narr.«

»Nicht blind. Zu pflichtbewußt, glaube ich. Sie hatten keine Zeit für meine Liebe. Ich hätte gewartet, bis sie die Zeit dafür gefunden hätten. Ein Narr? Vielleicht. Denn ich glaube, Sie hätten meine Gefühle erkennen müssen.«

»Manchmal, Centurion, hält man den größten Schatz in der Hand und sieht nur seine praktischen Eigenschaften. Vertrautsein ist eine höchst wirksame Tarnung.«

»Und jetzt ist es zu spät... für uns beide.«

Bedauern umwölkte S'Talons Gedanken und goß Schmerz in die Augen der Centurion. Er riß sich zusammen. Zum Selbstmitleid war auch noch später Zeit. S'Talons Finger fuhren streichelnd über ihr Gesicht. Er schloß die Augen und konzentrierte sich darauf, inneren Frieden zu erlangen. Die Barrieren in seinem Bewußtsein schmolzen.

»S'Tarleya«, sagten seine Gedanken, und sie wandte sich ihm zu, einen Ausdruck tiefer Verwunderung in den Augen. »Diese Zeit bleibt uns noch«, sagten seine Gedanken. »Und man braucht so wenig Zeit, um zu sagen... ›Ich liebe dich‹.«

»Meine Liebe wird immer bei dir sein«, antwortete sie.

S'Talon spürte, wie ein weißes Licht durch sein Bewußtsein leuchtete, es mit kristallener Klarheit durchflutete. Sein sinnliches Wahrnehmungsvermögen erhöhte sich. Er erfaßte alles in einer Tiefe und Breite, wie er es nie zuvor erreicht hatte.

»Ich liebe dich, S'Tarleya«, wiederholten seine Gedanken. »Ich liebe dich.«

Die beiden Menschen behielten ihren Gefangenen von McCoys Büro aus im Blick, während sie ihm ein gewisses Maß persönlicher Freiheit gewährten.

»Dies ist das Schicksal des Romulanischen Imperiums, Jim: Schmerz und Verlust und unendliche Trauer«, sagte McCoy.

Kirk blickte den romulanischen Commander und seinen Offizier an. Weder die Hilflosigkeit der Centurion noch die zärtliche Stärke des Commanders entgingen ihm. Die Centurion lag im Sterben. Sie alle wußten es. Seine eigene Machtlosigkeit versetzte ihn in Wut. In vielem erinnerte S'Talon ihn an Spock. Er besaß die gleiche Selbstbeherrschung, die gleiche ruhige Logik. Er war einer der Männer, wie sie sich die Föderation innerhalb des Romulanischen Imperiums wünschte, ein Mann mit Weitblick und Mut, der bereit war, sich neuen Konzepten zuzuwenden. Und er verlor jetzt nicht nur eine treue und vertrauenswürdige Gefährtin, sondern etwas, das selbst ein Außenstehender als eine ganz besondere Liebe verstehen konnte. Kirk stellte sich vor, daß eine Krankheit, die hoffnungslos und endgültig war, über die *Enterprise* herfiele. Wenn das seinem Schiff geschähe, seiner Welt... wenn Spock, Pille, Scotty, Chekov, Uhura, Sulu... alle vierhundertdreißig Menschen an Bord... allein der Gedanke war unerträglich.

»Pille, es muß doch irgend etwas geben!«

»Die Forschung ist erfolgversprechend, Jim, aber ohne große Mengen von Quinneal haben wir keine Chance. Jim... ich weiß, wie du dich fühlst, aber meinst du, daß dies der richtige Kurs ist? Die Romulaner sind immer unsere

Feinde gewesen. Du weißt, es wird später Stimmen geben, wir hätten das Imperium sterben lassen sollen und eine Menge Kopfschmerzen mit ihm.«

Kirk lächelte bitter.

»Ich weiß. Ich erwarte auch eine Menge Beschuß aus dieser Richtung. Aber wenn wir nichts dagegen tun... also, soweit es mich betrifft, gibt es keinen anderen Weg. Es mag sogar der erste Schritt dazu sein, aus einem Feind einen Freund zu machen.«

Er schaltete das Intercom ein.

»Spock«, sagte er.

»Hier Spock.«

»ETA* auf dem Planeten Canara, Mister Spock?«

»Vier Komma zwei-drei Stunden, Captain. Wir haben eine Kommunikations-Drohne aufgefangen. Es ist ein mir unbekanntes Modell und scheint auf Stimmencode programmiert zu sein. Sie ist nur Ihrem Befehl zugänglich.«

»Gut, Mister Spock. S'Talon und ich kommen gleich zu Ihnen. Ende.«

Er trat langsam auf S'Talon zu, nur ungern in seine Privatsphäre eindringend.

»Commander...«

»Ja, Captain. Ich habe gehört. Ich bin bereit. Die Centurion«, setzte er hinzu und wandte sich zu Kirk um, »ist tot.«

»Es tut mir leid, Commander«, sagte Kirk und blickte in S'Talons Gesicht. »Commander...«

Kirk legte eine Hand auf die Schulter des Romulaners, und S'Talon blickte zu ihm auf. Für einen zeitlosen Augenblick verstanden Terraner und Romulaner einander.

»Gehen wir«, sagte Kirk leise.

Sie gingen schweigend zum Turbolift, jeder in seine eigenen Gedanken versunken.

»Deck acht«, sagte Kirk, als die Tür zuglitt.

»Sie wissen hoffentlich, daß dies nicht leicht sein wird, Captain. Der Praetor wird glauben, daß Sie die Centurion

*Estimated Time of Arrival: Geschätzte Ankunftszeit (A. d. Ü.)

ermordet und mich einer Gehirnwäsche unterzogen hätten. Sie müssen ihn und seine Offiziere davon überzeugen, daß dies nicht der Fall ist. Sie setzen sich einer sehr großen Gefahr aus.«

»Und Sie, Commander? Sie riskieren Ihr Leben. Aber ist nicht der Friede – wenn er auch noch so unsicher ist – diesen Einsatz wert?«

S'Talon versuchte zum hundertsten Mal, Kirk abzuschätzen.

»Ja.«

»Bericht, Mister Spock«, sagte der Captain, als er und S'Talon in die Hilfsbrücke traten, die jetzt von der normalen Brückencrew besetzt war. S'Talons linke Braue hob sich vor Verwunderung über den beengten Raum, und Kirk lächelte innerlich, befriedigt, daß der Romulaner keine Gelegenheit für eine längere Beobachtung der *Enterprise*-Brücke hatte.

»Kommunikation wieder in Ordnung, Sir. Der Computer hat zwar den Subraum-Monitor abgeschaltet, doch konnten wir da eine Überbrückung herstellen«, sagte Uhura.

S'Talon lachte leise.

»Dann hätten wir uns um Ihre Kommunikation überhaupt keine Sorgen machen müssen. Sie wissen gar nicht, wieviel Zeit wir darauf verschwendet haben.«

»Captain.«

Spocks Tonfall sagte Kirk, daß er ihn allein sprechen wollte.

»Ich möchte empfehlen, daß Sie die Kommunikations-Drohne öffnen, bevor Sie sich mit Star Fleet in Verbindung setzen.«

Spock reichte Kirk den kleinen Würfel. Die Buchstaben SNKR waren auf eine seiner Seiten geprägt, daneben das Emblem der Föderation.

»Dies ist etwas Neues«, sagte er.

»Ja, Captain. Es ist ein experimentelles Modell.«

»Noch eins?« Kirk hob den Würfel in Augenhöhe und

sagte: »Dies ist James T. Kirk, SC 937-0176 CEC, Kommandant der *Enterprise.*«

Ein metallisches Klicken ertönte aus dem Innern des Würfels, und seine obere Platte klappte auf. In einer Höhlung lag eine Spule mit einem Magnetband.

»Sesam, öffne dich!« murmelte Spock. Kirk nahm die Spule heraus und reichte sie Uhura, die sie in einen Dechiffrierprojektor schob. Kirk, über den Bildschirm gebeugt, konzentrierte sich auf die Nachricht. Als er sich wieder zu Spock und S'Talon umwandte, war beiden klar, daß es keine gute Nachricht war.

»Sie ist von Yang. Vier Schiffe der Starship-Klasse, unter dem gemeinsamen Kommando von Admiral Iota und Captain Garson, sind auf dem Weg in die Neutrale Zone, um den Grund für unser Verschwinden zu erforschen. Admiral Iota glaubt, daß die *Enterprise* zerstört wurde. Er hat dem Romulanischen Imperium praktisch eine Kriegserklärung zugestellt. Garson versucht, ihn zurückzuhalten. Uhura, stellen Sie sofort eine Verbindung mit Star Fleet Command her. Sagen Sie ihnen...«

»Bevor Sie das tun, Captain, sollten Sie wissen, daß vier romulanische Schiffe die Neutrale Zone bewachen. Sie haben Befehl, unsere Rückzugsroute mit allen Kräften freizuhalten.«

»Verdammt! Das schreit ja geradezu nach Krieg! Uhura, eine Verbindung mit Star Fleet Command!«

Uhura beugte sich über die kleine Kommunikations-Konsole, und ihre Finger flogen über die Knöpfe und Schalter.

»Ich habe sie, Sir. Admiral Poppaelia.«

»Schalten Sie ihn auf den Bildschirm.«

Poppaelias bekanntes Gesicht füllte den kleinen Bildschirm.

»Kirk! Gott sei Dank! Was ist da draußen los? Und ein Romulaner? Auf der *Enterprise?* Warum haben Sie sich nicht gemeldet?«

»Wir hatten mechanische Schwierigkeiten, Sir. Ich will

jetzt keine Einzelheiten schildern. Ich habe eben eine Nachricht erhalten, nach der ein Verband unter Captain Garson und Admiral Iota sich auf dem Weg zur Neutralen Zone befindet. Admiral, Sie müssen ihn aufhalten!«

»Das kann ich nicht. Er ist bereits dort. Und er hat Feindberührung. Zur Zeit sitzen die Schiffe knapp außerhalb von Phaser-Reichweite an der Grenze der Neutralen Zone. Auf der anderen Seite der Grenze liegen vier romulanische Schiffe. Eine Pattsituation. Was wird eigentlich gespielt?«

»Sir, die romulanische Flotte ist in den Raum der Föderation eingedrungen, doch nicht in kriegerischer Absicht.«

In Poppaelias Augen trat ein ungläubiger Ausdruck, und Kirk sprach rasch weiter.

»Sir, Sie wissen, daß sich die Romulaner in der letzten Zeit seltsam zurückgezogen verhielten.« Poppaelia nickte. »Wir haben entdeckt, daß die gesamte Bevölkerung von einer Krankheit heimgesucht wird.«

»Das ist richtig«, bestätigte Spock. »Die Romulaner sind von einer virulenten Abart des Myrruthesie-Virus befallen. Es ist recht selten, könnte jedoch auch eine schwere Bedrohung für Vulkan werden.«

»Holen Sie McCoy her!« flüsterte Kirk Uhura zu.

»Das erklärt noch immer nicht, warum die Romulaner in den Raum der Föderation eingedrungen sind... sagten Sie, die ganze romulanische Flotte?«

»Ja. Das einzige bekannte Heilmittel für diese Krankheit ist eine Substanz, die eine veredelte Form von Korn als Katalysator benötigt. Wie Sie wissen, sind die Romulaner arm, besonders auf dem Landwirtschaftssektor. Sie besitzen einfach nicht die Möglichkeit, ausreichende Mengen dieses Katalysators herstellen zu können. Und sie sind verzweifelt. Über ein Drittel der Bevölkerung ist der Krankheit bereits zum Opfer gefallen. Also sind sie in den Raum der Föderation eingedrungen, um genügende Mengen von Korn zu kaufen oder zu rauben, damit sie der Seuche Herr werden.«

»Ist das wahr?«

S'Talon nickte.

»Aber warum haben sie sich dann nicht an die Föderation um Hilfe gewandt? In einer Situation wie dieser...«

»Stolz, Admiral«, antwortete S'Talon, »gekoppelt mit der Überzeugung, daß die Vernichtung des Imperiums Sie mit großer Freude erfüllen würde.«

»Es gibt sicher viele, für die das zutrifft«, gestand Poppaelia ein. »Was erwarten Sie von mir, Kirk? Es ist jetzt zu einer rein militärischen Situation geworden. Wenn auch nur ein Schuß fallen sollte, stecken wir mitten in einem galaktischen Krieg.«

»Halten Sie Iota auf!« Kirks Stimme klang beschwörend. »Sie können es tun.«

»Sehen Sie einen Ausweg, Kirk?«

»Ja. Zusammenarbeit. Doktor McCoy?«

McCoy trat vor den Bildschirm.

»Admiral, ich habe das Virus isoliert und ein Vakzin entwickelt. Damit könnten wir es schaffen, wenn es schnell genug produziert und zur Anwendung gebracht werden kann.«

»Die Romulaner haben logisch gehandelt«, setzte Spock hinzu. »Das Canara-Sonnensystem ist die nächstgelegene und beste Quelle der benötigten Kornart. Wenn man die Canaraner überreden könnte, den Romulanern die nötige Menge davon zu verkaufen, würde man die Seuche eindämmen und den Frieden erhalten.«

»Und wie gedenken Sie das zu erreichen? Sollen wir der romulanischen Flotte, die in unseren Raum eingedrungen ist, eine gravierte Einladung schicken, sich bitte selbst zu bedienen?«

Kirk ignorierte den Sarkasmus.

»Lassen Sie uns die Vermittlerrolle für die Föderation übernehmen. Commander S'Talon und ich werden gemeinsam als Emissäre zwischen Canara und dem Romulanischen Imperium fungieren. Was können wir schon verlieren?«

»Nichts, schätze ich. In Ordnung, Kirk. Sie haben zwei

Solar-Tage. Wenn Sie bis dahin nicht zu einer Übereinkunft gelangt sind, bleibt mir keine andere Wahl, als dieses Eindringen als Kriegshandlung zu werten und entsprechend zu handeln.«

Poppaelias Gesicht verschwand vom Bildschirm, und Kirk atmete tief durch.

»Dann wollen wir keine Zeit verlieren«, sagte er. »Mister Sulu, Warp vier.«

Der Praetor blickte den ältlichen Mann mit schlecht verhohlener Verachtung an.

Romm Joramm saß mit gekreuzten Beinen auf einer gewebten Matte, und seine durchscheinend wirkende, elfenbeinfarbene Haut wurde von den letzten Strahlen der Canara-Sonne erleuchtet. Das togaartige Gewand, das er trug, unterstrich die Feinheit von Gesicht und Gestalt. Allein die goldene Spange, die es an der Schulter zusammenhielt, verriet seinen Rang oder seinen Reichtum. Seine fahlgoldenen Augen strahlen gastfreundliche Wärme aus.

»Sie sind also der Händler Jublius Mannius. Bitte, setzen Sie sich und teilen Sie die Früchte des Landes mit uns.«

Er deutete auf eine freie Matte, und der Praetor ließ widerstrebend seine beachtliche Körpermasse darauf nieder.

»Sie sind hergekommen, um mit uns über den Verkauf unserer Ernte zu verhandeln – das hat meine Frau mir gesagt. Es tut mir leid, wenn ich Sie abschlägig bescheiden muß, doch unser Übereinkommen mit der Föderation von Planeten umfaßt auch die Verpflichtung, alle Überschüsse an Korn direkt an die Föderation zu verkaufen.«

»Und wenn ich Ihnen einen besseren Preis biete?«

Die Stimme des Praetors war glatt vom Fett des Reichtums. Er betrachtete die Ringe an der linken Hand, die er geschickt so drehte, daß das Licht der Öllampe von ihrer aufdringlichen Pracht reflektiert wurde.

»Reichtum ist etwas sehr Schönes, doch glaube ich, daß es bessere Dinge gibt. Wir haben von der Föderation etwas bekommen, das Sie uns sicher nicht bieten können.«

»Ich versichere Ihnen, Ältester, daß wir bereit sind, jeden Preis zu bezahlen, den Sie nennen.«

»Ich glaube, die Föderation hat Ihren Preis bereits überboten... Praetor des Romulanischen Imperiums.«

»Sie haben also herausgefunden, wer ich bin. Doch das hat nichts zu bedeuten. Was ist der Preis, den ich nicht überbieten kann?«

»Simple Ehrlichkeit, Praetor. Sie sind unter Vorspiegelung falscher Tatsachen zu mir gekommen, und Ihre Geschichte, daß Sie das Korn bezahlen wollen, ist sicher ebenfalls eine Lüge. Wenn Sie mir gegenüber offen gewesen wären... aber was sollen wir davon reden, dazu ist es jetzt zu spät. Wache, führen Sie den Praetor...«

»Das wird er nicht tun. Niemand wird mich berühren oder in meiner Bewegungsfreiheit einschränken. Die Praetorianergarde hat dieses Dorf umstellt, und die Waffen der romulanischen Flotte sind auf die Ballungszentren dieses Planeten gerichtet.«

Der Praetor sprach mit selbstgefälliger Autorität, doch Romm Joramm, Ältester von Canara, schien unbeeindruckt.

»Das wird Ihnen wenig nützen, Praetor. Wer wird die Felder abernten, wenn Sie die Bevölkerung Canaras vernichten? Außerdem habe ich für alle Fälle gewisse Vorsichtsmaßnahmen getroffen.«

»Sie?«

Die Verachtung in der Stimme des Praetors war nicht zu überhören.

»Ja. Sie scheinen nicht davon überzeugt zu sein. Jaael!«

Ein junger Mann trat aus dem Schatten hervor, die schlanke Gestalt und die goldenen Augen typisch für die Bewohner Canaras.

»Jaael, bitte erkläre dem Praetor den derzeitigen Stand der Dinge.«

»Als wir die Identität unserer Besucher feststellten, haben wir die planetarische Verteidigung aktiviert...«

»Ich sehe keine Verteidigungsmaßnahmen. Ich sehe

nicht einmal Waffen. Wir werden uns nehmen, was wir haben wollen. Wenn Sie schon versuchen, mich zu betrügen, müssen Sie noch viel dazulernen.«

»Sie sprechen zweifellos aus Erfahrung, doch warten Sie ab«, antwortete Romm Joramm.

Jaael fuhr fort.

»Die Brandsätze sind entsichert und werden auf unseren Befehl gezündet. In einer Minute stehen die Felder in Flammen. In einer Stunde ist nichts mehr übrig.«

»Sie wollen sich selbst vernichten?« Es war dem Praetor nicht möglich, das Entsetzen aus seiner Stimme zu bannen.

»Vielleicht. Doch werden wir so erhalten, was wir sind. Und wir werden nicht unseren Feinden geholfen haben. Sie sehen keine Anzeichen von Krieg? Aber wir sind ein Kriegervolk. Wir verbringen unser ganzes Leben in ständigem Krieg gegen unsere Umwelt. Wir müssen kämpfen, um zu überleben. Und wir haben gelernt, uns vorzubereiten. Wir sind auch auf Sie vorbereitet.«

Das Gesicht des Praetors war eine Maske der Niederlage. Er war völlig durcheinander.

»Das Gespräch ist beendet.« Joramms Stimme war plötzlich hart. »Sie und Ihre Flotte werden Canara verlassen, oder Canara stirbt. Sie haben sechs Stunden, Praetor.«

Joramm wandte den Kopf ab und schloß damit den Praetor so völlig aus, als ob er ihm eine Tür vor der Nase zugeschlagen hätte.

Der Praetor war beleidigt worden, das war ihm klar. Dieser gebrechliche alte Mann hatte gewagt, der Macht des Romulanischen Imperiums zu trotzen – das konnte er nicht hinnehmen. Es mußte einen Weg geben, diesen jämmerlichen alten Narren zu schlagen. Er würde ihn finden; und wenn nicht – wenn das Imperium sterben mußte –, würde er zumindest die Genugtuung haben, Canara das Blut aus den Adern gesogen zu haben. Er würde diese Leute nicht töten – o nein! Er würde nur ihren Planeten so in Schutt und Asche legen, daß nichts und niemand darauf überleben konnte. Das Wasser würde giftig, das Land unfruchtbar sein. Canara würde einen langen, qualvollen Hungertod sterben. Wie immer das Ergebnis auch aussehen mochte, Canara würde nicht gewinnen.

»Captain! Eine Nachricht von Star Fleet Command kommt herein. Chiffriert und über den Scrambler.«

»Schalten Sie sie auf den Bildschirm«, sagte Captain Garson.

»Jawohl, Sir.«

Iota verzog das Gesicht, als Admiral Poppaelias kantiges Gesicht erschien.

»Captain Garson, Admiral Iota.«

Poppaelias Förmlichkeit war für beide beunruhigend.

»Admiral«, antwortete Garson.

»Wir haben neue Informationen über das romulanische Problem erhalten. Die Lage ist gefährlicher, als wir annahmen. Es hat den Anschein, als seien die Romulaner tatsächlich in den Raum der Föderation eingedrungen...«

»Was habe ich Ihnen gesagt? Aber Sie wollten mir ja nicht glauben. Was werden Sie dagegen unternehmen? Oder ist es bereits zu spät dazu?« unterbrach Iota heftig.

»Dazu werde ich gleich kommen. Es sieht so aus, als hätten wir trotz allem eine Chance, den Frieden zu erhalten. Ihre Absichten sind nicht kriegerisch.«

Poppaelia ignorierte Iotas empörten Ausbruch, doch Garsons ungläubiger Gesichtsausdruck beunruhigte ihn. Wenn er Garson verlor, gab es keine Möglichkeit, Iota unter Kontrolle zu halten, und das würde dann das Ende bedeuten.

»Die Romulaner sind von einer Seuche unglaublichen Ausmaßes heimgesucht worden: Sie brauchen dringend medizinische Hilfe.«

»Warum haben sie dann nicht darum ersucht?« bellte Iota.

»Hätten Sie sie Ihnen gegeben? Darum nicht. Ihre Reaktion spricht für sich. Sie erkannten, daß sie keine Hilfe erwarten konnten, also beschlossen sie, sich das Material, das sie brauchten, entweder zu kaufen oder es sich mit Gewalt zu nehmen.«

»Sir, darf ich nach der Quelle Ihrer Information fragen?« sagte Garson.

»Ja. Sie ist absolut zuverlässig: Kirk und die *Enterprise.* Es hat den Anschein, als ob er einen romulanischen Offizier gefangengenommen hat, der die Geschichte bestätigt. Außerdem hat der Bordarzt der *Enterprise* ausreichende Beweise für die Existenz dieser Krankheit. Er hat ein Vakzin entwickelt, das die Seuche eindämmen kann... wenn es schnell genug hergestellt und verabfolgt wird.«

»Sir, hat man einwandfrei klären können, wer der Gefangene von wem war? Es ist absolut atypisch für einen Romulaner, sich gefangennehmen zu lassen.«

Zum ersten Mal seit ihrem ersten Zusammentreffen betrachtete Iota den Captain der *Potemkin* mit einem Anflug von Respekt.

»Zweifelsfrei. Nach meiner Ansicht zumindest. Soweit ich es beurteilen kann, hat Kirk absolute Handlungsfreiheit. Ich habe ihm eine Frist von zwei Solar-Tagen gegeben, irgendeine Lösung zu finden.«

»Glauben Sie nicht, daß dies eine Entscheidung ist, die nur vom ganzen Rat getroffen werden kann?« fragte Iota scharf.

»Dazu war keine Zeit. Die romulanische Flotte ist bei Canara. Kirk befindet sich auf dem Weg dorthin. Er ist von mir autorisiert, als Bevollmächtigter der Föderation zu fungieren und zu versuchen, eine Einigung herbeizuführen. Bis dahin werden Sie keinerlei bewaffnete Aktion unternehmen – außer zur Selbstverteidigung. Gerechtfertigte Selbstverteidigung. Ist das klar? Sie sind über die Situation informiert worden, Gentlemen.«

Poppaelias Gesicht verschwand vom Bildschirm, und die gemeinsamen Kommandeure blickten einander an.

»Ich kann es einfach nicht glauben.«

Iotas Gesicht war hart, und seine Stimme verriet absolute Überzeugung.

»Ich gebe zu, daß es sehr viel Glauben erfordert, Admiral. Doch ich kenne Kirk, und sein Wort hat sich noch immer als solider erwiesen als die meisten formalen Verträge.«

»Ich hege ja auch keinen Zweifel an der Glaubwürdigkeit Ihres Freundes, Garson, und ich kenne seinen Ruf. Aber wer kann der Art von Gehirnwäsche widerstehen, die diese Barbaren anwenden? Es ist alles ein genau ausgeklügeltes Komplott, um uns überraschend zu vernichten. Ich glaube dieses Märchen nicht.«

»Wir stehen unter Befehl, Admiral.«

»Ich kann keinerlei handfesten Beweis dafür entdecken, daß Kirk Herr der Lage ist. Er könnte genausogut eine Geisel sein und dazu verwandt werden, uns so lange in Sicherheit zu wiegen, bis die Romulaner ihre Angriffsvorbereitungen abgeschlossen haben. Ich jedenfalls werde nicht tatenlos zusehen, während die Föderation hinters Licht geführt wird.«

»Wir stehen unter Befehl«, wiederholte Garson; doch der Admiral wischte seine Worte mit einer Kopfbewegung beiseite.

»Ich werde nicht tatenlos zusehen«, sagte er noch einmal.

Iota stand hinter dem Kommandantensessel, in der Haltung eines Eroberers. Er hatte den Kopf erhoben, die Schultern gestrafft, und ein Glühen der Überzeugung stand ihm in den Augen. Garson blickte ihn mit wachsender Besorgnis an, und ihm dämmerte, daß er es mit einem Fanatiker zu tun hatte.

KAPITEL 13

›Captains Logbuch: Sterndatum dreißig-eins, zwanzig-acht Komma acht. Aufgezeichnet von Mikel Garson, Captain, USS *Potemkin*.

Wir halten Position an der Grenze der Neutralen Zone und warten auf neue Order von Star Fleet Command. Die Lage ist gespannt, die Nerven sind verbraucht, und ich habe besondere Sorgen wegen Admiral Iota. Er scheint auf eine fast pathologische Art überzeugt zu sein, daß die Romulaner darauf aus sind, einen Krieg zu provozieren. Ich muß zugeben, daß seine Argumente nicht so abwegig sind, wie ich anfangs geglaubt habe, doch ist seine Besessenheit von der ›romulanischen Gefahr‹ beängstigend. Er hat seit unserem letzten Kontakt mit Star Fleet Command seine Kabine nicht verlassen, und ich befürchte, daß er dort Pläne für irgendeine drastische Aktion ausbrütet.‹

Admiral Iota, Chef des Star Fleet-Nachrichtendienstes, Mitglied des Verteidigungsrates, von seinen Freunden Jake genannt, trat aus seiner Kabine. Besatzungsmitglieder, die ihn sahen, blickten ihn verwundert an. Das Gefühl eiserner Entschlußkraft, das ihre Blicke anzog, strömte ihm durch die Adern wie flüssiges Feuer. Er hatte die Lösung gefunden. Es gab nur einen einzigen Weg, der die völlige Sicherheit der Föderation garantierte. Warum hatte er ihn nicht schon früher gesehen? Zugegeben, er verstieß gegen die Befehle dieser gackernden Großmutter Poppaelia, doch das war lediglich eine Formsache. Wenn er seinen Plan erfolgreich durchgeführt hatte und ein Held war, der Retter der Föderation, würde niemand danach fragen. Und wenn doch, so nur, um sein Handeln nachträglich zu rechtfertigen. Er lächelte, als er durch die letzte schwere Tür schritt, die ihn von seinem Ziel trennte. Die Tür glitt hinter ihm zu und verbarg seine Anwesenheit. Ein Schild an der Wand trug die Inschrift: ›Hilfsbrücke‹.

»Captain! Meine Ruder-Konsole spricht nicht mehr an! Ich kann das Schiff nicht mehr steuern!«

»Sind Sie sicher? Überprüfen Sie sie.«

Arvielas Kopf beugte sich über die Konsole, als sie die Stromkreise kontrollierte. Ihre silbern emaillierten Fingernägel drückten auf Knöpfe.

»Nein, Sir. Hier ist alles in Ordnung. Der Strom ist abgeschaltet – zu einem anderen Abnehmer umgeleitet worden.«

»Maschine! Haben Sie Schwierigkeiten?«

»Nein, Sir. Hier ist alles in Ordnung.« Die Stimme des Ingenieurs klang überrascht.

»Captain... die Phaser sprechen auch nicht mehr an. Es ist, als ob ein Hauptschalter umgelegt worden wäre.«

»Gehen Sie auf manuelle Bedienung.«

»Keine Reaktion, Sir.«

Garson sah, wie Arviela ihre Konsole zum dritten Mal durchprüfte. Und plötzlich wurde seine Besorgnis um Iota zu einem harten Stein der Gewißheit in seinem Magen: Er wußte, was geschehen war. Iota hatte die manuellen Sicherungen sabotiert, die Hilfsbrücke übernommen und war in diesem Moment dabei, den Haupt-Computer abzuklemmen.

»Hilfsbrücke!« rief Garson ins Intercom. »Admiral Iota!«

»Ja, Captain?« antwortete Iota, seine Stimme triefend vor Sarkasmus.

»Admiral, ich muß Sie ersuchen, Ruder- und Phaserkontrolle wieder auf die Brücke zurückzugeben.«

»Das werde ich nicht tun.«

»Admiral, ich möchte Sie daran erinnern, daß ich der militärische Kommandeur dieses Unternehmens bin.«

»Und ich möchte Sie an meinen Dienstgrad und an meine Position im Verteidigungsrat erinnern. Glauben Sie wirklich, daß Star Fleet Command im Ernstfall Ihr Wort über das meine stellen wird?«

»Meine Autorisierung – vom Vorsitzenden des Verteidigungsrates – ist schriftlich niedergelegt.«

»Mag sein, mag sein«, antwortete Iota, »doch das gilt nur für normale Zeiten. Wir befinden uns jetzt im Kriegszustand, und der Krieg erfordert drastische Maßnahmen. Wenn wir hier herumsitzen und darauf warten, daß die Romulaner als erste feuern, vergeben wir die beste Chance, die wir haben.«

»Admiral, bis jetzt hat noch niemand etwas unternommen! Die Romulaner sind rechtmäßig hier. Sie dürfen nicht auf sie feuern!«

»Die romulanische Flotte ist in den Raum der Föderation eingedrungen.«

Iotas Stimme sprach die Worte wie ein religiöses Glaubensbekenntnis. Garson stand dieser selbstgerechten Überzeugung hilflos gegenüber. Physische Kämpfe konnte er austragen, mit diplomatischen Schwierigkeiten konnte er fertig werden, doch wußte er nicht, wie er Iotas Blindheit begegnen sollte.

»Admiral, warten Sie! Bitte, geben Sie mir etwas Zeit. Angreifen können Sie doch immer noch. Geben Sie mir nur ein wenig Zeit!«

»Wir haben keine Zeit mehr.«

»Doch, die haben wir. Einen Tag! Geben Sie mir einen Tag, dann werde ich nachgeben.«

Garson entdeckte einen Ausdruck von Unsicherheit im Gesicht des Admirals und stieß nach.

»Tun Sie es für die Föderation, die Sie lieben. Geben Sie dem Frieden eine Chance, bevor Sie sie in den Krieg stürzen. Bitte, Admiral, denken Sie an die Föderation.«

»Ich denke nur an die Föderation. Also gut, Captain. Einen Tag. Aber das ist alles. Wenn am Ende dieser Frist keine Friedenserklärung vorliegt, wird dieses Schiff den Feind angreifen. Einen Tag«, wiederholte der Admiral und schaltete das Intercom aus.

Captain Garson atmete tief ein und ließ die Luft langsam wieder aus den Lungen strömen. Einen Tag Frist. Er hatte kein Schiff, keine Waffen. Doch zumindest waren die anderen Schiffe intakt – und er besaß noch seine Kommunikation. Er hatte Iota gesagt, daß es eine Sache des Glaubens sei, sich auf Kirk zu verlassen. Die Wahrheit dieser seiner Worte wirkte jetzt wie Hohn.

»Lieutenant, verbinden Sie mich mit Poppaelia. Blocken Sie die Transmission ab, damit sie nicht von der Hilfsbrükke aus abgehört werden kann.«

»Jawohl, Sir. Ich habe ihn, Sir.«

»Auf den Bildschirm.«

»Ja, Garson?«

Poppaelia klang verärgert, und Garson konnte es ihm nicht übelnehmen.

»Es tut mir leid, Ihnen noch eine Last aufladen zu müssen, Sir. Ich muß Ihnen melden, daß Admiral Iota sich in der Hilfsbrücke verbarrikadiert und Waffen-, Ruder- und Navigationssystem in seine Gewalt gebracht hat. Er weigert sich zu glauben, daß die Romulaner keinen Krieg wollen. Er hat mir ein Ultimatum gestellt: Wenn er innerhalb von vierundzwanzig Stunden keinen unwiderleglichen Beweis dafür hat, daß der Friede erklärt worden ist, will er die in der Neutralen Zone befindlichen romulanischen Schiffe angreifen.«

»Mein Gott!«

Garson nickte.

»Ich werde mein möglichstes tun, ihn auszumanövrieren, Sir, aber ich sehe nur eine wirklich sichere Methode, ihn aufzuhalten.«

»Warten Sie damit bis zum allerletzten Moment. Reden Sie mit ihm. Versuchen Sie, ihn zur Vernunft zu bringen. Ich weiß, er ist ein Fanatiker, glaube jedoch nicht, daß er wahnsinnig ist. Ich meine, Sie könnten trotz allem mit ihm reden.«

»Sir, er hat wenig Achtung vor mir.«

Poppaelia schnaubte.

»Er hat wenig Achtung vor irgend jemandem, aber er respektiert Tatsachen. Tun Sie Ihr möglichstes. Wenn Kirk Erfolg hat…«

Poppaelia ließ den Satz in der Luft hängen, und sein Gesicht verblaßte vom Bildschirm. Kirk war der Angelpunkt der Situation. Wenn es ihm gelang, die Dinge im Sinn der Föderation zu lösen – und er hatte das schon in einigen schwierigen Situation geschafft –, mochte es einen Weg geben, die Besessenheit des Admirals zu entschärfen. Garson klammerte sich an diesen Strohhalm der Hoffnung.

»Captain, ich habe Canara auf den Sensoren. ETA: vierzig Minuten.«

»Sehr gut, Mister Spock. Mister Chekov, bringen Sie uns in Standard-Orbit um Canara, aber achten Sie darauf, daß die romulanische Flotte sich immer auf der anderen Seite des Planeten befindet.«

»Das würde einen getarnten Anflug erfordern, Captain«, antwortete der Navigator. »Für den brauche ich etwas mehr Zeit.«

»Tun Sie es. Ich will nicht, daß die Romulaner etwas von unserer Anwesenheit wissen – noch nicht.«

»Jawohl, Sir.«

Spock wandte sich von seiner Computer-Station ab und trat zu Kirk. Der Captain blickte auf. In seinen Augen stand eine unausgesprochene Frage.

»Ich habe mich über die Canaraner informiert, Sir. Sie sind tatsächlich ein primitives und kriegerisches Volk, jedoch bemüht, ihren Wissenshorizont zu erweitern. Der Vorsitzende des canaranischen Ältestenrates, Romm Joramm, ist sozusagen der Motor dieser Bestrebungen. Ich glaube, wenn wir ihn dazu bringen können, mit den Romulanern zu verhandeln, besteht durchaus Hoffnung, daß Blutvergießen vermieden wird.«

»Dieser Romm Joramm... wie steht er zur Föderation?«

»Es ist allein ihm zu verdanken, daß Canara Mitglied der Föderation wurde.«

»Dann müßte es uns gelingen, irgendein Übereinkommen zu erzielen.«

»Ja... aber es wäre sehr unklug, die Halsstarrigkeit und Widerborstigkeit der Canaraner nicht in Rechnung zu stellen. Wenn sie sich einmal für einen bestimmten Kurs entschieden haben, sind sie so leicht nicht wieder davon abzubringen.«

Uhura preßte den Hörer des Subraum-Empfängers fester ans Ohr und legte den Kopf schief, als sie versuchte, ein kaum hörbares Signal zu verstehen.

»Sir, ich empfange einen Notruf von Canara. Er ist sehr leise, Sir. Sie erbitten Hilfe von Star Fleet.«

»Gut. Dann werden wir ihnen auf jeden Fall willkommen sein.«

»Wirklich eine glückhafte Entwicklung«, kommentierte Spock.

»Jim, so willkommen wir den Canaranern auch sein mögen, wie, glaubst du, werden sie reagieren, wenn sie feststellen, daß sich Romulaner an Bord der *Enterprise* befinden?« fragte Doktor McCoy.

»Das ist wirklich ein Problem«, murmelte Kirk mit einem Blick auf S'Talon.

»Sie haben recht, Captain«, antwortete der. »Die Canaraner könnten glauben, daß sie manipuliert werden sollen. Und wenn Sie mich als Kriegsgefangenen vorstellen, werden sie mich bestimmt nicht als Vertreter meines Volkes akzeptieren.«

»Hmmm... Lieutenant Uhura, stellen Sie eine Verbindung mit Canara her... über Scrambler. Ich möchte mit Romm Joramm sprechen.«

»Jawohl, Sir.«

»Vielleicht wäre es besser, Captain, wenn ich mich für die Dauer Ihres Gesprächs zurückzöge«, sagte S'Talon.

»Danke, Commander. Das wäre sehr klug. Doktor McCoy, würdest du den Commander begleiten?«

»Mit dem größten Vergnügen. Commander?«

Der Romulaner blickte Kirk an, eine Warnung vor Verrat. Er sah den Ausdruck von Verstehen in den braunen Augen des Terraners. ›Vertrauen Sie mir!‹ sagten sie ihm. Ihm blieb gar nichts anderes übrig: Vertrauen war die einzige

Chance, die dem Imperium verblieben war. Was ihn selbst betraf, so wußte er, daß er keine Chance hatte. Wenn er das Gesicht des Praetors sähe, stünde darin sein Todesurteil.

»Ich habe Romm Joramm, Sir.«

Kirk wartete, bis S'Talon und McCoy die Brücke verlassen hatten, bevor er antwortete.

»Schalten Sie ihn auf den Bildschirm, Lieutenant.«

»Ja, Sir«, antwortete Uhura.

Kirk war noch nie einem Canaraner begegnet. Mit Ausnahme der oberflächlichsten Gemeinplätze und der Informationen, die Spock ihm gegeben hatte, wußte er nichts über Canara, doch Romm Joramm beeindruckte ihn. Die große Würde, die dieser Mann ausstrahlte, verlieh seinem schmächtigen Körper Statur. Sie floß durch seine Bewegungen und zeigte sich in dem Faltenwurf seiner Robe. Die fahlgoldenen Augen wirkten durchsichtig.

»Willkommen!« sagte er. »Ich bin Romm Joramm, Vorsitzender des Ältestenrates.«

»James Kirk, Sir. Kommandant der USS *Enterprise*. Wir haben Ihren Notruf aufgefangen.«

»Ja. Wir brauchen dringend Hilfe. Wir haben eine Invasion der Romulaner. Sie sind als Händler getarnt gekommen und haben von unserem Korn verlangt. Als wir sie zurückwiesen, erklärten sie, daß sie sich dann nehmen würden, was sie brauchten. Wir haben ihnen gedroht, die gesamte Ernte zu vernichten. Doch wenn wir das tun, werden sie sicher uns vernichten.«

»Sir, wären Sie bereit, den Romulanern Ihr Korn zu verkaufen – zu einem fairen Preis?«

Kirks Gesicht zeigte die ganze ernste Ehrlichkeit eines Cherubs.

»Wenn sie offen zu uns gekommen wären... aber so... nein. Sie haben gelogen, also müssen sie die Konsequenzen dafür tragen. Aber warum fragen Sie? Stehen Sie auf ihrer Seite? Ist dies ein Trick?«

Die Stimme des alten Mannes klang plötzlich scharf, und Kirk dankte der Vorsehung, die sich S'Talon von der

Brücke entfernt hatte. Es war eine sehr kluge Entscheidung gewesen.

»Nein, nein. Doch gibt es besondere Umstände.«

Romm Joramm beherrschte sein aufsteigendes Mißtrauen und wartete auf eine Erklärung. Der Captain begann.

»Das Romulanische Imperium wird selbst angegriffen – nicht durch eine militärische Macht, sondern von einer Krankheit. Eine tödliche Seuche hat bis jetzt ein Drittel der Bevölkerung dahingerafft. Es gibt ein Medikament, das dieser Seuche Einhalt gebieten kann, doch zu seiner Herstellung benötigen sie Ihr Korn. Ihre eigenen Bestände sind längst verbraucht. Sie sind verwundet zu Ihnen gekommen und deshalb reizbar und gefährlich, weil sie nichts mehr zu verlieren haben. Wenn Sie Ihnen Ihr Korn verkaufen, besteht die Möglichkeit, daß das Romulanische Imperium überlebt, und Sie würden dadurch einen galaktischen Krieg verhindern.«

»Die Romulaner sind Feinde der Föderation. Warum lassen wir sie nicht einfach sterben? Das Leben dieses Planeten wäre kein zu hoher Preis für das Überleben der ganzen Föderation, für die Ausschaltung dieser ständigen Bedrohung.«

»Sir, ich will offen zu Ihnen sein. Es gibt viele, die Ihrem Vorschlag nicht widersprechen würden. Es scheint eine überaus praktische Lösung zu sein. Doch er bedeutet Krieg. Und Krieg bedeutet Leid und Tod für beide Seiten. Es liegt in unserem Interesse, ihn zu verhindern.«

Joramm dachte darüber nach.

»Ich verstehe«, sagte er und lächelte plötzlich. »Es bedeutet, daß wir das, was wir tun möchten, dem Wohlergehen der Allgemeinheit unterordnen müssen. Das ist eine Maxime, Captain, nach der ich mein ganzes Leben auszurichten versucht habe, obwohl ich bezweifle, daß es mir jemals gelingen wird. In diesem Fall jedoch sehe ich im Beugen meines Willens ein Mittel zum Profit. Canara wird nicht nur überleben, es wird reich werden – zumindest nach unseren Maßstäben.«

Der Captain fühlte, wie Erleichterung durch seinen Körper flutete. Er erwiderte Joramms Lächeln. »Ich danke Ihnen«, sagte er.

»Ich danke ihnen, junger Mann. Ich bin in Ihrer Schuld dafür, daß Sie meinen Willen gezähmt haben. Sie sind«, setzte er mit einem Augenzwinkern hinzu, »ein Mann von großer Überzeugungskraft.«

»Ich habe selbst einen starken Willen, Sir«, antwortete Kirk, »und er ist oft von einem Freund gezähmt worden.«

S'Talon hielt das dickfleischige Blatt eines Veilchens in der Hand, berührte die zarte blau-weiße Blüte. McCoy beschäftigte sich damit, verwelkte Blüten von einem kleinen Magnolienbaum zu entfernen. Er behielt den Romulaner im Auge, ließ ihn jedoch allein. Der frische Geruch wachsender Pflanzen lag in der Luft des botanischen Laboratoriums. Hätte eine kleine Brise geweht, hätte der Arzt seine Augen schließen und sich vorstellen können, zu Hause in Georgia zu sein.

»Welche Üppigkeit auf der Erde herrschen muß, daß sie soviel Schönheit hervorbringen kann, Doktor.«

Die bewegungslose Luft dämpfte S'Talons Stimme, und die tiefe Stille der Pflanzen verschluckte sie; trotzdem hörte McCoy die gemurmelte Bemerkung.

»Ja, das ist so«, antwortete er.

S'Talon blickte auf. Dunkle romulanische Augen unter schrägstehenden Brauen tasteten das Gesicht des Terraners ab. Es zeigte einen Schmerz, den er nicht begriff. »Fehlt Ihnen etwas, Doktor? Sie sehen aus, als ob Sie sich nicht wohl fühlen.«

»Das tue ich auch nicht.«

»Dann müssen wir Hilfe herbeiholen. Ihr Lazarett...«

»Nein, Commander, ich bin nicht krank.«

McCoy zögerte, da er nicht wußte, was er sagen sollte.

»Es steht Schmerz in Ihren Augen – sicherlich nicht ohne Grund.«

»Die Centurion, Commander. Es tut mir so leid. Wenn

wir das Vakzin nur rechtzeitig entdeckt hätten... sie könnte vielleicht noch am Leben sein.«

S'Talons Gedanken verdüsterten sich. Er würde den Verlust S'Tarleyas sein ganzes Leben lang spüren, doch war niemand schuld daran. Falls es irgendeine Schuld geben sollte, so lag sie bei ihm, bei seiner Blindheit. Er wandte sich um, und der Blick der dunklen Augen suchte den des Arztes.

»Es war nicht zu ändern, Doktor. S'Tarleya war glücklich, daß es für die anderen eine Chance gibt. Sie sagte mir, Sie hätten ihr erklärt, daß sie das Werkzeug ihres Überlebens sei.« Diese Menschen waren die seltsamste Kombination von Stärke und Schwäche. »Besteht Hoffnung dazu, Doktor? Kann Ihr Captain Wunder vollbringen?«

McCoy lächelte.

»Manche glauben, daß er es kann, Commander. Er wird sein Bestes geben – und das ist außergewöhnlich.«

»Dafür, Doktor, habe ich reichlich Beweise«, antwortete S'Talon.

»Er ist einmalig«, sagte McCoy.

»Wir wollen es hoffen«, sagte S'Talon so inbrünstig, daß McCoy lächeln mußte.

Das Intercom meldete sich mit einem Pfeifton, und McCoy verschwand hinter einem großen Philodendron, um sich zu melden.

»Hier McCoy.«

»Hier Kirk, Pille. Die Canaraner haben sich bereit erklärt, ihr Korn an die Romulaner zu verkaufen, und S'Talon als Vertreter des Romulanischen Imperiums akzeptiert. Bitte, bring S'Talon hierher zurück. Es ist an der Zeit, den Falken die Haube überzustreifen.«

»Das dürfte nicht einfach sein, Captain.«

Kirk drehte sich mit seinem Sessel herum und blickte seinen Ersten Offizier an.

»Das kann man wohl sagen«, murmelte er. »Aber wir müssen sie in die schlechtere Position bringen.«

»Sie sind bereits in einer theoretisch schlechteren Position. Sie sind in unser Gebiet eingedrungen und haben ein Mitglied der Föderation bedroht«, sagte Spock. »In der Praxis sieht das Bild natürlich völlig anders aus.«

»Ein Schiff gegen die ganze romulanische Flotte«, nickte Kirk. »Ein Schiff. Unsere Chance besteht darin, sie zu überraschen, die Situation intellektuell zu beherrschen.«

»Erreichen Canara«, meldete Sulu.

»Standard-Orbit, Mister Sulu.«

»Jawohl, Captain. Standard-Orbit.«

»Captain, die romulanische Flotte befindet sich auf der anderen Seite des Planeten«, meldete Chekov.

Der Captain fuhr sich mit einem Finger über die Unterlippe.

»Mister Chekov, berechnen Sie einen Kurs, der uns direkt zwischen die romulanischen Schiffe bringt. Keine Schilde. Doktor McCoy zur Brücke«, setzte er, an Uhura gewandt, hinzu.

Chekov und Sulu tauschten Blicke miteinander. Chekov atmete tief durch und führte den Befehl Kirks aus.

»Kurs errechnet, Sir«, sagte er dann.

»Warp eins, Mister Sulu.«

»Warp eins, Sir.«

Die *Enterprise* glitt mit der Eleganz eines alten Clippers unter vollen Segeln in das Herz der romulanischen Flotte. Vor dem Flaggschiff des Praetors ordnete sie sich in den Verband ein.

»Der Mann ist verrückt!«

»Nicht verrückt, mein Praetor, sondern sehr, sehr klug«, sagte ein romulanischer Offizier. »Das ist die *Enterprise*, unter dem Kommando von Kirk. Ich habe ihm schon einmal gegenübergestanden. Der Mann tut nichts ohne Grund.«

Der Praetor starrte auf das Schiff der Föderation.

»So also kauft S'Talon uns Zeit!« sagte er verächtlich. »Ich werde mit diesem Kirk sprechen! Schaffen Sie mir eine Verbindung.«

»Sofort, Praetor.«

Die Sterne schmolzen vom Bildschirm des romulanischen Schiffes, und an ihrer Stelle erschienen die Gesichter von Aliens – Aliens bis auf einen.

»S'Talon!« rief der Praetor wütend. »Das also ist es, was Sie für das Imperium tun!«

Er spuckte die Worte aus, und S'Talon hob den Kopf.

»Ja, mein Praetor«, antwortete er ruhig.

Der Praetor! Kirk und seine Brückencrew musterten den romulanischen Führer mit unverhohlener Neugier. Sie sahen einen fülligen Mann, dessen gutgeschnittenes Gesicht einen Ausdruck von Hochmut, Leidenschaft und skrupelloser Selbstsucht zeigte.

»Wo ist Ihr Schiff, S'Talon? Und wo ist Ihre Crew?« fragte der Praetor mit seidenweicher Stimme, deren Unterton jedoch rasiermesserscharf klang.

»Sein Schiff ist vernichtet, und seine Crew ist entweder tot oder an Bord dieses Schiffes.«

»Kirk«, erriet der Praetor den Namen des Sprechers.

»Richtig«, antwortete er.

»Also: Sie haben S'Talon und seine Crew, und ich habe Sie. Eine interessante Situation.«

»Mehr als interessant, Sir: katastrophal. Für Sie, wenn Sie die Situation dazu machen wollen.«

»Für mich, Captain? Ich glaube kaum, daß Sie in einer Position sind, mir zu drohen.«

»Nein«, sagte Kirk und blickte ihn herausfordernd an. »Ich bin gekommen, mit Ihnen zu verhandeln – um unser Leben, um das Leben des Romulanischen Imperiums.«

»Das Romulanische Imperium geht Sie nichts an, Captain.«

»Sie sind in den Raum der Föderation eingedrungen; deshalb geht es mich etwas an. Ihr Volk stirbt. Wenn Sie nicht sofort Hilfe erhalten, wird es bald kein Imperium mehr geben, nur noch eine Handvoll Überlebender hier und dort.«

»Wir können ohne Ihre Weisheit auskommen, Captain.«

»Nein. Sie haben bereits festgestellt, daß die Canaraner treu zur Föderation stehen. Ohne die Zustimmung der Föderation werden sie Ihnen nie ihr Korn geben, das Sie so dringend brauchen. Und Sie werden es sich auch nicht mit Gewalt nehmen können. Wenn Sie das versuchen sollten, werden sie ihre gesamte Ernte vernichten. Sie brauchen mich, Praetor.«

»Soll ich mich vielleicht darauf verlassen, daß die Föderation ihren Feinden aus reiner Gutmütigkeit medizinische Hilfe gewährt?«

»Es bleibt Ihnen gar nichts anderes übrig. Und von Gutmütigkeit kann keine Rede sein. Canara ist Mitglied der Föderation und genießt als solches Schutz und Hilfe der Föderation. Also können wir nicht zulassen, daß Sie hier nach Belieben plündern. Durch Ihr Eindringen in den Raum der Föderation haben Sie den sehr zerbrechlichen Frieden zwischen uns in Gefahr gebracht. Wir wollen keinen Krieg. Seine Kosten wäre für beide Seiten astronomisch. Und Canara ist die nächstgelegene Quelle für das begehrte Korn. Bis Sie eine andere entdeckt haben, wäre es zu spät.«

»Was Sie sagen, hat den unangenehmen Klang der Wahrheit«, murmelte der Praetor.

»Ein Imperium von Toten ist kein Imperium«, sagte Kirk. »Ich bin immer von der militärischen Qualität der romulanischen Krieger beeindruckt gewesen. Sie können sich glücklich schätzen, Sir, daß Sie Offiziere wie Commander S'Talon in Ihren Reihen haben. Seine Weitsicht kann die Situation retten. Ich bin sicher, daß der Imperator einen Mann, dem das Überleben des romulanischen Volkes zu verdanken ist, reich belohnen wird. Ein solcher Mann würde überall mit den höchsten Ehren ausgezeichnet... und für den, der seine Gaben richtig erkannte, wäre... die Belohnung...unermeßlich groß.«

Kirk sah, wie der Praetor an dem Köder roch. Ruhm und Reichtum haben einen guten Duft, und der Romulaner wäre seiner Verlockung fast erlegen, als er seine Begierde plötzlich zügelte.

»Das Wohlergehen meines Volkes ist stets mein oberstes Bestreben«, sagt er salbungsvoll.

»Selbstverständlich, Sir«, sagte Kirk und unterdrückte ein Lächeln.

»Wenn Sie S'Talon an Bord beamen, können wir mit den Verhandlungen beginnen«, erklärte der Praetor.

»Das halte ich nicht für richtig. Der Commander verfügt über Wissen, das für unser medizinisches Team wertvoll ist.«

»Das stimmt«, bestätigte McCoy.« Wir haben die Mutation innerhalb des Virus isoliert und führen ausgedehnte Versuche durch, mit denen wir die Wirksamkeit eines neuentwickelten Impfstoffes feststellen wollen.«

»Außerdem«, setzte Kirk hinzu, »ist der Commander als Vermittler unersetzlich. Die Canaraner haben S'Talon als romulanischen Vertreter akzeptiert.«

Der Praetor blickte an seiner langen schmalen Nase entlang. Jetzt konnte er S'Talon nicht mehr zum Sündenbock machen. Nun gut, aber er würde sich sein Verdienst aneignen, so daß S'Talon gerade soviel davon verblieb, um sein Leben zu retten. Das war schon mehr, als er verdiente. Er zog das Schweigen in die Länge. Und als er wieder sprach, klang seine Stimme überlegen und ein wenig gelangweilt.

»Wir werden es zulassen«, erklärte er königlich.

Kirk lächelte.

»Gut. Dann sollen die Verhandlungen sofort beginnen. Der Commander wird Sie über die Einzelheiten informieren.«

Kirk trat zurück und überließ S'Talon die alleinige Benutzung der Funkverbindung.

»Es sieht aus, als ob Sie eben eine Katastrophe verhindert hätten, Captain.«

Spock stand neben ihm.

»Drücken Sie uns die Daumen!« antwortete der Captain.

»Welche Wirkung könnte es haben, wenn man die Daumen drückt? Ich wußte nicht, daß die Menschen über außerordentliche Fähigkeiten verfügen...«

Kirk lachte leise, und die Spannung löste sich.

»Die haben nur Sie, Spock.«

KAPITEL 14

S'Tokkr, Wissenschaftsoffizier des romulanischen Schiffes *Eagle,* rieb sich mit dem Handrücken die Stirn. Er wußte, daß er krank war, hatte jetzt aber keine Zeit, sich um die Schwäche des Fleisches zu kümmern. Ohne sein Wissen wäre die Brückencrew hilflos gewesen. Das Schiff war gefährlich unterbemannt – mehr noch als jene Schiffe, die sich im Verband des Praetors befanden. Zur Zeit war er sowohl für seine Wissenschaftsstation als auch für die Waffen-Konsole verantwortlich.

S'Tokkr schüttelte den Kopf, um die Nebelwolken aus seinem Gehirn zu vertreiben, und wurde von Schwindel ergriffen. Sein eng sitzender Helm schien ihm die Luft zu nehmen. Er fühlte sich eingepfercht, unfähig zu atmen. In seiner Verzweiflung – Vorschriften hin, Vorschriften her – riß er ihn vom Kopf. Er atmete tief durch und zwang sich, wieder auf die Scanner zu blicken, entschlossen, auf seinem Posten durchzuhalten. Er blinzelte, zwang seine Augen, sich auf die Reihe der kleinen Bildschirme einzustellen. Die flackernden Computer-Diagramme übten eine hypnotische Wirkung auf ihn aus, und er wußte, daß er es nicht schaffen würde.

Er öffnete den Mund, um Hilfe herbeizurufen, doch es kam kein Ton heraus. Seine Augen rollten nach oben, und er sank auf der Konsole zusammen.

»Captain!«

Ein Maschinentechniker deutete auf S'Tokkrs reglose Gestalt.

Der romulanische Kommandant knurrte einen Fluch.

»Schafft ihn fort!«

S'Tokkrs Körper wurde von der Konsole gezerrt. Seine leblosen Hände glitten über die Bedienungsknöpfe. Ein Finger stieß gegen einen kleinen orangefarbenen Hebel und legte ihn um. Niemand bemerkte es.

»Captain, das Tarnsystem!«

Arvielas Ausruf riß Captain Garson aus seinen Gedanken. Er blickte auf den Bildschirm und sah gerade noch, wie die Konturen des letzten romulanischen Schiffes erloschen.

»Status des Schiffes?«

»Unsere Schilde sind aktiviert worden.«

»Geben Sie mir eine Verbindung zu den anderen Schiffen des Verbandes!«

»Wir haben Kurs auf die Neutrale Zone«, unterbrach der Navigator.

»Sie können sprechen, Sir.«

»Hier ist Garson von der *Potemkin.* Sie wissen alle, wie die Lage steht. Kein Schiff dieses Verbandes dringt in die Neutrale Zone ein, ohne daß ich es ausdrücklich befehle.« Es trat eine bedrückende Pause ein. »Falls die *Potemkin* sich auf die Neutrale Zone zu bewegen sollte, werden alle anderen Schiffe sie blockieren. Falls sie das nicht aufhält, sind Sie autorisiert, sie abzuschießen. Sie müssen sie mit allen Mitteln aufhalten.«

Garson gab durch eine Handbewegung zu verstehen, daß die Verbindung unterbrochen werden sollte, und sagte dann: »Geben Sie mir Iota.«

Iota saß zusammengekauert in seinem Sessel. Er hörte das Rufzeichen des Captain nicht. Er konzentrierte sich auf den Kurs, den er festlegte und der das Schiff zu der letzten Position der romulanischen Schiffe bringen sollte.

»Geben Sie auf, Admiral!«

In Garsons Stimme lag ein Befehlston, den Iota bis dahin noch nicht gehört hatte.

»Sie haben ihr Tarnsystem aktiviert. Das heißt, daß sie angreifen! Ich werde ihnen zuvorkommen!«

Iota drückte auf einen Knopf, und Arviela murmelte: »Er ist auf halbe Impulskraft gegangen.«

»Dieses Mal halte ich die höhere Karte, Admiral«, sagte Garson.

Iotas Arroganz wich einem Ausdruck ungläubigen

Schreckens, als er sah, wie die anderen Schiffe des Verbandes in den Kurs der *Potemkin* glitten. Seine Sensoren verrieten ihm, daß ihre Verteidigungsschilde aktiviert waren.

»Schachmatt, Admiral!«

»Was soll das bedeuten?«

»Wenn Sie versuchen sollten, die *Potemkin* in die Neutrale Zone zu bringen, werden die anderen Schiffe uns abschießen.«

»Die Romulaner greifen an.«

»Aber wir nicht.«

»Sie bluffen!«

»Das können Sie leicht feststellen.«

Garsons Stimme war eisig.

Iota zögerte, dann drückte er einen anderen Knopf, und das Schiff hing reglos im Raum.

»Ich habe Ihnen ja vierundzwanzig Stunden Frist gegeben. Acht davon verbleiben Ihnen noch. Danach aber werde ich das tun, was ich für richtig halte. Das Gespräch ist beendet.«

Der Bildschirm wurde dunkel. Garson erhob sich von seinem Sessel und begann auf der Brücke hin und her zu gehen. Sein Stirnrunzeln grub v-förmige Falten in seine sonst glatte Stirn, als er einen Ausweg aus dieser unmöglichen Pattsituation zu finden suchte.

»Was!«

Tiercellus sprang mit der Geschmeidigkeit eines zwanzigjährigen Akrobaten aus dem Bett und bereute seine Hast sofort, war jedoch zu erregt, um sich um den scharfen Schmerz in seiner Seite zu kümmern.

»Es ist, wie ich es gesagt habe, Sir. Das Tarnsystem der *Eagle* wurde unbeabsichtigt aktiviert. Und weil die *Eagle* Ihr Flaggschiff ist, nahm man auf den anderen Schiffen an, daß sie sich ebenfalls tarnen sollten. Wir schätzen, daß das Geschwader seit einem Viertel unsichtbar ist«, antwortete der Kommandant der *Eagle*.

»Und die Schiffe der Föderation?«

»Eins von ihnen hat Kurs auf die Neutrale Zone genommen, wurde jedoch von den anderen abgedrängt. Sie fuhren mit aktivierten Schilden.«

»Sehr, sehr ungewöhnlich. Schalten Sie das Tarnsystem ab und geben Sie entsprechenden Befehl an die anderen. Es ist noch nicht an der Zeit, den Feind anzugreifen. Wir sind die Rückendeckung des Praetors. Das ist etwas, das wir niemals vergessen dürfen. Wir müssen jederzeit bereit sein, wenn er uns brauchen sollte.«

»Ich gehorche.«

Tiercellus verzog das Gesicht vor Schmerzen, als er seine Uniformjacke anzog. Er nahm eine Flasche, eine Phiole und ein Glas aus einem Wandschrank und goß sich eine großzügige Dosis blauen Biers ein. Das vermochte den widerlichen Geschmack der Medizin ein wenig zu überdekken. Er ließ vorsichtig drei Tropfen einer blutroten Flüssigkeit in das Bier fallen, hob das Glas und vermischte den Inhalt durch Kreisbewegungen der Hand. Jetzt hatte die Flüssigkeit eine tiefviolette Farbe angenommen. Er kippte sie mit einem Zug hinunter und machte sich auf den Weg zur Brücke.

Seine Bewegungen waren sicherer, entschlossener, als sie es vorher gewesen waren. Seine Schritte federten, als wäre er um Jahre jünger geworden. Er würde diese Begegnung nicht überleben. Er hatte sich mit seinem Schicksal abgefunden. Trotzdem aber würde er den Zeitpunkt seines Todes selbst bestimmen.

Als er auf die Brücke trat, beeilte sich der Kommandant der *Eagle,* ihm den Sessel freizumachen. Früher hätte Tiercellus diese Höflichkeitsgeste zurückgewiesen, doch nicht jetzt. Er nickte dem Kommandanten dankbar zu, als er sich in den bequemen Sessel sinken ließ.

»Rufen Sie Waffenmeister Hexce auf die Brücke!« sagte er zu dem Kommunikations-Ingenieur. »Und ich möchte mit dem Captain der *Potemkin* sprechen. Ich will versuchen herauszufinden, warum er seine eigenen Schiffe angegriffen hat.«

Hexce erschien auf der Brücke. Ein Blick reichte, um ihm den Zustand Tiercellus' zu verraten. Schweigend trat er hinter den Kommandantensessel.

»Föderations-Starship *Potemkin*. Der Oberkommandierende der Flotte, Tiercellus, möchte mit Ihrem Captain sprechen. Antworten Sie!«

Der Befehl des Romulaners wurde fast augenblicklich befolgt.

»Nun, Tiercellus, haben Sie sich entschlossen, wieder aus der Versenkung aufzutauchen?«

Die Anspielung auf Feigheit ließ den Romulaner unberührt.

»Wenn ich an Ihrer Stelle wäre, Captain«, konterte er, »würde ich mit einem überlegenen Gegner höflicher sprechen.«

»Ich kann keinerlei Anzeichen von Überlegenheit erkennen, Sir. Lediglich ein gewisses Flair für Betrug und faule Tricks.«

»Ich zumindest habe meine Leute in der Gewalt.«

»Ich etwa nicht?« fragte Garson erstaunt. Der Bluff, den er versuchte, war beachtlich.

»Ist es bei der Föderation normal, daß eins ihrer Schiffe ein anderes angreift? Ich hatte immer angenommen, Meuterei läge außerhalb der üblichen Praktiken. Aber vielleicht ist das romulanische Voreingenommenheit.«

Garson lachte amüsiert auf.

»Damit habe ich Sie aber wieder ins Freie gelockt, stimmt's?«

»Ihre Aktionen haben keinerlei Auswirkung auf die meinen«, erwiderte Tiercellus.

Garson lachte wieder.

»Ich schlage vor, daß Sie und Ihre Schiffe sich von hier entfernen – und diesmal nicht nur durch Tarnung. Ihre Anwesenheit ist für uns beide nur Zeitvergeudung.«

»Dem mag so sein, Captain, doch das Romulanische Imperium richtet sich nicht danach, was die Föderation für zweckmäßig hält. Sie werden nachgeben, Sir, entweder jetzt – oder Sie werden später auf eine sehr viel weniger...« Er machte eine Pause, und in seinen Augen stand ein amüsierter Glanz, »... humane Weise dazu gezwungen werden. Sie haben die Wahl, Sir.«

Tiercellus unterbrach die Verbindung und ließ sich in seinen Sessel zurückfallen. Er versuchte sich zu entspannen, doch Hexce sah den rasenden Puls in den hervortretenden Blutgefäßen der alten Hände.

»Sie werden bald gebraucht werden, Hexce«, sagte Tiercellus leise. »Sehr bald...«

Garson stieß den Atem mit einem erleichterten Pfeifen aus.

»Das war verdammt nahe, Sir.«

Arvielas Bemerkung wurde mit einem zustimmenden Nicken quittiert.

»Zu nahe. Wir müssen diesen Verrückten aus der Hilfsbrücke holen.«

»Ich bin alle Möglichkeiten durchgegangen, womit man ihn dort heraushebeln könnte, Sir, und habe nur Nieten gezogen. Er könnte sich für immer dort verbarrikadieren. Nichts kann ihm etwas anhaben, mit Ausnahme der Vernichtung des Schiffes«, sagte der Wissenschaftsoffizier der *Potemkin*.

»Könnten wir den Raum nicht mit einem Betäubungsgas fluten oder irgend etwas in dieser Richtung tun?«

»Nicht, ohne daß er dessen gewahr würde. Alles was wir dort tun, kann von ihm wahrgenommen werden.«

Garson dachte über das Risiko nach und fand es zu hoch. Ganz egal, was sie verwenden mochten, Iota wäre immer in der Lage, irgend etwas zu tun, bevor er das Bewußtsein verlor. Und das konnte einen Krieg provozieren. Tief in seinem Herzen wußte Garson, daß er die *Potemkin* opfern würde, um das zu verhindern.

»Dann bleibt uns also nichts weiter als der menschliche Faktor.«

Garsons Stimme klang nicht sehr vertrauensvoll. Die wenigen Reste von Vernunft in den gewundenen Korridoren von Iotas Verstand zu erreichen, mochte sich als äußerst schwierig erweisen. Er glaubte nicht, daß das Verständnis komplizierter menschlicher Beziehungen seine Stärke war. Im normalen Geisteszustand war Iota eine eingegrenzte Persönlichkeit; in seinem jetzigen Zustand war er eine Bombe, die jeden Moment hochgehen konnte. Sie mochte bereits entsichert sein und unaufhaltsam auf eine Katastrophe zusteuern. Doch Poppaelia schien eine Möglichkeit zu sehen, an ihn heranzukommen.

»Da wäre noch etws, Sir«, sagte Arvelia.

»Ja, Lieutenant?«

»Er will nicht sterben. Er hat gekniffen, als die anderen Schiffe ihn konfrontierten. Vielleicht... wenn er eine gute Entschuldigung für ein Nachgeben fände...«

»Ich verstehe, was Sie sagen wollen.«

»Verbindung mit Star Fleet Command, Admiral Poppaelia«, unterbrach Commander Yellowhorse, der an der Kommunikations-Konsole saß.

»Auf den Bildschirm.«

Poppaelias ledriges Gesicht war zu einem breiten Grinsen verzogen, und Garson spürte zum ersten Mal seit vielen Stunden Erleichterung. Poppaelia kam ohne jede Einleitung sofort zur Sache.

»Garson, wir haben von Kirk gehört! Er hat Verhandlungen eingeleitet, durch die die Föderation und das Romulanische Imperium ihre Meinungsverschiedenheiten lösen können. Kein Krieg. Das sollte Sie aus der Klemme ziehen.«

»Das ist wirklich eine gute Nachricht, Admiral. Eine sehr gute. Doch was ist mit der Situation hier?«

»Was Ihnen gegenübersteht, Garson, ist die Rückendekkung der Romulaner.«

»Ich glaube nicht, daß die Verhandlungen ihre Position ändern.«

»Könnten Sie sie nicht auffordern, sich zurückzuziehen?«

»Das haben wir bereits versucht. Ohne Erfolg. Der Praetor läßt nicht mit sich reden. Und da zumindest dieser Verband nicht gegen Bestimmungen des Abkommens verstoßen hat, können wir kaum etwas tun.«

»Ich verstehe, Admiral.«

»Machen Sie sich keine Sorgen mehr, Garson. Wir haben den Krieg verhindert.«

»Vielleicht«, murmelte Garson unhörbar. Laut sagte er: »Ich werde die Lage hier beruhigen. Abgesehen von unseren... persönlichen Schwierigkeiten... ist alles ruhig.«

»Sehr gut. Lassen Sie es mich wissen, wenn Sie Hilfe brauchen. Melden Sie sofort jede Veränderung der Situation. Ende.«

Garson nickte Yellowhorse zu. »Admiral Iota, bitte.«

Yellowhorse schaltete die Verbindung.

»Gute Neuigkeiten, Admiral.« Garson versuchte, jedes Gramm Selbstvertrauen, das er mobilisieren konnte, in seine Stimme zu legen. »Die romulanische Krise ist beigelegt. Der Friede ist erklärt worden.«

»Ich habe es gehört.«

»Dann wissen Sie auch, daß es keinen Grund für Feindseligkeiten gegen die Romulaner mehr gibt.«

»Davon weiß ich nichts. Ich sehe vier romulanische Schiffe. Sie sind nicht zurückgezogen worden. Also gibt es keinen Frieden.«

»Sie werden doch Admiral Poppaelias Worte nicht anzweifeln, Sir?«

»Pah! Diese Heulsuse? Der würde doch hundert Lügen auftischen, nur um nicht ehrlich kämpfen zu müssen. Und er hat auch gelogen.«

»Was meinen Sie damit, Admiral?«

»Geben Sie auf, solange Sie noch in der Vorhand sind, Garson. Sie wissen genausogut wie ich, daß Kirk tot ist. Sie überraschen mich, Garson. Mich kann man nicht so leicht hinters Licht führen.«

Garson sprach langsam, versuchte jedes Wort einzeln in Iotas verbohrten Schädel zu hämmern.

»James Kirk ist nicht tot. Er hat die Friedensverhandlung

zwischen der Föderation und dem Romulanischen Imperium geleitet. Es gibt keinen Grund für Feindseligkeiten!«

»Machen Sie sich doch nicht lächerlich! Aber mich legen Sie mit solchen kindischen Tricks nicht herein. Und Sie werden mich auch nicht um den Lohn meines Handelns bringen. Sie haben noch zwei Stunden Frist. Ich möchte Ihnen raten, sie zu nutzen. Ende.«

Garson stützte sich schwer auf die Ruder-Konsole. Irgendwo mußte es doch einen Schlüssel geben, der Iotas vernagelten Verstand aufschloß. Das Vertrauen in sein Urteilsvermögen mußte erschüttert werden, so hart erschüttert werden, daß ihm das Rückgrat gebrochen wurde. Es war ihm klar, daß er Beweise für jede Behauptung wollte, ganz gleich, aus welcher Quelle sie kommen mochten. Garson nannte sich einen Narren, daß er das nicht schon eher erkannt hatte. Er hatte tatsächlich erwartet, die Nachricht von Kirks Erfolg würde Iotas Einstellung ändern. Doch das war nicht der Fall gewesen. Keine Information aus zweiter Hand würde es jemals zuwege bringen. Iota mußte sich selbst überzeugen können, bevor er irgend etwas glauben würde. Als Chef des Nachrichtendienstes wurde er sicher täglich mit falschen und widersprüchlichen Gerüchten überschwemmt und hatte gelernt, nichts als harten Tatsachen zu vertrauen. Garson hatte das Gefühl, seine letzte Karte ausgespielt zu haben. Die Zerstörung der *Potemkin* begann sich als unausweichlich abzuzeichnen.

S'Talon betrachtete den bequemen, doch steril wirkenden Raum, in dem er wohnte, mit einer an Empörung grenzenden Mißbilligung. Er hatte keinerlei Grund für solche Gefühle, soweit es seine Behandlung betraf. Man trat ihm überall mit Höflichkeit und Respekt entgegen.

Er und seine Crew waren nach wie vor theoretisch Gefangene der Föderation; doch mußte er zugeben, daß dieser Status sowohl einen Schutz für ihn als auch einen Hebel gegen das Imperium darstellte. Auf Schritt und Tritt wurde er zwar von Wachen begleitet, doch daran war er gewöhnt.

Er blickte sich wieder in dem Raum um. Er enthielt alles, was er benötigte, doch nicht ein einziges persönliches Element.

Der Raum war leer, bis auf einen starken Subraum-Kommunikator, der auf die Wellenlänge des Praetors eingestellt und versiegelt war und ein tragbares Bildschirmgerät mit einer Sammlung von Videobändern, die Spock ihm freundlicherweise geliehen hatte. Und doch gab es ihm das Gefühl eines Zuhauses. Und das war es! Das war es, was ihn so aufregte.

S'Talon isolierte seine Reaktion und studierte sie. Diese leblose Atmosphäre, unberührt von seiner Persönlichkeit, war wohltuend. Hatte er immer in einer solchen Anonymität gelebt? War sie von ihm selbst geschaffen worden? Er wußte es nicht. Er wußte nur, daß sie ihm erst jetzt auffiel. S'Tarleyas Liebe, auch wenn er nur sehr kurze Zeit um sie gewußt hatte, war der Anstoß gewesen, ihm die Enge und Eingleisigkeit seines Daseins vor Augen zu führen. Zum ersten Mal in seinem Leben spürte er, daß seine Karriere ihn nicht ausfüllen konnte. Zum ersten Mal in seinem Leben war seine Pflichterfüllung nichts weiter als eine unzureichende Verteidigung gegen die Einsamkeit.

»Ich habe das Gefühl zu stören, Commander.«

Der vulkanische Erste Offizier stand in der offenen Tür und hielt etwas in seinen Händen. S'Talon war überrascht, doch froh über die Unterbrechung. Seine Gedanken führten zu einer dunklen Tür, die ihm verschlossen war.

»Im Gegenteil, ich bin froh, daß Sie gekommen sind. Ich finde meine Gedanken sehr beunruhigend.«

»Das ist sehr schlimm, da sie Ihre untrennbaren Gefährten sind.«

»Meine schlechte Laune läßt mich jede Höflichkeit vergessen. Ich danke Ihnen für Ihre Aufmerksamkeit«, sagte S'Talon und deutete auf den Stapel von Videobändern.

»Ich kenne die Auswirkungen von Langeweile nur zu gut. Sie ist ein Zustand, der bei Menschen besonders verheerende Folgen hat.«

»Sie sind eine unberechenbare Rasse, wenn Ihr Captain und Ihr Arzt für sie repräsentativ sein sollten.«

»Sie sind eine ständige Quelle des Interesses«, stimmte Spock zu. »Doch ich bin nicht gekommen, um mit Ihnen über Captain Kirk zu diskutieren.«

S'Talon mußte fast lächeln über die höfliche Zurechtweisung und über seinen unbezähmbaren Wunsch, Informationen über einen mächtigen Gegner zu sammeln.

»Was ist dann der Zweck Ihres Besuches? Ich dachte, es sei zu einer Übereinkunft zwischen meinem Volk und dem Ihren gekommen?«

»Ich bin nicht in meiner Eigenschaft als Offizier von Star Fleet hier, sondern als entfernter Verwandter.«

Mit diesen Worten stellte er eine wunderbare Schnitzerei vor S'Talon auf den Tisch. Der stilisierte Raubvogel übte eine große Wirkung auf den Romulaner aus. Spock sah, wie S'Talons Augen zu bodenlos tiefen schwarzen Seen wurden, und bemerkte den Ausdruck unüberwindbarer Trauer, der in ihnen stand.

»Er wurde unter den persönlichen Dingen der Centurion gefunden, Commander.«

Ein momentanes Aufflammen von Wut war die Reaktion auf seine Empörung über das Eindringen Fremder in S'Tarleyas Privatsphäre, doch dann erkannte er die militärische Notwendigkeit, die Habe von Gefangenen zu überprüfen. Er wußte, daß er weniger großzügig gewesen wäre und allen persönlichen Besitz beschlagnahmt hätte. Ohne Zweifel war das T'Liss gründlich auf seine mögliche Verwendung als Instrument der Sabotage oder der Flucht überprüft worden. Daß S'Tarleya daran gedacht hatte, diesen Gegenstand zu retten, an dem er hing, rührte den Romulaner zutiefst. Es war ein passendes Geschenk von ihr, weil es das herbe Ideal des Kriegers versinnbildlichte.

Spock fuhr mit einem Finger über das seidenweich polierte Holz mit einem Ausdruck von Würdigung, den S'Talon nicht vermutet hatte.

»Es ist ein Stück von großer Schönheit, Commander.«

»Ja, und von einer Bedeutung, die ich bisher nicht erkannt habe.«

Der Romulaner sprach von etwas, das weitaus wertvoller war als ein Kunstwerk, und Spock bedauerte, daß politische und ideologische Barrieren zwischen ihnen standen. Doch für ein paar kurze Stunden war es Romulanern, Vulkaniern und Menschen gelungen, ihre Unterschiedlichkeiten zu akzeptieren und ihre Energien zu vereinen, um einen Krieg zu verhindern und eine Krankheit zu besiegen. Vielleicht war das ein Anfang.

Der romulanische Kommunikations-Offizier fuhr in seinem Sessel herum, einen Ausdruck ungläubigen Staunens im Gesicht.

»Sir! Eine Nachricht vom Praetor! Sie haben... den Frieden erklärt!«

Tiercellus richtete sich mühsam auf und beugte sich vor.

»Einzelheiten!« befahl er.

»Seine erhabene Exzellenz...«

Tiercellus verzog das Gesicht.

»... hat den Frieden zwischen dem Romulanischen Imperium und der Vereinigten Föderation von Planeten erklärt. Wir haben ausreichende Mengen Grundstoffe bekommen, um der Seuche Herr werden zu können.«

»Es sieht aus, als ob wir nun doch nicht in der Schlacht sterben werden, mein Freund«, sagte Tiercellus.

Hexce lächelte.

»Selbst darum werden wir betrogen«, stimmte er zu.

»Unser Befehl lautet, uns nicht zurückzuziehen, sondern unsere Position hier an der Grenze der Neutralen Zone zu halten. Die Flotte des Praetors wird sich mit uns vereinigen, wenn die Verhandlungen abgeschlossen sind.«

Tiercellus sank in seinen Sessel zurück. Er fühlte sich plötzlich ausgelaugt, und Hexce sah, mit welcher Willenskraft der alte Mann seinen Körper aufrecht hielt. Von Schmerzen zerrissen, nahm er seine letzten Kräfte zusammen, um sie zu unterdrücken.

»Die Krise ist vorbei – und mein Leben ebenfalls«, sagte Tiercellus leise. Seine Hände umklammerten die Armlehnen des Sessels, und sein Atem kam in kurzen, harten Stößen.

»Nein!«

Hexces Stimme, leise und erstickt, überraschte Tiercellus. Ihre Freundschaft war tiefer, als er angenommen hatte. Die Trauer, der Protest in der Stimme des Ingenieurs wärmte Tiercellus, als er spürte, wie der kalte Mantel des Todes seinen Körper zu umschließen begann.

»Denken Sie an Ihr Versprechen, Hexce!«

Hexce nickte.

»Ich werde meinen Eid bis in den Tod halten«, antwortete er.

Tiercellus hob eine Hand und umfaßte Hexces kräftigen Unterarm in einem letzten Gruß.

»Wir werden uns wiedersehen, Hexce, auf jener Insel, die für alle alten Freunde und geachteten Feinde reserviert ist. Ich werde auf Sie warten, mein treuer Freund«, flüsterte Tiercellus.

Dies waren seine letzten Worte.

Der Adler des Romulanischen Imperiums starb. Hexce fühlte, wie der Griff Tiercellus' sich löste. Sein Gesicht wurde zu einer steinernen Maske der Trauer, doch er machte sich sofort an die Aufgabe, die Tiercellus ihm übertragen hatte. Er erhob sich langsam. Die Brücke war totenstill. Hexces Augen blickten den Commander und die Crew an. Sie waren wie betäubt.

»Ich dachte, er würde ewig leben«, murmelte der Commander.

Hexce, der die Leere im eigenen Herzen spürte, erkannte sie sofort in dem eines anderen. Tiercellus hatte recht gehabt. Er wurde gebraucht.

»Commander, wenn Sie die versiegelten Order überprüfen, werden Sie erfahren, daß jetzt ich Führer dieses Verbandes bin. Ich weiß, daß meine Ernennung etwas ungewöhnlich ist, doch ist sie durch den Oberkommandierenden Tiercellus selbst erfolgt, wie Sie sehen werden. Bitte veranlassen Sie, daß sein Körper für die Bestattung vorbereitet wird.«

Der Commander gab die entsprechenden Befehle, und Hexce sah zu, wie Tiercellus' Körper fortgetragen wurde. Seine scharfen Augen funkelten, als er bemerkte, mit welcher Respektlosigkeit einer der Männer diese Aufgabe erledigte, und er nahm sich vor, ihm Achtung vor den Toten beizubringen. Die Methoden, die ihm dabei vorschwebten, waren nicht gerade sanft.

Der romulanische Commander trat vom Computer zurück und salutierte Hexce. Obwohl die Form korrekt war, merkte man ihm doch an, daß es ihm gar nicht paßte, einem Ingenieur untergeordnet zu sein, der bis zu diesem Zeitpunkt einen erheblich niedrigeren Dienstgrad gehabt hatte. Doch war ihm durchaus klar, daß Tiercellus' Order nicht umgestoßen oder disputiert werden konnte. Hexce ignorierte die Arroganz dieses Mannes. Genau wie sein ehemaliger Kommandant hatte er nur wenig zu verlieren.

»Unsere Order sind klar«, erklärte er. »Wir werden den Praetor hier erwarten. Ich gehe jetzt in den Maschinenraum. Man braucht mich dort.« Hexce machte eine Pause, als er merkte, daß der Commander ihm nicht zuhörte. Seine Stimme wurde zu einer Peitsche, die mit tödlicher Sicherheit traf.

»Denken Sie daran, Commander, daß wir Waffenstillstand haben. Obwohl Tiercellus einen Tod in der Schlacht ersehnte, erkannte er doch, daß persönliche Wünsche zurückzustehen hatten, wenn es um die Erhaltung des Imperiums ging. Er soll Ihnen Vorbild sein... Sie werden meine Befehle erwarten.«

Die Unaufmerksamkeit des Commanders war verflogen.

»Ich höre und gehorche«, antwortete er. In seiner Stimme lag eine Aufrichtigkeit, die Hexce innerlich lächeln ließ. Er ließ nicht mit sich spaßen, und der Commander wußte das jetzt.

KAPITEL 15

Admiral Iota überblickte die Instrumente der Hilfsbrücke mit Besitzerstolz. Er genoß die kompakte Macht, die hier unter seinen Fingerspitzen lag. Alles war so sorgfältig entworfen, daß es den Eindruck vermittelte, das Schiff könnte von einem einzigen Mann geführt werden. Er blickte nacheinander auf die lebenswichtigen Stationen des Schiffes: Kommunikation, Ruder, Navigation, Maschine, ein Mini-Wissenschafts-Computer... Waffen.

Waffen. Sie stellten die wirkliche Macht des Schiffes dar. Nicht seine Maschinen für Warp-Geschwindigkeit, sondern seine Werkzeuge zur Vernichtung des Feindes. Mit ihren Phasern und Photonen-Torpedos verfügte die *Potemkin* über ein ungeheures Vernichtungspotential. Es gab kaum etwas, das ihr widerstehen konnte. Iotas Finger fuhren über die Bedienungsknöpfe der Phaser, und er dachte an vergangene Eroberungen und die lange heroische Tradition. Er war Teil dieser Tradition. Männer wie Garson und Kirk konnten das nicht erkennen. Sie glaubten immer, daß sie ihre Kommandostellung irgendeiner geistigen Überlegenheit verdankten. Was hatte Poppaelia gesagt? Daß sein besonderes Talent immer auf dem Gebiet der ›inneren Angelegenheiten‹ gelegen habe? Er würde es ihnen allen zeigen. Die großen Götter von Star Fleet waren blind gegenüber der romulanischen Bedrohung. Ohne Zweifel würden sie sogar noch in ihren Sesseln hocken, wenn das Hauptquartier selbst zerstört wurde. Aber nicht er. Er würde ihnen jetzt zeigen, wer ein echter Mann der Tat war.

Er saß über die Waffenstation gebeugt, den Blick auf die Skalen der Einstellungswerte der Photonen-Torpedos gerichtet. Ein Finger lag auf einem Knopf mit der Beschriftung ›Feuer‹. In wenigen Sekunden war die Gnadenfrist von einem Tag abgelaufen, die er Garson eingeräumt hatte. Iota blickte auf die Zeituhr, und er zählte lautlos die Sekunden ab. Seine Erregung stieg.

»Fünf – vier – drei – zwei – eins – null«, murmelte er, und seine Augen glühten auf, als er auf den Knopf drückte.

Das matte Licht in der Kabine sollte Nacht simulieren. Es malte dunkle, samtene Schatten auf die Wände und verbreitete eine Atmosphäre von Frieden. Ein gitterartiger Raumteiler warf ein geometrisches Muster auf das Bett, auf dem James Kirk sich ausgestreckt hatte. Er hatte eine Menge Schlaf nachzuholen. Die Hände waren über dem Bauch gefaltet, und er hatte ein Bein angezogen. Jeder Zentimeter des muskulösen Körpers strahlte Ruhe aus. Die Augen waren geschlossen, der Atem kam in regelmäßigen, tiefen Zügen, doch er schlief nicht. Seine Sinne waren überaus aktiv. In diesem Zustand tiefer geistiger Ruhe, aus konzentrierter Entspannung geboren, fand er eine grüne Oase, frei von Verantwortung.

Er nahm Geräusche wahr. Das Schiff dröhnte, und die leichten Vibrationen wurden durch seine Empfindsamkeit noch verstärkt. Sie pulsierten durch Knochen und Muskeln, der Puls des Schiffes war der seine. Er dachte kurz an die Erklärung des Computers, er und das Schiff seien eins, und er mußte zugeben, daß es in gewisser Weise durchaus zutraf, obwohl dieses Einssein auf einer anderen Ebene lag... mehr seine Liebe zu einer Idee betraf.

Gedanken wanderten durch seinen Kopf wie ein Kind durch einen Garten, jederzeit ablenkbar. Er betrachtete sie mit träger Neugier und wunderte sich über sie, doch die scharfe Wahrnehmung seines bewußten Denkens war unterdrückt. Wie ein zeitloser Sommernachmittag war sie voller sonnendurchtränkter Faulheit. Er griff nach ihrer warmen Weite des Friedens, fand sie und ließ sich in sie hineinfallen.

»Captain Kirk!«

Der Klang seines Namens berührte die Ränder seines Bewußtseins, und er war sofort hellwach. Er riß die Augen auf, rollte sich mit einer fließenden Bewegung auf die Füße und griff nach dem Intercom.

»Hier Kirk.«

»Captain, Admiral Poppaelia möchte mit Ihnen sprechen«, sagte Uhura. »Er bittet Sie, dazu auf die Brücke zu kommen.«

»Bin unterwegs.«

Ein eisiges Prickeln lief über die Schulterblätter des Captains. Er schüttelte es ab. Was konnte schon passieren, nachdem man sich zu friedlichen Verhandlungen zusammengesetzt hatte und die Interessen aller gewahrt worden waren?

»Brücke«, sagte er im Turbolift.

Seine Gedanken beschleunigten sich mit der Aufwärtsbewegung. Als er die Brücke betrat, fand er sie normal und ruhig, doch Lieutenant Uhuras Augen wirkten verstört. Kirk nickte ihr zu.

»Auf den Bildschirm, Lieutenant.«

»Jawohl, Sir.«

»Admiral.«

»Ich bin der Überbringer katastrophaler Nachrichten, Captain. Die *Potemkin* hat auf die romulanischen Schiffe an der Grenze der Neutralen Zone gefeuert.«

»Was?!«

»Sie haben richtig gehört.«

»Was hat sich Garson dabei gedacht? Ist er provoziert worden?«

»Es war nicht Captain Garsons Schuld. Admiral Iota hat die Hilfsbrücke übernommen und das Feuer auf den Gegner eröffnet. Ihre Situation ist dadurch äußerst prekär geworden. Ich rate Ihnen, sich bei der ersten Gelegenheit zurückzuziehen.«

»Admiral, warum ist die romulanische Flotte dann nicht in Gefechtsbereitschaft? Bis jetzt hat sich dort nichts gerührt.«

»Bis jetzt hat auch keiner der Schüsse getroffen. Garson hat die anderen Schiffe seines Verbandes als Deckung vor die Romulaner gelegt und Iotas Feuer abgefangen. Bis jetzt hat es geklappt, aber es ist verdammt riskant, und früher oder später wird einer der Schüsse durchgehen. Iota hat bisher nur Photonen-Torpedos gefeuert. Wenn er die Phaser einsetzt, kann nichts ihn aufhalten.«

»Captain! Captain Garson will Sie sprechen. Er sagt, es sei dringend!«

Kirk wandte sich halb zu Uhura um, und Poppaelia bemerkte, daß er abgelenkt wurde.

»Sie müssen den Tatsachen ins Gesicht sehen, Jim. Versuchen Sie nicht, Alternativlösungen zu entdecken. Verschwinden Sie aus der Gegend, solange Sie das noch können!« sagte er.

»Captain, acht romulanische Schiffe haben neue Positionen eingenommen«, unterbrach Sulu. »Sie haben uns umzingelt!«

»Jetzt haben wir den Salat! Es sieht aus, als ob die romulanische Flotte alarmiert worden sei. Wir müssen jetzt sehen, daß wir hier wegkommen oder...«

»Viel Glück, Captain«, sagte Poppaelia freundlich. Der Bildschirm flackerte, und der Admiral war verschwunden.

»Geben Sie mir Garson.«

»Sofort, Sir.«

»Jim!«

»Ja, Mikel. Gibt es irgendeinen Ausweg aus diesem Dilemma?«

»Ich weiß es nicht. Vielleicht. Bis jetzt hat keiner seiner Schüsse getroffen, und die Romulaner haben überhaupt nicht reagiert. Eine ungewöhnlich geduldige Haltung. Ich war nahe daran, die Zerstörung des Schiffs zu befehlen. Ich habe Iota ein Ultimatum gestellt. Er hat eine Stunde Zeit, die Hilfsbrücke aufzugeben. Wenn er es nicht tut, bleibt mir keine andere Wahl. Und ich habe nicht viel Hoffnung... er hat nie Vertrauen zu mir gehabt. Ich dachte, wenn Sie mit ihm reden – von Mann zu Mann –, könnte er vielleicht zur Vernunft kommen.«

»Glauben Sie, daß er auf mich hören wird?«

»Das weiß ich nicht. Er ist völlig besessen von der romulanischen Gefahr. Er weigert sich zu glauben, daß wir zu einer friedlichen Übereinkunft mit ihnen gekommen sind. Er hält uns alle für Narren.«

»Wem würde er glauben?«

»Sie meinen, wer ihm nahesteht? Er hat niemals von Freunden oder Familie gesprochen, sondern immer nur von seiner Treue zur Föderation.«

»Hat er nicht mit Nachrichtenbeschaffung und Spionageabwehr zu tun?«

»Ja.«

»So spricht er auch«, murmelte Yellowhorse.

»Admiral Iota ist der nominelle Diktator des Nachrichtendienstes der Föderation«, sagte Spock. »Er ist maßgebend an der Entwicklung zahlreicher nachrichtendienstlichen Geräte beteiligt gewesen.«

Kirks Augen verengten sich.

»Wie dieses Sensorgerät, das Sie entdeckten?«

»Richtig, Captain.«

»Hören Sie zu, Garson, es könnte eine Möglichkeit geben. Wissen Sie, ob Iota mit seinen Leuten in Verbindung steht?«

»Er trägt einen speziellen Armband-Kommunikator. Ich habe ihn noch nie ohne das Ding gesehen.«

»Dann haben wir vielleicht eine kleine Chance. Uhura, rufen Sie S'Talon her. Spock, aktivieren Sie das Sensorgerät... und lassen Sie uns dafür sorgen, daß alle geistigen Vorstellungen, die es auffängt, friedliche Zusammenarbeit betreffen.«

»Jawohl, Captain.«

Spock griff über die Kante seiner Computer-Konsole und schob seine feindgliedrigen Finger unter die Abdeckung. Ein leises Surren, in einer so hohen Tonlage, daß es nur für vulkanische Ohren hörbar war, zeigte an, daß das Gerät aktiviert worden war. Spock blickte auf und nickte.

»Gut.« Kirk atmete tief durch. »Ist S'Talon schon da?«

»Nein, noch nicht. Ich werde gleich... da kommt er gerade.«

»Commander S'Talon«, begrüßte ihn Kirk.

»Captain, was hat dies zu bedeuten? Ich habe eben gehört, daß ein Schiff der Föderation das Feuer auf vier unserer Schiffe eröffnet hat! Ich dachte, wir hätten ein Übereinkommen… oder sind Menschen wirklich unzuverlässige Lügner? Antworten Sie mir, Captain!«

Kirk blickte den Romulaner an, beherrschte jedoch seine Wut. Wenn die Situation umgekehrt wäre, hätte er genauso gehandelt wie S'Talon – möglicherweise sogar weniger zurückhaltend.

»Commander, trifft es zu, daß keiner der Schüsse getroffen hat?«

»Ja«, antwortete der Romulaner.

»Wurden die Torpedos nicht von unseren eigenen Schiffen abgeschossen?«

S'Talon senkte den Kopf.

»Und haben die Schiffe sich nicht vor die Ihren gelegt und schützen sie?«

»Ja«, sagte er.

»Dann hören Sie mich an, Commander. Die Föderation ist Opfer einer Meuterei. Die *Potemkin* ist von einem Meuterer in seine Gewalt gebracht worden. Ihr Kommandant hat die Vernichtung des Schiffes befohlen, falls der Mann sich nicht ergibt. Wenn nur ein einziger Schuß treffen sollte, haben wir Krieg. Den will keiner von uns. Und ich will auch nicht, daß die *Potemkin* vernichtet wird.«

»Was kann man dann tun?«

»Sprechen Sie mit Ihren Vorgesetzten. Bringen Sie sie dazu, uns Zeit zu geben. Wir haben Grund zu der Annahme, daß dieses Gespräch abgehört wird – von der Dienststelle des Mannes, der für den Angriff verantwortlich ist. Er weigert sich zu glauben, daß die Föderation und das Romulanische Imperium friedlich zusammenarbeiten können. Wenn es uns gelingt, ihn von der Wahrheit zu überzeugen, wäre es vielleicht möglich, mit ihm zu reden. Werden Sie uns dabei helfen, Commander?«

»Selbstverständlich. Das liegt doch auch in meinem und dem Interesse des Imperiums. Ohne das Korn der Canaraner muß mein Volk sterben. Wir brauchen die Zusammenarbeit mit Ihnen, Captain, und mit der Föderation. Wir werden nicht angreifen, solange keins unserer Schiffe getroffen wird, und wir garantieren Ihre Sicherheit, solange kein Krieg erklärt worden ist. Ich stehe dafür gerade.«

»Danke, Commander. Mehr kann ich nicht verlangen.«

»Viel Glück, Captain.«

»Für uns alle, Commander«, antwortete Kirk, als der Romulaner die Brücke verließ. »Nun, Mister Spock?«

»Das dürfte recht wirkungsvoll sein, Captain. Falls Ihr Gespräch mitgehört wurde.«

»Ja, wenn...« Kirk rieb seine Hände aneinander. »Und jetzt können wir nur noch warten.«

S'Talon ging den Korridor entlang, kochend vor Wut, daß es dem Praetor immer wieder gelang, ihn zu reizen. Der Mann war ein aufgeblasener, arroganter Egoist, dem mal jemand sagen sollte, wie unwichtig die Rolle war, die er in dieser Sache spielte. Wenn er nur nicht so gefährlich wäre... erstaunlich, wie Position und Macht Respekt erzwingen, selbst da, wo er nicht angebracht ist. Er hatte diesen aufgeblasenen Windbeutel geradezu anbetteln müssen, und der hatte es genossen! Er hatte sein fettes Lächeln aufgesetzt und sich in seiner Macht gesuhlt. Diese Gedanken beschleunigten das Tempo von S'Talons Schritten. Hoffentlich ist alles die Erniedrigung wert, die ich durchgemacht habe! dachte er wütend. ›Frieden um jeden Preis‹ hatte er dem terranischen Captain versichert, doch mancher Preis war zu hoch: Selbstachtung, Würde. Die Leere mochte Kirk holen!

Eine Welle des Ärgers rollte über den Romulaner, als er an seinen terranischen Gegenspieler dachte. Kirk hatte ihn zu allen diesen Dingen überredet. Kirk wußte, daß er es allein nicht schaffen konnte. Aber er hatte ja die Wahl gehabt. Er hätte die Zusammenarbeit ablehnen können. Doch das hätte nichts gelöst. Er hatte sich mit Kirks Plan einverstanden erklärt, weil er der einzige gangbare Weg zu sein schien. Und Kirk war zumindest ein Mann von Prinzipien. Es war seltsam, daß er besser mit Feinden zusammenarbeiten konnte als mit seinen eigenen Leuten. S'Talon knurrte leise. Wieder einmal hatte er den zerrissenen Faden der Verständigung neu geknüpft. Er hatte keine Erfahrung in der Diplomatie, und doch wurde er immer wieder in ihrem klebrigen Netz gefangen. Er zuckte die Achseln und warf im Geist Ausflucht und Betrug ab. Ihn verlangte nach Aktion.

Sowie die Seuche eingedämmt war, würde er einen Antrag auf Versetzung zu den gefährlichen Erforschungsexpeditionen an den äußersten Grenzen des romulanischen Raumes stellen. Er war sicher, daß der Praetor ihn genehmigen würde.

Mikel Garson stand auf der Brücke der *Potemkin*. Das Gesicht war bleich und angespannt, der Mund ein schmaler Strich. Er preßte die hinter dem Rücken verschränkten Hände zusammen. Er wußte, daß ihm keine andere Möglichkeit mehr blieb, als das Schiff zu vernichten. Die *Potemkin* war zu einem Gefängnis geworden, in dem vierhundertdreißig Menschen eingesperrt waren. Iota hatte inzwischen die Energieversorgung von ›unnötigen Systemen‹ gestoppt – Systemen wie dem Transporter –, damit er mehr Energie in seine Waffensysteme kanalisieren konnte. Garson wollte nicht sterben, und noch mehr widerstand es ihm, seine Crew zu ermorden. Sie hatten die Möglichkeit ihres Todes einkalkuliert, als sie sich zur Star Fleet gemeldet hatten, doch dies wäre ihre willkürliche Vernichtung. Es war Mord, und dieser Gedanke war ihm unerträglich.

»Geben Sie mir den Admiral!« sagte er knapp. »Und ich möchte dieses Mal über den Bildschirm mit ihm sprechen.«

Er wollte noch einmal versuchen, diesen Schwachkopf zur Vernunft zu bringen... bis zum letzten Augenblick würde er es versuchen.

»Admiral Iota!«

»Belästigen Sie mich nicht, Garson!«

Iotas selbstgefällige Stimme brachte den Captain in Wut.

»Iota, Sie sind ein Narr. Sie werfen eine Chance fort, die der Beginn eines langen Friedens sein könnte!«

»Garson, Sie ermüden mich. Und Sie sind ungehorsam. Ich werde das nicht vergessen, wenn diese Sache vorüber ist.«

»Sie dürften kaum Gelegenheit haben, sich daran zu erinnern! Dieses Schiff wird zerstört werden – in zwölf Komma vier-zwei Minuten.«

»Bah! Sie bluffen. Dazu haben Sie nicht den Mut. Und jetzt lassen Sie mich allein, bevor ich...«

Die Stimme des Admirals erstarb, als ein durchdringender Pfeifton erklang. Er drückte einen Knopf an seinem Armband-Kommunikator.

»Was gibt es?« fragte Iota.

»Admiral, ich denke, Sie sollten dies hören... ich fürchte, wir haben uns geirrt«, sagte eine entfernte Stimme.

»Schalten Sie durch!«

Iota beugte sich vor, um die überspielte Bandaufnahme zu hören, und Captain Garson spürte einen Stich im Herzen. Kirk! Er betete um ein Wunder. Die Zeit stand still. Weiße Lichter spielten auf dem silbernen Haar des Admirals; das Gesicht war unbeweglich, und die breiten Schultern sanken vor Ermüdung herab. Tiefer und tiefer neigte sich sein Kopf. Der Captain erkannte die Geste der Niederlage, und neue Hoffnung keimte in ihm auf. Iota hob den Kopf und wandte sich ab.

»Sie haben gewonnen, Captain«, sagte er mit leiser Stimme. »Es scheint, ich hatte mich geirrt.«

»Admiral, Sie werden gestatten, daß eine Eskorte Sie zu Ihrer Kabine begleitet.«

Iota antwortete nicht, gab jedoch durch ein Nicken seine Zustimmung. Garson wandte sich vom Bildschirm ab, und seine grauen Augen glänzten vor Freude.

»Fähnrich Heery. Selbstzerstörungsorder ist aufgehoben.«

»Jawohl, Sir!«

Das Lächeln in Heerys Stimme glich der Erleichterung, die in der Brücke einkehrte.

»Commander Yellowhorse, geben Sie mir Tiercellus.«

Yellowhorse blickte von der Kommunikations-Konsole auf.

»Sir, die Romulaner sagen, ihr Verband werde jetzt von einem Commander Hexce geführt. Er ist dran, Sir.«

»Dies ist die *Potemkin*. Unsere Notsituation ist behoben. Wir haben wieder volle Kontrolle.«

»Das freut mich zu hören, Captain. Nur der ausdrückliche Befehl des Praetors hat Sie gerettet«, antwortete Hexce.

»Ihre Disziplin ist beachtet worden, Sir«, erwiderte Garson.

»Sie war ziemlich erschöpft.«

»Sie wird nicht länger auf die Probe gestellt werden. Obwohl ich zugebe, daß ich in Ihrer Schuld stehe, möchte ich Sie doch darauf hinweisen: Die Geduld der Föderation war Ihr Bundesgenosse.«

»Ich gestehe ein, daß dies zutrifft – wenn auch nur widerwillig. Wir werden den Waffenstillstand halten«, antwortete Hexce.

»Wir ebenfalls«, sagte Garson.

Hexce erwies dem Terraner die romulanische Ehrenbezeigung und gab damit zu verstehen, daß er das Gespräch als beendet betrachtete. Auf dem Bildschirm verschwand das Gesicht des Romulaners.

Captain Garson ließ sich in den Kommandantensessel fallen.

»Halten Sie Position«, sagte er.

»Jawohl, Sir.«

Garson schloß die Augen. Wenn dies nicht das Ende der Geschichte ist, so will ich es nicht wissen, dachte er. Er ließ die Gedanken davongleiten – zu einem idealen Ziel seines nächsten Urlaubs.

›Journal: der fünfte Tag des Esaan‹

Romm Joramms Stylus zog mit geübter Leichtigkeit die

geschwungenen Linien der canaranischen Schrift über das Papier.

›Canara befand sich in einem Krisenzustand. Er ist vorbei. Die Gefahr war groß; es ging um unser Überleben. Doch wenn wir aus dem Erlittenen etwas gelernt haben, dann kann ich behaupten, daß der Gewinn die Gefahr mehr als aufwiegt. Zum ersten Mal wurde Canara mit Außenstehenden konfrontiert – mit Feinden – und hat es überlebt. Wir hatten Hilfe und sahen Beispiele, sowohl gute als auch schlechte.

Was mich betrifft, so fällt es mir schwer, den romulanischen Vertreter S'Talon als Feind zu betrachten. Im Gegensatz zu seinem Praetor ist er auf das Wohlergehen anderer bedacht, und es war für mich schon immer schwierig, ein Etikett zu sehen und nicht das Individuum. Vielleicht ist das auf meinen Mangel an Erfahrung und Weltgewandtheit zurückzuführen. Doch das spielt keine Rolle. Ich bin ein alter Mann.

Wenn jüngere, flexiblere Köpfe die Bürde der Führung auf sich nehmen, werden sie Antworten auf Fragen finden, die zu stellen ich niemals gewagt hätte.

Die Ernte ist fast abgeschlossen, und die Herstellung des Vakzins in dem von Doktor McCoy errichteten Laboratorium hat begonnen. Dies ist eine sehr interessante Entwicklung. Bei unserem Überschuß an Korn wäre es günstig, mehr und größere Laboratorien zu errichten, um Medikamente hier auf Canara herzustellen. Doktor McCoy und ich haben uns eingehend über diese Frage unterhalten, und er meint, daß auch das Korn selbst gründlich untersucht werden sollte. Er hat sich von mir eine kleine Menge davon für seine eigene Forschung geben lassen, ist jedoch der Ansicht, daß es verdient, in einem vollständig ausgestatteten Laboratorium über einen Zeitraum von mindestens fünf Jahren untersucht zu werden. Wenn man sich das vorstellt: Wir kennen nur ein Zehntel der Wirkstoffe unseres Korns!‹

Die Schrift wurde unleserlich, weil die Hand des alten Mannes vor Begeisterung zitterte.

›Eine gewaltige neue Welt eröffnet sich uns, voller Vielfalt, Herausforderung und Möglichkeiten. Doch um sie zu nutzen, müssen wir unsere eigenwilligen Impulse im Zaum halten. Ich hätte durch meine selbstsüchtige Empfindlichkeit Canara beinahe zerstört. Dieser überaus gewinnende junge Captain, James Kirk, hat mich einen Blick in Canaras Zukunft werfen lassen. Durch seine Augen habe ich die grenzenlosen Möglichkeiten gesehen, die unseren jungen Leuten jetzt offenstehen. Wir haben viel zu lernen, doch bin ich sicher, daß wir es schaffen werden. Es gibt soviel zu tun.‹

Joramm zeichnete die Eintragung ab und schloß das Journal. Er lehnte sich zurück und blickte zum Himmel empor, obwohl er wußte, daß weder die *Enterprise* noch die romulanische Flotte dem bloßen Auge sichtbar waren. Diese jungen Männer hatten ihn begeistert: so energisch, so ihrer Aufgabe hingegeben. Er war einst auch so gewesen. Er lachte leise auf, als er erkannte, daß er noch immer so war. Nun, mochte der Frieden ihnen allen folgen! Er mußte sich jetzt um die Ernte kümmern.

›Captains Logbuch: Sterndatum drei-eins, drei-null Komma vier.

Die romulanische Krise ist überstanden. Commander S'Talon hat mit den Canaranern eine Übereinkunft getroffen, und das Romulanische Imperium hat sich bereit erklärt, ihre gesamte Kornernte aufzukaufen. Doktor McCoy ist sicher, daß sie, zu dem neuentwickelten Vakzin verarbeitet, ausreicht, um die Myrruthesie-Seuche einzudämmen...‹

»Captain«, unterbrach Uhura, »Commander S'Talon möchte mit Ihnen sprechen.«

»Danke, Lieutenant«, antwortete Kirk. »Auf den Hauptbildschirm.«

S'Talons Gesicht erschien auf dem Bildschirm, sein Profil bildete eine klare Linie vor dem umschatteten Rot seiner

Kabine. Er war allein und schien in Gedanken versunken, doch dann wandte er den Kopf, und sein Blick traf den Kirks.

»Doktor McCoy, Mister Spock, Captain«, sagte er.

»Commander«, erwiderte Kirk.

»Unsere Arbeit hier ist fast abgeschlossen. Bald werden wir nach Hause zurückkehren, und die Zusammenarbeit, die wir hier erleben durften, geht zu Ende. Wir werden wieder Feinde sein, mit einer Neutralen Zone als Mauer zwischen uns, und es wird sich kaum wieder Gelegenheit zu persönlichen Kontakten ergeben. James Kirk, Sie und Ihre Crew haben es nicht nur geschafft, einen Krieg zu verhindern und eine Zivilisation vor ihrem Auslöschen durch eine Seuche zu retten, sondern Sie haben auch meine Position gestärkt.«

Kirk wollte etwas antworten, doch S'Talon fuhr fort: »Ich glaube, Captain, daß Sie als Freund so wertvoll sein können, wie Sie als Feind gefährlich sind. Wie immer auch meine Zukunft aussehen mag, ich bleibe in Ihrer Schuld – und daran werde ich stets denken, Captain.«

»Leben Sie wohl, S'Talon, mein Freund«, sagte Kirk. In den Augen des Romulaners stand tiefes Bedauern, als sein Gesicht vom Bildschirm verschwand.

»Ein großartiger Mann«, sagte McCoy mit Respekt. »Seine medizinischen Kenntnisse sind phänomenal.«

»Es ist bedauerlich, daß wir auf verschiedenen Seiten stehen«, erklärte Spock. »Commander S'Talon ist eine höchst bemerkenswerte Persönlichkeit. Als ich ihn nach dem Verbleib seines Schiffes fragte, sagte er mir nur, daß er selbst unmittelbar vor dem Verlassen eine verzögerte Energieüberlastungs-Sequenz ausgelöst habe, damit die Föderation nichts anderes finden könne als mikroskopischen Staub.«

»Sein Hauptanliegen ist das Wohlergehen seines Volkes«, murmelte Kirk, »genauso wie unser Anliegen das Glück unseres Volkes ist. Und dennoch sind wir Feinde. Darin liegt keine Logik, finden Sie nicht auch, Spock?«

»Krieg, in allen seinen Formen, ist kein logischer Prozeß«, antwortete Spock ernst.

»Nein«, sagte Kirk. Er drückte auf eine Computertaste, um die Logbucheintragung zu Ende zu bringen, die S'Talon unterbrochen hatte.

»Unser Auftrag ist erfolgreich durchgeführt worden. Die *Enterprise* wird Canara in etwa vier Komma zwei-drei Stunden verlassen und die nächstgelegene Starbase anlaufen, um den Computer reparieren zu lassen. Ende.«

»Aufgezeichnet, mein Liebling, mein Liebster«, antwortete der Computer in verführerischstem Tonfall. »Und wieder ein strahlender Erfolg für meinen tapferen, treuen, warmherzigen...«

Der Computer setzte seine Liste liebevoller Adjektive fort, und Kirks Gesicht wurde immer länger.

»Spock...«, sagte er mit verzweifelter, leiser Stimme.

Spocks Lippen zuckten.

»Tut mir leid, Captain«, sagte Spock tröstend, »aber Logbucheintragungen gehen direkt in den Bibliotheks-Computer, und ich kann nichts machen, bis er reprogrammiert ist...«

Kirk ließ den Kopf sinken und stützte das Kinn in die Hand. Er bot ein Bild hilfloser Niedergeschlagenheit.

»... edlen, liebevollen, tüchtigen...«, setzte der Computer seine Lobeshymne fort.

Kirks Körper sackte zusammen.

»Versuch es noch einmal so zu sehen, Jim: Sie mag zwar nur eine Maschine sein, doch ist sie ganz dein.« McCoy lachte amüsiert.

»Sie haben ihr gesagt, daß Sie sie lieben, Captain.«

Spocks Stimme klang sehr unschuldig.

Uhura wandte sich rasch ab und beugte sich über ihre Kommunikations-Konsole, von lautlosem Lachen geschüttelt. Sulus Schultern zuckten, und Chekov mußte die Lippen zusammenpressen. Die Brücke lag in gespannter Stille, als plötzlich unterdrücktes Lachen aus dem Kommandantensessel ertönte. Es explodierte in schallendes Gelächter, und dann dröhnte die ganze Brücke vor Lachen. Natürlich bildete Spock eine Ausnahme. Er beobachtete die Szene mit milder Überraschung – seine Art von Humor.

»… reinen, gütigen, großzügigen James Kirk, meine große Liebe«, schloß der Computer mit vibrierender Stimme, ohne zu merken, welche Reaktion seine Worte hervorriefen.

Die *Enterprise* schüttelte sich vor Lachen.

JOHN M. FORD

DER LETZTE SCHACHZUG

INHALT

Für J. B.
Nach fünfzehn Jahren
die richtigen Worte

PROLOG

Fast eine Woche lang hatte die *Enterprise* geschlafen, doch nun erwachte sie wieder.

Captain James Kirk war die ganze Zeit über an Bord geblieben, während die Besatzung sich in Starbase 12 entspannte: Er erinnerte sich in diesem Zusammenhang an den ernsten Vortrag Dr. McCoys über die Gefahr der Überarbeitung – und an den Hinweis Scotts auf das, was ihm entgehen würde. Selbst Spock hatte die große Basis aufgesucht; er wollte neues Material für die Schiffsbibliothek besorgen.

Doch Kirk bedauerte seine Entscheidung nicht. Er fühlte sich ausgesprochen gut, geradezu prächtig. Ganz allein durchstreifte er das Schiff und inspizierte die einzelnen Abteilungen, ungestört, nur von seinen Gedanken begleitet. Und das empfand er nicht etwa als Arbeit, sondern als reines Vergnügen.

Jetzt kehrten die Besatzungsmitglieder nach und nach zurück und bereiteten die *Enterprise* auf eine neue Reise vor. Auch darauf reagierte Kirk mit tiefer Zufriedenheit. Er wanderte durch die Gänge und Korridore, erwiderte die Grüße der Männer und Frauen und spürte dabei eine prickelnde Euphorie in sich, so als werde er Zeuge einer neuen Schöpfung.

Verwaltungsunteroffizier Janice Rand kam Kirk entgegen. Sie trug noch immer bequeme Zivilkleidung und hatte sich den Riemen einer Tasche über die Schulter geschlungen. Entgegen den Dienstvorschriften war ihr langes und dichtes Haar hochgesteckt, und das gab ihr ein exotisches Flair. Kirk musterte sie, und ihre ausgefallene Aufmachung weckte vage Erinnerungen in ihm...

Plötzlich fiel ihm ein, wo er schon einmal eine solche Frisur gesehen hatte: bei der Spezialistin Mara, der Gemahlin des klingonischen Captains Kang.

Kirk hob kurz den Arm – eine Geste, die eine Mischung aus militärischem Salutieren und einem freundschaftlichen Gruß war –, und Rand lächelte und winkte ebenfalls.

Sie hat ihren Dienst noch nicht angetreten und deshalb das Recht, ihr Haar so zu tragen, wie es ihr gefällt, dachte Kirk. Aber warum ausgerechnet auf *diese* Weise…? Seit der Ratifizierung des Organianischen Friedensvertrages war noch nicht so viel Zeit vergangen. Der Captain fragte sich, ob er jemals in der Lage sein würde, sich jenen wichtigen Wendepunkt in der Föderationsgeschichte als einen Teil der fernen Vergangenheit vorzustellen…

Er schüttelte den Kopf und ging weiter. Nach einigen Dutzend Metern hörte er, wie irgend jemand Worte in einer fremden Sprache formulierte. Kirk wußte nicht, was sie bedeuteten, aber aufgrund des scharfen und zischenden Konsonantenklangs vermutete er, daß es sich um Klingonisch handelte. Er entsann sich, daß nur einige wenige Besatzungsmitglieder der *Enterprise* Klingonisch beherrschten, und jene Person gehörte nicht dazu.

Der Captain begab sich auf das höhergelegene Deck und suchte die Krankenstation auf. Dr. McCoy war gerade damit beschäftigt, einen kleinen Container auszupacken, auf dem in großen Lettern geschrieben stand: MEDIZINISCHE VERSORGUNGSGÜTER. Kirk besaß nur geringe medizinische Kenntnisse, aber sie genügten, um ihn romulanisches Bier erkennen zu lassen, original saurianischen Brandy und alle neun Komponenten für die Herstellung echter argelianischer Cocktails.

»Rechnest du mit einer Epidemie, Pille?«

McCoy sah auf, und sein Gesichtsausdruck wirkte gleichzeitig nachdenklich und betroffen. »Bei Lucius

Beebe, ich hoffe, ganz so schlimm wird es nicht...« Abrupt unterbrach er sich und schüttelte stumm den Kopf.

»Lucius Beebe?« wiederholte Kirk verwirrt.

»Schon gut. Das ist eine Redewendung, die mein Großvater benutzte, wenn er nichts mehr zu trinken hatte.« McCoy lächelte schief und hob eine Flasche Jack Daniel's Black Label. »Wenn du möchtest, Jim... Die Bar ist noch immer geöffnet.«

Kirk vernahm einen sonderbaren Klang im Tonfall McCoys und zögerte. Der Bordarzt gab sich fast ständig als Griesgram, doch wenn seine Stimmung tatsächlich einmal einen Tiefpunkt erreicht hatte, stellte er nicht gerade eine angenehme Gesellschaft dar. »Später, Pille. Derzeit habe ich zuviel zu tun.« Kirk grinste. »Bald setzen wir die Segel und stechen in See.«

»Mhm.« McCoy stellte die Flasche auf den Tisch und starrte ins Leere.

»Was ist denn los, Pille?« fragte Kirk ruhig.

»Hm? *Oh.* Du kannst ja gar nicht Bescheid wissen.« Er griff in den Container, schob einige andere Flaschen und Büchsen beiseite und holte ein Buch hervor. »Hier. Das ist der Grund. Da steht alles drin.«

Kirk nahm das Buch entgegen. Es handelte sich nicht etwa um einen Computerausdruck, sondern ein gebundenes Buch. Auf dem Umschlag stand: *Der letzte Schachzug.* Und darunter zeigte sich das düstere Bild eines klingonischen Kampfschiffes. Der Captain schlug es auf und las den Klappentext. »Wurde diese Ausgabe nicht in einem Memo Starfleets erwähnt? Der Roman über die Klingonen...«

»Ein Roman, ja«, erwiderte McCoy. »Über die Klingonen.« Er seufzte leise. »Er dürfte dir gefallen... In einigen Kapiteln geht es um Raumschlachten, um Taktik und Strategie bei militärischen Auseinandersetzungen im All.«

»Ich besorge mir einen Ausdruck...«

»*Nimm es*«, sagte McCoy, und gleich darauf klang seine Stimme wieder ganz normal, so als sei überhaupt nichts geschehen. »Ich sollte hier jetzt besser alles in Ordnung bringen. In Kürze bekomme ich es mit vierhundert Fällen von akutem Urlaubsentzug zu tun.«

»Wie du meinst, Pille. Vielleicht können wir uns später ein Gläschen genehmigen.«

»Klar, Jim.«

Kirk trat in den Korridor, betrachtete das Buch und nahm nur am Rande zur Kenntnis, daß ihn einige Besatzungsmitglieder grüßten und sich an ihm vorbeischoben. Er versuchte, sich an den Text der Starfleet-Memos zu entsinnen, die den Roman betrafen: Wenn ihn sein Gedächtnis nicht trog, war es zu einer negativen Bewertung des Werkes gekommen – wie bei all den anderen Büchern, die vom Öffentlichen Informationsamt keine uneingeschränkte Genehmigung erhalten hatten. Allerdings war der Wortlaut in diesem Fall besonders drastisch gewesen...

Raumschlachten, wiederholte er in Gedanken den Hinweis des Arztes. Nach den Angaben des Klappentextes spielte die Handlung kurz nach dem ersten Kontakt mit den Klingonen, einige Jahre vor der Geburt Kirks. Vor der Entwicklung der Dilithium-Kristalle, zu jener Zeit, als man bei Starfleet geglaubt hatte, Warp-Faktor 4,8 sei das Maximum. Vor der Ausrüstung der Raumschiffe mit Phasern. Vor dem Bau der *Enterprise*. Vielleicht eine interessante Lektüre, dachte Kirk – obgleich jene Zeit schon so lange zurückzuliegen schien wie die Epoche Captain Hornblowers.

Andererseits: Schon als kleiner Junge hatte sich Kirk für die Abenteuer Horatio Hornblowers begeistert...

Seine Aufmerksamkeit richtete sich auf einen Namen: Dr. Emanuel Tagore. Ein politischer Wissenschaftler, erinnerte er sich. Er war vor zwölf Monaten im Alter von rund hundertzwanzig Jahren gestorben. Spock hatte davon gesprochen. Spock...

Kirk betrat den nächsten Turbolift.

Spock trug bereits seine Dienstuniform, obwohl er noch nicht einmal ausgepackt hatte. Sein kleiner Reisekoffer lag auf der Koje, nach wie vor geschlossen. An der einen Wand der Kabine standen zwei große Container mit der Aufschrift: COMPUTERDATEN – VOR STRAHLUNG SCHÜTZEN.

»Captain, es tut mir leid, daß ich mich noch nicht auf der Brücke gemeldet habe. Ich...«

»Willkommen an Bord, Spock.«

»Danke, Captain – allerdings bin ich gar nicht in dem Sinne fort gewesen.« Der Vulkanier bemerkte das Buch, das Kirk in den Händen hielt. »Wie ich sehe, besitzen Sie ebenfalls eine Ausgabe.«

»Ja. Sie stammt von Pille.«

Die eine Augenbraue Spocks kam wie eine Signalflagge in die Höhe. »Interessant, Captain. Nun... eigentlich überrascht mich das nicht sonderlich.«

»Was halten Sie von dem Werk?«

»Es ist ein Roman, Captain, keine Dokumentation. Das sollte eigentlich als Beschreibung genügen.«

Offenbar handelt es sich um eine neue Art von Katzenjammer, dachte Kirk. Die Besatzung bekommt einen kurzen Urlaub – und schnappt über. »Im Klappentext wird der Name Emanuel Tagore erwähnt. Hatten Sie jemals mit ihm zu tun?«

»Er war ein Bekannter meines Vaters. Als ich an der Makropyrios studierte, sprachen wir des öfteren miteinander. Doch ich war nicht in seinen Klassen immatrikuliert.«

Mit diesen Worten verriet Spock wahrscheinlich mehr, als er hatte preisgeben wollen: Mehr als zwei Millionen Studenten besuchten die beste Universität der Föderation – entschieden zu viele, als daß jemand außerhalb der Vorlesungssäle beiläufige ›Gespräche‹ mit einem Dozenten führen konnte.

»Sie sind ihm also persönlich begegnet«, stellte Kirk fest.

»Ich glaube, eine solche Schlußfolgerung läßt meine vorherige Bemerkung durchaus zu.«

Kirk hätte fast den Kopf geschüttelt. »Spock«, sagte er und versuchte, seiner Stimme einen scherzhaften Klang zu verleihen. »Wählen Sie bitte Formulierungen, die auch von Nicht-Vulkaniern verstanden werden können.«

»Wie Sie wünschen, Captain. Ja, ich kannte Dr. Emanuel Tagore. Ich bewunderte ihn, ebenso wie mein Vater, der Botschafter – obgleich Dr. Tagore in mehrfacher Hinsicht ein recht unlogisch denkendes Individuum war. Aber ich lernte ihn als Mensch kennen und nicht als den Protagonisten eines Romans.«

»Ich habe das Buch noch nicht gelesen.«

»Ich vermutete bereits, daß Sie dazu bisher noch keine Zeit fanden, Captain. Ist das alles, oder haben Sie noch weitere Anliegen?« Er sprach mit der ruhigen Distanz, die für sein Volk typisch war. Doch Spock war nicht *irgendein* Vulkanier.

»Nein, Spock«, entgegnete Kirk, und seine Verwirrung bewahrte ihn davor, sich verletzt zu fühlen. »Wir sehen uns auf der Brücke.« Er maß Spock mit einem letzten Blick und hoffte, daß der wissenschaftliche Offizier ebenso plötzlich zu sich zurückfand, wie es bei McCoy der Fall gewesen war.

Die Antwort des Vulkaniers enttäuschte ihn. »Selbstverständlich, Captain.« Kirk verließ die Kabine.

Leer erstreckte sich der Korridor vor ihm, und abgesehen von dem dumpfen Summen der Schiffsaggregate herrschte Stille. Kirk richtete seinen Blick erneut auf das Buch und betrachtete die Darstellung des klingonischen Kampfschiffes. *Der letzte Schachzug.* Was für ein Schachzug war damit gemeint? Sicher mehr als eine neue Variante des Brettspiels. Eine Kriegsstrategie? Eine Metapher? Der Captain erinnerte sich daran, daß er sich bei der Lektüre anderer Bücher mit bestimmten Handlungsträgern identifiziert hatte, und das betraf insbesondere die Werke Mark Twains und die Geschichten über Horatio Hornblower. Doch ging es bei solchen Erlebnissen nicht um die konkrete Wirklichkeit, sondern um die Fantasiewelt des jeweiligen Autors.

Und das wiederum entsprach den Bemerkungen Spocks.

Kirk begab sich in seine Unterkunft, zog die Dienstuniform an und legte den Band beiseite.

Zuerst kommt die *Enterprise,* dachte er, dann der Drink bei McCoy. Und wenn mir anschließend noch Zeit bleibt, nehme ich mir das Buch vor.

ANMERKUNG DES AUTORS

»Seien Sie ein Geschichtenerzähler, ein Fabulierer, ein Lügner – diese Vorwürfe wird man Ihnen ohnehin machen. Lassen Sie sich davon nicht verdrießen. Das Tao, das man wahrnehmen kann, entspricht nicht dem wirklichen Tao.«

Dr. Emanuel Tagore: An den Autor

Es sind fünfundsechzig Jahre vergangen, seit die USS *Sentry* auf die IKV *Devisor* traf und damit der erste Kontakt zwischen der Vereinten Föderation der Planeten und dem Imperium der Klingonen erfolgte. Zu den letzten Ereignissen der folgenden Geschichte kam es vor rund vierzig Jahren. Vor einiger Zeit feierten wir das zehnjährige Bestehen der *Pax Organia* (darüber später mehr). Viele Leute vertreten die Ansicht, die ›klingonische Phase der Föderationsgeschichte‹ sei vorüber. Zum erstenmal hörte ich diese Worte während einer Vorlesung an der Makropyrios. Niemand zuckte auch nur mit der Wimper.

Aus diesem Grund mag man mir verzeihen, wenn ich mit einer gewissen Verwunderung auf die Mauer des Schweigens reagiere, auf die ich im Verlauf der Recherchen für diesen Roman stieß. Ich habe wiederholt versucht, mich mit den klingonischen Botschaftern in Verbindung zu setzen, doch seltsamerweise befanden sie sich immer dann, wenn ich anrief oder vorsprach, in einer wichtigen Konferenz – oder waren aus anderen Gründen verhindert. Die offiziellen Aufzeichnungen in Hinsicht auf die sogenannte ›Babel-Verwirrung‹ sind unvollständig und enthalten kaum nützliche Angaben. Sie reichen nicht einmal für eine grobe Übersicht aus. Darüber hinaus sind viele wichtige Personen gestorben oder auf andere Art und Weise von der Bildfläche verschwunden. So etwas kommt zwar des öfteren vor, doch in diesem besonderen Bereich häufen sich entsprechende Fälle. Zwar ist mein Leben bisher noch nicht bedroht worden, aber mehrmals geriet sowohl meine wissenschaftliche Reputation in Gefahr als auch die Speichereinheiten, die die von mir ermittelten Daten enthielten. Nur eine Person war bereit, offen zu sprechen. Jener Mann warnte mich vor den Lücken in seinem Gedächtnis und gab mir den oben zitierten Rat. Was sein Erinnerungsvermögen anging, erwies er sich als zu bescheiden. Aber seine Mahnungen wurden von den späteren Entwicklungen bestätigt.

Bei den folgenden Schilderungen handelt es sich also um die schriftstellerische Aufbereitung gewisser Geschehnisse – und nicht etwa um eine historische Darstellung oder einen Entwurf dafür. (Sie wären verblüfft, wenn ich an dieser Stelle die Honorarsumme nennen würde, die ich verlor, weil ich bestimmte Änderungswünsche des Magazins *Kosmischer Beobachter* ignorierte. Die Mitteilung der Redakteure lautete schlicht: *Nähere Einzelheiten über die Foltermethoden der Klingonen.* Nun, ich berufe mich hiermit auf die dichterische Freiheit und entschuldige mich beim geneigten Leser mit dem Hinweis, daß ich keine Verfälschungen beabsichtige. Vielleicht hätte ich Dramaturgie und Inhalt des folgenden Romans völlig anders gestaltet, wenn die Van Diemen-Papiere nicht einer besonderen Klassifikation unterlägen: Sie sind noch weitaus geheimer als die Dateien, in denen Informationen über die Entwicklung neuer Waffen gespeichert sind.

Am Rande sei angemerkt, daß ich nicht die Absicht habe, in naher Zukunft das Zeitliche zu segnen.

Ein altes italienisches Sprichwort lautet: *traduttore, traditore* – der Übersetzer ist ein Verräter. Und das trifft in besonderem Maße zu, wenn es um Übersetzungen von Begriffen geht, die bei verschiedenen intelligenten Spezies gebräuchlich sind. Ich habe dennoch versucht, so wenig wie möglich zu ›verraten‹. Um des besseren

Verständnisses willen: Bestimmte technische Ausdrükke in *Klingonaase* umschreibe ich im folgenden Text mit Formulierungen des Föderations-Standards. Ich spreche also von *Warp-Triebwerk, Transporter* und *Intervaller,* anstatt die wörtlichen Bezeichnungen zu benutzen, die in diesem Fall lauten: *Antikrümmungsprojektor, Partikelwandler* und *Vibrationszerstörer* (wenn man es ganz genau nimmt: Schüttel-es-bis-es-zerbricht-Werkzeug). Wie allgemein üblich, nenne ich die Entsprechungen uns vertrauter Rangbezeichnungen, wie zum Beispiel ›Captain‹ oder ›Lieutenant‹, wohingegen spezielle klingonische Titel entweder direkt übersetzt (Spezialist, Truppenführer) oder durch die Funktion der betreffenden Personen verdeutlicht werden (Gedankenadmiral, Examinator).

Die Übersetzung von *Kuve* mit *Diener* mag dazu führen, daß einige meiner Leser die Augenbrauen heben, insbesondere die Vulkanier unter ihnen. Aber die Experten der *Komerex Klingon* sind sich einig darüber (oder waren es zumindest), daß die traditionelle Gleichsetzung mit dem Begriff ›Sklave‹ nicht nur ungenau ist, sondern auch einer Wertung gleichkommt – wie bei einigen Phrasen aus der irdischen Vergangenheit, zum Beispiel ›zentaurisches Gezücht‹ oder ›schmutziger Ghibelline‹.

Und um einen weiteren vulkanischen Einwand vorwegzunehmen: Ich bin zwar kein Fachkundiger in der Genetik, aber mir liegen Beweise dafür vor, daß nach wie vor das *Tharavul* praktiziert wird.

Ohne das Interesse (und die unerschöpfliche Geduld) zweier bestimmter Personen wäre dieses Buch nicht möglich gewesen. Die Unterlagen Dr. Emanuel Tagores erwiesen sich als unentbehrlich, und das traf auch auf die Person Dr. Tagores zu. In der kurzen Zeit, die ich mit ihm verbringen konnte, lernte ich viel über Kultur und Sprache – und damit meine ich nicht nur die klingonische Kultur und Sprache. Und es war

Mimi Panitch, meine Herausgeberin, die zu dem Schluß gelangte, die Föderation sei reif für eine solche Geschichte. Sie blieb auf der Erde, während ich das Warp-Labyrinth durchstreifte, um die nötigen Informationen zu sammeln.

Schließlich sei mir noch die Bemerkung gestattet, daß dieses Buch mehr beschreibt, als vor rund vier Jahrzehnten hätte geschehen können, während der letzten irdischen Babel-Konferenz. Ich muß an dieser Stelle noch einmal Dr. Tagore zitieren: »Die *Pax Organia* ist ein Frieden der größten Kanonen: Sie erfordert kein Verständnis zwischen den beiden gegnerischen Parteien, schafft auch nicht die Grundlage dazu. Und solange ein solches Verständnis fehlt, kann man vom Organianischen Friedensvertrag nur sagen, daß er funktioniert.

Wenigstens zur Zeit.«

Das waren die letzten Worte, die ich von ihm vernahm, bevor er im vergangenen Jahr starb.

Ich frage mich nach wie vor, ob er etwas gesehen hat, das unserer Aufmerksamkeit entging.

JMF/SZ 8303.24

Fordere nicht die Sterne heraus, junger Mann: Es wäre vermessen, mit dem Ernst des Schicksals zu spielen… In Deinen Gedanken sehe ich den Schatten von Gefahr.

Aus: Das gebrochene Herz

DER LETZTE SCHACHZUG

ERSTER TEIL
Die wolkigen Höhen

Wenn es Götter gibt, so helfen sie nicht, und die Gerechtigkeit gehört dem Starken. Wisse aber, daß man sich an alles erinnern wird, was vor den nackten Sternen geschieht.

Klingonisches Sprichwort

KAPITEL 1

Taktiken

Die Kinder des Imperiums trafen Vorbereitungen für das Spiel.

Vrenn war Lanzenträger. Er prüfte das Haftvermögen der dicken Stiefelsohlen, zog einen Riemen fest und nickte zufrieden. Er spannte die Schultern unter dem Polsterungsmaterial: Die Rüstung war neu und daher noch ein wenig steif; diesen Umstand mußte er berücksichtigen.

Vrenns Lanze hing noch immer im Ladegerüst. Er sah in den Wandschrank, und als er feststellte, daß der Indikator volle Kapazität anzeigte, nahm er die Waffe vorsichtig an sich. Es handelte sich dabei um einen aus Metall und Kristall bestehenden Zylinder, dessen Dicke etwa der Breite seiner Hand entsprach. Behutsam strich er über die stählerne Oberfläche, stützte das neutrale Ende auf den Boden und hielt die Lanze so, daß sich die aktive Glasspitze auf einer Höhe mit seiner Schulter befand. Dann drehte er sich ruckartig, wirbelte sie hin und her und ließ seine Finger über die Tasten der kleinen Kontrolleinheit tanzen. Er beobachtete das Aufblitzen und hörte das bestätigende Klicken und Knacken. Der blaue Glanz neutraler Energie schimmerte an der kristallenen Spitze.

Eine prächtige Lanze – ebenso neu wie die Rüstung. Noch niemals zuvor hatte Vrenn etwas ganz Neues besessen. Er fragte sich, was aus diesen Dingen werden mochte, nachdem es ihnen gelungen war, beim Spiel den Sieg zu erringen. Gab es einen Preis für die Gewinner? Tief atmete er die warme und angenehm feuchte Luft der Vorbereitungskammer ein, schloß die rechte Hand fest um den Lanzenschaft und drehte sich um.

Auf der anderen Seite des Raumes halfen sich Dezhe

und Rokis in die Flieger-Harnische: funkelnde Gestelle aus Metall und glänzende Stiefel mit Sporen. Rokis schob die linke Hand in die Kontrollstulpe und stieg so abrupt auf, daß sie fast mit dem Kopf an die Decke gestoßen wäre. Dezhe gab ein abfälliges Schnaufen von sich, griff rasch nach einer der Sporen Rokis' und gab vor, sie herabzuziehen.

»*G'daya* neue Sachen.« Diese Worte stammten von Ragga, der versuchte, seine beeindruckende Körperfülle in die noch größere Masse einer Blockierer-Panzerung zu zwängen, die mit Stahlbeschlägen ausgestattet war. »Nicht eine einzige *g'dayt*-Falte darin. Kann mich *khest'n* nicht bewegen.«

»Bei deiner Schwerfälligkeit macht das wohl kaum einen Unterschied«, sagte Gelly. Ragga schlug nach ihr, aber sie wich seinem Hieb mühelos aus. »Bleib einfach ruhig stehen. Wenn du dich rührst, verlierst du vielleicht das Gleichgewicht und fällst. Und ich bezweifle, ob es uns dann gelingt, dich wieder aufzurichten.«

Ragga bleckte die Zähne, streckte die Arme aus und brüllte wie ein Sturmläufer. Gelly tanzte fort und lachte. Ragga lachte ebenfalls – ein Laut, der sich kaum von einem grollenden Knurren unterschied.

Gelly schloß die Jacke ihrer Uniform. Sie trug einen Coverall aus kleinen, grünen Metallschuppen; Handschuhe und Stiefel aus Stahlgewebe vervollständigten ihre Ausrüstung. Sie war die beste Tänzerin ihres Hauses: Die Haus-Proktoren meinten sogar, sie sei die fähigste Tänzerin aller Häuser.

Andere Leute sprachen von anderen Qualitäten Gellys, von ihrem schlanken Leib, ihrer glatten Stirn, ihrer fast zart wirkenden Statur. Vrenn empfand ein gewisses Mitleid für sie: Vor Jahren hatte er sie »Häßlich! Häßlich!« geschimpft, ebenso wie seine Freunde und Kameraden. Aber sie konnte schließlich nichts dafür, häßlich zu sein. Und wenn es stimmte, was man sich sagte, daß auch vulkanisches oder romulanisches – oder gar menschliches! – Blut in ihren Adern floß, so war es unsinnig, ihr dafür die Schuld zu geben. Als Sechsjähriger hatte Vrenn bei den Jahresspielen einen Menschen getötet – das erstemal, daß er bewußt jemanden umbrachte. Menschen bewegten sich langsam und schwerfällig, waren nicht schnell. Sie verstanden es nicht, so zu tanzen, wie es das Spiel erforderte.

Als es einmal jemand wagte, Gelly *Kuveleta* zu nennen – Halbkind eines Dieners –, strafte Zharn den Betreffenden auf der Stelle mit dem Tod. Zharn, Vrenn und Ragga – sie alle hatten mehrfach getötet, Kämpfer aus verschiedenen Rassen. Doch Zharn war der Beste von ihnen.

Nein, verbesserte sich Vrenn in Gedanken, wir alle sind die Besten. Weder sie selbst noch ihre Positionen in der Mannschaft waren durch Zufall bestimmt worden: Von den über dreihundert Bewohnern des Hauses Vierundzwanzig stellten sie die fähigsten Streiter des *Klin zha kinta* dar, des Spiels, bei dem es um Leben und Tod ging.

Zharn saß an der Rückwand der Vorbereitungskammer und trug die vollständige Rüstung eines Fechters. Sie bestand aus polierten grünen Platten und einem Helm in der gleichen Farbe; auf seinen Knien ruhte ein dünner Metallstab. Er summte leise die Melodie von ›Unbesiegt‹, jenes Liedes, das im Hause *Gensa* besonders beliebt war. Neben ihm hockte Segon, der eine leichtere Rüstung trug und als Hüter fungierte. Einige Meter abseits warteten die beiden anderen Hüter, Graade und Voloh. Sie hielten sich an den Händen.

Zharn begann laut zu singen, und nach wenigen Sekunden stimmten die anderen mit ein.

Und obgleich die Kälte das Fleisch erstarren zu lassen droht,
Kann die Kette der Pflicht nicht reißen.
Denn jene Kette wurde im Feuer des Herzens geschmiedet,
In einer Glut, die niemals erlöscht.

Die Tür öffnete sich. In dem sich daran anschließenden langen Korridor glühten grüne Lampen an den Wänden, und Vrenns Blick fiel auf den Senior-Proktor, den greisen Khidri tai-Gensa. Khidri war fast vierzig Jahre alt und Dutzende von Falten und Furchen zeigten sich in seinem ledrigen Gesicht. Er hatte als Commander in der Flotte gedient – bis es zu einem Vakuumunfall kam, durch den er einen irreparablen Lungenschaden erlitt. Direkt neben ihm stand ein Flottenoffizier, gekleidet in eine schwarze Tunika und eine goldene Schärpe, versehen mit den Insignien eines Commanders. Leise klirrten die Medaillen, mit denen man ihn für die Vernichtung mehrerer Feindschiffe ausgezeichnet hatte.

Zharn sprang mit einem Satz auf. »Grüne Gruppe zugegen!«

Die Spieler nahmen sofort Haltung an, ballten grüßend die Fäuste und hoben ihre Waffen.

Ein dünnes Lächeln umspielte die Lippen Khidris, und er nickte knapp. »Dies ist ein bedeutender Tag für das Haus *Gensa*«, sagte er. »Wir sind auserwählt worden, um dem Befehl des Gedankenadmirals Kethas epetai-Khemara zu gehorchen und für ihn zu spielen.«

Vrenn spürte, wie ihm irgend etwas die Kehle zuschnürte, aber er rührte sich nicht von der Stelle. Auch seine Kameraden blieben reglos stehen. Gedankenadmiral Kethas – ein Planer, der in der ganzen Flotte einen hervorragenden Ruf genoß! Plötzlich wußte Vrenna, daß er recht hatte: Sie waren die Besten – und das wußten auch andere Leute.

»Natürlich ist der Gedankenadmiral ein *Klin zha*-Großmeister«, fuhr Khidri fort. »Und das bedeutet, wir müssen heute den Ansprüchen eines Großmeister-Spiels genügen.« Die letzten Worte schienen eine Drohung anzudeuten, vielleicht auch eine Warnung. Der Flottenoffizier neben Khidri stand stocksteif, und in seinem Gesicht zeigte sich ein grimmiger Ausdruck.

»Zharn Gensa, ist Ihre Grüne Gruppe bereit?«

»Bewaffnet und vorbereitet, Proktor Khidri.«

»Dann führen Sie Ihre Kämpfer in die Arena«, sagte Khidri. Als er sich umdrehte, sah Vrenn, wie das Lächeln des Proktors breit wurde. Dann richtete Vrenn den Blick auf Zharn. Der Fechter war neun und damit ein Jahr älter als seine Mitstreiter, und er wirkte wie der geborene Führer.

»Grüne Gruppe des Hauses Vierundzwanzig«, sagte Zharn feierlich. »Vorwärts zum Sieg!«

Die *Klin zha*-Spieler verließen die Kammer, marschierten im Gleichschritt durch den Korridor und sangen:

Doch wenn mein Leben enden sollte,
So sterbe ich mit den Zähnen in der Kehle des Feindes,
So sterbe ich mit meinem Namen auf der Zunge des Gegners.
Denn das Überleben bringt noch nicht den Sieg,
Und der Tod allein bedeutet keine Niederlage.
Im Jenseits töte ich tausend Feinde...
Und lache,
Unbesiegt.

Bei der Arenagalerie handelte es sich um einen langgestreckten Raum mit niedriger Decke. Ausgestattet war er mit weichen Kissen und kleinen Holztischen, auf denen Tabletts mit Speisen und Getränken standen. In schlichte und lohfarbene Gewänder gekleidete Diener eilten stumm hin und her, trugen die leeren Schalen und Teller fort und füllten sie erneut. Dunst wallte zur Decke, der graue Nebel der Befeuchtungsanlage, und vermischte sich mit dem Duft der Aromastäbchen, die einige der Offiziere bei sich trugen. Die eine lange Wand des saalartigen Zimmers bestand aus dunklem Glas.

Es hielten sich kaum mehr als ein Dutzend hochrangige Vertreter von Flotte und Marine in dem Zimmer auf; zwei zivile Administratoren mit *Klin zha*-Erfahrung leisteten ihnen Gesellschaft. Darüber hinaus bemerkte Vrenn auch noch einige Gefährtinnen – der nicht gerade bescheidene Admiral Kezhke hatte gleich zwei – und drei Vulkanier, alle *Tharavul*.

»Sollen die Spindeln entscheiden, wer beginnt, Gedankenadmiral?« General Margon sutai-Demma holte zwei sechseckige Gerten hervor. Sie glänzten weiß und wiesen goldene Zahlengravuren auf. Margon schüttelte sie einige Male, hielt sie dann fest und betrachtete die numerische Konstellation: eine doppelte Sechs. Daraufhin verzog der General das Gesicht, und in seinen Zügen zeigte sich eine gewisse Verdrossenheit. Doch das war eigentlich immer der Fall, und die Narbe an dem einen Mundwinkel verstärkte diesen Eindruck.

Hinter Margon saß Truppenführer Mabli vestai-Galann auf einem Kissen, und er schien sich nicht gerade sonderlich wohl zu fühlen. Eine der *Kuve*-Gefährtinnen Margons massierte die Schultern Mablis, doch ihre Bewegungen schienen seine verkrampften Muskeln nicht zu entspannen – obgleich das Wesen die Krallen ganz eingezogen hatte. Immer wieder beobachtete Mabli die anderen Offiziere, die ausnahmslos einen höheren Rang bekleideten. Und was noch schlimmer war: Auch die beiden zivilen Administratoren hatten einen höheren Rang. Nach einer Weile richtete Mabli seinen Blick auf den Gedankenadmiral.

Tiefe Furchen durchzogen die knochige und wie angeschwollen aussehende Stirn des Gedankenadmirals Kethas epetai-Khemara, und das Haar an den Schläfen war so weiß wie die beinernen Gerten Margons. Kethas zählte zweiundfünfzig Jahre – ein Alter, das nur wenige Klingonen der Imperialen Rasse erreichten –, doch der Blick seiner Augen war nach wie vor scharf und durchdringend. Er bedachte den Truppenführer Mabli mit einem Lächeln und wandte sich anschließend an General Margon. »Ich überlasse Ihnen die Wahl.« Kethas griff zur Seite und nahm ein mit schwarzem Brandy gefülltes Glas vom Tablett eines Dieners.

Mabli räusperte sich. »Ich nehme...« Er brach ab und sah sich um. Nur die Zivilisten schienen betroffen zu sein. »Ich *wähle* die erste Position.«

Kethas nickte und trank einen Schluck. Mit einem leisen Zischen öffnete sich eine kleine Tür, und der Spielleiter betrat die Galerie.

Es war ein Vulkanier, ebenso *Tharavul* wie die anderen drei, die den Offizieren Gesellschaft leisteten. Der Mann trug eine mit grünen und goldenen Mustern geschmückte Robe, deren Zuschnitt den vulkanischen Traditionen entsprach. In den Händen hielt er einen flachen schwarzen Kasten, und um seinen Hals hingen zwei Ketten mit Anhängern. Bei dem oberen handelte es sich um ein glitzerndes Juwel – das Dreieck und den Kreis des IDIC. Der untere bestand aus einem silbrig glänzenden Wesen, das vier Beine hatte und auf dem ein Zweifüßler hockte – eine Figur aus dem bei Menschen gebräuchlichen Spiel *Schach*.

Die Spieler standen auf, als der Leiter eintrat. »Kethas«, sagte der Vulkanier und spreizte die Finger zum Gruß.

»Sudok. Dies ist Mabli: Er hat heute Gold und wählt die erste Position.«

Sudok wandte sich an Mabli und neigte den Kopf, hob aber nicht die Hand. Dann hielt der Spielleiter den schwarzen Kasten vor die Glaswand der Galerie. Ein stählerner Block schob sich aus dem Boden, und der Vulkanier legte den kofferartigen Gegenstand darauf ab. Als er ihn öffnete, blitzten die Kontrolleuchten darin auf, und ihr Funkeln spiegelte sich auf den beiden Kettenanhängern Sudoks wider. Er berührte einige Tasten, und die Offiziere und ihre Gefährtinnen näherten sich der Glaswand.

Dahinter flammte Licht auf und erhellte die Arena. Sie durchmaß fünfzig Meter und war ebenso hoch; sie wies insgesamt sechs Seiten von unterschiedlicher Länge auf. Die Wände wölbten sich ein wenig nach innen, und hier und dort zeigten sich darin die Fenster weiterer Aussichtsgalerien. Die meisten davon waren derzeit dunkel. Das Zimmer, in dem sich Mabli und die anderen Offiziere aufhielten, befand sich in der Nähe der Arenadecke, an deren Trägern Lampen, Kameras und Projektoren hingen.

Auf dem Boden glühte ein großes, dreieckiges Emblem: drei gekrümmte Arme, Gold und Schwarz. Spielleiter Sudok betätigte erneut eine Taste; einige Paneele glitten zur Seite und teilten den Boden in drei Flächen.

»T'ain«, sagte General Maida zu der *Tharavul* hinter ihm, »was war der Preis für die letzte Gladiatoren-Lieferung an Triskelion?«

»Zwei Komma sechs Millionen, in Kristallen und spaltbarem Material«, antwortete die Vulkanierin monoton.

»Das ist recht wenig, nicht wahr?« warf ein Flottenoffizier ein.

»Zwanzig Prozent«, erwiderte T'ain. Sie wollte noch etwas hinzufügen, schwieg jedoch, als Maida ruckartig den Arm hob. Die Lippen des Generals bebten kurz, und dann sagte er: »Die *Gagny*-Herrscher jener Welt langweilen sich rasch. Gebt uns Kämpfer aus anderen Rassen, verlangen sie, oder wir bezahlen nur noch einen Bruchteil der üblichen Summe. Wo aber sollen wir uns neue *Kuve* besorgen?«

»Wir sitzen in einer *G'daya*-Klemme!« gab der Admiral scharf zurück. »Auf der einen Seite die Föderation, auf der anderen die Romulaner. Darüber hinaus grenzt unser Imperium auch noch an den Einflußbereich Kinshayas... Wir haben praktisch keine Möglichkeit mehr, neue *Kuve* zu finden.«

»Warum lassen sich die Großmeister-Strategen nichts einfallen...?«

»Werfen Sie Ihnen etwa Nachlässigkeit vor?« entgegnete General Margon zischend. Mit der einen Hand tastete er wie beiläufig zu der Waffe im Gürtelhalfter. Stille folgte auf seine Worte, und niemand rührte sich, abgesehen von Sudok, der weiterhin an der Kontrollvorrichtung arbeitete und in die Arena sah.

»Es ist soweit«, sagte Maida schließlich und mied dabei den Blick Margons. Die Aufmerksamkeit der Anwesenden richtete sich wieder auf die Arena.

Die eigentliche Spielfläche stieg empor: eine dreiseitige Pyramide aus Metallstreben und transparenten Brücken, ein vierfach strukturiertes Gerüst, das auf jeder Seite neun vier Meter hohe Pyramiden aufwies. Bunte Lichtreflexe tanzten darüber.

Als die Spielfläche in den stählernen Haltesegmenten einrastete, war ein dumpfes Klacken zu vernehmen, kaum mehr als eine vage Vibration. Auf dem Bodenniveau der Arena öffneten sich die Türen, und die grünen und goldenen Spielfiguren traten hervor: Fechter, Tänzer, Flieger, Lanzenträger, Hüter und Blockierer. Sie gingen in Stellung, nahmen Haltung an und blickten nach oben in Richtung Galerie.

Kethas winkte ihnen zu, und Mabli nickte kurz.

»Die Spieler können jetzt ihre Positionen wählen«, sagte Sudok. Er berührte eine weitere Taste, und an den beiden Enden der Fensterfläche erhellten sich kleine Nischen, die eine grün, die andere goldfarben. Die gläsernen Zugänge öffneten sich. Im Innern der kleinen Kammern standen dick gepolsterte Sessel bereit, ähnlich denen, die an Bord von Raumschiffen für die Kommandanten reserviert waren. Die Holo-Displays zeigten verkleinerte Darstellungen der Spielfläche.

»Ich bedaure es, daß wir uns bei diesem Spiel für eine Wolken-Variation entschieden haben«, wandte sich Kethas an Mabli. »Ich ziehe es vor, meine Figuren mit eigenen Augen zu sehen. Sie nicht?«

Mabli runzelte verwirrt die Stirn.

»War nur ein Gedanke«, sagte Kethas und lachte. »Nur ein Gedanke.« Er streckte die Hand aus und bot Mabli sein Brandyglas an. Der Truppenführer griff danach und nahm einen Schluck. Ein Diener trug das leere Glas fort.

Kethas und Mabli hoben die Arme, knurrten und umarmten sich, wobei sie den Kopf zurückneigten und die Kehle offenbarten. Sie machten keinen Hehl aus ihrer Entschlossenheit, und die anderen Offiziere brummten anerkennend.

Unmittelbar darauf drehten sich die Spieler um und begaben sich in die Nischen. Die Diener schoben Tische zurecht und brachten Kissen herbei, damit es sich die Zuschauer vor dem Aussichtsfenster bequem machen konnten. Ein kleiner und hellhäutiger *Kuve* legte sich auf den Boden, krümmte sich dort zusammen und diente als Kopfstütze für eine der Gefährtinnen Margons. Nach einer Weile standen nur noch die anderen *Kuve* und die vier Vulkanier.

»Gold hat bei der Positionswahl Vorrang«, verkündete Sudok klar und deutlich. »Die Wolken kommen herab.« Und an der Arenadecke wurden die Holo-Projektoren aktiv.

Vrenn sah, wie der Gedankenadmiral winkte. Eine seltsame Geste, dachte er am Rande, völlig anders als der knappe Gruß des Marine-Spielers. Doch er vergaß diese Überlegung sofort wieder und konzentrierte sich auf das bevorstehende Spiel, auf seine Entschlossenheit, den Sieg zu erringen. Er spürte das Gewicht seiner Lanze, die gute Balance der Waffe, den ausgezeichneten Sitz seiner Rüstung.

Preise, dachte er. Das Haus besaß alle Datenbänder über den *Kampfkreuzer Rache,* und Vrenn hatte sich die Holo-Filme mehrmals angesehen. Sie endeten alle mit ähnlichen Einstellungen. Menschen, Romulaner, Kinshaya, Diener, denen es irgendwie gelungen war, sich im Weltall auszubreiten; sie fragten den Eroberer, wer er sei, und die Antwort lautete: »Ich bin Captain Koth. Koth von der *Rache*. Und dieses Schiff ist mein Preis.«

Natürlich konnte Vrenn kein Schiff bekommen, jedenfalls nicht ohne einen Linien-Namen oder eine Linie, aber vielleicht war es ihm möglich, Anspruch auf die Lanze zu erheben. Ein Preis, eine Trophäe des Kampfes, die ganz allein ihm gehörte. Und er wollte dem Beispiel Koths folgen und Gebrauch davon machen...

Die *Klin zha*-Pyramide glühte von innen her, und die Holo-Bilder trübten zuvor transparente Flächen. Vrenn hörte, wie Ragga zischend den Atem entweichen ließ, und das brachte mehr zum Ausdruck als ein halbes Dutzend Flüche. Die Wolken-Variation des Spiels war für einen Blockierer besonders schwierig. Auch Vrenn fand keinen Gefallen daran. Nur Gelly und die Flieger mochten dies als angenehme Überraschung empfinden.

Auf der anderen Seite der Arena bewegten sich die Kämpfer der Goldenen Gruppe und bezogen Aufstellung. Das bedeutete, dem Grünen Team kam sowohl die zweite Plazierung als auch der zweite Zug zu. Vrenn wußte nicht, ob die zweite Positionierung einen Vorteil darstellte, wenn die Konstellation des Gegners zumindest zum Teil verborgen war. Er hielt selbst dann nichts von der Wolken-Variante, wenn er alle Figuren kontrollierte. Bei dieser Version konnte man weder die Figuren des Feindes noch den Gegner selbst sehen.

Der Flottenoffizier richtete einige leise Worte an Proktor Khidri. Khidri winkte, und die Grüne Gruppe betrat das Spielfeld.

»Der Grüne Spieler wählt die linke Seite«, gab Sudok bekannt. Die Goldenen Figuren waren den Wünschen Mablis entsprechend plaziert worden. Die Grünen begaben sich an eine andere Stelle im untersten Bereich des Spielfeldes. Die dritte blieb leer.

»Ich kann sie nicht alle *sehen*«, klagte Margons Gefährtin mit verärgert klingender Stimme. Margon antwortete mit einem drohenden Knurren. Sudok schwieg und betätigte eine Taste. Die Glaswand der Galerie verdunkelte sich, und als eine Repolarisierung der Holos erfolgte, ließen sich die Konturen des Spielfeldes deutlicher erkennen. Hier und dort verharrten die dunstigen Schlieren und markierten die Felder, die den Blicken der Spieler verborgen waren.

»Bei den Zähnen des Mörderfisches – sehen Sie nur!« wandte sich einer der beiden Zivilisten an den anderen. »Der alte Khemara beginnt mit einem Lanzenträger-Zug. Was halten Sie davon, wenn wir den Einsatz verdoppeln?«

Der andere Administrator machte ein skeptisches Gesicht und sah seinen *Tharavul* an. »Sovin: Welche Erfolgsaussichten hat die Lanzen-Eröffnung?«

»Neun Prozent solcher Eröffnungszüge führen zum Sieg«, erwiderte der Vulkanier sofort. »Berücksichtigt man sowohl die Erweiterung des Spiels auf die dritte Dimension als auch die Wolken-Variante, so reduziert sich die Quote auf vier Prozent.«

»Also gut: Ich bin mit der Verdoppelung einverstanden. Das heißt... einen Augenblick. Sovin, wie lautet die Analyse, wenn man von einem Großmeister-Spiel ausgeht?«

»Für eine solche Bewertung ist die Datenbasis zu klein, Manager Akten.«

»Eine grobe Einschätzung genügt mir.«

»Nun, eine oberflächliche Datenkorrelation ergibt eine Erfolgswahrscheinlichkeit von zweiundzwanzig Prozent. Doch es bleibt ein beträchtlicher Unsicherheitsfaktor, denn ich muß bei der Einschätzung der Spielfähigkeiten Truppenführer Mablis wenigstens von einer Meister-Klassifikation ausgehen.«

»Verdoppeln Sie einfach«, sagte Akten und bedachte den *Tharavul* mit einem abfälligen Blick. »Wissen Sie,

Atro«, wandte er sich dann an seinen Kollegen, »manchmal erwarten wir von den wandelnden Computern mehr, als sie zu leisten vermögen...«

Sovin reagierte natürlich nicht auf diese Worte. Spielleiter Sudok sagte: »Die Anfangsstellungen sind gewählt, die Ziele positioniert.« Er betätigte zwei Schieberegler.

General Margon berührte den Arm seiner Gefährtin und lächelte, als er sah, wie sie aus einem Reflex heraus die Krallen ausfuhr.

Vrenn stand in einer dreieckigen Zelle aus Metall und Licht. Der Boden bestand aus einer massiv wirkenden, durchsichtigen Fläche, unter der Schwärze wogte. Am Rande sah er einige dunkle Metallstreifen, und jeder davon wies einen schmalen Schlitz auf.

Er begriff, daß er sich im rechten Bereich befand, dicht vor der Anfangsposition. Das war ein schlechter Platz, wenn es um zweidimensionales *Klin zha* ging, denn er drängte ihn an den Rand der Konfrontationssektion. Doch vielleicht hatte er es in Hinsicht auf dieses Spiel nicht mit einem solchen Nachteil zu tun. Wir müssen uns an die Strategie des Großmeisters halten, dachte er. Und uns seiner würdig erweisen, fügte er in Gedanken hinzu, als er sich an die Worte Khidris erinnerte.

Hüter Voloh stand links von Vrenn, und Hüter Graade hinter ihm. Eine *sehr* ungewöhnliche Ausgangsstellung. Ragga wartete in unmittelbarer Nähe Volohs und schien noch immer Schwierigkeiten mit seinem Blockierer-Panzer zu haben. Zharn befand sich in der Mitte – wenigstens das ergab einen Sinn. Die anderen konnte Vrenn ebensowenig sehen wie die Kämpfer der Goldenen Gruppe.

In Zharns Zelle leuchtete etwas auf, und dicht über ihm materialisierte eine Scheibe, die einen halben Meter durchmaß und eine Handbreite dick war. Zharn fing sie mühelos auf. Das Ziel bestand aus grünem und poliertem Metall, und die Art und Weise, in der Zharn sie hielt, deutete darauf hin, daß sie recht schwer war. Vrenn hoffte, daß er keine Gelegenheit bekam, in dieser Hinsicht Gewißheit zu erlangen. Zharn legte das Ziel vorsichtig auf den Boden, stellte den einen Fuß darauf und wartete gespannt.

Die Schlitze in den dunklen Bodenstreifen gewannen eine gelbliche Tönung. Sofort verlagerte Vrenn sein Gewicht und bereitete sich auf die Auseinandersetzung vor. Er griff die Lanze so, daß er jederzeit damit zustoßen konnte, und seine Finger tasteten nach den Schaltern der kleinen Kontrolleinheit. Die Waffe summte leise, und das Blau der aktiven Spitze verfärbte sich zu einem matten Grün.

Vor ihm bewegte sich irgend etwas, ein großer, goldener Schemen – der gegnerische Blockierer, der durch einen Bereich vordrang, der nicht von einer Wolke abgeschirmt wurde. Vrenn beobachtete die gelben Streifen am Rande seines Feldes und wartete vergeblich darauf, daß sich ihr Glanz veränderte. Sein Einsatz war noch nicht geplant.

Statt dessen wurde in der Zelle Raggas aus dem gelben Leuchten ein blaues Schimmern, und der Blockierer marschierte los. Mehrmals sah er sich um, blickte sogar nach oben, obwohl in diesem Stadium noch keine Spielfiguren auf den oberen Ebenen sein konnten.

Aber er hatte gute Gründe für seine Vorsicht. Bei der *Klin zha*-Variante, die auf individuellen Kampf verzichtete, konnte ein Blockierer nicht getötet werden. Bei der *Klin zha kinta*-Version aber bestand durchaus eine solche Gefahr, und Blockierer, die das vergaßen, machten des öfteren bittere Erfahrungen. Ein anderer Streifen glomm blau auf, und Ragga ging weiter. Er verschwand, als er die Linie überschritt, die hinter ihm wieder gelb wurde.

Hüter Segon kam aus dem Dunst und erreichte das

leere Feld Raggas. Er war ein wenig zu hastig, bemerkte Vrenn, durchquerte den Wolkenschirm deshalb so schnell, weil er sich sicher wähnte und glaubte, der Bereich dahinter sei leer und halte keine Gefahren für ihn bereit. Segon drehte sich halb um und wollte dem Fechter Zharn zuwinken.

Von einem Augenblick zum anderen kam der Goldene Hüter aus der Wolke, und sein kraftvoller Hieb traf Segon auf der Brust.

Der Grüne Hüter taumelte, ging in die Knie und hätte fast das Gleichgewicht verloren. Einen Sekundenbruchteil später stemmte er sich mit einem Ruck in die Höhe und rammte seinem Widersacher beide Fäuste ans Kinn. Der Kopf des Goldenen Hüters neigte sich nach hinten, und Segons linke Stulpe zielte nach der Kehle der gegnerischen Spielfigur, die jedoch mit einer erstaunlichen Geschwindigkeit reagierte und nach dem einen Knie Segons trat. Beide Gestalten gingen zu Boden und rangen miteinander. Unter den leichten Rüstungen spannten sich Muskeln, und kurz darauf war das dumpfe Knacken eines splitternden Knochens zu hören.

Segon stand auf, und seine Schultern hoben und senkten sich, als er schnaufend nach Luft schnappte. Unsicher trat er einen Schritt von dem gefallenen Gegner fort. Der Leib des Goldenen Hüters gleißte auf und verschwand in einem Transporterfeld.

Der Boden unter Vrenns Stiefeln zitterte und stieg langsam in die Höhe. Vrenn erwiderte den Gruß Zharns und winkte Segon zu, der daraufhin kurz die Hand hob.

Das Feld des Lanzenträgers hielt auf der nächsten Ebene an, und Vrenn stellte fest, daß die Sektionen in seiner unmittelbaren Nähe von Wolken abgeschirmt wurden. Der Höhenzug hatte ihn dem Spielfeldzentrum näher gebracht. Das bedeutete, daß er sich nicht mehr an einem Eckpunkt befand. Dem Feld auf der rechten Seite brauchte er keine Beachtung zu schenken, doch er konnte aus zwei Richtungen angegriffen werden – nein, sogar aus vier. Er hob den Kopf.

Sporen zuckten dicht an seinem Gesicht vorbei. Vrenn wirbelte die Lanze herum, und das neutrale Ende traf den Flieger am Oberschenkel. Die dahinsausende Goldene Spielfigur krümmte sich im Flug zusammen, landete auf dem Rücken und zielte mit den Sporen auf den Grünen Lanzenträger. Vrenn drehte seine Waffe und betätigte gleichzeitig eine Taste der Kontrolleinheit: Die aktive Spitze glühte in einem gelblichen Schein. Sie traf die Hand, die in der Schaltstulpe steckte, und einen Sekundenbruchteil später war der Flieger wieder in der Luft. Die Absätze seiner Stiefel trafen auf den Deflektorschild der Lanze, und der Goldene wandte sich zur Seite. Mit der einen Schulter stieß er an die Seitenfläche der Zelle, oberhalb eines gelben Streifens. Es blitzte blau auf, und ein Teil der Jacke verschmorte, aber der Flieger gab keinen Schmerzenslaut von sich. »*Kai*«, hauchte Vrenn, senkte den Schild und warf einen raschen Blick auf den Lanzenindikator. Die Ladungsstärke seiner Waffe hatte sich um fast ein Sechstel verringert.

Der Goldene unternahm einen plötzlichen Vorstoß, und Vrenn hob die Lanze und berührte damit die vergoldeten Stahlsporen seines Gegners. Der Flieger vollführte eine Rolle in der Luft; um zu verhindern, daß sein Widersacher hinter ihm landete, ließ sich Vrenn fallen und drehte sich, so daß er mit dem Rücken auf den Boden prallte. Der Flieger wandte sich um, bremste gerade noch rechtzeitig genug ab, um nicht an die gegenüberliegende Wand zu stoßen, und setzte sofort zu einer neuen Attacke an.

Vrenn betätigte die Kontrolleinheit seiner Waffe, und die kristallene Spitze pulsierte in einem leuchtenden Grün.

Er traf den Flieger an der linken Seite des Brustkastens, und der Goldene fluchte dumpf. Vrenn drehte die Lanze und schmetterte das neutrale Ende auf die Stulpe seines Gegners. Knochen brachen, Drähte rissen. Der Harnisch des Fliegers geriet außer Kontrolle, und die Gestalt schien von einer unsichtbaren Hand erfaßt zu werden, die sie an die Zellenwand schleuderte und dort festhielt. Blaues Feuer flackerte knisternd, und das Energiepaket entlud sich. Einige Sekunden später sank der Goldene Flieger zu Boden, zuckte kurz und verschwand geräuschlos im Schillern eines Transporterstrahls.

Ein Bodenstreifen wurde blau. Vrenn durchschritt die holografische Wolke und erreichte das nächste Feld.

Einige der Flottenoffiziere – und sogar einer der Marine-Repräsentanten – klopften sich begeistert auf die Oberschenkel. »Ein gutes Spiel! Ein gutes Spiel!«

»Wer ist der Grüne Lanzenträger?« fragte Admiral Kezhke.

Der Spielleiter Sudok führte einige Schaltungen durch, und der Identifikationscomputer blendete einen Schriftzug in das herangezoomte Bild.

»Vrenn«, las Kezhke. »*Gensa*. Ein gutes Haus... *Rustazh*?« Er stieß die Frucht beiseite, die ihm eine seiner Gefährtinnen anbot. Es herrschte lastende Stille in der Galerie.

General Maida hatte sich gerade ein Aromastäbchen angezündet und wollte es in die Halterung auf seiner Schulter schieben. Statt dessen aber ließ er die Hand sinken. »Ich dachte, die Rustazh-Linie sei ausgestorben.«

»Das nahm ich ebenfalls an«, warf Kezhke ein. »Ich frage mich, ob Kethas Bescheid weiß.«

»Wie ist das möglich...?« Margon schüttelte verwirrt den Kopf, und mit einem Wink erinnerte er Maida an das glimmende Stäbchen.

»Sudok...« begann Kezhke.

»Der Admiral Großmeister hat sich vor einigen Tagen eingehend mit allen Daten befaßt, die über seine Spieler gespeichert sind.«

»Es dürfte wohl ausgeschlossen sein«, sagte Margon, »daß sich ein Großmeister von seinem Interesse in bezug auf einige Spielfiguren beeinflussen läßt.«

»Kethas bestimmt nicht«, entgegnete Kezhke ruhig. »Andererseits jedoch... Seit dem Tod des letzten Rustazh sind bereits sieben Jahre vergangen.«

»Des vorletzten, wie es scheint.«

»Ja, so scheint es.« Kezhke strich sich mit der einen Hand über den Bauch und richtete seinen Blick auf die Nische am Ende des Raumes.

In der gläsernen Kammer saß Gedankenadmiral Kethas und entschied sich für einen weiteren Lanzenträger-Zug.

Vrenn erreichte die sechste Höhe des Spielfeldes, und vier Zellen trennten ihn vom Rand. In diesem Bereich gab es nur wenige Wolken: Fast die Hälfte der Ebene war sichtbar, außerdem auch einige der Felder des nächsthöheren Niveaus. Vrenn überlegte, ob der zweite Goldene Flieger noch im Spiel war, und aus einem Reflex heraus prüfte er seine Lanze. Der Indikator zeigte nur noch vierzig Prozent Energie an. Zwar konnten Flieger keine Ziele tragen, doch das spielte derzeit noch keine Rolle: Es würde sicher noch eine Weile dauern, bis die Endphase des Spiels begann.

Hinter Vrenn stieg ein Spieler von den unteren Ebenen auf. Er drehte sich um und erkannte Gelly: Sie tanzte auf den Zehen, so anmutig und elegant, als sei sie ohne Masse, ohne Gewicht. Einige Blutflecken trübten den Glanz ihrer metallenen Handschuhe. Das ihre Lippen umspielende Lächeln war wie ein Strahlen in ihrem Gesicht. Vrenn nickte ihr zu, und auf dem Fußballen drehte sie sich flink um die eigene Achse.

Der zweite gegnerische Flieger sauste in einer Entfernung von zwei Feldern empor und verschwand in den Wolken.

Am einen Ende der Höhe, auf der sich Vrenn derzeit befand, machte er breite Schultern aus, die in einem gewaltigen grünen Panzer ruhten: Ragga traf ein. In dem dicken Leder zeigten sich nun Falten und auch einige Risse, und Vrenn fragte sich, ob ihr Blockierer jetzt zufrieden war. Ragga stand wie ein Bollwerk in seiner Zelle, so ruhig, als drohe ihm nicht die geringste Gefahr.

Der Goldene Lanzenträger trat aus einer Wolke und griff den Grünen Blockierer an. Vrenn beugte sich ein wenig vor, und gespannt beobachtete er den Kampf.

Die gegnerische Lanze funkelte grün. Ragga versuchte nicht, dem Hieb auszuweichen, und er brummte nicht einmal, als ihn die Waffe traf. Dann wirbelte er herum.

Die Goldene Spielfigur war klug genug, sich nicht mit ihrem Deflektor aufzuhalten. Sie drehte die Lanze so, daß das neutrale Ende nach vorn zeigte – ein kühnes Verhalten, das Vrenn ein Seufzen der Bewunderung entlockte. Doch selbst mit all seinem Mut hatte der feindliche Lanzenträger nicht die geringste Chance gegen Ragga.

Die Faust des Grünen Blockierers hämmerte an den Lanzenschaft und schlug ihn herunter, und der Goldene taumelte und hätte seine Waffe fast fallengelassen.

Und Ragga wankte.

Vrenn riß unwillkürlich die Augen auf, als der beste Blockierer aller Häuser auf die Knie sank. Der gegnerische Lanzenträger stolperte zurück und versuchte, das Gleichgewicht wiederzufinden. Ragga rührte sich kaum. Mehrmals traf ihn das neutrale Ende der Waffe.

Beim dritten Hieb vernahm Vrenn ein vages Knistern, und plötzlich verstand er: Der Lanzenschaft war nicht neutral. Irgend etwas verbarg sich darin, ein Kontakt-Stunner vielleicht, möglicherweise ein Schmerz-Stimulator.

Vrenn runzelte verwirrt die Stirn. Offenbar gab es irgendeine Spielregel, die er nicht kannte – vielleicht eine Art von Vorteil für jemanden, der gegen einen Großmeister antrat... Vrenn überprüfte seine Waffe, berührte mit der Fingerspitze das neutrale Ende der Lanze. Nur die eiserne Disziplin, die ihm während der Ausbildung in Fleisch und Blut übergegangen war, bewahrte ihn davor, einen Schrei auszustoßen und zu Boden zu sinken – oder gar an eine der Zellenwände zu taumeln. Er hob den Kopf und starrte dorthin, wo er zuvor die Spieler gesehen hatte. Doch einige Wolkenfelder verwehrten ihm den Blick auf das Galeriefenster.

Die eine Kante des Feldes von Gelly wurde blau. Vrenn drehte sich, sah weitere blaue Linien und stellte fest, daß sie zum Goldenen Lanzenträger führten. Ragga war verschwunden. Vrenn öffnete den Mund, um die Tänzerin zu warnen, brachte jedoch nur ein heiseres Krächzen hervor. Bevor er sich räuspern und verständliche Worte formulieren konnte, raste Gelly mit Warp-Geschwindigkeit über das Spielfeld.

Der Goldene hob seine Waffe. Gelly tanzte vorbei und trat den gegnerischen Lanzenträger, der daraufhin stolperte und Anstalten machte, sich umzudrehen. Ihre Stiefelspitze traf ihn erneut, diesmal am verlängerten Rücken. Der Mann schien große Mühe zu haben, das Gleichgewicht zu wahren. Gelly vollführte einen Handstand und trat dabei nach dem Helm der feindlichen Spielfigur.

Der Lanzenträger fiel.

Gelly sprang.

Doch genau in diesem Augenblick kam der Goldene wieder auf die Beine und versetzte ihr einen Hieb mit der Lanze.

Gelly krümmte sich zusammen. Der Lanzenträger holte erneut aus, und ein Strahl berührte die Tänzerin, zweimal kurz hintereinander. Rote Flüssigkeit spritzte: Das Blut Gellys wirkte außergewöhnlich dunkel.

Vrenn wollte schreien, aber er preßte die Lippen zusammen und beherrschte sich.

Unmittelbar darauf spürte er, wie sich der Boden unter ihm bewegte: Er näherte sich den weiter oben gelegenen Ebenen, und als er die siebte Ebene erreichte, materialisierte das Ziel in seiner Zelle. Er fing die metallene Scheibe auf, die sich erwartungsgemäß als sehr schwer erwies.

Oben und unten existierten holografische Wolken, und die auf den anderen Seiten sichtbaren Felder schienen leer zu sein. Vrenn hielt nach Zharn Ausschau. Es war ein außerordentlich gefährlicher Zug, den Fechter vom Ziel zu entfernen...

Er fragte sich, ob die Goldenen Figuren die Spielregeln verletzten – und tatsächlich glaubten, auf diese Weise den Sieg zu erringen. Vrenn dachte auch an Ragga und Gelly, und Zorn begann in ihm zu vibrieren, als er ihren Tod in Erwägung zog. Plötzlich verspürte er den Wunsch, ebenfalls mit einem Gegner konfrontiert zu werden, mit einem Feind, den er töten konnte.

»Was den Einsatz angeht...« begann Manager Atro.

Akten wandte den Blick nicht vom Galeriefenster ab, als er erwiderte: »Die Wetten sind selbstverständlich annulliert. Eine solche Entwicklung konnte niemand voraussehen.«

Atro winkte bestätigend.

Kezhke hatte die Frucht von seiner Gefährtin entgegengenommen und kaute aufgeregt. »Das mit dem Lanzenträger ist mir ein Rätsel«, sagte er. Saft tropfte von seinem Kinn.

»Glauben Sie, dem Gedankenadmiral ist ein Einschätzungsfehler unterlaufen?« fragte General Margon ruhig und griff nach einem Glas Brandy.

»Ich meine nicht den Grünen Lanzenträger, sondern den Goldenen«, erwiderte Kezhke schroff und wandte sich zu Margon um. »Ich bin kein Gedankenadmiral, und ich behaupte auch nicht, die Flottenstrategie zu verstehen. Aber selbst Sie, General, kennen die Reputation Khemaras.«

»O ja, natürlich«, entgegnete Margon leichthin und strich sich mit den Fingerkuppen über die Stirn. Mit dieser Geste machte er deutlich, daß er an dem Verstand Khemaras zweifelte. Die Marineoffiziere lachten, sogar einige der Flotten-Repräsentanten. »Hat irgend jemand eine Ahnung, was es mit der Grünen Tänzerin auf sich hat? Sie ist zwar ein wenig zu dürr, scheint mir aber recht interessant zu sein.« Margons Gefährtin fauchte und fuhr die Krallen aus.

»Das Grüne Ziel ist ungeschützt«, stellte General Maida fest. »Der Fechter befindet sich nicht in der Nähe…«

»Spielleiter«, wandte sich Kezhke ruhig an Sudok. »Ich möchte noch einmal den letzten Eliminierungskampf des Goldenen Fechters sehen.«

Sudok berührte eine Taste, und in einem kleineren Projektionsfeld bildeten sich dreidimensionale Konturen.

»Der Lanzenträger wird auf eine höhere Ebene gesetzt und verfolgt das Ziel«, sagte einer der beiden Administratoren. »Goldener Lanzenträger nach Sieben.«

»Spielleiter«, warf Kezhke ein. »Halten Sie die Aufzeichnung an und vergrößern Sie das Bild… Sehen Sie sich das an, General Margon.«

»Als ich von der Tänzerin sprach, dachte ich in erster Linie an den epetai-Khemara… Er mag dürre Frauen. Und er steht auf Grün.«

»Grüner Lanzenträger hat das Ziel und erreicht Höhe Acht.«

Als Vrenn die Zielscheibe auf den Boden legte, näherte sich der gegnerische Lanzenträger. Jetzt ist es soweit, dachte Vrenn und wartete darauf, daß die gelbe Zellenbarriere ihre Farbtönung veränderte. Statt dessen aber setzte sich der Boden erneut in Bewegung. Vrenn stützte den einen Fuß auf die metallene Scheibe und hielt die Lanze bereit. Der Schmerz im Unterkiefer dehnte sich aus und erfaßte die eine Hälfte seines Kopfes.

Er befand sich nun auf Höhe Acht, und zwei Felder trennten ihn vom Rand. Als er nach unten blickte, sah er Zharn auf der siebten Ebene. Und allmählich begriff er: Zharn würde den gegnerischen Lanzenträger aus einer Wolke angreifen.

Vrenn irrte sich nicht. Der Grüne Fechter schwang seinen dünnen Stab in einem möglichst weiten Bogen. Die Spitze traf den rechten Arm des Goldenen Lanzenträgers und wickelte sich darum. Sofort im Anschluß daran betätigte Zharn die Polarisierungskontrolle, und das Metall verhärtete sich wieder. Vrenn hatte den Fechter bereits mehrmals bei diesem geschickten Manöver beobachtet: Als sich der Gegner umdrehte, zog Zharn ruckartig an der Stange und hob die linke Messerhand. Das Bewegungsmoment des Goldenen mußte genügen, um einen Kontakt mit der Waffe zu bewirken...

Doch dann riß Vrenn verblüfft die Augen auf: Zharn stolperte. Die Hand des Fechters bewegte sich, und darauf folgte eine Depolarisierung der Stange. Der Goldene drehte sich in die andere Richtung und stieß die aktive Lanzenspitze an die Kehle Zharns. Grüne Funken stoben über eine grüne Rüstung.

Die Wucht der Entladung schleuderte den Kopf Zharns zurück, viel zu weit zurück. Seine Pupillen waren geweitet, als er Vrenns Blick begegnete, und seine Lippen zitterten und bebten...

Vrenn glaubte, die Silben zu verstehen, die der Fechter lautlos formulierte.

Erledige diesen Gegner, forderte ihn Zharn stumm auf, bevor ihn das Transporterfeld erfaßte und fortbrachte.

»Haben Sie das Aufleuchten gesehen?« fragte Kezhke. »Zwischen der Lanze und dem Körper der Tänzerin?«

»Vermutlich handelte es sich nur um den Verzerrungseffekt einer Linse«, erwiderte jemand, doch die Stimme des Betreffenden klang nicht sonderlich überzeugt.

»Angenommen, das ist nicht der Fall«, warf Margon interessiert ein. »Was war es dann?«

»Über persönliche Waffen wissen Sie besser Bescheid als ich«, sagte Kezhke. »Auf diesem Gebiet gelten Sie als Experte.«

Margon hob das Brandyglas, und die andere Hand ruhte auf dem Kolben der im Gürtelhalfter steckenden Waffe. »Wollen Sie damit irgend etwas andeuten, Admiral?«

Einige der anderen Offiziere traten schweigend beiseite.

Kezhke winkte seine beiden Gefährtinnen fort. Er trug keine sichtbare Waffe, aber niemand zweifelte daran, daß er sich zu wehren verstand. Kein Klingone, der einen so hohen Rang bekleidete, begab sich unbewaffnet in die Öffentlichkeit. »Sie sollten sich einmal dieses Bild ansehen, General. Und das gilt auch für die anderen.«

»Spielleiter Sudok«, sagte Margon, »sind die Ausrüstungsgegenstände für dieses Spiel geprüft worden?«

»Selbstverständlich, General«, bestätigte der Vulkanier.

»Und wurden dabei irgendwelche Unregelmäßigkeiten festgestellt?«

»Nein.«

Kezhke gab keinen Ton von sich. Es wäre närrisch gewesen, die Auskunft eines Vulkaniers in Frage zu stellen.

Margon nahm die Hand vom Kolben seiner Waffe und deutete auf die Nische, in der Gedankenadmiral Kethas saß. »Wenn der Großmeister der Flotte das Spiel beenden möchte... Wir sind gern bereit, ein Patt zu akzeptieren.«

»Kethas«, sagte einer der beiden Administratoren verwirrt, »hat bisher immer gesiegt.«

»Jede Glückssträhne geht einmal zu Ende.« Margon richtete seinen Blick wieder auf das Galeriefenster. »Vermutlich wird er es als sehr unehrenhaft empfinden, ausgerechnet von einem Truppenführer der Marine geschlagen zu werden. Tja, er hat es mit der unbesiegten Goldenen Mannschaft zu tun, und außerdem spielt auch noch der Sohn seines besten Freundes, der vor Jahren den Tod fand... Ach, wie sehr ich mich doch für das *Klin zha* begeistere! Nur ein Krieg ist noch aufregender.«

»Goldener Lanzenträger auf Höhe Acht.«

»Immerhin gibt es noch das *Komerex zha*«, brummte Manager Akten.

»Ich leugne die Existenz des Ewigen Spiels«, gab Margon zurück, ohne sich umzudrehen. »Gesellschaft ist Gesellschaft, und Krieg ist Krieg. Wenn es Spiele sind, so weisen sie gewiß Unterschiede auf. Nein, ich halte nichts von einem solchen Konzept.«

»Und mit dieser Vorstellung stehen Sie nicht allein da«, sagte Akten.

»Grüner Lanzenträger auf Höhe Neun.«

Auf der höchsten Ebene gab es keine Wolken. Vrenn stand in einer vierseitigen Pyramide aus klaren und glänzenden Flächen, die von schwarzem Stahl eingefaßt waren, und er wußte, daß nun die Endphase des Spiels begann.

Vrenn rechnete mit einem ganz bestimmten Zug. Er hatte das Ziel zur neunten Höhe getragen, und die Absicht des Gegners mußte jetzt darin bestehen, die Scheibe an sich zu bringen. Nur der Goldene Lanzenträger konnte seine Zelle mit einem Zug erreichen. Vielleicht bekam er es auch mit dem zweiten Goldenen Flieger zu tun – vorausgesetzt, jene Figur war noch im Spiel und nahm ein Randfeld ein… Doch Vrenn war davon überzeugt, daß ihm keine Konfrontation mit dem Flieger bevorstand. Ein solcher Zug lag auf der Hand und entsprach somit nicht dem Spiel zwischen Meistern.

Vrenn hatte recht. Auf der einen Seite der Zelle schimmerte plötzlich eine Säule aus Licht, hell und funkelnd, und der Goldene Lanzenträger materialisierte.

Vrenn stieß mit seiner Waffe zu, noch bevor der Retransfer des Gegners ganz abgeschlossen war, und er spürte, wie ihm das Transporterfeld einen gewissen Widerstand leistete. Dann verblaßte das Leuchten, und Vrenn versetzte dem Goldenen einen Hieb, der ihn an die Rückwand schleuderte. Gleich darauf fluchte er leise: Er hatte mit einem Schockfeld gerechnet, doch die Zellenbarriere bestand nur aus ungeladener Materie.

Der Goldene spannte die Muskeln und versuchte, seine Lanze zu heben, so daß er die aktive Spitze zum Einsatz bringen konnte. Einige Sekunden lang kämpften die beiden Männer gegeneinander, und dann fühlte Vrenn, wie er von einer ungeheuren Kraft zurückgestoßen wurde. Funkenstiebend trafen die Lanzen aufeinander, und die gelben Energiefelder der Deflektoren gleißten. Vrenn warf einen kurzen Blick auf den Indikator: Die Ladestärke betrug nur noch fünfundzwanzig Prozent. Daraufhin senkte er den energetischen Schild und handhabte die Lanze so, als sei sie nichts weiter als ein gewöhnlicher Schlagstock. Seine Hiebe trafen den Gegner mehrmals an den Beinen, schienen jedoch völlig wirkungslos zu bleiben. Vrenn hätte vor Wut heulen können, doch er durfte sich nicht ablenken lassen und konzentrierte sich auf den Kampf.

Er musterte das Gesicht seines Gegners, und ihre Blicke begegneten sich. Ganz offensichtlich war der Goldene ein vollwertiger Klingone, ein Angehöriger der Imperialen Rasse, ebenso wie Vrenn. In dem breiten und dunklen Gesicht zeigten sich Dutzende von

Narben, und in den gelben Augen blitzte eine Art mentaler Elektrizität.

Vrenn begriff, daß er ein verzweifeltes Irrlichtern sah, und er vermutete, daß sich dem Goldenen ein ähnlicher Anblick darbot. Sie waren wie Spiegelbilder – unterschieden sich nur in der Farbe ihrer Kleidung.

Nein, es gab noch einen weiteren Unterschied: Der Goldene verfügte über eine manipulierte Lanze, und dieser Waffe konnte Vrenn *Gensa* Grün nur seinen Zorn entgegensetzen.

Vrenn führte einen Scheinangriff durch, um ein wenig Zeit zu gewinnen, und dann wirbelte er auf den Zehenspitzen herum und schwang seine Lanze so, wie Zharn zuvor mit seinem Stab ausgeholt hatte. Der überraschte Gegner hatte seine Waffe gehoben, um den vorgetäuschten Hieb abzuwehren, und die kristallene Spitze der Lanze Vrenns traf ihn dicht unterhalb der rechten Achselhöhle.

Vrenn betätigte die Kontrollen, und die Restenergie entlud sich mit einem grellen grünen Blitz.

Der Goldene ließ die Lanze fallen. Vrenn trat sie zur Seite, warf dann auch seine eigene fort. Und dann verharrte er abrupt und starrte ungläubig auf seinen Gegner.

Er hatte sich geirrt. In der Lanze des Goldenen verbarg sich keine geheime Waffe. Nein, nicht in der *Lanze*...

Der rechte Arm des Gegners lag auf dem Boden, und die Finger zuckten in elektronischen Krämpfen. Dicht daneben stand die Gestalt, die Vrenn bisher für einen Mann gehalten hatte. Drähte hingen aus der aufgerissenen rechten Schulter, und elektrische Funken stoben. Kühlflüssigkeit und Öl tropfte aus lecken Schläuchen.

Vrenn rammte dem Gegner erst die eine Faust in den Leib und dann auch die andere. Er spürte, wie Gewebe zerriß und kam zu dem Schluß, daß sein Widersacher nur zum Teil ein kybernetischer Mechanismus war. Mit neuer Entschlossenheit schlug er zu und trieb den Feind an die Wand zurück.

»*Kai!*« rief Vrenn, und es war nur zum Teil spöttisch gemeint. Er sprang und trat mit beiden Füßen nach dem Unterleib des Goldenen.

Kunststoff splitterte, und der Cyborg-Lanzenträger durchbrach die Zellenbarriere und stürzte fünfzig Meter in die Tiefe. Als er unten aufschlug, vernahm Vrenn ein sonderbares, dumpfes Knirschen, und Blut und Öl bildeten eine dunkle und zähflüssige Masse.

»Der Sieg für *Gensa!*« donnerte die Stimme Vrenns vom höchsten Punkt des dreidimensionalen Spielfeldes. Er drehte den Kopf und blickte in Richtung des Galeriefensters, das sich unterhalb seiner Ebene befand; er sah die Gesichter der ihn beobachtenden Offiziere. »*Gensa,* tausendmal, unbesiegt!«

Er fragte sich, ob die Zuschauer seinen Triumph hörten.

»Was für eine außergewöhnliche Endphase«, sagte Manager Akten anerkennend. General Maida hustete und schnupperte an seinem Räucherstäbchen. Eine der Gefährtinnen Admiral Kezhkes wandte sich um und erbrach sich auf die Robe, die ein Diener für sie ausbreitete. Kezhke räusperte sich. »Ich glaube, dieses Spiel war mehr als nur...«

»Ja«, unterbrach ihn Margon und riß seine Waffe aus dem Halfter. Gefährtinnen und Offiziere sprangen davon und gingen rasch in Deckung.

»*Tokhe straav!*« brüllte Margon: *Bereitwilliger Sklave* – die schlimmste Beleidigung für einen Klingonen, eine Schmähung, für die es nur eine angemessene Strafe gab: den Tod. Margon feuerte, und ein blauweißer Blitz zuckte über das Glas der Nische, in der Truppenführer Mabli saß. Mabli hatte sich gerade umgedreht, als die zweite Entladung aus der Waffe Margons die kristallene Barriere zerfetzte. Hunderte von scharfkantigen Splittern sausten umher. Der dritte Schuß verbrannte den Brustkasten des Truppenführers. Der Feuchtigkeitsdunst an der Decke wogte und wallte, und der Duft der Aromastäbchen vermischte sich mit dem beißenden Geruch von Ozon. Kezhke hielt ebenfalls eine Waffe in der Hand, wartete noch einige Sekunden und ließ den Arm dann langsam sinken.

Margon hob sein Brandyglas und trank einen Schluck. »*Kai*, Gedankenadmiral. Ein weiterer Sieg für Sie.«

Kethas stand in der offenen Tür seiner Nische. »Ja.« Er blickte an Margon vorbei. Die Diener waren schon dabei, wieder Ordnung zu schaffen. »Und bedeutet jeder Sieg einen Verlust, Margon?«

»Maibli mußte büßen«, erwiderte Margon schlicht. »Die einzige angemessene Strafe für ihn war der Tod. Was versprechen Sie sich von dem Verhör eines Mannes, der beim *Klin zha* betrügt? Wenn die Dummköpfe von der Sicherheitsabteilung die elektronische Akte jenes *Straav* durchgehen, finden sie sicher nichts weiter als Lügen.«

»Da haben Sie vermutlich recht«, erwiderte Kezhke ernst.

»Damit scheint der Fall erledigt zu sein«, sagte General Maida.

Kethas blickte durch das Galeriefenster und beobachtete die Gestalt auf dem obersten Feld der Pyramide. Der Grüne Lanzenträger hatte die Arme gehoben und rief etwas, doch die Glaswand machte seine Stimme zu einem unverständlichen Raunen. Es war durchaus möglich, daß Mabli die ihm geltende Beleidigung Margons gehört hatte, bevor die kristallene Barriere splitterte – aber das spielte jetzt keine Rolle mehr.

»Da wäre noch eine Sache, sutai-Demma…« sagte Kethas.

»Epetai-Khemara?« Margon neigte andeutungsweise den Kopf.

»Ein ausgezeichnetes Spiel. Ich bedanke mich bei einem würdigen Gegner.«

Margon nickte, und Kethas drehte sich um. »Administrator Akten«, sagte er, »ich möchte eine gewisse Angelegenheit mit Ihnen besprechen. Es geht dabei um die Adoption einer Person, die aus einem der Häuser für die Linienlose Jugend stammt.«

Akten gab seinem *Tharavul* ein Zeichen. »Ich habe bereits mit einer solchen Anfrage Ihrerseits gerechnet und Sovin beauftragt...« Er unterbrach sich und fügte hinzu: »Es handelt sich um eine *Adoption*? Nicht nur einfach eine Verlegung des Wohnsitzes?«

Kethas lächelte dünn. »Sie sind ein guter Spieler, Akten. Aber nicht einmal ich wußte im voraus, wie das Spiel enden würde...«

KAPITEL 2

Strategien

Vrenn befand sich im Schlafraum des Hauses Vierundzwanzig – allein. Die sechs Betten waren leer, und diejenigen, die darin geschlafen hatten, nahmen nun an den morgendlichen Übungen teil. Vrenn wünschte sich plötzlich, ihnen Gesellschaft leisten zu können. Aber er war nicht länger Gensa, sondern Khemara. Jeden Augenblick mochte ein Transporter eintreffen, um ihn fortzubringen.

Vrenn hockte auf der Kante des Bettes, das ihm während der vergangenen Jahre als Lager gedient hatte. Er beugte sich vor, schob die Finger unter die Matratze und tastete – ohne daß die Zimmermonitore etwas von dieser Bewegung bemerkten – nach dem kleinen Schlitz in dem metallenen Gerüst.

Er konnte nichts ertasten.

Vrenn hielt unwillkürlich die Luft an, und verbittert bleckte er die Zähne: Das eine Objekt, an dem ihm wirklich etwas lag, war verschwunden. Die Proktoren haben kein Recht, mir jenen Gegenstand zu nehmen, dachte er. Er gehört nicht dem Haus. Khidri fiel ihm ein, und er fragte sich, ob er ihn davon überzeugen konnte, ihm das Objekt zu lassen. Vielleicht konnte er ihm zumindest die Erlaubnis abringen, es einem Hauskameraden zu geben...

Doch das wäre ein Fehler gewesen, wie Vrenn sofort begriff. Der alte Khi' hatte ihn davor gewarnt, im Namen Khemaras zu rasch irgendwelche Privilegien zu verlangen, über etwas zu triumphieren, was noch kein Sieg war.

Nun gut, dachte Vrenn. Soll das Haus den Umschlag behalten, meinetwegen auch verbrennen. Bestimmt bekam er ihn dann im nächsten Leben zurück.

Vrenn verließ das Zimmer. Stille herrschte in den Korridoren. Die Wände bestanden aus geglättetem Fels, und hier und dort fiel sein Blick auf Vorhänge und Teppiche mit schlichten Mustern. Der Stoff dämpfte alle Geräusche.

»Khemara.«

Es war der Laut und nicht etwa der Name, der Vrenn veranlaßte, sich umzudrehen. Proktor Muros stand einige Meter von ihm entfernt und hatte die Hände gefaltet. An der einen Hüfte baumelte seine Kontrollrute, und ein seltsames und bisher ungekanntes Empfinden regte sich in Vrenn: Der Stab wirkte plötzlich lächerlich und kam doch einer vagen Drohung gleich.

»Haben Sie sich verirrt, Khemara? Normalerweise werden die Gäste unseres Hauses von Führern begleitet. Wenn Sie möchten, übernehme ich diese Aufgabe, hochgeehrter und erhabener Gast.« *Epetai-zana* – ein so bedeutender Ehrentitel, daß er unter diesen Umständen absurd und beleidigend klang.

»Nein, ich habe mich nicht verirrt, Proktor«, erwiderte Vrenn fest, spannte die Nackenmuskeln und fügte hinzu: »Sie können sich wieder Ihren gewöhnlichen Pflichten widmen.«

Muros lächelte dünn und offenbarte spitze Zähne. »Wie Sie meinen, *epetai-zana.*« Er nickte höflich, drehte sich um und ging stumm davon. Vrenn entspannte sich langsam wieder.

Leute, die sich im Haus nicht auskannten, mochten glauben, Muros erwarte ihren Respekt. Und wenn sie sich entsprechend verhielten, zischte der Proktor ein abfälliges »Seid ihr *Straave*?« und setzte seine Rute ein.

Wenn Muros zuschlägt, so schlage zurück, lautete eine der geheimen Vorschriften des Hauses. Wenn ein Neuer eintraf, so stand es allein den fünf Stubengenossen des Betreffenden zu, ihn von den Regeln zu unterrichten. Oder auch nicht. Normalerweise weihten sie den Neuankömmling nur in einige der internen Traditionen ein und überließen es ihm, die anderen mit Hilfe einer Rute zu erfahren. Zharn hatte Vrenn vor Muros gewarnt, und es hieß, er habe auch die Zimmerkameraden Gellys aufgefordert, sie auf die Vorlieben des Proktors hinzuweisen. Das fremdartige – und auch abstoßende – Erscheinungsbild Gellys mochte der Grund dafür gewesen sein, daß man das Anliegen Zharns nicht weiter beachtete.

Zharn und Gelly waren nach dem *Klin zha kinta* nicht zurückgekehrt, im Gegensatz zu den anderen ausgeschiedenen Spielern, wie zum Beispiel Ragga. Doch Ragga schien sich verändert zu haben, gab sich nun mürrisch und einsilbig, fluchte nicht einmal mehr.

Vrenn erreichte den vorderen Gemeinschaftsraum. Dort war das Licht nicht ganz so hell, die Luft feuchter. Pflanzen wuchsen in großen Kübeln, und die kleine und mit dunklem Wasser gefüllte Sitzmulde diente zum Meditieren. Die bunten Glasflächen in der Decke formten ein großes, imperiales Dreiblatt, das *Komerex stela*, das von innen heraus zu glühen schien. An der einen Wand stand ein *Klin zha*-Tisch. Vrenn trat darauf zu.

»Sie sind Vrenn Khemara.« Erneut war es nicht in erster Linie der Name, sondern die Stimme, die ihn veranlaßte, sich umzuwenden. Zwar handelte es sich um *Klingonaase*, aber die Worte waren nicht von einem Klingonen formuliert worden.

Eine hochgewachsene, sehr hagere Gestalt näherte sich ihm; sie trug eine schwarze und goldene Flottenuniform ohne Insignien. Vrenn wußte nicht, welcher Rasse der Fremde angehörte. Ihm folgte Proktor Khidri, und in den Händen hielt er einige zusammengefaltete Kleidungsstücke.

»Ich heiße Tirian«, sagte der große Mann. Sein Gesicht war auffallend kantig, und er hatte breite Schultern und eine schmale Hüfte. »Ich bin Transporter in Diensten des Gedankenadmirals Kethas, und es ist mir eine Ehre, auch ihnen behilflich sein zu können.«

Khidri reichte Vrenn das Bündel. »Epetai-Khemara hat Ihnen Kleidung geschickt.«

Vrenn nahm die Sachen entgegen und strich mit den Fingern über eine lange und weite Tunika, zu der auch eine Hose aus dunkelblauem und sehr weichem Stoff gehörte. Nach kurzem Zögern öffnete er die Spangen seiner grauen Hausuniform, und ungeachtet der Anwesenheit anderer Personen begann er damit, sich umzuziehen. Immerhin war Khidri ein Hausproktor, und dem Mann Tirian – welcher Rasse er auch angehören mochte – kam ganz offensichtlich nur der Rang eines *Kuve* zu. Er hatte davon gesprochen zu dienen, und die Worte Khidris machten deutlich, daß die Kleidung von epetai-Khemara stammte und nicht von Tirian überbracht worden war.

Als sich Vrenn die neue Tunika überstreifte, fiel ihm etwas auf. »Dies sind Sachen, wie sie von Kadetten getragen werden, nicht wahr? Von Flottenkadetten...«

»In gewisser Weise«, erwiderte Tirian. »Eine Kadettenuniform ist nicht ganz so lang und weit, damit sie bei Schwerelosigkeit keine Behinderung darstellt.«

Vrenn bewegte die Schultern: Niemals zuvor hatte er einen so weichen Stoff gefühlt. Er griff nach seiner alten Kleidung, faltete sie zusammen und reichte sie Khidri. »Wann brechen wir auf, Transporter?« fragte er und spürte, wie seine Stimme ein wenig zitterte, als er versuchte, ihr einen befehlenden Klang zu verleihen.

»Sobald Sie bereit sind, *zan* Vrenn. Haben Sie Gepäck?«

»Nein... nichts, Transporter.«

»Wenn Sie möchten, können Sie mich Tirian nennen. *Kuvesa tokhesa*«, sagte der Fremde: *Ich diene bereitwillig.* Aber Vrenn zweifelte nicht daran, daß Tirian aufgrund einer genauen Anweisung handelte.

»Dann nennen Sie mich Vrenn«, erwiderte er und wußte, daß er dem *Kuve* damit gar keine Wahl ließ.

Sie traten in den Vorhof des Hauses. Ein kleiner Gleiter stand dort bereit, eine Maschine mit stummelförmigen Tragflächen, ein exotisches Insekt aus Stahl, Kunststoff und Elektronik. Die obere Seite glänzte in einem matten Grün, die untere in blütenreinem Weiß. An den Fenstern waren die Lamellen von Panzerungen zu sehen, die jederzeit heruntergelassen werden konnten, und unter den Tragflächen zeigten sich Intervaller-Projektoren und kleine Geschoßkatapulte. Vrenn hatte sich eingehend mit den Identifikationsunterlagen beschäftigt und erkannte den Gleiter als ein Modell Teska 2. Es diente nicht nur zum Transport, sondern war auch ein echter Kampfgleiter, der ein im Orbit befindliches Raumschiff angreifen konnte.

Die anderen Bewohner des Hauses Gensa hatten sich auf dem Vorhof versammelt und bewunderten die Maschine aus respektvoller Entfernung. Als sie Khidri sahen, drehten sie sich um und nahmen sofort Haltung an.

Sie sangen »Die *Rache* startet beim Morgengrauen«. Zwar galt die Titelmelodie der Holofilm-Serie, die Vrenn so sehr mochte – »Unbesiegt« – inzwischen als eine Art Hymne des Hauses Gensa, doch der Text beschrieb Krieg und Tod. Das Lied, das die Kameraden Vrenns jetzt anstimmten, war für diesen besonderen Tag besser geeignet.

Die Geschütze sind bereit, und das Schiff vibriert.
Das Triebwerk singt das Lied des Triumphes,
Und alle an Bord warten darauf, daß sich
Am Horizont die Trophäe zeigt.
Faust und Waffe! Herz und Macht!
Schrei es mit der Stimme des Imperiums!
Sieg und Ruhm und Glorie!
Die Rache *startet bei Morgengrauen!*

Ja, genau das richtige Lied für diesen Tag. – Vrenns Nackenmuskeln schmerzten, und er bemühte sich, einen ernsten Gesichtsausdruck zu wahren und die Lippen fest geschlossen zu halten... Kummer stieg in ihm hoch, als er daran dachte, daß weder Zharn noch Gelly zugegen waren, um zusammen mit den anderen zu singen.

Rokis trat vor und hinkte dabei ein wenig. Beim Kampf gegen einen *Klin zha kinta*-Gegner hatte sie eine Beinverletzung davongetragen. Sie streckte Vrenn die Hände entgegen und reichte ihm einen braunen Umschlag aus Papier. »Ein Geschenk von uns«, sagte sie. »Ein Andenken.«

Vrenn hätte fast gelächelt. Deshalb also hatte er den Umschlag nicht unter der Matratze finden können.

Eine weitere Hand schob sich ins Blickfeld Vrenns, und aus irgendeinem Grund wagte er es nicht, nach dem Umschlag zu greifen. Ein Proktor war an ihn herangetreten, und mit einem kleinen Gerät kontrollierte er das Geschenk, ohne das braune Papier zu berühren. Er nickte knapp.

Vrenn mußte sich sehr beherrschen, um nicht erleichtert aufzuatmen. Er nahm den Umschlag entgegen und hielt ihn so fest, wie es möglich war, ohne ihn zu zerknittern. »Dies ist ein... ehrenwertes Haus«, sagte er und hob den Kopf. Doch Wolken und das helle Gleißen der Sonne verwehrten ihm den Blick auf die Sterne.

Dann wandten sich die Männer und Frauen um und kehrten ins Gebäude zurück, und Vrenn und Tirian hielten auf den Gleiter zu. Der Transporter betätigte einige Tasten der kleinen Kontrollvorrichtung, die er am Handgelenk trug, und die Luke der Maschine klappte auf. Eine schmale Treppe neigte sich dem Boden entgegen. Tirian winkte, und Vrenn ging an Bord.

Zwar hatte er bereits Bilder und Holofilme gesehen, die das Innere von Raumschiffen zeigten, aber es erwartete ihn dennoch eine Überraschung. Er befand sich in einem Tunnel, der kaum breiter war als seine Schultern, und wenn er sich ganz streckte, stieß er mit dem Kopf an die Decke. An beiden Wänden zeigte sich ein komplexes Durcheinander aus installierten Geräten und Instrumenten: Bunte Sensoren leuchteten und flackerten; kleine Kontrollampen blinkten, und auf Bereitschaft geschaltete Sprachprozessoren und verbale Kommandokomponenten summten und surrten.

»Gehen Sie nur weiter«, sagte Tirian, dem der Korridor noch weniger Platz bot. Kurz darauf gelangte Vrenn in eine Kabine, deren vordere Wand aus dickem und getöntem Glas bestand. Zwei große und gepolsterte Sessel standen vor einigen Konsolen, umgeben von weiteren Instrumentenblöcken. Auf kleinen Displays glommen die farbigen Linien von Diagrammen und grafischen Darstellungen. Die Luft zirkulierte zwischen den Ein- und Auslaßöffnungen der Klimaanlage.

»Nehmen Sie bitte links Platz«, sagte Tirian. »Das ist der Sitz des...«

»Kanoniers«, sprach Vrenn den begonnenen Satz zu Ende.

Tirian klackte mit den Zähnen. »Ich dachte mir schon, daß Sie das wissen. Können Sie sich allein anschnallen?«

Vrenn nahm in dem Sessel Platz, zog die beiden Segmente des Sicherheitsharnisches zusammen und arretierte sie über der Brust.

»Ausgezeichnet. Versuchen Sie nun, sich wieder daraus zu befreien.«

Vrenn drückte die flache Hand auf die Schnalle des Harnisches. Nichts geschah. Er holte aus und schlug so fest zu, daß es schmerzte, doch es erfolgte keine Reaktion.

Tirian beugte sich zu ihm. »Erst drehen und dann drücken.« Er zeigte es ihm und ließ den Verschluß erneut zuschnappen. »Die alten Sicherheitsspangen, die noch in den Holofilmen zu sehen sind, konnten durch Zufall aufspringen. Diese hier bieten einen größeren Schutz – und lassen sich ebenso schnell öffnen.« Er lehnte sich an seinen Sessel und strich sich mit seinen dünnen und fast farblosen Fingern übers Knie. »Nun, ich bin Ihr Transporter. Wissen Sie, was das bedeutet?«

Vrenn runzelte verwirrt die Stirn und fragte sich, ob er Tirian richtig eingeschätzt hatte. War er wirklich nur ein Diener? Oder entsprach der neue Status Vrenns nicht seinen bisherigen Vorstellungen? Er musterte Tirian, der auf eine Antwort wartete. Das knochige Gesicht des hochgewachsenen Mannes wirkte völlig ausdruckslos. Vrenn begriff, daß er Auskunft geben mußte, und zwar wahrheitsgemäß. »Nein«, gestand er ein. »Würden Sie es mir bitte erklären?«

Tirian nickte ernst. »Selbstverständlich, *zan* Vrenn. Meine Aufgabe besteht darin, Ihre Sicherheit zu gewährleisten, während Sie an Bord irgendeines Fahrzeuges unterwegs sind. Wenn Sie sich für einen Dematerialisierungstransfer entscheiden, bediene ich die Kontrollen, um für eine reibungslose Rematerialisierung zu sorgen. Darüber hinaus könnte es notwendig werden, daß ich Ihnen persönliche Bewertungen in Hinsicht auf Handlungsweisen und Verhaltensmuster im Verlaufe eines Transits mitteile. Als mein Herr müssen Sie anschließend auf der Grundlage solcher Informationen Entscheidungen treffen. Genügt das als Erklärung?«

»Ja, Trans... Tirian.« Jetzt wurden Vrenn einige Dinge klar. Jedesmal dann, wenn ein Captain ein Fahrzeug benutzte, vertraute er sein Leben einem Transportkontrolleur an, der über jeden Verdacht erhaben sein mußte. Es war durchaus vernünftig, daß ein Admiral einen Sonderoffizier mit dieser Aufgabe betraute – noch dazu einen *Kuve,* der keinen eigenen Ehrgeiz entwickeln konnte.

Vrenn begriff nun auch, daß er gerade jenen Mann vor den Kopf gestoßen hatte, der sein unbedingtes Vertrauen verdiente. Er wußte nicht so recht, wie er diesen Fehler korrigieren sollte. Eins stand fest: Einem Diener gegenüber durfte er sich auf keinen Fall eine Blöße geben. Er hatte einfach nicht genug Erfahrung im Umgang mit *Kuve.* In den Filmen gab man ihnen nur Befehle, und das genügte völlig...

Schließlich erwiderte er: »Wie es scheint, habe ich mir zunächst ein falsches Bild von Ihnen gemacht.«

»Das geschieht leider recht häufig«, sagte Tirian. »Ich bin ein Withiki...« – es war mehr ein flüsterndes Pfeifen als ein klar verständliches Wort –, »... und ich beherrsche Ihre Sprache nicht sonderlich gut.« Er ließ sich in seinen Sessel sinken, schloß den Sicherheitsharnisch und aktivierte die Systeme des Gleiters.

Vrenn beobachtete ihn und dachte über das nach, was er gerade gehört hatte. Er erinnerte sich daran, andere Withiki gesehen zu haben, bei den Jahresspielen, und er hielt es für ausgeschlossen, daß Tirian jenem Volk angehörte.

Der Gleiter stieg langsam in die Höhe. Vrenn blickte durch die dicke Bugscheibe und bemerkte, wie ihm einige seiner Kameraden zuwinkten. Er hob die Hand und erwiderte ihren Abschiedsgruß – bevor ihm einfiel, daß sie ihn nicht durch die polarisierte Scheibe sehen konnten.

Er wartete, bis Tirian den Gleiter auf Flughöhe gebracht hatte, und dann fragte er: »Könnten Sie mir die Funktionsweise der Instrumente vor mir erläutern?«

Erneut klackte Tirian mit den Zähnen. Vrenn vermutete, daß es sich dabei um eine Form des Lachens handelte, die bei der Rasse des *Kuve* üblich war, und er empfand das seltsame Geräusch nicht als Beleidigung. »Die Bordwaffen sind einsatzbereit, derzeit aber noch gesichert«, erwiderte der Transporter und schien genau zu wissen, wohin die Frage Vrenns zielte. »Genießen Sie den Blick durch die Aussichtslinsen des Kanoniers. Und wenn uns der Leitstrahl erfaßt hat, zeige ich Ihnen, wie man die Defensiv- und Offensivsysteme bedient.«

Es war eine weite Reise bis zum Anwesen der Linie Khemara. Einen halben Tag lang flogen Tirian und Vrenn und folgten den Leitstrahlen, die ihren Gleiter an den abgeschirmten militärischen und zivilen Zonen vorbeilenkten. Hätten sie es gewagt, in jene Bereiche vorzudringen, wäre ihre Maschine innerhalb weniger Sekunden zerstört worden.

Der Teska verfügte über eine offene Hygienezelle und einen Vorratsschrank, der kaltes Fleisch, Fisch und Fruchtsäfte enthielt. Vrenn probierte eines der Getränke, und erstaunt schmeckte er echten und nicht etwa synthetisierten Saft.

Ihr Flug führte sie über Hügel hinweg, an deren Hängen Dunstschwaden dahinwallten, über graue Berge und grüne Seen. Als die Sonne unterging, überquerten sie den Nordwestlichen Ozean. Eine Lücke bildete sich in der dichten Wolkendecke, und das grelle Licht des weißen Sterns blendete Vrenn so sehr, daß er aus einem Reflex heraus die Augen schloß. Kurz darauf verblaßte das helle Schimmern, und unter ihnen erstreckte sich der Kartadewald. Tirian hatte sich in seinem Sessel zurückgelehnt und döste. Sein Atem war ein leises Pfeifen. Vrenn spürte keine Müdigkeit. Er schaltete die Kanonierlinsen auf Nachtsicht um und beobachtete den Wald. Verblüffend deutlich boten sich die Baumwipfel seinen neugierigen Blicken dar, und dann und wann schwebte ein Vogel über die Zweige und Blätter hinweg – ein leuchtender Streifen auf dem Infrarotschirm.

Ein kleiner Lautsprecher auf der Kommunikationskonsole summte, und Tirian war von einem Augenblick zum anderen hellwach. Er berührte eine Taste, und die Automatik projizierte ein elektronisches Netz auf die Bugscheibe: die Darstellung eines Landegitters, dessen konkrete Entsprechung sich in der Dunkelheit unter ihnen verbarg. Tirian preßte sich einen Akustikempfänger an das eine Ohr und lauschte. »Flugkontrolle, hier ist Gleiter Null Vier... Positiv: Er ist an Bord... Mein

Kennwort lautet Schwanzfeder. Bitte nennen Sie mir Ihren Code... Bestätigung. Desaktivierung des Leitstrahl-Autopiloten... Landung steht unmittelbar bevor.«

Vrenn fühlte nicht einmal einen Ruck, als die Maschine aufsetzte. Draußen blitzten Lampen auf und erhellten einen Weg. Hinter einigen großen Fenstern glühte ebenfalls Licht. »Begeben Sie sich in das Gebäude«, wandte sich Tirian an seinen Begleiter. »Mein Zuständigkeitsbereich endet hier.«

Vrenn nickte. »Es war eine angenehme Reise«, sagte er, und war sicher, daß sein Lob nicht übertrieben klang.

Tirian klackte nicht mit den Zähnen. »Danke, Master Vrenn«, sagte er. »Es freut mich, daß Sie mit meinen Diensten zufrieden sind.« Vrenn fiel auf, daß der *Kuve* nicht das neutrale *zan* verwendet, sondern ihn mit *Master* angesprochen hatte. Tirian deutete auf den braunen Umschlag. »Soll ich mich darum kümmern?«

»Nein... Ich nehme ihn mit.«

Vrenn griff nach dem Umschlag und verließ den Gleiter. Der Pfad vor ihm wand sich durch einen großen Garten mit Büschen, Sträuchern, kleinen Teichen und Bäumen von der Art, wie sie auch im Kartadewald wuchsen. Er nahm den intensiven Duft von Blüten und Pollen wahr.

Das Haus war mindestens drei Stockwerke hoch und wies ein V-förmiges Dach auf. Die großen Fenster in der Vorderfront wirkten wie eckige Augen, die auf Vrenn herabstarrten. Hinter den Scheiben glaubte er einen einzelnen großen Raum zu erkennen, in dem ein rotes Licht flackerte.

Vrenn zögerte nicht, betrat das Gebäude und sah seine Vermutungen bestätigt.

Der Raum schien bis zum Dach emporzureichen, und unter der hohen Decke sah er dicke Holzbohlen. Treppen mit gußeisernen Geländern führten zu Balkonen auf beiden Seiten des Hauses. In der Mitte des Zimmers ragte eine breite und schwarze Säule in die Höhe, in der sich unten eine Öffnung zeigte. Darin brannte ein Feuer. Vor dem Kamin lagen Kissen auf dem Boden, und in der Nähe standen kleine Tische aus Holz und Glas.

Im Schein des Feuers erblickte Vrenn die Silhouette eines Mannes. »Willkommen, Vrenn. Willkommen in unserem Haus.«

»Gedankenadmiral...« erwiderte Vrenn, und als er beobachtete, wie Kethas den Kopf zur Seite neigte, fügte er rasch hinzu: »Vater.«

Daraufhin nickte Kethas, ergriff die freie Hand Vrenns und zog ihn in Richtung Kamin. »Nimm Platz, wenn du möchtest... Aber vermutlich hast du bereits zulange gesessen. Hast du Hunger? Bist du durstig? Wir sollten uns ein Gläschen genehmigen, während wir uns unterhalten... Du bist neun, nicht wahr?«

»Fast neun.«

»Ja. Ich muß eingestehen, ich weiß nicht viel über die Häuser. Sind dort starke Getränke gebräuchlich?«

»Ich mag Bier.«

»Also gut: Dunkelbier – das eignet sich besonders, wenn man müde ist. Es brennt nicht so wie ein Destillat, und es ist weniger riskant als Brandy.« Kethas hatte den Satz gerade beendet, als auch schon ein Diener kam und ein Tablett brachte.

Eigentlich machte sich Vrenn nicht viel aus Bier, doch mit anderen Getränken hatte er noch keine Erfahrungen gesammelt. Die Spezialität aber, die Kethas ihm anbot, schmeckte hervorragend, ebensogut wie der Fruchtsaft an Bord des Gleiters. Offenbar standen ihm in bezug auf Essen und Trinken völlig neue Erlebnisse bevor.

Eine Frau kam heran; sie trug ein langes Gewand aus einem blassen Stoff, der seltsam glänzte. Ihre Haut war recht dunkel, und Vrenn nahm zunächst an, daß er es mit einer Klingonin zu tun hatte. Dann aber sah er im

Licht der Deckenlampen den grünlichen Schimmer in ihrer Hautfarbe. Die Fingernägel glitzerten wie geschliffene Smaragde.

Plötzlich regte sich ein eigentümliches Empfinden in Vrenn: Er hatte das Gefühl, als taste eine unsichtbare Hand in seinem Brustkasten umher. Es schmerzte nicht, bewirkte kaum mehr als profundes Unbehagen. Er begann zu zittern und verschüttete etwas von dem Bier.

»Biologischer Schock«, diagnostizierte Kethas. »In deinem Alter kann eine gesteigerte hormonelle Aktivität erhebliche Gefahren heraufbeschwören.« Vrenn hatte keine Ahnung, was Kethas damit meinte. Die Hautfarbe der Frau ließ nur einen Schluß zu, und erneut erinnerte er sich an die Holofilme: An Bord der meisten Schiffe, die Koth von der *Rache* eroberte, befanden sich grüne Orionerinnen von geradezu atemberaubender Schönheit... Doch Vrenn begriff nun, daß es sich dabei nur um geschminkte Klingoninnen handelte. Und sie konnten sich nicht annähernd mit dieser Frau messen.

»Das ist Rogaine«, sagte Kethas. Vrenn mußte sich dazu zwingen, dem Admiral zuzuhören. »Meine einzige Gefährtin. Rogaine, ich möchte dir Vrenn vorstellen, den wir in unsere Linie aufnahmen.«

Vrenn neigte den Kopf. Rogaine verbeugte sich ebenfalls, und mit einer unglaublich eleganten und geschmeidigen Bewegung ließ sie sich vor dem Kamin auf ein Kissen sinken. »Bitte starr mich nicht so an«, sagte sie mit einer melodischen Stimme, die sich überhaupt nicht für *Klingonaase* eignete. »Dadurch gibst du mir das Gefühl, irgend etwas falsch gemacht zu haben.«

Kethas nahm neben Rogaine Platz und griff sanft nach ihrer Hand. »In diesem Haus bist du unfehlbar«, sagte er, und in einer fremden Sprache fügte er einige Worte hinzu, die aus seinem Munde ebenso seltsam klangen wie das *Klingonaase* im Falle Rogaines. Die Orionerin lachte glockenhell.

»Setz dich, Vrenn«, sagte Kethas. »Dies ist keine Examination.«

Vrenn kam der Aufforderung zögernd nach. »Darf ich eine Frage stellen, Gedankenadmiral?«

»Natürlich. Die erste von vielen, wie ich annehme.«

»Warum bin ich hier?«

»Es ist durchaus verständlich, daß du dich danach erkundigst«, erwiderte Kethas. »Du kennst deine Eltern nicht, oder? Ich meine nicht etwa uns, sondern deine richtigen Eltern.«

»Nein... Ich erinnere mich nur an das Haus. Und die Proktoren sagten, das sei besser so.«

»Nun, dem will ich nicht widersprechen. Hör mir jetzt gut zu. Du gehörtest zur Rustazh-Linie, und dein Vater war Staffelführer Kovar sutai-Rustazh.«

»Ich habe eine Linie?« entfuhr es Vrenn. »Aber... ich...«

»Deine Überraschung verwundert mich nicht. Aber die Rustazh-Linie existiert nicht mehr, ist ausgestorben. Dein Vater führte einen Kolonisierungs-Konvoi: Das Imperium gewährte ihm eine planetare Konzession. Doch die Schiffe wurden von den Romulanern angegriffen. Kovar leistete tapfer Widerstand und kämpfte mutig und entschlossen, aber er hatte keine Chance. Kolonisierungsschiffe sind schwerbewaffneten Schlachtkreuzern unterlegen. Diejenigen, die nicht sofort im Kampf starben, wurden von den Romulanern niedergemetzelt.«

»Aber wie ist es dann möglich, daß ich lebe?«

»Ich weiß es nicht. Kovars jüngster Sohn erhielt den Namen Vrenn, und er wäre jetzt in deinem Alter... Außerdem ähnelst du deinem Vater – auch wenn das nicht viel zu bedeuten hat. Es ist mir ein Rätsel, wie du in das Haus Vierundzwanzig gelangen konntest. Die entsprechenden Aufzeichnungen sind entweder verschwunden oder aber manipuliert worden. Wenn wir eine Möglichkeit hätten, die Verantwortlichen zu überführen – die betreffenden Personen müßten mit der Todesstrafe rechnen.«

Kethas setzte seinen Krug an die Lippen und trank von dem Bier, und Vrenn nahm ebenfalls einen Schluck. In einem ernsten Tonfall fuhr der Gedankenadmiral fort: »Du fragtest mich eben, warum du hier bist, und darauf habe ich dir noch keine Antwort gegeben. Kovar war mein Untergebener, und er leistete dem Imperium wertvolle Dienste. Aufgrund einiger seiner Verdienste bin ich bereit, ihm nachträglich einen Gefallen zu erweisen.«

»Ich bin...« setzte Vrenn an, doch Kethas unterbrach ihn, indem er mahnend die Hand hob.

»Ich hatte acht Kinder«, fuhr der Admiral fort. »Eigentlich genug, um eine Linie zu erhalten. Aber sieben von ihnen kamen im All ums Leben, und mein achter Sohn änderte seinen Namen, um eine eigene Linie zu gründen. Als sein letzter Bruder starb, war es bereits zu spät, um diese Entscheidung rückgängig zu machen. Ich habe viele Jahre im Weltraum verbracht, an Bord der alten Schiffe, die nur mit einer dünnen Hülle ausgestattet waren und ihre Betriebsenergie aus Isotopen bezogen, und die harte Strahlung blieb nicht ohne Folgen für meine genetische Struktur. Die Kinder, die ich heute zeuge, werden entweder tot oder als grauenhafte Mißbildungen geboren.«

Rogaine wandte sich abrupt ab. Kethas berührte ihre Hand, sah sie jedoch nicht an. »Kovar hat mir einmal das Leben gerettet«, fuhr er fort, »aber ich habe dich nicht nur deshalb aus dem Linienlosen Haus geholt. Es geht mir um mehr als nur darum, auf diese Weise einem toten Kameraden und Freund zu danken. Ich möchte, daß du das Vermächtnis der Linie Khemara antrittst, zum Erben des Linienanwesens und Familienvermögens wirst. Und dafür verlange ich nur, daß du fortan den Namen Khemara trägst und vergißt, als ein Rustazh geboren zu sein.«

Vrenn fühlte sich ein wenig benommen, aber es entstand keine Wolke in seinem Bewußtsein: Klar und deutlich vernahm er jedes einzelne Wort. »Bisher bin ich kein Rustazh gewesen«, entgegnete er dumpf. »Und jetzt, da ich von meiner Abstammung weiß, hast du mich bereits zu einem Khemara gemacht. Dabei soll es bleiben.«

Kethas stand auf und legte Vrenn beide Hände auf die Schultern. »Eins ist gewiß: In dir lebt das *Klin!* Odise.« Ein Diener eilte herbei. »Zeig Vrenn Khemara sein Zimmer.« Kethas drückte kurz Vrenns Schulter und trat zurück.

Vrenn erhob sich ebenfalls und griff nach dem braunen Umschlag. »Was ist das?« fragte Kethas. »Entlassungsdokumente?« Er streckte die Hand aus.

»*Nein*... Es handelt sich nur um einige... persönliche Dinge.«

Kethas nickte. »Morgen setzen wir unser Gespräch fort. Und... Ich habe dich in der Arena gesehen. Spielst du auch *Klin zha,* wenn du keine Spielfigur bist?«

»Ja, Großmeister.« Vrenn hielt diesen Titel für angemessen.

Kethas deutete ein Lächeln an. »Ich freue mich bereits auf eine Partie.« Er wandte sich wieder Rogaine zu, die still am Feuer saß, und er formulierte einige Worte in ihrer Sprache.

Der Diener Odise verbeugte sich ungelenk, und Vrenn betrachtete das kleine Geschöpf, das ihm kaum bis zur Brust reichte: Es hatte spindeldürre Arme und Beine und einen turmartigen Kopf. Ein weicher und schwarzer Pelz bedeckte den dürren Leib. Das Wesen drehte sich um, und Vrenn folgte ihm, stieg die Treppe hoch und erreichte einen weiter oben gelegenen Flur.

Der *Kuve* öffnete eine Tür, reichte Vrenn den Schlüssel und bedeutete ihm, den dunklen Korridor zu betreten. Vrenn kam der Aufforderung nach, und sofort flammte Licht auf.

Die Wohnung war mindestens so groß wie das Quartier eines Captains. Die Ausmaße des Arbeitszimmers entsprachen denen des Raums, den er im Haus Vierundzwanzig mit fünf Kameraden geteilt hatte, und er sah einen großen Bibliotheksschirm und Bücher in Regalen. Daran schlossen sich ein großzügig ausgestattetes Schlafzimmer und eine persönliche Hygienezelle an. Odise machte ihn mit den Kontrollen vertraut – wobei das Wesen keinen Laut von sich gab; möglicherweise konnte es nicht sprechen –, verneigte sich und ging.

Einige Minuten lang wanderte Vrenn in der Zimmerflucht umher. Die Ähnlichkeit mit der Unterkunft eines Captains beschränkte sich nicht nur auf den ersten Eindruck. Er hatte Bilder gesehen, die ähnlich eingerichtete Kabinen an Bord von Raumschiffen zeigten: zylindrische Schränke, kantige Tische und Stühle, Spotlampen an Deckenschienen. Das Bett wies sogar eine konkave Oberfläche auf, verfügte allerdings nicht über einen Halteharnisch. In der einen Wand zeigte sich ein Ausgabefach für Mahlzeiten mit der dazugehörigen Programmtafel. Hier und dort fiel der Blick Vrenns auf 3-D-Bilder von Sternen und Planeten; die Darstellungen wirkten so echt, daß sie den Anschein von Aussichtsluken erweckten, durch die man in den Kosmos schauen konnte.

Vrenn ließ sich aufs Bett sinken und empfand die überraschenden Erlebnisse dieses Tages plötzlich als eine schwere Last.

Auf einem kleinen Beistelltisch lag eine *Klin zha*-Platte. Die Figuren bestanden aus schwerem Stein, grün und bernsteinfarben – Jade und Quarz, vermutete Vrenn, der schon von solchen Materialien gehört hatte. Dünne Messingstreifen in der schwarzen Emaille des Spielbretts kennzeichneten die einzelnen Felder. Vrenn betrachtete die Platte eine Zeitlang, ohne sie zu berühren, und nach einer Weile öffnete er den braunen Umschlag und legte den Inhalt auf den Tisch: ein Dreieck aus dicker Pappe und einige kleine Scheiben aus weichem Holz.

Die Pappe hatte Vrenn neben einem Recyclingbehälter gefunden und seinen Wünschen entsprechend zurechtgeschnitten und gefärbt. Bei den kleinen Scheiben handelte es sich um Stanzreste. Mit einem Schreibstift hatte er die Spielsymbole in das poröse Holz geritzt. Es war ihm nicht gelungen, ein gelbes Tönungsmittel aufzutreiben, und aus diesem Grunde begnügte er sich mit Grün und Schwarz.

Vrenn legte die Figuren neben der Emailleplatte zurecht, machte einige Züge und ließ seinen Blick dann argwöhnisch über die Wände des Zimmers gleiten. Doch er konnte keine Monitorlinsen entdecken. Er tastete nach dem Schlüssel in seiner Tasche und überlegte, ob er die Tür abschließen sollte, entschied sich aber dagegen. Nach einiger Zeit schob er sowohl die Pappunterlage als auch die hölzernen Spielfiguren in den Umschlag zurück, den er anschließend unter die Matratze des Bettes schob.

Durch hohe Fenster und den nebligen Dunst jenseits der Scheiben filterte das Licht des neuen Tages in den Innengarten des Hauses. Vrenn spürte die warme und feuchte Luft um ihn herum wie eine zähe Masse. Der Dunst teilte sich, als er sich bewegte.

Kethas hockte in einem mit Schwammfliesen ausgestatteten Becken, und das dunkle Wasser reichte ihm bis zu den Schultern. Am Rande der Einfassung stand ein kleines Datensichtgerät, und Buchstabenkolonnen wanderten über die Schirmfläche. »Komm herein, Vrenn«, sagte der Gedankenadmiral und schaltete den Projektor aus.

Vrenn trat ein. Seine Kombination aus Tunika und Hose war klamm und behinderte ihn ein wenig. Er blieb am Becken stehen und betrachtete die Blüten, die auf dem Wasser schwammen und von denen ein süßlicher Duft ausging.

»Setz dich zu mir«, sagte Kethas und lächelte.

Vrenn zögerte kurz, bevor er sich entkleidete und ins Wasser glitt. Es vermittelte ihm ein seltsam neutrales Gefühl, war weder kalt noch heiß. Die laue Wärme wirkte entspannend.

»So ist es richtig«, sagte Kethas und nickte zufrieden. »Hast du bereits gegessen?«

»Nur ein wenig…«

Das in seiner Unterkunft befindliche Ausgabegerät für Speisen bot neun verschiedene Fruchtsäfte an. Er hatte sie alle probiert – und sich prompt übergeben. Nach dieser wenig angenehmen Erfahrung befaßte er sich mit dem Bibliotheksschirm, der sich auch als Raumschiff-Simulator verwenden ließ.

»Zwei Mahlzeiten«, sagte Kethas, und seine Worte galten dem Monitor. »Du warst schon früh auf den Beinen.«

Vrenn fragte sich, ob sein Quartier auf irgendeine Weise überwacht wurde. »Vom Haus her bin ich es gewohnt, noch vor der Morgendämmerung aufzustehen.«

»Nun, solche Regeln gibt es hier nicht. Sie würden sich auch gar nicht durchsetzen lassen. Ich erwache erst am späten Morgen und gehe nicht vor Mitternacht zu Bett. Rogaine braucht mehrere Ruheperioden, und Tirian schläft, wenn sich Gelegenheit dazu ergibt, wie ein Vulkanier. Wenn du die frühen Stunden des Tages liebst, so gibt es daran nichts auszusetzen. Ich möchte dir jedoch folgenden Rat geben: Um dein ganzes Fähigkeitspotential zu entfalten, solltest du feststellen, zu welcher Zeit du besonders leistungsfähig bist. Das ist die beste Strategie, wenn man es zu etwas bringen will.«

Die Worte Kethas' waren das genaue Gegenteil dessen, was die Hausproktoren als persönliche Effizienz bezeichneten. Doch Vrenn verdrängte diesen Gedanken und fragte: »Gibt es hier Vulkanier?«

»Nein, ich habe keine *Tharavul*. Kannst du mit einem Bibliotheksterminal umgehen?«

Erneut überlegte Vrenn, ob man ihn in seiner Unterkunft beobachtete. »Ja«, bestätigte er.

»Dann kannst du auf einen *Tharavul* verzichten. Da kommt das Essen.«

Die Mahlzeit bestand aus gebackenen Anemonen, gesalzenem Fisch, Gelatinepasteten (Vrenn war so vorsichtig, nur zwei zu nehmen) und einem heißen Getränk, das er zunächst für erhitztes Bier hielt, aber erstaunlich bitter schmeckte. Er hätte fast einen Hustenanfall erlitten.

»Eine Spezialität der Menschen«, sagte Kethas und lachte. »*Kafei*. Ich habe mich bereits daran gewöhnt, aber vielleicht wäre es besser gewesen, dich zu warnen. Es stimmt schon, das Zeug hat einen abscheulichen Geschmack, aber damit findet man sich rasch ab. Vor einigen Jahren, bei einem Flug durch die Außenquadranten, brachten meine Leute und ich ein feindliches Schiff auf, und während der ganzen Rückreise gab es nichts anderes zu trinken als nur *Kafei*, den wir als Beutepreis an Bord nahmen. Und das Weiße Feuer, das unser Ingenieur zusammenbraute, um das Aroma der schwarzen Flüssigkeit zu verbessern.« Kethas lachte leise und leerte seine Tasse. »Außerdem klärt *Kafei* den Verstand, und das könnte sich gerade jetzt als sehr nützlich für dich erweisen.«

Der Gedankenadmiral streckte die Hand nach dem Datensichtgerät aus, und als er sich ein wenig in die Höhe stemmte, sah Vrenn mehrere lange Narben auf der Brust Kethas'. Er wußte, daß nur Deltastrahlen solche Gewebeverätzungen bewirkten: Entweder stammten die Brandnarben von den Emissionen eines schlecht abgeschirmten Warp-Triebwerks – oder aber von romulanischen Lasern.

»Bring mir meine grüne Tunika«, wandte sich Kethas an den Monitor. »Und für Vrenn die goldene.«

Vrenn und Kethas schritten an dem Kamin im großen Raum des Gebäudes vorbei. In den Wandregalen lagen Platten, Tafeln und Figuren für Dutzende von verschiedenen Spielen bereit. Einige kannte Vrenn, andere nicht. Für das *Klin zha* gab es mehrere Vorrichtungen, die den einzelnen Varianten entsprachen.

»Ich habe dich bei der Wolken-Version des *Klin zha kinta* beobachtet«, sagte Kethas. »Ist dir auch die ablative Form vertraut?« Er deutete auf einen Kasten, der auf einem kleinen Sockel stand. Als er eins der Felder berührte, öffnete sich eine Klappe, und das Dreieck fiel heraus.

»Ja«, erwiderte Vrenn. »Und die blinde ebenfalls.« Er trug ein langes Gewand aus goldenem Brokat; die Schultern waren mit gestickten Darstellungen von Waldeidechsen verziert. Kethas Tunika bestand aus einem dicken, grünen Stoff; stilisierte Sterne schmückten die Ärmel.

Vrenn dachte an die Kleidung, die ihm nun zur Verfügung stand: Man hatte inzwischen die beiden Schränke in seiner Unterkunft gefüllt. Die Robe, die er jetzt trug, war zu neu, als daß sie aus den Beständen des Admirals stammen konnte. Vrenn vermutete, daß sie einst einem Sohn Kethas gehört hatte. Er nahm sich vor, sich später danach zu erkundigen, falls sich eine passende Gelegenheit ergeben sollte.

Kethas zeigte ihm zwei Spielbretter, die nicht in Dreiecksmuster unterteilt waren. Bei dem einen handelte es sich um ein Quadrat, das abwechselnd weiße und schwarze Felder aufwies, und das andere war ein Rechteck, auf dem Vrenn ein Muster aus goldenen Linien sah.

»Das *menschliche Zha*«, erklärte der Admiral. »Es wird *Schach* genannt. Und das *Rom zha,* das die Romulaner als *Latrunculo* bezeichnen. Beide sind faszinierende Spiele, wenn auch nicht so interessant wie unser abwechslungsreicheres *Klin zha.*«

»Haben alle Rassen ein Spiel?«

Kethas lächelte und freute sich offenbar über diese Frage. »Bei den Kinshaya gibt es kein stilisiertes Spiel, aber sie sind sehr geschickt, was den Umgang mit kleinen Modellsoldaten angeht, mit denen sie Kriege simulieren. Vulkanier halten Spiele für ›unlogisch‹ – obgleich sie Computerszenarien entwickeln, denen eine ›spielerische‹ Bedeutung zukommt. Außerdem befassen sie sich aus irgendwelchen Gründen, die nur sie selbst verstehen, mit den Spielen anderer Völker. Du kennst doch sicher den Ausdruck ›langweiliger als die Folterung eines Vulkaniers‹, nicht wahr?«

Vrenn lachte, und das genügte als Antwort. Kethas fügte hinzu: »Bei den Großmeistern des Spiels ist folgende Redensart gebräuchlich: ›langweiliger als *Klin zha* gegen einen Vulkanier‹.«

»Und die *Kuve*?«

»Die *Kuve* beschäftigen sich nicht mit solchen Dingen. Sie haben Spiele, ja, und einige von ihnen sind komplex genug, um unsere Aufmerksamkeit zu verdienen – vielleicht zeige ich dir später das eine oder andere –, aber kein *Kuve zha* kann sich mit *Klin zha* messen.«

»Das liegt auf der Hand«, entgegnete Vrenn und senkte verlegen den Kopf. »Es hätte mir gleich klar sein müssen.«

»Eine Frage, die töricht erscheinen mag, ist törichter Ignoranz vorzuziehen«, erwiderte Kethas. »In diesem Haus können alle Fragen gestellt werden. Doch in der Öffentlichkeit muß man darauf achten, seine Unwissenheit nicht zu zeigen.«

Vrenn nickte und nahm sich vor, sofort damit zu beginnen, vorsichtiger zu sein. Doch gleich darauf vergaß er seine guten Vorsätze und fragte: »Was ist das hier für eine Variante?«

»Das Reflektive Spiel«, antwortete Kethas. »Die komplizierteste und schwierigste Form des *Klin zha* – sieht man einmal vom *Komerex zha* ab. Oder leugnest du die Existenz des Ewigen Spiels?« Der Admiral wartete keine Antwort ab, schüttelte den Kopf und lächelte. Offenbar waren seine letzten Worte scherzhaft gemeint. »Komm, ich mache dich damit vertraut.«

Kethas nahm die Platte für das Reflektive Spiel zur Hand und legte sie auf einen der Tische am Kamin. Dann zog er ein Kissen heran, ließ sich darauf nieder und schob die Figuren an den Rand der Tafel.

Vrenn nahm ebenfalls Platz, rückte sich die Tunika zurecht und wartete.

»Beim Reflektiven Spiel«, sagte Kethas, »gibt es nur eine Gruppe von Figuren, die jeder Spieler abwechselnd bewegt. Man kann sie ebenso setzen wie bei der offenen Version.«

»Und wie gewinnt man?«

»Auf die gleiche Weise wie beim Offenen Spiel: indem man verhindert, daß der Gegner einen den Regeln entsprechenden Zug machen kann... Wir beginnen mit der Aufstellung der Figuren. Wähle eine und setze sie auf irgendein Feld. Anschließend komme ich an die Reihe, und dann bist du wieder dran. So geht es weiter, bis sich alle Figuren auf den Feldern befinden.«

Vrenn zögerte nicht, griff nach dem Fechter und setzte ihn auf das ihm nächste Eckfeld. Er hob den Kopf, sah Kethas an und stellte überrascht fest, daß sich das Gesicht des Großmeisters in eine ausdruckslose Maske verwandelt hatte. Der Admiral nahm einen Hüter und wählte ein Feld abseits des Fechters.

Als alle Figuren aufgestellt waren und eine wie zufällig wirkende Formation bildeten, sagte Kethas: »Ich mache den ersten Zug – und das ist ein Nachteil.« Er bewegte einen Hüter. »Jetzt du.«

»Kann ich eine *beliebige* Figur setzen? Und damit auch andere schlagen?«

»Selbstverständlich«, bestätigte Kethas. Sein Gesicht war noch immer steinern. »Mit einer Einschränkung: Du darfst dein Ziel – das gleichzeitig auch *meines* ist – nicht in Gefahr bringen.«

Plötzlich begann Vrenn zu verstehen. Er betrachtete die Konstellation auf der Platte und begriff, daß die meisten Züge, die er bisher für möglich gehalten hatte, zu einer Gefährdung des Ziels führten. Wenn er zum Beispiel den Fechter von der kleinen Scheibe entfernte, konnte ihn Kethas zu seinem Fechter machen und somit einen sofortigen Sieg erringen.

Das Spiel endete bereits nach drei Zügen.

Kethas lehnte sich zurück. »Eine gute Partie«, sagte er zufrieden. »Ich bedanke mich bei einem würdigen Gegner.«

Vrenn war enttäuscht, und Ärger brodelte in ihm. Er hatte dem Admiral einen leichten Sieg ermöglicht, und deshalb fühlte er sich getäuscht und ausgenutzt. Er versuchte, sich zu beherrschen, als er sagte: »Ich bin ein guter Spieler bei den *Klin zha*-Arten, die ich kenne. Diese Variante aber war mir nicht vertraut, und deshalb hatte ich nicht die geringste Chance.«

»Ich bin ein unbesiegter Großmeister des Spiels«, erwiderte Kethas, und seine Stimme schien dabei eine materielle Qualität zu gewinnen und Vrenn zu berühren. »Ganz gleich, welche Version du auch wählst: Du würdest *in jedem Fall* verlieren. Ich beabsichtige, eine Tradition fortzusetzen, die mit meinen Kindern begann: Von jetzt an werde ich jeden Tag mit dir spielen – diese *Klin zha*-Version oder eine andere –, und sicher lernst du es mit der Zeit, ehrenhaft zu verlieren, vielleicht sogar als hervorragender Spieler.«

Vrenns Hände ruhten unter dem Tisch, und es kostete ihn erhebliche Mühe, sie nicht zu Fäusten zu ballen, nicht wütend die Zähne zu blecken. Er versuchte, den Großmeister zu verstehen, zweifelte aber daran, ob ihm das gelang. Möglicherweise blieb ihm für immer verborgen, was Kethas mit seinen letzten Worten meinte. »Und wenn es mir irgendwann gelingt zu gewinnen – selbst auf nicht sehr elegante Weise?«

»Kai Kassai, Klingone!« entfuhr es Kethas, und er lachte und klopfte Vrenn auf die Schulter. »Wenn du das schaffst, ernenne ich dich zu meinem Nachfolger als Gedankenadmiral. Dann ziehe ich mich ins Privatleben zurück und setze mich hier zur Ruhe!«

In jener Nacht konnte Vrenn nicht schlafen. Stundenlang wälzte er sich hin und her, und schließlich schaltete er die kleine Lampe neben dem Bett ein und starrte auf die aus Jade und Quarz bestehenden *Klin zha*-Figuren. Nach einer Weile griff er unter die Matratze, holte den Umschlag hervor, entleerte ihn auf dem Laken und begann ein Spiel.

Die kalte Jahreszeit hatte begonnen, und das Feuer im Kamin brannte nun nicht nur am Abend, sondern auch tagsüber. Während der Morgendämmerung beobachtete Vrenn den glitzernden weißen Rauhreif auf den Zweigen der Büsche und Sträucher, die draußen im Garten wuchsen, und er sah zu, wie sich jene frostige Patina im wärmenden Schein der aufgehenden Sonne verflüchtigte. Noch niemals zuvor hatte er sich so hoch im Norden aufgehalten, und der Wechsel der Jahreszeiten erfüllte ihn mit Verwunderung. Schon seit zwei Dritteln des Jahres gehörte er zur Linie Khemara.

Vor zehn Tagen hatte Kethas das Anwesen verlassen und sich auf den Weg zur Thronstadt gemacht, um dort an einer Konferenz des Imperialen Konzils teilzunehmen. Die am Morgen eingetroffene Nachricht kündigte seine Rückkehr an.

Daraufhin führte Tirian sofort eine Kontrolle des Haustransporters durch: Die Funktionsweise des Gerätes schien ihn zufriedenzustellen, und nun saß er in dem großen Raum des Gebäudes und las in einem gebundenen Buch, während Vrenn am Computerschirm mit einigen *Klin zha*-Positionen experimentierte. Vom Balkon her ertönte Musik: Rogaine befand sich in ihrem Quartier und spielte auf einer Harfe. Es waren melodische Weisen, nicht zu vergleichen mit der klingonischen Musik. Sie verzichteten auf Worte und feuerten nicht an.

Nach einer Weile wurde es still, und kurz darauf summte der Gürtelmelder Tirians. Er schob das Buch in eine Tasche seiner Tunika; Vrenn löschte die Darstellung auf dem Schirm und folgte Tirian nach draußen.

Hinter der Gartenanlage und dem Landeplatz für Gleiter stand ein kleiner, sechseckiger Pavillon, der nicht annähernd so alt war wie das Hauptgebäude. Die Klingonen nutzten die Technik des Partikel-Transports erst seit knapp dreißig Jahren, und nur sehr wenige Personen konnten sich den Luxus eines Heimgerätes leisten.

Tirian betrat das kleine Haus und aktivierte zwei Instrumentenkonsolen. Die erste diente dazu, eine Öffnung in dem Deflektorschild zu schaffen, der das ganze Anwesen überspannte und verhindern sollte, daß jemand mit Hilfe eines Transporterstrahls eindringen konnte. Anschließend trat er an das zweite Pult heran und justierte den Empfänger.

Auf dem Boden vor den Konsolen zeigten sich drei Transferscheiben, und an der Decke waren ihre Gegenpole installiert. Es dauerte nicht lange, bis sich in einem der Empfangsbereiche eine goldfarben schimmernde Lichtsäule bildete. Die Rematerialisierung erfolgte völlig geräuschlos.

Kethas epetai-Khemara trat von der Scheibe und seufzte. Er trug eine schwarze Seidentunika und eine mit Medaillen geradezu beladene Zeremonienweste. Die Falten und Furchen in seinem Gesicht schienen noch tiefer zu sein: Der Gedankenadmiral wirkte müder und älter als jemals zuvor.

»Gut gemacht, Tirian«, sagte Kethas. »Der Krieg geht

weiter, setzt sich auf allen Spielfeldern fort.« Er nickte Vrenn zu, verließ den Transporterpavillon und schritt in Richtung Hauptgebäude.

Tirian schaltete die Konsolen aus und sicherte sie; als Vrenn ihn dabei beobachtete, erinnerte er sich an die Frage, die er ihm schon seit geraumer Zeit stellen wollte. Vielleicht war die seltsame Stille der Grund, vielleicht auch die Distanz vom Leben im Haus – jedenfalls schien ihm nun der richtige Augenblick gekommen zu sein. »Tirian, glauben Sie an die Schwarze Flotte?«

»Fast alle Angehörigen meines Volkes glauben an ein Leben im Jenseits«, erwiderte Tirian, ohne seine Arbeit zu unterbrechen. »Aber in ihren Vorstellungen gibt es keine Raumschiffe. Alle Rassen entwickelten sich getrennt voneinander, und wenn die religiös-philosophischen Konzepte einer Kultur richtig sind, müssen es wohl auch die der anderen sein.«

Vrenn hatte nicht unbedingt mit einer solchen Antwort gerechnet, interpretierte sie jedoch als eine Bestätigung. »Wenn mein Vater von uns geht, um ein Schiff der Schwarzen Flotte zu kommandieren – werden Sie ihm dann als Transporter dienen?«

»Meinen Sie, die Macht des Imperiums erstreckt sich bis in die Andere Welt?« fragte Tirian ruhig.

»Daran zweifle ich nicht!«

Tirin zögerte, und dann nickte er langsam. »Nun, ich habe mich bereits mit Kethas darüber unterhalten. Ich bekomme einen Platz an Bord seines Schwarzen Schiffes. Ob ich das will oder nicht.«

»Sie sind Withiki«, sagte Vrenn. »Vielleicht erhalten Sie Ihre Schwingen zurück.«

Daraufhin drehte sich Tirian um. Sein knochiges Gesicht wirkte eingefallen und farblos. »Mein junger Herr ist also auch Stratege«, entgegnete er leise. »Es wird den Gedankenadmiral freuen, das zu hören.

Aber vielleicht irren Sie sich, Master Vrenn. Ja, einst hatte ich Flügel, mit prächtigen blauen Federn, wenn

Sie wissen, was das bedeutet. Ihre Spannweite entsprach meiner zweifachen Körpergröße. Doch in den schmalen Korridoren eines Raumschiffes stellen so breite Schwingen eine Behinderung dar. Das behauptete jedenfalls der Truppenführer der Imperialen Rasse, als er mir die Flügel ausreißen ließ. Vielleicht dient jener Offizier jetzt ebenfalls in der Schwarzen Flotte. Vielleicht wartet er darauf, mich erneut zu verstümmeln, mich zu verspotten.

Kuvesa tokhesa. Ihrem Vater. Solange ich lebe.«

Im Anschluß an diese Worte verließ Tirian den Pavillon. Er machte sich nicht etwa auf den Weg zum Haus, sondern hielt auf den Gleiterhangar zu.

Vrenn ließ sich noch einige Minuten Zeit, bevor er zum Hauptgebäude zurückkehrte. Er hatte die gewünschten Informationen bekommen und somit in gewisser Weise einen Sieg errungen. Doch ihm war nicht nach Triumphieren zumute.

Rogaine saß inmitten der Netzfarne im Innengarten und spielte auf ihrer Harfe. Von oben fiel kein Licht ein, und die Orionerin war kaum mehr als ein vager Schemen, der sich vor dem Glitzern des Wassers im Becken hinter ihr abzeichnete. Dunstschwaden glitten geisterhaft träge dahin.

Rogaine drehte sich um und ließ mehrere zarte Akkorde erklingen, und Vrenn sah, daß nur der Nebel ihren Körper verhüllte. Er spürte ein jähes Stechen in der Seite, so als bliebe ihm die Luft weg – ein Gefühl, das kein eigentlicher Schmerz war und ihm doch mehr zusetzte als die schlimmste Pein. Rogaines lange Fingernägel strichen über die Saiten, und Vrenn hörte, wie er leise aufstöhnte.

Dann berührte ihn eine kühle Hand, und er zuckte erschrocken zusammen.

Er lag im Bett, auf dem Rücken, und er sah Kethas, der sich über ihn gebeugt hatte. Er trug seinen Dienstanzug. Nur die kleine Lampe auf dem Beistelltisch leuchtete. Es schien noch immer Nacht zu sein, und für gewöhnlich schlief Kethas um diese Zeit.

»Steh auf und zieh dich an«, sagte der Gedankenadmiral. »Es gilt einige Entscheidungen zu treffen. Ich warte draußen im Garten auf dich.« Er drehte sich um und ging.

Vrenn blieb noch einige Sekunden lang liegen und wußte nicht recht, ob er es mit einem weiteren Traum zu tun hatte. Er glaubte jedoch, seinen Sinnen vertrauen zu können und bezweifelte, ob die Erinnerungen an einen Traum Teil des nächsten werden konnten. Er gab sich einen inneren Ruck, stand auf, streifte sich die Tunika über und begab sich in den Garten.

Die Nachtluft war sehr kühl; Vrenns Atem kondensierte und wehte ihm als graue Fahne von den Lippen. Ein pechschwarzer Himmel wölbte sich über ihm...

Und diesmal verwehrten keine Wolken den Blick auf die Sterne. Er beobachtete das myriadenfache Funkeln, eine einzigartige glitzernde Pracht, die man nur in einer von hundert Nächten bewundern konnte.

Die nackten Sterne... Vrenn nickte langsam und begriff, daß alles, was Kethas mit ihm zu besprechen hatte, in das Gedächtnis der Ewigkeit eingehen würde.

»Bald wirst du zehn Jahre alt«, sagte Kethas – eine Gestalt aus Finsternis und goldenem Glanz. Aber keine Traumvision, machte sich Vrenn klar. »Das bedeutet, du mußt über deine Zukunft entscheiden. Hast du bereits darüber nachgedacht?«

»Die Flotte«, erwiderte Vrenn sofort.

Kethas Gesicht blieb ernst. »Du weißt doch, daß ich das nicht von dir verlange, oder? Du kannst frei wählen, Wissenschaftler werden, oder Administrator. Ich hätte nicht einmal etwas dagegen, wenn du in die Marine eintrittst.«

»Ich weiß, Vater. Aber meine Entscheidung steht schon seit langer Zeit fest.«

Daraufhin lächelte der Gedankenadmiral. »Das dachte ich mir bereits. Den Gleiter fliegst du so gut, als seiest du schon seit vielen Jahren mit den Kontrollen vertraut. Es freut mich festzustellen, daß du nicht nur geschickt bist, sondern auch klug.«

»War mein Vater sutai-Rustazh ein guter Captain?« fragte Vrenn.

Kethas neigte den Kopf. *»Ich* bin dein Vater, der einzige, den du hast.« Nach einigen Sekunden fügte er hinzu: »Allerdings kannte ich einmal jemanden namens sutai-Rustazh, und er war ein sehr bemerkenswerter Mann.«

Vrenn senkte den Blick; er schämte sich, eine so dumme Frage gestellt zu haben. Dennoch hatte Kethas – der tatsächlich sein einziger Vater war, seine ganze Linie – Auskunft gegeben. Vrenns Erstaunen nahm zu.

»Ich kann dir helfen«, fuhr Kethas fort. »Natürlich wird man dich sofort der Akademie zuweisen, der Kommandolaufbahn. Ich sorge dafür, daß...«

»Ich würde gern meinen eigenen Weg gehen, Vater.«

Kethas vollführte eine schroffe Geste. »Sprich nicht wie ein Romulaner! Glaubst du etwa, du seiest der einzige Admiralssohn, der die Akademie besucht? Bestimmt kommt der Hälfte deiner Kameraden der gleiche Status zu, und einige von ihnen werden *kuvekhestat* sein, nicht dazu geeignet, an Bord eines Raumschiffes zu *dienen*. Und zweifellos sind gerade jene bereit, jeden Vorteil zu nutzen, der sich ihnen bietet. Deine Qualitäten als Spieler reichen noch nicht aus, um dich gegen deine Widersacher durchzusetzen.« Er zögerte, und ein wenig sanfter fügte er hinzu: »Bist du ganz sicher, daß du nicht die Existenz des Ewigen Spiels leugnest?«

Vrenn stand stocksteif und fühlte, wie seine Wangenmuskeln mahlten und er die Zähne zu blecken begann. Er wollte ein Raumschiff bekommen, ein Kommando, und er war fest entschlossen, dieses Ziel zu erreichen. Nie wieder würde er Scham zeigen. Er sah zu den Sternen hoch, zu den nackten Sternen, und sein Blick besiegelte den Eid.

»Laß uns ins Haus gehen und eine Partie *Klin zha* spielen«, sagte Kethas und gab sich wieder gelassen und entspannt.

Nach der Kühle der Nacht war die Wärme des Kaminfeuers im großen Raum des Hauptgebäudes besonders willkommen. Vrenn nahm am Spieltisch Platz und beugte sich vor, um das Darstellungsfeld einzuschalten.

»Nein«, sagte Kethas. »Wir nehmen das Set in deinem Zimmer. Das Spiel, das du unter dem Bett versteckt hast.«

Vrenn riß unwillkürlich die Augen auf und starrte Kethas groß an. Ruhig erwiderte der Admiral seinen Blick. Langsam stand Vrenn auf, ging in sein Zimmer und kehrte mit dem braunen Umschlag zurück.

»Die Zeit reicht nie aus, um alles zu lehren, und deshalb muß man sich auf die wichtigsten Dinge konzentrieren«, erklärte Kethas, während sie die Partie mit einigen gewöhnlichen Eröffnungszügen begannen. »In diesem Zusammenhang sind Beispiele und unmittelbare Erfahrungen besonders nützlich. Du kennst doch sicher das Sprichwort: Was du nicht hören willst...«

»Ich weiß, was du meinst«, sagte Vrenn rasch.

»Nun gut. Es ist wahr, und es wird auch wahr sein, wenn du Captain oder Admiral bist. Es gilt sogar für den Imperator. Man wird dich beobachten, und aus diesem Grund mußt du dich so verhalten, als würdest du ständig kontrolliert. Betten sind die schlechtesten aller denkbaren Verstecke... Du verlierst deinen Hüter.« Kethas machte einen neuen Zug, schlug die Figur, nahm sie zur Hand und drehte die kleine Holzscheibe hin und her. »Weißt du, es gibt eine *Klin zha*-Variante, die wir bisher noch nicht gespielt haben.«

»Was denn für eine, Vater?«

»Ich meine die Version, die kaum gelehrt wird und

noch seltener ist als das Reflektive Spiel – obwohl ihr gerade für einen Captain besondere Bedeutung zukommt. Ich glaube, es ist an der Zeit, daß du damit vertraut wirst.« Kethas schnippte mit den Fingern, und der hölzerne Hüter flog davon und fiel in den Kamin. Innerhalb weniger Sekundenbruchteile verbrannte die kleine Scheibe, und nur ein kaum hörbares Zischen erklang.

Vrenn war wie vor den Kopf gestoßen, und seine Gedanken rasten. Er fragte sich, ob die winzige Figur auf der anderen Seite des Kamins zu Boden gefallen war, wollte sich jedoch keinen trügerischen Hoffnungen hingeben.

Eine Zeitlang herrschte Stille, und dann sagte Kethas: »Dein Zug.«

Vrenn sah sich im Zimmer um und ließ seinen Blick über die verschiedenen Spielplatten in den Regalen schweifen. »Und welches Set riskiert der Gedankenadmiral?«

Er wollte aufstehen, aber Kethas deutete mit dem Zeigefinger auf das Kissen Vrenns. Seine Geste wirkte zwar beiläufig, kam jedoch einem Befehl gleich. Vrenn setzte sich wieder.

»Erst wenn du gelernt hast, deine eigenen Verluste zu zählen, bist du bereit, auf das zu achten, was dein Gegner verliert«, sagte Kethas. »Und denk daran: Manche deiner Gegner wissen vielleicht nicht, wie man zählt.«

Vrenn starrte auf das Spielbrett und die Figuren, die er mit solcher Sorgfalt hergestellt hatte und an denen ihm soviel lag. Er versuchte, nur wertlose Fetzen in ihnen zu sehen, Pappe und Holz, das er davor bewahrt hatte, in einer Verbrennungsanlage in Energie verwandelt zu werden, doch es gelang ihm nicht.

»Und was geschieht, wenn ich eine deiner Figuren schlage?«

»Dann kannst du sie behalten«, erwiderte Kethas. »Schließlich werden nur die Figuren einer Farbe übrigbleiben. Und wenn das der Fall ist, beginnen wir das Reflektive Spiel.«

Vrenn bewegte Fechter und Ziel, und das Holz fühlte sich überraschend warm an, schien wie etwas Lebendiges zu vibrieren.

KAPITEL 3

Schachzüge

Romulanisches Plasma traf auf klingonische Schilde: Energie filterte bis in die zweite und dritte Innensektion, und der getroffene Kreuzer erbebte.

»Schäden?« fragte der Offizier im Sessel des Befehlsstandes.

Vrenn Khemaras Finger strichen über einen Schirm, dessen Glanz im roten Alarmglühen auf der Brücke besonders hell wirkte. Der Computer projizierte eine schematische Darstellung des Schiffes *Blaues Feuer*, und gelbe Punkte markierten die getroffenen Stellen. Vrenn las die Sektionskennungen und machte mit den knappen Formulierungen des Kampfcodes Meldung.

Auf der weiter unten gelegenen Ebene knurrte der Commander eine knappe Bestätigung und wandte sich wieder dem Hauptdisplay zu. Vrenn hob den Kopf und sah, wie ihm ein anderer Kadett zuwinkte und dabei die Finger der einen Hand spreizte. Die Geste symbolisierte das Stern-Abzeichen eines Captains und ließ sich mit den Worten umschreiben: »Bald hast du ein eigenes Kommando!«

Die *Blaues Feuer* drehte nach Steuerbord ab. Die Geschwindigkeit erhöhte sich auf Warp-Faktor 3: Die Bodenplatten ächzten, und in den Schotten knisterte und knackte es. Einer der Kadetten griff nach einer Strebe, um angesichts der Schwerkraft-Destabilität nicht das Gleichgewicht zu verlieren. Der Commander wurde darauf aufmerksam. »Interne Belastung?« fragte er, seine Stimme klang gefährlich ruhig. Der Blick der dunklen Augen schien den Mann zu durchbohren.

Der Kadett stieß sich rasch von der Strebe ab und sah auf seine Instrumente. »Null Komma acht sechs zwei, nominell«, sagte er.

Der Commander nickte und richtete seine Aufmerksamkeit erneut auf den Hauptschirm. Die Kadetten wußten, wie sie sein Verhalten zu deuten hatten. Es kam in erster Linie darauf an, dem Captain sofort zu antworten, wenn er Auskunft verlangte. Alles andere spielte keine Rolle.

Im Befehlsstand der *Blaues Feuer* saß natürlich nicht der eigentliche Captain. Staffelführer Kodon befand sich auf der fünf Decks höher gelegenen Ersten Brücke. Sein Stellvertreter Commander Kev führte das Kommando auf der Nebenbrücke, überwachte die Kadetten, verlangte Situationsberichte und ordnete Kurswechsel und besondere Manöver an. Er hatte sich die Rolle Kodons zu eigen gemacht, und die Kadetten arbeiteten so an ihren autarken Konsolen, als dienten sie zur Kontrolle des Schiffes.

Nur die Daten waren echt.

In der einen Ecke des Hauptschirms blitzte etwas auf, als der Kreuzer abdrehte. Vrenns Instrumente registrierten eine energetische Entladung, und der Plasmastrahl raste nur knapp vierzig Meter unter dem Backbordstutzen des Schiffes hinweg. Der Feind hatte das Feuer noch nicht eröffnet, als Kodon die Anweisung zum Kurswechsel gab: Irgendwie war es dem Captain gelungen, die Taktik des Feindes zu erahnen. Aufmerksam beobachtete Vrenn die Anzeigen und versuchte zu lernen.

Die klingonischen Einheiten waren dem Gegner im Verhältnis fünf zu drei unterlegen, doch ihre D4-Kreuzer zeichneten sich durch eine weitaus höhere Kampfkraft aus als die romulanischen Kriegsschwalben. »Wir werden also gewinnen«, erinnerte sich Vrenn an die Worte, die Kodon vor dem Angriff an sie gerichtet hatte, »aber wir dürfen uns von der Siegesgewißheit nicht zu Fehlern verleiten lassen.«

Die *Zwei Finger* flog an der linken Seite der Staffel Kodons, und der Kreuzer wurde von drei Kriegsschwalben angegriffen. Die feindlichen Jäger rasten immer wieder heran, und mindestens einer von ihnen feuerte ständig, während die anderen ihre entladenen Plasmakanonen mit Energie beschickten.

»Lassen Sie niemals außer acht, daß sich Raumschiffe *bewegen*«, mahnte Kodon. »Der Kampf ist real, und wenn wir nicht rasch genug reagieren, droht uns der Tod.«

Die *Blaues Feuer* befand sich nun direkt über der *Zwei Finger*. Commander Kev gab den Feuerbefehl, und die Kadetten an den Waffenkonsolen reagierten ebenso schnell wie die Offiziere auf der Ersten Brücke. Sechs Intervaller entluden sich, und ihre Strahlbahnen formten zwei Pyramiden, die in einem hellen Blau schimmerten und deren Spitzen die romulanischen Einheiten waren. In den Außenhüllen der feindlichen Schiffe begann eine zerstörerische Vibration: Neunzigmal in der Sekunde erfolgte eine Verdichtung der betreffenden Materie, worauf sofort eine Dekontraktion folgte. Es gab eine weitere Bezeichnung für die Wirkung der Intervaller – man nannte sie auch ›Lied der Vernichtung‹.

Zwei Kriegsschwalben drifteten aus dem Offensivvektor, und die *Zwei Finger* nahm sich die dritte gegnerische Einheit vor. Die *Blaues Feuer* führte einen weiteren Kurswechsel durch und ging ebenfalls zum Angriff über.

Auf dem vorderen Display blähte sich ein blendend heller Fleck aus weißem Glanz. Sofort reagierten die Schutzautomatiken, und als die Filter aktiv wurden, verdunkelte sich das Bild auf dem Schirm. Innerhalb weniger Sekunden verblaßte das grelle Gleißen, und das Funkeln der Sterne wurde wieder sichtbar. Ein weiteres Schiff der klingonischen Staffel, die *Todeshand*, war direkt durch die glühende Wolke gerast und hatte die Explosionsenergie mit Hilfe der starken Bugdeflektoren absorbiert.

Vrenn entsann sich an einen weiteren Hinweis des

Staffelführers: »Denken Sie daran, daß Romulaner recht eigenartige Vorstellungen vom Tod haben.«

»Kommunikation«, sagte Kev. »An die Staffel, Signalcode KATEN. Steuermann: Wenn KATEN bestätigt wird, gehen Sie sofort auf Warp 4.«

Von einem Augenblick zum anderen wuchs die Anspannung der Kadetten. Diesmal würde es nicht zu einem Entermanöver kommen, und das bedeutete, es gab keine Möglichkeit, Anspruch auf Beutepreise und Trophäen zu erheben oder einen Feind im Kampf Mann gegen Mann zu töten. Andererseits hatte Kodon sie darauf hingewiesen, daß dies erst der Anfang ihres Streifzuges durch die Raumsektoren des Gegners war. Ihr eigentliches Ziel befand sich tiefer im Innern der romulanischen Sphäre. Vrenn ahnte, daß ihnen weitere Abenteuer bevorstanden, und dennoch regte sich Enttäuschung in ihm.

Er wünschte sich ebenfalls eine Gelegenheit zum direkten Kampf.

Vielleicht sehnte er sich sogar noch mehr danach als seine Kameraden.

Die gegnerischen Schiffe versuchten, sich von den Kreuzern zu lösen, um eine neue Formation zu bilden. Die klingonischen Raumschiffe verfügten über weitaus größere Energiereserven, und das gab ihnen einen wichtigen Vorteil. Die Schilde der *Todeshand* waren so stabil, daß eine der feindlichen Kriegsschwalben einfach daran abprallte, ohne irgendwelchen Schaden anzurichten.

Auf den Bildschirmen leuchteten nun Formationshinweise auf, und dünne Linien verbanden sie mit den dargestellten Zielpositionen. Die drei D4-Schiffe bildeten ein in die Länge gezogenes Dreieck, die Backbordflanken nach innen gerichtet. Ein Romulaner feuerte, und der Plasmastrahl flackerte über die Deflektoren der *Blaues Feuer*.

»Geben Sie ihm eine passende Antwort, *zan* Tatell«,

sagte Kev, und als der Steuermann die Daten des neuen Kurses nannte, führte der Kadett an der Waffenkonsole eine Zielerfassung durch und berührte einige Tasten. Ein blauer Blitz zuckte der Kriegsschwalbe entgegen, und das bronzefarbene Intervallfeld tastete über die Außenhülle des gegnerischen Schiffes.

Ein klaffender Riß bildete sich im stählernen Mantel des Jägers.

Die Kurslinien auf den Schirmen wechselten die Farbe, als die Ausgangspositionen erreicht waren. »Warp 4«, sagte der Steuermann gerade noch rechtzeitig, und die restlichen romulanischen Einheiten blieben rasch zurück, als die Staffel Kodons tiefer in den Raumbereich des Feindes vordrang. Die Höchstgeschwindigkeit der klingonischen Kreuzer betrug das Dreifache derjenigen, die von den Jägern der Romulaner erreicht werden konnte.

Commander Kev stand auf und musterte die Kadetten. Mit der einen Hand berührte er den Ohrempfänger, der ihm alle Anweisungen des Captains übermittelt hatte. »Ein gutes Gefecht«, sagte er. »Wir haben den Feind geschlagen und keine eigenen Verluste erlitten. Nur einige wenige Besatzungsmitglieder erlitten leichte Verletzungen, und kein Offizier wurde verwundet...« Kevs Blick richtete sich auf Zhoka, den Kadett, der sich zuvor an einer Strebe festgehalten hatte, um nicht das Gleichgewicht zu verlieren.

Der Commander zögerte und kniff die Augen zusammen: Offenbar lauschte er einer Stimme, die aus dem winzigen Lautsprecher des Ohrempfängers drang. »Ich bin beauftragt, Ihnen folgende Mitteilung zu machen: Die Kommandanten der Staffelkreuzer bestätigen anerkennend die Vernichtung eines Feindschiffes durch die *Blaues Feuer*. Möge dies ein gutes Zeichen sein.«

Vrenn riß unwillkürlich die Augen auf und stand wie erstarrt. Die anderen Kadetten rührten sich ebenfalls nicht. Vrenn hatte das unangenehme Gefühl, als bekomme er plötzlich keine Luft mehr, aber er wagte es nicht, die Hände zu heben, um den Kragen seiner Uniform zu lockern.

Schließlich brach der Commander das Schweigen. »Der Alarmzustand ist hiermit beendet. Sie können Ihre Posten verlassen.« Er vollführte die Geste des klingonischen Grußes und fügte hinzu: »*Blaues Feuer* – Sieg!«

»Sieg!«

Vrenn teilte seine Kabine mit einem Ingenieurskadetten namens Ruzhe Avell; sie zogen sich in ihre Unterkunft zurück und spielten offenes *Klin zha*. Seit der Zeit an der Akademie hatte Vrenn nur selten gespielt, denn außer Ruzhe war kaum jemand bereit, ständig gegen ihn zu verlieren.

Vielleicht machte es Ruzhe deshalb nichts aus, keine Chancen zu haben, weil er dem Spielbrett ohnehin nur beiläufige Beachtung schenkte. »Ich ziehe noch immer die Arbeit im Maschinenraum vor. Dort werden wir an funktionierenden Komponenten des Schiffes ausgebildet und nicht etwa an autarken Konsolen.«

»Wenn aus irgendeinem Grund die Erste Brücke ausfällt, müssen wir einspringen.«

»Und dann würde es sicher nicht lange dauern, bis uns der Feind den Garaus macht. Weißt du, du hast noch immer die Möglichkeit, dich gegen die Kommando-Laufbahn zu entscheiden und mit konkreten Dingen zu arbeiten.«

Diese Bemerkung weckte vagen Ärger in Vrenn, aber gleichzeitig spürte er, daß es sich bei diesem Wortwechsel nur um ein weiteres Spiel handelte. Und er konnte Ruzhe keinen Vorwurf machen, weil er darin besser war als beim *Klin zha*. »Ich bleibe lieber im Bug und halte mich von der Strahlung fern.«

»Bei uns gibt es keine Strahlung. Das Triebwerk ist bestens abgeschirmt. Heutzutage kommt es nicht mehr zu Emissionsverbrennungen!«

»Wie du meinst. Aber im Bug bekomme ich es wenigstens nicht mit Angehörigen der Marine zu tun.«

Ruzhe verzog das Gesicht und starrte finster aufs Spielbrett. »Du gewinnst schon wieder.«

Daran konnte kein Zweifel bestehen. »Vielleicht hast du Glück und die Romulaner greifen an.« Er setzte einen Flieger. »Immerhin können wir uns rühmen, schon während unseres ersten Langfluges in einen Kampf verwickelt worden zu sein.«

Ruzhe knurrte halblaut. »Ich hörte, wie ein Lieutenant sagte, man gebe jedem Kadetten die Möglichkeit, Gefechtserfahrungen zu sammeln – es sei denn, es handelt sich um derart hoffnungslose Fälle, daß sie sich nur für Abraumschaluppen oder Flüge nach Vulkan eignen.«

»Warum?« fragte Vrenn, dem bereits Gerüchte dieser Art zu Ohren gekommen waren. Doch in der Regel stammten solche Worte von Kadetten, die sich aus irgendeinem Grund überlegen fühlten, nicht aber von Offizieren.

»Aus dem gleichen Grund, der die Kommandanten in den Außenquadranten dazu veranlaßt, die von ihnen befehligten Kreuzer zu Kaperschiffen zu machen: Wenn etwas schiefgeht – *khest* –, so ist das ihre Schuld und nicht etwa die der Akademie.«

Vrenn verstand und nickte. »Also sollten wir besser *khest* vermeiden?«

Ruzhe lachte. »Und du bist ganz sicher, daß du nicht achtern möchtest?« Er schlug auf das Spielbrett, und einige Figuren fielen um. »*Gday't*, ich habe verloren.«

»Nun, du hast es *khest't*.« Vrenn griff nach dem Fechter. »Möchtest du weitere *Khest't*-Erfahrungen sammeln?«

»Nein, mir reicht's jetzt«, erwiderte Ruzhe grollend. Er seufzte. »Du hast nicht zufällig eine Orionerin in deinem Spind?«

Vrenn zuckte unwillkürlich zusammen, und die kleine Spielfigur rutschte ihm aus der Hand und fiel zu Boden.

Schon seit achtundsiebzig Tagen flog die Staffel Kodons durch romulanische Raumsektoren. Es war zu zwei weiteren Gefechten gekommen, wobei sowohl die *Todeshand* als auch die *Blaues Feuer* offizielle Anerkennungssiege errungen hatten. Doch seit mehr als fünfzig Tagen war kein weiterer Feindkontakt erfolgt. Sie ernährten sich von der Nahrung, die sie beim dritten Kampf erbeutet hatten, von romulanischen Rationen: Die Konzentrate enthielten ausreichend Protein, schmeckten jedoch ein wenig fade. Jetzt verstand Vrenn die Geschichte, die ihm sein Vater über den von Menschen stammenden *Kafei* erzählt hatte; wie er feststellte, machte jenes Getränk die fremden Lebensmittel genießbarer. Aber die anderen Kadetten teilten seine Meinung nicht. Einige derjenigen, die alten Flotten-Linien angehörten, hatten vor Beginn des Fluges versiegelte Nahrungspakete erhalten, mit dem beiläufigen Hinweis, sie nicht zu früh zu öffnen. Wer bereit gewesen war, diesen Rat zu beherzigen, erfreute sich nun einer gewissen Macht. Vrenn wurde sich recht schnell der Grenzen eines Tauschhandels klar, der auf einem immer kleiner werdenden Angebot an Kuchen beruhte, und er begriff, warum Kethas darauf verzichtet hatte, ihm solche Dinge mitzugeben.

Dennoch: Manchmal war es alles andere als leicht, ein Stratege zu sein.

Vrenn befand sich in der Messe für Junioroffiziere und kaute hingebungsvoll an einer vakuumgetrockneten Wurst. Nach einer Weile hörte er einige Stimmen. Auf der anderen Seite des Raumes saßen drei Fähnriche an einem Tisch und sprachen über Orioner – und natürlich auch Orionerinnen. Einer von ihnen, der Steuermann Kotkhe, behauptete mehrmals, er sei einmal mit einer solchen Frau zusammen gewesen – die während eines Kadettenfluges als Trophäe an Bord genommen wurde. »Ich gebe zu, das war ein echter Glücksfall...«

»*Niemand* hat solches Glück, jedenfalls nicht bei einem Kadettenflug«, warf ein anderer Fähnrich ein, auf dessen Uniform sich die Insignien der medizinischen Abteilung zeigten.

»Es ist mir völlig gleich, ob ihr mir glaubt oder nicht.«

»Sind Sie da ganz sicher?« Diese Frage stammte von Merzhan, dem jüngsten Sicherheitsoffizier an Bord. Er war geselliger als seine Kollegen, doch er neigte zu Spott und Ironie. »Haben Sie denn keinen Beweis? Eine Haarlocke vielleicht, mit einer grünen Schleife?«

»Nun, ich...« Kotkhe machte Anstalten, in eine Tasche seiner Uniform zu greifen, ließ dann aber die Hand sinken. Merzhan lächelte süffisant, und sein Gegenüber wirkte plötzlich nervös. Vrenn schob sein Tablett in ein Fach der Reinigungsautomatik, drehte sich um und ging in Richtung Tür. Er kannte die Souvenirs, die in Raumhafenläden angeboten wurden, und er wußte auch, daß die grüne Tönung nicht farbecht war und rasch verblaßte. Außerdem hatte er die erotischen Schilderungen, die Kotkhe nun zum besten gab, während des ersten Semesters an der Akademie mindestens dreißigmal gehört. Es wäre besser gewesen, dachte Vrenn, wenn er aus einem anderen Buch der Serie *Berichte von Kaperschiff-Kommandanten* zitiert hätte. Mit der Schilderung dieser bekannten Szene machte er sich nur lächerlich.

»Aber es gibt da eine Sache, die in den Büchern unerwähnt bleibt«, sagte Kotkhe. »Ich meine die Stelle – die *einzige* Stelle –, an der eine Orionerin *nicht* grün ist.«

Vrenn blieb stehen und fragte sich, welche Version der Fähnrich im Sinn hatte.

Merzhans Blick richtete sich auf ihn. »Nun«, sagte er, »wenigstens *einer* scheint sich für Ihre Erzählungen zu interessieren.«

»Ich wollte gerade gehen«, sagte Vrenn und wußte

sofort, daß er damit die falsche Antwort gab. Er hätte die Messe wortlos verlassen sollen. Er erinnerte sich daran, daß ihn an der Akademie jemand gewarnt hatte. *Fähnriche haben es gerade auf Kadetten abgesehen. In dieser Hinsicht nutzen sie jede Gelegenheit, um sich Luft zu machen, denn die anderen Besatzungsmitglieder sind tabu für sie.*

»Bleiben Sie noch eine Weile«, sagte der Sicherheitsoffizier. »Sonst verpassen Sie die Pointe.«

Vrenn zuckte mit den Schultern und trat einen weiteren Schritt auf die Tür zu.

»Ich sagte: *Bleiben Sie*, Kadett.«

Vrenn verharrte. Einem eindeutigen Befehl durfte er nicht zuwiderhandeln.

»Nun«, ließ sich Merzhan vernehmen, »bestimmt hat der Kadett nicht annähernd so viele Erfahrungen gesammelt wie Sie, Kotkhe. Weihen Sie ihn ein.«

Kotkhe lächelte zufrieden, erfreut darüber, nicht mehr die Zielscheibe des Spotts Merzhans zu sein; es war viel sicherer, einen Kadetten aufzuziehen. Er fuhr dort fort, wo man ihn zuvor unterbrochen hatte, und Vrenn war nicht überrascht, als er erfuhr, wo Orionerinnen nicht grün waren. »Nun, Pfadfinder: Haben Sie etwas gelernt, das es Ihnen erleichtert, Ihren Weg zu beschreiten?« Diese Worte bezogen sich auf die Laufbahn, für die sich Vrenn entschieden hatte und die auch ›Weg des Kommandos‹ genannt wurde. Zwar enthielt die Frage keine Schmähungen, doch er zweifelte nicht daran, daß eine Beleidigung beabsichtigt war.

»Nein, Fähnrich«, erwiderte Vrenn fest.

Kotkhe starrte ihn groß an. »Ich glaube, ich habe Sie nicht richtig verstanden, Pfadfinder. Wiederholen Sie Ihre Antwort.«

»Ich bin sicher, meine Erwiderung ist Ihnen nicht entgangen.« Erst jetzt spürte Vrenn, welcher Zorn in ihm brodelte. Die Fähnriche hatten – ohne es zu ahnen – seine empfindliche Stelle berührt, und er fragte sich, welchen Preis er für seine strategische Blindheit bezahlen mußte.

Es schien plötzlich kühler zu werden, und die Fähnriche waren viel zu verblüfft, um zu reagieren. *Manchmal genügt es, die Zähne zu zeigen,* dachte Vrenn. *Aber wenn es hart auf hart kommt, muß man so fest wie möglich zubeißen.* »Was hätte ich denn lernen sollen? Die Lektion war falsch. Es gibt keine Stelle, an der Orionerinnen *nicht* grün sind. Nicht die kleinste.«

»*Kahlesste kaase*«, entfuhr es dem medizinischen Assistenten. »Er hat recht.«

Diese Bemerkung führte zu einer Verschlimmerung der Lage Vrenns. Er wußte, daß ihm nur ein Angriff der Romulaner die Möglichkeit gegeben hätte, die Konfrontation zu vermeiden – doch damit war derzeit nicht zu rechnen. Die Erwiderung des Assistenten machte Kotkhe zu einem Lügner. Und ausgerechnet ein Kadett hatte sein Prahlen als Angeberei entlarvt.

»Das stimmt vermutlich«, sagte Kotkhe, und seine Stimme war kaum mehr als ein grollendes Knurren. »Offenbar geben sich orionische Huren selbst Abschaum hin...«

Vrenn sprang vor und versetzte Kotkhe einen Hieb, der ihn vom Stuhl schleuderte. Sofort stürzte er sich auf den Fähnrich, den der jähe Angriff so sehr überraschte, daß er keinen Widerstand leistete. Vrenn schlug entschlossen auf ihn ein und zielte dabei auf die Nervenstränge. Kotkhe erstarrte, und der Kadett stieß noch einmal zu und renkte seinem Gegner den Unterkiefer aus. Dann hielt er inne – und bemerkte, daß der medizinische Assistent seinen rechten Arm festhielt und den Kopf schüttelte. Weitere Klingonen eilten herbei, Soldaten aus der Sicherheitsabteilung, gekleidet in Dienstuniformen und bewaffnet mit Lähmstöcken. Mit der linken Hand schob Merzhan seinen Kommunikator hinter den Gürtel, und in der rechten hielt er einen Stunner, dessen Lauf wie beiläufig auf Vrenn zielte.

Der Gesichtsausdruck des Sicherheitsoffiziers ähnelte dem eines verhungernden Mannes, der gerade an einen Bankettisch geführt worden war.

Staffelführer Kodon vestai-Karum saß hinter seinem Schreibtisch. Commander Kev hatte weiter rechts Platz genommen, und Vrenn Khemara stand vor den beiden Männern.

»Und das war der Augenblick, in dem Sie den Fähnrich angriffen?« fragte Kodon, und seine Stimme klang völlig gleichgültig.

»Ja, Staffelführer.«

Kodon streckte die Hand nach dem Recorder aus und entnahm dem Gerät die Kassette, in der die Aussagen Vrenns und des Fähnrichs gespeichert waren. »Ich hatte Gelegenheit, den epetai-Khemara kennenzulernen«, sagte er nicht ganz aus dem Stegreif. »Wie geht es ihm?«

»Als ich ihn zum letztenmal sah, war er wohlauf, Staffelführer.«

»Und seine Gefährtin?«

Vrenn zögerte nur einen Sekundenbruchteil. »Sie ebenfalls, Staffelführer.«

Kodon nickte. »Die Linie Khemara darf nicht beleidigt werden, auch dann nicht, wenn es ohne Absicht geschieht und ein ignoranter Tölpel für die Schmähung verantwortlich ist. Möchten Sie im Namen Ihrer Linie einen Genugtuungsanspruch erheben?«

»Nein, Staffelführer.« Vrenn erinnerte sich an den Blick Merzhans und die Worte des Fähnrichs, und er zweifelte nicht daran, daß ihn der Mann in voller Absicht verspottet hatte.

»Eine kluge Entscheidung. Zwar könnten wir ein wenig Ablenkung gebrauchen, doch derzeit hätte ich nur sehr ungern die Genehmigung für ein Ehrenduell erteilt. Außerdem weiß ich nicht, wer der Vater Fähnrich Kotkhes ist. Es gibt so viele Admiräle...« Kodon lehnte sich zurück und drehte die Kassette hin und her. »Sie haben nicht einmal einen Kratzer davongetragen, Kadett. Wie erklären Sie das?«

»Das Überraschungsmoment war auf meiner Seite, Staffelführer.«

Kodon lachte. »Oh, ich verstehe. Nun, aber ich glaube kaum, daß die anderen Fähnriche Kotkhe festgehalten haben.« Erneut beugte er sich vor, hob die Kassette und kniff die Augen zusammen. »Unter Langflugbedingungen sind Zweikämpfe an Bord streng verboten. Ihr Vergehen ist ebenso ernst, als hätten Sie einen vorgesetzten Offizier angegriffen... Andererseits: Wenn jemand während einer Nahkampflektion verletzt wird, so besteht kein Grund für Disziplinarmaßnahmen.«

»Für gewöhnlich finden solche Lektionen in der Sporthalle der Offiziere statt«, wandte Kev ein.

»Die stand nicht zur Verfügung«, sagte Kodon. »*Ich* habe sie benutzt.«

»Wie Sie meinen, Captain«, entgegnete Kev.

Kodon legte die Kassette auf den Tisch. Ein kleines Fach öffnete sich, und die Aufzeichnungseinheit rutschte hinein. Unter der transparenten Fläche glühte ein Desintegrationsfeld auf. »Alles ist viel einfacher, wenn kein offizieller Genugtuungsanspruch erhoben wird.«

Vrenn wartete.

»Dennoch: Es kam zu einem störenden Zwischenfall, und die Sicherheitsabteilung wurde unnötigerweise alarmiert. Commander Kev, ich glaube, Sie wissen, welche Strafe dafür angemessen ist.« Kodon und Kev standen auf und salutierten. Dann verließ der Staffelführer den Raum und begab sich in seine Kabine.

Kev griff nach einem tragbaren Terminal und trat an den Schreibtisch heran. Dort verband er das Gerät mit einem Interface und betätigte einige Tasten. Grünes Licht spiegelte sich in gelben Augen wider. »Der Bordarzt meldet, Fähnrich Kotkhe sei für einige Tage dienstuntauglich. Dafür sind Sie verantwortlich, und ich bestrafe Sie, indem ich Ihnen seine Pflichten zuweise.«

»Sie machen mich zum Steuermann, Commander?«

»Das war die bisherige Funktion *zan* Kotkhes.«

Bei solchen Gelegenheiten war Vrenn fast geneigt, die Existenz des *Komerex zha* zu leugnen. Wenn das Universum wirklich mit einem Spielbrett verglichen werden konnte, so mußte es Regeln für die Züge mit den Figuren geben.

Kev musterte den jungen Kadetten, und sein Blick war kühl und durchdringend. Vrenn verglich die Augen des Commanders mit zwei spitzen Nadeln, und er glaubte zu spüren, wie sie ihn durchbohrten.

Schließlich sagte der Stellvertreter Kodons: »Sie scheinen zu begreifen, daß Sie nichts gewonnen haben. Das ist gut. Es war notwendig, den *g'dayt*-unfähigen Kotkhe durch jemand anderen zu ersetzen. Sie haben den Captain unter Zugzwang gesetzt, und glauben Sie nur nicht, so etwas gefiele ihm. Denken Sie daran: Er hat Sie zum Steuermann gemacht; aber er kann Sie ebensogut in die Wiederaufbereitungssektion schikken.« Kev betätigte einige weitere Tasten, und als er erneut sprach, war seine Stimme zwar leiser, hatte aber nach wie vor einen warnenden Klang. »Für den Rest des Langfluges fungieren Sie als Titularfähnrich. Ich hoffe für Sie, daß Sie nicht versagen. Übrigens: Es besteht noch kein Anlaß, Ihren Namen zu ändern.«

»Ich verstehe, Commander.«

Kev sah abrupt auf, und in einem völlig anderen Tonfall sagte er: »Ja... ich glaube, Sie verstehen wirklich. Wenn Sie dies alles geplant haben, Khemara, so sollten Sie es niemandem verraten. *Wegtreten*!«

Die Staffel Kodons versteckte sich im wahrsten Sinne des Wortes hinter einem Felsen. Die drei Kreuzer glitten in pfeilförmiger Formation durchs All und schwebten hinter einem zwei Kilometer durchmessenden

Asteroiden. Somit war es unmöglich, daß die Sensoren des Feindes Alarm gaben. Eine Drohne – zu klein, als daß sie aus dieser Entfernung geortet werden konnte – umkreiste den relativ kleinen Himmelskörper und übermittelte den drei D4-Schiffen Bilder und Daten.

»Halten Sie die Bordgeschütze kühl, bis ich Bereitschaft anordne«, wiederholte Kodon eine frühere Anweisung. Seine Stimme klang ruhig, war fast monoton. »*Zan* Vrenn, wir bleiben im Ortungsschatten.«

Das Display auf der Konsole Vrenns zeigte sowohl eine Kugel mit gelben Gittermustern als auch eine größere Sphäre, die in einem matten Blau erstrahlte: die elektronische Penumbra. »Toleranzgrenze siebzig Meter – stabil«, meldete Vrenn.

»Ausgezeichnet«, sagte der Captain. Es war eine Bestätigung, kein Lob. Aber Vrenn wußte, daß er gute Arbeit leistete: Bisher war es ihm ohne Schwierigkeiten gelungen, den Kreuzer in der richtigen Position zu halten und alle Gravitationskräfte rechtzeitig auszugleichen. Fähnrich Kotkhe war schon vor zehn Tagen aus der Krankenstation entlassen worden, doch nach wie vor nahm Vrenn seinen Platz an den Kontrollen des Steuermanns ein. Und außerdem hatten sie jetzt das Ziel des Langfluges erreicht.

Der Kommunikationsoffizier hob den Arm. Der Klingone, dessen Aufgabe darin bestand, die Drohne zu steuern, führte einige Schaltungen durch und korrigierte die Umlaufbahn des kleinen Satelliten. Das Bild auf dem Hauptschirm wechselte und zeigte einen Planeten: Blaue Flächen deuteten auf Meere und Seen hin, und bei den braunen Strukturen handelte es sich um Landmassen. Hier und dort zogen faserige Wolkenstreifen dahin. Tasten wurden betätigt, und der Computer blendete sowohl Datenangaben in die optische Darstellung als auch ein Fadenkreuz, das aus drei dünnen Balken bestand. Es markierte die Position der romulanischen Basis.

Winzige Flecken bildeten sich in unmittelbarer Nähe des Planeten, und sofort erfolgte eine Analyse. »Frachter«, sagte der Mann, der die Sensoren überwachte. Und kurz darauf: »Shuttle-Starts bestätigt.«

Kodon blickte auf die Anzeigen seiner Konsole und betrachtete die Kommandodisplays. »Steuermann – Vorbereitung für Warp-Faktor null zwei«, sagte er und benutzte die knappen Ausdrücke des Kampfcodes.

»Warp null zwei signalisiert«, bestätigte Vrenn.

»Vergrößerung, Modus acht«, befahl der Captain.

Das Bild auf dem großen Hauptschirm wuchs jäh in die Breite und wurde körniger, als die Sensoren auf das maximale Auflösungsvermögen umgeschaltet wurden. Deutlich waren die romulanischen Shuttles zu sehen, die sich nun den im Orbit wartenden Warp-Frachtern näherten.

Die schematische Darstellung zeigte auch vier gelbe Sicheln: Kriegsschwalben, die in Konvoi-Formation flogen.

»Steuermann – Einsatz«, sagte Kodon. »Bestätigung: Einsatz.«

»Einsatz«, antwortete Vrenn und gab Schub. Der Asteroid blieb unter ihnen zurück, und die Zielwelt schien sich plötzlich aufzublähen.

»Geschütze vorwärmen«, ordnete Kodon an. »Deflektoren auf Angriffsstandard.« Für jeden Befehl gab es ein kurzes Äquivalent im Kampfcode: Es kostete nur unnötige Zeit, überflüssige Worte zu verwenden. Die Antworten der Offiziere fielen ebenso knapp aus.

»Warp null zwei«, sagte Vrenn.

Mit einem Tastendruck stellte Kodon eine Komverbindung zu den anderen Schiffen her. »Staffel...« knurrte er, und das nächste Wort lautete im Kampfcode ebenso wie im normalen *Klingonaase: »Angriff!«*

Die Kreuzer mieden den Gefahrenkonus, dessen Ausmaße vom Wirkungsbereich der gegnerischen Plasmakanonen bestimmt wurden: Von oben und von den

Flanken her näherten sie sich den romulanischen Kriegsschwalben. Die Laserblitze des Feindes – von Warp-Feldern in die Delta-Frequenzen beschleunigt – zuckten empor und zerstoben an den klingonischen Schilden. Drei Intervallerstrahlen tasteten durchs All, und blauer Glanz tanzte über die Außenhüllen der Jäger. Die *Zwei Finger* zerstörte das Warp-Triebwerk eines feindlichen Schiffes, und die zweite Salve ihrer Bordgeschütze verfehlte das Ziel nur um wenige Meter. Die *Todeshand* riß eine Flanke der zweiten Kriegsschwalbe auf, eine explosive Dekompression folgte: Gas strömte aus dem Leck, und Trümmerstücke drifteten davon.

»Zielerfassung«, sagte Kodon. »Steuermann – Koordinierung.«

»Bestätigung«, meldete der Offizier an der Waffenkonsole.

»Bestätigung«, antwortete auch Vrenn und beobachtete gleichzeitig drei verschiedene Datendisplays. Er hatte jetzt keine Zeit mehr, auf die anderen Anzeigen zu blicken. Jetzt würde sich herausstellen, ob er schnell genug zu reagieren verstand.

Seine Finger huschten über die Tasten, und die *Blaues Feuer* raste in unmittelbarer Nähe an einer feindlichen Einheit vorbei. Eine Entladung des Intervallers – und die Warp-Sektionen des Jägers existierten nicht mehr. Das flache romulanische Schiff war manövrierunfähig und konnte nicht einmal mehr die Selbstzerstörungs-Sequenz einleiten. Es trieb dahin und drehte sich langsam um die eigene Achse.

»Traktorstrahl«, sagte der Staffelführer.

»Traktorstrahl aktiv.« Das gepolte Feld zog die beschädigte romulanische Einheit vom Planeten fort, und es verlieh ihr ein ausreichend großes Bewegungsmoment, um zu verhindern, daß sie in den planetaren Gravitationstrichter zurückfiel – eine Trophäe, auf die die Klingonen nach dem Kampf Anspruch erheben konnten.

»Fünf weitere Schiffe im Anflug, Staffelführer«, sagte der Ortungsoffizier, und gleich darauf fügte er mit gepreßt klingender Stimme hinzu: »Berichtigung: zehn Schiffe.« In normalem *Klingonaase* brachte er hervor: »Sie haben sich versteckt, vermutlich hinter...«

»Schirmanzeige«, grollte Kodon.

Zwei aus jeweils fünf Kriegsschwalben bestehende Formationen stiegen über den östlichen und westlichen Horizont des Planeten und nahmen die klingonischen Kreuzer in die Zange.

Vrenn dachte kurz an weiße und schwarze Figuren auf einem in Quadrate aufgeteilten Spielfeld, doch er wollte sich nicht ablenken lassen und verdrängte diese Vorstellung.

»Steuermann – Warp null drei. Solange wir uns in der Nähe des Planeten befinden, müssen wir weit unter der Lichtgeschwindigkeit bleiben. Vektor.« Mit der Fingerspitze strich Kodon über die Kontrolleinheit in der Armlehne des Sessels, und auf dem Display Vrenns erschien eine Linie. Er erkannte sofort, daß es sich nicht um einen Fluchtkurs handelte. »Waffen – Feuer frei«, sagte der Staffelführer. »*Zan* Kandel, Komverbindung mit den anderen Kreuzern.«

Die *Blaues Feuer* wurde steuerbords von einem Plasmastrahl getroffen, und einige der energetischen Schwingen kamen durch. Vrenn ließ das Schiff kurz zur Seite ausweichen und steuerte es anschließend auf den von Kodon bestimmten Kurs zurück. Die Systeme reagierten nicht mehr auf die gewohnte Weise. Als Vrenn einen Blick auf die Kontrollen warf, stellte er fest, daß die Energie-Indikatoren geringere Werte anzeigten.

»Ingenieur...«

»Ich brauche die Energie für die Schilde«, sagte der Klingone, der in ständiger Verbindung mit dem Maschinenraum stand. Ein weiterer Plasmablitz traf auf die Deflektoren, und der energetische Pegel sank erneut. »Staffelführer?«

»Energie auf die Schilde und in die Speicherbänke der Bordgeschütze«, ordnete Kodon an, ruhig und gelassen. »Wir kämpfen nach wie vor.«

Wenn Koth von der *Rache* solche Worte formulierte, so reagierten die Offiziere auf der Brücke für gewöhnlich mit lautem Jubel. Doch in der Zentrale der *Blaues Feuer* blieb alles still.

Direkt unter der *Blaues Feuer* flogen drei Kriegsschwalben. Die Intervaller rissen eins der Schiffe auf. Glühende Wrackteile sausten kleinen Meteoriten gleich davon, und der manövrierunfähig gewordene Jäger blieb hinter den anderen zurück. Einige Sekunden später verglühte er in einem Explosionsblitz. Die beiden anderen romulanischen Einheiten setzten den Flug fort.

»Jener Admiral ist ein Idiot«, stellte Kodon mit einem dumpfen Knurren fest. »Er verfügt über genug Schiffe, und aus irgendeinem Grund wußte er von dem bevorstehenden Angriff. Aber als Taktiker taugt er absolut nichts.«

Unterdessen war auf dem Hauptschirm zu sehen, daß die *Todeshand* von allen Seiten attackiert wurde. Der klingonische Kreuzer erwiderte das Feuer der gegnerischen Jäger, und aufgrund der geringen Entfernung konnte der Kanonier das Ziel gar nicht verfehlen, aber die Romulaner waren zahlenmäßig weit überlegen. Ein Plasmastrahl durchschlug den Schild und kochte durch die Hangarsektion; glühende Stahlfragmente stoben wie Funken dahin.

»Staffelführer«, sagte der Kommunikationsoffizier Kandel, »der Truppenführer läßt fragen, ob Sie beabsichtigen die Marinetruppen landen zu lassen.«

»Hat er denn noch nicht begriffen, daß wir hier *erwartet* wurden?« Kodon beobachtete die *Todeshand,* die sich nach und nach in ein Wrack verwandelte. »Welche Deflektoren soll ich ausschalten, um den Transport seiner Leute zu ermöglichen?« Der Captain bleckte kurz die

Zähne. »Antworten Sie ihm, wir seien im Gefecht. Er soll sich in Bereitschaft halten.«

Die *Todeshand* vernichtete einen der romulanischen Jäger. »Waffenkonsole – ich will *den* dort«, sagte Kodon und deutete auf den großen Bildschirm. Die Intervaller der *Blaues Feuer* entluden sich, und das Schimmern und Glühen, nach dem der Kreuzer benannt worden war, flammte über die Kriegsschwalbe des Feindes hinweg. »Der romulanische Admiral scheint nur in einer Ebene denken zu können!« grollte Kodon abfällig, und die Offiziere auf der Brücke knurrten zufrieden, als die gegnerische Einheit auseinanderplatzte.

Nur in einer Ebene... Diese Worte erinnerten Vrenn an etwas, und plötzlich begriff er, aus welchem Grund sich der Gegner für eine offene Formation entschieden hatte. Er verstand jetzt auch, warum der *Todeshand* keine Chance geblieben war. Die Taktik, die Kodon für so töricht hielt... Rasch sah er sich um. Vielleicht gab es noch eine Möglichkeit, sein Wissen nutzbringend anzuwenden... »Staffelführer, darf ich einen Vorschlag machen?« fragte er.

»Staffelführer«, warf Fähnrich Kandel ein. »Der Captain der *Todeshand* bittet um die Erlaubnis, das Schiff aufzugeben und zu sprengen.«

Kurzes Schweigen schloß sich an. Ein Kommandant gab sein Schiff nur dann auf, wenn die Lage an Bord hoffnungslos geworden war.

Nein, dachte Vrenn. Nicht jetzt. Nicht ausgerechnet jetzt...

»Positiv«, sagte Kodon. »Nur ein Narr kämpft in einem brennenden Haus.« Anschließend wandte er sich ganz langsam, wie in Zeitlupe, zu Vrenn um. »Ich höre, *zan* Vrenn.«

»Staffelführer, ich kenne das *Rom zha*, das man auch *Latrunculo* nennt...«

»Er will spielen!« entfuhr es dem Klingonen, der an den Drohnenkontrollen saß.

Vrenn ließ sich nicht unterbrechen. »Es wird auf einem flachen und in Quadrate eingeteilten Brett gespielt. Man schlägt die Figuren, indem man die Felder in ihrer unmittelbaren Nähe besetzt...« Vrenn wußte, daß ihm nicht genug Zeit blieb, um die Spielstrategie und die ihr zugrunde liegenden Konzepte zu erklären. Er mußte es Kodon *zeigen*. Er deutete auf den Hauptschirm, und die Konstellation der Kriegsschwalben und größeren D4-Schiffe erschien ihm offensichtlich. War es möglich, quadratische Felder einzublenden, um die Einzelheiten der Gefechtsformation zu verdeutlichen? Vielleicht konnte ihm Kandel helfen...

Kodon wandte sich ab, und Vrenn spürte, wie sich die Blicke der Offiziere auf ihn richteten. Er fühlte Scham – obgleich er den nackten Sternen geschworen hatte, nie wieder Verlegenheit zu empfinden. Tief in seinem Innern begann etwas zu zittern.

»Ich kenne das Spiel ebenfalls«, sagte Kodon. »Ich danke Ihnen für den Hinweis... Nun, wenn der romulanische Admiral wirklich ein solcher Idiot ist – was sollten wir dann Ihrer Meinung nach gegen ihn unternehmen, Gedankenfähnrich Vrenn?«

»Es gibt eine Figur im *Latrunculo*«, sagte Vrenn und sprach fast schneller, als er denken konnte, »die über andere hinwegspringen kann, ähnlich einem Flieger des *Klin zha*. Die anderen Figuren müssen den Zenturio blockieren...«

Kodon lachte laut. »Komsignal an die *Todeshand*. Priorität! Schilde senken und Transporter aktivieren. Warten. Ich wiederhole: warten! Die *Sprengung des Schiffes aufschieben*.«

Und dann: »Steuermann...« Eine Linie leuchtete auf dem Display Vrenns. Er zögerte nicht, erhöhte die Geschwindigkeit auf Warp null fünf und lenkte den Kreuzer so dicht über eine Kriegsschwalbe hinweg, daß er die feindliche Einheit fast berührt hätte.

Der Romulaner führte ein Ausweichmanöver durch.

»Schild drei senken.«

»Truppentransporter – Speicherbänke gefüllt, auf Empfang geschaltet«, meldete der Ingenieur. Die von den Indikatoren angezeigten Energiewerte verringerten sich, als die erste Gruppe Marinesoldaten von der *Todeshand* an Bord der *Blaues Feuer* materialisierte.

Die *Blaues Feuer* raste an zwei weiteren Kriegsschwalben vorbei, und die vom Feind abgefeuerten Plasmastrahlen verfehlten sie. Als die romulanischen Jäger daraufhin mit Anpassungsmanövern begannen, erbebte die im Zentrum der feindlichen Formation schwebende *Todeshand*. Ein helles Licht glühte für einige Sekunden am Rumpf des Kreuzers, in unmittelbarer Nähe des Ansatzstutzens, der als Stabilisierung für die große Hauptschwinge diente. Sie löste sich vom Rest des Schiffes. Die Impulstriebwerke zündeten, und die *Todeshand* nahm langsam Fahrt auf.

Die Romulaner zögerten und wandten sich wieder dem beschädigten Kreuzer zu.

»Schild vier senken, Nummer fünf hoch.«

»Störungen im Transfersignal«, sagte der Ingenieur, und seine Finger glitten über die Kontrollen. Gelbe Warnlichter flackerten, und grafische Kurven flachten sich ab. »Die Interferenzen nehmen zu. Vermutlich wird es zu einigen Transferverlusten kommen.«

»Bestätigung«, sagte Kodon.

Einfache Marinesoldaten hatten keine persönlichen Transporterspezialisten, die ihre Sicherheit gewährleisteten.

Die *Blaues Feuer* näherte sich der *Todeshand*, flog direkt darauf zu. Vrenn beobachtete, wie die Anzeigen vor ihm immer knappere Toleranzwerte angaben. Darüber hinaus beanspruchte der Transporter jetzt einen Großteil der zur Verfügung stehenden Energie, und das bedeutete, daß ihm weniger Spielraum für eventuelle Ausweichmanöver blieb.

»Modifikation der Transporterkoordinaten«, sagte

der Waffenoffizier. »Schild fünf senken, Nummer sechs hoch.«

»Interferenzen lassen nach«, stellte der Ingenieur fest, als sich die Entfernung zwischen den beiden klingonischen Schiffen verringerte.

»Signal an die *Todeshand*«, befahl Kodon. »Transferaufforderung an die Flottenoffiziere.«

Kurz darauf wechselte das Bild auf dem Hauptschirm und zeigte die Brücke der *Todeshand*. Rauch wallte in trägen Schwaden dahin, und der Captain hatte den linken Arm in die Schärpe seiner Uniform geschoben. Hinter ihm lag ein Toter vor einer halb zerfetzten Konsole.

»Wir haben Ihre Aufforderung empfangen«, sagte der Captain. »Meine Fähnriche gehen jetzt in den Transfer. Ich hoffe, sie bekommen bei Ihnen Gelegenheit, zu Ruhm und Ehre zu gelangen.«

»Da bin ich ganz sicher«, erwiderte Kodon.

Zum erstenmal seit Beginn des Gefechts dachte Vrenn an die Schäden, zu denen es an Bord der *Blaues Feuer* gekommen war, an die Besatzungsmitglieder, die auf den unteren Decks gestorben sein mochten. Doch nur einen Sekundenbruchteil später konzentrierte er sich wieder auf seine Aufgaben. Die Entfernung zwischen den beiden Kreuzern betrug jetzt nur noch tausend Meter, und nach wie vor flog die *Blaues Feuer* auf Kollisionskurs. Ein Alarmsummer schrillte. Vrenn schaltete ihn ab.

Abwechselnd gab er Energie auf die Backbord- und Steuerbord-Triebwerke, und das Schiff begann sich zu drehen.

»Was ist mit Ihrem Stellvertreter?« wandte sich Kodon an den anderen Captain.

»Tot«, lautete die Auskunft. »Und was mich angeht...«

»Ich weiß«, sagte Kodon. »Sicher werden Sie mit Ihrem Schwarzen Schiff viele Romulaner töten, Kadi.«

Der Kommandant der *Todeshand* lächelte schief. »Aber nicht diese hier. Sie sind zu dumm. Sie haben bereits zu viele Klingonen umgebracht. Ich will der letzte sein...« Er bleckte die Zähne, und sein verletzter Arm zuckte. Blut quoll unter der Schärpe hervor. Dann wurde die Komverbindung unterbrochen.

Die *Blaues Feuer* flog durch die breiter werdende Lükke zwischen dem Rumpf der *Todeshand* und ihrer abgesprengten Hauptschwinge. Nach wie vor warteten romulanische Einheiten in der Nähe, und einige von ihnen feuerten auf den bereits halb zerstörten Kreuzer.

»Flottenoffiziere an Bord«, berichtete der Ingenieur. »Bereitschaft für Empfang der zweiten Marinegruppe.«

»Staffelführer«, sagte der Kommunikationsoffizier. »Der Feind verändert seine Formation.«

Vrenn hörte die Worte, achtete aber nicht weiter auf sie. Er ging ganz in seiner Aufgabe auf, war *eins* mit dem Schiff. Er suchte nach jener freien Stelle in der gegnerischen Phalanx, die die Romulaner nicht blockiert hatten: Schließlich konnte sich ein klingonischer Kreuzer nicht an zwei Orten gleichzeitig befinden.

Kodon blickte von seiner Kommandokonsole auf. »Offenbar sind nicht alle romulanischen Kommandanten so dumm wie ihr Admiral... Transfer wird nicht durchgeführt. Signalcode TAZHAT. Einsatz!«

»Einsatz«, bestätigten alle Offiziere auf der Brücke.

Die *Todeshand* blieb hinter ihnen zurück, und die Darstellung des Planeten glitt über den Hauptschirm, als Vrenn das Schiff auf einen neuen Kurs steuerte. Gelbe Linienmuster wanderten über das Display, gefolgt von grünen und dann einem blauen. Vrenn gab Schub, betätigte erst den einen Regler, dann den zweiten.

Das Warp-Triebwerk der *Blaues Feuer* wurde aktiv, und die Sterne verwandelten sich in lange Streifen, die an dem Kreuzer vorbeizurasen schienen.

»Explosionsblitz achtern«, sagte der Kommunikationsoffizier.

»Schild sechs...« begann der Klingone an der Waffenkonsole, brach jedoch ab, als das Deck unter ihm bebte.

»*Energie*«, sagte Vrenn, und der Ingenieur öffnete die Versorgungskanäle. Die *Blaues Feuer* erreichte Warp 2, und das Zittern und Vibrieren ließ nach: Der Kreuzer war nun wesentlich schneller als die nukleare Stoßwellenfront. Nur glühende Fragmente erinnerten an die *Todeshand* und die romulanischen Jäger, die sich in ihrer Nähe befunden hatten.

»*Kai!*« rief Kodon. Stolz regte sich in Vrenn – und gleich darauf empfand er neue Scham: Bestimmt galt das Wort des Staffelführers nicht ihm, sondern Captain Kadi.

»Navigator: Kurs zur nächsten Außenbasis.« Kodon wandte sich an den Mann, der an den Drohnenkontrollen saß. »Schleusen Sie eine aus. Kommunikation: Die *Zwei Finger* soll das Drohnensignal anpeilen.«

»Sir, die Frachter...« begann Kandel.

»Sollen sie in Staub zerfallen, und die Romulaner mit ihnen«, erwiderte Kodon, und seine sonst so ruhige Stimme vibrierte ein wenig. »Derzeit bin ich nicht an Beutepreisen interessiert. Ich will eine Antwort, und die läßt sich bestimmt nicht im Orbit des Planeten finden.«

»Staffelführer, soll ich mich mit der Flotte in Verbindung setzen?«

»Wenn Sie ihr auch nur *ein* Signal schicken, schneide ich Ihnen die Kehle durch!«

So also hörte sich Kodon an, wenn er es ernst meint, dachte Vrenn.

Nach einigen Sekunden sprach der Staffelführer erneut, und dabei klang seine Stimme wieder gelassen. »Ingenieur, erhöhen Sie Temperatur und Luftfeuchtigkeit auf dem Achterdeck. Wir müssen zwar hungern, aber ich sehe keinen Grund, warum wir es dabei nicht bequem haben sollten. Außerdem möchte ich, daß wir so rasch wie möglich Warp vier erreichen.« Er stand auf. »Kurrozh, Sie haben das Kommando. Vrenn: Begleiten Sie mich.«

Vrenn verließ seinen Platz an den Kontrollen; die Aufforderung des Staffelführers hatte ihn so überrascht, daß er keinen klaren Gedanken fassen konnte. Es war ein alter Trick, einem Mann zu drohen und den anderen zu bestrafen: Auf diese Weise wurden beide eingeschüchtert. Er glaubte, keinen Fehler gemacht zu haben, aber diese Erkenntnis beruhigte nicht.

Dann fiel ihm ein, worin sein Vergehen bestand: Er hatte es gewagt, dem Staffelführer während eines Gefechts eine Strategie vorzuschlagen. Und schlimmer noch: Sie war erfolgreich gewesen.

Doch als er Kodon zum Lift folgte, sah er, wie sich einer der Offiziere zu ihm umwandte und mit erhobener Hand das Sternsymbol des Captains andeutete. Einige andere übermittelten ihm ähnliche Grüße. Und da begriff Vrenn, daß er sein Schiff bekommen würde, auch wenn es in der Schwarzen Flotte fliegen mochte.

Die Tunika des Fähnrichs war zerrissen und stank nach Rauch. Der Klingone stellte seine Tasche auf die leere Koje, ließ sich ruckartig auf das schmale Bett sinken und salutierte mit einer bandagierten Hand. »Kelag, von der *Todeshand*«, stellte er sich vor.

»*Kai Todeshand*«, erwiderte Vrenn. »Ich bin Vrenn...« Er zögerte. »Titularlieutenant.«

»Vrenn...?« Kelag betrachtete die Rangabzeichen des Mannes vor ihm. »Sie sind doch Fähnrich, oder?«

»Titularfähnrich.«

Kelag schüttelte den Kopf und senkte die Lider. »Ich verstehe nicht. Was...«

»Ich war der Steuermann der *Blaues Feuer*. Ich meine: Ich bin es.«

»*Oh*«, entfuhr es Fähnrich Kelag; er wirkte gleich lebhafter. »*Kai* Vrenn. *Kai Blaues Feuer*.«

Vrenn nickte. »Dies war die Koje von Ruzhe«, sagte er. »Während des Gefechts befand er sich achtern, im Maschinenraum.«

»Ein schlimmer Kampf.«

»Nun, den Kampf selbst überstand er recht gut... Aber als er und die anderen Techniker daran arbeiteten, den Energiepegel zu erhöhen, platzten einige Rohre, und Kühlgas trat aus. Es hatte sich so sehr erhitzt, daß es sich kaum mehr von Plasma unterschied. Ruzhe war auf der Stelle tot, und bisher hatten wir noch keine Zeit, seine Sachen fortzubringen.«

Kelag starrte auf den Boden, und nach einer Weile stellte Vrenn fest, daß der Fähnrich im Sitzen eingeschlafen war. Vrenn stand auf, um den Klingonen hinzulegen und zuzudecken, entschied sich dann aber dagegen. Er blickte nicht auf. Die Beamten in der Sicherheitsabteilung mochten es nicht, wenn man ihnen zu verstehen gab, daß man wußte, beobachtet zu werden. Und Vrenn wollte ihnen keinen Anlaß geben, irgendwelche Kritik an seinem Verhalten zu üben.

Er schaltete das Licht aus – wobei ihm klar war, daß die Infrarotsensoren alle seine Bewegungen registrierten – und kroch unter die Decke. Innerhalb weniger Sekunden war er eingeschlafen.

In einer Zelle der Sicherheitsabteilung war ein Romulaner gefangen, und das Verhör wurde in die anderen Abteilungen der *Blaues Feuer* übertragen. Die meisten jüngeren Offiziere zogen es vor, direkt an der Vernehmung teilzunehmen, doch Vrenn hatte sich dafür entschieden, auf der Brücke zu bleiben. Kodon lachte. »Offenbar mögen Sie es, sich im Nervenzentrum des Schiffes aufzuhalten. Und ich kann Ihre Motive gut verstehen.«

Das Bild aus der Sicherheitsabteilung leuchtete auch auf dem Schirm des Waffenoffiziers, aber die Lautstärke war heruntergepegelt; deshalb konnte Vrenn die einzelnen Worte nicht verstehen. Wenn er den Kopf drehte, sah er die Darstellung. In der rechten Hälfte des Projektionsfeldes zeigte sich das Informationsdisplay: eine grüne Kontur, die den Körper des Romulaners verdeutlichte; blaue Linien kennzeichneten die wichtigsten Nervenstränge, und gelbe Punkte pulsierten an den Wirkungsstellen der Schmerzstimulatoren. Auf der linken Seite hingegen saß der Gefangene seltsam steif auf einem Stuhl: Der Examinationsspezialist der *Blaues Feuer* hatte die Stasisfelder der Zelle so justiert, daß sie dem Romulaner praktisch keinen Bewegungsspielraum mehr ließen – die Arbeit eines Experten.

Vrenn war sicher, daß er nicht weniger sah als die Zuschauer in der Sicherheitsabteilung. Zwar galten die Schmerzkuben als völlig schalldicht, doch es gab bestimmte Signalkanäle, die zur akustischen Übertragung dienten und jederzeit aktiviert werden konnten.

In der imperialen Außenbasis, die die Schiffe Kodons angeflogen hatten, wurden drei Romulaner gefangengehalten. Sie machten einen diplomatischen Status geltend, dem der Staffelführer jedoch keine Beachtung schenkte. Und der Stationskommandant war nur zu gern bereit, Kodon gewähren zu lassen – insbesondere nachdem Kev ihn darauf hingewiesen hatte, er sei vielleicht der nächste, der mit einer Schmerzzelle Bekanntschaft machen könne.

Die romulanische Botschafterin beging rituellen Selbstmord – gemäß den Traditionen ihres Volkes. Der Flottenattaché versuchte sich in der Rolle eines furchtlosen Helden, indem er eine Überladung seines Strahlers herbeiführte, machte jedoch einen Fehler bei der Justierung seiner Waffe. Kodon überließ ihn den überlebenden Marinesoldaten von der *Todeshand*. Damit blieb nur der Missionshüter, der nun in der Zelle saß. Die Verhörtechniker machten Gebrauch von speziellen elektronischen Instrumenten, um die Daten zu entschlüsseln und zu korrelieren, die der Romulaner in sich trug. Kodon und die Sicherheitsoffiziere waren sehr zufrieden: Oft wußten Missionshüter weitaus mehr als die Diplomaten, denen sie dienten.

Der Examinator veränderte die Feldstärke der Stasiskonen, und der Romulaner krümmte sich zusammen. Der weibliche Waffenoffizier gähnte und wandte sich gelangweilt von der Darstellung ab. Auf dem Schirm hinter ihr war zu sehen, wie der Fokus der Schmerzstimulatoren über andere Nerven hinwegstrich, und daraufhin kam der Kopf *des* Gefangenen abrupt in die Höhe. »Ach, Krenn«, sagte die Frau, »ich hoffe, wir kehren bald an einen Ort zurück, an dem mehr los ist als hier. Ich hasse diese abgelegenen Außenbasen, in denen einem nur der eigene Schatten Gesellschaft leistet.«

Vrenn hatte sich bereits daran gewöhnt, daß ihn der Waffenoffizier mit der ehrenvolleren Version seines Namens ansprach – obgleich die offizielle Beförderung durch einen Flottenrepräsentanten noch ausstand. Vielleicht, dachte er, wird es nie dazu kommen. Nicht alle Entscheidungen eines Kaper-Captains wurden vom Flottenkommando bestätigt. Er versuchte, sich mit seinem gegenwärtigen Status zu begnügen. »Der Flug nach Aviskie dauert drei Tage, Lieutenant – wenn der Staffelführer Warp vier anordnet.«

»Das wird er bestimmt. Haben Sie schon irgendwelche Pläne?«

Der Romulaner blutete: Grüne Flüssigkeit tropfte ihm aus dem einen Mundwinkel.

»Nein«, erwiderte Vrenn.

»Nun, ich hätte da einen Vorschlag zu machen...« sagte die Frau und lächelte doppeldeutig.

Vrenn versuchte vergeblich, sich zu beherrschen: Er konnte das leise Lachen nicht zurückhalten. Die beiden anderen Offiziere, die sich auf der Brücke befanden, hielten die Blicke auf ihre Pulte gerichtet.

»Tja, was soll ich nur mit Ihnen machen?« fuhr der Waffenoffizier fort. »Vielleicht sind Sie noch immer zu grün hinter den Ohren, um zu begreifen, daß Sie den Warp-Weg beschreiten, Gedankenfähnrich.« Dieser Titel kam gelindem Spott gleich. »Haben Sie schon vom Warp-4-Club gehört?«

»Ich bin im *Dienst*.«

»Aber Sie können wohl kaum drei *Khest'n*-Tage hinter den Kontrollen des Steuermanns hocken.«

Vrenn lächelte unwillkürlich. Eigentlich war ihm die Frau recht sympathisch. Ihr einziger Fehler schien darin zu bestehen, daß sie die Rangabzeichen eines Lieutenants trug. Vrenn überlegte, ob er sich gedulden sollte, bis seine Beförderung bestätigt wurde, mit Metallspangen, die er *fühlen* konnte. Doch dann wäre er kein vollwertiges Mitglied des Clubs gewesen.

Der Romulaner begann zu zucken und erstarrte plötzlich. Die Lippen des Gefangenen bebten und formulierten einige Worte. Der Waffenoffizier erhöhte die Lautstärke, und undeutlich vernahm Vrenn einige romulanische Zahlenfolgen.

»Und damit hätten wir auch den Entschlüsselungscode«, stellte der Kommunikationsoffizier fest und klopfte sich auf den Oberschenkel.

»Sehen Sie?« wandte sich der Waffenoffizier an Vrenn und lachte. »Ich hoffe, Ihr Timing ist *immer* so gut.«

Es war dunkel in der Mietkammer, die zur Säule Fünf von Aviskie gehörte, und endlich herrschte Stille. Sowohl der Tropfer als auch die Ausdünstungen hatten für eine hohe Luftfeuchtigkeit gesorgt. Die rauchige Glut der Aromastäbchen im Halter neben dem Bett war schon vor einer Weile verblaßt.

Licht fiel ins Zimmer, und Vrenn spürte einen kühlen Luftzug. Er rollte sich aus dem Bett und krümmte die Finger der rechten Hand. Die auf der anderen Seite liegende Frau war noch schneller, stand bereits und salutierte.

»Kommen Sie mit uns, *Lieutenant*«, sagte Fähnrich Merzhan. Hinter ihm stand ein Flottencommander, und die silberne Schärpe auf seiner Uniform machte deutlich, daß er einen Sonderauftrag erhalten hatte. Außerdem sah Vrenn auch noch zwei bewaffnete Soldaten, die nicht etwa von der *Blaues Feuer* stammten, sondern dem Truppenkontingent des Raumhafens angehörten.

Vrenn salutierte ebenfalls, und es kam ihm nicht in den Sinn, der Anweisung des Commanders zu widersprechen. »Ich ziehe mich rasch an...«

»Warum denn?« fragte Merzhan. Der Commander vollführte eine knappe Geste, und daraufhin preßte der Sicherheitsoffizier die Lippen zusammen. »Ich warte«, sagte der Klingone mit der silbernen Schärpe.

Vrenn griff nach Hose, Tunika und den Stiefeln, streifte sich anschließend auch die Weste über und rechnete damit, daß ihm jemand die neuen Rangabzeichen ansteckte. Doch dazu kam es nicht. Der Waffenoffizier stand noch immer in Habachthaltung.

»Gehen wir«, sagte der Sondercommander, und seine Stimme war dabei fast ebenso monoton wie die eines Sprachprozessors. Dann sah er die Frau an, und sein Blick galt nicht etwa dem nackten Leib, sondern allein ihrem Gesicht. »Wir waren nicht hier.«

»Ich habe niemanden gesehen«, entgegnete sie, und ihre Stimme klang nicht besorgt, nur bedauernd. Vrenn nickte ihr kurz zu und verließ das Zimmer.

Vrenn saß in einem schlicht eingerichteten und fensterlosen Konferenzraum; drei Flottenoffiziere leisteten ihm Gesellschaft: Koll, der Commander, der ihn in der Mietkammer abgeholt hatte, Commander Kev von der *Blaues Feuer* und Captain Kessum von der *Zwei Finger*. Kodon war nicht zugegen. Die Sicherheitsbeamten hatten das Zimmer zwar verlassen, aber Vrenn vermutete, daß sie das Geschehen trotzdem beobachteten.

»Dies ist kein Tribunal«, stellte Koll fest. »Und es handelt sich auch nicht um eine offizielle Zusammenkunft. Tatsächlich findet dieses Treffen nicht statt – und wird auch nie stattgefunden haben. Verstehen Sie?«

»Ja«, bestätigte Vrenn.

Kev nickte, und Koll stellte ein rechteckiges Objekt auf den Tisch: Das Gerät fuhr eine Antenne aus, und mehrere Sensorpunkte glommen auf. Vrenn begriff, daß es der Sonderoffizier in Hinsicht auf die Wichtigkeit der Besprechung außerordentlich ernst meinte: Das Instrument störte möglicherweise vorhandene Sensoren und schloß somit eine Kontrolle durch Sicherheitsbeamte aus.

»Es ist uns gelungen, einige romulanische Botschaften zu entschlüsseln«, sagte Commander Koll, »und dadurch erfuhren wir von geheimen Verhandlungen zwischen dem *Komerex Romulan* und einer einflußreichen Gruppe des *Komerex Klingon*. Hätten diese Kontakte zum Abschluß eines Vertrages geführt, so wäre es zur Einrichtung einer neutralen Zone zwischen den beiden *Komerexi* gekommen – mit einem Respektierungsgebot für beide Seiten. Ein derartiges Abkommen wurde bereits mehrfach im Imperialen Konzil vorgeschlagen und immer wieder abgelehnt, aber die Absicht dieser Gruppe bestand offenbar darin, den Rat vor vollendete Tatsachen zu stellen...«

Vrenn spürte, wie sich in seiner Magengrube etwas zusammenkrampfte. Er kannte jemanden, der eine romulanische Neutrale Zone vorgeschlagen hatte, und das Konzept jener Person stand in Zusammenhang mit der Mittelfeldkontrolle bei jenem Spiel, das die Menschen *Schach* nannten.

»... ein Vorwand für die Zerstörung der klingonischen Schiffe, die in den Außenquadranten kreuzen, mit Kartographierungs- oder Kolonisierungsmissionen beauftragt sind und einen möglichen Angriff romulanischer Einheiten nicht abwehren können...«

»Commander«, warf Kev ein, »dieser Punkt spielt derzeit keine Rolle.« Kevs Aufmerksamkeit richtete sich auf Vrenn; er starrte ihn durchdringend an.

»Nun gut«, sagte Koll. »Wichtiger dürfte sein, daß wir die Verschwörer inzwischen entlarvt haben. Zu ihnen gehört auch Gedankenadmiral Kethas epetai-Khemara.« Koll musterte Vrenn wachsam und beobachtete die Reaktion des jüngeren Klingonen. Kessum legte die eine Hand auf den Tisch, die Hand, nach der sein Schiff benannt worden war: Sie wies nur zwei Finger auf.

Kev räusperte sich. »Ich möchte folgendes betonen: Staffelführer Kodon ist davon überzeugt, daß Sie nicht in diese Verschwörung verwickelt sind. Er hat eine hohe Meinung von Ihren Fähigkeiten als Offizier, und deshalb ist er dagegen, allein aus reiner Vorsicht irgendwelche Maßnahmen gegen Sie einzuleiten. Ich schließe mich seiner Ansicht an. Nun, wir haben rasch gehandelt, so schnell, daß die Sicherheitsoffiziere noch keine Analyse durchführen konnten – das *glauben* wir jedenfalls. Hören Sie gut zu: Wir bieten Ihnen ein eigenes Kommando an. Es handelt sich um ein kleines Scoutschiff, das im Außensektor operiert. Aber es ist eine Flotteneinheit, und wenn Sie sich klug und umsichtig verhalten, braucht es kein *Khesterex thath* zu werden.«

Vrenn saß ganz still und fragte sich, ob die Sterne über dieser Welt nackt oder aber von Wolken verhüllt waren. Ein eigenes Schiff –

»Wenn er zögert«, sagte Captain Kessum in einem förmlichen Tonfall, »wenn er befürchtet, die Kette der Pflicht könne reißen, so sollten wir ihm einige Einzelheiten der Verhandlungen nennen.«

»Die Romulaner verlangten einen Beweis für die guten Absichten der Verschwörer«, ließ sich Kev vernehmen. »Sie forderten Informationen über den nächsten klingonischen Vorstoß. Und sie bekamen entsprechende Hinweise.«

»Der Mann, den Sie eben erwähnten...« erwiderte Vrenn. »Wußte er davon?«

»Ja, er wußte davon«, bestätigte Commander Koll. »Und er gab sein Einverständnis.«

Es geht um das *Komerex zha*, dachte Vrenn. Und die Figuren des Spiels sind nichts weiter als wertlose Holzstücke, die im Feuer verbrennen. »Ich bin der Flotte verpflichtet«, sagte er laut. »Ich diene auf den Posten, die man mir zuweist.«

»Kai kassai«, sagte Kev leise, doch sein Blick war noch immer durchdringend.

Vrenn sah auf. »Ich bitte um Erlaubnis, mich offiziell von Staffelführer Kodon verabschieden zu dürfen.«

»Ich bin als sein Gesandter hier«, hielt ihm Captain Kessum entgegen.

Ja, natürlich, dachte Vrenn. Die *Blaues Feuer* lebt, aber die *Todeshand* existiert nicht mehr. Und außerdem gab es da auch noch die Strategie, eine der bedeutendsten klingonischen Wissenschaften: Wer sich in dieser Kunst auskannte, konnte seltsame Dinge bewirken. Vrenn erinnerte sich an die Worte Kevs: *Wenn Sie dies alles geplant haben, so sollten Sie niemandem etwas davon verraten.*

»...und natürlich muß Ihnen klar sein, daß Sie nicht in diesem Bereich der Außenquadranten patrouillieren werden.«

»Selbstverständlich nicht«, sagte Vrenn.

»Dann sind wir uns ja einig«, stellte Koll fest und streckte die Hand nach dem Sensorblockierer aus.

Commander Kev beugte sich vor, musterte Vrenn und sagte dumpf: »Sie müssen jetzt Ihren Namen ändern.«

Der Erkundungsflug von Scout-Captain Krenn dauerte bereits achtzig Tage, als die Nachricht eintraf. Sie enthielt keine Ursprungsangaben und war mit dem persönlichen Zifferncode Krenns chiffriert.

Zweimal sah er sich das Band an und beobachtete, wie Kethas und Rogaine ums Leben kamen. Sie starben nicht kampflos – das hätte auch nicht den traditionellen Regeln ehrenhaften Mordens entsprochen. Darüber hinaus waren sehr fähige Killer in den Einsatz geschickt worden – was auch der eigentliche Grund dafür sein mochte, warum man die Konfrontation aufgezeichnet hatte.

Es befriedigte Krenn, als er beobachtete, wie gut sich Rogaine zur Wehr setzte. Einem Killer brach sie mit einem wohlgezielten Schlag das Genick, und dem zweiten stach sie mit ihren spitzen Fingernägeln die Augen aus, nachdem ihr Körper ihn geradezu hypnotisiert hatte. Das geschah dem lüsternen Narren ganz recht.

Kethas ging neben seinen Spielplatten zu Boden und erwiderte das Feuer, während er fiel. Seine Lieblingstafel des Reflektiven Spiels wurde zur Seite geschleudert. Kethas' Hand schloß sich um den grünen Lanzenträger – und erstarrte. Die Kamera schwenkte herum. Als Krenn sich die Aufzeichnung zum zweitenmal ansah, hielt er das Bild an dieser Stelle an und schaltete auf Vergrößerung. Und er stellte fest, daß der epetai-Khemara nicht etwa nach der Spielfigur gegriffen, sondern versucht hatte, den Körper seiner toten Gefährtin zu berühren.

Krenn zögerte und dachte daran, das Band zurückzuspulen und zu beobachten, mit welchem Gesichtsausdruck Kethas auf den Tod Rogaines reagierte. Schließlich entschied er sich dagegen.

Die Aufzeichnung demonstrierte ihm sonst nur das Ende zweier Haus-*Kuve*. Der kleine Odise mit dem schwarzen Pelz wurde von einem Strahlblitz getroffen, als er auf den Balkon trat. Er fiel, prallte auf den Boden und blieb als verschmorte Fleischmasse liegen. Tirian wurde betäubt und eine Zeitlang mit Schmerzstimulatoren verhört. Später brachte man ihn mit einem Gleiter fort. Der Rückenbereich der Tunika war aufgerissen, und eine Nahaufnahme zeigte die Narben an den Stellen, wo man ihm die Flügel ausgerissen hatte. Als die Maschine eine Höhe von mehr als tausend Metern erreichte, gab einer der Killer dem wehrlosen Tirian einen Stoß. Der Withiki fiel und verschwand im Dickicht des Kartadewaldes. Diese Szene sah sich Vrenn nur einmal an.

Er löschte die Kassette und dachte: *Es macht alles viel leichter, wenn kein Genugtuungsanspruch erhoben wird.*

Anschließend kehrte Krenn auf die Brücke zurück. Der Steuermann salutierte freundlich, und der wissenschaftliche Offizier drehte sich um. Die Brückencrew bestand nur aus diesen beiden Personen. Und natürlich dem Captain. Ein kleines Schiff, ja – aber es gehörte zur Flotte und würde Krenn als Sprungbrett dienen.

»Irgendwelche besonderen Vorkommnisse?« wandte sich Krenn an den wissenschaftlichen Offizier.

»Alles ruhig«, erwiderte Spezialist Akhil. »Hier gibt es nichts weiter als leeren Raum und interstellaren Staub.« Er zögerte kurz. »Was ist mit der Nachricht?«

»Darin ging es nur um eine Angelegenheit, die meine Vergangenheit betraf.«

Akhil musterte ihn einige Sekunden lang und nickte dann. »Darf ich eine Frage stellen?«

»Heraus damit.«

»Mein ältester Onkel diente an Bord eines Schiffes, das von einem Captain der Rustazh-Linie befehligt wurde. Stammen Sie...«

»Jene Linie ist ausgestorben«, sagte Krenn tai-Rustazh. »Der Name war frei und konnte wieder benutzt werden.«

»Sie beginnen also eine neue Linie«, stellte der Steuermann fest.

»Warum bin ich sonst hier draußen?« entgegnete Krenn. »Um das Ewige Spiel zu spielen?«

Er lachte, und sowohl der wissenschaftliche Offizier als auch der Steuermann stimmten mit ein.

ZWEITER TEIL
Die nackten Sterne

Verhandlungen mögen einen weitaus geringeren Preis verlangen als Krieg – oder auch einen wesentlich höheren: Denn der Krieg kann nur das Leben eines Kämpfers kosten.

Klingonisches Sprichwort

KAPITEL 4

Räume

»Wir haben das Schiff im Traktorstrahl, Captain.«

»Holen Sie es ran. *Zan* Kafter, halten Sie die Geschütze einsatzbereit. Feuern Sie auf das Kommandomodul, wenn die Indikatoren eine Veränderung des Energiepegels anzeigen.«

»Bestätigung, Captain.« Die Besatzung des imperialen Klingonenkreuzers *Fechter* machte sich an die Arbeit und nahm das manövrierunfähige Schiff der Pseudoherrscher ins Schlepptau: Es handelte sich dabei um ihre zwölfte Beute, und inzwischen war bereits alles Routine.

Captain Krenn vestai-Rustazh lehnte sich im Sessel des Befehlsstandes zurück, stützte die Ellenbogen auf die Armlehnen und faltete die Hände unterm Kinn. Das Zoom projizierte alle Einzelheiten des fremden Raumschiffes auf den Hauptschirm. Die Einheiten der Pseudoherrscher sahen aus wie Schüsseln, an die man kleine Warp-Zellen geklebt hatte. Doch so lächerlich und absurd sie auch wirken mochten – inzwischen stellten sie eine ernstzunehmende Gefahr für die Welten in den Außenquadranten des Imperiums dar.

Die Strategie jener Wesen beschränkte sich darauf, einfach den nächsten Planeten zu überfallen, den sie fanden, und ihre Taktik bestand in wahlloser Zerstörung. Pseudoherrscher – eine *Klingonaase*-Kurzform für den Namen, den sie sich selbst gegeben hatten. Vollständig übersetzt lautete er: *Wir sind das Volk, das über alle möglichen Realitäten gebietet.*

Dennoch kämpften sie wie... wie ›betrunkene Romulaner‹. Das war eine allgemein gebräuchliche Bezeichnung für ihren Kampfstil, zumindest in den klingonischen Raumsektoren, die am weitesten von der romulanischen Einflußsphäre entfernt waren. Andererseits: Ihre so merkwürdig geformten Raumschiffe konnten erstaunlich viel Energie absorbieren und zeichneten sich durch eine beeindruckende Feuerkraft aus.

Doch das nützte ihnen nicht viel, solange sie bei ihren Angriffen auf eine sorgfältige Planung verzichteten. »Die Taktik ist sehr wichtig«, erinnerte Krenn seine Offiziere. Und das hatte die *Fechter* mehr als einmal bewiesen: Inzwischen waren so viele gegnerische Schiffe aufgebracht worden, daß Krenn es allmählich leid wurde.

In Schutzanzügen hatten sich er und der Ingenieur an Bord einer feindlichen Einheit begeben. Dort entdeckten sie mehrere schwache Strukturstellen: Selbst geringenergetische Intervaller-Felder würden genügen, um die supraleitenden Verbindungen zum Warp-Triebwerk zu unterbrechen und die agaanischen Plasmakammern zu beschädigen. Diese Informationen gaben ihnen die Möglichkeit, die Schiffe der Pseudoherrscher nicht mehr vollständig zu vernichten, sondern nur manövrierunfähig zu machen. Und anschließend schickten sie die Trophäen an den Imperator.

»Ich bekomme jetzt die ersten Daten, Captain«, sagte Akhil, der die Kontrollen der wissenschaftlichen Station bediente. »Die Besatzung lebt. Die Armierung besteht nur aus leichten Geschützen. Energiepegel nach wie vor auf Reserveniveau.«

»Ist der Transporter klar?«

»Keine Interferenzen. Selbst der Imperator könnte in den Transfer gehen.«

Krenn nickte. »Kommunikation: eine Verbindung zur Brücke der Trophäe.«

Das Bild war verschwommen und bestand aus einzelnen Abtastlinien. Der technische Entwicklungsstand der Pseudoherrscher war nicht viel besser als ihre strategischen und taktischen Kenntnisse. Krenn machte ein halbes Dutzend Fremdwesen aus. Sie erinnerten ihn an modellierten Teig, an Skulpturen aus grauweißem Gummi – weich und farblos. *Kuve.*

»Ich bin Krenn, Kommandant der *Fechter*«, sagte er und sprach betont langsam, so daß seine Worte von dem automatischen Translator übersetzt werden konnten. »Ich habe dafür gesorgt, daß Sie dem Imperium keinen Widerstand mehr leisten können. Jeder feindselige Akt Ihrerseits wird mit der sofortigen Vernichtung Ihres Schiffes geahndet. Ist das klar?«

Die Pseudoherrscher antworteten mit blubbernden Lauten, und mehrere von ihnen sprachen gleichzeitig. Krenn wußte, daß bei ihnen eine Art kollektives Kommando üblich war, und die Sicherheitsanalytiker hatten noch nicht festgestellt, welche Funktion den einzelnen Individuen zukam. Ein Verhör war sinnlos: Die Anwendung von Schmerzstimulatoren führte bei Pseudoherrschern innerhalb weniger Sekunden zum Agonietod.

»Wir haben verstanden«, plärrte es schließlich aus dem Lautsprecher des Translators. »Diese Gruppe ist isoliert und ergibt sich.« Die Fremden legten ihre Waffen zu Boden.

Kuve, wiederholte Krenn in Gedanken. Aber sie hatten sich richtig verhalten: Wenn sie nicht bereit gewesen wären, sich von ihren Waffen zu trennen... Nun, während der letzten Zwischenfälle dieser Art hatte er entschlossen und unnachgiebig durchgegriffen.

Doch all das änderte nichts daran, daß ihn dieses besondere Spiel allmählich zu langweilen begann.

»Ich schicke Klingonen an Bord Ihres Schiffes. Einige meiner Leute sind beauftragt, Ihr Triebwerk zu reparieren. Wenn das geschehen ist, wird Ihr Schiff eine Welt des Imperiums anfliegen und dort offiziell kapitulieren.

Ich gebe Ihnen die Möglichkeit, den Kurs selbst zu bestimmen. Allerdings werden Klingonen an Bord sein, um Navigationsfehler zu verhindern und die Navigatoren und Ingenieure zu schützen. Sie haben alles zu unterlassen, was die Arbeit jener Personen behindern würde. Halten Sie sich an ihre Anweisungen.«

Die Pseudoherrscher gaben ein bestätigendes Schmatzen von sich, und Krenn unterbrach die Verbindung.

Er suchte den Transporterraum auf, um noch einige letzte Worte an die Klingonen zu richten, die er an Bord des fremden Schiffes zu schicken gedachte. Verständlicherweise waren sie in gehobener Stimmung: An Bord der aufgebrachten Einheit erwartete sie ein leichter Dienst, und wenn sie das Schiff den imperialen Autoritäten übergaben, konnten sie mit einer Belohnung rechnen.

»Fähnrich Kian«, sagte Krenn.

»Captain?« Kian sah aus, als hätte er gerade ein Jahresspiel-Banner gewonnen: Er konnte ein Raumschiff befehligen, wenn auch nur für kurze Zeit, und dabei spielte es keine Rolle, daß es sich nicht um einen Flottenkreuzer handelte, nicht einmal um ein klingonisches Schiff.

Krenn deutete auf den tragbaren Computer Kians. »Benutzen Sie ihn erst, wenn Ihnen keine andere Wahl bleibt. Sie haben das Kommando, das *Kommando*.«

»Ja, Captain.«

Das kleine Gerät enthielt einige spezielle Navigationsroutinen – für den Fall, daß sich die Pseudoherrscher als nicht kooperationswillig herausstellten. Aber in den bisher bekannten Fällen hatten sie sich immer gefügt. Zwar waren zwei der Trophäen Krenns auf dem Flug zur Zielwelt verschwunden, doch dafür gab es eine ganze Reihe von möglichen Erklärungen. Krenn dachte in diesem Zusammenhang unter anderem an die zweifelhafte Raumtüchtigkeit der schüsselförmigen Schiffe.

Klingonen hätten sicher eine Möglichkeit gefunden, die Fremden an Bord anzugreifen. Auch Romulaner und Andorianer hätten sich gewehrt – selbst auf die Gefahr hin, dadurch ums Leben zu kommen. Menschen und

Kinshaya entwickelten in dieser Hinsicht einen solchen Einfallsreichtum, daß es besser war, sie auf der Stelle zu töten. Sogar Vulkanier, überlegte Krenn, würden nicht einfach aufgeben und mit Hilfe ihrer Logik nach einem Ausweg suchen.

Aber die Pseudoherrscher gehorchten einfach. Wie Diener. Vielleicht, dachte Krenn, sind sie aufgrund ihrer genetischen Struktur dazu bestimmt, *Kuve* zu sein.

Doch das hielt er für eine unsinnige Vorstellung und konzentrierte sich wieder auf die vor ihm stehenden Klingonen.

Akhil kam aus dem Lift und näherte sich den Transporterkontrollen. Der dort stehende Unteroffizier trat sofort beiseite. Die Offiziere und Soldaten der Gruppe nahmen Haltung an: Der Transporterkontrolleur des Captains führte höchstpersönlich die Justierung der Transferinstrumente durch.

»Alles in Ordnung«, meldete Akhil.

»*Zan* Kian«, sagte Krenn.

»Captain?«

»Geben Sie gut auf Ihr Schiff acht.« Er wählte das Possessivpronomen mit voller Absicht.

»Selbstverständlich, Captain.«

Krenn nickte. »Energie«, sagte er, und Akhil betätigte die Schieberegler. Die Klingonen verwandelten sich in schimmernde Lichtsäulen und verschwanden.

Krenn strich sich über den Stirnbuckel. »Ich bin in meinem Quartier, 'Khil.«

»Von dem saurianischen Brandy ist noch ein wenig übrig«, sagte Akhil.

»Danach steht mir jetzt nicht der Sinn.« Krenn betrat die Liftkabine. »Wenn sich Kian meldet und ich mich noch in meiner Unterkunft befinde, so geben Sie mir rechtzeitig Bescheid. Ich möchte ihn nicht verabschieden, während ich ein Bad nehme.«

»Sie denken schon wieder zuviel, Gedankenfähnrich«, erwiderte Akhil, und es klang recht ernst.

Krenn verzog das Gesicht, als sich die Tür des Lifts schloß. Es war ihm nach wie vor ein Rätsel, wo Akhil diese Titulierung gehört hatte, aber immerhin war sein Stellvertreter vorsichtig genug, sie nur zu benutzen, wenn er mit dem Captain allein war. Mit ihm und den Sicherheitsmonitoren.

Es ist durchaus möglich, dachte Krenn, als er sich auszog und in das heiße Salzwasser glitt, daß mir zuviel durch den Kopf geht. Doch wie konnte ausgerechnet ein klingonischer Wissenschaftsoffizier zu einer derartigen Einschätzung gelangen?

Warum denn nicht? überlegte Krenn und genoß die entspannende Wirkung des Bads. Er erinnerte sich an den Namen eines Klingonen, dem das Denken sehr viel bedeutet hatte: Kethas epetai-Khemara. Doch der Gedankenadmiral war bereits seit sechs Jahren tot.

Ein rhythmisches Summen weckte Krenn. »Ich bin wach, 'Khil, ich bin wach«, log er und kletterte aus dem Bad. Zumindest war er geistesgegenwärtig genug, die optische Erfassung auszuschalten, bevor er das Interkom aktivierte.

Der Anruf stammte nicht von Akhil. Es meldete sich Kalitta, der Kommunikationsoffizier. »Captain, ich habe eine Nachricht vom Flottenkommando erhalten – Priorität Gelb Zwei. Die *Fechter* wird sofort zurückbeordert. Nach Klinzhai, Captain.«

»Priorität Gelb«, wiederholte Krenn. Es war keine Frage: Deutlich konnte er die Anzeigen auf dem Pult Kalittas sehen. Gelb Zwei bedeutete zwar nicht, daß die Galaxis explodierte, aber es fehlte nicht viel. Außerdem: zurück zum *Zentralplaneten*?

»Stellen Sie eine Verbindung zu Fähnrich Kian an Bord der Trophäe her.«

»Bestätigung.« Das Bild auf dem kleinen Interkomschirm wechselte, und die Scannerlinsen der Pseudoherrscher verzerrten die Darstellung Kians. »Wir empfangen das Signal der *Fechter*«, sagte er und wirkte ein wenig verwirrt.

»Warten Sie einen Augenblick, *Zan* Kian.« Krenn griff nach seiner Tunika, streifte sie sich rasch über und schaltete die optische Erfassung ein.

»Captain?«

»Wir sind zur Zentralwelt zurückbeordert worden, Fähnrich. Warp vier mit Reserveenergie. Wir dürfen uns nicht länger mit der Trophäe aufhalten, und wir können sie auch nicht mitnehmen. Bereiten Sie sich auf den Retransfer an Bord der *Fechter* vor. Wir lassen das fremde Schiff zurück.«

In Kians Augen blitzten sowohl Verblüffung als auch enttäuschter Zorn. Krenn konnte durchaus verstehen, was jetzt in dem Fähnrich vorging. »Wir brauchen nur noch eine Drittelschicht, um das Triebwerk in Ordnung zu bringen, Captain. Bisher sind wir dabei auf keine Probleme gestoßen.«

»Wir haben es mit Priorität Gelb zu tun, Fähnrich, und das bedeutet, wir dürfen nicht einmal eine Drittelschicht lang warten.«

Kian starrte auf den Schirm, und Krenn sah, wie seine Wangenmuskeln zuckten. Nach einigen Sekunden antwortete der Fähnrich: »Ich fürchte, Captain, der Komkanal ist nicht stabil. Interferenzen stören den Empfang.« Er streckte die Hand nach seinem tragbaren Computer aus. »Ich kann Sie kaum verstehen, Captain. Unter diesen Bedingungen wäre ein Transfer zu gefährlich...«

Krenn schmunzelte. »Keine schlechte Idee, Kian. Aber damit kommen Sie nicht durch. Das Bild auf meinem Schirm ist nicht gestört; ich kann Sie ganz deutlich sehen.«

Kian zog die Hand von dem kleinen Gerät zurück. »Ja, Captain«, entgegnete er. »Sie haben sicher recht.«

Krenn lachte laut.

Kian sagte: »Lassen Sie uns hier zurück, Captain.«

»Sie sind noch immer ohne Energie. Was soll aus Ihnen werden, wenn es nicht gelingt, das Triebwerk zu reparieren? Wir befinden uns hier im Außensektor. Wollen Sie die Pseudoherrscher schlachten und sich von Ihrem Fleisch ernähren? Und die Atemluft? Das Vakuum schadet den Lungen...«

»Wir bekommen Energie, ganz bestimmt.« Kian zögerte kurz. »Ich übernehme die Verantwortung.«

Krenns Lächeln verflüchtigte sich. Selbst die kühnsten Fähnriche hüteten sich davor, solche Worte auszusprechen. Darüber hinaus schien es Kian wirklich ernst zu meinen. »Und die anderen Leute Ihrer Gruppe? Was ist mit ihnen?«

»Es ist mein Kommando, Captain Krenn.«

Krenn starrte auf die streifige Darstellung, blickte in die blitzenden gelben Augen Kians – und fragte sich, ob er ebenfalls so ausgesehen hatte, als Kodon zum erstenmal das Kommando über die *Blaues Feuer* an ihn abtrat. Wodurch er zu einem vollwertigen Mitglied des Warp-Clubs geworden war.

»Ja, Fähnrich«, sagte er schließlich. »Es ist Ihr Kommando. Bringen Sie Ruhm und Ehre nach Hause. Das *Klin* weilt bereits in Ihnen.«

»Captain.« Kian salutierte und unterbrach dann die Verbindung zu seinem vorgesetzten Offizier. Krenn grinste unwillkürlich. Offenbar hatte Kian befürchtet, der Captain könne es sich noch einmal anders überlegen.

Krenn desaktivierte erneut die optische Erfassung und betätigte die Ruftaste. »Captain an Brücke. Traktorfeld neutralisieren. An den Maschinenraum: Ich erwarte Warp vier. Faktor vier Komma fünf wäre noch besser.«

»Transportersignal stabil«, meldete Akhil.

»Es erfolgt kein Transfer. Fähnrich Kian und seine Leute fliegen die Trophäe zum Ziel.«

»Bestätigung«, sagte Akhil; er klang fröhlich und zufrieden. Krenn fragte sich, ob Kalitta den Kommunikationskanal auf der Brücke offengelassen hatte… Nun, er brauchte sich keine Vorwürfe zu machen: Er stand zu seinen Worten.

»Eine Nachricht für die Besatzung?« fragte Kalitta.

»Teilen Sie ihr einfach mit, wir hätten einen Flugbefehl erhalten. Krenn Ende.« Er schaltete das Interkom aus, hob den Kopf und fügte hinzu: »Vielleicht wißt ihr mehr als ich.«

Und dieses eine Mal hoffte er, daß ihn die Sicherheitsoffiziere hörten.

Die *Fechter* brauchte hundertzwölf Tage, um die klingonische Zentralwelt zu erreichen. Ihr Kurs führte zunächst durch die sternarmen Regionen des galaktischen Spiralarms, und das ermöglichte während der ersten zwanzig Tage Warp-Faktor 4,85. Der Ingenieur sprach von einem neuen Rekord. Unter den Offizieren und einfachen Mannschaftsmitgliedern nahm die Aufregung immer mehr zu: Nicht sehr viele von ihnen kannten Klinzhai aus eigener Erfahrung, und sehr wenige hatten sich dort längere Zeit aufgehalten. Die meisten sahen in jenem Planeten die beste aller Urlaubswelten, ein Paradies mit jedem nur erdenklichen Service.

Und gerade deshalb stellten die drei Kreuzer der Eskorte, die in einem hohen Orbit auf sie wartete, eine große Überraschung für fast alle Klingonen an Bord der *Fechter* dar. Ebenso wie die Warnung davor, den ›Schutz‹ der Eskorte zu verlassen – womit der Wirkungsbereich der Geschütze gemeint war –, Shuttles auszuschleusen oder den Transporter zu benutzen. Nur eine Person an Bord bekam die Erlaubnis, das Schiff zu verlassen – was Krenn eigentlich nicht sehr erstaunte. Tatsächlich freute es ihn sogar, daß er sich allein hinunterbeamen lassen konnte, denn es bedeutete, daß seiner Crew derzeit keine Gefahr drohte.

In der Bodenstation des Transporters erwarteten ihn

einige Sicherheitsbeamte: Sie trugen Uniformpanzer und waren mit leichten Waffen ausgerüstet. Sie gaben sich recht höflich, aber Krenn hatte dennoch das Gefühl, unter Arrest zu stehen. Er verschwendete keine Zeit damit, dem Gruppenführer Fragen zu stellen.

Man führte ihn durch leere Korridore, und schließlich erreichten sie ein Zimmer, bei dem es sich gewiß nicht um eine Suite in einem Hotel der Thronstadt handelte: Die Tür öffnete sich erst, als einer der Sicherheitsbeamten einen speziellen Codegeber aktivierte. Sowohl der Kommunikator als auch der Computerschirm waren *khex*, und der Raum wies keine Fenster auf.

Immerhin aber gab es eine Zubereitungseinheit, und Krenn trat an den Ausgabeschlitz heran und bestellte Pastete und Fruchtsaft. Anschließend betrachtete er ein holografisches Bild an der Wand, das einen klingonischen D4-Kreuzer zeigte, der einen kinshayanischen Superträger aufbrachte.

Krenn mochte es nicht sonderlich, einen Partikeltransporter zu benutzen, denn während des Transfers konnte es zu einer Übertragungsmodifikation kommen: Eigentlich wußte man nie genau, *wo* man rematerialisierte. Vielleicht befand er sich tatsächlich in der Thronstadt – oder aber an einem anderen Ort, möglicherweise sogar an Bord eines Raumschiffes. Doch Krenn spürte die höhere Gravitation, und daraus schloß er, daß der Retransfer auf dem Planeten erfolgt war.

Die Tür öffnete sich erneut, und drei Klingonen traten ein. Krenn drehte sich um – und starrte sie verblüfft an.

Einer von ihnen war Koll, der Commander, der sich vor sechs Jahren an ihn gewandt hatte. Er trug noch immer die silberne Schärpe, die ihn zum Sonderoffizier machte, doch in der Zwischenzeit auch die Sternsymbole eines Captains. Begleitet wurde er von einem stämmig gebauten Admiral, der ein Paket mit sich führte, und einem athletisch wirkenden Sicherheitsoffizier, an dessen schlichter Uniform keine Rangabzeichen zu erkennen waren – was bedeutete, daß er einen sehr hohen Rang einnahm.

»Captain Krenn, ich bin Captain Koll.«

Natürlich, dachte Krenn. *Wir sind uns nie begegnet.* In gewisser Weise war er über die Anwesenheit des ranghohen Sicherheitsbeamten froh: Wenigstens fand dieses Treffen *statt...*

»Es ist mir eine Ehre, Captain Koll.«

»Ich möchte Ihnen Admiral Kezhke zantai-Adion vorstellen. Und dies ist Operationsmeister Meth vom Imperialen Geheimdienst.«

Geheimdienst? dachte Krenn und fühlte, wie sich tief in seinem Innern etwas zusammenkrampfte. Er kannte Flottenoffiziere, die vor dem Imperialen Geheimdienst mehr Angst hatten als davor, den Tod eines Feiglings zu sterben; und selbst Sicherheitsbeamte mit wichtigen Überwachungsaufgaben reagierten mit ausgeprägtem Unbehagen, wenn ihnen eine Begegnung mit IG-Repräsentanten bevorstand. Operationsmeister... Ein sehr hoher Rang. Vermutlich war Meth nur dem Imperator gegenüber rechenschaftspflichtig. Und vielleicht nicht einmal das. Möglicherweise, fügte Krenn in Gedanken hinzu, sehe ich jetzt den wichtigsten Machtfaktor des Imperiums.

Admiral Kezhke legte sein Paket auf den Tisch und öffnete es. Er entnahm ihm vier runde Gläser und eine Flasche mit saurianischem Brandy. »Es freut mich, Sie kennenzulernen, Captain Krenn«, sagte er, als er einschenkte. »Sie haben einen außerordentlich beeindrukkenden Ruf.« Er sah kurz auf. »Was halten Sie von einem Drink?«

Nur Koll lehnte höflich ab. Krenn trank einen kleinen Schluck und hoffte dabei, daß es sich um echten saurianischen Brandy handelte. Er wurde nicht enttäuscht und hatte plötzlich das Gefühl, als hätte ihm jemand einen Schlag in die Magengrube versetzt. (In diesem Zusammenhang erinnerte er sich an Akhil, der in seiner Kabine eine Flasche mit *fast* echtem Brandy aufbewahrte; wenn sie sich ein Gläschen genehmigten, betonte er immer wieder, wie gern er sich auf diese Weise schlagen ließ...)

Kezhke schob den Stöpsel in den Flaschenhals zurück. »Ein Glas genügt bei einem solchen Treffen«, sagte er und bedachte Krenn mit einem dünnen Lächeln, das die Augen aussparte.

»Ein guter Grundsatz«, erwiderte Meth vom Geheimdienst und stellte sein erst zur Hälfte geleertes Glas ab. Zwar war er nach wie vor ernst, doch seine Stimme klang zufrieden.

Krenn räusperte sich. »Darf ich mich danach erkundigen, warum ich mit Priorität Gelb zurückbeordert wurde?« fragte er, vielleicht ein wenig zu rasch.

»Ich glaube, wir können auf Formalitäten verzichten«, entgegnete Meth. In seinem Gesicht zeigte sich kaum eine Bewegung. Die Züge wirkten nicht etwa leer wie im Falle Kezhkes, auch nicht in dem Maße erstarrt wie bei Koll, aber sie brachten praktisch nichts zum Ausdruck. Während Meth sprach, begriff Krenn, daß die Wangen des Operationsmeisters aus kosmetischem Kunststoff bestanden, und er überlegte, ob es sich dabei um eine Prothese oder aber um eine Maske handelte.

»Der Admiral erwähnte eben Ihren Ruf«, sagte Meth. »Und ich stimme ihm zu: Ihre Reputation ist bemerkenswert. Meines Wissens hat niemand sonst so viele intakte Fremdschiffe aufgebracht wie Sie.«

»Es gibt einige Kommandanten, die noch mehr Erfolge verzeichnen konnten«, warf Koll ein. Seine Bemerkung war keine Berichtigung der Worte Meths, sondern ein Zusatz. »Aber nicht innerhalb so kurzer Zeit. Und nicht mit einem einzelnen Kreuzer.«

»Sie sind begabt«, stellte Meth fest. »Und Ihr Talent sollte angemessen genutzt werden.«

Krenn warf Koll einen kurzen Blick zu, doch der Sonderoffizier reagierte nicht auf die letzten Worte des Operationsmeisters. Nicht zum erstenmal fragte sich Krenn, ob das Treffen auf Aviskie wirklich stattgefunden hatte – oder nur in seiner Einbildung existierte.

»Wir haben einen Auftrag für Sie, Captain«, fuhr Meth ruhig fort. »Es ist eine ganz besondere Mission, und niemand scheint besser dafür qualifiziert zu sein als Sie.«

Krenn nahm einen weiteren Schluck von dem Brandy. Er wußte nur zu gut, daß die Bezeichnung ›bestens qualifiziert‹ nichts weiter war als eine beschönigende Umschreibung für ›entbehrlich‹. Und das mußte auch den anderen Offizieren klar sein.

Wenn das auch diesmal zutraf, so würde man im Falle einer Ablehnung einfach seinen Namen von der Liste streichen und sich an jemand anders wenden. *So fest wie möglich zubeißen*, dachte er. »Ich fühle mich geehrt«, erwiderte er. »Worin besteht die Mission?«

Meth griff nach seinem Glas, hob es jedoch nicht an die Lippen. Die ›Haut‹ seiner Finger bestand ebenfalls aus Plastik. »Wir möchten, daß Sie jemanden hierher bringen. Und der Flug wird ziemlich lange dauern.«

»Meine Patrouille kreuzte in den Außenquadranten«, sagte Krenn. »Ich bin an lange Flüge gewohnt.«

»In diesem Fall werden Sie ein Jahr unterwegs sein. Mit Warp vier.«

»Hin und zurück?«

»Sowohl als auch.«

Mit anderen Worten: Das Ziel befand sich außerhalb der Raumsektoren des klingonischen Imperiums. Dumpfes Unbehagen regte sich in Krenn, als er daran dachte, daß der Bezeichnung ›entbehrlich‹ eine andere Bedeutung zukommen mochte, als er eben noch angenommen hatte. »Die romulanische Einflußsphäre?« vermutete er.

»Nein«, widersprach Admiral Kezhke. »Die Föderation.« Er starrte kurz auf die Brandyflasche. »Die föderativen Autoritäten möchten uns einen... *Botschafter* schicken. Und er muß von einem Friedensschiff abgeholt werden.«

»Von einem *Friedensschiff?*« fragte Krenn.

Captain Koll nickte. »Angesichts der speziellen Situation hat das Imperiale Konzil den Vorschlag der Föderation bestätigt: Das Schiff, das den Botschafter abholt, darf nicht für den Kampf ausgerüstet sein.«

»Meiner Ansicht nach wäre der Einsatz einer ganzen Staffel wesentlich ratsamer«, antwortete Krenn und versuchte, wie beim *Klin zha* einige Züge vorauszudenken. Aus welchem Grund war das Konzil bereit, ein unbewaffnetes Schiff zu schicken? Und wie konnte es erwarten, einen Captain dafür zu finden? »Ich meine eine Eskorte, die in der Lage wäre...«

»Ein Kreuzer«, unterbrach ihn Kezhke, und sein Tonfall machte deutlich, daß die Entscheidung bereits getroffen war.

»Und wenn wir angegriffen werden, zum Beispiel von den... Romulanern?« Meth sah ihn an, und plötzlich fürchtete sich Krenn davor, die Worte, die er nicht ausgesprochen hatte, auch nur zu denken: *...oder von Klingonen.* Man sagte dem Imperialen Geheimdienst nach, daß er über Dinge Bescheid wisse, die er nicht auf gewöhnliche Art und Weise in Erfahrung bringen konnte. Einige Flottenoffiziere behaupteten sogar, die IG-Repräsentanten könnten Gedanken lesen. Krenn hielt das für ausgeschlossen – aber dennoch fühlte er sich verunsichert.

»Ein romulanischer Angriff käme einem diplomatischen Zwischenfall gleich, der alle drei Machtsphären betrifft«, führte Koll aus. »Entsprechend dem *komerex federazhon*-Gesetz müßte darin ein kriegerischer Akt gesehen werden.«

Krenn fragte sich, ob es sich dabei um eine strategische Überlegung handelte. Vielleicht wäre es dem Imperialen Konzil nur recht, wenn der Sohn Kethas – des

Gedankenadmirals, der bei dem Versuch gestorben war, die Grundlagen für einen dauerhaften Frieden zwischen den Romulanern und Klingonen zu schaffen – dadurch ums Leben kam, indem er das genaue Gegenteil bewirkte: einen verheerenden Krieg.

Meth sah ihn an. »Lehnen Sie den Auftrag ab, Captain?«

»Ich stelle ihn in Frage«, erwiderte Krenn. »Nur ein willenloser Diener geht blind in den Tod. Ich diene dem Imperium, aber ich bin kein *Kuve.*«

»Kai, Klingone«, sagte Kezhke zufrieden.

»Wir glauben nicht, daß Sie der Tod erwartet«, erklärte Operationsmeister Meth, und seine Stimme hatte einen versöhnlichen Klang. »In der Föderation gibt es eherne Prinzipien, was die Achtung und Einhaltung ihrer Gesetze anbelangt.« Er hob das Brandyglas. »Aber die Mission wird nicht etwa kommandiert, sondern vorgeschlagen.«

»Und sie beträfe die *Fechter* und ihre Besatzung?«

»Sowohl Ihr Schiff als auch die Offiziere und Mannschaftsmitglieder, die Sie benennen«, sagte Kezhke.

»Allerdings ist die Zeit recht knapp«, warf Meth ein. »Einige Ihrer Leute brauchen sicher Erholung und Entspannung, und die Betreffenden müssen ersetzt werden.«

Natürlich: Auf diese Weise wollte Meth sicherstellen, daß sich einige Geheimdienstagenten an Bord befanden. Und selbst wenn sich Krenn dagegen ausgesprochen hätte: Bestimmt fand der Operationsmeister irgendeine Möglichkeit, seine Vertrauten an Bord zu schleusen – ohne daß der Captain ihre Identität kannte. »Ich brauche meinen wissenschaftlichen Offizier, der auch als mein Stellvertreter fungiert.«

»In Ordnung«, sagte Kezhke, bevor Meth Antwort geben konnte.

»Sie nehmen den Auftrag also an?« fragte der Operationsmeister.

»Ja.«

Meth nickte. Koll griff in seine Tunika und holte einige Computerkassetten hervor. »Auf diesen Bändern sind nicht nur die Navigationsdaten gespeichert, sondern auch eine erläuternde Mitteilung des Konzils. Darüber hinaus enthalten sie einige Trance-Lektionen, die Ihnen das Erlernen der Föderationssprache ermöglichen.«

»Wenn Sie es aber vorziehen, die entsprechenden Sprachkenntnisse mit Hilfe eines RNS-Transfers zu erwerben – das läßt sich durchaus bewerkstelligen.« Meth nickte. »Wir verfügen über jemanden, der das *Fedegonaase* beherrscht.«

»Von diesem Angebot würde ich gern Gebrauch machen«, sagte Krenn und nahm die Kassetten entgegen.

»Ein Dock wartet bereits darauf, Ihr Schiff aufzunehmen, um die notwendigen Montagearbeiten durchzuführen«, sagte Kezhke. »Ist die *Fechter* in gutem Zustand?«

»Ja.«

Der Admiral lächelte. »Nun, daran habe ich nicht gezweifelt. Treffen Sie die nötigen Vorbereitungen, Captain. Bei dieser Mission kommt es auch auf das äußere Erscheinungsbild an.«

»Ich verstehe.«

Meth bedachte Krenn mit seinem gespenstisch ausdruckslosen Lächeln; es ließ sich unmöglich feststellen, ob es ironisch gemeint war. »Dann möchte ich auf die Mission und Ihren Erfolg anstoßen.« Er leerte sein Glas. »Sie können jetzt zu Ihrem Schiff zurückkehren. Es bleibt nicht viel Zeit, und es gibt noch eine Menge zu tun.«

Die Tür öffnete sich, und im Gang stand ein Sicherheitsoffizier. Krenn überlegte, auf welche Weise man ihn benachrichtigt haben mochte. Oder hatte er die ganze Zeit über gewartet?

Man führte Krenn in den Transporterraum zurück,

und kurz bevor der Transfer erfolgte, kam Kezhke herein. »Lassen Sie uns einen Augenblick lang allein«, wandte sich der Admiral an den mit im Transporterraum stehenden Sicherheitsbeamten.

Der Offizier zögerte kurz, gehorchte dann aber.

Kezhke forderte Krenn mit einem Wink auf, von der Transporterscheibe zu treten, und anschließend schob er die Kontrollregler einige Zentimeter hoch. Über den Transferfeldern flackerte es.

»Die Emissionen destabiler Energie *khesten* die Monitore«, sagte der Admiral. Er sah Krenn an und fügte hinzu: »Ich kenne die ruhmreiche Tradition Ihrer Linie, vestai-Rustazh.« Er reichte ihm die Flasche Brandy.

»Das ist ein Mißverständnis, mit dem ich oft zu tun bekomme«, erwiderte Krenn. »Der Name war...«

Kezhke schüttelte ruckartig den Kopf. »Nein, Captain. Ich weiß Bescheid. Ich kannte Ihre *beiden* Väter.«

Krenn nahm die Flasche entgegen und trank einen Schluck.

»Hören Sie mir zu, vestai-Rustazh, Khemara. Bringen Sie den Föderations-Botschafter hierher, und zwar lebendig, ohne daß es zu irgendeinem Zwischenfall kommt – ganz gleich, was man Ihnen sagt, ganz gleich, wie Sie die Einsatzorder interpretieren. Ihr Auftrag ist enorm wichtig.«

Krenn hatte das Gefühl, als vernehme er die Worte aus lichtjahrweiter Entfernung. Wenn Kezhke sowohl dem sutai-Rustazh als auch dem epetai-Khemara nahegestanden hatte, warum lebte er dann noch? Und warum wagte er es, seine Verbindungen zum Friedensverschwörer zu verraten?

Krenn fragte sich, ob es wirklich so schlimm sein mochte, mit dem eigenen Tod einen Krieg gegen die Romulaner auszulösen. Kahless, der berühmteste aller Imperatoren, war auf diese Weise gestorben. Und Kahless galt als Der-den-man-niemals-vergißt.

»Ich verstehe die Mission, Admiral«, erwiderte

Krenn nach einer Weile. »Ich habe nicht die Absicht, zu versagen.«

»Das hoffe ich«, sagte Kezhke. »Ich hoffe wirklich, Sie verstehen.«

Krenn reichte die Flasche zurück, aber Kezhke schüttelte den Kopf. »Behalten Sie sie«, sagte er, trat an die Tür heran und öffnete sie. Als der Sicherheitsoffizier seinen Platz an den Kontrollen eingenommen hatte, verabschiedete sich der Admiral mit den Worten: »Ruhm und Ehre, Captain.« Und gerade mit einer solchen Bemerkung hatte Krenn nicht gerechnet.

Das Transporterfeld erfaßte ihn.

Sekunden später rematerialisierte er an Bord der *Fechter*.

»Sind Sie dem Imperator begegnet?« fragte Akhil und lächelte.

»Das ist durchaus möglich – wenn er sich mit einer geschickt gestalteten Kunststoffmaske getarnt hat.«

»*Was?*« Der Spezialist starrte ihn verwirrt an, und kurz darauf bemerkte er die Flasche in der rechten Hand Krenns. »Das ist doch nicht etwa...«

»Und ob«, sagte Krenn. »Hier, probieren Sie. Und wenn Sie den *echten* saurianischen Brandy gekostet haben, erwartet Sie eine noch viel größere Überraschung.«

Über den Feldern des Frachttransporters schimmerte es hell, und eine große Kiste rematerialisierte und verdrängte die Luft. Der Frachtmeister der *Fechter* strich mit einem kleinen Scanner über den Registrierungscode auf der einen Seite des Containers und speicherte die Daten in seinem tragbaren Computer.

»Was enthält er, Keppa?« fragte Krenn.

»Weißzahnsteaks, wie auch die anderen«, erwiderte der Frachtmeister und schüttelte verwundert den Kopf. »Nun, wenn wir in Gefangenschaft geraten, brauchen wir wenigstens nicht zu verhungern.«

»Unser Flug wird zwei Jahre dauern – und unterwegs haben wir keine Möglichkeit, neue Vorräte an Bord zu nehmen.«

»Es war nicht als Beschwerde gemeint, Captain«, erwiderte Keppa rasch. »Wenn es darum geht, Fleisch anstatt von Marinesoldaten an Bord zu nehmen, sorge ich jederzeit für ausreichend Platz.«

Krenn lachte. »Und ich kann mir auch vorstellen, auf welche Weise. Aber denken Sie daran: Explosive Dekompressionen sind nicht besonders gut für die Schiffsstruktur.« Akhil kam ihnen entgegen und machte sich Notizen auf einem elektronischen Block. »Bringen Sie die Steaks gut unter, Keppa.«

»Bestätigung, Captain.« Der Container wurde von einem separaten Antigravitationsfeld erfaßt, und Krenn drehte sich um.

»Keppa meint, es sei noch ein Vierteltag nötig, um die Fracht zu verstauen«, wandte sich Krenn an Akhil. »Wie ist der Stand der anderen Vorbereitungen?«

»Die Bordgeschütze sind bereits blockiert«, sagte Akhil.

Krenn streckte die Hand aus, und zusammen mit dem Spezialisten schlenderte er an einigen Vorratsbehältern vorbei. »Auf meine Weise?«

»Ja. Wenn die Lage kritisch wird, brauchen wir nur Ihren persönlichen Code einzugeben. Dann stehen uns die Intervaller wieder zur Verfügung.«

»Gut.«

»Und das hier habe ich gestern abend besorgt.« Akhil reichte ihm zwei Kassetten.

»Von wem stammen sie?«

»Von einem Freund im linguistischen Forschungsinstitut. Auf den Bändern ist die neueste Lernversion des Föderations-Standards gespeichert. Es handelt sich um Trancelektionen, und in diesem Fall können wir ganz sicher sein, daß die Kassetten *nichts anderes* enthalten.«

Krenn nahm die beiden Kunststoffobjekte zur Hand. »Mir wurde auch eine RNS-Übertragung angeboten.«

»Menschliches Material?«

»Das deutete Meth an.«

»Glauben Sie wirklich, der Geheimdienst beabsichtigte eine Indoktrination?«

»Ich glaube es nicht nur – ich *weiß* es«, erwiderte Krenn. »Und aus diesem Grund werde ich die Bänder Meths nicht anrühren.«

Akhil nickte. Kurz darauf verließen sie den Frachtbereich; der Spezialist trat an eine in der Wand eingelassene Programmiereinheit heran und bestellte einen Individualtransporter. Es dauerte nur wenige Sekunden, bis der kleine Wagen eintraf. Die beiden Klingonen stiegen ein, und Krenn sagte: »Brücke.« Sofort setzte sich das Fahrzeug in Bewegung, glitt erst über das untere Achterdeck und dann über den Schacht des Auslegers. Nach einer Weile erreichten sie die in der Bugwölbung gelegene Zentrale des Raumschiffes.

»Was ist mit der Besatzung?« fragte Krenn.

»Die Leute haben sich vergnügt und ein wenig Dampf abgelassen«, gab Akhil Auskunft. »Aber niemand kam ums Leben. Koplo und Aghi beantragten unbeschränkten Freigang, und ich gab ihnen die Genehmigung. Sie sagten doch...«

»Schon gut.« Krenn nickte. »Niemandem wird befohlen, an dieser Mission teilzunehmen. Diejenigen, die uns begleiten, sollen sich freiwillig dazu bereit erklären. Traf bereits Ersatz ein?«

»Ich habe die elektronischen Akten aller neuen Mannschaftsmitglieder eingesehen, Krenn. Nun... es gibt da zwei Dinge, die Ihnen nicht sonderlich gefallen werden...«

»Nur zwei? Das überrascht mich.«

»Kalitta wurde vor einer Bar zusammengeschlagen. In ihrem Bericht erwähnten die Sicherheitsbeamten des Raumhafens einige Marinesoldaten...«

»Aber niemand wurde gestellt, und es war sehr dunkel, nicht wahr?«

»Stockfinster, Captain.«

»Ich nehme an, wir haben Glück, und es steht rein zufällig ein anderer erfahrener Kommunikationsoffizier zur Verfügung.«

»In der Tat, Captain.«

»Wie geht es Kalitta?«

»Das ist die zweite Sache, die Ihnen nicht gefallen dürfte.«

Krenn gab ein dumpfes Knurren von sich. »Offenbar haben sie ganze Arbeit geleistet«, brummte er und dachte an Meth und den Imperialen Geheimdienst. Nach einigen Sekunden fügte er hinzu: »Und Maktai?«

»In dieser Hinsicht brauchen wir uns keine Sorgen zu machen: Er kam heute morgen an Bord.«

Krenn dachte darüber nach. Der Imperiale Geheimdienst hätte einfach die Versetzung des Sicherheitscommanders anordnen können – und niemand, erst recht nicht Mak, wäre in der Lage gewesen, das zu verhindern. Doch das war nicht geschehen, und Krenn fragte sich, welchen Schluß er daraus ziehen sollte...

Nun, überlegte er, entweder gehört Maktai dem IG an, oder Meth hat einen anderen Vertrauten an Bord – jemanden, den wir nicht verdächtigten.

Und wenn das zutraf: Es mußte sich um einen Klingonen handeln, dem es nicht schwerfiel, dem Geheimdienst Berichte zu übermitteln.

Krenn starrte Akhil an.

Der Spezialist schien den mißtrauischen Blick des Captains nicht zu bemerken. »Wenn Sie Kalitta eine aufgezeichnete Nachricht schicken möchten... Ich weiß, in welches Krankenhaus er eingeliefert wurde.«

»Eine aufgezeichnete Nachricht?« wiederholte Krenn geistesabwesend.

»Es heißt, er wird erst in einigen Tagen das Bewußtsein wiedererlangen.«

»*G'dayt!*« fluchte Krenn. »Ja, in Ordnung: Ich spreche von der Brücke aus eine Nachricht für ihn und gebe auch den anderen die Möglichkeit, ihm Grüße zu übermitteln – bevor es in den Gerüchtetöpfen zu brodeln beginnt.« Das kleine Fahrzeug wurde langsamer. »Außerdem können wir dabei unseren neuen Kommunikationsoffizier in Aktion sehen.«

Der Wagen erreichte die Brücke. Alle Stationen waren besetzt, und die Offiziere überprüften die einzelnen Funktionskomponenten der *Fechter* und bereiteten das Schiff auf den Start vor. Akhil und Krenn näherten sich der Komkonsole.

Die vor den Instrumenten stehende Gestalt drehte sich um und salutierte. »Captain...«

Krenn sah verblüfft auf.

»Lieutenant Kelly, Elektronik, Kommunikation«, sagte Akhil. Als er den Gesichtsausdruck Krenns sah, wich er einen Schritt zurück.

»Captain Krenn«, erwiderte Gelly... *Gensa*... die Tänzerin – obgleich keine dieser Bezeichnungen mehr zutraf –, und sie hob die Hand und grüßte. Die Bewegung ihres Arms wirkte irgendwie sonderbar, und vor seinem inneren Auge beobachtete Krenn eine stählerne Lanze, die ihren Körper traf, sah spritzendes Blut.

»Willkommen an Bord der *Fechter*, Lieutenant«, sagte Krenn. »Inzwischen ist viel Zeit vergangen...«

Kelly nickte knapp. Sie schien sich zu entspannen, aber dabei handelte es sich vielleicht nur um einen äußerlichen Eindruck. Krenn kannte Kelly nur als Gelly, die Tänzerin – eine geschickte *Klin zha*-Kämpferin, die den gegnerischen Spielfiguren das Fürchten lehrte. Und erneut sah er das Blut...

»Sie kennen sich bereits?« fragte Akhil, und er wirkte nicht in dem Maße überrascht, eher neugierig. Die anderen Offiziere auf der Brücke drehten sich um.

»Ja«, sagte Krenn – obwohl er nicht sicher war, ob das der Wahrheit entsprach.

»Und Zharn lebte, nachdem dich das Transporterfeld erfaßt und vom Spielfeld fortgebracht hatte?« fragte Krenn. Kelly und er befanden sich in der Offiziersmesse, in der sich außer ihnen niemand aufhielt; sie unterhielten sich bei warmem Dunkelbier und einfacher Pastete.

»Ja, er lebte«, bestätigte Kelly. »Sein Genick war gebrochen, und deshalb konnte er sich natürlich nicht bewegen... Man legte ihm ein Stützkorsett an und verlegte ihn auf die Intensivstation. Mich hüllte man in einen Rekonvaleszenzkokon...« Sie berührte ihren Arm. »Ich weiß noch, daß ich es haßte, den Genesungsmantel zu tragen. Aber die Behandlung war ziemlich gut. Und sie dauerte zwei Jahre.« Sie streckte den Arm aus und hob ihn. Die Schulter drehte sich auf eine Weise, die das Erstaunen Krenns weckte. Das entsprechende Gelenk schien ungewöhnlich flexibel zu sein.

»Ein Implantat aus Metall?« fragte er.

Kelly nickte. »Es stand kein Gewebe zur Verfügung, das meiner genetischen Struktur entsprach, und so mußte ich mich mit Stahl begnügen. Weißt du, vor jenem Zwischenfall glaubte ich, in meinen Adern fließe auch romulanisches Blut. Doch für Kreuzungen zwischen klingonischen und romulanischen Genen, wie sie auf den Welten der Außenquadranten immer häufiger vorkommen, gibt es genügend Transplantationsmaterial.«

Die Nachricht von jener neuen Entwicklung war selbst in den weit entfernten Raumsektoren bekannt geworden, in denen seit Jahren die *Fechter* Krenns kreuzte.

»Die Ärzte untersuchten mich gründlich«, fügte Kelly hinzu. »Aber... Nun, ich weiß noch immer nicht, *was* ich bin. Vermutlich werde ich es nie erfahren.«

Sie trank einen Schluck Bier. Ihre Bewegungen zeichneten sich nach wie vor durch eine auffallende Eleganz aus – selbst die ihres behandelten Arms –, und Krenn fragte sich, ob bei ihrer Rekonvaleszenz auch orionische DNS Verwendung gefunden hatte.

Er verdrängte diesen Gedanken. Man hatte sie zu ihm geschickt, und diejenigen, die dafür die Verantwortung trugen, mochten genau diese Reaktion von ihm erwarten.

»Und du?« fragte Kelly. »Wie kommt es, daß du jetzt eine eigene Linie hast und ein Raumschiff kommandierst?«

Kelly hatte behauptet, nach der Entlassung aus dem Hospital nicht ins Haus zurückgekehrt zu sein, sondern einen technischen Lehrgang an der Flottenakademie besucht zu haben. Deshalb wußte sie nichts von dem Werdegang Krenns. Doch nach wie vor war der Captain nicht sicher, ob er ihr vertrauen konnte.

»Ich wurde adoptiert«, entgegnete er. »Später aber entschied ich mich für einen anderen Namen, um eine neue Linie zu beginnen.«

»Oh. Dann hast du also Gefährtinnen?«

»Nein.«

»Oh.«

Kelly stand auf. Nein, dachte Krenn, sie ist keine *Klin zha*-Tänzerin mehr. In ihren Bewegungen kam eine gewisse Besonnenheit zum Ausdruck, die sie damals nicht offenbart hatte. Und dabei handelte es sich auch nicht um die erotische Stimulation einer Orionerin.

Dann spürte Krenn, daß die Nähe Kellys nicht ohne Wirkung auf ihn blieb.

»Darf ich mich zurückziehen, Captain?«

»Wenn wir allein sind, können wir auf solche Förmlichkeiten verzichten, Kelly.«

Sie nickte, und ihr schiefes Lächeln wirkte ein wenig unsicher. »Angenehme Ruhe, Krenn.«

»Angenehme Ruhe, Kelly.«

Zu Beginn der nächsten Tagschicht wandte sich Akhil an ihn. »Glauben Sie, daß sie vom Imperialen Geheimdienst geschickt wurde?«

»Wenn das der Fall ist«, erwiderte Krenn, »so wird es sich irgendwann herausstellen.«

Krenn stand unbeholfen auf und wäre fast gestolpert. Er ertastete sich den Weg in die Hygienezelle, wandte sich dort dem Becken zu, drehte sich dann wieder um und wankte ins Bad. Er zog den Hahn ganz herunter, und Wasser strömte auf ihn herab. Aus einem Reflex heraus begann er mit den Armen zu rudern und spritzte dadurch die Wände naß.

»Ich bin«, sagte er laut. Und dann: »Du bist; er, sie, es ist; wir sind; ihr seid; sie sind. Entschuldigen Sie bitte, Bürger: Wo kann ich mein Geld wechseln? Pozhalasta prishl'–yiti bagazh.«

Er ging in die Hocke und genoß das heiße Wasser, das über seine Haut floß. Gleichzeitig lauschte er den lehrenden Trancestimmen.

Ich ertrinke, dachte er auf Föderations-Standard. *Bitte benachrichtigen Sie das nächste VFP-Konsulat.*

Nach einer Weile wurde er auf das Summen des Interkoms aufmerksam, und als er antwortete, ließ sich in seinem *Klingonaase* nur ein leichter Föderationsakzent vernehmen.

»Wir nähern uns der umstrittenen Zone, Captain.«

»Strategisch«, sagte Krenn, und unwillkürlich benutzte er einen Ausdruck des klingonischen Kampfcodes. Der große Hauptschirm zeigte den betreffenden Raumsektor, und weiße Linien kennzeichneten die ›umstrittene Zone‹, die in der Föderation als Grenzbereich bezeichnet wurde.

Am Rande des entsprechenden Quadranten glühten einige gelbe Punkte: fünf Raumschiffe, die in Formation flogen.

»Bei Kaggas Krone – *Romulaner*«, brummte der Waffenoffizier, und aus einem Reflex heraus beugte er sich zu seiner Konsole vor. Doch seine Hände verharrten über den Kontrollen, als er sich an die Blockierung der Bordgeschütze erinnerte.

Die Waffensysteme konnten mit einem bestimmten Code reaktiviert werden – aber das wußte der Kanonier nicht. »Nein«, widersprach Krenn. »Es sind keine Romulaner. Ich glaube, es handelt sich um fünffingrige *Kuve*. Akhil?«

Der Spezialist justierte die Sensoren, und der Computer blendete eine schematische Darstellung ein. Krenn beobachtete vier Schiffe, die aus abgeflachten Sphäroiden bestanden, an denen lange Warp-Röhren befestigt waren. Das fünfte sah aus wie ein großer Diskus, von dem eine längliche Erweiterung ausging, die mehrere Warp-Zellen aufwies.

»Föderationskreuzer«, stellte der wissenschaftliche Offizier fest, wandte sich seinen Instrumenten zu und starrte auf die Datenanzeigen. »Zwei verschiedene Arten. Vier Einheiten gehören zur *Mann*-Klasse, die fünfte kann nicht identifiziert werden.«

»Sind es Schiffe von *Menschen*?« fragte Krenn.

»Die *Klingonaase*-Übersetzung ist nicht ganz einfach. Der Imperiale Codename lautet HOKOT.« Akhil lächelte: Krenn war nicht der einzige, der inzwischen auf die nächtliche Lehrtrance verzichtete.

»Signal vom Hauptschiff der Formation, Captain – von dem nicht klassifizierten Kreuzer«, sagte Kelly. »Man bittet uns, über Herkunft und Auftrag Auskunft zu geben.«

»Öffnen Sie den Komkanal.«

Kurz darauf war auf dem Hauptschirm die Darstellung der runden Brücke eines Föderationsschiffes zu sehen. In dem Sessel des Befehlsstandes saß ein Mensch mit rotbrauner Haut und schwarzem Haar. Das Gesicht war steinern.

»Ich bin Krenn, Captain der IKV *Fechter*. Mein Auftrag besteht in einer diplomatischen Mission, die einen Flug durch Ihre Raumsektoren erforderlich macht.«

Der Mensch kniff andeutungsweise die Augen zusammen und richtete den Blick auf einen Andorianer, der vermutlich die Aufgaben eines Kommunikationsoffiziers wahrnahm. Dann antwortete er: »Hier spricht Admiral Luther Whitetree von der USS *Glasgow*, Kommandant der Einsatzgruppe K. Können Sie Ihre Identität beweisen?«

»Ich verfüge über Autorisierungsdokumente, die vom klingonischen Imperialen Konzil ausgestellt wurden. Soll ich sie transferieren?«

»Wenn Sie uns irgend etwas an Bord schicken, setzen wir sofort die Phaser ein«, erwiderte Admiral Luther – nein, verbesserte sich Krenn in Gedanken: Admiral Whitetree. Er fragte sich, was, bei Keths hundert Jahren, die Antwort des Menschen zu bedeuten hatte. Nach einigen Sekunden fügte der Admiral hinzu: »Spielen Sie die Aufzeichnung ab.«

Krenn winkte Kelly zu, die daraufhin eine Kassette in den Komrecorder schob.

»Fünf *Khest'n*-Kreuzer«, knurrte Sicherheitscommander Maktai. »Sind die Menschen denn *so* feige?«

Auf dem Hauptschirm war zu sehen, wie Whitetree ruckartig den Kopf hob. Kelly drückte eine Taste und unterbrach die Verbindung. »Captain, ich...«

»Ist nicht weiter schlimm, Lieutenant«, sagte Krenn. »Es freut mich, daß der Admiral jene Worte gehört hat.« Er wandte sich an Maktai, der verlegen den Kopf senkte. Krenn fragte sich, was er von einem Sicherheitsoffizier halten sollte, der mit seiner Wortwahl so unvorsichtig war wie Maktai; aber das entsprach eben dem Charakter Maks. »Ich halte die Menschen nicht für Feiglinge. Sie sind nur vorsichtig...« Er blickte wieder auf den Hauptschirm und beobachtete den Admiral, der gerade die Signalübertragung der Konzilsbotschaft prüfte. »Ich glaube sogar, er könnte einen guten Klingonen abgeben...«

Das Lachen der Offiziere verstummte erst, als Kelly

die Hand hob und damit auf das Ende der Übermittlung hinwies.

»Wenn Sie bereit sind, Captain Krenn«, sagte Admiral Whitetree, und seine Stimme klang nun weniger scharf, obgleich das Gesicht ausdruckslos blieb, »eskortieren wir Sie zur Starbase 6.«

An dem Diskus der *Glasgow* leuchteten Formationslichter, und die vier sphäroidischen Schiffe näherten sich der *Fechter*.

»Können Sie mit Warp-Faktor vier fliegen?« fragte Whitetree.

»Das ist uns durchaus möglich, Admiral«, erwiderte Krenn und dachte: *Das wissen Sie natürlich: Die technischen Einzelheiten unserer Schiffe sind bestimmt in Ihrem Bordcomputer gespeichert. Aber lassen Sie uns diese Partie ruhig so beginnen, als handele es sich um ein Blindes Spiel und nicht um die Wolkenvariante.*

Die thermischen Buchten in den Außenhüllen der vier sphäroidischen Kreuzer glühten auf, und der Konvoi flog den von der Föderation beanspruchten Raumsektoren entgegen.

KAPITEL 5

Spieler

Die *Fechter* schwebte ruhig im All, etwa tausend Meter von Starbase 6 entfernt. Die Klingonen hatten einen ausgezeichneten Blick auf die Föderationsbasis – ein konkaves Gebilde aus Stahl, das rund einen halben Kilometer durchmaß und mehrere Antennen- und Sensorenbüschel aufwies. Hinter der Raumstation waren die Gitterwerke großer Freidocks, und Markierungslichter leuchteten hell in der ewigen Nacht. Die riesigen Gerüste waren leer, und Kellys Instrumente registrierten keinen Subraum-Verkehr.

Auf dem Hauptschirm sah Krenn eine Staffel kleiner Schiffe: offenbar Jäger, bei denen es in erster Linie auf Geschwindigkeit und Feuerkraft ankam. Er nahm an, daß es sich um eine normale Grenzpatrouille handelte, deren Besatzung einen routinemäßigen Kurzurlaub genoß. Andererseits: Die Raumdocks deuteten auf weitaus größere Einheiten hin, und die Tatsache, daß sich weit und breit keine Kreuzer oder Schlachtschiffe orten ließen, stimmte ihn nachdenklich. In der Nähe der *Fechter* glitten die *Glasgow* und ihre vier Begleiter durch die Schwärze.

»Captain Krenn, sagten Sie, an Bord der *Fechter* befinden sich weniger als dreihundert Besatzungsmitglieder?« fragte Whitetree. Er bemühte sich, seine Stimme ruhig und gelassen klingen zu lassen, aber die Verwunderung darin war unüberhörbar.

»Ihre Erfassungsdaten sind korrekt, Admiral. Normalerweise ist unsere Mannschaft größer, aber in diesem Schiff halten sich nur wenige Marinesoldaten als Ehrenwachen für die Offiziere auf. Es schien nicht notwendig zu sein, ein ganzes Korps mitzunehmen... Ich nehme doch an, Ihre Sensoren können die exakte Anzahl der lebenden Organismen an Bord feststellen, nicht wahr?«

»In dem Fall«, erwiderte der Admiral, »erteile ich Ihrer Besatzung die Erlaubnis, das Schiff zu verlassen. Wir übermitteln Ihnen die Kursdaten für die Shuttles.«

»Und wir werden uns an die Angaben halten. Ich freue mich bereits darauf, Sie persönlich kennenzulernen, Admiral. Krenn Ende.«

Kelly unterbrach die Verbindung.

»Shuttles?« fragte Maktai.

»So lautete der Vorschlag des Admirals«, bestätigte Krenn und dachte gründlich nach.

»Wenn es keine *Kherx* gibt, sind für die Beförderung der Mannschaft acht Flüge mit allen Shuttles notwendig. Warum können wir nicht den Transporter benutzen? Fürchten die Menschen etwa, von uns überrumpelt zu werden?« Krenn deutete auf den Schirm, auf die Darstellung der Starbase. »In der Station gibt es bestimmt Tausende von Soldaten. Selbst wenn alle Eiskammern im Ruhekubus mit hibernierenden Marinekämpfern belegt wären...«

»Vielleicht möchten die Menschen nur vermeiden, eine Lücke in den Schilden entstehen zu lassen«, sagte Akhil. »Es wäre aber auch noch eine andere Erklärung denkbar.« Er sah Krenn an. »Haben Sie die gleiche Vermutung wie ich, Captain?«

»Möglicherweise verfügen sie über keine Partikeltransporter«, warf Maktai ein.

Akhil nickte. »Wir benutzen die neue Technik erst seit kurzer Zeit.«

»Wenn das stimmt...« begann Maktai.

»Selbst wenn es stimmt: Die Schilde lassen sich nicht einfach wegdiskutieren«, sagte Krenn. »Außerdem: Vielleicht haben sie Transporter und wissen noch nicht, daß *wir* sie ebenfalls besitzen... Während unseres Aufenthaltes in der Starbase sollten wir es vermeiden, über Transportersysteme zu sprechen. Mak, richten Sie einen entsprechenden Hinweis an die Besatzung. Darüber hinaus wäre es recht nützlich, wenn unsere Leute, ohne Verdacht zu erregen, nach möglichen Föderationstransportern Ausschau halten.«

Der Sicherheitscommander brummte zustimmend.

Krenns Shuttle ging in einen Hangar, der groß genug war, um dreißig Flugboote aufzunehmen. Ein Traktorstrahl lenkte das Gefährt in Richtung eines beleuchteten Segments. Kaum war es gelandet, setzte sich der Boden in Bewegung, und die Liftplatte brachte das Shuttle in eine unter Druck stehende Kammer, deren Ausmaße die des Landedecks an Bord der *Fechter* übertrafen.

Die Luke öffnete sich, und als Krenn ausstieg, wurde er von zwei Ehrenwachen begleitet.

Ein kleiner und hagerer Mensch und ein Vulkanier traten ihm entgegen. Hinter ihnen standen sechs Personen, die verschiedenen Rassen angehörten, und alle trugen Handfeuerwaffen. Ihre Uniformen bestanden aus einem glänzenden Stoff und waren mit goldenen Symbolen geschmückt. An den Tuniken des Menschen und des Vulkaniers zeigten sich mehrere Auszeichnungsnadeln.

»Willkommen in Starbase 6, Captain«, sagte der hagere Mensch in recht gutem *Klingonaase*. Er benutzte keinen elektronischen Übersetzer. »Ich bin Takashi Onoda, der Seniordiplomat dieser Station. Ich möchte Ihnen den Starfleetattaché vorstellen, Captain Sinon.« Der Vulkanier deutete eine Verbeugung an.

»Treffen Ihre Offiziere bald ein? Wir sind selbstverständlich bereit, Ihnen den Aufenthalt so angenehm wie möglich zu machen. Ich bedauere es sehr, daß Admiral Whitetree keine freundlicheren Worte fand, um Sie zu begrüßen...«

»Die anderen Offiziere sind unterwegs. Mein Stellvertreter, der Sicherheitscommander und ich flogen nicht mit dem gleichen Shuttle.«

»Natürlich, ich verstehe. Eine durchaus vernünftige Vorsichtsmaßnahme. Und dies ist...« – Onoda zögerte kurz –, »... Ihre Gemahlin... Gefährtin?«

»Lieutenant Kelly, mein Kommunikationsoffizier«, sagte Krenn. Er trat zur Seite, so daß Onoda sowohl die Uniform als auch die Schärpe Kellys sehen konnte, und er dachte: Dies ist einer ihrer *Diplomaten*?

Onoda erblaßte sichtlich. »Einen Augenblick bitte, Captain.« Er wandte sich an den Attaché und formulierte einige Worte auf Vulkanisch. Krenn fragte sich, ob Sinon ein *Tharavul* war.

Kurz darauf sagte Onoda: »Wenn Sie und Ihre Begleiter mir jetzt bitte folgen würden... Wir haben einen offiziellen Empfang vorbereitet. Ich hoffe, er findet Ihr Gefallen.«

»Diplomat Onoda«, erwiderte Krenn. »Sind Sie der Botschafter, den wir nach Klinzhai bringen sollen?«

»O nein«, sagte Onoda. »Nein, nein.« Er winkte und führte die Klingonen aus dem Raum. Als sie durch die Tür schritten, bedachte Onoda den Vulkanier Sinon mit einem kurzen Blick und meinte auf Föderations-Standard: »Whitetree wird *explodieren*.«

Also haben sie sich noch nicht mit ihm in Verbindung gesetzt, dachte Krenn. Und das bedeutet, er kommt ebenfalls mit einem Shuttle.

Vielleicht wäre es besser gewesen, auf eine frühzeitige Benutzung ihrer Sprache zu verzichten.

Einer der Föderationswächter unterhielt sich mit einem Kollegen. Bei seinen Bemerkungen ging es um Kelly, und ganz offensichtlich wußte er nicht, daß sie ihn verstehen konnte.

»Subraumstille«, wandte sich Krenn im klingonischen Kampfcode an sie. »Bereitschaft.«

»Ich will ganz offen sein«, begann Admiral Whitetree und starrte Captain Krenn finster an. »Wenn es nach mir ginge, würde ich Sie hier in einem abgeriegelten Sicherheitsquartier unterbringen. Anschließend hätte ich Ihnen so schnell wie möglich den Botschafter übergeben und Sie zurückgeschickt. Aber das Diplomatische Korps setzte sich gegenüber Starfleet durch.«

»Sie sind ein vorsichtiger Mann«, erwiderte Krenn. »Und das hat bestimmt seine Gründe.«

Sie saßen in einem privaten Kabinentrakt an der Peripherie der Starbase. Die Beleuchtung war nur matt, und ein breites Panoramafenster gestattete den Blick auf die nackten Sterne.

Der Admiral stand auf. »Noch einen?« fragte er und deutete auf das Glas Krenns.

»Bitte«, sagte der klingonische Captain. Es war ihm nicht leichtgefallen, sich an dieses Wort zu gewöhnen. Doch nach einem Tag in der Starbase begriff Krenn, daß die Menschen häufigen Gebrauch davon machten. Es wurde selbst von den ranghöchsten Offizieren benutzt, bei fast allen Gelegenheiten. Daraus schloß Krenn, daß den beiden Silben nur eine traditionelle Bedeutung zukam.

»Apfel oder Orange?« fragte Whitetree. »Wir haben auch Ananas, Trauben und Pflaumen – aber wenn ich Ihnen das anböte, würden mich die Ärzte der Medizinischen Abteilung in die Plasmakammer des Materie-Antimaterie-Wandlers werfen.«

»Apfelsaft genügt mir.«

Whitetree trat an das in die Wand integrierte Ausgabegerät heran und kehrte mit zwei Gläsern zurück. »Ich fürchte, das hiesige Klima sagt Ihnen nicht sonderlich zu.«

»Es ist erträglich.«

»Onoda wollte sowohl die Temperatur als auch die Luftfeuchtigkeit erhöhen – in der ganzen verdammten Basis. Das ist natürlich ausgeschlossen. Sie wissen ja, wie groß die Station ist, und bestimmt können Sie sich das Trägheitsmoment des Lebenserhaltungssystems vorstellen. Es würde mindestens anderthalb Wochen dauern, um eine grundlegende Veränderung der Umweltbedingungen zu bewirken – und zweifellos bestünde das Resultat darin, daß sich alle unwohl fühlen.«

»Ich verstehe.« Und in Gedanken fügte Krenn hinzu: Also hat sich das Diplomatische Korps nicht in allen Punkten durchgesetzt.

»Das freut mich. Ich habe mich schon des öfteren an Bord von Raumschiffen aufgehalten, deren Klimasysteme auf anderen Biotopwerten basierten, und daher weiß ich genau, wovon ich spreche... Ich nehme an, bei der Sonne Ihres Heimatplaneten handelt es sich um einen Stern vom... F-Typus? Oder ist die Entfernung zum Zentralgestirn besonders gering?«

»Ich bin kein Astronom. Sicher weiß mein wissenschaftlicher Offizier darüber Bescheid. Aber ich bezweifle, ob er Ihnen Auskunft geben könnte.«

Der Admiral zögerte kurz. »Tja«, brummte er, »mir fallen mehr als ein Dutzend Themen ein, über die ich für gewöhnlich mit einem Captain sprechen würde, der einen so langen Flug wie Sie hinter sich hat. In diesem Fall aber unterliegen die meisten davon der militärischen Geheimhaltung. Und ich weiß nicht, ob eine Erörterung der anderen ratsam wäre.«

»Ich habe einige Leute getötet, die mich beleidigten«, sagte Krenn. »Doch ich glaube, Sie beabsichtigen keine Schmähungen. Sie können offen sprechen.«

»Nun«, begann Whitetree, »ich denke da zum Beispiel an Ihren Kommunikationsoffizier... Ich wußte gar nicht, daß es in Ihrer Heimat auch weibliche Offiziere gibt.«

»In der Föderation ist das der Fall. Warum sollten wir Intelligenz und Talent verschwenden?«

»Werden bei Ihnen auch Frauen mit... Kommandoaufgaben betraut?«

»Lieutenant Kelly erteilt Befehle – und man gehorcht ihr.«

»Nein, ich meine: Gibt es an Bord Ihrer Schiffe auch klingonische Kommandantinnen?« Der Gesichtsausdruck Whitetrees wirkte plötzlich nicht mehr so steinern, und in seinen Augen blitzte es.

»Nein«, antwortete Krenn.

»Meine Tochter befehligt einen Aufklärer – die *Avebury.*«

Krenn schwieg.

»Auf welche Weise wird ein klingonischer Captain mit einer Mission wie dieser beauftragt?« fragte Whitetree. An diesem Punkt schien er besonders interessiert zu sein. »War es eine Belohnung? Eine Strafe? Oder haben Sie einfach nur den kürzeren gezogen?«

In Hinsicht auf die letzte Redewendung des Admirals hatten die Lehrbänder keine Informationen enthalten, doch er vermutete, daß es sich um eine Umschreibung für den Begriff ›Pech‹ handelte. »Das Imperium gab mir einen Befehl, und deshalb bin ich hier. Meine Mission ist nicht unehrenhaft.«

»Sie hielten sich also nur an Ihre Anweisungen?«

»Ist das bei den Offizieren der Föderation nicht der Fall?«

Whitetree beugte sich vor und setzte zu einer Erwiderung an. Dann aber überlegte er es sich anders und lehnte sich wieder zurück. Sein Gesichtsausdruck hatte sich jetzt völlig verändert – obgleich die Bewegungen seiner Züge kaum auszumachen waren. »Es... es tut mir leid, Captain.«

Auch jenen Ausdruck hatte Krenn schon mehrmals gehört, und er schien einen größeren Bedeutungsinhalt bewahrt zu haben als das Wort *bitte.* Er musterte den Admiral, und er kam zu dem Schluß, daß der Ausspruch nicht nur als Floskel gemeint gewesen war.

»Ich fühle mich nicht beleidigt, Admiral.«

»Vielleicht sollten Sie das. Ich...« Whitetree schüttelte den Kopf. »Mein Sohn wurde von Klingonen umgebracht.«

»Hat er gut gekämpft?« fragte Krenn.

»Er befand sich an Bord des Schiffes *Flying Fortress*«, erklärte der Admiral. »Vielleicht haben Sie von dem Zwischenfall gehört. Das Raumschiff gehörte zur *Rickenbakker*-Klasse; solche Einheiten setzen wir ein, wenn es um Transporte mit hohem Sicherheitsrisiko geht. Bisher ging nur eine einzige verloren. *Piraten* strahlten ein falsches Notsignal aus und identifizierten sich darin als havarierter Föderationsscout. Als die *Flying Fort* darauf reagierte, eröffneten die *Piraten* sofort das Feuer: Die erste Salve zerstörte die Mannschaftsunterkünfte.

Dadurch wurde ein automatischer Subraumalarm ausgelöst – wovon die *Piraten* natürlich nichts wußten. Ein Patrouillenkreuzer empfing die Nachricht, und als er eintraf, stellten die *Piraten* die Plünderung des Transporters ein und ergriffen die Flucht.«

»Ich habe tatsächlich davon gehört«, sagte Krenn. »Die Klingonen, die damals flohen, wurden wegen Feigheit hingerichtet.«

»Das wußte ich nicht«, brachte Whitetree nach einer Weile hervor. »Nun... das sollte mich eigentlich freuen, oder zumindest befriedigen, aber...«

Mit dumpfer klingender Stimme fuhr der Admiral fort: »Wissen Sie, Captain, Starfleet schickte mich hierher, weil man dort glaubte, ich würde euch Klingonen die Hölle heiß machen. Und das war auch meine feste Absicht.

Doch was geschah? Man unterstellte mir eine Einsatzstaffel, mit der ich einen halben Planeten in Schutt und Asche verwandeln könnte. Und diese Streitmacht begegnet einem klingonischen Kreuzer, der keine volle Besatzungsstärke aufweist und dessen Bordgeschütze blockiert sind. Die Fremden an Bord sind keineswegs blutrünstig, und sie halten ihre Frauen auch nicht in Ketten. Himmel, Sie sprechen das Föderations-Standard besser als einige meiner Leute, und Sie sind wesentlich höflicher.«

Er stand auf und trat an das Panoramafenster heran. Es waren keine Raumschiffe zu sehen. Krenn fragte sich, ob die Menschen an die Macht der nackten Sterne glaubten. Nach einer Weile räusperte sich Whitetree. »Es sind alsc alle tot, die damals an dem Überfall auf die *Flying Fort* beteiligt waren?«

»Derjenige, der die Aktion plante, lebt ebenfalls nicht mehr. Er hieß Kethas.«

Whitetree drehte sich um. »Kethas? Dieser Name ist uns nicht unbekannt. Der klingonische Yamamoto. Tot, wie die anderen. Verdammt!«

»Meine Verwandten«, sagte Krenn, »wurden von Romulanern umgebracht. Auch sie gerieten in einen Hinterhalt – an Bord eines Raumschiffes, das nicht für den Kampf gerüstet war.«

»Verstehen Sie mich nicht falsch, Captain«, erwiderte Whitetree, und bei diesen Worten kehrte der scharfe Klang in seine Stimme zurück. »Ich hasse Sie noch immer, Sie und alle anderen Klingonen. Vermutlich würde ich Sie selbst dann noch hassen, wenn sich herausstellte, daß Jesus Christus ein Klingone war. Andererseits aber: Sie haben mich... nachdenklich gemacht. Es ist, als sei... Totes wieder lebendig geworden.«

In Hinblick auf den Tod gibt es nur eine Wahrheit, überlegte Krenn, behielt diesen Gedanken jedoch für sich. *Tod ist Tod, das Ende von Körper und Geist, das Ende des Seins.*

Das Wand-Interkom summte, und der Admiral schaltete das kleine Gerät ein. »Whitetree... Ja, ich verstehe. Der Captain ist bei mir. Wir machen uns sofort auf den Weg.«

Er drehte sich zu Krenn um. »Einige Ihrer Leute sind in eine Schlägerei mit Föderationsbeamten verwickelt. Wir sollten besser gehen und die Auseinandersetzung beenden.«

»Wer hat angefangen?« fragte Krenn. »Die Klingonen?«

»Keine Ahnung.« Whitetree leerte sein Glas. »Und eigentlich spielt das auch keine Rolle, oder?«

Krenn, Akhil und Maktai nahmen Lieutenant Kalim ins Kreuzverhör. Vermutlich war dieses Erlebnis schlimmer für den jungen Offizer als eine Strafzeit im Schmerzkubus, doch Krenn hielt es für angebracht, diesmal auf die übliche Toleranz zu verzichten. Die Klingonen hatten Starbase 6 in Begleitung einer bewaffneten Föderationseskorte verlassen, und der Captain erinnerte sich sowohl an die schußbereiten Phaser als auch an die feindseligen Blicke der Menschen. Erst später erhielt die *Fechter* die Erlaubnis, den Flug zur Erde fortzusetzen.

»Wir unterhielten uns nur mit einigen Soldaten, die zur Grenzpatrouille gehören«, sagte Kalim. »Wissen Sie, Captain, mehrere von ihnen haben bereits gegen Romulaner gekämpft, und sie machten entsprechende Scherze, wie zum Beispiel: ›Wie viele Romulaner sind nötig, um einen Transtator zu verändern?‹«

»*Lenken Sie nicht ab*«, knurrte Maktai. Normalerweise wirkte er ruhig und gelassen, und deshalb klang sein Grollen noch eindrucksvoller.

»Lieutenant«, warf Krenn leise ein. »Sie sprachen also mit einigen Vertretern Starfleets. Begann der Streit, als Sie sich Witze über Romulaner erzählten?«

»Nein, Captain, das war nicht der Grund. Einer der Föderationssoldaten erwähnte Lieutenant Kelly…«

Nicht *das* schon wieder, dachte Krenn und stellte überrascht fest, wie intensiv er darauf reagierte.

»Er kannte ihren Namen nicht, aber er beschrieb sie, und das Übersetzungsgerät, das er bei sich führte, war nicht sonderlich taktvoll bei der Wortwahl – wenn Sie verstehen, was ich meine, Captain. Nun, wir begriffen sofort, über wen sich der Mensch ausließ. Daraufhin sagte ich: ›Sie meinen unseren Lieutenant Kelly. Sie sollten nicht so über sie sprechen.‹«

»Das haben *Sie* gesagt?« fragte Akhil.

»Nun, Commander, vielleicht war es auch Konli. Jedenfalls lagen mir diese Worte auf der Zunge.«

Jeder einzelne der insgesamt sechsundzwanzig Klingonen, die in die Schlägerei verwickelt worden waren, hatte bei der Vernehmung ausgesagt, als erster die Initiative ergriffen zu haben, um den Kommunikationsoffizier zu verteidigen.

»Und weiter?« fragte Krenn.

»Nun«, meinte Kalim, »einer der Föderationssoldaten sagte: Beim Gebieter jenseits der nackten Sterne: Sie haben einen Irren in der Mannschaft. So lautete jedenfalls die Übersetzung des Translators.«

»Den ›Gebieter jenseits der nackten Sterne‹ nennen die Menschen ›Gott‹«, entgegnete Krenn. »Und mit ›Irren‹ war vermutlich ein Ire gemeint. Dieses Wort bezieht sich auf die Herkunft aus einer bestimmten Region auf der Erde.«

»Ich hielt es für eine Beleidigung, Captain.«

»Eine durchaus einleuchtende Annahme.«

»Daraufhin fügte einer der Menschen hinzu: ›Das ist noch gar nichts. Wie ich hörte, gibt es auch einen Skotten unter ihnen, einen gewissen Mäcktai.‹ Und sie lachten.«

»Mäcktai – Maktai. Skotte – Schotte.« Krenn nickte. »Dadurch kam es zu der Schlägerei?«

»Nein, Captain. Zu jenem Zeitpunkt wußten wir noch nicht, was die Föderationssoldaten meinten. Aber dann sagte Fähnrich Kintata...«

Wenn der Verhörte ein Lieutenant war, so konnte man immer damit rechnen, daß er einem Fähnrich die Schuld gab. Und wurde ein Fähnrich vernommen, so machte er gewiß einen Lieutenant für alles verantwortlich. Oder es ging nicht mit rechten Dingen zu. Krenn seufzte lautlos und dankte dem Schicksal dafür, daß sich keine Kadetten an Bord befanden.

Akhil sah auf den Computerschirm, der die letzten

Aussagen zeigte. »Er fragte einen Starfleetmenschen nach seinem Namen, und die Antwort lautete: ›Marks.‹ Er meinte, er kenne viele Klingonen, die so hießen. Und er fügte hinzu, alle gehörten zur Marine.«

»Ja, Commander«, bestätigte Kalim und nickte nachdrücklich.

»Und *das* war der Grund für die Schlägerei?«

»Bestätigung.«

»Was mich nicht weiter überrascht«, kommentierte Krenn.

Der Lieutenant lächelte, wurde jedoch gleich darauf wieder ernst und nahm Haltung an.

»Bei diesem Langflug gibt es keine militärischen Ziele«, stellte Krenn fest. »Unsere Aufgabe besteht nicht darin, irgendeinen Gegner anzugreifen, doch wir können uns auf das Recht der Notwehr berufen.« Er zögerte. »*Haben* wir uns gewehrt?«

»O ja, Captain«, sagte Kalim. »Die Menschen sind sehr zäh, reagieren aber nur langsam. Und was ihre Stunner angeht, ihre Strahlwaffen... sie funktionieren nicht sehr gut. Ich wurde mindestens acht- oder neunmal getroffen, und trotzdem gelang es mir, ein halbes Dutzend Gegner zu Boden...«

»Das genügt, Lieutenant.« Krenn stand auf. »Mein Stellvertreter wird die Strafe für Sie bestimmen.«

Lieutenant Kalim ließ sich nichts anmerken, als Krenn und Maktai den Raum verließen. Im Nebenzimmer schaltete der Captain einen Monitor ein und aktivierte auch das akustische Modul. Er konnte nicht nur beobachten, was in der Verhörkammer geschah, sondern auch jedes Wort hören.

»Bis wir die Erde erreichen, dürfen Sie Ihre Kabine nur verlassen, um Ihren Dienst anzutreten oder die Mahlzeiten einzunehmen«, sagte Akhil. »Solange wir uns in der irdischen Umlaufbahn befinden, stehen Sie unter schiffsinternem Arrest...«

»Wenn die erste Etappe unseres Fluges zu Ende ist«,

brummte Krenn, »werde ich eine Sicherheitsdirektive erlassen. Es bleiben *alle* Besatzungsmitglieder an Bord – abgesehen von denjenigen, die zur Landegruppe gehören: ich, Akhil und auch Sie, wenn Sie möchten, Maktai. Allerdings würde ich es vorziehen, daß Sie während meiner Abwesenheit das Kommando über die *Fechter* übernehmen.« *Und somit keine Gelegenheit bekommen, sich mit Föderationsrepräsentanten zu streiten.*

»Was ist mit der Kommunikation?«

»Ich nehme einen Kommunikator mit. Kelly soll die Verbindung zu mir halten.« Und auch das diente dazu, Konflikte zu vermeiden.

Wenn sie vom IG geschickt wurde, dachte Krenn, so kann Maktai sie im Auge behalten. Und wenn der Sicherheitscommander ebenfalls auf der Lohnliste Meths steht... Nun gut, solange sie im Schiff bleiben, können sie mir keine Knüppel zwischen die Beine werfen.

Erst später wurde ihm klar, daß er bei seinen Überlegungen Begriffe aus dem Föderations-Standard verwendet hatte.

»Wie viele Wächter?« fragte Maktai.

»Nicht einen einzigen. Akhil und ich rüsten uns mit leichten Waffen aus. Wenn uns die Menschen umbringen wollen... Dazu fänden sie in jedem Fall eine Möglichkeit.«

»Es kommt nicht darauf an zuzubeißen. Es geht darum, die Zähne zu zeigen.«

»Damit rechnen sie bestimmt. *Khest*, sie erwarten sicher, daß wir *beißen*. Andererseits: Sie sind peinlich berührt, wenn sie eine große Streitmacht ausschicken und die des Gegners nur klein ist. Dann kommen sie sich...« – Krenn suchte nach dem passenden Äquivalent im Föderations-Standard – »... *närrisch* vor. Das gibt uns einen großen Vorteil. Während wir uns auf der Erde befinden, möchte ich, daß sich die Menschen so *närrisch* wie möglich fühlen.«

Maktai sah auf. »Da fällt mir ein... Der Attaché, der

Vulkanier, den Sie zunächst für einen *Tharavul* hielten. Ist er der Diplomat, den wir abholen sollen?«

»Nein.«

»Nun, einer meiner Leute beobachtete ihn dabei, wie er nach dem Kampf mit einer menschlichen Frau von Starfleet eine Mentalverschmelzung herbeiführte. Sie schien damit einverstanden zu sein.«

»Die Menschen nehmen viele Dinge hin«, erwiderte Krenn. »Und einige Vulkanier haben nichts dagegen, sich einer partiellen Lobotomie zu unterziehen, damit sie bei uns leben und unsere Kultur studieren können.«

»So etwas macht Vulkaniern nichts aus«, warf Maktai ein. »Da wäre noch eine andere Sache: Niemand konnte irgend etwas über Partikeltransporter in Erfahrung bringen. Allerdings ließ man uns in der Starbase auch nicht gerade viel Bewegungsspielraum.«

»Ich frage mich, ob uns auf der Erde ähnliche Erlebnisse bevorstehen«, sagte Krenn.

Akhil kam herein. »Ich habe gerade die letzten Disziplinarmaßnahmen entschieden. Wenigstens wurde bei der Auseinandersetzung niemand ernsthaft verletzt... Wir können von Glück sagen, daß beide Gruppen kaum über die gegnerische Anatomie Bescheid wußten. Der Bordarzt bekam es nur mit sechs ausgerenkten Unterkiefern zu tun. Seltsam, finden Sie nicht? Die Menschen neigen dazu, bei Fausthieben auf das Gesicht zu zielen...« Er schüttelte verwundert den Kopf. »Bei den Jahren Keths: Wenn mir jemand eine solche Geschichte erzählt hätte...«

»Da wir gerade bei Geschichten sind, 'Khil«, sagte Krenn.

»Ja?«

»Wie viele Romulaner *braucht* man denn, um einen Transtator zu verändern?«

Akhil starrte ihn groß an, und Maktai zwinkerte einige Male. Fast synchron erwiderten sie: »Das *wissen* Sie nicht?«

»Von romulanischen Witzen habe ich noch nie viel gehalten.«

»Nun«, begann Maktai, »man benötigt einen, um den Transtator zu verändern...«

»... und hundertfünfzig, um die Schande des Schiffes zu tilgen«, beendete Akhil.

Und Krenn, der schon seit Jahren nicht einmal mehr über solche Dinge gelächelt hatte, begann schallend zu lachen.

Vom Parkorbit aus gesehen hatte die Erde wie eine Meereswelt ausgesehen, und faserige Wolkenschlieren verwehrten den Blick auf die Landmassen.

Es verblüffte Krenn, daß ein Planet, dessen Oberfläche zum größten Teil aus Wasser bestand, eine derart trockene Region aufweisen konnte. Skeptisch starrte er zum blauen Himmel empor.

»Hüten Sie sich davor, tief durchzuatmen«, warnte Akhil, als sie das Shuttle verließen und auf harten Boden traten. »Die Luft ist völlig *trocken.* Sie könnte uns die Lungen verbrennen.«

Außerdem war es heiß – fast so heiß wie in den Zündkuben einer Plasmakammer. Innerhalb weniger Sekunden begann es hinter der Stirn Krenns schmerzhaft zu pochen. Er sah sich um und spürte, wie das Bild vor seinen Augen verschwamm. Vor dem gelandeten Shuttle standen mehrere Fahrzeuge, und Dutzende von Menschen beobachteten sie und warteten auf irgend etwas. Sie alle waren bewaffnet, und die meisten Wagen verfügten über stählerne Panzerungen und Bordgeschütze. Einer schien fast so groß zu sein wie das Flugboot; die untere Hälfte glänzte in einem hellen Weiß, und die obere bestand aus dunklem Glas. Auf einer der Flanken stand in großen Lettern: NORDAMERIKANISCHER ZENTRALRAUMHAFEN, WHITE SANDS, CIBOLA, USA.

»Lieber Himmel«, entfuhr es einem der Menschen.

»Wenn die Klingonen durch einen Kreislaufkollaps sterben, so ist das unsere Schuld.« Vier Soldaten eilten los und halfen Krenn und Akhil in den Wagen mit der breiten Glasfront. »Ich dachte, sie *mögen* Hitze«, brummte einer von ihnen.

Im Innern des Fahrzeuges war es dunkel, feucht und kühl. Doch nach einer Weile, als sich Krenn von dem Hitzeschock zu erholen begann, begriff er, daß dieser Eindruck nur auf der jähen Veränderung beruhte. Tatsächlich ähnelten die klimatischen Bedingungen an Bord des Transporters denen in einem klingonischen Raumschiff.

»Nehmen Sie Platz«, erklang die Stimme eines anderen Menschen. »Bitte glauben Sie nicht, daß die Soldaten dort draußen Angst vor ihnen haben. Sie wußten nur nicht, was sie erwarten, *wovor* sie sich fürchten sollten.«

Krenn setzte sich. Erst nach einigen Sekunden wurde ihm klar, daß der Mensch in fast akzentfreiem *Klingonaase* gesprochen hatte.

Er sah auf. Vor beiden Innenwänden waren lederne Drehsessel im Boden verankert, und Krenn spürte, wie sich das Fahrzeug in Bewegung setzte. Durch eine dicke Trennscheibe weiter vorn sah er den Piloten vor den Kontrollen. Es gab keine Tür, durch die man seine Kanzel erreichen konnte. Neben ihm saß einer der menschlichen Soldaten und hielt sein Gewehr bereit. Er trug einen Helm und eine Atemmaske aus Kunststoff.

Krenn drehte den Kopf. Auf der anderen Seite des Mittelganges erblickte er einen auffallend kleinen Menschen, und er wirkte noch zarter und gebrechlicher als diejenigen, die er bei einem Verhör in den Peinkammern beobachtet hatte.

Die Haut des Mannes war dunkel, fast so dunkel wie die eines Klingonen – die Farbe Kellys, dachte Krenn. Sein dünnes Haar glänzte in einem silbrigen, beinah weißen Ton. In seinem knochigen Gesicht zeigten sich viele Falten, doch hinter den Gläsern einer altertümlich wirkenden Brille schimmerten klare und wachsame Augen. Der Mensch trug eine lange und aus weißem Stoff bestehende Tunika, die er sich an der Taille mit einem Gürtel zusammengebunden hatte. Am Kragen und den Ärmeln fielen Krenn einige goldene Fäden auf, und Dutzende von kleinen dreieckigen Symbolen schmückten den Brustbereich der Robe. Hätte es sich nicht nur um bunte Darstellungen, sondern die tatsächlichen Medaillen gehandelt, so wäre ihr Gewicht sicher dem des Mannes gleichgekommen, der damit ausgezeichnet worden war.

»Es gibt keine anderen Wüsten mehr auf diesem Planeten«, sagte der Mensch und sah durch die fast schwarz getönten Fenster nach draußen. »Bereits vor vielen Jahren begannen wir mit der Nutzbarmachung des in den polaren Eiskappen gefrorenen Süßwassers, und heute wachsen Wälder dort, wo es einst nur Sand und Leere gab. Dies hier ist der einzige Ort, an dem ein derartiges Klima herrscht – eine von uns Menschen selbst geschaffene Ödnis von den Ausmaßen der Chesapeake Bay.«

Der Mensch richtete seinen Blick auf Krenn, und sein Gesichtsausdruck ließ in dem klingonischen Captain ein Gefühl der Unsicherheit entstehen. Die klaren und intelligenten Augen machten ihn nachdenklich, erinnerten ihn zu sehr an Kethas.

»Für die Landung Ihres Shuttles wurde deshalb dieser Ort bestimmt«, erklärte der Mensch, »weil er nichts ist, weil hier nichts geschehen kann. Verstehen Sie, was ich meine? Als wir die interplanetare Raumfahrt zu entwickeln begannen, wurden die Raketenstufen über dieser Region abgeworfen und zerschellten auf dem Boden. Man lagerte hier auch nukleare Waffen, nur um die allgemeine Neugier zu befriedigen, um festzustellen, was passieren würde. Weil es eigentlich keine Rolle spielte, *wenn* etwas passierte. Nein, in diesem Land gibt es kein Leben, keine Erinnerungen. Und deshalb forderte man Sie auf, ausgerechnet hier zu landen.«

Der Mensch räusperte sich kurz. »Ich bin Dr. Emanuel Tagore, mehrfacher Doktor der Philosophie. Ich habe an der Universität von New Bombay studiert, auch an den Universitäten von Chicago, Edinburgh, Akademgorodok und dem Meer der Stürme. Später promovierte ich am Makropyrios und lehrte in der Fakultät für politische Wissenschaft. Darüber hinaus bin ich ein wahrscheinlicher Kandidat für das Antiquitätenmuseum von Memory Alpha. Ich habe die Ehre, Sie auf Ihrem Rückflug zu begleiten, Captain – nachdem wir das Land der Erinnerung erreicht haben.«

Krenn sah auf einen Bildschirm, der Menschen zeigte, die in den Straßen einer großen Stadt gegeneinander kämpften. Er wußte nicht, zu welcher Region jene Stadt gehörte, und ihr Name blieb bedeutungslos für ihn. Der Grund für den Konflikt waren er selbst, Akhil und die *Fechter*, und er überlegte, wie weit die demonstrierenden Menschen von seinem gegenwärtigen Aufenthaltsort entfernt waren.

Er fragte sich auch, warum man ihm solche Bilder zeigte.

Man hatte die Klingonen und Dr. Tagore zu einem Ort gebracht, der Juarez-El Paso-Station genannt wurde, und dort bat man sie darum, den Waggon eines Magnetkissenzuges zu betreten, der auf einer Hochschienenbahn dahinglitt. Akhil wandte sich an den Zugführer und fragte ihn nach der Höchstgeschwindigkeit. Der Mensch war ziemlich überrascht darüber, daß der Klingone seine Sprache beherrschte, und mit unverkennbarem Stolz gab er das maximale Tempo mit dreihundert Stundenkilometern an. Akhil zeigte sich angemessen beeindruckt.

Die Sonne ging unter, und Dr. Tagore wies Krenn auf das bunte Glühen am westlichen Horizont hin. Es waren wirklich prächtige Farben, und Krenn genoß den Anblick. Nach einer Weile blieb er allein in seiner Kabine zurück. Akhil begab sich in eine andere, um sich ein wenig auszuruhen, und Dr. Tagore befand sich weiter vorn und sprach mit einigen anderen Föderationsrepräsentanten. In der Tür des nächsten Waggons stand ein menschlicher Soldat: Er war zwar bewaffnet, nahm aber keine drohende Haltung ein.

Zwei Menschen betraten die Kabine Krenns: Starfleet-Admiral Marcus van Diemen, begleitet von einem weiblichen Colonel der terrestrischen Streitkräfte. Die Frau hieß Rabinowich.

Van Diemen war ein großer und kräftig gebauter Mann mit blondem Haar und heller Haut. Er trug eine Starfleet-Uniform, deren Jacke viele goldene Verzierungen aufwies, weitaus mehr als die Admiral Whitetrees. Jael Rabinowichs Kombination hingegen ähnelte eher denen ihrer Soldaten, und die Rangabzeichen auf ihren Schultern vermochte Krenn nicht zu deuten. In ihrem Gürtelhalfter steckte eine Waffe aus schwarzem Metall, die offenbar keinen Paradezwecken diente. Sie hatte eine dunklere Haut als van Diemen, und sie war kleiner. Krenn erinnerte sich an Whitetrees Bemerkungen über weibliche Commander. Er musterte das Gesicht Rabinowichs und fragte sich, auf welche Weise sie ihre Autorität sicherte.

»Wir mußten das Programm ändern«, sagte Admiral van Diemen, und die tiefe Stimme entsprach seinem äußeren Erscheinungsbild. »Ein nicht unwichtiger Herr hat um ein Gespräch mit Ihnen gebeten, und wir sind gerade übereingekommen, ihm seinen Wunsch zu erfüllen. Dadurch kommt es zu einer Verzögerung von rund einem halben Tag... Glauben Sie, die Besatzung Ihres Schiffes wird sich Sorgen machen, wenn es einige Stunden länger dauert, bis Sie Födera-Terra erreichen?«

Van Diemen blickte auf den Kommunikator Krenns. Bisher hatte der klingonische Captain angenommen, daß die Menschen Störsender einsetzten, um zu verhindern, daß die Sensoren an Bord der *Fechter* ihren genauen Aufenthaltsort ermitteln konnten. Andererseits aber hätten sie sich dadurch nur eine Blöße zu geben – ohne genau zu wissen, ob eine solche Maßnahme den gewünschten Erfolg erbrachte. Und wenn sie noch nicht die Technik des Partikeltransports beherrschten... »Ich informiere meine Leute. Wo findet der Zwischenaufenthalt statt?«

»In Atlanta, einer Stadt in Georgia, Vereinigte Staaten von Amerika.«

Wo immer das auch sein mag, dachte Krenn. »Und wer möchte dort mit uns sprechen?«

»Ein Mann namens Maxwell Grandisson der Dritte. Er ist ein privater Bürger, aber er hat recht großen Einfluß. Tatsächlich haben wir es zum Teil der Fürsprache Mr. Grandissons zu verdanken, daß wir eine Botschaft auf Klingon einrichten können.«

»Klinzhai«, sagte Krenn.

»Bitte?«

»Die Zentralwelt des klingonischen Imperiums heißt Klinzhai.«

»Oh, ich verstehe.« Van Diemen verhielt sich so, als habe er gerade ein wichtiges militärisches Geheimnis in Erfahrung gebracht. Krenn fragte sich, ob der Admiral *Klingonaase* beherrschte.

»Wird der Besuch in jener Stadt besondere Sicherheitsmaßnahmen notwendig machen?« erkundigte sich Krenn und versuchte, dabei nicht zu neugierig zu klingen.

Van Diemen sah an Krenn vorbei auf den Bildschirm und verzog kurz das Gesicht. Colonel Rabinowich erwiderte: »Es dürfte zu Komplikationen kommen. Mr. Grandisson besteht darauf, Sie an einem ganz bestimmten Ort zu empfangen, und das Metroplex von Atlanta ist ziemlich groß. Aber wir kontrollieren unsere Leute.« Ihre Stimme klang überraschend sanft, doch nicht unsicher. Sie nickte in Richtung der Demonstranten auf dem Bildschirm. »Gegen diejenigen, die nur protestieren, schreiten wir nicht ein. Aber wir werden verhindern, daß sie die öffentliche Ordnung – und Ihre Sicherheit – gefährden.«

»Bitte versuchen Sie, uns zu verstehen, Captain«, warf Admiral van Diemen ein. »Viele unserer Leute haben aufgrund von klingonischen Überfällen Freunde und Verwandte verloren. Mein Bruder kam während eines Gefechts im Grenzbereich ums Leben. Gerade deshalb brauchen wir den Frieden.«

Beide Menschen hatten von ›unseren Leuten‹ gesprochen, doch Krenn spürte, daß den Begriffen eine unterschiedliche Bedeutung zukam.

»Darauf konzentrieren sich meine Bemühungen, Admiral«, ertönte eine Stimme vom Gang her. Colonel Rabinowich wich sofort zur Seite, um Dr. Tagore eintreten zu lassen. Die Geschmeidigkeit ihrer Bewegung verglich Krenn mit der einer *Klin zha*-Tänzerin, doch ihre Statur entsprach mehr der eines Fechters.

»Ja«, erwiderte van Diemen und war nur für einen Sekundenbruchteil verunsichert. »Nun, wir kehren jetzt in unser Abteil zurück. Es gilt, weitere Vorbereitungen zu treffen, und es bleibt uns nicht mehr viel Zeit. Guten Abend, Captain. Botschafter...«

»Guten Abend«, sagte Dr. Tagore, und Krenn deutete eine Verbeugung an. Der Admiral ging. »Frieden«, wiederholte Colonel Rabinowich und verließ die Kabine ebenfalls.

Als sich die Tür hinter ihr geschlossen hatte, sagte Krenn auf *Klingonaase:* »Frieden? War das ironisch gemeint?«

»Keineswegs. Bei uns ist dieses Wort inzwischen zu einem allgemein üblichen Gruß geworden. Wie ich sehe, hat sich Ihr Begleiter zurückgezogen. Möchten Sie sich ebenfalls hinlegen und ausruhen?«

»Nein, noch nicht.«

»Ist Ihr Tag länger als der unsrige?«

»Ein wenig.«

Dr. Tagore lächelte. »Ich frage nur deshalb, weil ich Ihre Welt bald kennenlernen werde. Darf ich Ihnen Gesellschaft leisten? Ich habe Kaffee mitgebracht. Sie sagten doch, daß Sie dieses Getränk schätzen, nicht wahr?«

Krenn schaltete den Bildschirm aus, und Dr. Tagore schenkte zwei Tassen voll. »Sie sind vestai-Rustazh«, sagte der Mensch kurz darauf. »Ist Ihre Linie sehr groß?«

»Nein. Bisher besteht sie nur aus mir allein.«

»Also haben Sie eine neue begonnen.«

»Sie sind gut informiert«, entgegnete Krenn, überrascht darüber, daß der Mensch sofort die richtige Schlußfolgerung gezogen hatte.

»Wir bekommen Berichte, die meisten von Vulkan. Und außerdem gibt es Bücher und Infobänder, die aus Ihrem Imperium zu uns gelangen, an Bord von orionischen und rigelianischen Frachtern. Vielleicht sollte ich Ihnen dies nicht verraten: Auf Argelius III wurde ein Spion entlarvt, und im Quartier des Betreffenden fanden wir einen ganzen Schrank voller Datenspeicher. Der Geheimdienst Starfleets war davon überzeugt, daß bestimmte in den Unterlagen enthaltene Informationen zur Verschlüsselung und Dechiffrierung von Nachrichten dienten. Ich habe gute *Klingonaase*-Kenntnisse, und da ich zufällig in der Nähe weilte, bat man mich um eine Analyse der Daten. Dabei erfuhr ich eine Menge.«

Krenn nippte an seinem *Kafei* – inzwischen hatte er dieses Getränk zu schätzen gelernt – und fragte sich, warum der Botschafter so freimütig über seine Verbindungen zum Geheimdienst sprach. »Entdeckten Sie einen Code?«

»Nein. Die Datenbänder enthielten nur Unterhaltungsmaterial. Was die ersten Aussagen des Spions bestätigte. Aber die Leute vom Geheimdienst wollten ihm nicht glauben. Als man ihn entlarvte und das erste Verhör begann, wies ich sofort darauf hin, daß er entweder überhaupt nicht Auskunft geben oder aber die Wahrheit sagen würde. Aber mir glaubte man ebenfalls nicht.«

Vielleicht bestand darin das Fazit der Geschichte: Dr. Tagore gab ihm zu verstehen, daß er eine weitere Zusammenarbeit mit dem Geheimdienst als sinnlos erachtete.

»Es freut mich, meine Informationen bestätigt zu sehen«, fuhr der Botschafter fort. »Es gibt einige Berichte über unsere Geschichte, die ich einem fremden Botschafter nicht als Anschauungsmaterial für die menschliche Kultur und Zivilisation zur Verfügung stellen würde... Allerdings muß ich in diesem Zusammenhang eingestehen, daß mir die Serie *Schlachtkreuzer Rache* ziemlich gut gefiel. Wird sie noch immer produziert?«

»Ja«, sagte Krenn und mußte sich sehr beherrschen, um sich nichts anmerken zu lassen.

»Nun, ich hatte also recht, als ich meinte, Sie seien der Begründer einer neuen Linie. Haben Sie eine einzelne Gefährtin oder gleich mehrere?«

Wenigstens fragte dieser Mensch aus rein persönlichem Interesse. »Derzeit bin ich allein.«

Dr. Tagore zögerte kurz. »Ich verstehe. Meine Frau...« – er benutzte das entsprechende Wort im Föderations-Standard – »...ist tot.«

Krenn wartete: Jeder Mensch schien einen nahen Verwandten zu haben, der während eines klingonischen Überfalls ums Leben gekommen war.

»Ein Nervenleiden«, sagte Dr. Tagore und wandte den Blick von Krenn ab. »Gualters Neuromyelitis. Es gibt zwar eine chemische Therapie, aber ein Patient von zwanzig spricht nicht darauf an und stirbt innerhalb weniger Jahre.« Der Mensch sah Krenn an, und in einem sanften und fast entschuldigenden Tonfall fügte er hinzu: »Wie ich hörte, ähneln die Symptome den Wirkungen Ihrer Schmerzstimulatoren...« Und in seiner

Muttersprache: »Es tut mir leid. Ich wollte Ihnen nicht zu nahe treten.«

Diese Bemerkung verlieh dem Ausdruck *es tut mir leid* noch eine zusätzliche Bedeutung.

Dr. Tagore sprach weiterhin auf Föderations-Standard, als er sagte: »Ich weiß, daß in der Tradition Ihres Volkes kein Platz für Seelen oder Geister von Verstorbenen ist. Beerdigungsrituale sind Ihnen unbekannt. Bei uns Menschen hingegen gibt es zu viele davon. Ich weise Sie extra darauf hin, weil dieser Aspekt unserer Kultur verschiedene Reaktionen erklärt, die Ihnen sonst unverständlich blieben. Ich habe eine Theorie, aber... Nun, dies ist nicht der geeignete Zeitpunkt, um sie zu erörtern. Lassen Sie uns das Thema wechseln.«

Krenn wartete eine Weile. Die Augen des Menschen waren noch klarer und heller als zuvor, doch das Gesicht wirkte faltiger und älter. Sofort verspürte Krenn ebenfalls den Wunsch, über etwas anderes zu sprechen, und er deutete auf die dunkle Mattscheibe des Bildschirmgerätes. »Jene Menschen... die uns hassen... Wie viele gibt es von ihnen?«

»Genug«, antwortete Dr. Tagore. »Immer genug. Während der letzten gut zwanzig Jahre gab das klingonische Imperium ein ausgezeichnetes Feindbild ab. Wenn ein Raumschiff in den Grenzsektoren verschwindet, so dauert es nicht lange, bis irgend jemand behauptet, es sei von ›barbarischen Klingonen‹ angegriffen und aufgebracht worden. Und nicht selten geschieht es, daß dieser Vorwurf im Solaren Senat oder gar im Rat der Föderation erhoben wird.« Er seufzte. »Vom galaktischen Bermuda-Dreieck zur klingonischen Twilight-Zone...«

»Gut zwanzig Jahre«, wiederholte Krenn.

»Oh, entschuldigen Sie – eine Redewendung. Das Äquivalent in *Klingonaase* lautet: zwanzig-plus. Ich sollte daran denken, von jetzt an diesen Ausdruck zu verwenden. Zum ersten Kontakt mit dem *Komerex Klingon* kam es vor zweiundzwanzig Jahren – ich hoffe, ich habe die entsprechende Sternzeit richtig umgerechnet. Nach Ihrem Standard wären das zwanzig Jahre. Das stimmt doch, oder?«

»Ja, Sie haben die exakte Differenz genannt.« Aber eigentlich dachte Krenn gar nicht an die jeweilige Länge der unterschiedlichen Jahre. Er erinnerte sich daran, daß die ersten Föderationsschiffe vor dreißig klingonischen Jahren angegriffen worden waren. Und das bedeutete: Jene Trophäen hatten keine Gelegenheit gehabt, ein Notsignal zu senden.

»Es gibt da einen Roman, der vor langer Zeit geschrieben wurde, lange vor der Entwicklung des Warp-Antriebs, damals, als es bei uns noch nicht einmal eine interplanetare Raumfahrt gab«, sagte Dr. Tagore. »Der Autor stellte darin einen ursächlichen Zusammenhang zwischen dem Verlust von Schiffen und Kontakten mit extraterrestrischen Intelligenzen her – die ebenfalls solche Verluste erlitten. Keiner der beiden Kontrahenten verfügte über eine Übersetzungsmöglichkeit. Mit anderen Worten: Die Völker hatten keine Möglichkeit zur Verständigung. Der in jener Geschichte beschriebene Krieg dauerte tausend Jahre.«

»Ein tausendjähriger Krieg?« fragte Krenn erstaunt. Das war eine erstaunliche Vorstellung – und noch dazu stammte sie von einem Menschen. Und doch: Als Krenn eingehender darüber nachdachte, sah er die Einzelheiten eines derartigen Konzepts: dynastische Linien, die über einzelne Frontabschnitte herrschten, fünfzig Generationen von Kämpfern, die alle ein einzelnes Ruhmesziel anstrebten. Ein solcher Krieg mußte deutliche Spuren auf den betroffenen Welten hinterlassen. Selbst nach tausend mal tausend Jahren, wenn alle Kämpfer längst zu Staub zerfallen waren, mochte ein neues Volk durch die Sternenräume reisen, und wenn es jene Planeten sah, so würde es auf den ersten Blick erkennen, was sich dort zugetragen hatte.

»Hoffentlich brauchen wir nicht so lange, um uns zu verständigen«, fügte Dr. Tagore hinzu. »Mein Leben wird in weitaus weniger als tausend Jahren zu Ende gehen, und ich fürchte, ich habe bereits mein Karma aufgebraucht.«

»Die Bedeutung dieses Wortes kenne ich nicht.«

»Ich eigentlich auch nicht.« Der Mensch lächelte und zeigte dabei weiße und kantige Zähne. Krenn stellte fest, daß sie nicht spitz zuliefen. »Zumindest kann ich Ihnen den Begriff nicht erklären. Meine Weisheit beschränkt sich auf die nächstliegenden Dinge.«

Verwundert musterte Krenn den kleinen und gebrechlich wirkenden Menschen, jenen Mann, der zu glauben schien, er könne es selbst mit einer so enormen Imagination wie der eines tausendjährigen Krieges aufnehmen, in nur den wenigen Jahren, die ihm noch blieben... Er sah eine Gestalt, die zwischen den beiden Sternenreichen stehen würde, zwischen zwei Mächten, die das Schicksal zu Gegnern machte – zwischen zwei Bollwerken, die alles unter sich zermalmten, was sich ihnen in den Weg stellte. Wollte er wirklich versuchen, die unausweichliche Konfrontation zu verhindern? Das ist doch absurd, dachte Krenn. Mehr noch: Es war *närrisch*, vielleicht sogar verrückt.

Dann dachte Krenn an die Pseudoherrscher, an die Tellariten, an große Worte ohne Inhalt... Nein, rief er sich innerlich zur Ordnung, Dr. Tagore war kein *Kuve*. Er trank *Kafei* und stellte fest, daß die schwarze Flüssigkeit kalt geworden war. Und kalt schmeckte sie noch bitterer als sonst. Der Mensch sah, wie Krenn eine Grimasse schnitt, und er nippte an seinem Kaffee und sagte: »Oh, ich verstehe. Ich hole eine andere Kanne.«

Als Dr. Tagore das Abteil verlassen hatte, schaltete Krenn das Bildschirmgerät ein und wählte den Sender, der ständig Nachrichten brachte. Er beobachtete die Bilder eines Industrieunfalls, gefolgt von einer Präsentation neuer Kleidung, die aus ›berühmten Modehäusern‹ stammte – und für den Klingonen ausgesprochen sonderbar wirkte. Anschließend wurden wieder die Unruhen gezeigt. Demonstranten warfen Fensterscheiben ein und errichteten Barrikaden – was Krenn für seltsam hielt, denn schließlich waren Akhil und er die einzigen klingonischen Gesandten auf dem ganzen Planeten. Zumindest die einzigen, von deren Anwesenheit man wußte. Einige Menschen verbrannten das hölzerne Modell eines D4-Kreuzers. Krenn lachte leise. Niemand hatte ihm mitgeteilt, daß Menschen an primitive Magie glaubten.

Dann folgte ein Szenenwechsel, und der Schirm zeigte einen Schienenstrang. Krenn sprang abrupt auf, eilte an das Fenster heran und schob vorsichtig den Vorhang beiseite.

Die Geleise der Hochschienenbahn verliefen fünfundzwanzig Meter über dem Boden, und die Trasse wurde von breiten Betonpfeilern gestützt. Unten blitzte immer wieder Licht auf. Nach einer Weile machte Krenn in der Dunkelheit menschliche Gestalten aus, die Fackeln, elektrische Lampen und chemische Brennstäbe trugen. Er versuchte, ihre Anzahl abzuschätzen. Akhil hatte gesagt, der Zug lege in einer Minute fünftausend Meter zurück. Krenn blickte auf die Zeitanzeige seines Kommunikators.

Er drehte den Kopf, als sich die Tür öffnete. Akhil trat ein und wirkte alles andere als ausgeruht und entspannt. Er deutete aufs Fenster. »Ich habe sie ebenfalls gesehen, beobachte sie schon seit einer Stunde.«

»Was glauben Sie: Wie viele sind es?«

»Hunderttausend, vielleicht auch mehr. Möglicherweise sind sie in der Lage, einige Gruppen loszuschikken, um die vor uns liegenden Streckenbereiche zu besetzen – Gleiter sind wesentlich schneller als dieser Zug. Aber was mir wirklich Sorgen macht, ist folgendes: Einige gut gezielte Schüsse aus starken Strahlenwaffen könnten einen Pfeiler zum Einsturz bringen.«

»Daran hat Colonel Rabinowich ebenfalls gedacht«, sagte Dr. Tagore, als er wieder hereinkam. »Sie meinte, die Stützblöcke seien sehr widerstandsfähig, und mit Handfeuerwaffen könne man nichts gegen sie ausrichten. Es sind bereits spezielle Einsatzfahrzeuge unterwegs, deren Sensoren die energetischen Emissionen größerer Waffen orten können.« Etwas leiser fügte er hinzu: »Außerdem vertraute sie mir an, daß einige der Demonstranten verkleidete Angehörige ihrer Truppeneinheit sind.«

»Kai Rabinowich«, sagte Krenn beeindruckt.

»Ja«, bestätigte Dr. Tagore und sprach nun wieder auf *Klingonaase*. »Seit mehr als zehn Generationen steht ihre Familie in der militärischen Tradition, und ich glaube, Ihr Lob würde ihr gefallen – vorausgesetzt, es wäre eine angemessene Erklärung möglich.« Er beobachtete die Fackeln, die aufgrund der hohen Geschwindigkeit des Zuges grelle Lichtstreifen zu bilden schienen. »Aber gerade Erklärungen sind sehr problematisch – vor allen Dingen in einer Kultur, die keinen Unterschied macht zwischen direkter, von Maschinen durchgeführter Übersetzung und einem interpretativen Sprachverständnis.«

Er schwieg kurz, füllte erst zwei Tassen mit *Kafei* und dann auch eine dritte, die Akhil mit aufrichtiger Dankbarkeit entgegennahm. Dann fügte Dr. Tagore hinzu: »Vielleicht haben Sie bemerkt, daß *Klingonaase* im Föderations-Standard einen anderen Klang hat.«

»Sie nennen unsere Sprache *Klingonisch*«, erwiderte Akhil.

Dr. Tagore nickte. »Jene Endsilbe verwenden wir bei verschiedenen Sprachenstämmen, sogar in bezug auf den rigelianischen Handelsdialekt – so absurd das auch klingen mag. Nun, auf diese Weise verbinden wir Angaben über Herkunft und Idiom. Daraus folgen Bezeichnungen wie Japanisch, Terchionesisch, F'tallgatri'itenisch und – wenn wir den Linguisten weiterhin freie Hand lassen – auch Klingonisch. Bei einer derartigen Transkription wird nicht die geringste Rücksicht darauf genommen, daß bei Ihnen der Zusatz *aase* einem sprachlichen Werkzeug für die Manipulation der konkreten Ausprägung des *Klin*-Prinzips gleichkommt...«

Krenn hatte nur mit gelindem Interesse zugehört und wandte sich wieder dem Fenster zu. »Was bedeuten die Lichter dort draußen? Die Flammen? Handelt es sich dabei um Symbole mit einer immanenten Bedeutung? Oder kommt darin eine Sprache zum Ausdruck, die sich nicht übersetzen läßt?«

»Die Menschen wollen sowohl uns als auch sich selbst etwas mitteilen«, entgegnete Dr. Tagore ruhig. »Aber noch wissen sie nicht, worin die Botschaft bestehen soll.« Er trat an den Bildschirm heran, auf dem Nahaufnahmen der draußen stehenden Menschen zu sehen waren. Im Licht von Fackeln, Scheinwerfern und den hellen Fenstern des vorbeifahrenden Zuges konnte man deutlich ihre Gesichter erkennen. Krenn betrachtete die verzerrten Mienen, und er glaubte, Furcht, Haß und Schmerz zu sehen, denn nur solche Gefühle führten zu so starken mimischen Veränderungen. Aber er war nicht sicher, ob seine Einschätzung diesmal zutraf, ob es nicht noch mehr gab, das die Menschen bewegte.

»Jetzt verstehen Sie«, bemerkte Dr. Tagore auf *Klingonaase*. »Und auch Sie wissen noch nicht, was Sie sagen sollen. Sie brauchen mehr Zeit.«

»Und wenn sie uns *nach* einer gewissen Zeit immer noch hassen?« fragte Krenn. Aber während er diese Frage formulierte, begriff er, daß er nur versuchte, dem menschlichen Diplomaten auszuweichen.

Dr. Tagore hob seine schmalen Hände und preßte sie sich kurz auf die Augen, so als könne er den Anblick der Demonstranten nicht mehr ertragen. Doch gleich darauf ließ er sie wieder sinken und musterte Krenn und Akhil. »Ich sagte vorhin, daß Colonel Rabinowich auf eine lange militärische Familientradition zurückblicken kann. Jene Tradition gründet sich auf Haß – auf einen Haß, der zu einem integralen Bestandteil des Wesens aller Rabinowich-Kämpfer wurde. Ein Haß, der sich hinter guten Absichten verbarg, der einerseits trennende Mauern einreißen und andererseits Massengräber ausheben konnte. Beide Möglichkeiten wurden zur Genüge ausgeschöpft. Aber heute existieren keine Grenzen und Todesstreifen mehr, und die Soldatenfriedhöfe... Sie gelten als Mahnmal, erinnern an die Schrecken der Vergangenheit. Man pflegt sie, denn sie sollen verhindern, daß sich die Fehler der Vergangenheit wiederholen.

Auch die Vorfahren Admiral van Diemens bekamen ihren Krieg – einen Krieg, der ebenfalls aus Haß geführt wurde. Der zu Verheerungen führte, zu Unglück und Elend und Tod. Doch schließlich folgte der Frieden. Die Stadt Atlanta, in der wir erwartet werden, wurde zu einem Zeitpunkt dem Erdboden gleichgemacht, als es noch hundert Jahre bis zur Entwicklung von Atomwaffen dauern sollte, mit denen sich solche Zerstörungen wesentlich einfacher bewerkstelligen lassen... Und das Land, aus dem ich komme, war das zweite, das Wasserstoffbomben gegen einen Feind zum Einsatz brachte – das zweite, aber nicht das letzte.

Wir Menschen wissen, was Haß bedeutet, und nicht selten geschieht es, daß er uns zu Sklaven macht. Manchmal aber gelingt es uns, trotzdem etwas zu erreichen.«

»Und wenn die Menschen dort draußen den Krieg wollen?« fragte Akhil dumpf.

»Wenn das der Fall ist, Commander, stelle ich mich ihnen entgegen. Ich diene dem Gemeinwohl, aber ich bin kein *Kuve.*«

Krenn sah das kurze Aufblitzen in den gelben Augen Akhils, und er mußte sich eingestehen, daß er sich von Dr. Tagore ein falsches Bild gemacht hatte. Der Vorteil, den er zu haben glaubte, existierte überhaupt nicht.

Diesem Menschen war es gleich, ob er *närrisch* wirkte oder nicht. Er mochte sterben, aber er würde in jedem Fall an seinen Prinzipien festhalten.

»Was die Änderung des Programms angeht...« sagte Krenn und überlegte, ob der Mensch ihn jetzt schon zum zweitenmal dazu veranlaßt hatte, das Thema zu wechseln. »Kennen Sie die Person, die mit uns sprechen möchte? Jenen *wichtigen* Mann?«

»Maxwell Grandisson III«, erwiderte Dr. Tagore, wobei er die einzelnen Silben in die Länge zog. »Ich habe von ihm gehört, wie alle anderen – oh, entschuldigen Sie, Captain. Nun, ich bin ihm noch nicht persönlich begegnet. Ich habe mich nur einmal in Atlanta aufgehalten, und Grandisson verläßt die Stadt praktisch nie. Was Sie als indirekte Antwort auf Ihre indirekte Frage verstehen können: Er ist so mächtig, daß er nicht zu reisen braucht. Wenn er einen Berg sehen möchte, so kommt der Berg zu ihm.« Dr. Tagore lächelte. »Das meine ich natürlich im übertragenen Sinne. Obwohl ich nicht daran zweifle, daß er in der Lage ist, Berge zu bewegen. Zumindest kleine.«

»Ist der Mensch namens Grandisson sehr reich?« fragte Akhil.

»Tja, er hat Geld genug. Mehr als genug, um genau zu sein. Aber es ist der Glaube, der Berge versetzen kann, und in dieser Hinsicht verfügt Grandisson über ein ganz besonderes Vermögen.«

»Und was liegt ihm an einem Gespräch mit uns?« erkundigte sich Krenn. »Geht es um Handelsfragen? Oder ist er einfach nur neugierig?«

»Weder noch«, entgegnete Dr. Tagore, zögerte und suchte offenbar nach den richtigen Worten. »Mr. Grandisson ist der Führer einer großen – und leider immer noch wachsenden – Bewegung, die unter den Menschen viele Anhänger gefunden hat. Und diese Bewegung tritt nicht etwa *für* etwas ein, sondern spricht sich *gegen* etwas aus.«

»Den Krieg?« vermutete Krenn. Doch dann erinnerte er sich daran, daß Dr. Tagore das Wort *leider* benutzt hatte.

»Die Sterne«, lautete die Antwort.

Im Osten Atlantas ging die Sonne auf. Die ganze Stadt schien aus Kristall, Glas und glänzendem Metall zu bestehen: Zylindrische Säulen wuchsen dem Himmel entgegen, und das Licht des neuen Tages spiegelte sich hell auf den Seitenflächen abgeflachter Pyramiden wider. Zwischen den einzelnen Gebäuden erstreckten sich Brücken und Stege, Wandelgänge und Verbindungsröhren. Der Schimmer des Morgens verlieh dem Glas einen rötlichen Ton, und Krenn entsann sich an die Schilderungen Dr. Tagores, stellte sich den verheerenden Brand vor, der jene Stadt einst verwüstet hatte. Ein Jahrhundert vor der Entwicklung von Nuklearwaffen – wie lange das auch her sein mochte. Einige vulkanische Wissenschaftler behaupteten, nach der ersten Kernspaltung beschränke sich die Lebensspanne einer Zivilisation auf maximal fünfzig Jahre; doch wenn es ihr gelänge, jene Krise zu überleben, drohe ihr nicht mehr der Untergang.

Auch am Rande der Stadt standen Menschen unter dem Hochgleis und beobachteten den Zug, der die ersten Gebäudekomplexe passierte. Sie hielten keine Fakkeln, sondern bunte Fahnen und Wimpel. »Bevor wir das Terminal erreichen, führt die Trasse durch eine unterirdische Passage«, erklärte Colonel Rabinowich. »Ein Zug, der ebenso beschaffen ist wie dieser, wird die südliche Röhre verlassen. Wir hätten das Täuschungsmanöver schon an der Rangierstation von Baton Rouge durchführen sollen, doch leider reichte die Zeit dafür nicht aus.«

»Und die Kursänderung?« fragte Dr. Tagore.

»Vielleicht glauben die Leute, wir hätten vergeblich versucht, ihnen etwas vorzumachen.«

»Eine ausgezeichnete Strategie«, sagte Krenn und achtete darauf, daß er ihre Maßnahmen nicht mit klingonischen Methoden verglich. Er wußte aber, daß jeder imperiale Offizier ihre Entscheidungen bewundert hätte. »Sie machen sowohl Ihrem Berufsstand als auch Ihrer Linie Ehre.« Krenn begriff nun, welche Kommandofähigkeit besondere Ausprägung in ihr gefunden hatten: die des größeren strategisch-taktischen Geschicks.

Rabinowich warf Dr. Tagore einen kurzen Blick zu, der auf der anderen Seite des Speisewagens saß und Kaffee trank. Krenn ahnte, daß der Botschafter nicht geschlafen hatte. Admiral van Diemen hielt sich derzeit im Schlafwagen auf.

»Danke, Captain«, erwiderte Colonel Rabinowich, und wie immer klang ihre Stimme ein wenig rauh. »Ich weiß Ihr Lob durchaus zu schätzen.«

Vor dem Zug stieg das Gelände an. Automatische Sensoren schalteten die Innenbeleuchtung ein, und kurz darauf wurde es jenseits der Fenster schwarz. Nur dann und wann blitzten in der Dunkelheit einige Lichter auf. Doch sie verblaßten sofort wieder, und Krenn konnte nicht feststellen, ob es sich um Markierungslampen handelte.

»Captain, Commander... bitte nehmen Sie Platz«, sagte der weibliche Offizier und setzte sich. Dr. Tagore leerte seine Tasse und hielt sie fest. »Gleich werden die Gravitationsbremsen aktiv«, kündigte Rabinowich an.

Die Verzögerung war recht beeindruckend – wenn auch nicht annähernd so stark wie die eines Schlachtkreuzers bei einem Kampfmanöver – als Krenn daran dachte, glaubte er, das Knacken und Ächzen in der Schiffshülle zu hören. Aber er war dankbar, daß ihm der Sessel Halt bot, als eine unsichtbare Kraft an ihm zu zerren begann und ihn nach vorn zu ziehen versuchte.

Nach kaum zwei Minuten stand der Zug. Krenn sah durchs Fenster: In einem kalt wirkenden blauen Lichtschein machte er eine Plattform und Soldaten aus.

»Alle raus«, sagte Dr. Tagore und klang dabei fast vergnügt. »Hier steigen wir in den *Southern Crescent* um.«

Colonel Rabinowich musterte den Botschafter einige Sekunden lang, bevor sie erwiderte: »Die Eskorte, die Sie zum Hotel begleiten wird, wartet auf der Plattform. Wir sehen uns später wieder, nachdem wir hier alles erledigt haben. Zunächst geht es darum, die Zugnummern auszutauschen. Genießen Sie Ihr Frühstück.«

»Kommen Sie nicht mit uns?« fragte Krenn verwundert. »Und was ist mit dem Admiral?«

»Und mit mir...« fügte Dr. Tagore hinzu.

Rabinowich zögerte. »Sie... Oh, Sie wissen natürlich nicht Bescheid. Die Einladung gilt nur Ihnen. Grandisson hält nichts von Starfleet-Leuten.«

»Aber Sie gehören doch gar nicht zu Starfleet.«

»Nein. Ich habe die Erde nie verlassen, um ganz genau zu sein. Max Grandisson lehnt mich aus Gründen ab, von denen ich bis zu meinem achtundzwanzigsten Lebensjahr glaubte, sie fänden nur noch in Geschichtsbüchern Erwähnung.« Sie lächelte dünn. »Die Ursache dafür liegt in ferner Vergangenheit, geht auf die Anfänge der Tradition meiner Familie zurück. *Shalom aleichem*, Captain Krenn, Commander Akhil.«

»*Aleichem shalom*«, erwiderte Krenn, und als Rabinowich ihn überrascht ansah, bemerkte er aus den Augenwinkeln das zufriedene und anerkennende Nicken Dr. Tagores.

Das Gebäude war sehr alt und aus massivem Stein und Glas erbaut. Einige neu installierte Treppen führten ins untere Geschoß. Die Eskorte – Menschen, die zivile Kleidung trugen und ein Fahrzeug fuhren, das sich nicht von den anderen unterschied, die auf der Straße unterwegs waren – schirmte Krenn und Akhil von allen Seiten ab und geleitete sie ins Innere des Hauses.

Sie gelangten in einen großen, hallenartigen Raum,

und an den Wänden zogen sich lange Balkone entlang. Das sich einige Stockwerke weiter oben wölbende Dach bestand aus getöntem Glas, durch das nur mattes Licht filterte. Spindelförmige Liftkabinen glitten an schwarzen Säulen empor. Angenehme Stille herrschte in der gewaltigen Lobby. Hier und dort wuchsen grüne Pflanzen in Töpfen und Kübeln.

All das nahm Krenn auf den ersten Blick wahr. Nach wenigen Sekunden standen sie vor einer der breiten Aufzugsäulen, an denen weitere Menschen in unauffälliger Kleidung warteten. Akhil und die Hälfte der Eskorte betraten die eine Liftkabine, und Krenn begab sich zusammen mit der anderen Hälfte der Eskorte in die zweite.

Ein junger Mann, der eine rot-weiße Dienstuniform trug, kam mit einem Tablett an der Kapsel Krenns vorbei. Er hob den Kopf, und ihre Blicke begegneten sich. Das Tablett fiel und prallte auf den Boden, mit einem Scheppern, das der klingonische Captain nicht mehr hören konnte, denn die Transportkabine hatte sich in Bewegung gesetzt.

In einem weiter oben gelegenen Stock gelangten sie in ein konkaves Zimmer. In der Außenwand zeigten sich breite Fenster, und zur Zeit der Fertigstellung des Hotels mochten sie einen prächtigen Ausblick auf die ganze Stadt geboten haben. Jetzt aber waren nur Türme aus Kristall zu sehen.

Ein hochgewachsener und schlanker Mann kam ihnen entgegen. Seine Kleidung ähnelte den Anzügen der menschlichen Sicherheitsbeamten, doch der Schnitt war ausgefallener, der Stoff weitaus erlesener. Sein Hemd wies einen hohen Kragen und Spitzenverzierungen auf. Der Mann hatte ein knochiges Gesicht, und Krenn beobachtete einen breiten Oberkiefer und eine auffallend hohe Stirn. Das braune Haar war glatt, die Nase lang und gerade. Den Blick des Menschen empfand Krenn als scharf und durchdringend. Im einen

Ohr trug er einen winzigen Empfänger, und an der Brusttasche war ein schwarzes Gerät von der Größe eines Kommunikators befestigt.

»Guten Morgen, meine Herren«, sagte der Mann, und das dunkle Instrument wiederholte seine Worte auf *Klingonaase*. Die Ausmaße des Gerätes entsprachen nicht annähernd denen der üblichen Föderations-Translatoren, und die Qualität der Übersetzung war wesentlich besser. »Ich bin Max Grandisson. Es freut mich, Sie kennenzulernen.«

Krenn überlegte einige Sekunden lang und fragte sich, in welcher Sprache er Antwort geben sollte. Schließlich entschied er sich für Föderations-Standard – obgleich er dadurch auf einen Vorteil verzichtete. Wenn die Menschen wußten, daß er ihre Sprache beherrschte, würden sie sich gewiß nicht zu unüberlegten Kommentaren hinreißen lassen. »Danke für die Einladung, Mr. Grandisson. Wir sind gekommen, um einen friedlichen Kontakt herzustellen. Ich bin Krenn, Captain der *Fechter*. Dies ist Commander Akhil, mein Stellvertreter und wissenschaftlicher Offizier.«

Grandisson blieb still und kniff andeutungsweise die Augen zusammen. Er tastete nach dem winzigen Empfänger, zog ihn aus dem Ohr und lächelte. »Entschuldigen Sie bitte, meine Herren. Niemand sagte mir, daß Sie unserer Sprache mächtig sind.« Sein Tonfall machte deutlich, daß er dafür jemanden zur Rechenschaft ziehen würde.

Dann wandte sich Grandisson an die Eskorte. »Sie können jetzt in die Halle zurückkehren. Nehmen Sie dort ein Frühstück ein, wenn Sie möchten. Vermutlich dürfen Sie im Dienst nichts trinken, aber wenn Sie dennoch beschließen, der Bar einen Besuch abzustatten – es geht alles auf meine Rechnung.« Er hob die Hand, bevor irgend jemand Einwände erheben konnte. »Ich glaube, Sie brauchen sich keine Sorgen um unsere Gäste zu machen. Ich bürge für die anwesenden Herren, und ohne meine Erlaubnis hat niemand Zugang zu diesem Zimmer. Gehen Sie nur. Entspannen Sie sich.«

Noch niemals zuvor hatte Krenn einen so freundlich formulierten Befehl gehört. Die Sicherheitsbeamten wirkten ein wenig unsicher, kamen der Aufforderung jedoch nach und verließen den Raum.

»Captain, Commander... Wenn Sie mich jetzt begleiten würden, können wir gleich anfangen. Oh, ehe ich's vergesse...« Grandisson griff in eine Tasche seiner Jakke, holte ein weiteres schwarzes Gerät hervor und betätigte eine Taste. »Sally? Hier ist Max. Bei Ihnen treffen gleich einige Jungs ein, die Sie bestimmt nicht übersehen werden. Ja, Typen von der Regierung – könnten genausogut mit großen Schildern rumlaufen. Sorgen Sie dafür, daß sie alles bekommen, was sie möchten – aber behalten Sie sie im Auge.«

In dem kleinen Lautsprecher knackte es, und kurz darauf sagte Grandisson: »Ja, genau. Treten Sie ihnen nicht zu nahe. Doch sorgen Sie dafür, daß sie keinen Unsinn anstellen.

Und noch etwas, Sally: Wenn jemand von der *Constitution* kommt... Hier spielt sich überhaupt nichts ab, und irgendwelche Regierungsvertreter haben wir schon seit Jahren nicht mehr gesehen... Ja, ich weiß, daß ich mich auf Sie verlassen kann. Dafür bezahle ich Sie ja.« Grandisson schob den Kommunikator in die Tasche zurück.

»Zu welcher Raumschiffklasse gehört die *Constitution*?« fragte Akhil.

»Bitte? Oh. Das ist ein Mißverständnis, Commander. Bei der *Constitution* von Atlanta handelt es sich um eine Presseagentur. Es sind gute Journalisten, aber manchmal mangelt es ihnen an Taktgefühl. Nun, wenn Sie mir jetzt bitte folgen würden...« Als sie an einigen Raumteilern, Tischen und Bücherregalen vorbeischritten, fuhr Grandisson fort: »Ursprünglich war dieser Raum ein Restaurant, das auf einer drehbaren Scheibe errichtet wurde. Doch nach zweihundert Jahren wurde der entsprechende Mechanismus recht störungsanfällig – und außerdem kann man inzwischen nicht mehr von einem besonders guten Ausblick sprechen. Ich wünschte, ich wäre in der Lage, Ihnen die alte Stadt zu zeigen.«

»Die vor dem Feuer?« fragte Krenn.

Grandisson strich sich über das glatte braune Haar. »Ich muß sagen, Sie überraschen mich, Captain.« Krenn bezweifelte, ob diese Worte ehrlich gemeint waren. »Nein, jenes Atlanta meinte ich nicht. Ich würde eine Menge dafür geben, es zu sehen. Kennen Sie... Oh, da wären wir.«

Drei Menschen warteten an einem Tisch, der insgesamt sechs Personen Platz bot. Zwei von ihnen standen auf, als sich Grandisson und die beiden Klingonen näherten. Der dritte saß in einem Antigravsessel, und Krenn stellte fest, daß ihm die Beine fehlten. Einer der stehenden Männer war jung und trug eine Brille. Auf seiner Oberlippe zeigte sich ein dünner Flaum. Der andere hatte einen sorgfältig gestutzten, grauen Vollbart, und an seiner Jacke baumelte eine goldene Kette. Sie waren gut gekleidet, wirkten jedoch nicht ganz so elegant wie Grandisson.

»Ich möchte Ihnen Commodore Amos Blakeslee vorstellen«, sagte Grandisson. »Er gehörte dem Explorationskommando Starfleets an und ist jetzt im Ruhestand.« Der beinlose Mensch nickte. Krenn entsann sich an die Bemerkung Colonel Rabinowichs und fragte sich, welche Einstellung Grandisson gegenüber Vertretern Starfleets vertrat.

»Das ist Doktor Samuel Landers von der Inner Space Corporation.« Damit war der junge Mann gemeint. »Und T. J. McCoy, Dr. med., Leiter der medizinischen Fakultät an der Universität von Emory.«

Nach der Vorstellung nahmen sie alle Platz. Die Stühle bestanden aus Holz und waren mit Leder gepolstert. Sie eigneten sich nicht sonderlich für die klingonische

Anatomie, boten aber wenigstens ein Mindestmaß an Bequemlichkeit. Der hölzerne Tisch wies eine glänzende Oberfläche aus Schutzlack auf. Teures Keramikgeschirr stand darauf, und bei dem Besteck handelte es sich offenbar um echtes Silber. Das durch die Fenster einfallende Licht brach sich in dem Kristall der Gläser, die dadurch wie Prismen wirkten.

»Soweit ich weiß, vertragen Sie unsere Speisen«, wandte sich Grandisson an die beiden Klingonen, als einige Bedienstete Tabletts auf den Tisch stellten. Krenn musterte die betreffenden Personen und überlegte, ob Grandisson sie als *Kuve* oder aber *Straave* bezeichnet hätte – vorausgesetzt natürlich, er wußte, was diese Begriffe bedeuteten.

»Bisher sind sie uns gut bekommen«, erwiderte Akhil.

»Gut. Für den Fall des Falles habe ich T. J. gebeten, unserem Treffen beizuwohnen. Er ist weit und breit der beste Arzt.«

Dr. McCoy drehte langsam den Kopf, und als er sprach, vernahm Krenn einen wesentlich stärkeren Akzent als in der Stimme Grandissons. »Eigentlich bin ich nur ein einfacher Allgemeinmediziner, Captain; ich habe mich nicht auf extraterrestrische Physiologie spezialisiert. Andererseits bezweifle ich, ob sich im Umkreis von zwanzig Parsek ein Arzt befindet, der Erfahrungen in klingonischer Medizin sammeln konnte. Trotzdem möchte ich Ihnen den Rat geben, das dort besser nicht zu essen.«

»Was ist das für eine Spezialität?« fragte Akhil.

»Roggenbrot.«

Krenn hatte es bereits probiert und gelangte zu dem Schluß, daß es nicht übler schmeckte als romulanische Notrationen. Doch der Unterschied war nicht sonderlich groß.

Der Umgang mit den gekochten Eiern erforderte nicht unerhebliches Geschick, aber dafür hatten sie einen wesentlich ausgeprägteren Geschmack. Der dickflüssige Pfirsichsaft stellte eine wahre Delikatesse dar. Der Kaffee war pechschwarz und enorm stark.

Anschließend räumten die Bediensteten den Tisch ab, und die Menschen – abgesehen von Commodore Blakeslee – lehnten sich zurück.

»Ich habe Sie hierher gebeten, Captain«, begann Grandisson, »weil man für Sie eine Show abziehen will, drüben in Florida, an einem Ort, der als sogenannte ›Föderationsstadt‹ bezeichnet wird. Vermutlich stellt man Ihnen dort Dutzende von Diplomaten und Starfleet-Offizieren vor, und wenn Sie dann nach Hause zurückkehren, haben Sie nur eine Perspektive unserer Rasse kennengelernt. Ich möchte Sie mit einer anderen vertraut machen, mit einer Ansicht, die inzwischen viele von uns teilen.«

Er stützte die Ellenbogen auf die Armlehnen und dachte einige Sekunden lang nach, bevor er fortfuhr: »Seit langer Zeit behaupten unsere politischen Autoritäten, der Fortschritt habe in einer gewissen Richtung zu erfolgen. Die betreffenden Leute sprechen von höheren Geschwindigkeiten, von mehr Platz, von quantitativer und qualitativer Expansion. Vor einigen Jahrhunderten gab es in dieser Stadt viele architektonische Meisterwerke, und dazu gehört auch das Gebäude, in dem wir uns jetzt befinden. Aber der Fortschritt zerstörte sie, riß sie nieder, um uns *das* hier zu geben.« Grandisson deutete auf die Fenster, auf das Labyrinth aus Glas und Stahl. »Wir haben die Zukunft gesehen, meine Herren, und sie forderte einen wesentlich höheren Preis von uns, als die Verantwortlichen annahmen.

Man wies uns auch darauf hin, wie wichtig es sei, uns dem Draußen zuzuwenden, dem All. Zuerst flogen wir zum Mond, dann zum Mars und den anderen Planeten unseres Sonnensystems. Heute reisen wir zwischen den Sternen. Doch das erhoffte Paradies fanden wir nicht. Immer wieder versicherte man uns, die nächste neue Welt hielte die Antworten auf alle unsere Fragen bereit. Doch wenn wir sie erreichen, sind wir enttäuscht und müssen feststellen, daß die Antworten weitergezogen sind.«

Dr. McCoy rülpste leise, entschuldigte sich und sagte: »Max, mir scheint, es hat alles mit Kolumbus begonnen, oder vielleicht auch mit Magellan. Der Mond kam erst später. Und doch... Möglicherweise fing alles wesentlich früher an, damals, als ein kleines Lebewesen, das in einem Tümpel schwamm, sich entschied, auf das trockene Land zu kriechen.«

»Wenn es für Kolumbus notwendig gewesen wäre, die kalte Leere des Weltraums zu durchqueren, um Amerika zu entdecken«, erklang die krächzende Stimme Commodore Blakeslees, »so hätte er sich bestimmt damit zufriedengegeben, als Schuhmacher zu arbeiten.«

Grandisson musterte die beiden anderen Menschen und lächelte hintergründig. Krenn fragte sich, ob sie ihm das Stichwort gaben. Nach einer Weile räusperte er sich. »Als ich vorhin von einem Preis sprach, meinte ich damit auch persönliche Opfer. Amos wurde... verletzt, als er nach einer der Welten suchte, die angeblich voller Antworten – und immer weiter von der Erde entfernt sind. Man konnte ihm nicht sofort helfen. Hätte er sich nicht in einem abgelegenen Raumsektor aufgehalten, sondern in der Heimat, so wäre es vermutlich möglich gewesen, seine Beine zu retten...«

»Manche Menschen sterben auf den Treppen eines Krankenhauses«, warf Dr. McCoy ein. Seine Hände schlossen sich so fest um die Armlehnen, daß die Fingerknöchel weiß hervortraten.

»Tom gibt sich immer dann bescheiden, wenn es gar nicht nötig ist«, erwiderte Grandisson in einem jovialen Tonfall. »Deshalb mag ich seine Gesellschaft. Ich brauche ein Gewissen.« McCoy tastete nach der goldenen Kette an seiner Jacke, und Grandisson fuhr fort: »Ich bin kein Mathematiker, aber ich kenne das Verhältnis zwischen dem Durchmesser einer Kugel und ihrem Volumen. Außerdem weiß ich, daß die Föderation jedes Jahr enorme Steuern von mir verlangt, um die Löcher in ihrem Budget zu stopfen.«

Wenn dieser Mensch so mächtig und einflußreich ist, dachte Krenn, wie gelingt es dann der Föderation, einen Teil seines Vermögens zu beschlagnahmen?

Grandisson sah den Klingonen an, und der Blick seiner blauen Augen wirkte kalt. »Captain«, sagte er, »in Födera-Terra wird man Ihnen sagen, daß wir in Richtung Ihres Imperiums wachsen müssen, daß uns der Tod droht, wenn wir *nicht* expandieren. Und ich versichere Ihnen: Das ist völliger Unsinn. Wir brauchen Ihre Raumsektoren nicht. Wir brauchen nicht einmal den Raum, der uns derzeit zur Verfügung steht. Die Erde genügt uns. Und ich spreche für fast eine Milliarde Menschen, die davon überzeugt sind, daß wir uns auf die Welt zurückbesinnen sollten, auf der sich unsere Spezies entwickelte.«

»Nun, für mich sprechen Sie nicht, Max«, betonte Dr. McCoy und stand auf. »Wenn Sie so scharf auf einen neutralen Zeugen sind, so bestellen Sie einen Reporter von der *Constitution* zu sich.« Er wandte sich an Krenn und Akhil. »Bitte entschuldigen Sie mein nicht sonderlich höfliches Verhalten, aber ich kann dieses dumme Gerede nicht mehr ertragen. Ich wünsche Ihnen noch einen guten Tag und hoffe, daß der Rest Ihres Aufenthaltes auf der Erde angenehmer ist, als es dieser Morgen für mich war... Übrigens: Wenn Ihr Bordarzt uns einen Besuch abstatten möchte, so bin ich gern bereit, ihn zu empfangen.

Auf Wiedersehen, Max. Ich mache mich jetzt auf den Weg, um die Windeln meines Enkels Leonard zu wechseln, und ich verspreche Ihnen, daß ich dabei an Sie denken werde.« Er drehte sich um und schritt in Richtung Lift davon.

»Ach, kommen Sie, T. J., bleiben Sie hier«, sagte Grandisson und lächelte. McCoy ging weiter, und daraufhin verflüchtigte sich das Lächeln Grandissons. »*Tom*, bleiben Sie hier!«

McCoy verharrte und blickte zurück. »Wir sehen uns Donnerstag in der Klinik, Max«, sagte er leise – und verließ das Zimmer.

»*McCoy!*« rief Grandisson, doch der Doktor war bereits außer Hörweite. Der hochgewachsene Mann holte seinen Kommunikator hervor. Commodore Blakeslee machte ein finsteres Gesicht, und Dr. Landers wirkte verwirrt.

»Sal? *Dann holen Sie sie*... Sal, Tom McCoy kommt zu Ihnen runter. Ja, er hatte wieder einen seiner Anfälle. Bitte stellen Sie sicher, daß... Nein, *hören Sie zu*. Sorgen Sie nur dafür, daß er nicht mit den Journalisten spricht. Nein, Billy soll ihm *nicht* folgen. Bestimmt beruhigt sich Tom bald wieder. Ja, in Ordnung, das genügt.«

Grandisson verstaute den Kommunikator und hob den Kopf. Krenn sah ihn an. Es wäre absurd gewesen, den Blick von ihm abzuwenden.

»Manchmal neigt mein Gewissen zu einem recht dramatischen Gebaren«, sagte Grandisson. Es war beeindruckend, wie rasch er wieder in die Rolle des freundlichen Gastgebers schlüpfte.

Er fügte hinzu: »Aber ich versichere Ihnen, Captain, daß es die Bewegung ›Rückbesinnung auf die Erde‹ sehr ernst meint. Dr. Landers leitet eine Finanzierungsgesellschaft, die derzeit die Technologie entwickelt, die notwendig ist, um die Erde auf die Rückkehr vieler Millionen Kolonisten vorzubereiten und sie in ein Paradies zu verwandeln, das sich selbst regeneriert.«

»*Komerex tel khesterex?*« fragte Akhil.

Grandisson neigte den Kopf zur Seite und tastete nach seinem Ohr. Dann erinnerte er sich daran, daß er den Empfänger in der Tasche verstaut hatte. »Ich habe leider nicht verstanden, was...«

»Was ist mit den Menschen, die nicht zurückkehren wollen?« erkundigte sich Krenn.

»Natürlich werden wir niemanden zwingen. Aber andererseits können wir auch nicht die Verantwortung für diejenigen übernehmen, die an ihrem Irrglauben festhalten. Die Menschen, die sich nicht für ein Leben auf der Erde entscheiden, sind... heimatlos. Und in gewisser Weise waren sie das von Anfang an.

Nun, ich möchte Sie bitten, außer der ›offiziellen‹ auch diese Botschaft in Ihre Heimat mitzunehmen. Wäre Ihnen das möglich?«

»Was für eine Botschaft meinen Sie, Mr. Grandisson?« fragte Krenn.

Der Mensch runzelte die Stirn, und nach einigen Sekunden lachte er leise. »Ich glaube, ich bin übers Ziel hinausgeschossen. Teilen Sie Ihrem Volk mit, daß nicht alle Menschen Anspruch auf die klingonischen Raumsektoren erheben, daß unserer Bewegung nichts an einer Fortsetzung der Kanonenbootpolitik und des Säbelrasselns liegt.«

Es fiel Krenn nicht schwer, diese Redewendungen zu verstehen, und er fand Gefallen an ihnen. Doch die Unterredung mit Grandisson begann ihn zu ermüden.

Krenn wußte, daß der hochgewachsene Mann seine Worte sorgfältig gewählt hatte. Er verglich das Gespräch mit einer gut vorbereiteten Inszenierung: Der Hauptdarsteller spielte seine Rolle ausgesprochen gut, und die dramaturgischen Leistungen der drei Statisten waren nicht schlecht... Krenn dachte an McCoy und den Charakter des Arztes.

Nun, es spielte keine Rolle. Wichtig war nur, ob man von Krenn und Akhil erwartete, die ausgesprochenen Worte als solche zu akzeptieren, oder ob Grandisson damit rechnete, daß sie nach einer versteckten Bedeutung Ausschau hielten.

In unserem Imperium ist alles einfacher, dachte Krenn. Dort gab es das *Komerex zha:* Man konnte einfach davon ausgehen, daß der andere Spieler ein Gegner war, der mit seinem nächsten Zug eine Falle vorbereiten mochte.

In Ordnung, fügte Krenn in Gedanken hinzu. Betrachten wir die Angelegenheit aus dieser Perspektive. Für jeden Zug gibt es einen Gegenzug – vielleicht sogar einen, der den Gegner überrascht.

»Ich bin gern bereit, Ihnen Ihren Wunsch zu erfüllen«, sagte Krenn. »Aber in diesem Zusammenhang sollte ich Ihnen etwas erklären. In unserer Sprache gibt es das Wort *Komerex*. Ihr automatischer Translator würde es wahrscheinlich mit *Imperium* übersetzen, aber es ließe sich besser umschreiben mit ›die wachsende Struktur‹. Das Gegenteil lautet *Khesterex:* ›die sterbende Struktur‹. Diejenigen, denen Ihre Mitteilung gilt, haben uns gelehrt, daß es keine anderen Kulturen gibt. Als Captain eines Raumschiffes habe ich viele Erfahrungen gemacht und sah jene Doktrin immer wieder bestätigt. Es gibt nur Imperien – und *Kuve.*« Krenn beobachtete, wie Grandisson kurz die Lippen zusammenpreßte: Offenbar wußte er, was jenes Wort zum Ausdruck brachte. »Die Veränderungen, die Sie herbeiführen möchten, laufen genau darauf hinaus...

Nun gut, Mr. Grandisson: Wenn Sie unbedingt wollen, so überbringe ich Ihre Botschaft. Aber eins kann ich Ihnen schon jetzt sagen: Kein Klingone wird Ihnen glauben.«

KAPITEL 6

Spiele

Krenn hatte einige vage Vorstellungen davon, was ihn bei einer diplomatischen Konferenz erwartete. Dennoch war er verblüfft. Schon nach kurzer Zeit begann er zu bezweifeln, ob irgendeine Vorbereitung möglich gewesen wäre: Man konfrontierte ihn mit ideellen Konzepten, die mindestens ebenso fremdartig waren wie einst die des epetai-Khemara, und ohne konkrete Beispiele fiel es ihm schwer, sie zu verstehen.

Zwei Tage lang fanden ›Eröffnungszeremonien‹ statt. Die Delegierten nutzten die Gelegenheit, um uninteressante Holovorträge über ihre jeweiligen Heimatplaneten zu zeigen und sich bei langweiligen Parties zu treffen. Dabei gab jeder von ihnen vor, betrunkener zu sein, als es in Wirklichkeit der Fall war – vermutlich hofften sie, ihre Gesprächspartner auf diese Weise zu unvorsichtigen Bemerkungen veranlassen zu können. Krenn stellte fest, daß auf der Erde ausgezeichnetes Bier gebraut wurde, und wenn man ihm ein ›wichtiges Geheimnis‹ anvertraute, nahm er es mit der gebotenen Höflichkeit zur Kenntnis.

Später folgten Begegnungen mit politischen und militärischen Repräsentanten, und es überraschte Krenn festzustellen, daß es große Unterschiede zwischen ihnen gab, obgleich sie zur gleichen Spezies gehörten. Doch damit nicht genug: Akhil teilte ihm mit, ähnliche Isolationsprobleme gebe es auch bei den Wissenschaftlern: Offenbar arbeiteten die Spezialisten der einzelnen Fachgebiete nicht zusammen.

Der Beginn eines jeden solchen Treffens dauerte rund eine Stunde: Man schilderte den beruflichen Werdegang und die Verdienste der Anwesenden, und daran schlossen sich Rituale der drei bei den Menschen gebräuchlichen Hauptreligionen an. Ein Lied beendete die Einleitung. Krenn glaubte, daß ihm die eigentliche Bedeutung der Verse entging. Er *hoffte* es zumindest.

Jedesmal hatte der Tisch im Besprechungszimmer eine andere Form: Einmal war er rund, dann rechteckig oder polyedrisch, manchmal schmal, gelegentlich auch breit und lang... »Das gehört zur Tradition«, sagte Dr. Tagore. »Bei früheren Konferenzen kam es vor, daß sich die Delegierten zwei Wochen lang über die Form des Tisches stritten.«

Aber es wurde niemand erschossen – zumindest nicht während der Anwesenheit Krenns.

Trotz des komplexen Protokolls schien es bei den Zusammenkünften nicht *um* etwas zu gehen. Man sprach über den Handel, aber nicht darüber, womit gehandelt werden sollte. Häufig ging es bei der Diskussion um den Frieden, und als Dr. Tagore einmal einwarf »Es existiert überhaupt kein Frieden«, wurde es plötzlich still im Saal, und erst das Lächeln des kleinen Mannes machte dem betretenen Schweigen ein Ende. Jemand regte an, im Grenzbereich der beiden Einflußsphären eine echte Neutrale Zone zu schaffen, und vielleicht begriff nur Krenn, wie unsinnig ein solcher Vorschlag war.

Die Erörterungen waren wie ein großes Spiel, bei dem es Dutzende von Figuren und eine unbestimmbare Anzahl von Gegnern gab. Darüber hinaus schienen die meisten Felder dem Blick der Spieler verborgen zu sein. Krenn leugnete nicht die Existenz des *Komerex zha*. Zwar hielt er nicht viel davon, aber er mußte zugeben, daß es beim *Komerex zha* wenigstens ein *Ziel* gab. Jeden Abend, nach langen Unterredungen und Empfängen, kehrte Krenn in sein Hotelzimmer zurück, nahm ein heißes Bad – zum Glück verstanden sich die Menschen auf die Gestaltung von Hygienezellen – und verfluchte seine Mission.

Und dann und wann überlegte er, ob Maxwell Grandisson III wirklich der Narr war, für den er ihn zunächst gehalten hatte.

Am sechsten Tag – vielleicht auch am siebten; Krenn hatte bereits die Übersicht verloren – erläuterte einer der Diplomaten einen komplizierten Plan, bei dem es um den Austausch von Gefangenen in den Grenzbereichen ging (die er nach wie vor als Neutrale Zone bezeichnete). Krenn wußte nicht mehr, ob dieser Vorschlag Teil eines anderen oder dessen Vorbedingung war, und er interessierte sich auch nicht dafür. Als der Redner auf den Paragraphen sechsundzwanzig des Abkommens über die Behandlung von Föderationsgefangenen zu sprechen kam, verlor der klingonische Captain endgültig die Geduld, stand auf, entschuldigte sich auf Föderations-Standard und fügte auf *Klingonaase* hinzu, er brauche Zeit zum Nachdenken.

Dann benutzte er alle seine Kenntnisse der kinshayanischen Sprache, um die Menschen und ihre Kultur zu verfluchen.

Er nahm in einem Nebenzimmer Platz und winkte die menschlichen Bediensteten fort, die man ihm nachschickte.

Nach einer Weile trat Dr. Tagore auf ihn zu. »Geht es Ihnen nicht gut?« fragte er, schob die Hände in die Taschen seiner Tunika und wahrte eine höfliche Distanz.

»Sie haben die falsche Frage gestellt«, brummte Krenn und spürte, wie Wut in ihm zu brodeln begann. »Können Sie sich vorstellen, was geschehen wird, wenn ich dem Imperialen Konzil jenen Vorschlag übermittle? *Orionische Piraten* nehmen Geiseln, um uns zu erpressen. Verzweifelte *Kuve* entführen Klingonen, um dem Tod zu entgehen. Und was den Freikauf von Geiseln angeht, legt uns die Föderation nun eine Liste mit Bedingungen vor, die noch komplizierter sind als die vulkanische Logik! Ich will Ihnen verraten, wie das entsprechende klingonische Gesetz lautet: Tote Gefangene sind ohne jeden Wert.«

»Klingonen machen Beute«, erwiderte Dr. Tagore. »Für die Jahresspiele, für die Gedankenmeister der Medizin.«

»Natürlich«, bestätigte Krenn. »Sie brauchen gutes Material.«

»Und Beutetrophäen haben einen Wert.«

»Das ist eine Binsenwahrheit.« Die Verwunderung Krenns nahm zu.

»Könnte dann nicht eine Übereinkunft in Hinblick auf den Austausch von Trophäen getroffen werden? Ich spreche nicht etwa von einem neuen Gesetz, deute nur eine Möglichkeit an. Bei einem derartigen Handel kann jede Seite das Einverständnis verweigern – wenn sie nicht bereit ist, den Preis zu akzeptieren. Und die Person, die als Beute genommen wurde, kann sich weigern, verkauft zu werden... oder den Trophäenstatus ablehnen.«

Unbehagen regte sich in Krenn, als ihm ein bestimmter Gedanke kam. »Sind... viele Klingonen als Trophäen genommen worden?« Er dachte daran, wie stolz die Menschen auf ihre Betäubungswaffen waren. Und er wußte auch, daß die Föderation Gefangene in Zellen unterbrachte, über viele Jahre hinweg. Manchmal mußten die Betreffenden sogar den Rest ihres Lebens in einer Art Käfig verbringen. Er schauderte bei dieser Vorstellung.

»Nein, nicht viele«, entgegnete Dr. Tagore. »Außerdem: Die meisten Menschen glauben, Klingonen töten ihre Gegner auf der Stelle.«

»Aber Sie wissen, daß das nicht stimmt. Sie sagten eben...«

»*Ich* weiß es.« Dr. Tagore nickte. »Und außer mir nur noch wenige andere. Wäre es allgemein bekannt, daß Sie Gefangene machen, so würde man nicht etwa mich nach Klinzhai schicken, sondern eine aus mindestens tausend Raumschiffen bestehende Invasionsflotte. Und wenn Sie dann die Qual der Klingonen sehen könnten, die dort interniert würden, wo es keine Erinnerung gibt...«

Dr. Tagore brach ab und schlug die Hände vors Gesicht. Krenn war wie erstarrt: Der kleine Mensch schien plötzlich gewachsen und zu einem Riesen geworden zu sein. Kurz darauf ließ der Botschafter die Arme sinken und sprach erneut. Seine Stimme war leise und brüchig, und dennoch brachte sie eine erstaunliche Festigkeit zum Ausdruck.

»Nicht der Tausendgewaltige wird vor das Imperiale Konzil treten, sondern ich, und ich muß die richtigen Worte finden, um die Räte zu überzeugen. Zur Zeit herrscht Furcht, und viele Menschen und Klingonen sterben unter diesem Joch. Doch wenn die Angst Gestalt annimmt, wenn sie sich endgültig durchsetzt, beginnt die Apokalypse, ein Grauen, dem Millionen und Milliarden zum Opfer fallen könnten. Und die nackten Sterne werden *uns* dafür verantwortlich machen.«

Eine klare Flüssigkeit rann aus den Augen Dr. Tagores. Tränen, dachte Krenn. Geistesabwesend entsann er sich daran, daß starke Schmerzen eine solche Reaktion auslösten. Mit dem Ärmel wischte sich der Mensch die Wangen trocken, und die ganze Zeit über hielt er den Blick auf Krenn gerichtet.

»Es geht Ihnen darum, den Krieg zu verhindern«, gab der klingonische Captain zurück. »Sie würden selbst dann versuchen, ihn zu verhüten, wenn sich die anderen Menschen des Sieges sicher wären. Sie sind aus *prinzipiellen* Gründen dagegen.«

»Ja«, bestätigte Dr. Tagore, und das Vibrieren in seiner Stimme war nicht zu überhören. »Krieg ist ein Synonym für Schrecken, für Verheerung, für Elend und Tod. Sollte er sich nicht vermeiden lassen, so werde ich nicht an den Kämpfen teilnehmen, sondern versuchen, die Reste des Friedens zu bewahren, die bewahrt werden können.«

Krenn riß unwillkürlich die Augen auf. Die anderen

Diplomaten – und da gab es keine Ausnahme – hatten ihm zu verstehen gegeben, daß sie den Krieg nur als Fortsetzung der Politik mit anderen Mitteln erachteten, als eine durchaus denkbare Alternative. Dr. Tagore hingegen nahm einen völlig anderen Standpunkt ein – und *er* war der Botschafter, der vor das Imperiale Konzil treten würde.

Warum schickte die Föderation ausgerechnet jemanden, der nicht einmal bereit war, seine Heimat zu verteidigen?

Es sei denn, dachte Krenn, dies ist *tatsächlich* ein Spiel, und der Einsatz Dr. Tagores stellt einen besonderen Zug des Gegners dar. Er erinnerte sich an den seltsamen Rat Admiral Kezhkes: *Bringen Sie ihn lebend hierher – unter allen Umständen.*

Er entsann sich auch an die Vorstellung von einem tausendjährigen Krieg, und er wußte, daß manchmal nur ein falsches Wort genügt, um das Chaos auszulösen. Doch auch ein einzelnes Antimaterieatom konnte eine zerstörerische Kettenreaktion bewirken.

»Ich... verstehe nicht«, brachte Krenn schließlich hervor.

Dr. Tagore ließ die Schultern hängen. Seine Augen waren gerötet und tränten nicht mehr. »Das macht nichts«, sagte er leise. »Uns bleibt noch ein wenig Zeit.«

Der einzige Vorteil des Empfangs in der Botschaft bestand nach Meinung Krenns darin, daß ihm kein neues festliches Essen bevorstand. Die eingeladenen Gäste konnten nach Belieben in dem großen Gebäude umherwandern und Gespräche beginnen oder meiden.

Inzwischen war es allgemein bekannt, daß die beiden Klingonen Föderations-Standard sprachen, und wenn Krenn sich verschiedenen Gruppen näherte, so schienen es die Menschen ziemlich eilig damit zu haben, das Thema zu wechseln, über das sie sich gerade unterhalten hatten. Das verwunderte Krenn. Immerhin führten viele Gäste elektronische Translatoren bei sich (oder wurden von Bediensteten begleitet, die für sie übersetzten); außerdem konnte der klingonische Captain oft nur schlecht hören. Akhil meinte, das läge an der dünnen Luft.

Krenn hatte eigentlich den Eindruck, daß die Luft dick genug war – doch nicht auf eine angenehme Art und Weise. Die Föderations-Repräsentanten sprachen nicht in erster Linie *mit*, sondern vielmehr *über* ihn. Und die Fragen, die sie an ihn richteten, waren immer die gleichen. Haben Sie ein Kaperschiff befehligt? Ja. Überfielen Sie damit auch Raumschiffe und Basen der Föderation? Nein, nie. Und er wiederholte immer wieder: Ja, ich habe mit eigenen Händen getötet. Und auch mit den *Zähnen*.

Krenn seufzte und fragte sich, warum er die Antworten nicht auf Band gesprochen hatte.

In einem der größeren Zimmer stand der auf der Erde akkreditierte vulkanische Botschafter neben einem Kamin und unterhielt sich mit einigen Gästen, die verschiedenen Rassen angehörten. Eine menschliche Frau mit ebenmäßigen Zügen und blondem Haar hielt sich dicht an seiner Seite. Krenn erinnerte sich daran, daß man sie ihm während der ersten turbulenten Empfangstage als einzige Gefährtin des Vulkaniers vorgestellt hatte. Interessiert trat Krenn näher, ohne sich zu der Gruppe zu gesellen. Niemand bemerkte ihn, und der große Vulkanier setzte seinen Vortrag fort.

Krenn verstand keinen einzigen zusammenhängenden Satz. Selbstverständlich sprach der Vulkanier ein fehlerloses Föderations-Standard, aber es gab keine Übersetzungsmaschinen, die die komplexen Wortgebilde des Botschafters zu entwirren vermochten. Krenn vermutete, daß es sich bei den anderen Zuhörern um das Föderations-Äquivalent von Gedankenmeistern handeln mußte. Oder sie hatten vielleicht andere Gründe, um sich der verbalen Flut auszusetzen.

Krenn beobachtete die menschliche Frau. Ihre Züge wirkten irgendwie starr, wie eine Maske, die das verbarg, was in ihr vor sich ging. Er glaubte, einige Anzeichen zu entdecken, die auf Anspannung und Unbehagen hindeuteten, und er überlegte, warum sie auf diese Weise empfand. War er selbst der Grund? Nein, sie sah nicht in seine Richtung, blickte einfach nur ins Leere.

Er vernahm einige Worte des Vulkaniers, hörte, wie er von *Chromosomen* und *Genverschmelzung* sprach.

Nach einer Weile zog er sich zurück und wanderte durch die anderen Zimmer. In einem fand er Akhil, dessen Aufmerksamkeit einem elektronischen Spiel galt, bei dem es darum ging, verschiedene Muster einander zuzuordnen.

»Woher haben Sie das?« fragte Krenn.

»Aus dem Spielzimmer weiter oben. Möchten Sie es einmal versuchen? Nehmen Sie vorher einen starken Drink – das hilft.«

»Wobei?«

»Dann macht es Ihnen nichts mehr aus zu verlieren. Hier.«

»Nein, nicht jetzt. Kommen Sie. Ich brauche einen Spezialisten, der mir einen Vortrag erklärt.«

Sie kehrten in den Raum zurück, in dem der vulkanische Botschafter zu seinen Zuhörern sprach, und eine Zeitlang lauschten sie seinen Worten. Schließlich wurden die Föderationsrepräsentanten auf die beiden Klingonen aufmerksam.

»Worum ging es in seiner Rede?« wandte sich Krenn an Akhil.

»Ich bin Astronom, kein Genetiker.« Akhil zögerte.

»Und diese Antwort teilt mir bereits mehr mit, als ich bis eben wußte. Über welches Thema sprach der Vulkanier, in allgemeiner Hinsicht?«

»Oh, er erörterte genetische Verschmelzung – und ich habe genug verstanden, um Ihnen Einzelheiten nennen zu können. Erinnern Sie sich an die vielen Treffen, bei denen man uns die halbe Föderation vorstellte? Dabei lernten wir auch den Sohn des Botschafters kennen, einen sieben oder acht Jahre alten Jungen. Er ist zur einen Hälfte Mensch und zur anderen Vulkanier, und der Gesandte beschrieb die entsprechenden biologischen Probleme.«

»In der Gegenwart seiner Gefährtin?« fragte Krenn. Er war erstaunt, und gleichzeitig empfand er so etwas wie Abscheu.

»Ach, sie war zugegen?« sagte Akhil nachdenklich. »Nun, der Botschafter schilderte einige recht interessante Details.«

»Interessante Details?« wiederholte Krenn vorsichtig. Er hatte schon mehrfach erlebt, wie Akhil während eines Gefechts über die feindlichen Schiffe sprach, ohne sich dabei irgendeine Regung anmerken zu lassen. Bei anderen Gelegenheiten, wenn er ein Mannschaftsmitglied tadelte, konnte der Klang seiner Stimme so scharf wie ein Messer sein. Aber nur sehr selten hatte er Akhil zornig gesehen, und dies war eine jener Gelegenheiten. Krenn glaubte, die Wut zu spüren, die in dem Spezialisten rumorte – obgleich er noch immer ruhig und gelassen wirkte.

»Er sagte, die Technik der Genverschmelzung sei ›erst kürzlich von vulkanischen Wissenschaftlern‹ perfektioniert worden. *Erst kürzlich?* Wenn das Imperiale Forschungsinstitut davon erfährt, werden bestimmt einige *Tharavul* mit Warp vier nach Vulkan zurückgeschickt. Ohne ein Raumschiff, wohlgemerkt.«

»Wieso behauptet er so etwas? Wenn er lügt...« Wenn sich herausstellt, daß Vulkanier lügen können, fuhr es Krenn durch den Sinn, so wird sich die *Tharavul*-Behandlung in Zukunft nicht nur darauf beschränken, die telepathischen Hirnbereiche zu neutralisieren.

»Nein, er lügt nicht«, erwiderte Akhil, und seine Züge glätteten sich wieder. »Er hat nur von wissenschaftlichen Erfolgen berichtet.« Der Spezialist lachte leise.

»Wissenschaftler kennen einige Tricks, die der Imperiale Geheimdienst nie beherrschen wird.«

Krenn fragte Akhil nach dem Weg zum Spielzimmer, und anschließend trennten sich die beiden Klingonen wieder. Der Captain stieg eine weiße Wendeltreppe hoch – die Stufen waren mit schwarzem Samt ausgelegt, der silberne Sternsymbole aufwies – und schritt durch einen Korridor. Dabei kam er an einer Tür vorbei, und obwohl sie geschlossen war und er in der dünneren Luft nur schlecht hören konnte, vernahm er deutlich eine menschliche Stimme. »...es geht mir gar nicht um die Frage, ob Tagore ein fähiger Unterhändler ist – soweit sind wir noch nicht. Erst einmal möchte ich wissen, ob der Kerl alle Tassen im Schrank hat.«

Die Antwort war leise, so daß Krenn die einzelnen Worte nicht verstand.

»Ja, ich *weiß*... man muß ihm zugute halten, daß er sich freiwillig für diese Mission gemeldet hat. Gerade dieser Umstand ist es, der mich an seiner geistigen Gesundheit zweifeln läßt. Und außerdem: Sie kennen ja seinen Ruf... Ja, in Ordnung, aber würden Sie Gandhi schicken, um Hitler ein Friedensangebot zu machen...? Wie können wir *sicher* sein, daß es nicht darauf hinausläuft?«

Der Rest bestand aus einem dumpfen Brummen. Krenn setzte den Weg fort.

Im Spielzimmer war es nicht so hell wie in den Räumen im Erdgeschoß, und Krenn empfand das trübe und matte Licht als recht angenehm. Er sah einige kleine Tische, auf denen verschiedene Spiele standen. Krenn betrachtete diejenigen, die er nicht kannte, und nach einer Weile nahm er an einem Schachbrett Platz. Die Figuren bestanden aus schwarzem und weißem Metall.

»Möchten Sie einen Spielgegner, Sir?« erklang eine Stimme hinter Krenn. Der Klingone drehte sich um, und aus einem Reflex heraus tastete seine rechte Hand nach der Waffe. Er sah eine kleine Gestalt, die in einer

Nische saß und in einem Buch gelesen hatte. Der Junge ließ den Band sinken, stand auf und kam näher.

Ein Kind, dachte Krenn. Der Haarschnitt entsprach vulkanischem Stil, und die spitzen Ohren waren unverkennbar.

»Meine Eltern sind unten«, sagte der junge Vulkanier. »Ich möchte nicht stören, und deshalb gehe ich besser.«

Dies dürfte der Sohn des Botschafters sein, dachte Krenn. Das Ergebnis einer erfolgreichen Genverschmelzung. »Du störst nicht«, erwiderte er, als sich der Junge umwandte und auf die Tür zuhielt. »Und ich würde mich über eine Gelegenheit freuen, dieses Spiel besser kennenzulernen.« Krenn hatte Mühe, die erste Partie Schach zu gewinnen.

»Ein interessantes Spiel«, sagte er. »Ich bedanke mich bei einem würdigen Gegner.«

Der Junge nickte.

»Das ist eine Redewendung, die wir nach einer Partie unseres Spiels – des *Klin zha* – verwenden«, erklärte Krenn. »Auf *Klingonaase* lautet sie: *Zha riest'n, teskas tal-'tai-kleon.*«

»Zha riest'n«, wiederholte der junge Vulkanier und versuchte dabei, die Aussprache des Klingonen nachzuahmen. »*Teskas tal... la...*«

»*Tal'tai-kleon.*«

»*Tal'tai-kleon.*«

»*Kai*«, sagte Krenn und lachte.

»Sir, sind Sie der klingonische Captain oder der wissenschaftliche Offizier?«

»Ich bin der Captain... des Kreuzers *Fechter*«, antwortete Krenn. Er wollte seinen vollen Namen mit dem Ehrentitel nennen, entschied sich aber dagegen. Es wäre unsinnig und sogar *dumm* gewesen. Darüber hinaus hatte er Vorstellungen inzwischen satt. »Hast du schon einmal daran gedacht, wie es sein würde, als Kommandant ein Raumschiff zu befehligen?«

Der Junge preßte kurz die Lippen zusammen, und erst nach einigen Sekunden gab er zurück: »Ich habe vor, Wissenschaftler zu werden. Vielleicht trete ich auch in die Dienste Starfleets.«

»Eine wissenschaftliche Karriere wäre sicher vielversprechend. Schade, daß Spezialist Akhil nicht zugegen ist. Er könnte dir sicher alle deine Fragen beantworten.«

»Meine Worte waren nicht als Beleidigung gemeint, Sir...«

»Und ich habe sie auch nicht so verstanden.«

»Ich werde eine logische Wahl treffen.«

»Daran zweifle ich nicht«, erwiderte Krenn. »Noch eine Partie?«

Sie unterhielten sich, während sie spielten. Das Gespräch lenkte den Jungen nicht ab, aber Krenn war nicht mit der notwendigen Konzentration bei der Sache, verlor einen Läufer und ermöglichte dem Vulkanier einen raschen Sieg. Daraufhin wiederholte der Junge die Redewendung auf *Klingonaase* und machte nicht einmal bei der Betonung einen Fehler.

»Sa tel'ren«, sagte Krenn.

»Was bedeutet das, Captain, Sir?«

»Unentschieden«, sagte der Klingone.

Erneut stellten sie die Figuren auf, und dabei überlegte Krenn, wie vulkanische Kinder auf einen nicht reinrassigen Altersgenossen reagieren mochten. Die beiden Spezies ähnelten sich sehr, und im Falle dieses Jungen schienen die vulkanischen Gene dominant zu sein. Deshalb wies er die entsprechenden äußeren Merkmale auf, zum Beispiel die spitzen Ohren. Krenn versuchte sich vorzustellen, was im Hause Gensa mit einem Klingonen geschehen wäre, der solche Ohren hatte, und plötzlich glaubte er, das Blut des Betreffenden an seinen Fingern zu spüren. Er fragte sich, ob es grün sein würde.

Der Junge setzte einen Springer und schlug damit einen der beiden Türme Krenns.

Der Captain griff nach einem Bauern.

»Da wir beide etwa gleich starke Spieler sind und über ähnliche Voraussetzungen verfügen, stellt der Verlust eines Turms einen großen Nachteil für Sie dar. Das bedeutet, Sie haben praktisch keine Chance mehr, diese Partie zu gewinnen. Logischerweise sollten Sie aufgeben.«

»Klingonen geben nie auf«, erwiderte Krenn. Sieben oder acht Jahre alt, erinnerte er sich an die Worte Akhils. In jenem Alter hatte Krenn zum erstenmal jemanden getötet – eine Trophäe, einen menschlichen Offizier, der bei den Jahresspielen gegen ihn angetreten war.

»Um Ihren König zu schützen, müssen Sie sich für einige bestimmte Züge entscheiden, für eine defensive Strategie, die mir einen weiteren Vorteil gibt. Es ist daher nur eine Frage der Zeit, bis Sie verlieren.«

»Zeit«, wiederholte Krenn langsam. »Ich erreiche die Schwarze Flotte in jedem Fall, ganz gleich, wieviel Zeit ich mir für den Weg dorthin nehme.« Er entsann sich an den Menschen, der sich tapfer gewehrt und ihn verflucht hatte, bevor er starb. Ein ehrenvoller Tod – und ein ruhmreicher Sieg.

»Die Schwarze Flotte?« fragte der Vulkanier.

Krenns Gedanken kehrten in die Gegenwart zurück. »Jemand, der im Diesseits seinem Schiff gute Dienste leistet, kann im Jenseits damit rechnen, ein Raumschiff der Schwarzen Flotte zu kommandieren.« Krenns Sprachkenntnisse reichten nicht für eine angemessene Erklärung aus. Vermutlich wäre Dr. Tagore zu einer besseren Beschreibung dieses Vorstellungskomplexes in der Lage gewesen. »In der Schwarzen Flotte gibt es den Tod, der kein Tod ist, denn das Sein erstreckt sich in zeitlose Ewigkeit. Dort treffen wir auf den Feind, der tausendmal getötet wird und immer wieder zurückkehrt. Und wir können lachen.«

»Lachen?« Der Junge runzelte verwundert die Stirn.

»Feind?« Er musterte den Klingonen ruhig, und doch hatte Krenn das sonderbare Gefühl, sich in dem durchdringenden und überaus aufmerksamen Blick des Vulkaniers zu verlieren. Er zwinkerte einige Male, und es war ihm ein Rätsel, warum ihm soviel daran lag, sich dem Jungen verständlich zu machen.

»Die Völker der Föderation, Romulaner, andere«, antwortete Krenn. »Was wäre das Leben ohne *Kleoni*?«

»Meine Mutter sagt, die Seele sei unsterblich«, meinte der Vulkanier. »Und mein Vater hat mir erklärt, das sei im übertragenen Sinne richtig: Die Weisheit Suraks wird selbst dann nicht in Vergessenheit geraten, wenn sein Körper nicht mehr existiert.«

»Bei uns gibt es ebenfalls jemanden, dessen Andenken man bewahrt«, sagte Krenn. »Er hieß Kahless. Als sein Schiff zerstört wurde, gab er jemandem die Anweisung, seine Hände an den Sessel des Befehlsstandes zu fesseln, so daß niemand behaupten konnte, er habe seinen Platz verlassen. Anschließend brachten sich die anderen Klingonen in Sicherheit, denn sie wußten, daß Kahless die volle Verantwortung übernommen hatte. *Kahlesste kaase*, sagen wir. Kahless' Hände.«

»Das erscheint mir als ein Beispiel außerordentlicher Logik.«

»Logik?« Krenn brauchte einige Sekunden, um den Sinn dieser Bemerkung zu erfassen. Der Junge war in der Kultur seines Vaters aufgewachsen: Er hatte die anerkennendste Formulierung gewählt, die er kannte. »Ich glaube, du hast recht«, gab Krenn zurück. »Du hast mir gerade die Logik jener Situation aufgezeigt.«

»Mein Vater vertritt die Ansicht, daß dies eine der wichtigsten Aufgaben ist: Es kommt darauf an, Logik mit Hilfe von Beispielen zu verdeutlichen.«

Und ist das der Grund für deine Existenz? dachte Krenn. Bist du ein Beispiel? Er spürte, daß der Junge stolz auf das war, was er gerade vollbracht hatte. Es war ihm gelungen, sich einem Klingonen mitzuteilen! Darin sah er einen Sieg. Und doch – er jubelte nicht. In der vulkanischen Kultur gab es keinen Platz für Triumph.

»Meine Mutter ist Lehrerin«, fuhr der Junge fort. »Ihr geht es ebenfalls darum, Wissen und Erkenntnisse zu vermitteln. Meine Eltern sind...« Er brach ab und senkte den Kopf.

»Meine Mutter«, sagte Krenn, »gehörte nicht zur Rasse meines Vaters.«

Daraufhin richtete der Junge seine Aufmerksamkeit erneut auf den Klingonen. Er starrte ihn nicht etwa an, blieb weiterhin höflich, aber sein Blick war sondierend, und die hochgezogenen Augenbrauen deuteten auf sein Interesse hin.

»Auf der Erde ist es Brauch, sich nach einer Partie Schach die Hände zu reichen«, sagte er nach einer Weile.

In Krenns Magengrube krampfte sich etwas zusammen. Er wußte sehr wohl, daß es sich dabei nicht um einen vulkanischen Brauch handelte. Die Berührung der Hand eines Vulkaniers mochte genügen, um eine Gedankenbrücke entstehen zu lassen. Und mit Hilfe der Mentalverschmelzung konnte man Dinge in Erfahrung bringen, die selbst den Schmerzstimulatoren und anderen Werkzeugen eines geübten Examinators verborgen blieben. Es hieß, in einigen Fällen habe so etwas zu einer neuralen Überlastung mit anschließendem Wahnsinn geführt. Krenn bezweifelte den Wahrheitsgehalt derartiger Gerüchte, und doch...

Eine Berührung, dachte er. *Eine Berührung...* Langsam hob er den Arm und streckte die rechte Hand über das Schachbrett aus.

Der Junge folgte seinem Beispiel, und ein Tropfen fiel auf die Handfläche Krenns.

Ein Vulkanier, der schwitzt. Und ich bin bereits in Schweiß gebadet.

Von der Tür her vernahm er ein Ächzen, das einem erstickten Schrei gleichkam. Krenn und der Junge drehten sich um, und ihr Blick fiel auf die Gefährtin des Botschafters, die unbemerkt ins Zimmer getreten war. Sie stand stocksteif, und das Gesicht mit den ebenmäßigen Zügen wirkte unnatürlich blaß. Die Hände der Frau zitterten.

»*Was geht hier vor?*« fragte sie.

»Wir haben Schach gespielt...« antwortete der Junge.

»Schach!« Die Frau schnappte nach Luft und sah Krenn an. Der in ihren Augen funkelnde Haß war unübersehbar.

Sie versuchte, sich zu beruhigen; leise sagte sie: »Dein Vater sucht nach dir. Geh zu ihm.« Sie wandte den Blick nicht von Krenn ab.

»Ja, Mutter.« An der Tür blieb der Junge noch einmal stehen, drehte sich um, hob die Hand zum Gruß und spreizte die Finger. »Glück und langes Leben, Captain.«

Krenn nickte, und noch immer spürte er den Haß und die Furcht der menschlichen Frau. Er erwiderte den Gruß des Jungen, der sich daraufhin verneigte und das Zimmer verließ.

»Ich... bitte entschuldigen Sie...« brachte die Gefährtin des Botschafters unsicher hervor. Sie hatte den Schock noch nicht überwunden und reagierte nun auch mit Verwirrung.

»Sie würden für Ihre Linie kämpfen«, stellte Krenn fest. »Und das respektiere ich. Meiner Meinung nach ist ein derartiges Verhalten besonders ehrenvoll. Ihr Sohn...« Er suchte nach Worten, die nicht mißverstanden werden konnten. »Ihr Sohn ist der Sterne würdig.« Er empfand eine gewisse Erleichterung darüber, daß die Begegnung mit dem jungen Vulkanier ein solches Ende gefunden hatte.

Die Frau entspannte sich, kam aber nicht näher. »Vielleicht habe ich die Situation falsch eingeschätzt«, sagte sie. »Das tut mir leid. Es kann sehr schwierig sein, sich auf... Vulkan um ein Kind zu kümmern.«

»Sie fürchten die Klingonen«, erwiderte Krenn fest. »Und dafür brauchen Sie sich nicht zu entschuldigen.«

Während der folgenden drei Tage fanden weitere Zusammenkünfte und Empfänge statt, und in Krenn entstand eine alptraumhafte Vorstellung: Vielleicht, so dachte er, haben die Föderations-Repräsentanten das Ritual für die Beendigung der Konferenzen vergessen. Vielleicht hört das alles erst auf, wenn der letzte von uns gestorben und zu Staub zerfallen ist...

Doch dann, ganz plötzlich, klopfte jemand mit einem Hammer auf eine hölzerne Unterlage, und damit war der diplomatische Reigen zu Ende. Die Delegierten und Gesandten machten sich überraschend schnell auf den Weg und kehrten mit ganzen Shuttle-Ladungen an Gepäck nach Hause zurück.

Nur einer blieb.

»Das sind alle Sachen, die Sie mitnehmen möchten?« wandte sich Krenn an Dr. Tagore. »Bei uns sind keine Nutzlastbeschränkungen gebräuchlich.«

»Es ist bereits zuviel, mehr als ich tragen kann. Aber inzwischen habe ich mich an gewisse Dinge gewöhnt – obgleich das nicht immer aus eigenem Antrieb geschah.« Krenn musterte den so unglaublich dürren Menschen und fragte sich, was die letzten Worte zu bedeuten hatten.

Der Botschafter beugte sich über eine der Kisten und las die Aufschrift. »Wie ich hörte, hat man die Absicht, meine Wohnung zu versiegeln und mit Stickstoff zu füllen. Nun, wenn ich nicht zurückkehre, so wird man an der Tür vielleicht eine Gedenktafel anbringen.« Er deutete auf einen der kleineren Behälter. »Dies ist ein Datenchiffrierer. Ich muß Ihre Sicherheitsbeamten darauf hinweisen, daß die unbefugte Öffnung des Kastens eine Selbstzerstörungssequenz auslöst. Starfleet wollte sogar, daß ich eine komplette Subraum-Kommunikationsausrüstung mitnehme – eine dreihundert Kilogramm schwere Masse aus Myriaden von elektronischen Komponenten, die Ersatzteile nicht mitgerechnet. Was für ein Unsinn: Ich wüßte ohnehin nicht, wie man einen solchen Apparat repariert. Die Kom-Techniker meinten, eine entsprechende klingonische Anlage sei sicher mit Wanzen versehen.« Er hob den Kopf und lächelte. »Damit sind winzige Überwachungsinstrumente gemeint. Ich erwiderte, das sei mir durchaus klar. Und ich fügte hinzu, ich hätte nichts zu verbergen.«

Er setzte sich auf einen Koffer. »Darüber hinaus nehme ich eine recht umfangreiche Garderobe mit. *Zan* Akhil sagte mir, in der Wäscherei Ihres Schiffes gebe es keine Einrichtungen, die zu einer Synthese auf der Grundlage von Gewebeproben in der Lage seien. Und mein Körperbau unterscheidet sich beträchtlich von dem der Klingonen, die zur Imperialen Rasse gehören.« Er warf einen kurzen Blick auf das Chronometer, das er am einen Handgelenk trug. »Die ›Demonstration‹ Marcus van Diemens – worin sie auch bestehen mag – findet in zwanzig Minuten statt. Sollen wir uns jetzt auf den Weg machen, Captain?«

»Es wäre mir eine Ehre, Gedankenmeister, wenn Sie mich Krenn nennen würden.«

»Gern, Krenn. Und ich bin Emanuel für Sie.« Er lachte kurz. »Ich hoffe, das ist keine Blasphemie.«

Sie betraten ein kleines Auditorium, und Krenn stellte fest, daß die meisten Anwesenden entweder Techniker waren oder zu Starfleet gehörten. Er sah Akhil, der bereits auf einem Stuhl in der vordersten Reihe saß. Krenn gesellte sich zu ihm, und als Dr. Tagore ebenfalls Platz nehmen wollte, kam ein junger Offizier heran und flüsterte ihm etwas zu. »Bitte entschuldigen Sie mich, Krenn. Jemand wünscht mich zu sprechen.« Der Offizier führte den Botschafter fort, und Krenn sah den beiden Männern nach, bis sie in der Menge verschwanden. Plötzlich erinnerte er sich daran, daß die Menschen, die mit Fackeln an der Hochschienenbahn gewartet hatten, *Demonstranten* genannt worden waren.

Als sich alle Menschen gesetzt hatten, trat Admiral van Diemen auf das Podium. Er trug eine Galauniform, führte eine Dienstwaffe mit vergoldetem Griff bei sich und wirkte wie ein fleischgewordenes Symbol für Heroismus. »Guten Tag, meine Herren... Besonders herzlich möchte ich die beiden klingonischen Gesandten begrüßen. Bei uns Menschen gibt es den Brauch, wichtige Gäste auf eine ganz besondere Weise zu verabschieden.

Auf diese Tradition berufe ich mich jetzt. Ich möchte Ihnen einen bedeutenden Erfolg demonstrieren, den die Wissenschaftler der Föderation kürzlich erzielen konnten. *Licht aus.*«

Es wurde dunkel im Saal. »Schon wieder eine *gagny* Hologrammshow?« brummte Akhil.

Krenn vernahm ein elektronisches Jaulen, das innerhalb weniger Sekunden zu einem pfeifenden Kreischen wurde. Drei Säulen aus schimmernder Energie bildeten sich auf der Bühne.

Drei bewaffnete Soldaten rematerialisierten in einem Transporterfeld.

Krenn griff nach seinem Strahler. Die Falle mag noch so primitiv sein, dachte er, aber sie ist zugeschnappt. Wenigstens waren sie nicht allein, und er hatte die feste Absicht, so viele Menschen wie möglich in den Tod mitzunehmen.

Dann stellte er fest, daß er den Arm nicht bewegen konnte. Er drehte den Kopf. Akhil übte mit drei Fingern Druck auf eine bestimmte Nervenstelle an der Schulter Krenns aus und verhinderte, daß er die Waffe hob. »Nein«, zischte der Spezialist leise. »Noch nicht.«

»Was soll das heißen?«

»Wenn ich mich irre«, erwiderte Akhil ruhig, »so bringen Sie zuerst mich um.«

Die Konturen der auf dem Podium materialisierenden Gestalten gewannen eine deutlichere Ausprägung, und das fast ohrenbetäubende Heulen verklang. Die Soldaten rührten sich nicht, standen wie erstarrt. Niemand von ihnen legte auf die beiden Klingonen an.

Das Licht flammte wieder auf, und Krenn zuckte unwillkürlich zusammen. Stille herrschte im Saal.

»Seit fünfzig Jahren die wichtigste Innovation der Transtator-Technik«, verkündete Admiral van Diemen. »Die Entwicklung hat dreißig Jahre gedauert, und jetzt ist das neue System sicher genug, um auch für den Transfer von lebenden Wesen benutzt zu werden.«

Die Menschen applaudierten, und Krenn sah Akhil an. Der Spezialist gab den Arm des Captains frei und raunte: »Jetzt wissen wir Bescheid.«

Admiral van Diemen hob die Hände, und als der Beifall verklungen war, sagte er: »Captain, ich hoffe, Sie und Ihr wissenschaftlicher Offizier berichten Ihren Physikern von unserem Erfolg.«

»Selbstverständlich, Admiral«, erwiderte Krenn. Er holte den Kommunikator hervor und warf Akhil einen kurzen Blick zu. Sein Stellvertreter nickte.

»Captain an *Fechter*.«

Kelly meldete sich, und Krenn gab ihr einige Anweisungen, wobei er den Kampfcode benutzte.

»Captain, sind Sie...«

»Die Situation ist stabil, Kelly. Führen Sie den Befehl aus.«

»Bestätigung.«

Akhil stand auf und brummte: »Ich möchte nicht auf dem Hintern landen.« Unmittelbar darauf verflüchtigte sich sein Körper in einem goldenen Leuchten. Der Spezialist verschwand völlig geräuschlos.

Plötzlich war es so still im Saal wie in der Leere des Weltraums, und nach einigen Sekunden hörte Krenn, wie eine einzelne Person applaudierte. Er drehte sich um und sah Dr. Tagore, der begeistert klatschte und so schallend lachte, daß ihm Tränen in die Augen quollen.

»Ihre neue Technik findet gewiß das Interesse unserer Physiker«, wandte sich Krenn an Admiral van Diemen, dessen Gesicht kalkweiß geworden war. »Bestimmt werden sie sich fragen, warum Ihr Transportersystem einen so gräßlichen Lärm macht.«

»Nun gut«, sagte Krenn. *»Warum?«*

»Spezialist Antaan hat bereits eine Analyse durchgeführt«, erwiderte Akhil. Er wirkte außerordentlich zufrieden, und Krenn verstand ihn gut: Sie brachten eine überaus bedeutende wissenschaftliche Information nach Hause, und die Menschen konnten ihnen nicht einmal vorwerfen, sie gestohlen zu haben.

»Antaan hat die periphere Streustrahlung des eingesetzten Transferfeldes angemessen.« Akhil betätigte eine Taste, und der große Bildschirm auf der Brücke der *Fechter* zeigte eine bunte Linie. »Sehen Sie das?«

»Ich bin in der Zwischenzeit nicht erblindet«, erwiderte Krenn ein wenig gereizt. Er begriff, daß die Sensoren des Schiffes die ganze Zeit über auf sie gerichtet gewesen waren. Mit anderen Worten: Die von Operationsmeister Meth eingeschleusten IG-Agenten hatten jeden ihrer Schritte verfolgen können.

»Antaan bezeichnet sie als Superträgerwelle. Sie weist eine dreidimensionale Polarisierung auf und ist mit Warp-Energie angereichert. Zwischen ihr und dem gewöhnlichen Transportersignal existierte eine sogenannte Metasynchronisation. Bei der Rematerialisierung überlagert sie das Hauptsignal, und das führt zu einer energetischen Entladung im akustischen Frequenzbereich. Man könnte diesen Vorgang mit unseren Intervallern vergleichen: Der Strahl, der die Vibration anregt, ist unsichtbar, und doch schimmert der Zerstörungsfokus in einem bläulichen Ton.«

»Das Transportersystem der Menschen macht also eine Menge Lärm«, stellte Krenn fest und fragte sich, ob in den Adern Akhils auch vulkanisches Blut floß. »Ist es besser?«

»Vermutlich nicht«, entgegnete der Spezialist. »Die Superträgerwelle wiederholt die Informationen des Hauptsignals, aber die Überlagerung bewirkt geringfügige Interferenzen, und daraus folgt beim Retransfer eine Fehlerhäufigkeit von rund einem Prozent. Außerdem ist der Energieaufwand für den Transport um etwa ein Fünftel höher. Hinzu kommt, daß die Anlage der Menschen wesentlich größer ist als unsere. Und der akustische Nebeneffekt weist deutlich genug auf die bevorstehende Materialisierung hin. Würde ein solches System eingesetzt, um Landetruppen abzusetzen, so könnte die Föderation nicht mit einem Überraschungsmoment rechnen.«

Krenn lehnte sich an eine der breiten Deckenstützen und starrte auf den Hauptschirm. Der Kreuzer flog mit Warp 4, und die Sterne schienen an dem Schiff vorbeizugleiten. Drei Einheiten der Föderation eskortierten die *Fechter*, und es handelte sich um die neuen Modelle, die aus einem großen Diskus und zwei langen Triebwerksgondeln bestanden. Krenn sah die *Glasgow*, die sie zur Erde begleitet hatte, und die beiden anderen Schiffe hießen *Savannah* und *Hokkaido*. Admiral van Diemen hatte sich schnell von der Überraschung im Auditorium erholt und den Klingonen mitgeteilt, die neuen Schiffe gehörten zur *Baton Rouge*-Klasse, und Teil ihrer technischen Ausstattung seien auch die neu entwickelten Transporter.

»Ein Prozent, sagten Sie?«

»Ich meinte ein Prozent Fehlerwahrscheinlichkeit beim Transfer. Aber das hat nichts mit der Anzahl der Transporte zu tun.«

»Nun, das dachte ich mir schon...« Krenn sah Kelly an, die ihn die ganze Zeit über beobachtet hatte. Als sie seinem Blick begegnete, drehte sie sich rasch um. »Dennoch«, sagte Krenn. »Sie scheinen großen Wert auf persönliche Sicherheit zu legen.«

»Die *Menschen*?« erwiderte Akhil und musterte den

Captain erstaunt. »Die meisten von ihnen waren nicht einmal bewaffnet.«

»Vielleicht haben sie eine andere Vorstellung von Gefahr als wir.«

Akhil lächelte. »Wie viele Dinge gibt es, vor denen man sich fürchten könnte?«

»Ich weiß es nicht«, sagte Krenn. »Und gerade das macht mir Angst.«

Akhil verstand diese Bemerkung als einen Witz.

»Sind Sie mit der Unterkunft zufrieden?« fragte Maktai.

»Sehr«, antwortete Dr. Tagore, betrachtete die dreidimensionalen Bilder an den Wänden, ließ seinen Blick über die neuen Möbel schweifen und sah schließlich auf die Kisten und Koffer, die sein Gepäck enthielten. »Ich habe mit einer wesentlich kleineren Kabine gerechnet. Es handelt sich nicht um ein gewöhnliches Quartier, oder?«

»Dies war mein Büro«, erklärte Krenn. »Während des Rückfluges benutze ich das Arbeitszimmer meines Stellvertreters.«

»Ich möchte Ihnen nicht zur Last fallen.«

»Ein Vorteil dieser Mission besteht darin, daß sie nur wenig Büroarbeit erfordert«, sagte Krenn. »Außerdem: Irgendwo mußten wir Sie ja unterbringen, und dieses Zimmer verfügt sowohl über eine Hygienezelle als auch über ein programmierbares Codeschloß. Es gibt bei uns keine Passagierkabinen, und eine Marineunterkunft kam für Sie nicht in Frage.« Krenn bemerkte, daß Maktai ihn verwundert musterte. Der Sicherheitsoffizier mochte sich leger geben, aber offenbar hatte er nicht mit einem so ungezwungenen Wortwechsel zwischen seinem Vorsetzten und dem fremden Botschafter gerechnet.

»Bei einigen Gelegenheiten offenbarte Starfleet weitaus weniger Takt«, sagte Dr. Tagore. Er wandte sich an Maktai. »Mein Gepäck wurde bereits auf mehreren

Welten der Föderation geprüft, auch auf der Erde. Ich bin gern bereit, Ihren Leuten bei einer Durchsuchung behilflich zu sein, Commander Maktai.«

Der Sicherheitsoffizier kratzte sich an der Stirn. Krenn lächelte amüsiert und wartete gespannt auf die Reaktion Maktais. Wenn sein Verhalten an Bord der *Fechter* wirklich nur einem Rollenspiel entsprach, so würde der Rückflug seine schauspielerischen Fähigkeiten auf eine harte Probe stellen.

»Ohne triftigen Grund befassen wir uns nicht mit dem Besitz anderer Personen«, entgegnete Maktai.

»Das wollte ich auch nicht andeuten. Es ist nur... Bei einigen Kulturen gilt allein mein Beruf als ausreichender Grund für eine Überprüfung.«

»Bei uns nicht«, sagte Maktai und räusperte sich unsicher. »Inzwischen wissen Sie bestimmt, daß sich auf diesem Deck außer Ihnen niemand aufhält. Abgesehen von diesem Büro und dem des stellvertretenden Kommandanten gibt es nur noch den Transporterraum am Ende des Korridors. Und natürlich die Installationen des Bordcomputers... Ich möchte Ihnen raten, jene Bereiche zu meiden.«

»Die Tür der Computerkammer ist vermutlich speziell gesichert, nicht wahr?«

»Selbstverständlich.«

»Nun, ich versichere Ihnen, daß ich keinen Versuch unternehmen werde, mir Zutritt zu verschaffen. Das gilt auch für den Transporterraum. Ich finde die neue Technik sehr interessant, und ein Transfer ist weitaus angenehmer als ein Shuttleflug... Doch ich bin keineswegs geneigt, das Risiko einer zufälligen Entstofflichung einzugehen.«

»Es freut mich, daß Sie Verständnis zeigen.«

»Genau darin besteht meine Aufgabe: zu verstehen.«

»Mak, Akhil und ich halten uns drei Decks weiter unten auf«, warf Krenn ein. »Sie sind also nicht *völlig* allein.« Er deutete auf die Wand. »Wir haben den Prioritätschip des Kommunikators entfernt, aber Sie können sich jederzeit mit den anderen Abteilungen des Schiffes in Verbindung setzen. Außerdem stellen wir Ihnen einen Computerschirm zur Verfügung.«

Dr. Tagore lächelte. »Sie wissen bereits ziemlich viel über unsere Kultur, und Sie haben recht: Wenn Menschen isoliert werden, droht ihnen der Tod. Aber in meinem Fall brauchen Sie sich keine Sorgen zu machen.« Er berührte das Siegel eines Koffers, und der Behälter klappte auf. Er enthielt mindestens hundert Bücher, eine Schatulle mit Datenspeichern und ein entsprechendes Lesegerät. Weiter unten sah Krenn eine flache, schwarze Tafel, die dem Bildschirm eines tragbaren Computerterminals ähnelte, jedoch völlig andere Kontrollen aufwies. Der Captain begriff sofort, um was für eine Art von Gerät es sich handelte: Er hatte eine derartige Spielplatte für mehr als tausend *Klin zha*-Partien verwendet.

»Sehen Sie?« sagte Tagore und nahm eins der Bücher zur Hand. »Ich habe genügend Unterhaltungsmöglichkeiten.«

»Da wäre noch ein Sicherheitsproblem...« begann Maktai.

»Ja, Commander?«

»Ihre Waffe.«

»Meine Waffe?« fragte Dr. Tagore und runzelte verwirrt die Stirn.

»Natürlich können Sie Ihre persönlichen Waffen behalten, aber ich muß wissen, um was für Ausführungen es sich handelt. Wenn es zu einem... Zwischenfall an Bord kommen sollte, so könnten wir sofort beweisen, daß... Sie keine Schuld trifft.«

»Commander... Captain... Seit vierundvierzig Jahren habe ich keine Waffe mehr angerührt. Und da ich nicht beabsichtige, jemals eine zu benutzen, habe ich auch keine mitgenommen.«

»Auf der Erde«, sagte Krenn verwundert, »sah ich

einige Menschen, die Dienstwaffen trugen...« Er hatte bisher angenommen, daß das auch auf den Botschafter zutraf.

»So etwas ist zwar erlaubt«, erwiderte Dr. Tagore, »aber vielen von uns gefällt das nicht.«

»Ich könnte mich dazu gezwungen sehen, Ihr Gepäck zu untersuchen, um festzustellen, ob Ihre Angaben der Wahrheit entsprechen...« brummte Maktai.

»Mein Angebot von vorhin gilt nach wie vor.«

»Nun«, sagte Krenn, »ich glaube, wir sollten es erst mal dabei bewenden lassen. Es wäre mir eine Ehre, wenn Sie mir beim Essen Gesellschaft leisten würden, Dr. Tagore.«

»Sehr gern, Captain.«

Im Lift wandte sich Krenn an Maktai. »So sonderbar das auch klingen mag, Mak, ich glaube nicht, daß er eine Waffe bei sich führt.«

Maktai schüttelte den Kopf und zupfte an seinem Haar. »Ich *weiß*, daß er unbewaffnet ist. Wir haben sein Gepäck routinemäßig mit einem Scanner geprüft. *Nichts*. *G'dayt*, ich dachte, er sei mit irgend etwas ausgestattet, das wir mit unseren Sensoren nicht orten können.«

Krenn nickte langsam und ahnte, wie sich der Sicherheitsoffizier fühlte: Er kam sich wie ein *Narr* vor.

»Aber *warum* hat er keine Waffe mitgenommen, Captain? Können Sie mir diese Frage beantworten?« Maktai breitete die Arme aus. »Er ist kein *Kuve*... Nein, bei Kaggas Krone, ein *Kuve* ist er gewiß nicht. Aber *was* ist er dann?«

Die Spätwache hatte begonnen, und es war still an Bord der *Fechter*, noch stiller als sonst. Seit zehn Tagen schon flog der Kreuzer wieder durch klingonische Raumsektoren.

Krenn schob einen Bauern ein Feld vor. »Spielen alle Menschen Schach?«

»Nein«, sagte Dr. Tagore. »Nur sehr wenige – obwohl die meisten die Figuren kennen und zumindest eine ungefähre Vorstellung von den möglichen Zügen haben. Viele Leute glauben, daß wirklich außergewöhnlich begabte Spieler – die Großmeister – zum Wahnsinn neigen.« Er setzte einen Turm.

Krenn nahm einen Bissen von der Gelatinepastete und spülte mit *Kafei* nach. »Stimmt das?«

»Ich weiß nicht. Vielleicht zum Teil. Einige Großmeister waren tatsächlich verrückt. Oder schnappten später über. Doch so erging es auch Menschen, die nie einen Bauern in die Hand genommen haben... Hinzu kommt, daß auch Computer Schach spielen können. Wenn ich dieses Gerät auf die höchste Spielstufe schalte...« – er tippte kurz auf die schwarze Tafel – »... habe ich keine Siegchancen mehr. Und die neuen duotronischen Computer können von niemandem geschlagen werden, nicht einmal von einem Vulkanier.«

»Und was hat das für einen Sinn?« fragte Krenn. »Ich meine: Ist es denn ehrenvoll, gegen eine Maschine zu spielen, deren einzige Funktion darin besteht, zu gewinnen?« Der Captain setzte einen Springer.

Dr. Tagore sah auf und lächelte zufrieden. Überrascht blickte Krenn wieder auf das Spielbrett und versuchte festzustellen, ob er einen Fehler gemacht hatte.

»Oh, keine Sorge«, sagte der Mensch. »In einigen Zügen bin ich matt. Mein Lächeln galt Ihrer letzten Bemerkung. Es freut mich, daß Sie eine solche Einstellung vertreten. Selbst Vulkaniern fällt es schwer zu begreifen, daß es nicht auf das Spiel, sondern den Spieler ankommt.«

Krenn brauchte fünf Züge, um den Botschafter mattzusetzen. Wenigstens gibt er nie auf, dachte der Captain.

Dr. Tagore löschte die Darstellung auf der Projektionstafel. »Noch ein Spiel? Oder möchten Sie mir eine Lektion in *Klin zha* erteilen?«

»Ich ziehe es vor, von Ihnen beim *Pokher* geschlagen zu werden.«

»Wie Sie meinen.« Dr. Tagore stand auf, ging fort und kehrte kurz darauf mit zwei Kartenspielen und einem Gestell mit Chips für den Einsatz zurück. »Ihnen dürfte ja klar sein, daß wir noch immer nichts haben, um das es sich zu spielen lohnt, und in unserem Fall wäre Strippoker nicht sonderlich interessant.«

»Es ist wichtig, daß die Einsätze einen gewissen Wert darstellen«, sagte Krenn. Er hatte auf diesen Augenblick gewartet und eine Strategie dafür entwickelt.

»In Schach und Poker spiegelt sich die menschliche Psyche recht gut wider«, führte Dr. Tagore aus. »Schach ist das königliche Spiel an sich, und Poker mag als gutes Beispiel für Risikobereitschaft gelten.«

Krenn stand auf, trat an die Bücherregale heran und griff nach einem dünnen Band, dessen Umschlag aus Kunststoff bestand. »Wie wäre es hiermit?«

Dr. Tagore lachte. »Krenn, ich habe Bücher immer gern ausgeliehen, und wenn sich das irgendwann einmal ändert, so soll mich der Schlag treffen.« Er deutete auf die Regale. »Bedienen Sie sich.«

»Nein.« Krenn schüttelte den Kopf, blieb an der Servicewand stehen und hielt das Buch vor die Klappe des Abfallvernichters.

»Einer der schwierigsten Aspekte der Xenokultur besteht darin, Humor zu verstehen«, sagte Dr. Tagore. »Scherzen Sie, Krenn?«

Der Captain machte Anstalten, das Buch in den Schlitz zu schieben. Doch als er den Titel las, verharrte er. »Nein, ich scherze nicht, Emanuel«, erwiderte er nach einer Weile.

Dr. Tagore nickte. »Also gut: Worin besteht Ihr Einsatz, Krenn?«

»Ich setze die Bücher«, sagte der Klingone. »Sie gehören mir bereits. Gewinnen Sie sie zurück.«

»Obgleich sie überhaupt keinen Wert für Sie haben?«

Die ruhige Gelassenheit des Menschen war wie ein kalter Windhauch, der dem Captain plötzlich über die Haut strich.

»Wenn ich mich recht entsinne, sagten Sie einmal, man könne auch über Gefangene verhandeln – und die sind ebenfalls ohne Wert.«

»Nun gut. Die höchste Karte entscheidet, wer gibt.«

»Wenn Sie bewaffnet wären, hätten Sie die Möglichkeit, um dieses Buch zu kämpfen«, sagte Krenn.

Dr. Tagore sah kurz auf und fuhr dann damit fort, die Karten zu mischen. »Aber das bin ich nicht«, entgegnete er und nahm ab. »Pikbube. Sie sind dran.«

»Vielleicht habe ich ein Buch gewählt, an dem Ihnen nichts liegt. Vielleicht sollte ich es in den Vernichter schieben und ein anderes nehmen.« Doch das Buch schien sich in der Hand Krenns hin und her zu winden und nicht in den Schlitz zu passen. Er vermied es, erneut auf den Titel zu blicken.

»Es hat eine ebenso große Bedeutung für mich wie die anderen – und das wissen Sie sicher. Heben Sie ab, damit wir anfangen können.«

Krenn kehrte zurück, legte das Buch mit der Titelseite nach unten auf den Tisch, zog eine Karte und drehte sie um.

»Karo neun«, stellte Dr. Tagore fest. »Ich habe gewonnen.«

»Wollen Sie *diese* Worte an die Räte des Imperialen Konzils richten?« entfuhr es Krenn. »Wenn sie fragen, warum Sie unbewaffnet wie ein *Kuve* zu ihnen kommen... wenn sie fragen, ob Sie nicht einmal bereit sind, die Föderation zu verteidigen, Ihre Heimat...« Er versuchte, sich zu beherrschen, aber jähe Wut stieg in ihm hoch. »Wenn die Räte fragen, warum sie Ihnen zuhören sollten – wollen Sie dann antworten, ihnen blieb gar keine Wahl, weil Sie die höhere Karte gezogen haben?«

»Wenn das die Regeln des Spiels sind, um das es geht...«

Ist dieser Mensch wahnsinnig? fragte sich Krenn. Er verhält sich wie ein Romulaner, der ins Imperium vorstößt, weil er im Zentrum der feindlichen Macht den Tod sucht. »Die Räte spielen das *Khomerex zha*«, sagte Krenn. »Und wenn Sie verlieren, werden nicht etwa Ihre Bücher verbrannt, sondern Sie selbst.«

Dr. Tagore griff nach dem Band.

(Kethas streckte die Hand nach seiner toten Gefährtin aus.)

»Das Risiko gehe ich ein«, erwiderte der Mensch. Er hob das Buch und reichte es Krenn. »Hier, nehmen Sie. Lesen oder verbrennen Sie es – ganz wie Sie wünschen. Aber wenn Sie es in den Abfallvernichter schieben, werden Sie niemals erfahren, was es Ihnen mitzuteilen hatte.«

Krenn nahm es entgegen und sah nicht einmal in Richtung des Abfallvernichters. Er begriff plötzlich, daß er besiegt worden war, von einem unbewaffneten Menschen. Erneut las er den Titel des Bandes: *Raumkadett*. Was konnte ihm das Buch schon mitteilen? Schließlich war er kein Kadett mehr...

Und doch: Er zweifelte nicht daran, daß er es lesen würde.

Dr. Tagore legte die Karten in den kleinen Kasten zurück. »Angenehme Ruhe, Krenn«, sagte er.

Jetzt fordert er mich auch noch auf, mein eigenes Büro zu verlassen, dachte der Captain. »Es war... ein gutes Spiel, Emanuel.«

»Ein ausgezeichnetes Spiel, Krenn. *Teskas tal'taikleon*.«

Drei Decks tiefer betrat Krenn seine Kabine. Er legte das Buch auf den kleinen Beistelltisch, öffnete die Verschlüsse seiner Weste und wollte gerade die Tunika ablegen, als es leise an der Tür klopfte. Er sah auf die Kommunikationstafel und stellte fest, daß das Gerät auf Bereitschaft geschaltet war. Seltsam, dachte er und ging zur Tür.

Akhil stand im Korridor, und in der einen Hand hielt er sein tragbares Computerterminal. Krenn wollte den Spezialisten darum bitten, sein Anliegen auf einen späteren Zeitpunkt zu verschieben, doch der Gesichtsausdruck Akhils deutete darauf hin, daß es sich um eine sehr ernste Angelegenheit handelte. Außerdem stellte der Captain fest, daß sein Stellvertreter nicht mit der üblichen Dienstwaffe ausgerüstet war, sondern mit einem schwarzen Intervaller.

»Was ist los, 'Khil?«

»Nicht hier. Besorgen Sie sich einen Strahler und kommen Sie mit.«

»Wo ist Mak?« fragte Krenn, der bereits Verdacht zu schöpfen begann.

»Er schläft. Das hoffe ich jedenfalls. *Kommen* Sie jetzt.«

Sie nahmen den Lift, und kurz darauf erreichten sie die Frachtkammer. Nur wenige Leuchtplatten glühten an den Decken und Wänden, und irgendwo im Halbdunkel flackerten die Anzeigen von Indikatoren.

»Warten Sie«, sagte Akhil. Er blieb an der Kommunikationstafel stehen und schob einen Schlüssel in den Schlitz des Scanners. Krenn hielt das Terminal, während der Spezialist die Platte zur Seite schob. Dahinter wurden Dutzende von Chips und elektronischen Komponenten sichtbar. Akhil tastete unter seine Schärpe und holte einen kleinen, grünen Chip hervor, den er anschließend mit einem Interface verband. »Wenn jetzt einer von Maktais Leuten diesen Bereich kontrolliert«, sagte er, »empfängt er nur ein Störrauschen. Es dürfte eine ganze Weile dauern, bis er argwöhnt, daß er es nicht mit einer einfachen Interferenz zu tun hat. Sehen Sie, hier.«

Sie näherten sich einem der Frachtbehälter, einer versiegelten Nahrungsbox. Akhil griff nach seinem Terminal, öffnete das Gerät und zog einen Codestift hervor, den er kurz auf die Registrierungsplatte des großen Behälters preßte. »Ja, das ist der richtige«, sagte er und reichte Krenn das Terminal. »Lesen Sie's selbst.«

Krenn strich mit dem Stift über die Codelinien und starrte auf den Bildschirm des Minicomputers.

»*Kälteschlafkapseln?*« brachte er hervor, und aus einem Reflex heraus blickte er an die Decke und hielt nach den Monitoren Ausschau.

»Dieser Container bietet fünfzig Marinekämpfern Platz«, stellte Akhil fest. »Programmierte Meuterei: Man braucht die Soldaten nur aufzutauen, und los geht's.«

»Wie haben Sie das herausgefunden?«

»Bei einer Überprüfung der Frachtliste.« Akhil lachte leise und humorlos. »In der Föderation gelten die Zentaar als intelligente Wesen. Ich dachte, unserem Gast würde es nicht sonderlich gefallen, wenn man ihm ein Zentaarsteak vorsetzt... Eigentlich haben wir diese Entdeckung dem Botschafter zu verdanken.«

»Wenn diese ›Ladung‹ sowohl auf der Registrierungsplatte als auch in der Liste angegeben ist, so muß der Frachtmeister Bescheid wissen«, sagte Krenn. »Wer sonst noch?« Er dachte an die anderen Offiziere.

»Irgend jemand hat bestimmt die Aufgabe, die hibernierende Armee zu befehligen.«

»Maktai...«

»Würden sie jemandem vertrauen, der keinen hohen Rang einnimmt?«

»Ich weiß noch nicht, wer ›sie‹ sind.« Krenn erinnerte sich an Meth vom Imperialen Geheimdienst, und vor seinem inneren Auge beobachtete er das Plastikgesicht des Operationsmeisters.

Kelly fiel ihm ein. »Nun, aber das spielt eigentlich keine Rolle. Wir sollten sofort etwas unternehmen.«

»Wer ist da...?« fragte die Stimme von der anderen Seite der Tür.

»Ich bin's, Mak – Krenn.« Der Captain schob seinen

Intervaller in die Schärpe, so daß die Waffe nicht auf den ersten Blick zu sehen war.

Maktai öffnete die Tür. »*Parkhest*...«

»Dem kann ich mich nur anschließen. Es gibt Schwierigkeiten an Bord.«

»Der Passagier?« Maktai warf einen raschen Blick auf den Wandmonitor. »Es wurde kein Alarm gegeben.«

»Noch nicht. Ziehen Sie sich an und kommen Sie mit. Wir müssen uns beeilen.«

»Bestätigung, Captain.«

»Und noch etwas, Mak – nur leichte Waffen.«

»*Khest* Diplomatie.«

Krenn trat in die Kabine, schloß die Tür hinter sich und sah zu, wie sich Maktai ankleidete. Insbesondere achtete er darauf, wo der Sicherheitsoffizier die kleine Projektilschleuder verstaute, die er bei solchen Gelegenheiten bevorzugte. Es hätte wesentlich weniger Probleme gegeben, wenn Maktai kein Klingone gewesen wäre. Aber er durfte es nicht riskieren, Mak den schweren Strahler zu zeigen. Und er konnte ihm auch nicht befehlen, ihn unbewaffnet zu begleiten, denn das hätte sofort seinen Verdacht erweckt. Krenn wollte erst dann direkt gegen ihn vorgehen, wenn er wußte, wer sonst noch an der Verschwörung beteiligt war.

Vielleicht, überlegte der Captain, brauche ich nur einige wenige Besatzungsmitglieder als abschreckendes Beispiel exekutieren zu lassen. Schließlich war es nicht notwendigerweise ein Verbrechen, an Meuterei zu *denken*...

Im Lift gesellten sich Akhil und Kelly zu Krenn und Maktai. Kelly wirkte müde und verwirrt und bedachte den Captain mit einem fragenden Blick. Dann musterte sie Maktai, der daraufhin andeutungsweise den Kopf schüttelte.

Krenn spürte, wie sich tief in ihm etwas zusammenkrampfte.

Kurze Zeit später erreichten sie die Frachtkammer.

Akhil trat an den großen Container heran, schob einen Codegeber in den Abtaster und führte einige Schaltungen durch. Siegel knackten leise, und die mit dickem Isolationsmaterial versehene Tür schwang auf. Weißer Kondensdampf wallte ihnen entgegen.

»Beim Namenlosen Imperator – was ist denn *los*?« entfuhr es Maktai. Er zitterte im kalten Luftzug.

»Sehen Sie es sich selbst an«, erwiderte Krenn und bedeutete Maktai und Kelly, ihm zu folgen. Als sie an die Tür gelangten, schaltete Akhil die Beleuchtung ein, und der jähe und grelle Schein blendete Krenn einige Sekunden lang. Er fragte sich nur kurz, wie Admiral Whitetree auf die Anwesenheit von fünfzig klingonischen Kämpfern an Bord der *Fechter* reagiert hätte – von Soldaten, die der elektronischen Aufmerksamkeit seiner Sensoren entgangen waren.

Krenn zwinkerte einige Male und starrte in den Container.

Sein Blick fiel auf Weißzahn- und Zentaarrümpfe, die an stählernen Haken hingen und eine lange Reihe bildeten.

Als sich Mak und Kelly an ihm vorbeischoben, sprang Akhil mit einem Satz vor und versetzte dem Captain einen wohlgezielten Schlag, der einen Nervenstrang dicht unterhalb des Hinterkopfes trat. Krenn zitterte, verlor das Gleichgewicht und fiel, wobei er Kelly und den Sicherheitsoffizier mit zu Boden riß. Er spürte die eisige Kälte des Bodens, und plötzlich verdunkelte sich das Licht: Hinter ihm schloß sich die Tür.

Maktai erholte sich von seiner Überraschung, stemmte sich in die Höhe, streckte die Hand nach dem Schott aus und schob zwei Finger in den schmaler werdenden Spalt. Er konnte jedoch nicht verhindern, daß die Tür zufiel.

Krenn rollte sich auf die andere Seite; seine Beine waren noch immer gelähmt. Er stieß an eine Masse aus hartem Fleisch. *»G'dayt, v'kaase«*, sagte Maktai, und seine Stimme klang fast gleichgültig. Der Schock, dachte Krenn.

»Gefrieren Sie die Wunden«, stieß er hervor. »Pressen Sie die Fingerstümpfe an den Kältestahl. Sonst verbluten Sie.«

»Ja...«

»Kelly, können Sie Mak helfen?«

»Bin schon dabei«, erwiderte sie.

Krenn spürte, wie das Gefühl langsam in seinen Leib zurückkehrte, und er begriff, daß der eisige Boden rasch seine Körperwärme absorbierte. Wenn er weiterhin liegenblieb, würde es nur noch wenige Sekunden dauern, bis er erfror. Er stützte sich mit den Händen ab, und als er mühevoll aufstand, blieben Hautfetzen auf dem metallenen Untergrund zurück.

»Kelly an Brücke«, sagte der weibliche Kommunikationsoffizier. »Kelly an Sicherheitsabteilung. Kelly an alle Stationen. Dies ist ein Prioritätsruf.« In der Nähe blitzte irgend etwas auf. Kelly hatte eine Neujustierung ihres Kommunikators vorgenommen, und die Anzeige des Gerätes glänzte in einem bläulichen und beständigen Schein. »Das nützt uns nicht viel«, sagte sie. »Die Ladung des Akkumulators wird sich bald erschöpfen. Und die Wände des Containers schirmen meine Signale ab.«

Das Licht reichte gerade aus, um vage die Konturen der Umgebung zu erkennen, und Krenn spürte, wie sich die Kälte gnadenlos in ihm auszubreiten begann. Kelly griff in eine Tasche ihrer Tunika und holte ein handtellergroßes Objekt hervor. »Ich habe einen Ultraschallfokussierer mitgenommen. Können wir damit die Tür aufbrechen?«

»Vielleicht«, entgegnete Krenn. »Mak, Sie...« Er brach ab, denn er kannte die Antwort bereits.

»Bei allen *Kuve*-Dämonen: Sie sprachen nur von leichten Waffen.«

»Ich weiß.« Krenn holte seinen schweren Intervaller

hervor. Der kalte Griff klebte an der Haut seiner Finger fest, und er mußte die Hand davon losreißen. Er wickelte den Strahler in den Stoff der Schärpe.

»Und *das* ist eine leichte Waffe?« fragte Maktai, als er den Intervaller im Licht der Kommunikatoranzeige sah.

Krenn zielte auf die Einfassung der Tür und drückte ab. Eine blaue Entladung zuckte über den Stahl, und Plastiksplitter wirbelten umher. Krenn spürte, wie sie ihm über den Arm kratzten. Unmittelbar darauf versuchte er festzustellen, welche Wirkung der Strahl auf das Schott hatte. Das Ergebnis war enttäuschend: Das Isolationsmaterial nahm den größten Teil der Energie auf. Andererseits: Krenn hatte ein dumpfes Knistern und Knacken im Metall vernommen. Der Ultraschallfokussierer nützte ihnen nichts, aber vielleicht kamen sie mit dem Intervaller weiter. Wenn die Ladung ausreichte...

Wenn ihnen genug Luft blieb.

Und wenn wir nicht vorher erfrieren, fügte der Captain in Gedanken hinzu.

»Würden Sie mir bitte erklären, warum Sie uns hierher führten?« fragte Maktai gepreßt.

Krenn versuchte es, und er mußte schreien, um das Zischen und Fauchen des Intervallers zu übertönen.

»Na schön«, sagte Maktai schließlich. Er nahm die Schilderungen Krenns einfach hin: Kein Klingone würde von einem Captain, der sich der Gefahr einer Meuterei gegenübersah, eine Entschuldigung verlangen. »Aber auf was ist Akhil aus? Er kann es doch wohl kaum auf das Schiff abgesehen haben.«

»Wenn die *Fechter* nicht in Frage kommt, geht es ihm vermutlich um den Passagier«, gab Krenn zurück. »Und ich bin ebenfalls der Meinung, daß seine Aktion nicht dem Kreuzer gilt.«

»Darf ich mich frei dazu äußern, Captain?«

»Erlaubnis erteilt, Kelly – für die Dauer der gegenwärtigen Krise.«

»Haben Sie Akhil von Anfang an verdächtigt?«

»Ja«, sagte Krenn und betätigte erneut den Auslöser des Intervallers. Die Kälte in seinen Lungen war wie der Odem des Todes, und nur der Strahl der Waffe emittierte ein wenig Wärme.

Maktais Kopf neigte sich zur Seite. Kelly trat an den Sicherheitsoffizier heran, griff nach seiner Schulter und schüttelte ihn. Maktai kam wieder zu sich, doch einige Sekunden später taumelte er.

»In seiner Schärpe«, sagte Krenn. »Neben der Projektilschleuder. Er hat...«

Kelly nickte. Sie holte den metallenen Zylinder hervor und öffnete den Kragen der Tunika Maktais. Im matten Lichtschein des Kommunikators prüfte sie die Justierung des Schmerzstimulators, preßte ihn auf die Haut Maks und betätigte die Einschalttaste. Die Glieder des Offiziers zuckten.

»Ich gebe Ihnen Bescheid, wenn ich ebenfalls eine solche Behandlung brauche«, sagte Krenn.

Kellys Befürchtungen bestätigten sich: Schon nach kurzer Zeit erschöpfte sich die Batterie ihres Kommunikators. Am Rande des Schotts war eine dünne und glühende Linie zu erkennen, und sie markierte die Stellen, an denen sich die Intervallerenergie durch den Stahl fraß. Kelly setzte ihren Ultraschallfokussierer ein und feuerte ihn auf das steinhart gefrorene Fleisch ab. Die Rümpfe platzten auseinander, und die damit einhergehenden Geräusche waren noch lauter als das kreischende Fauchen des Intervallers. Aber wenigstens wurde auf diese Weise ein wenig Wärme erzeugt.

Nach einer halben Ewigkeit der Finsternis erreichte Krenn die letzte Ecke. Es fiel ihm schwer, sich auf den Beinen zu halten, und seine Haut schmerzte, wenn er sich bewegte. Er fragte sich, ob das Blut in den Adern der oberen Gewebeschichten gefroren war. Er dachte an die Kälteunfälle, denen andere Klingonen zum Opfer gefallen waren: Das Fleisch gewann eine grünlichschwarze Tönung und fiel in Fladen von den Knochen, wie die modrige Borke eines abgestorbenen Baums.

Krenn warf sich mit der einen Schulter gegen die Tür, und Pein explodierte in ihm. Eis ächzte. Doch das Schott rührte sich nicht.

Maktai setzte sich in Bewegung, und Kelly stützte ihn. Sie traten an die Seite Krenns.

»Versuchen wir es gemeinsam«, sagte der Captain.

Mit einem donnernden Krachen löste sich die Tür aus der Einfassung, und die Klingonen taumelten in den Frachtraum. Krenn spürte, wie seine Lungen nach der warmen Luft gierten, aber er versuchte, seinen Atemrhythmus zu kontrollieren und auf diese Weise einen Kreislaufkollaps zu vermeiden.

Von dem Wandkommunikator waren nur noch Fetzen übriggeblieben. Maktai betätigte die Ruftaste neben dem Lift. Der Indikator reagierte nicht. »Akhil muß die Kontrolleitungen blockiert haben.« Mit seiner verstümmelten Hand schlug er mehrmals auf die Instrumententafel, und erst nach einer Weile bemerkte er die beiden Fingerstümpfe. »Ich habe überhaupt nichts gefühlt.« Er wankte erneut und lehnte sich an die Wand. Auf seinen Schultern hatte sich Rauhreif gebildet. »Die Treppe befindet sich auf der anderen Seite. Wir müssen den Korridor nehmen, der durch den Ausleger führt.«

»Mit anderen Worten: zwei Decks hoch, dann durch das ganze Schiff und anschließend noch einmal drei weitere Decks, um die Unterkunft Emanuels zu erreichen.« Krenn ignorierte den verwunderten Blick Maktais und sah in die Richtung zurück, aus der sie gekommen waren. »Dort drüben gibt es einen Transporter.«

»Ich kümmere mich um die Kontrollen«, warf Kelly ein.

»Krenn«, sagte Maktai, »auf diesem Deck gibt es nur Frachttransporter… Oh, *khest*, ich komme.« Er stieß sich von der Wand ab, machte einen Schritt, dann einen zweiten – und hätte fast das Gleichgewicht verloren.

Krenn wußte, daß er sich nicht mit Muskelkraft auf den Beinen hielt, sondern allein mit *Klin*.

»In Ihrem derzeitigen Zustand kann ich Sie nicht gebrauchen«, stellte Krenn fest. »Und tot nützen Sie mir noch weniger.«

Maktai sank zu Boden und griff nach dem Gelenk der verletzten Hand. Vielleicht wollte er damit eine Blutung verhindern, aber als Krenn den Gesichtsausdruck des Sicherheitsoffiziers sah, verstand er die Geste. *Kahlesste Kaase*, übermittelte ihm der Blick der gelben Augen. Kahless' Hände.

Krenn und Kelly machten sich auf den Weg zur Transferstelle. Der Captain beobachtete sie und stellte zufrieden fest, daß sie noch immer so flink war wie damals als *Klin zha*-Tänzerin.

»Bist du verletzt?« brachte er hervor und gebrauchte dabei wieder die persönliche Anrede. Er deutete auf den einen Arm Kellys, der wie ein totes Anhängsel ihres Körpers wirkte.

»Meine Schulter ist gefroren«, erklärte sie. Krenn wußte von dem stählernen Implantat und nickte verstehend. In diesem Zusammenhang erinnerte er sich an den Griff des Intervallers: Er war so kalt gewesen, daß die Haut seiner Finger daran festgeklebt war.

Akhil konnte gar nicht genug leiden, um für all dies zu büßen.

Kurz darauf erreichten sie den Transporter – eine flache Platte aus rautenförmigen Segmenten. Diese Anlage war nur für die Beförderung von Fracht bestimmt, und Krenn war froh darüber, daß er sich nicht an die Fehlerquote bei der Beförderung von lebenden Wesen entsann. »Steuerbordempfänger«, sagte er. »Zentraldeck vier.«

»Bestätigung.« Kelly bediente die Kontrollen mit einer Hand, und sie offenbarte dabei mehr als nur manuelles Geschick. Bisher hatte Krenn nicht einmal gewußt, daß sie überhaupt in der Lage war, ein Transportersystem zu programmieren. Er vermutete, daß sich die Flottenangehörigen, die keine Spezialausbildung genossen hatten, so viele Kenntnisse wie möglich aneignen mußten, um die Bereitschaftskasernen zu verlassen und an Bord eines Raumschiffes zu gelangen.

Krenn war entschlossen, sie nicht in die Wartebaracken zurückkehren zu lassen.

»Energie«, sagte Kelly und betätigte die Schieberegler. Krenn hielt unwillkürlich den Atem an – obgleich er wußte, daß der Transfer völlig schmerzfrei war.

Sein Körper verwandelte sich in eine goldene Lichtsäule und verschwand.

Er rematerialisierte auf der Scheibe des Passagiertransporters, und auf dem Wandschild stand: DECK 4, STEUERBORD. Noch immer fühlte er die Schwäche, die auf den Kälteschock zurückging, und außerdem spürte er nun auch ein dumpfes Pochen hinter der Stirn. Aber bei einem Transferfehler hatte das Opfer keine Möglichkeit, sich seiner Lage bewußt zu werden.

Leer erstreckte sich der Korridor vor ihm, und die Wölbung verwehrte ihm den Blick auf das gegenüberliegende Ende mit dem Backbordtransporter. Eine der Türen stand offen, und irdisch helles Licht fiel in den Gang. Krenn näherte sich und lauschte. Alles blieb still.

Vielleicht komme ich zu spät, dachte er. Doch andererseits: Er war noch immer der Kommandant der *Fechter*. Er gab sich einen Ruck und trat ein.

Im Vorzimmer hielt sich niemand auf. Die Spielscheibe Dr. Tagores lag zersplittert auf dem Tisch, von einem Intervallerstrahl zerstört. Auf dem Boden, neben einem umgestürzten Stuhl, bemerkte Krenn ein Buch; der Titel lautete: *Die Unschuldigen der Fremde.* Die Tür zum Hauptraum war aufgebrochen worden.

Krenn hörte ein leises Klicken – jemand schob eine neue Energiekapsel in die Ladekammer eines Intervallers. Rasch schlich er weiter.

Akhil stand vor der geschlossenen Tür des Badezimmers. Als Krenn eintrat, wirbelte er um die eigene Achse, hob die Strahlwaffe und drückte ab. Die Entladung pulverisierte einen Teil des Türrahmens hinter dem Captain, riß ihm die Waffe aus der Hand und schleuderte ihn zu Boden.

»Ich wußte, daß es Ihnen gelingen würde, die Kältekammer zu verlassen«, sagte Akhil. »Aber es ist mir ein Rätsel, wie Sie so schnell... Oh, ich verstehe. Der Frachttransporter. *Kai,* Captain.«

Krenn tastete nach seinem Intervaller. Akhil schoß erneut, und in der Wand entstand ein Loch. »Lassen Sie das, Captain. Zwingen Sie mich nicht dazu, Sie zu töten. Das ist nicht *notwendig*. Hat es Maktai erwischt?«

»Er lebt.«

»Nun, dann können wir ihn hinrichten. Pech für Mak – aber irgend jemand muß für die Ermordung des Menschen büßen, und ich bin nicht dazu bereit. Sie brauchen ebenfalls nicht dafür zu sterben. Der Flotte macht es sicher nichts aus: Schließlich betrifft es jemanden vom Sicherheitsdienst. Aber es muß ein Offizier sein, denn wenn wir einem einfachen Besatzungsmitglied die Schuld geben, wird man uns Inkompetenz vorwerfen.«

»*Warum?*« fragte Krenn.

»*Begreifen* Sie das denn nicht?« erwiderte Akhil, und er klang gleichzeitig müde und enttäuscht. Er deutete auf die Tür der Hygienezelle. »Das Wesen da drin – hat es Sie... *versklavt*?«

»*Wie nennen Sie mich?*« entfuhr es Krenn, und fast wäre es ihm gelungen, sich wieder aufzurichten. Doch er war zu schwach und sank zurück.

»Natürlich haben Sie sich ihm nicht *freiwillig* unterworfen«, sagte Akhil rasch und schüttelte hastig den Kopf. »Möglicherweise hat der Mensch psionische Kräfte eingesetzt – ich weiß es nicht. Seine Artgenossen, die wir auf der Erde kennenlernten... sie sind kein Problem. Aber wir bringen ausgerechnet *dieses* Exemplar zum Imperialen Konzil. Das muß verhindert werden, Gedankenfähnrich.« Akhil wandte sich wieder um, richtete den Intervaller auf die Tür und feuerte.

Eine Explosion donnerte, und ihre Wucht zertrümmerte die Tür und warf Akhil zurück. Dichter und heißer Dampf wallte. Der Spezialist schlug die verbrühten Hände vors Gesicht und wäre fast auf den am Boden liegenden Krenn gestürzt, als das Wasser aus der Tür flutete. Krenn streckte die Hand nach dem Spezialisten aus, bekam ihn jedoch nicht zu fassen. Akhil kroch von ihm fort, kam wieder auf die Beine und hielt auf die Korridortür zu.

Krenn fand seinen Strahler und betätigte den Auslöser. Die Entladung zerstörte eins der dreidimensionalen Bilder an der Wand. Als sich der Captain in die Höhe stemmte, hatte er das Gefühl, seine Beine seien so weich wie Gelatine.

Akhil trat in den Gang, und Krenn folgte ihm taumelnd. Als er den Korridor erreichte, gab Akhil gerade einen Code in das Sicherheitsschloß der Tür, die in den Computerraum führte. In jener Kammer durften aus Sicherheitsgründen keine Waffen verwendet werden, und wenn es Akhil gelang, sich Zugang zu verschaffen, blieb dem Captain nichts anderes übrig, als mit bloßen Händen gegen ihn anzutreten. Und bevor er ihn überwältigen konnte, gelang es dem Spezialisten bestimmt, alle Speichermodule des Rechners zu löschen, was sowohl das Ende der *Fechter* als auch den Tod aller Besatzungsmitglieder bedeutet hätte.

Krenn lehnte sich an die Wand, legte an und drückte ab. Es ertönte nur ein leises Summen; kein Strahl zuckte aus dem Lauf der Waffe. Die Energiekapsel – leer.

Akhil sah nicht einmal auf.

Das dicke Schott begann sich zu öffnen. Krenn spannte die Muskeln und machte Anstalten, sich auf den Spezialisten zu stürzen. Der in ihm wütende Schmerz war schier unerträglich.

Kelly trat hinter der Biegung des Ganges hervor – offenbar hatte sie den Backbordtransporter benutzt –, hob die Projektilschleuder Maktais und feuerte. Die Aufschlagswucht des Geschosses schleuderte Akhil an das Schott, aber er sank nicht zu Boden. Erneut entlud sich die Projektilwaffe mit einem lauten Knallen. Der Spezialist wankte, machte einen Schritt... Kelly stürmte los und trat mit dem eleganten Geschick einer Tänzerin zu. Ihre Fußspitze traf Akhil an der Kniebeuge.

Akhil stürzte und blieb regungslos liegen.

Kelly drehte sich um und sah Krenn an. Ihr einer Arm baumelte noch immer leblos von der Schulter herab. Der Captain spürte, wie ihn jemand berührte: Dr. Tagore. Seine Kleidung war zerknittert und naß, aber er schien keine Verletzungen erlitten zu haben. Der Mensch führte Krenn zu einem Stuhl.

»Sie waren gar nicht... in der Hygienezelle.«

»Ich habe die Abflüsse zugestopft und alle Hähne geöffnet, und dann verließ ich das Zimmer wieder und schloß die Tür. Meine einzige Hoffnung bestand darin, daß sich Commander Akhil zumindest eine Zeitlang von dem Rauschen des Wassers ablenken ließ. Aber seltsamerweise prüfte er nicht einmal, ob die Tür verriegelt war.«

»Klingonen schließen immer ab«, sagte Krenn. »Wo haben Sie sich versteckt?«

»Ich habe mich an einen alten Brauch meines Volkes gehalten... Wenn Menschen Gefahr droht, neigen sie dazu, unters Bett zu kriechen.«

»Sie hätten mich fast überzeugt«, erwiderte Krenn. »Ich dachte wirklich, Sie würden nicht kämpfen. Ein... guter Trick.«

»Ich habe auch gar nicht gekämpft«, antwortete Dr. Tagore ruhig. »Ich wollte mich nur nicht umbringen lassen.«

Krenn lachte – und nicht etwa deswegen, weil die Worte des Botschafters so absurd klangen. Er begriff plötzlich die Einstellung des Menschen, die Prinzipien, auf die sich sein Verhalten gründeten. »Emanuel – sind sie Psioniker?«

»Nein, Krenn. Man testete mich auf Vulkan, und dabei wurden keine Hinweise auf PSI-Fähigkeiten entdeckt.«

»Dann hatte Akhil recht«, erwiderte Krenn. Er spürte, wie ihm langsam die Sinne schwanden, wie sein Bewußtsein in einen dunklen Schlund glitt. »Das Imperiale Konzil sollte sich vor Ihnen in acht nehmen. Der Geheimdienst hat bewiesen, daß er die Räte nicht schützen kann...«

»Akhil war kein eingeschleuster Agent«, hörte Krenn. Zwar konnte er inzwischen nichts mehr sehen, aber deutlich vernahm er den Klang der Stimme Kellys. »*Ich* arbeite für den IG.«

Krenn und Dr. Tagore spielten mit dem Set des Captains *Klin zha,* als die Nachricht eintraf, daß die Leiche Akhils ins All gebeamt worden war – mit maximaler Strahldivergenz. Krenn bestätigte die Mitteilung und machte seinen nächsten Zug.

Dr. Tagore räusperte sich. »Wenn ich mich recht entsinne, sagte ich einmal, daß ich eine bestimmte Theorie habe, was die Einstellung der Klingonen dem Tod gegenüber betrifft.«

»Sie erwähnten keine Einzelheiten.«

»Nun, auf der Erde stand ich mit meiner Ansicht ziemlich allein... Wie dem auch sei: Wenn ein Mensch stirbt, so veranstalten wir eine Zeremonie. Oft wird ein einfaches und schlichtes Ritual durchgeführt, manchmal aber auch ein ausgesprochen festliches.«

»Sie *feiern* den Tod?«

»Nein. Die Zeremonie dient zum Gedenken an den Verstorbenen.«

»Ein seltsamer Brauch.«

Dr. Tagore lächelte schief. »Das kommt ganz auf den

jeweiligen Standpunkt an. Die eigentliche Funktion solcher Rituale besteht darin, ein Ventil für den Kummer zu schaffen, den Hinterbliebenen die Möglichkeit zu geben, ihren Gefühlen freien Lauf zu lassen.«

»Und ein derartiges Kollektiverlebnis vermindert den... Kummer?«

»Das ist unsere Erfahrung, ja.«

»Bei uns ist so etwas nicht üblich«, sagte Krenn.

»Ich weiß. Und ich frage mich, was aus der emotionalen Energie wird, der inneren Anspannung... Ich glaube, diese Kräfte dienen zur Weiterentwicklung Ihrer Kultur. Sie helfen Ihnen, zu expandieren – zu erobern, wenn Sie so wollen.«

»Nal komerex, khesterex«, erwiderte Krenn, starrte verdrossen auf das Spielbrett und ärgerte sich darüber, an Maxwell Grandisson III erinnert worden zu sein.

»Das ist mir ebenfalls klar. Sie leben in ungünstiger Umgebung, und Ihr Leben ist kurz und daher sehr intensiv. Wie ich vorhin schon sagte: Die meisten lehnen meine Hypothese ab.«

Krenn strich sich übers Kinn.

»Im Gegensatz zu anderen Rassen können Klingonen nicht weinen«, fuhr Dr. Tagore ruhig fort. »Emotionale Belastung führt zu einer Stimulation bestimmter Gesichtsnerven, und die Reaktion auf starke Anspannung besteht darin, daß ein Klingone die Zähne bleckt. So als wolle er mitteilen: ›Wahrt eine sichere Distanz zu mir, bis ich mich wieder in der Gewalt habe.‹

Die daraus resultierende Isolation ist bei uns Menschen nicht ganz... unbekannt.«

Krenn gewann die Partie, gratulierte Dr. Tagore zu seinem wachsenden *Klin zha*-Geschick und verließ den Raum.

In der Offiziersmesse begegnete er Kelly. Sie war allein und hatte gerade eine Mahlzeit eingenommen. Durch das breite Panoramafenster beobachtete sie die nackten Sterne.

Sie wandte nicht den Kopf, als er sich ihr näherte, und er wußte, daß sie sich aus Höflichkeit taub stellte. Seit der Konfrontation mit Akhil waren zwanzig Tage vergangen, und in der Hüfte Krenns steckte noch immer ein dicker Nagel aus Kunststoff. Wenn er sich bewegte, machte er einen ziemlichen Lärm.

Er verstand nun, warum das Gebaren Kellys so zögernd und abwartend wirkte, warum sie kaum mehr der Tänzerin ähnelte, die er einst gekannt hatte: Die Armprothese hatte nicht nur ihren Leib verändert, sondern auch ihr Wesen.

Sie war erneut operiert worden, vom Bordarzt der *Fechter*, und der Chirurg hatte das stählerne Schultergelenk gegen ein anderes ausgetauscht, das ebenfalls aus Metall bestand. Es steckte nun in einer Schutzumhüllung aus weichem Kunststoff. Eine Reparatur, dachte Krenn. Wie bei einer Maschine.

Er setzte sich, und Kelly begrüßte ihn.

Eine Zeitlang schwiegen sie.

Dann schließlich sagte der Captain: »Ich frage mich, was Meth vom Imperialen Geheimdienst von der ganzen Sache halten wird.«

»Operationsschwester Meth interessiert sich nicht für Methoden«, erwiderte Kelly. »Nur für Resultate.«

Krenn nickte und musterte sie. Er betrachtete die Wölbung ihres Halses, das Funkeln ihrer Augen. Nach einer Weile streckte er die Hand aus und tastete nach ihrem Arm, wobei er es vermied, Nervenstellen zu berühren.

Sie stand ruckartig auf und sah auf ihn herab. Ihr Gesicht war ausdruckslos, aber nicht ganz so leer wie das Meths. »Sie sind der Begründer einer Linie«, sagte sie, wobei sie nicht die persönliche Anrede benutzte. »Ich kann nicht zu ihr gehören. Ich bin keine reinrassige Klingonin. Ich kenne meine Abstammung nicht einmal, weiß nicht, was für Blut in meinen Adern fließt. Vielleicht bin ich unfruchtbar.«

»Weiß Meth darüber Bescheid?« fragte Krenn.

»Ihnen dürfte klar sein, daß Meth nur Leute einsetzt, die er kontrollieren kann«, erwiderte Kelly. »Ich habe einen Offizier Ihrer Besatzung erschossen, und ich konnte nicht verhindern, daß Sie verletzt wurden... Vielleicht stelle ich eine Gefahr für Sie dar.«

»Das Risiko gehe ich ein«, sagte Krenn.

Sie wandte sich ab, und bevor sie fortgehen konnte, griff der Captain nach ihrer Hand und hielt sie fest. Kelly schauderte, als es in ihrer Schulter leise knackte. »Sie dürfen mir nicht vertrauen. Ich gehöre nicht zu Ihrem Volk.«

»Akhil *war* Klingone.«

»Was wollen Sie von mir?«

Krenn sah sie eine Zeitlang stumm an, und dann entgegnete er: »Ich möchte, daß du mir etwas mitteilst, was ich nicht schon längst weiß.«

Er ließ ihre Hand los, und Kelly sah durch das Panoramafenster und betrachtete die Sterne, die an der *Fechter* vorbeizugleiten schienen. Nach einigen Sekunden nickte sie und setzte sich in Bewegung. Sie ging langsam und bedächtig, schien jeden einzelnen Muskel genau zu kontrollieren.

Doch wenn man wußte, wonach es Ausschau zu halten galt, konnte man deutlich sehen, daß sie tanzte.

Krenn folgte ihr.

DRITTER TEIL
Der fallende Turm

Nur ein Narr kämpft in einem brennenden Haus.

Klingonisches Sprichwort

KAPITEL 7

Spiegel

Sechsundzwanzig ausgewählte Mitglieder des Imperialen Konzils saßen Krenn gegenüber. Der Captain beobachtete die recht große Flotten-Fraktion, sah auch einige Angehörige der Marine, mehrere politische Spezialisten und zwei Imperiale Planetengouverneure.

Die Audienzhalle war gewaltig und in unterschiedliche Sektionen unterteilt. Unter der Decke schwebten Dutzende von Scheiben und Tafeln aus buntem Glas und Kristall, und mattes Licht spiegelte sich auf ihnen wider. Die Luft war angenehm zu atmen, doch nicht ganz so warm und feucht, um Schläfrigkeit zu bewirken. Im Boden zeigte sich ein mehr als zehn Meter langes Imperiales Dreiblatt. Krenn stand hinter einem schmalen Glaspodium in der Mitte des Symbols.

»Die Waffenlieferung an die Welten Tcholin III und Wildas Planet führten dazu, daß die dominierenden Einflußgruppen eine Allianz mit dem Imperium befürworten«, sagte Krenn. Er führte keine Unterlagen bei sich, in denen die Informationen enthalten waren – man erlaubte ihm keine Notizen. Er ließ seinen Blick über die Räte schweifen, und er sah Admiral Kezhke, der inzwischen sehr alt und gebrechlich wirkte. Er bemerkte auch Admiral Kodon, den Held der Raumsektoren, die an den romulanischen Einflußbereich grenzten. Krenn vermied es absichtlich, Kodon direkt anzusehen.

»Selbstverständlich handelt es sich bei den Waffen ausnahmslos um billige Ultraschallfokussierer. Komponenten der Transtator-Technik haben wir nicht geliefert. Darüber hinaus fiel uns der Handel besonders leicht, da die von der Föderation stammenden Übersetzungsmaschinen die Bezeichnung *vird'dakaasei* mit *In-*

tervaller übersetzen, ganz gleich, um was für Ausführungen und Modelle es geht...«

Sechs *Tharavul* standen wie reglose Statuen hinter den Klingonen, denen sie einerseits dienten und die andererseits Studienobjekte für sie waren. Einige Bedienstete trugen Tabletts mit Speisen, Getränken und Aromastäbchen herbei – *Tharkuve,* in einem unmittelbareren Sinne taub, als es bei den Vulkaniern der Fall war.

»Vier weitere Welten im Alshanai-Riß haben uns den Frieden angeboten. Sie beabsichtigen nicht, sich von der Föderation zu lösen, aber inzwischen ist ihnen klargeworden, daß die Schiffe Starfleets keinen ausreichenden Schutz vor Überfällen orionischer Piraten darstellen.

Wenn die bisherige Taktik fortgesetzt werden soll, müssen orionische Angriffe vorgetäuscht werden, denn eine weitere Finanzierung echter Überfälle würde zu hohe Kosten verursachen.«

Die Audienzkammer enthielt auch einen Thron, doch niemand saß darauf. Auf den Polstern ruhte nur eine Krone – als Symbol für den Imperator. Kadrya hatte sich für eine Krone aus Eisen als Zeichen seiner Macht entschieden. In dieser Hinsicht konnten alle Imperatoren eine freie Wahl treffen, doch nur Keth der Hundertjährige hatte unvergängliches Gold beansprucht. Natürlich verzichteten alle darauf, dem Beispiel General Kaggas zu folgen: Aufgrund einer Rebellion verurteilte man ihn zum Tode, doch man gestand ihm zu, für den zwanzigsten Teil eines Tages als Imperator zu regieren. Anschließend wurde er auf dem Thron hingerichtet: ein großartiger Endzug des *Komerex zha.* Krenn erinnerte sich daran, daß man ihm das Zeichen der Krone in die Kopfhaut gebrannt hatte.

»Die Autoritäten der Föderation planen eine der großen Zusammenkünfte, die sie *Babel-Konferenzen* nennen. Dabei sollen kulturelle Probleme erörtert werden.

Aufgrund der langen Reisezeiten dürfte es rund ein Jahr dauern, bis alle Delegierten zugegen sind.

Damit endet der Bericht des Imperialen Kontaktamtes, der Ihnen von Captain Krenn sutai-Rustazh vorgetragen wurde.«

Die Räte nickten höflich, und Krenn salutierte und verließ die Halle. Es gab eine Transporterverbindung zu seinem Hotel; er winkte dem Kontrolltechniker zu und trat auf das Tansferfeld.

Der Captain rematerialisiert in der kleinsten Transportereinheit, die er jemals gesehen hatte. Sie verfügte nur über eine einzige Scheibe – was einer Verschwendung gerätetechnischer Kapazität gleichkam. Selbst private Heimstationen wiesen mindestens drei Transferfelder auf. Er war ganz allein im Zimmer: Niemand stand an der Justierungskonsole.

Die Tür bestand aus glattem Metall, und als Krenn auf sie zutrat, ertönte ein leises Summen. Der Stahl glitt beiseite, und er stellte fest, daß die massive Platte rund zwanzig Zentimeter durchmaß. Krenn zögerte kurz: Er hatte auf den ersten Blick festgestellt, daß er nicht in seinem Quartier eingetroffen war, doch er vermutete, daß bewußte Absicht hinter der Manipulierung des Transportersignals stand.

Er betrat einen kleinen und matt erhellten Raum. Die Einrichtung beschränkte sich auf einen Schreibtisch, der über ein Computerterminal verfügte. Neben dem Bildschirm stand eine Flasche, die eine Flüssigkeit enthielt. Die gegenüberliegende Wand bestand aus Glas und war leicht nach außen geneigt. Ein großer und breitschultriger Klingone wartete am Fenster. Er trug eine schwarze Tunika und wandte Krenn den Rücken zu.

Operationsmeister Meth drehte sich nicht um, als er sagte: »Kommen Sie zu mir, Captain Krenn.«

Krenn setzte sich wieder in Bewegung, und hinter ihm schloß sich die Tür mit einem leisen Zischen. Er trat ans Fenster heran…

... und blickte in die große Audienzhalle, die er gerade verlassen hatte. Wie ihm auffiel, waren einige der Flottenangehörigen gegangen, und Administratoren nahmen ihre Plätze ein. Dr. Emanuel Tagore näherte sich dem Podium, gekleidet in eine einfache weiße Tunika mit roter Schärpe.

Wir befinden uns über den Glas- und Kristallflächen unter der Decke, dachte Krenn. Er fragte sich, was der Operationsmeister von ihm wollte.

Dr. Tagore verneigte sich und begann zu sprechen. Krenn hörte nicht einmal ein leises Flüstern.

Meth reichte ihm einen kleinen Empfänger; der Captain nahm das winzige Gerät entgegen und schob es sich ins Ohr, wobei er feststellte, daß der Operationsmeister nicht mit einem solchen Instrument ausgestattet war. Vielleicht, so überlegte Krenn, verfügt er über ein direktes Implantat. In der Regel lehnten Klingonen solche Dinge ab, da sie gedankliche Überwachung und Bewußtseinskontrollen fürchteten. Außerdem konnte ein Feedback-Signal genügen, um den entsprechenden Mechanismus zur Explosion zu bringen. Meth hingegen...

»Der Austausch von Sportlern zwischen den Jahresspielen und der in regelmäßigen Abständen in der Föderation stattfindenden Großolympiade«, sagte Dr. Tagore, »würde den Bedarf an Trophäen als Gegner bei den Spielen reduzieren. Außerdem wären dadurch auch andere Wettstreitarten als Kämpfe um Leben und Tod möglich. Bei Ihren Jahresspielen kommt es bereits immer häufiger zu derartigen Begegnungen, und sie sind durchaus ehrenvoll, für den Sieger ebenso wie für den Verlierer.

Was die Ermittlung wichtiger medizinischer Daten angeht: Die notwendigen Werte könnten von speziell programmierten Tricordern ermittelt werden, deren Aufzeichnungsfunktion blockiert wurde. Auf diese Weise ließe sich nicht feststellen, aus welchem Grund ein bestimmter Wettkämpfer disqualifiziert wird. Dr. T'Riri, *Tharavul* des Gedankenmeisters Ankhisek, erklärte mir, so etwas ließe sich problemlos mit der vulkanischen Technik bewerkstelligen...«

»Er ist beeindruckend«, meinte Meth. »Wenn er genug Zeit hätte, wäre es ihm durchaus möglich, das Konzil von seinen Vorschlägen zu überzeugen... Inzwischen sind vier Jahre vergangen, und die meisten Räte glauben, er sei auf ihrer Seite. In Wirklichkeit aber haben sie sich seinen Standpunkt zu eigen gemacht.« Meths Kunststofflippen bewegten sich und deuteten ein dünnes Lächeln an.

»Weiß der Botschafter, daß er zur Erde zurückbeordert wurde?« fragte Krenn.

»O ja. Da Sie sich sofort zur Verfügung stellten, war es nicht nötig, mit der Übermittlung der Nachricht zu warten...« Meth sah wieder in die Audienzhalle. »Er weiß Bescheid, und trotzdem verhält er sich so, als stehe die Föderation geschlossen hinter ihm. Man könnte fast glauben, er sei von dem moralischen Wert seiner Vorschläge überzeugt.«

»Vielleicht ist er das.«

»Hm«, machte Meth, »ich hatte ganz vergessen, daß es eine enge Beziehung zwischen Ihnen und dem Botschafter gibt.« Krenn wußte, daß es sich bei diesen Worten nur um eine Redewendung handelte: Meth vergaß *nie* etwas. »Nein, ich glaube, da irren Sie sich. Die von dem Botschafter verwendete Taktik ist recht nützlich, aber nur auf unteren Ebenen. Die Waffe des Mörders mag sich für einen chirurgischen Laser halten, doch der Attentäter weiß genau, worum es geht.« Mit einer plastikumhüllten Hand deutete Meth auf Dr. Tagore. »Ich habe gehörigen Respekt vor jenem Menschen, Captain, und ich bin sicher, er ist kein Werkzeug, sondern ein Meister... Es war interessant, seine Reaktion auf die Nachricht zu beobachten. Wenn Sie möchten, könnte ich Ihnen eine Aufzeichnung zeigen.«

»Nein, danke«, erwiderte Krenn. »Ist das Schiff bereit?«

»Ja. Die Hilfe Kezhkes erwies sich einmal mehr als sehr nützlich... Er hat eine recht hohe Meinung von Ihnen, sutai-Rustazh.« Der Tonfall des Operationsmeisters blieb unverändert. Krenn mußte plötzlich daran denken, daß er noch nie den Liniennamen des Klingonen gehört hatte, der den Imperialen Geheimdienst leitete.

Um sich abzulenken, fragte er rasch: »Was ist mit dem angeforderten Personal?«

»Commander Maktai und Lieutenant Commander Kelly erwarten Sie an Bord, Captain. Und wenn ich das hinzufügen darf: Sie haben eine ausgezeichnete Wahl getroffen.«

»Commander Kelly?«

»In der Tat. Es ist nicht weiter schwer, einen höheren Rang zu erhalten. Das eigentliche Problem besteht darin, die notwendige Autorität zu beanspruchen... Nun, das überlasse ich Ihnen. Ihren anderen Anfragen wurde ebenfalls entsprochen. Sie kennen die Einschränkungen, oder?«

»Gedankenmeister Ankhisek erklärte sie.«

»Und Sie haben ihn verstanden? *Kai* der Kraft ihrer Gedanken, Captain.« Diese Antwort Meths kam fast einem Wortspiel gleich: Gedankencaptain. Krenn fragte sich, ob die Bemerkung auch so gemeint war.

»Ich bin sicher, Ihnen ist die Bedeutung der Mission klar«, fügte Meth hinzu. »Und deshalb nehme ich an, Sie sind bereit. Die notwendigen Daten werden kurz vor dem Start transferiert.«

»Ich warte nur noch auf den Botschafter.«

»Da brauchen Sie sich nicht lange zu gedulden. Er läßt alle seine Besitztümer zurück – abgesehen von einigen Kleidungsstücken und seiner Bibliothek. Er meinte, es ginge ihm nur darum, an einer Konferenz teilzunehmen. Die Botschaft, so erläuterte er, bliebe bestehen.« Meth sah auf Dr. Tagore herab, und Krenn blickte ebenfalls nach unten. Zwar befanden sie sich einige Dutzend Meter über dem Boden der Audienzhalle, doch der Mensch vor dem gläsernen Podium wirkte kaum kleiner als sonst. Krenn drehte den Kopf und musterte Meth, doch das Gesicht des Operationsmeisters war völlig ausdruckslos. Seine Augen hätten ebensogut aus Kristall bestehen können, und selbst die Haltung des Körpers wirkte neutral. Aber vielleicht war das ein weiterer Aspekt seiner Tarnung.

Krenn verglich Meth mit einem Schwarzen Loch, das Informationen in seinen Gravitationsschlund riß. Er nahm alles in sich auf, was sich seiner Neugier darbot, und nichts entkam seinem Ereignishorizont.

Zumindest theoretisch gab es eine Möglichkeit, Informationen aus einem Schwarzen Loch zu gewinnen. Dazu war ein hoher Energieaufwand an der Peripherie des Ereignishorizontes notwendig, und für jedes Partikel, das dem Schwerkraftkerker entkam, mußte ein anderes geopfert werden.

Akhil hatte Krenn darauf hingewiesen.

»Ich bedaure es, daß uns der epetai-Tagore verläßt«, sagte Meth. Der Ehrentitel schien nicht ironisch gemeint zu sein. »Ich sehe in ihm ein Spiegelbild meines eigenen Wesens: Wie ich ist er seinem Imperium absolut loyal ergeben, und er würde alles unternehmen, um seine Heimat zu schützen.«

»Vielleicht nicht unbedingt *alles*«, warf Krenn ein.

»Ein verständlicher Irrtum Ihrerseits, sutai-Rustazh. Es fällt Ihnen deshalb schwer zu begreifen, was ich meine, weil Sie nicht völlig loyal sind.«

»Ich *bin*...«

»Das ist kein Vorwurf, Captain. Nur die Wahrheit. Sie *dienen* dem Imperium, und zwar auf exzellente Art und Weise. Doch ein Teil Ihrer Loyalität gilt Ihnen selbst... Das trifft auf alle Klingonen zu, selbst auf den Imperator. Nur ich bilde eine Ausnahme.« Er deutete nach unten. »Ich nehme an, so ist es auch bei den Menschen. Abgesehen von dem Botschafter.«

Krenn erinnerte sich daran, was Meth über das Konzil gesagt hatte, und er fragte sich, ob sich der Operationsmeister auch in dieser Hinsicht mit Dr. Tagore identifizierte. »Trotzdem bin ich davon überzeugt, daß der Botschafter niemals zu einer Waffe greifen würde«, erwiderte er.

Meth lächelte, und Krenn glaubte, in den starren Zügen des hochgewachsenen Klingonen so etwas wie Belustigung zu erkennen. »Haben Sie jemals gesehen, daß ich eine Waffe trage, Captain?«

Krenn war so verwirrt, daß er keine Antwort gab. »Sie glauben, es gibt ein *Komerex zha*«, fuhr Meth ruhig fort. »Doch es existiert nur das *Komerex.*« Er nickte in Richtung Thron, und Krenn beobachtete die eiserne Krone, die auf den Polstern ruhte. »Kadrya steht kurz vor dem sechzigsten Lebensjahr – und Kadrya ist nicht Keth. Es mag nicht sehr ratsam sein, schon jetzt von rostendem Eisen zu sprechen, aber... Nun, wenn Kadrya stirbt, beginnt im Konzil der Kampf um die Krone, und dann besteht meine Aufgabe darin, mich für das Imperium einzusetzen.

Und wenn es zu einem Krieg zwischen einzelnen Völkern der Föderation kommen sollte, so muß es einen Imperator geben, der Entscheidungen trifft und es versteht, die Situation auszunutzen.«

Meth griff nach der Flasche auf dem Schreibtisch und füllte zwei Gläser mit der trüben Flüssigkeit, die sie enthielt. Krenn nahm einen intensiven Kräuterduft wahr. »Da wir gerade von Loyalität sprechen... Wie mir auffiel, ist das Konzil noch nicht darüber informiert worden, daß dem Sprecher des Kontaktamtes ein neuer Auftrag zugewiesen wurde.

Nun, Sie kennen Ihre Mission, und ich habe nicht die Angewohnheit, mich zu wiederholen. Ich wünsche Ihnen eine gute Reise, Captain.«

Kelly betätigte die Schieberegler, und Dr. Tagore rematerialisierte auf der Transporterscheibe. Krenn beobachtete ihn: Der Botschafter hatte sich kaum verändert; nur sein Haar schien ein wenig weißer geworden zu sein.

Dr. Tagore trat von dem Transferfeld herunter und begrüßte die Anwesenden mit einem höflichen Nicken. »Es ist mir erneut eine Ehre, Captain Krenn. Es freute mich, als ich hörte, daß Sie mich zurückbringen. Und Kelly... Sie sind zum Commander befördert worden, nicht wahr? *Kai.* Maktai... Es ist schön, Sie wiederzusehen. Wenigstens ein positiver Aspekt dieser Reise...«

Plötzlich fiel Krenn auf, wie müde der Mensch wirkte. Doch das war eigentlich verständlich; tatsächlich hatte der Captain mit Anzeichen einer tiefergehenden Erschöpfung gerechnet.

»Dies ist ein neues Schiff, nicht wahr?« fragte Dr. Tagore. Während er sprach, machte er einen wesentlich lebhafteren Eindruck. »Es heißt *Spiegel,* wie ich hörte. Was wurde aus der *Fechter*?«

»Die *Fechter* ist nach wie vor im Einsatz und untersteht meinem Kommando«, erwiderte Krenn. »Derzeit wird sie in einem Dock gewartet. Sie haben recht: Bei der *Spiegel* handelt es sich um einen neuen Kreuzer der D5-Klasse. Die Veränderungen sind nicht auf den ersten Blick zu erkennen. Die innere Struktur ist ebenso beschaffen wie bei den D4-Modellen. Mit einigen wenigen Ausnahmen. Eine davon besteht darin, daß es auf dem Offiziersdeck eine große Passagierkabine gibt.«

»Mit einem separaten Bad«, fügte Maktai hinzu. Einige Sekunden lang war es völlig still im Raum, und dann begann Dr. Tagore laut zu lachen. Die anderen Anwesenden stimmten sofort mit ein.

»Wissen Sie«, sagte der Mensch, »inzwischen habe ich es gelernt, den klingonischen Humor zu verstehen.«

»Der Grund, warum man mich zurückrief?« wiederholte Dr. Tagore. »Um – wie lautete noch die Formulierung? – ›die Mission neu zu bewerten und den Botschafter sowohl mit der Stimmungslage bei der Babel-Konferenz als auch den Entscheidungen der Delegierten vertraut zu machen.‹ Wie viele Karten?«

Krenn nahm drei und rückte sein Blatt zurecht. Er hatte eine Vier, einen König und drei Neunen. Maktai klopfte mit seiner dreifingrigen Hand auf den Tisch und nahm eine Karte. Unmittelbar darauf gab er ein enttäuschtes Zischen von sich und legte die Karten mit den Rückseiten nach oben auf den Tisch. Krenn musterte ihn kurz: Maktai hatte ziemlich lange gebraucht, um zu begreifen, daß Passen keinem Aufgeben gleichkam, daß Mut und Entschlossenheit bei diesem Spiel nicht darin bestanden, einen Einsatz zu riskieren, der gar nicht gewonnen werden konnte. Manchmal jedoch fiel es ihm nicht leicht, sich damit abzufinden, fast ständig zu verlieren.

»Commander Maktai paßt«, sagte Dr. Tagore. »Der Geber nimmt zwei Karten. Was bieten Sie?«

»Ich warte«, erwiderte Krenn.

»Sie sind ein vorsichtiger Mann.«

»Das gebietet ihm die Erfahrung«, sagte Maktai.

»Nun gut«, brummte Dr. Tagore. »Der Geber bietet drei.« Er wählte drei Fruchtbonbons aus einem größeren Haufen, der sich bereits vor ihm angesammelt hatte, und schob sie in die Mitte des Tisches. »Der eigentliche Grund, warum man mich zurückbeorderte, ist natürlich ein anderer: Viele VFP-Mitglieder halten nichts davon, daß ein einzelner Botschafter die Föderation vertritt. Sie möchten eigene Verhandlungen mit dem Imperium der Klingonen führen.«

»Ich erhöhe um zwei«, sagte Krenn. »Soweit ich weiß, haben Sie die Interessen der Föderation außergewöhnlich gut wahrgenommen.«

»Danke für das Lob, Krenn. Ihre fünf – und noch einmal fünf. Nun, die Föderation ist in erster Linie eine Koalition, keine Superregierung. Obgleich sie das manchmal vergißt... Wenn die Mitglieder nicht möchten, daß die Föderation für sie eintritt, so darf sie es auch nicht.«

Krenn blickte auf seinen Drilling und musterte dann das Gesicht Dr. Tagores. Er fragte sich, ob Operationsmeister Meth in der Lage gewesen wäre, die Poker-Mimik des Botschafters zu deuten.

Er ließ sein Blatt sinken, und Maktai seufzte.

Dr. Tagore legte seine Karten ebenfalls auf den Tisch. Als Maktai die Hand danach ausstreckte, schüttelte der Botschafter den Kopf. »Sie haben nicht bezahlt, um mein Blatt zu sehen.«

Maktai zog die Hand zurück. »Diese Spielregel hatte ich ganz vergessen«, sagte er kleinlaut.

Dr. Tagore nickte. »Ich wollte Sie nicht beleidigen. Aber denken Sie daran: Nicht alle Spiele sind so harmlos wie Poker.«

Am Rande des Grenzsektors, der das klingonische Imperium vom Einflußbereich der Föderation trennte, wartete ein einzelnes Schiff. Es bestand aus einem Diskus und zwei langen Triebwerksgondeln, und es identifizierte sich als *Savannah II*. Der erste Kreuzer dieses Namens, so erinnerte sich Krenn, hatte sie vor Jahren beim Rückflug von der Erde eskortiert. Er fragte sich, von wem jenes Schiff zerstört worden war.

Der Kommandant schien jünger zu sein als die anderen menschlichen Admiräle, die Krenn kennengelernt hatte. Das Haar des Mannes war rotbraun, die Haut selbst nach den Maßstäben der Menschen blaß. Ein dichter Bart reichte von den Seiten des Gesichts bis zur Oberlippe.

»Captain Krenn«, sagte er in gut verständlichem *Klingonaase*. Er benutzte keinen Translator. »Es ist mir eine Ehre, Sie begrüßen zu dürfen. Ich bin Douglas Tancred

Shepherd, Kommandant dieser Eskorte – wenn man überhaupt von einer regelrechten Eskorte sprechen kann. Die meisten Schiffe Starfleets haben derzeit den Auftrag, Delegierte zu befördern.«

Krenn runzelte verwirrt die Stirn. Aus welchem Grund wies ihn der Mensch so beiläufig darauf hin, daß in den Grenzsektoren nur noch wenige Kreuzer patrouillierten? Andererseits: Bestimmt waren nach wie vor die schnellen und kampfstarken Jäger im Einsatz, und das bedeutete, daß die Worte des Kommandanten eine subtile Herausforderung darstellten.

»Der Stabschef van Diemen heißt Sie herzlich willkommen, Captain«, fuhr Shepherd fort. »Er bedauert es, nicht persönlich zugegen sein zu können. Meine Empfehlungen an Dr. Tagore. Er war einer meiner Universitätsdozenten.«

»Bitte übermitteln Sie Admiral Luther Whitetree Grüße von mir«, sagte Krenn.

»Lou Whitetree... kam vor zwei Jahren ums Leben, Captain«, entgegnete Shepherd etwas zögernd.

Krenn fühlte sich versucht zu fragen, ob er einen guten Tod gestorben war, aber Shepherd wirkte bereits ziemlich betreten. Außerdem verknüpften die Menschen viele Vorstellungen mit dem Tod, die für Klingonen unverständlich blieben. Eines Tages, dachte Krenn, werde ich Sie wiedersehen, Admiral Whitetree, in der Schwarzen Flotte. Und dann bringe ich Sie tausendmal um und lache. Und vielleicht töten Sie mich ebenfalls, um Ihren Sohn zu ehren.

Laut erwiderte er: »Das tut mir leid. Mein Stellvertreter ist ebenfalls tot... Ich hätte dem Admiral gern die Person vorgestellt, die nun seinen Platz einnimmt.« Der Captain blickte kurz in Richtung der Kommunikationskonsole, doch derzeit bediente Fähnrich Kreg die Kontrollen.

»Mein... Beileid«, antwortete Shepherd zögernd und verwundert. »Ihre Genehmigungsdaten sind in Ordnung. Wenn Sie also bereit sind, Captain Krenn... Warp vier?«

»Warp vier, Admiral.«

Als die Schiffe durch den Subraum flogen und zwischen ihnen keine Komverbindung mehr existierte, sagte Krenn: »Lieutenant Klimor, Sie haben das Kommando.« Er nickte Maktai zu, und der Lift brachte sie acht Decks tiefer, in die Sicherheitsabteilung.

Dort waren alle Türen und Schotten speziell abgeschirmt. Links befand sich die Verhörkammer, die derzeit leer war. Krenn und Maktai wandten sich nach rechts, und der Sicherheitsoffizier nahm einen Codeschlüssel zur Hand. Nur damit ließ sich die Tür öffnen; die Klingonen, die sich in dem Raum aufhielten, hatten nur dann eine Möglichkeit, ihn zu verlassen, wenn Maktai die elektronische Verriegelung desaktivierte. Die Schildbarriere schob sich zur Seite, und der Blick Krenns fiel auf drei Reihen aus Konsolen und Instrumentenblöcken. Dutzende von Bildschirmgeräten summten leise.

In allen anderen Schiffen der Flotte stand dieses Zimmer der Internen Überwachung zur Verfügung, und die Sicherheitsbeamten benutzten die Monitore zur Kontrolle aller Schiffssektionen. Doch in der *Spiegel* gehörte jener Bereich zur sogenannten ›Sonderkommunikation‹. Tatsächlich gab es an Bord dieses Kreuzers gar keine ständige interne Überwachung in dem Sinne – obgleich die meisten Besatzungsmitglieder mit Skepsis auf eine solche Mitteilung reagiert hätten. Es handelte sich dabei um eins von vielen Geheimnissen des Schiffes.

Kelly ging an den Konsolen vorbei und näherte sich ihnen. »Die Menschen setzen ihre Sensoren ein und scannen uns, Captain. Die energetische Stärke der Ortungsschilde dürfte ihren Erwartungen entsprechen. Bestimmt haben sie inzwischen festgestellt, daß unsere Waffensysteme blockiert und die Frachtkammern leer sind... Die Emissionen des Warp-Triebwerks bewirken Interferenzen, und die Metallmassen führen eine Feldstärkeschwächung des Scanfokus' herbei.«

»Ausgezeichnet, Kelly. Was konnten Sie inzwischen in Erfahrung bringen?«

»Der Subraumverkehr ist normal. Ich kann die Angaben Admiral Shepherds nur bestätigen.«

Krenn lachte leise. »Bald verliert die Föderation ihre Furcht vor dem Imperium – und was mag dann geschehen? Was ist mit der Klassifikationsdatei, die uns Meth übermittelte?«

»Vor einigen Tagen traf die Bestätigungsmeldung ein, die Sektion Zwei betrifft. Seitdem erhielten wir keine weiteren Nachrichten.«

Krenn nickte. »Sie sollten jetzt auf die Brücke zurückkehren. Ich bin in meinem Quartier. Emanuel erwartet mich zu einer Partie *Klin zha.*«

Sie spielten die reflektive Variante, und Dr. Tagore setzte den Lanzenträger auf ein anderes Feld.

Krenn betrachtete die Konstellation, lehnte sich zurück und seufzte. »Offenbar sind Sie in Übung geblieben.«

»*Zha riest'n*«, erwiderte Dr. Tagore. »Mein Kompliment, Captain. Seit vier Jahren habe ich es nicht mehr mit einem so würdigen Gegner zu tun bekommen. Jedenfalls nicht beim Reflektiven Spiel.«

»Ich hatte einen guten Lehrmeister.«

»Ich hörte von Kethas. Der epetai-Khemara war Gedankenadmiral, nicht wahr?«

»In welchem Zusammenhang vernahmen Sie seinen Namen?«

»Beim reflektiven *Klin zha*«, sagte Dr. Tagore. Er sah auf und erweckte den Eindruck, als überrasche ihn die Frage. »Wenn ich einen möglichen Gegner auf diese Version ansprach, lautete die Antwort immer: ›Das war Kethas' Spiel.‹ Kannten Sie ihn?«

»Natürlich. Er starb, als ich noch jung war.«

Dr. Tagore holte tief Luft. »Mir scheint, ich habe noch immer nicht lange genug bei den Klingonen gelebt. Ich gehe dauernd davon aus, daß Ihr Alterungsprozeß dem der Menschen entspricht. *Wie* alt sind Sie jetzt? Fünfundzwanzig?«

»Ungefähr.«

»Ich werde bald neunundsiebzig. Und trotzdem ist der Unterschied zwischen uns nicht allzu groß... Es bleiben uns noch zwanzig oder dreißig Jahre – wenn wir Gewalt aus dem Weg gehen.« Krenn empfand die letzten Worte nicht als Beleidigung. »Kaffee?«

»Danke, gern.«

»Trotz der wissenschaftlichen Hilfe der Vulkanier kommen wir bei der genetischen Forschung nur langsam voran. Und seit den Eugenischen Kriegen...« Dr. Tagore unterbrach sich und schüttelte den Kopf. »Nun, um auf das Thema von vorhin zurückzukommen: Kethas war bei Starfleet sehr bekannt. Man bezeichnete ihn als den ›klingonischen Yamamoto‹, verglich ihn mit einem historischen Strategen... Jener Mann war ein hervorragender Pokerspieler. Und an der einen Hand fehlten ihm zwei Finger.«

»Das dürfte Mak interessieren.« Krenn fragte sich, ob es bei den Worten des Botschafters wirklich nur um Spiele ging.

»In der letzten Zeit scheint er ziemlich übel gelaunt zu sein«, bemerkte Dr. Tagore. »Geht es ihm nicht gut?«

»Er träumt nicht mehr. Wir waren der Ansicht, er solle Föderations-Standard lernen. Und die Trancelektionen belasten ihn sehr.«

»Oh, ich verstehe.«

Krenn zögerte kurz. »Der Kommandant unserer Eskorte ist ein gewisser Admiral Douglas Tancred Shepherd. Er erwähnte Ihren Namen.«

»Doug Shepherd ist jetzt Admiral? Meine Güte, das macht mir klar, wie alt ich bin, erinnert mich an...« Er seufzte. »Haben Sie das Buch über König Artus und die Ritter der Tafelrunde gelesen?«

»Meinen Sie den besonders dicken Band?«

»Ja. Nun, als ich junge Leute wie Doug Shepherd unterrichtete, fühlte ich mich dabei des öfteren als eine Art Lanzelot. Ich kam mir wie ein Sünder vor, der nach einem Wunder Ausschau hielt, einem ganz persönlichen Wunder.« Er berührte eine der Figuren des Reflektiven Spiels. »Den größten Teil der vergangenen vier Jahre verbrachte ich beim Imperialen Konzil. Schon nach kurzer Zeit wurde mir klar, daß ich nicht der einzige Botschafter bin, den die Welten der Föderation ins Imperium der Klingonen schickten. Doch im Gegensatz zu den anderen habe nur ich einen offiziellen Auftrag.«

Dr. Tagore machte eine kurze Pause, dachte nach und fuhr dann fort: »Ich hoffe zwar, daß ich nach der Konferenz in die Botschaft auf Klinzhai zurückkehren kann, aber dennoch... Wenn Sie mich an Bord des Schiffes von Admiral Shepherd transferiert hätten, wären Sie in der Lage gewesen, sich eine weite Reise zu sparen. Fliegen Sie deshalb zur Erde, weil...« Er unterbrach sich erneut. »Hat man Ihnen deshalb die Erlaubnis gegeben, an der Babel-Konferenz teilzunehmen, weil Sie mich begleiten? Oder sind Sie direkt eingeladen worden?«

»Man hat das Imperium gebeten, Beobachter zu entsenden.«

»Ja... so etwas dachte ich mir schon. Wissen Sie, inzwischen glaube ich nicht mehr an Wunder.

Was halten Sie von einer weiteren Partie? Auf der Erde kenne ich niemanden, der *Klin zha* spielt.«

Als sie diesmal im irdischen Orbit eintrafen, erfolgte der Transfer auf die Oberfläche des Planeten nicht mit Hilfe von Shuttles. Krenn, Maktai und Dr. Tagore wurden direkt nach Födera-Terra gebeamt. In der Empfangsstation warteten einige schwer bewaffnete Sicherheitsbeamte auf sie, und in ihrer Begleitung befand sich ein offizieller Repräsentant der Babel-Konferenz. Der Mann wirkte recht nervös.

»Admiral van Diemen läßt sich entschuldigen«, sagte der Funktionär. »Er hat noch in San Francisco zu tun, aber heute abend läßt er Ihnen eine holografische Mitteilung zukommen. Captain, Commander – wir haben Zimmer für Sie vorbereitet. Dr. Tagore, Sie werden im Delegiertenquartier untergebracht.«

Unmittelbar darauf trennte man sie. Einige bewaffnete und in Zivil gekleidete Starfleet-Angehörige führten Krenn und Maktai zu einem kleinen Fahrzeug mit polarisierten Fenstern. Kaum hatten sie Platz genommen, beschleunigte der Wagen und fuhr mit ziemlich hoher Geschwindigkeit davon.

Einige Minuten später hielt er an, und die Wächter sprangen förmlich hinaus. Admiral Shepherd stieg ein, und nachdem sich die Tür geschlossen hatte, ging die Fahrt weiter, diesmal nicht ganz so schnell wie zuvor.

Krenns Verwunderung nahm zu.

»Willkommen auf der Erde, Captain Krenn – und das ist nicht nur eine Floskel«, sagte Shepherd. »Bis er eintrifft, fungiere ich als Stellvertreter Marcus van Diemens, und aus diesem Grund kann ich Ihnen leider nicht soviel Zeit widmen, wie es meinem Wunsch entspräche. Vermutlich wissen Sie bereits, daß Ihnen das besondere Interesse der Delegierten gilt – obgleich noch viele andere Konferenzbeobachter zugegen sind, die nicht der Föderation angehören.«

Er holte einige Computerausdrucke hervor. »Das sind die Diplomaten, die um ein Gespräch mit Ihnen ersucht haben.«

Krenn starrte auf die Blätter: »Wie viele Namen enthält die Liste?«

»Hunderteinunddreißig.«

»Und die Anzahl der Delegierten?«

»Fünfhundertvierzig«, sagte Shepherd, und er betonte die Worte so, daß ein Hauch von Ironie zum Ausdruck kam.

»Hunderteinunddreißig«, wiederholte Krenn. »Es wird unmöglich sein, mit allen zu sprechen.«

Shepherd nickte. »Da stimme ich Ihnen zu. Es liegt ganz bei Ihnen, wen Sie empfangen möchten. Die Namen der jeweiligen Heimatwelten sind ebenfalls angegeben. Wenn Sie weitere Daten brauchen... In Ihrer Unterkunft wurde ein Computerterminal installiert.«

»Und wo können wir mit den entsprechenden Personen zusammentreffen?«

»Ihr Quartier ist elektronisch abgeschirmt. Wenn Ihnen das nicht genügt, so sind wir gern bereit, Ihnen ein speziell gesichertes Konferenzzimmer im Hauptquartier Starfleets zur Verfügung zu stellen.« Shepherd zögerte kurz und fügte dann hinzu: »Das Hotel weist Ergschilde auf, die von Transporterstrahlen nicht durchdrungen werden können...«

»Ich verstehe«, erwiderte Krenn und las die Bezeichnungen der Planeten. Die meisten von ihnen waren dem Kontaktamt bekannt, und über einige von ihnen lagen detaillierte Informationen vor. In Gedanken hakte Krenn jene Welten ab. »Sie sind sehr hilfsbereit, Admiral.«

Shepherd ließ die Hände in den Schoß sinken. »Ich bin gegen den Krieg, Captain Krenn. Und ich weiß sehr wohl, daß einige der auf der Liste angegebenen Personen bereit wären, der Raumflotte den Einsatzbefehl zu geben. Um die Apokalypse zu verhindern, gibt es keine andere Möglichkeit, als Druck auf sie auszuüben – oder zumindest einen solchen Eindruck zu erwecken.« Er deutete kurz auf die Computerausdrucke. »Wenn Starfleet versuchte, Einfluß auf das Abstimmungsergebnis zu nehmen... In dem Fall könnten wir die Föderation gleich zu Grabe tragen.«

Krenn sah auf und erinnerte sich daran, daß es sich bei dem Admiral um einen Schüler Dr. Tagores handelte. Shepherds Blick war sehr aufmerksam und intensiv, doch der klingonische Captain konnte keine Drohung darin erkennen.

Krenn und Maktai betraten die Hotelsuite. Ein uniformierter Mensch nahm ihr Gepäck von der Scheibe des Antigravtransporters und stellte die Taschen auf dem dicken Teppich ab. Anschließend ging er umher und machte die Klingonen mit der Einrichtung vertraut. Er zeigte ihnen die Schränke, die Kontrollen sowohl für das Licht als auch die programmierbare Klimaanlage, und nach einer Weile trat er an das breite Fenster heran und zog die Vorhänge zurück. Das Apartment befand sich im fünfzigsten Stock des Hotels, und Krenn betrachtete die glitzernde Fläche des Meeres. Der Mensch zog sich zurück, verharrte einige Sekunden lang an der Tür, so als warte er auf etwas, deutete dann eine Verbeugung an und ging.

»*Humanai kuvest?*« fragte Maktai.

»Ein bezahlter Arbeiter«, erwiderte Krenn und entsann sich dabei an Odise, der vor vielen Jahren im Hause seines Adoptivvaters tätig gewesen war. »*Tokhest* – ich weiß es nicht genau.«

Maktai brummte. »Gibt es hier so etwas wie ein Bad?« Er betrat eines der Nebenzimmer.

»Als ich das letztemal hier war, habe ich einige sehr gute gesehen... Die Menschen sprechen manchmal von ›römischen Bädern‹, und dieser Ausdruck bezieht sich offenbar auf ein historisches Imperium.«

Mak sah in den Hauptraum. »Ein was?«

»*Komerex Romaan.*«

Mak schüttelte den Kopf, und Krenn folgte ihm in das andere Zimmer. Dort standen zwei breite Betten.

»Ich bin an Bord von Raumschiffen gewesen, die kleiner waren als diese Unterkunft«, sagte der Sicherheitsoffizier. »Dies hier ist bestimmt... beim Geknurre Maskans, Captain...«

Maktai stand in der Tür eines runden Zimmers, das etwa so groß war wie die Brücke eines Kurierkreuzers. Krenns Blick fiel auf weiße Säulen aus marmoriertem Stein, und an den Wänden und der Decke glitzerten Spiegel. Grüne Ranken hingen von einem hölzernen Gerüst herab, über dem einige Leuchtplatten einen matten Schein emittierten. In der Mitte des Raumes zeigte sich eine mindestens zwei Meter breite Bodenmulde, und die golden glänzenden Armaturen deuteten darauf hin, daß sie mit Wasser gefüllt werden konnte.

»Wir müssen mit den Delegierten sprechen, Mak...« hörte sich Krenn sagen – und er fragte sich, was ihn zu einer so dummen Bemerkung veranlaßte.

Maktai lächelte verträumt. »Aber vorher sollten Sie sich entspannen, Captain. Und außerdem muß ich zunächst das Apartment überprüfen. Sicherheitsroutine.«

»Manchmal stellt die Verantwortung eines Captains eine schwere Bürde dar«, erwiderte Krenn ironisch. »Nun gut, stellen Sie fest, ob dies eine romulanische Falle ist. Ich nehme mir unterdessen den Computer vor. Bald wird sich erweisen, ob einigen der Delegierten so sehr an einem Gespräch mit uns liegt, daß sie bereit sind, sich eine Zeitlang zu gedulden...«

»Als vor neunzig Standardjahren die Föderation gegründet wurde«, führte der rigelianische Delegierte aus, »beantragten wir eine Summe von acht Milliarden Credits, um die Verwaltungskosten zu decken. Doch dieses Geld wurde uns nicht zur Verfügung gestellt. Statt dessen benutzte man die andorianischen Repressalien als Drohung, um uns zur Unterzeichnung des Vertrages zu zwingen.«

Der Rigelianer strich sich über den Nasenpelz und rollte den mit silbernen Stoffspangen geschmückten Schwanz auf der Schulter zusammen. »Wenn man einen jährlichen Zinssatz von vier Prozent zugrunde legt

– eine äußerst geringe Rendite, wie Sie zugeben müssen –, so wäre der ursprüngliche Betrag inzwischen auf zweihundertdreiundsiebzig Milliarden Credits angewachsen. Leider zeigen die anderen Delegierten nicht das geringste Verständnis für unseren Standpunkt. Tatsächlich reagieren sie wie damals, mit dem einen Unterschied, daß wir jetzt nicht von andorianischen Teufeln bedroht werden, sondern von klingonischen.«

»Klingonen glauben nicht an Teufel«, sagte Krenn ruhig.

»Das spielt in diesem Zusammenhang keine Rolle.«

»Außerdem halten wir auch nichts von Erpressung.«

»Das ist eine *gräßliche* Bezeichnung für unseren Anspruch auf Erstattung der Verwaltungskosten.«

»Aber nach unserer Erfahrung die einzig richtige.«

»Nun... vielleicht wäre eine Stundung denkbar.«

Krenn bleckte andeutungsweise die Zähne.

»Oder selbst ein umfangreicher Nachlaß«, fügte der Rigelianer hinzu. Er zupfte an seinem Schwanz, der sich ihm irgendwie um den Hals geschlungen hatte. »Wenn Sie bereit wären, unserem Anliegen ein gewisses Wohlwollen entgegenzubringen, so...«

»Ich befehlige nur einen einzelnen diplomatischen Kreuzer«, sagte Krenn. »Und die Frachtkammern sind nicht groß genug, um zweihundertdreiundsiebzig Milliarden Credits aufzunehmen.« Er stand auf und neigte kurz den Kopf. »Ich glaube, damit ist unser Gespräch beendet.«

»Wie Sie meinen«, hauchte der Rigelianer, ließ den Schwanz los, der noch immer eine Schlinge um seinen Hals bildete, und machte sich eilig davon.

Krenn betrat das Schlafzimmer der Unterkunft. Maktai saß dort vor einem Monitor. Auf dem Schirm waren eintreffende Delegierte der Babel-Konferenz zu sehen, und wenn es sich dabei um Nicht-Humanoiden handelte, wurden zusätzliche Informationen eingeblendet. »Ich bin froh, daß ich Föderations-Standard gelernt habe«, sagte Maktai. »Vor einer Weile wurde der *g'dayt*-häßlichste Klingone gezeigt, den ich jemals gesehen habe, und der Kommentator behauptete, er stelle ein Beispiel für die Imperiale Rasse dar. Es dauerte eine Weile, bis ich begriff, daß ich gemeint war.«

»Haben Sie es mit den Unterhaltungskanälen versucht?«

»Was ist dies denn für einer?«

»Hier werden dauernd Nachrichten gebracht.«

»Und ich dachte, es *sei* eine Unterhaltungssendung. Die anderen erwecken den Anschein, als dienten sie zur Indoktrination von Kindern.«

Das Bild wechselte, und Krenn sah eine große Menschenmenge, die sich am Hang eines Hügels eingefunden hatte. Einige von ihnen trugen Transparente mit der Aufschrift: NUR EIN RAUMSCHIFF: DIE ERDE und BESINN DICH AUF DEINE HEIMAT, MENSCHHEIT. Der Erde ähnelnde Luftballons tanzten in einer leichten Brise.

»In den wichtigsten Städten aller Erdteile«, erklärte jemand, »haben sich die Mitglieder der RADE-Bewegung zu einem friedlichen Protest versammelt...«

»RADE?« fragte Maktai.

»Rückbesinnung auf die Erde«, sagte Krenn. »Menschen, die nichts vom Kosmos halten.«

Maktai kniff die Augen zusammen und starrte auf den Schirm. »Es müssen Tausende sein.«

»Vor sechs Jahren genügten zwei Klingonen, um eine Viertelmillion zu mobilisieren.«

»Ich erinnere mich an Ihren Bericht, an die Schilderungen Akhils, aber...« Maktai schüttelte den Kopf. »Noch nie zuvor habe ich so viele Personen an einem Ort gesehen, nicht einmal *Kuve.*« Er deutete auf den blauen Himmel über der Menge. »Einige Gleiter mit einsatzbereiten Bordgeschützen, ein Sicherheitskordon, der die *Demonstranten* abschirmt – wenn es zu einer Auseinandersetzung käme, hätte kaum jemand von ihnen eine Chance. Und doch... Sie wirken nicht verunsichert, scheinen sich keine Sorgen zu machen.« Maktai musterte Krenn. »Meinten Sie das, als Sie sagten, bei Menschen und Klingonen gebe es unterschiedliche Ängste?«

»Ja, unter anderem.«

Wieder wechselte das Bild und zeigte ein altes Gebäude vor einem Hintergrund aus Glas und Stahl. Auf dem Dach des Hauses war eine Plattform zu sehen, über der sich eine blaue Kuppel wölbte. »Atlanta«, sagte der Nachrichtensprecher. »Maxwell Grandisson III, Oberhaupt der einflußreichen Bewegung ›Rückbesinnung auf die Erde‹, stand nicht für ein Interview zur Verfügung. Er ließ der Presse eine aufgezeichnete Botschaft zukommen, in der er ein ›wichtiges Ereignis‹ ankündigte und meinte: ›Lange Jahre des Glaubens rechtfertigen aktive Entschlossenheit.‹« Die entsprechenden Worte waren am unteren Bildrand zu lesen. »Spekulationen über...«

Krenn schaltete das Gerät aus. Maktai schwieg einige Sekunden lang und sagte dann: »Wie lief das Gespräch mit dem Rigelianer?«

»Den Erwartungen gemäß. Wir lassen uns weder kaufen noch irgendwie unter Druck setzen, und die Unerschütterlichkeit unseres Standpunktes verunsicherte den Delegierten. Er weiß jetzt nicht mehr, was er von uns halten soll, und es dürfte nicht weiter schwierig sein, ihn zur Räson zu bringen.« Krenn blickte in Richtung Fenster. Draußen war es inzwischen völlig dunkel geworden, und die Anzeige der Digitaluhr neben dem Bett lautete: 22:36. »Ich glaube, es wird Zeit.«

Maktai nickte und öffnete die Verschlüsse seiner Tunika.

»Für heute abend sind noch zwei Gespräche vorgesehen, und morgen folgen weitere drei. Sind Sie vorbereitet?«

»Ich glaube, die Sache wird mir gefallen.« Mak deutete auf den Monitor. »Wenn einige von ihnen den Bericht über mich sahen, so wäre der Anblick des echten Maktai geeignet, sie zu Tode zu erschrecken.«

Krenn lachte. »Besser nicht. Tote Delegierte können nicht mehr abstimmen.«

Maktai griff in seine Tunika und holte insgesamt drei Objekte hervor: eine flache und schwarze Display-Tafel, eine dazugehörige Tastatur und einen metallenen Kasten, den er aufklappte und dadurch in eine rund einen Meter durchmessende Antenne verwandelte. Die Kabelverbindungen waren schnell hergestellt. Kontrollleuchten glühten, und das Anzeigefeld glomm auf und zeigte eine stabile Datenlinie.

Maktai betätigte einige Tasten. »Shepherd nannte mir den Code, mit dem sich die Kontrollschirme blokkieren lassen.«

»Nett von ihm«, erwiderte Krenn. »Bestimmt wartet jemand darauf, daß wir ihn benutzen. Außerdem: Wir wollen es doch tunlichst vermeiden, Kelly zu beleidigen, oder?«

»Sie ist die stolzeste Frau, die ich jemals... ähem...«

Krenn lachte erneut.

»Die Antwort trifft ein«, sagte Maktai. »Die Struktur der Schilde wird ermittelt... Die *Spiegel* hat die energetische Matrix analysiert und die Transfersensoren justiert – soweit das möglich ist.«

»Energie«, sagte Krenn.

»Captain...« Maktai drehte den Kopf und sah ihn an. »Auf dieser Seite der Schwarzen Flotte kann man sich nicht darauf verlassen, *ständiges* Transporterglück zu haben. Verstehen Sie?«

»Ja, Mak. Halten Sie sich an die Anweisung.«

»Bestätigung.«

Das goldene Schimmern bildete sich weitaus langsamer als sonst, und das Transporterfeld funkelte wesentlich heller. Das mit Warp-Energie beschleunigte Transportersignal synchronisierte sich mit der Oszillation der

Abschirmschilde, und kurz darauf kam es zu einer kontrollierten Interferenz.

Der wissenschaftliche Offizier Antaan hatte diese neue Technik entwickelt, doch Kelly bediente die entsprechenden Kontrollen. Antaan war davon überzeugt, daß die Experten der Föderation nichts von der Möglichkeit eines derartigen Transfers ahnten, da die Superträgerwelle (die ›Lärmwelle‹, wie Antaan sie nannte) ihres Transportersystems ohne Einfluß auf die Null-Lücken blieb. Der Beweis für diese Theorie stand noch aus...

Krenn spürte, wie hinter seiner Stirn ein dumpfer Schmerz zu pochen begann, im Rhythmus des Transferfeld-Pulsierens, und er fragte sich, ob es nicht besser gewesen wäre, sich auf irgendeinen Notfall zu berufen: Die Föderation hätte ihnen bestimmt die Erlaubnis zum Beamen gegeben. Das glaubten jedenfalls Maktai und Kelly.

Andererseits aber galt es zu vermeiden, daß die *Spiegel* Aufmerksamkeit erregte, solange sie sich im irdischen Orbit befand. Wenn die technischen Spezialisten auf der Erde den Ortungsfokus ihrer Scanner auf den klingonischen Kreuzer richteten, so mochten sie Dinge in Erfahrung bringen, die geheim bleiben mußten.

Dinge, von denen nicht einmal Kelly und Mak Kenntnis erhalten dürfen, fügte Krenn in Gedanken hinzu, als schließlich die Dematerialisierung erfolgte.

KAPITEL 8

Bilder

Krenn trat von der Empfangsscheibe, schwankte und lehnte sich an die Wand. Jemand versuchte, ihm einen Schmerzstimulator an die Schläfe zu pressen, und der Captain knurrte und stieß die Hand beiseite. Erst nach einigen Sekunden stellte er fest, daß der Bordarzt neben ihm stand und es sich nicht etwa um ein Gerät handelte, das Schmerz induzierte, sondern einen Neuroanalyzer. Aber eigentlich existierte zwischen den beiden Instrumenten gar kein so großer Unterschied: Sie waren nur verschieden justiert.

»Sie haben fast neun Minuten im Transporterfeld verbracht«, sagte Kelly.

»Es freut mich, daß ich doch noch rematerialisiert bin.«

»Während Ihres Transfers kam es immer häufiger zu Übertragungsfehlern.«

Krenn nickte und versuchte, ganz in die Wirklichkeit zurückzufinden. »Habe ich die Nachricht van Diemens verpaßt?«

»Nein. Er sendete eine unverschlüsselte Botschaft, und ich habe einen Komkanal zur bugwärtigen Kammer geschaltet. Vielleicht aber möchten Sie sich lieber in Ihre Kabine zurückziehen.«

»Ich fühle mich schon besser. Auloh.«

»Captain?« fragte der Arzt.

»Ich glaube, Sie sollten sich jetzt in die Krankenstation begeben und dort alles vorbereiten. Einer der Container enthält ein Speichermodul.«

»Ich habe bereits so viele Marinesoldaten aufgetaut, daß man eine ganze Armee aus ihnen bilden könnte«, erwiderte Auloh zurückhaltend.

»Darauf kommt es diesmal nicht an. Befassen Sie sich

mit den Daten im Modul. Die Nachricht van Diemens zeichnen wir für Sie auf.«

Marcus van Diemen, Stabschef von Starfleet und Vorsitzender der Babel-Konferenz, stand vor einem breiten Fenster, das Ausblick auf die Stadt namens San Francisco gestattete. Kilometerweit erstreckten sich hell erleuchtete Gebäude, und der perlmuttene Schein des Mondes spiegelte sich auf dem Wasser einer Bucht wider, über der sich eine altertümlich wirkende Brücke spannte. Der Admiral trug eine Uniform, die keinen Zweifel über seinen Rang ließ, und Krenn vermutete, daß die vielen Ehrenzeichen dazu dienten, Eindruck auf die Delegierten zu machen.

»Unvorhergesehene Ereignisse zwingen mich dazu, meinen Aufenthalt in dieser Stadt bis morgen zu verlängern, aber ich darf Ihnen mit dieser Botschaft versichern, daß ich im Geiste bei Ihnen weile.«

Der Stabschef wirkte nicht weniger beeindruckend als vor sechs Jahren: Während er sprach, schien Wind über sein blondes Haar hinwegzustreichen, und seine Hände gestikulierten wie zum Zuschlagen bereite Fäuste.

»Vielleicht ist dies – ohne daß irgendeine Absicht dahintersteckt – eine symbolische Eröffnung der Babel-Konferenz, denn bei den bevorstehenden Diskussionen geht es in erster Linie darum, zwischen den einzelnen Völkern Kontakte wiederherzustellen, die in der Vergangenheit unterbrochen wurden. Ja, bei dieser Babel-Konferenz kommt es vor allen Dingen darauf an, uns selbst Botschaften zu schicken.

Es gibt Leute, die meinen, Starfleet sei nicht mehr in der Lage, die der Föderation angehörenden Welten zu schützen. Ich kann nicht leugnen, daß es diesbezügliche Probleme gibt, daß es in den Grenzsektoren zu Zwischenfällen kam, die Tod und Verwüstung brachten. Aber besteht die Lösung wirklich in einer stärkeren militärischen Präsenz? Oder sollen wir denjenigen recht geben, die eine Auflösung der Flotte verlangen und eine individuelle Verteidigung der einzelnen Planeten befürworten? Nun, ich glaube, ohne die von den Innenwelten entsandten Raumschiffe, ohne die tapferen Männer und Frauen, die an der Akademie Starfleets auf ihre schwierige Aufgabe vorbereitet werden, drohte den Welten der peripheren Raumbereiche eine noch viel größere Gefahr.

Und umgekehrt: Die Behauptung, die Verteidigung der Grenzsektoren stelle eine zu große Belastung für die Innenwelten dar, geht völlig an den Tatsachen vorbei: Der Schutz der äußeren Planeten *gewährleistet* die Sicherheit der anderen Welten. Ist die Erde jemals von Romulanern oder Klingonen angegriffen worden? Mußten sich Centauri, Rigel oder Vulkan gegen solche Überfälle wehren?«

Über der Stadt hinter van Diemen stieg ein kleines Raumschiff auf Antigravitationspolstern gen Himmel. Deutlich war das pulsierende Glühen der Positionslichter zu erkennen. Krenn nahm seinen Kommunikator zur Hand. »Sonderkommunikation«, sagte er. »Commander Kelly.«

»Und schließlich gibt es noch diejenigen«, fuhr van Diemen fort, »die meinen, die Föderation nehme nicht die Interessen ihrer Mitglieder wahr. Auf eine derartige Polemik könnte ich mit harten Worten reagieren, mit Bemerkungen wie ›Die Mitglieder *sind* die Föderation‹ und ›Die Mitgliedswelten bekommen die Föderation, die sie verdienen‹.

Statt dessen möchte ich Ihnen an dieser Stelle einige Fakten der Föderation in Erinnerung rufen. Ich denke dabei zum Beispiel an das Serum gegen das tödliche Rigelianische Fieber. An die Evakuierung ganzer Planeten, die von Supernovae bedroht wurden. An den Frieden mit den Romulanern – er erforderte einen hohen Blutzoll, aber es ist dennoch ein echter Frieden. Hinzu kommen die Konzessionen, die wir dem klingonischen Imperium abringen konnten, von dem es noch vor zehn Jahren hieß, es sei taub gegenüber der Stimme der Vernunft...«

In der Inspirationskammer an Bord der *Spiegel* lauschten die Offiziere den Sprachprozessorstimmen der automatischen Übersetzer, und einige von ihnen brummten knappe Bemerkungen. Krenn lächelte nur.

»Die Wahrheit«, sagte van Diemen, »ist folgende: Wir können heute noch nicht wissen, was morgen notwendig wird. Medizinische Unterstützung, Hilfe bei Katastrophen, gemeinsame Verteidigung gegen neue oder alte Feinde – das sind Dinge, die bisher erforderlich waren. Doch was mag die Zukunft für uns bereithalten?

Es gibt da ein Prinzip, das vor vielen Jahrhunderten ein irdischer Schriftsteller formulierte und das nichts von seiner Bedeutung verloren hat: Einer für alle, alle für einen.«

Krenn vernahm die dumpfen Stimmen der Offiziere in der Inspirationskammer, und er fragte sich, wie die Translatoren ein derartiges kulturelles Konzept übersetzten.

»Delegierte der Babel-Konferenz – ich wünsche Ihnen allen eine gute Nacht.«

Krenn blieb sitzen, als die anderen Offiziere aufstanden und die Kammer verließen. Nach einer Weile kam Kelly herein und brachte zwei Holodrucke. Krenn nahm einen entgegen: Er war noch warm, und deutlich konnte man die Darstellung des kleinen Raumschiffes erkennen, das der Captain zuvor über der Stadt hinter van Diemen beobachtet hatte. Die Vergrößerung zeigte die ID-Kennungen. »Ein Frachter?« fragte Krenn. »Höhe: ein Kilometer...«

Kelly nickte und reichte dem Captain die zweite Aufnahme: San Francisco, aus dem Orbit der *Spiegel* fotografiert. Aufgrund der Bucht und der sich darüber spannenden Brücke war die Stadt leicht zu identifizieren. Krenn hielt das Hologramm ins Licht der nahen Schirmfläche und neigte sie leicht, um den dreidimensionalen Effekt zu betonen. Ein Raumschiff in einer Höhe von tausend Metern hätte auf den ersten Blick zu sehen sein müssen, doch er machte nichts anderes aus als nur einige faserige Wolkenfetzen.

Krenn betrachtete den Informationsstreifen am Rande des Bildes: Die Aufnahmen waren zur gleichen Zeit angefertigt worden.

»Also wurde eine aufgezeichnete Botschaft gesendet«, stellte der Captain fest. »War das Fenster echt oder nur eine Projektion?«

»Es scheint echt gewesen zu sein. Die Auflösungsdichte entsprach der des Abbildes van Diemens. Aber die Analytiker sind noch immer bei der Arbeit. Vermutlich können wir aufgrund des Lichtmusters der Stadt und des Mondstandes herausfinden, wann die Aufzeichnung angefertigt wurde.«

»*Kai* Sonderkommunikation.«

Krenns Kommunikator summte. »Hier spricht der Captain... Ja, Auloh. Ich bin bereits unterwegs.« Er schaltete ab und sah auf. »Er ist fast fertig. Wenn Sie...« Er zögerte. »Kommst du mit?«

»Ich würde lieber... hierbleiben, Captain.« Kelly stand steif und unbewegt, und Krenn begriff, daß sie auf diese Weise ein Schaudern unterdrückte. Aus einem Reflex heraus blickte er zur Decke hoch – obgleich er wußte, daß sie bei dieser Mission niemand überwachte. Manchmal, dachte er, ist der Tod besser. Tod bedeutet Ende.

Doch diese Überlegung änderte nichts an seinem düsteren Empfinden.

»Nun, ich zwinge Sie nicht, mich zu begleiten«, sagte er, wobei er wieder die förmliche Anrede benutzte. »Setzen Sie die Korrelation der Klassifikationsdaten fort und speisen Sie auch die neuen Informationen ein.« Er gab ihr die Hologramme zurück.

»Meinen Sie Sektion Eins oder Zwei?«

»Sektion Eins. Führen Sie anschließend eine vollständige Kontrolle durch und übertragen Sie eine Kopie von Eins.«

»Bestätigung.« Kelly verließ die Kammer, und dabei bewegte sie sich mit bedächtiger Vorsicht. Den einen Arm preßte sie an die Seite. Krenn wartete eine Zeitlang, und als er sicher war, daß sich Kelly im Lift befand, machte er sich auf den Weg zur Krankenstation.

Ein männlicher Klingone lag nackt auf der Diagnoseliege. Auloh hatte ihm die Sicherheitsgurte angelegt, und an der einen Seite standen noch immer Thermowellen-Projektoren und Meßinstrumente. An der nahen Wand lehnte eine leere Kälteschlaf-Kapsel.

Der Bordarzt löste eine kleine Kontaktscheibe von dem Körper und entfernte das Haftgel. »Sie hatten recht, was das Speichermodul angeht«, sagte er. »Wenn ich ohne jene Hinweise mit solchen Neurowerten konfrontiert worden wäre, hätte ich nicht daran gezweifelt, es mit einem fatalen Hibernationsunfall zu tun zu haben. Darüber hinaus gelten einige der ›empfohlenen Prozeduren‹ allgemein als illegal.« Auloh griff nach einem Hochdruckinjektor. »Diese hier gehört auch dazu.«

Krenn deutete auf das Gerät. »Was enthält die Ladekammer?«

»Masiform-D, Tri-Ox *und* das Vierfache der normalen therapeutischen Dosis Cordrazin.«

»Tödlich?« fragte Krenn und betrachtete den Körper auf der Liege. Der ruhende Klingone schien etwa in seinem Alter zu sein. In gewisser Weise war das tatsächlich der Fall – doch andererseits hätte der Eindruck nicht täuschender sein können.

»Das Zeug würde Sie nicht töten, sondern *explodieren* lassen«, erwiderte Auloh. Er setzte den Injektor an und betätigte den Auslöser. »Sie finden mich in meinem Büro. Ich brauche jetzt ebenfalls eine Stärkung. Geben Sie mir Bescheid, wenn irgend etwas schiefgehen sollte.«

Nach einigen Minuten begann der bis dahin reglose Körper zu zittern. Die Diagnosegeräte summten lauter, und die Indikatoren am Kopfende des Bettes deuteten auf die gelben Warnbereiche. Krenn stellte fest, daß Auloh mit einem Wachsstift neue Markierungen vorgenommen hatte, und die Werte näherten sich ihnen.

Der Klingone auf der Liege bewegte sich. Die eine Hand zerriß den festen Kunststoff eines Haltegurtes, so als bestünde er nur aus dünnem Papier. Dann verharrte der Arm und kam wieder herab. Die Gestalt schlug die Augen auf, und Krenn glaubte, dabei ein leises Klicken zu hören.

»Willkommen an Bord, Zharn«, sagte der Captain. »Ich bin Krenn, Kommandant der *Spiegel*. Wie geht es Ihnen?«

»Gut«, erwiderte Zharn. »Sie haben einen Auftrag für mich, Captain?«

»In der Tat«, bestätigte Krenn und begann damit, die Gurte zu lösen.

»Sie sind Captain...«

»Krenn.«

»Captain Krenn. Bin ich schon einmal für Sie tätig gewesen?«

»Nein. Aber ich kenne Ihre Akte.«

»Und was steht in ihr?« In dieser Frage kam ein fast absurd anmutendes Interesse zum Ausdruck.

»Sie enthält sehr ehrenhafte Angaben über Ihre Leistungsfähigkeit.« Krenn öffnete die Schnalle des letzten Gurtes, und Zharn machte Anstalten, sich aufzusetzen. Der Captain wollte ihm dabei helfen.

»Berühren Sie mich nicht. Einer meiner Reflexe besteht darin, die Person anzugreifen, die einen physischen Kontakt zu mir herstellt. Ich wäre vielleicht nicht in der Lage, mich zu beherrschen, und das bedeutete Ihren Tod.«

»Ich... verstehe. Das Informationsmaterial enthielt einen Hinweis darauf.«

»Es handelt sich dabei um etwas, das ich nie vergesse«, sagte Zharn. »Haben Sie die Zielangaben für mich?«

»Ja. Aber es bleibt uns noch Zeit. Möchten Sie irgend etwas? Eine Mahlzeit vielleicht?«

»Ich brauche keine Nahrungsmittel...« Zharn stand auf. Seine Gliedmaßen bewegten sich so, als seien es geschmierte Maschinenteile. Er war nackt, und doch wirkte er alles andere als hilflos oder verletzlich. »Ich danke Ihnen für Ihr freundliches Angebot.« Er deutete ein Lächeln an. »Nach der Erledigung des Auftrages werde ich mehr... ich selbst sein. Dann kann ich mich auch besser erinnern. Der Kälteschlaf beeinträchtigt das Gedächtnis.«

»Wie Sie meinen, *Zan* Zharn.«

»Sehr zuvorkommend von Ihnen, Captain... Krenn. Sind Sie sicher, daß ich nicht schon einmal für Sie tätig war?«

»Vielleicht sind wir uns irgendwann begegnet. Vor langer Zeit. Möglicherweise bei den Jahresspielen.«

»Bei den Jahresspielen, ja... Ist es schon lange her, seit Sie daran teilnahmen? Ich habe kein sonderlich gutes Zeitgefühl.«

Krenn warf einen kurzen Blick auf sein Chronometer. In Födera-Terra, auf der Erde, war es jetzt drei Uhr vierzehn. »Ihre Ausrüstung liegt bereit«, sagte er. »Kommen Sie, damit ich Sie mit dem Ziel vertraut machen kann.«

»Woher haben Sie so genaue Koordinaten?« fragte Krenn, als er in Begleitung Kellys die Liftkabine betrat. Erneut verspürte er eine diffuse Unsicherheit: Er wußte nie genau, wie er Kelly anreden sollte.

»Wir haben ein offenes Mikrowellen-Interface benutzt, um uns in das öffentliche Kommunikationsnetz einzuschalten. Das System ist recht einfach strukturiert und ermöglicht Kontakte in alle Richtungen. Ich rief die Universität von Emory an, und dort verband man mich direkt mit seinem Büro: Wir konnten den Wählcode analysieren und speichern.«

»Sie haben mit ihm *gesprochen*?«

»Nein. Er war nicht anwesend. Aber eine Sekretärin teilte mir mit, wann er zu erreichen ist.«

Der Lift hielt an, und sie verließen die Kabine. Über ihren Uniformen trugen sie lange und mit Kapuzen versehene Mäntel. Der Krenns bestand aus schwarzem Samt, und Kellys glänzte in einem goldfarbenen Ton.

Im Transporterraum reichte sie Krenn eine Computerkassette. »Dies sind die Justierungsdaten für die neue Transfertechnik Antaans. Seit Sie an Bord gebeamt wurden, haben wir den Transporterfokus auf Maktai fixiert gehalten... Lassen Sie nicht zu, daß Antaan die Kontrollen manuell bedient.«

»Warum nicht?«

»Weil ich für den Transfer des Captains verantwortlich bin«, erwiderte Kelly und betätigte einige Tasten auf der Konsole. »Energie«, sagte sie und trat auf die zweite Scheibe.

Sie rematerialisierten in einem Büro mit holzgetäfelten Wänden. Die Möbel bestanden ebenfalls aus Holz, und die dunkle Tönung deutete auf ein hohes Alter hin. In der Nähe standen einige gläserne Vitrinen, die sonderbar anmutende Instrumente aus Kristall, Kunststoff und Metall enthielten. Krenn sah einige, die den Vorrichtungen Aulohs ähnelten, und er nahm an, daß es sich bei ihnen um eine Sammlung medizinischer Werkzeuge handelte.

Die Zeiger einer großen Pendeluhr deuteten auf die Zahlen zehn und fünfundzwanzig.

An der Wand hinter dem Schreibtisch hing ein großer Rahmen mit einem Dokument. Die Schriftzüge waren verschnörkelt, und Krenn konnte nur einige der Worte entziffern: DOKTOR DER MEDIZIN und THOMAS JACKSON MCCOY.

Dr. McCoy saß in einem großen Ledersessel. Er hatte unwillkürlich die Augen aufgerissen, und die rechte Hand, die einen Schreibstift hielt, schwebte rund zwanzig Zentimeter über der Tischfläche. Er wirkte wie erstarrt. »Das ist eine ziemliche Überraschung, meine Herren«, brachte er schließlich hervor. »Oh, entschuldigen Sie... Sir, Madam...«

»Dr. McCoy, ich bin Captain Krenn – wir haben uns vor einigen Jahren kennengelernt, in der Wohnung Maxwell Grandissons. Darf ich Ihnen Commander Kelly vorstellen? Sie ist Kommunikationsoffizier der *Spiegel* und fungiert auch als meine Stellvertreterin.«

»Da soll mich doch der Teufel holen...« brummte McCoy.

»Erinnern Sie sich nicht mehr an mich? Ich...«

»Jenes Frühstück werde ich nie vergessen«, unterbrach ihn der Mensch und stand auf. »Möchten Sie nicht Platz nehmen?«

Die Tür des Büros öffnete sich, und eine Frau kam mit einigen Unterlagen herein. Sie trug eine Brille, die an einer dünnen Kette befestigt war, und nach einigen Schritten blieb sie abrupt stehen und riß die Augen auf.

»Nicht jetzt, Lucy«, sagte Dr. McCoy. »Ich glaube, ich bin derzeit beschäftigt.«

Die Frau zwinkerte einige Male, starrte die Klingonen groß an und richtete den Blick dann auf den Arzt. Nach einigen Sekunden lächelte sie. »Wie Sie meinen, Doktor. Vermutlich soll ich keine Anrufe an Sie weiterleiten.«

»Sie haben es erfaßt.«

Die Sekretärin lächelte noch immer und nickte Krenn und Kelly zu. »Da Sie schon einmal da sind – kann ich Ihnen irgend etwas anbieten? Kaffee vielleicht?«

»Das wäre sehr nett von Ihnen, danke«, erwiderte Krenn.

»Bringen Sie eine ganze Kanne, Lucy«, sagte Dr. McCoy. »Und bei Lucius Beebe: Ich hoffe, Sie haben was Starkes im Schrank, mit dem sich das Zeug würzen läßt.«

Krenn dachte an Auloh und lächelte ebenfalls.

Als sie den Kaffee bekommen und Platz genommen hatten, sagte Dr. McCoy: »Nun, was kann ich für Sie tun?«

Krenn erklärte ihm alles.

Dr. McCoy lehnte sich in seinem Sessel zurück und strich sich über den grauen Bart. Nach einer Weile entgegnete er dumpf: »Ich nehme an, dies ist kein offizieller Besuch, oder?«

»Ich verstehe nicht ganz...« Krenn musterte ihn.

»Die irdischen Behörden wissen nicht, daß Sie hier sind. Und *wüßten* sie Bescheid, so würden sie zweifellos ein ziemliches Geheul anstimmen. Und dann wäre bald die Hölle los.«

Diese Redewendungen erschienen Krenn ein wenig seltsam, doch er glaubte, ihren Sinn erfassen zu können. »Die Föderation hielte nicht viel davon«, bestätigte er.

Dr. McCoy nickte langsam. »Und wenn das stimmt, was ich von Ihrer Kultur gehört habe, so bezweifle ich, ob die anderen Klingonen in Ihrem Verhalten Grund zum Jubel sähen.«

»Das ist in der Tat richtig«, sagte Kelly. Sie stand auf.

»Gut!« brummte McCoy, und Kelly ließ sich wieder nieder. »Ich halte nichts von egoistischer Politik, und deshalb bin ich bereit, Ihnen zu helfen.« Er streckte die Hand nach dem Schreibtischkommunikator aus. »Lucy? Verbinden Sie mich mit Dr. Nesheim. Bestimmt befindet er sich in seinem Laboratorium.«

Das zufriedene Grinsen Dr. McCoys erinnerte Krenn an das Lächeln Dr. Tagores.

Krenn holte seinen eigenen Kommunikator hervor. »Ich muß noch einige Termine wahrnehmen«, sagte er.

»Commander Kelly sorgt für den Transfer, wenn Sie fertig sind.«

»Es dürfte einige Tage dauern«, erwiderte Dr. McCoy. »Wir müssen einige unserer Forschungseinrichtungen benutzen, und sicher wird auch die eine oder andere mitternächtliche Beschlagnahmeaktion notwendig.«

Frachtmeister Keppa hatte auf *Klingonaase* genau die gleichen Worte benutzt. »Ich verstehe, Doktor.«

»Dann machen Sie sich keine Sorgen. Wir kümmern uns um Ihre Stellvertreterin.«

Auf Klingonaase sagte Kelly: »Benutzen Sie die Kontrollkassette, Captain.«

»In Ordnung, Kelly.«

»Und seien Sie vorsichtig.«

»Bestätigung.« Krenn betätigte die Ruftaste. »*Zan* Kreg, hier spricht der Captain... Energie.«

Krenn materialisierte in der Hotelsuite, wankte und nahm auf der Bettkante Platz. Er atmete einige Male tief durch, griff dann in die Tasche und holte die Sektion Eins der Klassifikationsunterlagen hervor.

»Sie sehen ziemlich übel aus«, stellte Maktai fest.

»Ihre Anteilnahme tut richtig gut«, sagte Krenn. »Was ist mit den Interviews?« Maktais Lachen genügte als Antwort. »Gut«, knurrte Krenn und warf einen kurzen Blick auf das Chronometer neben dem Bett. Die Digitaluhr zeigte 11:18 an. Seit dem Verlassen der *Spiegel* war er acht Minuten lang verschwunden gewesen. »Schalten Sie den Bildschirm ein – und wählen Sie den Nachrichtenkanal.«

Auf dem Monitor war ein neuer Gebäudekomplex zu sehen, der gerade an einem Ort eingeweiht wurde, den der Sprecher ›Antarktis‹ nannte. Krenn erinnerte sich daran, daß Dr. Tagore von jener Region gesprochen hatte: Es handelte sich um die südpolare Eiskappe der Erde. Als er glitzernden Schnee und funkelndes Eis sah, fröstelte er unwillkürlich. Maktai verzog das Gesicht und rieb sich die dreifingrige Hand.

Dann verblaßte das Bild abrupt, und ein Schriftzug leuchtete auf der Bildfläche: WICHTIGE MELDUNG. Kurz darauf war eine große Menschenmenge zu sehen; zu ihr gehörten sowohl bewaffnete Soldaten der terrestrischen Streitkräfte als auch uniformierte Repräsentanten Starfleets. Das Bild schwankte immer wieder: Offenbar stammten die Aufnahmen nicht von einer stationären, sondern einer tragbaren Kamera. Die Person, die sie trug, schien bestrebt zu sein, sich einen Weg durch das Gedränge zu bahnen, und die Soldaten versuchten offenbar, den Journalisten zurückzudrängen. Im Hintergrund machte Krenn eine Säule aus Beton aus. Dann schwenkte die Kamera herum.

Der Erfassungsfokus richtete sich auf eine menschliche Frau mit Kopfhörern. »Hier spricht Judith Rozmital. Ich melde mich aus... Byron, Georgia, USA. Wir haben gerade die Nachricht erhalten, daß der Zug Admiral Marcus van Diemens angegriffen wurde...« In der rechten unteren Ecke blendete der Operator eine Fotografie des Admirals ein. Die Soldaten waren weiterhin bemüht, die Menge abzudrängen.

»Wir versuchen, Einzelheiten in Erfahrung zu bringen, aber... bisher hat noch niemand einen offiziellen Kommentar abgegeben.

Admiral van Diemen war nach Födera-Terra unterwegs, um dort an der Babel-Konferenz teilzunehmen. Er verließ San Francisco heute morgen...« Abrupt drehte die Reporterin den Kopf und fügte leiser hinzu: »Jack? Sind wir mit Frisco verbunden...?« Dann blickte Rozmital wieder in die Kamera. »Ich erhielt gerade die Mitteilung, daß wir jetzt mit einer Stellungnahme rechnen können.«

Für einige Sekunden erschien erneut der Schriftzug WICHTIGE MELDUNG. Dann zeigte das zitternde Bild einige Zivilisten, die verschiedene Geräte trugen – Recorder und holografische Aufzeichnungsmechanismen, wie Krenn vermutete – und einen Offizier der irdischen Streitkräfte umringten. Man identifizierte ihn als Colonel Wallace Duquesne vom Sicherheitskorps der TBS. Krenn war froh, daß es sich nicht um Colonel Rabinowich handelte.

»Ich bedaure, den... Tod Admiral van Diemens bekanntgeben zu müssen«, sagte der Offizier.

Die Journalisten schoben sich näher an ihn heran. Irgendwo schrie jemand.

»Über die Todesursache kann ich... derzeit noch keine Angaben machen.

Angriff? Nein... nein, der Zug wurde *nicht* angegriffen. Es erfolgte kein Überfall. Vielleicht hat jemand einen Herz*anfall* erwähnt – eine voreilige und völlig unverantwortliche Behauptung, wenn Sie mir diese Bemerkung gestatten.

Nein, weitere Informationen liegen mir noch nicht vor... Es werden gerade Ermittlungen durchgeführt.

Nein, es gibt *nicht den geringsten* Hinweis auf einen Angriff, weder von Extraterrestriern noch von Menschen oder Killerdrohnen. Ich bin sicher... Ach, *verdammt,* damit habe ich bereits alles gesagt.« Colonel Duquesne drehte sich abrupt um und gestikulierte jäh.

Die Schirmfläche wurde grau.

»Ich kann ihn verstehen«, sagte Maktai leise.

Admiral Marcus van Diemen erschien auf dem Monitor – ein Standbild, das ihn vor dem Hintergrund des nächtlichen San Francisco zeigte. Ein Sprecher erläuterte: »Für all diejenigen, die die Originalübertragung nicht sehen konnten, senden wir noch einmal die Grußbotschaft, die der Admiral gestern abend der Babel-Konferenz übermittelte. Ich wiederhole: Admiral van Diemen, Stabschef von Starfleet, verstarb im Alter von siebenundsechzig Jahren. Wir unterrichten Sie sofort, wenn wir weitere Informationen erhalten.«

Krenn schaltete den Ton ab, nicht aber das Bild. Er

aktivierte den Hotelkommunikator und beobachtete weiterhin die Darstellungen auf dem Schirm. Maktai hockte auf dem Bett und demontierte den Transporterpeiler.

»Guten Tag«, sagte Krenn. »Ich möchte einen Gesprächstermin mit dem stellvertretenden Vorsitzenden der Konferenz, Admiral Douglas Shepherd, vereinbaren... Ja, ich zweifle nicht daran, daß er sehr beschäftigt ist. Nennen Sie ihm meinen Namen. Ich bin Captain Krenn sutai-Rustazh vom klingonischen Imperium.

Danke. Bitte sagen Sie ihm auch, daß noch ein anderer Mensch bei dem Treffen zugegen sein sollte. Er heißt...« Krenn griff in seine Tunika und holte eine kleine Karte aus Kunststoff hervor. »... Carter Winston, Babel-Delegierter des Planeten Deneva.

Ja, es wäre nicht schlecht, wenn auch der Botschafter anwesend wäre – obgleich das nicht unbedingt notwendig ist. Ganz im Gegensatz zur Präsenz von Mr. Winston.

Ja, es geht unter anderem darum. Ich schlage einen Ort vor, der sicherer ist als die Hotelsuite, in der man mich unterbrachte. Tatsächlich halte ich den sichersten Platz für angeraten, den uns Admiral Shepherd zur Verfügung stellen kann.

Vielen Dank.«

Krenn unterbrach die Verbindung, bog die Karte Winstons, brach sie in der Mitte durch und warf die beiden Hälften in einen aus Metall bestehenden Abfallkorb. Sie glühten orangefarben auf und verbrannten zu Asche, noch bevor sie den Boden des Korbs berührten.

Komplexe Farbmuster wanderten über das Display an der einen Wand des Konferenzzimmers und machten deutlich, daß die elektronischen Schilde fehlerfrei funktionierten. An der Decke drehten sich die Rotorblätter eines Ventilators und bliesen kühle und feuchte Luft in den Raum.

Krenn vermutete, daß sich alle Sicherheitskammern ähnelten: Sie waren kahl und alles andere als gemütlich, so als stelle Bequemlichkeit eine Schwäche dar, die von einem Feind ausgenutzt werden konnte. Wie im Falle der Beobachtungsnische Meths konnte man dieses Zimmer nur mit Hilfe eines Transporters erreichen. Doch die Empfangsstation wies drei Transferfelder auf, und natürlich handelte es sich um die ›lärmende‹ Geräteversion der Föderation. Krenn lauschte dem Summen des Ventilators, das er als störend empfand, und er fragte sich, ob sie bei einem Stromausfall dazu verurteilt waren, im Starfleet-Turm zu ersticken. Er führte keinen Intervaller bei sich, um ein Loch in die Wand zu brennen.

Der Captain saß an der Seite eines langen und schwarzen Tisches. In unmittelbarer Nähe seines linken Ellenbogens ruhten die Klassifikationsunterlagen. Am einen Ende des Tisches hatte Douglas Tancred Shepherd Platz genommen, der seit vierzig Minuten als amtierender Stabschef Starfleets fungierte. Am anderen saß Dr. Tagore, die Hände im Schoß gefaltet.

Erneut erklang das schrille Heulen, und über einer der Empfangsscheiben bildete sich eine schillernde Säule aus fokussierter Energie. Kurz darauf materialisierte ein weiterer Mensch. Er trug eine enge Kombination aus purpurnem Samt und ein Halstuch aus weißer Seide. An seiner linken Hand zeigte sich ein schlicht und unauffällig wirkender silberner Ring, und in der Einfassung steckte ein rot und goldfarben glitzernder Kristall. Das braune Haar war recht lang, und der Delegierte hatte es sich im Nacken mit einer silbernen Borte zusammengebunden. Für gewöhnlich mochten die Züge des Mannes recht glatt wirken, doch jetzt offenbarte das Gesicht tiefe Sorgenfalten.

»Mir ist durchaus klar, daß wir mit einer ziemlich schwierigen Situation konfrontiert sind, Admiral Shepherd«, sagte er. »Aber ich halte gar nichts davon, von groben und taktlosen Männern in billigen Zivilanzügen bei einem Geschäftsessen gestört zu werden. So etwas ist auf Deneva nicht üblich, und ich dachte eigentlich, auf der Erde...« Er drehte sich um und sah Krenn. »Bei allen Raumgeistern!«

»Es tut mir leid, daß wir Sie auf eine so unhöfliche Art und Weise zu uns bestellen mußten, Mr. Winston«, erwiderte Admiral Shepherd. »Aber ich glaube, uniformierte Soldaten hätten nur unnötige Aufmerksamkeit erweckt, und darüber hinaus geht es um eine sehr wichtige Angelegenheit.

Ich möchte Ihnen Captain Krenn vorstellen, Kommandant des klingonischen Kreuzers *Spiegel*. Und dies ist Dr. Emanuel Tagore, unser Botschafter im Imperium der Klingonen.«

»Carter Winston«, sagte der junge Delegierte. »Gesandter der denevanischen Gesellschaft für Ressourcen...« Er sah erst Shepherd an und richtete den Blick dann auf Dr. Tagore. »Ich, äh, habe keinen Translator bei mir.«

»Ich verstehe Sie auch so, Mr. Winston«, sagte Krenn.

»Bitte nehmen Sie Platz.« Shepherd deutete auf einen Stuhl.

Winston setzte sich.

»Admiral«, brummte Krenn, »wie lauten die neuesten Nachrichten über den Tod Admiral van Diemens?«

»Es wird noch immer ermittelt...« entgegnete Shepherd.

»Wenn man bei Starfleet irgend etwas weiß«, warf Dr. Tagore ruhig ein, »so sollten Sie uns besser davon in Kenntnis setzen.«

Shepherd zögerte einige Sekunden lang, und er wählte seine Worte mit aller Sorgfalt, als er antwortete: »Um fünfzehn Uhr zweiundfünfzig Weltzeit – nach der lokalen Zeit fünf Stunden früher – mußte der Zug Admiral van Diemens die Fahrt aufgrund eines Kurzschlusses im Leitsystem unterbrechen. Das geschah südlich von Macon, in Georgia. Colonel Duquesne, der verantwortliche Sicherheitsoffizier, sorgte sofort für eine Versiegelung der Waggons.

Sechs Minuten und zwanzig Sekunden nach dem Halt versuchte Colonel Duquesne, sich mit dem Admiral in Verbindung zu setzen, der sich in einem Schlafwagen aufhielt. Als van Diemen nicht auf den Anruf reagierte, ließ der Colonel die Tür aufbrechen.

Der Admiral lag im Bett, gekleidet in eine Paradeuniform. Die Ergkapsel der in seinem Gürtelhalfter stekkenden Dienstwaffe wies volle Ladestärke auf. Er schien zu schlafen, und die erste Vermutung war, er habe einen Herzanfall erlitten.

Doch der Militärarzt, der ihn einige Minuten später untersuchte, stellte fest, daß der Tod des Admirals auf eine zervikale Fraktur zurückzuführen ist.«

»Eine was?« fragte Winston.

»Der Admiral starb an einem Genickbruch«, erklärte Dr. Tagore. »In seinem Bett.«

»Nach Meinung des Arztes«, fuhr Shepherd fort, »erfolgte der Tod während der letzten zwanzig Minuten. Mit anderen Worten: Die Zeitspanne reicht von etwa zehn Minuten vor dem Halt des Zuges bis kurz danach.«

»Wäre es denkbar, daß man ihn irgendwie eingefroren hat?« fragte Winston.

»Die Wirbelsäule war vollständig durchtrennt. Wie durch einen Messerschnitt, meinte der Arzt – obgleich sich in der Haut kein Hinweis darauf entdecken ließ. Nun, selbst wenn der Admiral aufgrund des Sauerstoffmangels keine bleibenden Hirnschäden erlitten hätte – er wäre in jedem Fall für den Rest seines Lebens gelähmt gewesen.« Shepherd holte tief Luft. »Manchmal«, sagte er leise, »kommt der Tod einer Erlösung gleich.«

»Er wurde also ermordet«, stellte Winston fest.

»Ich habe bereits mehrfach Leute gesehen, die sich das Genick brachen...« brachte Shepherd heiser hervor. »Sie zuckten und wanden sich hin und her, bevor sie starben. Nicht lange, aber... Nun, der Körper des Admirals ruhte so auf der Liege, als habe er geschlafen. Und das bedeutet, jemand hat ihn dort hingelegt.«

»Gibt es irgendwelche Verdächtige?« erkundigte sich Dr. Tagore.

»Im Zug hielten sich acht Soldaten auf, unter ihnen auch Colonel Duquesne, drei Bedienstete und zwei Beamte aus dem Stab des Admirals. Man brachte ihn mit einem wohlgezielten Hieb um, und es waren keine besonderen Kräfte notwendig, um ihn zu töten. Es genügte dem Mörder zu wissen, *wo* er zuschlagen mußte, und in dieser Hinsicht kämen alle in Frage. Solche Informationen gehörten zur Ausbildung der Soldaten Duquesnes. Das Abteil war verschlossen, aber mit den entsprechenden Werkzeugen wäre es für niemanden ein Problem gewesen, sich Zutritt zu verschaffen – insbesondere nicht für die Zugbediensteten. Was die Alibis angeht: Die Waggons bieten nicht allzu viel Platz, und die Entfernungen sind nicht sehr groß. Der Täter hätte vielleicht eine Minute gebraucht, vielleicht auch nur dreißig Sekunden. Und in dem Durcheinander nach dem plötzlichen Halt...

Wir haben dreizehn Verdächtige, und wenn keiner von ihnen gesteht, wird es wohl kaum zu einer Anklage kommen. Aber ich bezweifle sehr, ob der Mörder bereit ist, für seine Tat zu büßen.« Shepherd sah Krenn an. »Außerdem sind bei uns die legalen Verhörmethoden stark eingeschränkt.«

»Ich bin gern bereit, Ihnen mit unseren Mitteln zu helfen«, erwiderte Krenn auf *Klingonaase*.

Winstons Blick richtete sich erst auf den klingonischen Captain und dann auf Shepherd. »Bisher wurde noch kein Motiv erwähnt. Aber ich schätze, es wäre unsinnig, nach dem Grund für die Ermordung van Diemens zu fragen, oder? Schließlich war er auf dem Weg zur Babel-Konferenz.«

»Das ist die auf der Hand liegende Erklärung«, warf Dr. Tagore leise ein.

Winston schüttelte verärgert den Kopf. »Aber warum halten Sie diese Informationen zurück? Begreifen Sie denn nicht, was geschähe, wenn die Wahrheit bekannt wird? Dann hätte die Fraktion, die eine Auflösung Starfleets befürwortet, nicht mehr die geringste Chance, sich durchzusetzen. All diejenigen, die einen solchen Standpunkt verträten, würden mit dem Tod Admiral van Diemens in Zusammenhang gebracht.«

»Ich glaube, Sie unterschätzen die politische Flexibilität der Konferenzteilnehmer«, widersprach Dr. Tagore. »Ich bin sicher, die Auflösungsbefürworter fänden sogar eine Möglichkeit, die Reaktionen auf die Ermordung van Diemens für ihre Zwecke auszunutzen.«

Winston starrte ihn groß an, senkte den Kopf und nickte langsam. »Ja... damit haben Sie vermutlich recht.« Er lachte bitter. »Ich *weiß* sogar, daß Sie recht haben. Schließlich konnte ich genügend Erfahrungen mit den Pentalianern und anderen Fanatikern sammeln. Solche Leute sind zu allem fähig.«

»Das stimmt leider«, murmelte Dr. Tagore.

»Dann sind Sie also für die Einheit der Föderation?« fragte Krenn.

Winston sah auf und erweckte den Eindruck, als erinnere er sich erst jetzt wieder an die Anwesenheit des Klingonen. »Selbstverständlich. Wenn es die Föderationsverträge nicht gäbe, müßte ich mir einen anderen Job suchen. Ohne Starfleet hätte ich vermutlich gar nicht das Licht der Welt erblickt: Meine Eltern wären fast bei einem Überfall von... von Piraten getötet worden.«

»Und Sie setzen sich für den Frieden ein.«

»Kein Geschäftsmann, der noch alle seine Sinne beisammen hat, will einen Krieg. Kriege bedrohen Handelswege, erschweren den Transport von Gütern und führen zu einer Entwertung von Währungen...« Winston lachte erneut, diesmal nicht ganz so bitter. »Selbst meine Kollegen, die sich auf Waffen spezialisiert haben, bevorzugen einen offenen Markt.«

»Und doch gibt es immer mehr Leute, die für eine Auflösung Starfleets eintreten.«

»Einige der Delegierten könnten durchaus die Hilfe eines Psychiaters gebrauchen.«

Krenn griff nach den Klassifikationsunterlagen und holte eine Speicherkassette hervor. »Gibt es hier eine Möglichkeit, dieses Band abzuspielen?«

Shepherd nahm die Kassette zur Hand, trat an das Wandpult heran und betätigte eine Taste. Eine Klappe schwang auf, und in dem kleinen Fach zeigte sich ein Datenscanner. Der Admiral aktivierte das Gerät und fügte das Speichermodul ein.

Ein Teil der grauen Wand erhellte sich, und in dem Projektionsfeld begann es zu glühen. Kurz darauf bildeten sich Quadrate und Rechtecke in dem farbigen Wallen, und inmitten der Interferenzmuster formten sich die Konturen einer menschlichen Gestalt. Die Blicke der Anwesenden fielen auf die Darstellung Admiral van Diemens.

»Was ist mit dem Bild los?« fragte Winston.

Shepherd räusperte sich. »Es handelt sich um Chifrierstörungen«, sagte er rauh. »Um eine illegale Decodierungs-Aufzeichnung.« Er sah Krenn an, und der klingonische Captain lächelte dünn.

»Das übliche Standardverfahren«, wandte sich van Diemen an einen unsichtbaren Gesprächspartner. »Keine Namen, weder Zahlen noch Koordinaten. Alle gespeicherten Daten sind zu löschen.« Der Admiral betätigte einige Tasten auf der Konsole vor ihm, und über dem Instrumentenpult leuchtete eine holografische Sternenkarte. Ein bernsteinfarbenes Band verlief von einer Seite zur anderen.

»Das ist der Raumsektor, den die Föderation als Neutrale Zone bezeichnet«, sagte Krenn.

»Das läßt sich leicht feststellen«, erwiderte Shepherd.

»Ein Jäger-Geschwader und zwei Scout-Schiffe in diese Position«, sagte van Diemen und streckte die Hand aus. »Feindberührung, Gefecht, Rückzug. Wenn Sie verfolgt werden, so bitten Sie mit dem Code STOLPERDRAHT um Verstärkung.«

»Gibt es einen solchen Code, Admiral?« fragte Krenn.

»Er könnte... geheim sein«, gab Shepherd zögernd zurück und starrte auf die Projektion.

»Die vorgesehenen Verluste«, fuhr van Diemen fort, »sind folgende: ein Drittel der Jäger-Staffel und leichte Beschädigungen eines Scouts. Die Zerstörung eines Scoutschiffes wäre akzeptabel. Wenn Sie jedoch zur Auslösung des STOLPERDRAHT-Signals gezwungen sind, so...«

Shepherd riß die Kassette aus dem Datenscanner. »Das ist nicht wahr«, stieß er hervor, und es funkelte in seinen Augen. »Bei allen Himmeln – diese Aufzeichnung *muß* eine Fälschung sein.«

Krenn zog ein Dokument aus der Tasche. »Diese Unterlagen enthalten sowohl eine Stimmanalyse als auch technische Angaben über die Anzapfung der geheimen Kommunikationsverbindung. Ich verstehe nicht alle Einzelheiten, aber mein Kommunikationsoffizier teilte mir mit, Ihre Experten gelangten sicher zu den gleichen Schlußfolgerungen.« Er deutete auf seine Tasche. »Ich habe noch weitere Bänder, auf denen ähnliche Mitteilungen gespeichert sind.«

»Wenn die Daten echt sind...« begann Shepherd. »Wenn...«

»Als Flottenoffizier möchte ich Ihnen den Rat geben, das Muster der Gefechte im Bereich der... der Neutralen Zone zu prüfen«, sagte Krenn. »Das Ergebnis dürfte als Bestätigung genügen.«

Shepherds zornige Verwirrung nahm zu. »Sie behaupten, van Diemen habe versucht, Sie... die *Klingonen*... zu einem Krieg zu provozieren. Ich... ich kann mir einfach nicht vorstellen, daß er seine Leute in den sicheren Tod schickte.« Der Admiral hieb mit der Faust auf den Tisch. »Erklären Sie mir, warum der Stabschef solche Entscheidungen treffen sollte! Dafür gibt es nicht den geringsten Grund!«

»Da irren Sie sich«, erwiderte Winston leise. »Jeder Delegierte der Babel-Konferenz könnte Ihnen einen Grund nennen, Admiral. Wir würden es niemals riskieren, die Föderation in Frage zu stellen, wenn wir uns mit einer Bedrohung von außen konfrontiert sähen, mit einem erbarmungslosen Feind, der unsere Schwäche sofort ausnutzen und nicht nur die Grenzwelten angreifen würde, sondern auch die inneren Planeten. Nun, ich bin nicht sonderlich stolz darauf, aber ich spreche mich unter anderem deshalb für die Einheit aus, weil... weil ich mich vor den Klingonen fürchte.«

»Deshalb brauchen Sie sich keine Vorwürfe zu machen«, sagte Krenn. »Es ist durchaus verständlich.«

»Captain«, brummte Shepherd und hatte offenbar Mühe, sich zu beherrschen, »wollen Sie uns etwa weismachen, es komme dem klingonischen Imperium darauf an, einen Krieg zu verhindern? Glauben Sie im Ernst, die Föderation sei für alle Gefechte im Grenzsektor verantwortlich? Und in diesem Zusammenhang: Brauchen die Klingonen überhaupt einen *Vorwand*, um über die Neutrale Zone hinaus in unsere Einflußsphäre vorzustoßen?«

Krenn lächelte und entblößte dabei die Zähne. Winston erblaßte sichtlich. Shepherd starrte den Klingonen zornig an. Dr. Tagore blieb gelassen. Seine Gegenwart machte Krenn Sorgen: Der Botschafter war der einzige, der in der Lage sein mochte, seine Taktik zu durchschauen.

»Ich sage Ihnen nur folgendes«, erwiderte Krenn.

»Ich beabsichtige, diese Unterlagen der Babel-Konferenz zur Verfügung zu stellen. Da ich kein Diplomat bin, weiß ich nicht genau, auf welche Weise die Delegierten reagieren werden. Doch ich rechne in jedem Fall mit einem enormen Skandal. Und vielleicht sieht man anschließend in der Ermordung van Diemens kein schlimmeres Verbrechen als...« – er suchte nach einem passenden Vergleich – »...als in der Erschießung eines tollwütigen Hundes.«

Shepherds Gesicht lief rot an, und er begann zu zittern. Die Kassette in seiner Hand knirschte leise. »Es ist mir völlig gleich, was Sie mit Ihren durchtriebenen Spionageaktionen herausgefunden haben, *Captain*. Wenn Sie noch einen weiteren Versuch unternehmen, die Ehre van Diemens durch den Schmutz zu ziehen, so bekommen Sie es mit mir zu tun, hier und jetzt.«

Krenn gab keine Antwort. Doch aus den Augenwinkeln sah er, wie Dr. Tagore den Kopf ein wenig zur Seite neigte, und er dachte: Der Botschafter weiß Bescheid. Ihm ist klar, daß man den Klingonen, der als Freund kommt, immer für einen Lügner halten wird.

Carter Winston strich sich übers Haar. »Nun gut, Captain Krenn«, sagte er. »Welchen Preis verlangen Sie für die Unterlagen?«

»Sie sind nicht ermächtigt, mit einem Klingonen zu...« begann Shepherd.

»Ich weiß, daß der Handel mit dem klingonischen Imperium untersagt ist«, unterbrach ihn Winston kühl. »Obgleich sich niemand an das Verbot hält. Doch nach den Vorschriften des Gesetzes über Raumbergung geht jeder Gegenstand, den der Captain eines Raumschiffes aus einem aufgegebenen Wrack holt, automatisch in den Besitz der entsprechenden Besatzung über. Ich zweifle nicht daran, daß wir es hier mit einem Wrack zu tun haben – mehr stellt die Föderation im Augenblick nicht dar –, und ich frage mich, ob Starfleet Anspruch darauf erhebt.

Darüber hinaus gibt das Föderationsrecht den einzelnen Bürgern ausdrücklich die Möglichkeit, diverse Besitztümer zu erwerben, zu verkaufen oder anderweitig nach Belieben damit zu verfahren. Dabei handelt es sich um eine der Grundprinzipien freier Gesellschaften.« Winston sah Krenn an. »Außerdem: Bestimmt gibt es einen Grund, warum man mich zu dieser Besprechung... einlud. Captain, kennen Sie die Bedeutung des Begriffes ›Erpressung‹?«

»Ja.«

»Nun gut. Dann können wir uns das übliche Drohgebaren sparen. Was verlangen Sie für die Originalunterlagen und die Vernichtung aller Kopien?«

»Dilithium«, sagte Krenn.

Stille schloß sich an. Winston zögerte, zog sich dann den Ring vom Finger und legte ihn vor Krenn auf den Tisch. Der Kristall in der Einfassung schien in einem kalten Feuer zu glühen. »Das ist ein Exemplar«, sagte er. »Fünf Karat – ein Wert von etwa achttausend Credits. An welche Menge dachten Sie? Ich muß Sie übrigens warnen: Dilithium ist härter als Diamant und läßt sich nur schwer schneiden. Dafür brauchen sie einen Hochenergie-Laser.«

»Oder Antimaterie«, fügte Krenn hinzu.

»Das klingt *sehr* gefährlich«, sagte Winston.

»Vor gut zwei Jahren«, führte Krenn aus, »entdeckte ein Geophysiker im Minenkomplex von Lalande 8, daß Dilithiumkristalle die Energie, die aus der gegenseitigen Zerstörung von Materie und Antimaterie gewonnen wird, sowohl fokussieren als auch kanalisieren können. Der Unterschied bei der energetischen Ausbeute, so schilderte er in seinem ersten Bericht, sei mindestens so groß wie der zwischen gewöhnlichem Licht und einem gebündelten Laserstrahl.«

»Ich glaube, ich habe etwas darüber gelesen«, sagte Winston. »In irgendeiner Fachzeitschrift. Ein ziemlich langweiliger Artikel.«

»Mag sein. Aber die Föderation begann sofort mit einem geheimen Entwicklungsprojekt. Vor einigen Monaten erstellten die Projektmitarbeiter einen weiteren – und diesmal vertraulichen – Bericht.

Mr. Winston, Lalande 8 gehört der denevanischen Gesellschaft für Ressourcen. Sie waren maßgeblich an dem Entwicklungsprojekt beteiligt und hatten Zugang zu dem Bericht. Ich möchte eine Kopie davon.«

Winston schob sich den Ring auf den Finger zurück und betrachtete den Kristall. »Ja, ich schätze, das erklärt, warum Sie solchen Wert auf meine Anwesenheit legten. Ihr Nachrichtendienst funktioniert ziemlich gut, Captain.«

»Ich bin kein Techniker«, ließ sich Dr. Tagore vernehmen. »Hätte irgend jemand die Freundlichkeit, mir die Bedeutung jener Entdeckung in einfachen Begriffen zu erläutern?«

Admiral Shepherd hob den Kopf. »Die Dilithiumkristalle ermöglichen eine erhebliche Verbesserung des Überlicht-Triebwerks, erhöhen die Leistungsfähigkeit auf mindestens Warp sechs, vielleicht sogar Warp acht oder neun.« Er starrte ins Leere. »Ähnliche Weiterentwicklungen wären in Hinsicht auf die Waffensysteme denkbar. Ist das klar genug, Professor?«

»Ja, Admiral. Jetzt verstehe ich.«

»Dann begreifen Sie sicher auch, warum wir nicht auf die Bedingungen Captain Krenns eingehen können«, fügte Shepherd hinzu.

»Ich brauche einige Stunden, um Ihnen eine Kopie zu besorgen, Captain«, sagte Winston. »Sind Sie bereit, mir soviel Zeit zu geben?«

»Was, zum Teufel, soll das heißen?« entfuhr es dem Admiral.

»Ich treffe eine Übereinkunft. Deshalb bin ich schließlich hier.«

»Starfleet hat den Geheimhaltungsstatus des Dilithium-Berichts noch nicht aufgehoben. Und wenn Sie glauben, irgendein Rechtsverdreher könne daran etwas ändern, so irren Sie sich gewaltig. Als ein Bürger der Föderation…«

»Admiral«, erwiderte Winston ruhig, »an der Babel-Konferenz nehmen über fünfhundert Delegierte teil, und jeder von ihnen hat Angst vor den Klingonen – selbst diejenigen, die sich noch vor einigen Tagen gleichgültig gaben. Vielleicht trifft das auf die Vulkanier nicht zu, aber ihre Delegation hat nur eine Stimme.

Ich versichere Ihnen: Wenn die Unterlagen des Captains veröffentlicht werden, so können Sie sowohl die Föderation als auch Starfleet vergessen. Dann gibt es nur noch gut fünfhundert einzelne Planeten. Und die Imperien der Romulaner und Klingonen. Versuchen Sie sich vorzustellen, was in einem solchen Fall geschähe, welches Schicksal die Personen erwartete, die kurz zuvor ›Bürger der Föderation‹ waren…«

Shepherd ließ sich langsam auf seinen Stuhl sinken. »Ja«, sagte er dumpf und niedergeschlagen. »Ja, jetzt weiß ich, warum Marcus auf den Krieg aus war.«

»Aber Sie wollen ihn nicht, Doug«, stellte Dr. Tagore fest.

Shepherd ließ seinen Blick über den Tisch schweifen. »Ebensowenig wie Sie, Emanuel… Sie haben nie an das Gleichgewicht des Schreckens geglaubt.«

»Sie wissen, an was ich glaube, Douglas.«

Shepherd nickte. »Sie haben recht. Ich will keinen Krieg.« Er stand wieder auf. »Meine Herren… Wir sollten jetzt in unsere Hotels zurückkehren und diejenigen verraten, die uns vertrauen.«

Krenn mußte sich beherrschen, um nicht laut zu lachen. Die Menschen hätten ihn sicher nicht verstanden, nicht einmal Dr. Tagore.

Der Admiral trat an die Transporterkonsole heran; vor den Kontrollen verharrte er und drehte sich um. »Ich glaube, ich weiß nun, warum der Zug anhielt. Und wem der Stabschef begegnete. Wer sonst könnte um ein solches Treffen bitten – und einigermaßen sicher sein, nicht abgewiesen zu werden?«

»Die Unterlagen enthalten eindeutige Hinweise«, sagte Krenn. »Und einige der Daten sind älteren Ursprungs.«

»Wenn er die ganze Zeit über von Ihnen kontrolliert wurde... Bieten Sie uns auch das an? Den Namen seines Mörders?«

Krenn lächelte. »Es tut mir leid, aber Sie haben nicht bezahlt, um jenes Blatt zu sehen.«

KAPITEL 9

Reflektionen

In Födera-Terra und Atlanta begann ein neuer Tag, als Kelly sich hochbeamen ließ. Krenn deutete auf die Stofftasche, die sie bei sich trug: An der einen Seite zeigte sich ein Blumenmuster. »Was ist das?«

»Die Menschen nannten es ›Entlassungspaket‹«, antwortete Kelly. »Eine der Schwestern gab es mir. Es enthält alle Behandlungsdaten...«

»Wie ist es gelaufen?«

»Gut. Die Ärzte nahmen eine umfassende Strukturanalyse des Gewebes vor, und ich habe einige Proben mitgebracht. Damit sollte es Auloh nicht schwerfallen, meine Schulter in Ordnung zu bringen.« Sie musterte den Captain kurz. »Und die anderen Dinge.« Sie trat auf die Tür zu und schwankte leicht. »Ich habe zu lange im Bett gelegen. Drei Tage sind vergangen. Vielleicht sollte ich jetzt nach dem Rechten sehen – auf beiden Stationen.«

»Kreg hat keine Probleme auf der Brücke, und der Einsatz der Sonderkommunikation war nicht erforderlich«, entgegnete Krenn. »Was nicht heißen soll... Ich freue mich natürlich, daß Sie zurück sind.«

»Danke, Captain.« Ein seltsamer Glanz schien von ihr auszugehen, so als sei das Schimmern des Transporterfeldes noch nicht ganz verblaßt.

An der Tür blieb sie stehen und fragte: »Ist Zharn noch...«

»Für den Rest des Tages.«

Kelly nickte. »Ich besuche ihn.«

»Kelly... er erinnert sich nicht an uns. Er heißt nur deshalb noch immer Zharn, weil er irgendeinen Namen brauchte.«

»Ich verstehe«, sagte sie. »Aber ich möchte ihn trotzdem sehen.« Sie griff in ihre Tasche. »Dr. McCoy schickt Ihnen das hier, zusammen mit einer Mitteilung.« Kelly holte eine zusammengerollte Zeitung hervor. Der Text war so dicht abgesetzt, daß Krenn ihn kaum zu entziffern vermochte.

»Worin besteht die Mitteilung?«

»Ich schätze, ich sollte zufrieden sein«, sagte Kelly und ahmte den Tonfall McCoys nach. »Aber ich bin es nicht.«

Krenn schauderte, als er die Zeitung entgegennahm. Er verabschiedete Kelly mit einem Nicken, und als sie den Raum verließ, entfaltete er das Papier. Und atmete erleichtert auf, als er feststellte, daß es in den Artikeln nicht um seinen Kommunikationsoffizier ging.

ATLANTA CONSTITUTION stand in großen Lettern auf der ersten Seite. Krenn las die Überschriften der einzelnen Meldungen: KLINGONEN VERLASSEN DIE BABEL-KONFERENZ lautete eine, und eine andere: DELEGIERTE REAGIEREN MIT ERLEICHTERUNG. Aber es fiel dem Captain nicht schwer zu entscheiden, welcher Bericht der wichtigste war.

> BEKANNTER INDUSTRIELLER ATLANTAS TOT
> Maxwell Grandisson III, Milliardär, Geschäftsmann und Oberhaupt der Bewegung ›Rückbesinnung auf die Erde‹, kam gestern nachmittag durch einen Unfall im Atlanta Regency, wo er seit Jahren wohnte, ums Leben.
>
> Grandisson stürzte durch die gläserne Wand eines Panoramalifts und fiel zwanzig Stockwerke tief. Er war auf der Stelle tot. Teile des Gebäudes sind mehr als zweihundert Jahre alt, und man vermutet, daß die Wand aufgrund von Materialermüdung nachgab, als sich Grandisson an sie lehnte. Mrs. Sally Parker, offizielle Repräsentantin des Hotels, sagte uns, auf historische Gebäude wie das Regency fänden einige Sicherheitsbestimmungen keine Anwendung.

Der Untersuchungsrichter des Fulton County erklärte in einer Pressekonferenz, es handele sich um ›Tod durch Unfall‹. Besondere Ermittlungen werden nicht erwartet. Man stellte fest, daß sich Grandisson zum Zeitpunkt des tragischen Unglücks allein im Lift befand, und im Penthouse-Apartment des Verstorbenen hielten sich keine anderen Personen auf.

Bekannte Grandissons konnten keine Motive für einen möglichen Selbstmord Grandissons nennen – sieht man einmal davon ab, daß die RADE-Bewegung nach der Ermordung des Stabschefs von Starfleet, Admiral Marcus van Diemen, rasch an Bedeutung verlor. Mrs. Parker wies darauf hin, daß Admiral Douglas T. Shepherd, der Nachfolger van Diemens, Grandisson einige Stunden vor dem Unglück einen Besuch abstattete. Admiral Shepherd lehnte jeden Kommentar ab.

Grandissons Arzt, Dr. T. J. McCoy vom Emory Medical Center, teilte uns folgendes mit: »Trotz seines hohen Alters von fast hundert Jahren war Mr. Grandisson in bester körperlicher und geistiger Verfassung. Er mußte sich einigen präventiven Operationen unterziehen, die es ihm unmöglich machten, die Erde zu verlassen, aber sonst ging es ihm sehr gut. Die Möglichkeit von Depressionen schließe ich aus. Die Annahme, er habe Selbstmord begangen, halte ich für absurd.«

Es steht noch nicht fest, wann und wo die Beerdigung stattfinden soll. Das RADE-Büro Atlantas teilte mit, man wolle um Spenden für die Gründung einer Maxwell Grandisson-Stiftung bitten...

Es war außerordentlich beeindruckend, Zharn in Aktion zu erleben. Er bewegte sich so schnell, daß es schwerfiel, ihn im Auge zu behalten. Zwischen den Geräten in der für Offiziere reservierten Sportkammer schien seine Gestalt zu flackern, so als liefe er nicht, sondern transferiere sich mit einem individuellen Transporterfeld. Er war wie ein Gestalt gewordener Blitz.

Kelly hatte neben der Tür auf einem Stuhl gesessen, stand nun auf und näherte sich Zharn. Krenn blieb hinter ihr zurück. Zharn verharrte, als er den Kommunikationsoffizier sah – so jäh und abrupt, als existiere für ihn überhaupt kein Trägheitsmoment.

»Fassen Sie mich an«, sagte er freundlich. »Durch eine Berührung könnten Sie meinen Verteidigungsreflex auslösen...«

»Der Captain erzählte mir davon.«

»Haben Sie einen zweiten Auftrag für mich?«

»Nein. Ich heiße Kelly. Ich bin die stellvertretende Kommandantin dieses Schiffes.«

»Es ist mir eine Ehre. Mein Name lautet Zharn... Ich bin schon seit einigen Tagen wach, aber ich sehe Sie jetzt zum erstenmal. Allerdings sollte ich die Zeit berücksichtigen, die für die Ausführung meines Auftrages notwendig war.«

»Ich befand mich in medizinischer Behandlung. Ich hatte eine schwere Schulterverletzung.«

Krenn beugte sich interessiert vor.

»Ich wurde ebenfalls einmal schwer verletzt«, erwiderte Zharn. »Wie man mir sagte, geschah das vor vielen Jahren.« Er stürmte los, erreichte das Ende der Sporthalle – und stand wenige Sekunden später wieder vor Kelly. Er neigte den Kopf, zog den Kragen seiner weiten Trainingsjacke herunter und zeigte ihr die langen Narben am Nacken. »Die Nervenverbindungen waren unterbrochen«, sagte er. »Doch der Gedankenmeister Ankhisek heilte mich.«

»Man rühmt Ankhisek wegen seines Geschicks.«

Zharn lächelte strahlend. »Ja, er ist wirklich geschickt! Er gab mir Nerven, die wesentlich besser sind als die alten. Der Gedankenmeister meinte, sie beschleunigen mein Reaktionsvermögen um den Faktor vier. Und das bedeutet, ich bin fünfmal schneller als ein Mensch. Haben Sie jemals einen Menschen gesehen, stellvertretende Kommandantin?«

»Ja«, antwortete Kelly.

»Sie sind langsam. Geradezu lächerlich langsam. Ich hatte keine Probleme bei der Durchführung meines Auftrages... Aber bald bringt man mich in die Kälteschlafkapsel zurück, und dann werde ich alles vergessen.« Er zögerte kurz. »Ich möchte nicht vergessen, doch ich weiß, wie wichtig es ist, daß mein Potential nicht vergeudet wird. Deshalb hiberniere ich zwischen zwei Aufträgen; auf diese Weise altere ich nicht.«

»Sie scheinen ebenso alt zu sein wie ich«, bemerkte Kelly.

»Nun, ich habe bereits viele Einsätze hinter mir. Ich erinnere mich nicht an sie, andere schon. Und jene Leute rühmen meine Fähigkeiten.« Zharn raste wieder los und trat gegen einen holografischen Gegner an: Er versetzte ihm einen Hieb und schlug drei weitere Male zu, als die Projektionsgestalt fiel. Bevor sie sich auflöste, bekam sie noch einen Tritt. Unmittelbar darauf flackerte ein anderes dreidimensionales Feld auf, und innerhalb weniger Sekunden setzte Zharn den zweiten simulierten Feind außer Gefecht. Er sah nicht zu Kelly zurück, hatte sie bereits vergessen.

Der Kommunikationsoffizier kehrte zu Krenn zurück, und gemeinsam verließen sie die Sportkammer.

»Wie schnell altert er außerhalb der Kältekapsel?« fragte Kelly.

»Vierundsechzig mal schneller als wir. Es ist, als unterlägen alle seine Körperfunktionen einer Warp-Beschleunigung.«

»Dann sind für ihn seit... damals nur einige wenige Monate vergangen. In subjektiver Hinsicht, meine ich.«

»Er weiß nichts davon. Interessiert sich auch nicht dafür. Bedauern Sie es nun, ihn besucht zu haben?«

Kelly schüttelte den Kopf. »Aber ich bin froh, daß ich

erst jetzt eine entsprechende Entscheidung traf, nach dem Aufenthalt im Krankenhaus. Vorher wäre es nicht... gut gewesen, jemandem zu begegnen, der sich nicht an seine frühere Identität erinnert.«

Krenns Kommunikator summte. »Captain.«

»Captain Krenn, der Botschafter ist zum Beamen bereit.«

»Teilen Sie ihm mit, es käme zu einer kurzen Verzögerung.« Krenn wandte sich an Kelly. »Geben Sie Auloh Bescheid. Es wird Zeit, Zharn schlafen zu lassen.«

Krenn betätigte den Türmelder.

»Kommen Sie«, sagte Dr. Tagore.

Der Captain trat ein. Dr. Tagore saß in einer Ecke des Zimmers und las. Er klappte das Buch zu und legte es beiseite. »Hallo, Krenn.«

»Emanuel... Wie wäre es mit einer Partie?«

»Tut mir leid, Krenn... Aber derzeit steht mir nicht der Sinn nach einem Spiel.«

»Geht es Ihnen nicht gut? Oder... stelle ich die falsche Frage?«

Der Mensch lächelte. »Ich bin wohlauf. Und Ihre Frage ehrt mich. Nehmen Sie Platz, Krenn.«

Der Klingone setzte sich.

»Ich habe Ihnen doch von Admiral Yamamoto erzählt, oder?« fragte Dr. Tagore.

»Meinen Sie den Menschen, der gut *Pokher* spielte und an der einen Hand nur drei Finger hatte?«

»Ja. Wissen Sie, wie er starb?«

»Nein.«

»Der Admiral war in einem Flugzeug unterwegs, nur begleitet von einigen Adjutanten und einer kleinen Eskorte. Damals herrschte Krieg, und der Flug Yamamotos war geheim. Doch dem Feind gelang es, den Code zu entschlüsseln, und so erfuhr er von der Reise des Admirals. Er schickte ein Jagdgeschwader aus, und die Staffel schoß das Flugzeug ab.«

Krenn nickte.

Dr. Tagore musterte ihn. »Ich möchte betonen, daß die Menschen, die den Befehl dazu gaben, keinen Haß auf den Admiral verspürten. Nun, es gab einige, die ihn haßten…, die versuchten, ihn in Verruf zu bringen, indem sie behaupteten, er respektiere den Feind nicht, sähe nur *Kuve* in ihm. Letztendlich jedoch starb er wegen des Krieges, der bereits viele Millionen Opfer verlangt hatte. Und was bedeuten so viele Tote, wenn keiner von ihnen *Kuve* ist?«

»Starb er einen ehrenvollen Tod?« fragte Krenn.

»Mit der Waffe in der Hand.«

Krenn nickte. »Dann begegnen wir uns vielleicht. Und wenn ich ihn sehe, berichte ich ihm von der Hand Maktais, die ebenfalls nur drei Finger aufweist. Und von einer anderen, die nur zwei hatte.« Er wußte, was ihm Dr. Tagore mit jener Geschichte mitteilen wollte, und er fragte sich, ob der Botschafter ähnliche Worte an Admiral Shepherd gerichtet hatte.

»Diplomatie ist die Kunst des Möglichen«, fügte Dr. Tagore hinzu. »Sagte ich das bereits?«

»Ja.«

»Aber nicht die Kunst des Notwendigen. Und daraus folgt: *Warum* müssen so viele sterben, obgleich es Alternativen zum Tod gibt?« Dr. Tagore starrte an Krenn vorbei, und Tränen glänzten in seinen Augen.

Der klingonische Captain erwiderte so sanft wie möglich: »Sie erwähnten einmal, daß Sie seit vierundvierzig Lebensjahren… Oh, ich begreife jetzt, daß es sich dabei um einen Irrtum handelt… Die bei Ihnen gebräuchliche Zeitrechnung entspricht nicht der unsrigen. Es waren mehr als vierundvierzig Jahre.«

»Ich bin jetzt neunundsiebzig. In drei Monaten, zwei Tagen und sechs Stunden – bei solchen Dingen wird nicht die Sternzeit verwendet – sind es fünfzig Standardjahre her, seit ich zum letztenmal eine Waffe in der Hand hielt.«

»Damals waren Sie also ein Kämpfer«, sagte Krenn zufrieden. *Jetzt* verstand er…

»O nein«, widersprach der Botschafter. »Obgleich mich der Staat bewaffnete. Wissen Sie, ich erhielt den Schlüssel.«

»Den Schlüssel?«

»Ja. Ich schob ihn ins Schloß…« – Dr. Tagore vollführte eine entsprechende Geste – »…drehte ihn… Und damit fand das Leid meiner Frau ein Ende.«

Die Krankheit, dachte Krenn, die Schmerzen, so intensiv wie diejenigen, die von einem Schmerzstimulator bewirkt wurden. Er musterte Dr. Tagore: Der Mensch weinte jetzt, beugte sich vor, streckte die Hand aus und fügte einen imaginären Schlüssel in den Codescanner eines Lebenserhaltungssystems. Zum erstenmal sah Krenn ein kleines und hilfloses Wesen in ihm. Doch im Vergleich dazu fühlte er sich nicht stark, sondern elend.

»Sie müssen sie sehr geliebt haben, wenn Sie zu so etwas fähig waren«, erwiderte Krenn auf Föderations-Standard, denn es gab keine *Klingonaase*-Wörter, die sich für eine solche Formulierung eigneten.

»Glauben Sie? Aber ich beendete nicht etwa das Leben meiner Frau. Sie war schon seit langer Zeit tot, hatte kein Bewußtsein mehr, keine Seele… Ich sorgte nur dafür, daß ihr Körper nicht mehr litt.

Lange Zeit stand ich ihrer Agonie hilflos gegenüber«, erklärte Dr. Tagore. Er sprach zwar leise, doch seine Stimme klang wieder fest. »Ich hoffte, es gäbe eine Lösung, die sich mit meinen moralisch-ethischen Grundsätzen in Einklang bringen ließe… Es wäre im höchsten Maße egoistisch gewesen, sich so etwas wie eine Hölle vorzustellen. Aber daran glaube ich nicht, ebensowenig wie die Klingonen. Und welchen Sinn hat es für ein so grausames Universum, daß der Tod auch ein Beweis für Liebe sein kann?«

Er wischte sich die Tränen von den Wangen und

schniefte – ein geradezu absurd klingendes Geräusch. »Vielleicht verstehen Sie nicht, was ich meine...«

»Ich bin mir nicht sicher«, entgegnete Krenn. »Aber ich würde Ihnen gern eine Geschichte erzählen, in der es ebenfalls um Gefühle geht.«

»Ich höre.«

»Sie handelt von Kethas epetai-Khemara«, sagte Krenn. »Und einer Frau namens Rogaine.«

»Serkash II«, sagte Navigator Kepool. »Ein Lichttag außerhalb der Umstrittenen Zone.«

»Parkorbit, *Zan* Klimor«, erwiderte Krenn.

»Bestätigung«, meldete der Steuermann.

»*Zan* Kreg, Nachricht an die planetare Niederlassung: Vorbereitung auf den Empfang eines Botschafters der Föderation.«

Dr. Tagore kam aus dem Lift. »Wir haben den Warp-Flug recht früh unterbrochen, nicht wahr?« Erstaunt blickte er auf den Hauptschirm. »Was ist *das* denn?«

»Eine strategische Anzeige«, erläuterte Krenn.

Das Display zeigte eine große Karte, auf der die umstrittene Zone nicht mehr darstellte als einen kleinen Fleck. Ein vertikaler Balken mit zwei Querstrichen symbolisierte die *Spiegel*, und Serkash II war ein Kreis.

Drei blaue Kreuze glitten gerade durch die Zone, und der Computer blendete den Hinweis ein: GESCHÄTZTE POSITIONEN.

»Aber... wir haben die Neutrale Zone durchquert«, stellte Dr. Tagore fest. »Wir befinden uns im Raumsektor der Föderation.«

Krenn deutete auf die blauen Markierungen. »Wir haben es mit einem Angriffsgeschwader zu tun«, sagte er. »Die Staffel wird uns in etwa zwei Stunden erreichen. Ihr Auftrag besteht darin, die Kolonie auf dem Planeten zu vernichten. Sie umfaßt zwölf Millionen Föderationsbürger.«

»Woher wissen Sie von der Mission?«

»Die Klassifikationsunterlagen enthielten eine entsprechende Mitteilung«, erwiderte Krenn. »Genauer gesagt: die Sektion Zwei. Die Angaben wurden gelöscht, bevor ich die Daten Admiral Shepherd übergab.«

»Van Diemens Krieg«, murmelte Dr. Tagore. »Wie hat er *das hier* geplant?«

»Unsere Admiräle unterscheiden sich nicht sonderlich von den Ihren.«

»Nein, vermutlich nicht. Und es spielt auch keine Rolle, ob Starfleet eingreift oder nicht... Es würde nichts am Ergebnis ändern.«

»Ich bin sicher, es werden keine Schiffe Starfleets eintreffen – immerhin hat sich selbst unsere Eskorte zurückgezogen.« Krenn schaltete den Kommunikator der Kommandokonsole ein. »Sonderkommunikation: Was ist mit den Subraum-Interferenzen?«

»Alle Frequenzen sind blockiert, Captain«, erklang die Stimme Kellys.

»Wollen Sie sich zum Kampf stellen?« fragte Dr. Tagore.

»Ich beabsichtige, die drei Einheiten an der Durchführung ihres Auftrages zu hindern«, sagte Krenn. »Und zwar mit allen mir zur Verfügung stehenden Mitteln.«

Die auf der Brücke anwesenden Offiziere drehten sich fast gleichzeitig um und sahen Maktai an. Mak wandte sich langsam von der Sicherheitskonsole ab, streckte die Hand aus und deutete an Krenn vorbei auf den Hauptschirm. »Einige Admiräle haben sich gegen das Imperium verschworen, und sie opfern das Leben von Klingonen, so als sähen sie nichts weiter als *Kuve* in ihnen.« Seine Stimme war so kalt, daß Krenn unwillkürlich fröstelte. »Das Verhalten der Verantwortlichen kommt einer Meuterei gleich, ist sogar noch weniger ehrenhaft. Die Sicherheitsabteilung unterstützt den Captain.«

Die Offiziere jubelten nicht etwa, sondern seufzten erleichtert.

Krenn nickte. »Da die Möglichkeit besteht, daß die *Spiegel* von der Staffel angegriffen wird, muß ich Sie auf den Planeten beamen, Emanuel.«

»Ich...« begann Dr. Tagore.

»Sie sind der Botschafter. Solange Sie an Bord sind, darf ich die Blockierung der Geschütze nicht aufheben.«

»Ja... ich weiß. Doch ich wäre Ihnen sehr dankbar, wenn Sie mir vorher eine Bitte erfüllen könnten. Schalten Sie einen Subraum-Kommunikationskanal zur Erde – und halten Sie ihn eine Stunde lang offen. Diese Zeit müßte für einen Nachrichtenaustausch genügen.«

Krenn setzte sich mit Kelly in Verbindung und gab ihr eine knappe Anweisung. »Kanal offen«, meldete sie. »Welche Nachricht soll ich senden?«

»Wie lautet die Entscheidung der Konferenz in Hinsicht auf das Referendum Zweiundsiebzig?« sagte Dr. Tagore.

»Gesendet.«

Krenn sah den Botschafter an. »Referendum Zweiundsiebzig?«

»Dabei geht es um die Frage, ob die Föderationsbotschaft auf Klinzhai geschlossen und der Gesandte zurückbeordert werden soll.«

»Aber...« setzte Krenn an. »Wenn eine derartige Abstimmung bevorstand... Warum hat man dann keine Entscheidung getroffen, während Sie noch auf der Erde weilten?«

»Weil im irdischen Orbit ein klingonisches Raumschiff wartete«, erwiderte Dr. Tagore. »Ein Kreuzer, dessen Bordgeschütze aufgrund einer diplomatischen Vereinbarung versiegelt waren. Die Abstimmung über das Referendum Zweiundsiebzig konnte erst auf die Tagesordnung gesetzt werden, nachdem die *Spiegel* den Rückflug begonnen hatte.«

»*Kai* Babel-Konferenz, Bollwerk des Mutes«, sagte Maktai.

»Eine seltsame Bezeichnung«, kommentierte Dr. Tagore.

»Manchmal ist Mut relativ«, warf Krenn nachdenklich ein. »Wir zum Beispiel... Wir haben dem Frieden nicht getraut...«

»Vielleicht haben Sie beide recht«, sagte Dr. Tagore. »Nun, das könnte meine letzte offizielle Bemerkung als Diplomat gewesen sein.« Er trat auf den Lift zu. »Ich ziehe mich jetzt in meine Kabine zurück... Geben Sie mir Bescheid, wenn die Antwort eintrifft.«

Krenn machte sich zusammen mit Kelly und Maktai auf den Weg.

Dr. Tagore öffnete die Tür, und als er die drei Klingonen sah, verfinsterte sich sein Gesicht. »Lieber Himmel, ist es so schlimm? Bitte kommen Sie herein. Achten Sie nicht auf das Durcheinander.« Der Mensch war damit beschäftigt gewesen, seine Sachen zu packen: Kleidungsstücke lagen auf dem Bett, und auf dem Boden bildeten Bücher hohe Stapel. Einige der Koffer und Taschen waren bereits gefüllt und geschlossen.

»Die Konferenz hat entschieden, Sie zurückzurufen«, meinte Kelly. »Das Abstimmungsergebnis...«

»Nein, teilen Sie mir es nicht mit... noch nicht. Ich werde es früh genug erfahren. Ich möchte nur wissen: Sprach sich eine knappe Mehrheit dafür aus?«

»Sie war weder knapp noch überwältigend groß.«

Dr. Tagore seufzte. »Also ohne Paukenschlag. Nun, unter den gegebenen Umständen kann ich wohl kaum mit der Erlaubnis rechnen, nach Klinzhai zu fliegen. Vermutlich wird jemand anders den Auftrag erhalten, die Botschaft zu schließen.« Er wandte sich an Maktai. »Sagen Sie den Leuten, sie sollen vorsichtig sein, insbesondere in bezug auf den Codierungsapparat. Er verfügt über einen Selbstzerstörungsmechanismus.« Etwas leiser fügte er hinzu: »Habe ohnehin nicht viel von dem Ding gehalten...«

»Die Staffel erreicht uns in siebzig Minuten«, sagte Krenn. »Es ist bereits alles für Ihren Transport vorbereitet... Vermutlich wird man Sie mit Waffen im Anschlag in Empfang nehmen, aber ich bin sicher, Sie haben nichts zu befürchten.«

»Das stimmt vermutlich. Ich stelle für niemanden eine Gefahr dar.«

Auf Föderations-Standard fügte Krenn hinzu: »Es ist ungefährlicher, den Löwen in seiner Höhle zu stören, als den Weisen bei seinen Büchern. Für dich mögen Königreiche und ihre Heere ewig und mächtig sein, doch für andere sind es nur Spielzeuge, die man zur Seite schieben kann.«

Dr. Tagore drehte sich langsam um und ließ das Hemd sinken, nach dem er gegriffen hatte. »Sie verstehen jetzt also die Botschaften von Büchern«, sagte er fast tonlos.

»Das Zitat beschreibt auch eine klingonische Weisheit.«

Dr. Tagore legte das Hemd beiseite. »Ja, ich weiß. Sie sagten mir einmal...«

Ein jäher Krampf bildete sich in der Magengrube Krenns. Jene Worte waren nicht für Kelly und Mak bestimmt. Und doch: Er hatte sie so ausgesprochen, als habe er sich an das ganze Universum gewandt.

»... es gebe keine Gedankenadmiräle mehr.«

Krenn entspannte sich und nickte. »Wann sind Sie bereit, sich auf den Planeten beamen zu lassen?«

»Oh, die wichtigen Dinge sind schon gepackt«, erwiderte der Mensch und deutete auf die Kisten mit den Büchern. »Doch ich würde den Captain gern um Erlaubnis bitten, an Bord bleiben zu dürfen. Bis... bis das, was bald geschehen wird, vorüber ist.«

»Und wenn es zu einem Kampf kommt? Während eines Gefechts kann ich nicht die Schilde senken, um das

Transportersystem einzusetzen und Sie in Sicherheit zu bringen.« Das entsprach der Wahrheit: In Hinsicht auf die Deflektoren der *Spiegel* ließ sich die Durchdringungstechnik Antaans nicht anwenden. Und es würde sicher nicht lange dauern, bis auch die Föderationsspezialisten die Null-Lücken schlossen.

»Nun, ich bin kein Botschafter mehr, und deshalb können Sie auf diplomatische Rücksichten verzichten. Wenn es zu einem Kampf kommt, gebe ich mir alle Mühe, Sie nicht zu behindern. Außerdem werde ich versuchen, am Leben zu bleiben...

Unsere Schicksale sind bereits miteinander verknüpft, Krenn. Jetzt ist es zu spät, sie zu trennen.«

Krenn nickte langsam und sah Kelly an. »Die technische Abteilung soll auf der Brücke den Sessel eines Flaggcommanders installieren.«

»Dr. Tagore könnte an meiner Station Platz nehmen«, erwiderte Kelly. »Ich kontrolliere die Kommunikation von der anderen Kammer aus.«

»Wenn an Bord ein Feuer ausbräche, säßen Sie dort fest«, sagte Krenn scharf. Etwas sanfter fügte er hinzu: »Nein. Wir bleiben alle auf der Brücke. Emanuel hat vollkommen recht: Unsere Schicksale sind miteinander verbunden.«

Die *Spiegel* schwebte antriebslos im All, im Ortungsschatten eines Asteroiden, gehüllt in elektronisches Schweigen.

»Distanz zur feindlichen Staffel: zweitausend Kilometer«, meldete der Steuermann. »Entfernung verringert sich weiter.«

»Störung der Subraumkommunikation«, sagte Krenn.

»Alle Frequenzen blockiert, Captain.«

»Tausend Kilometer. Geschwader kommt weiterhin näher.«

»Taktisch.«

Auf dem Hauptschirm waren drei D4-Kreuzer in Formation zu sehen, und der Zoomeffekt zeigte alle Details.

»Fünfhundert Kilometer. Kommen näher.«

»Waffen?« fragte Krenn.

»Vorwärmphase beendet, Captain. Alle Systeme blau.«

»Einsatzbereitschaft. Aber warten Sie noch. Kommunikation: Schalten Sie auf meine Anweisung hin den Interferenzfokus ab und öffnen sie einen Komkanal zur Staffel.«

»Bestätigung.«

»Entfernung zum Geschwader nähert sich dem Wert null.«

Drei Raumschiffe glitten in einer Distanz von nur wenigen Metern über die *Spiegel* hinweg. Das taktische Display zeigte jede einzelne Schweißnaht in ihren Außenhüllen. Die Impulstriebwerke der Kreuzer glühten, und einige Sekunden später nahm die Entfernung wieder zu. Auf dem Hauptschirm blinkten drei Punkte. »Plasmakammern geladen«, meldete der Kanonier.

»Kommunikation: Einsatz.«

Sofort veränderte sich das Bild auf dem großen Schirm: Krenn sah eine Brücke und blickte in das Gesicht eines klingonischen Captains. Einige statische Störungen verzerrten die Darstellung, denn Kelly hatte nicht etwa eine Subraum-Verbindung hergestellt, sondern benutzte eine normale Funkfrequenz.

»Wie lautet die Bezeichnung Ihres Schiffes?« fragte der Captain. Er war jung, und Krenn glaubte, sich an ihn zu erinnern. »Hier spricht Kian von der *Wut*. Ich befehlige eine spezielle Kampfstaffel. Wenn Sie auf Beutezug sind, so schließen Sie sich uns an...«

»Hier spricht Krenn, Kommandant der *Spiegel*. Ich gratuliere zu Ihrer Beförderung, Captain Kian.«

Dr. Tagore runzelte verwirrt die Stirn. Maktai trat an

den Menschen heran und flüsterte ihm einige Worte zu. Daraufhin nickte der ehemalige Botschafter betrübt.

»Captain Krenn? Ich... ich wußte nicht, daß Sie sich in diesem Sektor befinden. Sind Sie nicht mit einer... diplomatischen Mission beauftragt?«

»Ich *war* es. Sie ist beendet.«

»Dann schließen Sie sich uns an«, erwiderte Kian aufgeregt. »Ruhm und Ehre erwarten uns...«

»Nein«, sagte Krenn. »Da irren Sie sich.« Er sah den Waffenoffizier der *Spiegel* an und knurrte einige Worte im Kampfcode.

Die Intervaller der *Spiegel* entluden sich, und die Blitze durchschlugen die rückwärtigen Schilde aller drei Schiffe.

»Das ist Meuterei!« entfuhr es Kian und bleckte die Zähne.

»Kelly, der Interferenzfokus«, sagte Krenn, und einen Sekundenbruchteil später brach das Bild auf dem Hauptschirm zusammen. »Steuermann.« Mit einer knappen Geste beschrieb er den Kurs, und die *Spiegel* reagierte, drehte ab und wandte den drei Kreuzern nach wie vor die Bugdeflektoren zu.

»Der Gegner erwidert das Feuer«, berichtete Antaan, der an den Konsolen der wissenschaftlichen Station saß. »Drei-acht, drei-fünf, drei-drei...« Er wirkt fast ebenso kühl wie Akhil, dachte Krenn. Die taktische Darstellung bildete sich gerade noch rechtzeitig, um ein blaues Leuchten zu zeigen. Unmittelbar darauf vibrierte die *Spiegel*.

»Zwei Strahlen verfehlten uns, einer traf ins Ziel«, sagte der Ingenieur.

»Schadensmeldungen.«

»Bestätigung.«

Die *Spiegel* feuerte erneut, und eine Zunge aus Intervallerenergie leckte über die Steuerbordschwinge des Kreuzers in der Mitte der gegnerischen Formation. Die getroffenen Stellen leuchteten in einem fahlen Gelb, aus dem ein grelles Weiß wurde, als die Triebwerkskammern zu brennen begannen. Doch die Warp-Zellen lösten sich nicht vom Rumpf. Klingonische Raumschiffe waren größer und stabiler als romulanische Kriegsschwalben.

Wieder blitzte es in den Geschützbuchten der anderen Kreuzer auf, und ein jäher Ruck erfaßte die *Spiegel*. »Ingenieur?«

»Treffer im Mannschaftsquartier. Auch im Maschinenraum kam es zu einigen Schäden.«

»Energie?«

»Niveau unverändert.«

»Halten Sie mich auf dem laufenden. Waffen: Zielerfassung Backbordseite. Feuer.«

Blaues Schimmern fraß sich in die andere Schwinge des bereits beschädigten Schiffes. »Maktai?«

»Captain?«

»Aktivieren Sie Sicherheitsoption Zwei. Programmieren Sie das System auf automatische Selbstzerstörung, wenn wir die Brücke verlieren.«

Maktai betätigte einige Tasten, nahm einen Schlüssel zur Hand und schob ihn langsam in einen Instrumentenschlitz. Dann führte er weitere Schaltungen durch. »Option aktiviert. Code des Sicherheitsoffiziers eingegeben.«

»Kelly?«

»Code des Stellvertreters eingegeben.«

Krenn tippte mehrmals auf einen Sensorpunkt der Kommandokonsole. »Code des Captains ebenfalls eingegeben. Option wirksam.« Ein dumpfes Summen erklang, und die grafischen Darstellungen auf den Kontrollschirmen veränderten sich.

Der Ingenieur stand auf. »Ich gehe besser nach achtern. Wenn weitere Kühlsysteme ausfallen, kommt es zu einer Überhitzung des Triebwerks.«

»In Ordnung«, sagte Krenn und wandte sich an den Steuermann. »*Zan* Klimor, diesen Kurs.« Er strich mit dem Zeigefinger über die Datentafel. »Kanonier, exakte Zielerfassung.«

Die *Spiegel* drehte erneut ab und glitt vertikal an einem der anderen D4-Kreuzer vorbei. »*Einsatz.*«

Strahlenblitze zuckten zwischen den beiden Raumschiffen hin und her, und die *Spiegel* erbebte. An Bord der gegnerischen Einheit explodierte das Brückendeck; glühende Stahlfragmente wirbelten dahin. »Treffer auf dem Flugdeck«, meldete Spezialist Antaan. »Dort erfolgte bereits eine Dekompression – keine Explosion.«

Dr. Tagore schluckte. »Und wenn die Systeme jenes Kreuzers ebenfalls auf Selbstzerstörung programmiert gewesen wären?«

»Dann sähen wir jetzt die Schwarze Flotte«, erwiderte Krenn ruhig. Menschen, dachte er, fürchten sich zu sehr vor dem Tod. Das ist eine ihrer Schwächen. »Und begegneten vielen alten Bekannten.« Er lächelte dünn. »*Zan* Kepool, reversibler Traktorstrahl auf den *Khex*, bevor die zweite Brücke das Kommando übernehmen kann.«

»Bestätigung, Captain«, antwortete der Navigator.

Unter dem Druck des gepolten Traktorstrahls trieb das beschädigte Schiff langsam den beiden anderen entgegen. Jene Einheiten feuerten erst daran vorbei, nahmen dann keine Rücksicht mehr und zerstörten den Kreuzer, um freies Schußfeld zu bekommen.

»*Kai kassai klingoni*«, sagte Krenn. »Kanonier, zwei Projektionen auf den am weitesten von uns entfernten Kreuzer. Feuer frei.«

Der Captain jenes Raumschiffes führte ein Ausweichmanöver durch, und die Intervallerentladungen der *Spiegel* glühten über die Unterseite hinweg. Irgend etwas glänzte auf, und es kam zu einer explosiven Dekompression: Gas kondensierte im kalten Vakuum. Frachtmodule drifteten durchs All, und einige von ihnen platzten funkenstiebend auseinander.

»Das sind Sprengkörper, Captain«, sagte der Kanonier. Im Innern des Schiffes flammte etwas, und der Kreuzer erbebte sichtlich.

»In der Tat«, bestätigte Maktai. »Sie beabsichtigten eine Bombardierung der planetaren Kolonie, hatten gar nicht vor, Trophäen zu erbeuten.«

»Was für ein Ruhm«, preßte Krenn verächtlich hervor. »Welche Ehre! Ich wies Kian ja darauf hin, daß er sich irrte.«

»Captain«, sagte Antaan, »die *Wut* senkt ihre Schilde.«

»Gibt Kian auf?« fragte Dr. Tagore.

Krenn drehte sich zu ihm um. »Das bezweifle ich.« Und er fügte hinzu: *»Schub!«*

Kians Kreuzer feuerte alle Geschütze gleichzeitig ab: Sechs blaue Intervallerstrahlen rasten der *Spiegel* entgegen. Die Helligkeitsfilter reagierten, und die Darstellung auf dem Hauptschirm verdunkelte sich.

Flammen knisterten durch die Brücke der *Spiegel,* und alle Lichter erloschen. Jemand fluchte auf *Klingonaase.* Krenn wußte nicht, um wen es sich handelte.

Dann summten die Konsolen wieder, und rote Warnlichter glommen. Krenn verspürte einen stechenden Schmerz im linken Bein und blickte nach unten. Einer der kleinen Bildschirme neben dem Kommandosessel war gesplittert, und scharfkantige Fragmente hatten ihm die Haut zerrissen. Der Captain sah sich um. Einige der Offiziere stöhnten und ächzten leise, doch niemand schien schwer verletzt zu sein. Kelly war ebenfalls leicht verwundet, aber da Dr. McCoy auf der Erde ihre genetische Struktur analysiert hatte, stellte eine Behandlung kein Problem mehr dar.

Krenn starrte auf den Hauptschirm und beobachtete die *Wut.* »Was ist mit ihren Schilden?«

»Sind noch immer gesenkt«, meldete Antaan. Blut tropfte aus einer Schnittwunde in seiner Hand. »Die Deflektionsprojektoren werden gerade wieder mit Energie beschickt...«

»Feuer auf die Kommandosektion!«

Die Finger des Kanoniers tanzten über die Kontrollen der Waffenkonsole, und er nahm sich nicht die Zeit zu einer elektronischen Zielerfassung. Intervallerstrahlen brannten über die stählernen Flanken der *Wut*, fraßen sich in das Innere des Schiffes und verwandelten Metall in Staub. An der einen Seite des Kreuzers bildeten sich mehrere rote Flecken.

Die *Wut* wehrte sich nicht.

Stille herrschte auf der Brücke der *Spiegel*, und nach einer Weile sagte Dr. Tagore: »Hätte dieses Schiff nicht vor einigen Minuten explodieren müssen?«

»Der Verifikationszyklus dauert fünfundvierzig Sekunden. Wir bekamen das System schon nach einunddreißig Sekunden wieder unter Kontrolle.«

»*Kai* Sicherheitscheck«, wandte sich Dr. Tagore an Maktai.

Mak lachte.

Kelly meldete sich. »Die *Wut* versucht, eine RF-Verbindung zu uns herzustellen.«

»Empfang«, sagte Krenn.

Die Brücke des gegnerischen Schiffes brannte. Captain Kian hockte zusammengekrümmt im Sessel seines Befehlsstandes: Es war nicht deutlich zu erkennen, welche Verletzungen er erlitten hatte.

Der Sicherheitsoffizier trat in den Erfassungsbereich der Übertragungskamera, stieß Kian zur Seite und nahm Platz.

»Krenn«, sagte der Commander. »Krenn sutai-Meuterer – erinnern Sie sich an mich?«

»Ja, Commander Merzhan. Ich erkenne Sie wieder.«

»Bevor Sie sich des Sieges rühmen«, sagte Merzhan, »möchte ich Ihnen noch eine Botschaft übermitteln. Sie stammt von General Margon zantai-Demma. Hören Sie mir zu?«

»Captain«, sagte der Navigator. »Der Ausleger der *Wut* löst sich vom Rumpf.«

Krenn wandte den Blick nicht vom großen Schirm ab, als er die Hand nach den Kontrollen der Kommandokonsole ausstreckte. »Ja, ich höre, Merzhan.«

»General Margon meinte, es käme einmal der Zeitpunkt, Ihnen diese Mitteilung zu machen, Kadett. Ich glaube, jetzt ist es soweit. Nun gut: Es gab keine Überlebenden der Linie Rustazh. *Keinen einzigen.* Es existierte nur ein linienloser Klingone mit einigen bestimmten Fähigkeiten, die zantai-Demma für geeignet hielt.

Verstehen Sie, *tokhe Human-straav'*? Begreift Ihre Besatzung, was das bedeutet? Ist das auch Ihrem *Kuveleta*-Freund klar?« Merzhan schrie die letzten Worte.

»Kommunikation«, sagte Krenn. »Alle Frequenzen blockieren. Waffen: Einsatz.«

Der Hauptschirm zeigte den Ausleger der *Wut*, der sich mit Hilfe des autarken Impulstriebwerkes vom Rumpf entfernte. Die *Spiegel* feuerte auf die Stelle, die Krenn zuvor bestimmt hatte. Der stählerne Balken zerbrach in zwei Teile, und aufgrund der plötzlichen Masseverringerung raste das immer noch aktive Triebwerksmodul an dem Kreuzer vorbei und verschwand in der ewigen Nacht.

»Ist er noch in der Lage, die Selbstzerstörung auszulösen?« fragte Dr. Tagore. »Zum Beispiel durch ein Codesignal?«

»Sehr aufmerksam von Ihnen, Emanuel«, erwiderte Krenn. »Nun, das wäre durchaus möglich. Aber da alle Funkfrequenzen gestört sind, müßte Kian einen Laser-Richtstrahl einsetzen. Und es wird bestimmt eine Weile dauern, bis er auf diese Idee kommt. *Zan* Klimor, dieser Kurs.«

Der Steuermann warf einen kurzen Blick auf den Bestätigungsschirm. »Einsatz«, sagte er, und seine Stimme klang dabei ein wenig brüchig.

»Ich war jünger als Sie, als ich jene Kontrollen bediente«, sagte der Captain. »Und ich habe nie gezögert, einen Befehl auszuführen.«

»Bestätigung, Captain.«

Die *Spiegel* drehte sich um die eigene Achse und wandte der *Wut* die obere Flanke zu. Die Unterseite deutete in Richtung des geplatzten Auslegers. Langsam schob sich der Kreuzer zwischen diese Reste des gegnerischen Schiffes.

»*Kai* Steuermann«, sagte Krenn.

»Ich orte einen Übertragungslaser«, meldete Kelly.

»Emanuel, wie lautet die bei Ihnen gebräuchliche Redewendung über Vorsicht?«

Dr. Tagore räusperte sich. »Vorsicht ist besser als Nachsicht.« Seine Stimme schien aus weiter Ferne zu kommen.

Krenn nickte. »Kanonier, Feuer frei.«

Die *Spiegel* verwandelte die Brücke der *Wut* in glühende Schlacke.

Die Offiziere Krenns jubelten, und der Captain hörte, wie Kelly leise das Lied ›Unbesiegt‹ sang. Er drehte sich um.

Dr. Tagore befand sich nicht mehr an seinem Platz.

Krenn stand auf und erinnerte sich dabei zu spät an sein verletztes Bein. Er hielt sich an der Sessellehne fest, um nicht zu fallen.

Dr. Tagore klappte seinen letzten Koffer zu. »Sie sind verletzt«, sagte er, als Krenn zu ihm ins Zimmer kam und deutlich hinkte.

»Es ist nicht weiter schlimm«, erwiderte der Captain. Auloh hatte die Splitter entfernt und einen Plastverband angelegt. »Und Sie?«

»Mir geht es soweit gut.«

»Hielten Sie den Kampf für unehrenhaft? Maktai hat Ihnen sicher gesagt, daß ich Captain Kian kannte. Ich wußte, er würde niemals freiwillig auf seine Trophäen verzichten. Er war voller *Klin*... Und sein Tod erfüllt mich nicht mit Freude.«

»Das verstehe ich«, erwiderte Dr. Tagore. »Ich bin erleichtert, daß die planetare Kolonie nicht in Gefahr geriet, daß Sie leben, ebenso wie die anderen Klingonen an Bord. Und ja, *ja*, ich war fasziniert von dem Kampf. Doch das beweist einmal mehr die Grausamkeit des Universums. Bitte verlangen Sie nicht von mir, daß ich ebenso juble wie Ihre Offiziere.« Er ließ sich auf einem seiner Koffer nieder, schwieg und schüttelte andeutungsweise den Kopf.

»Sie haben recht, Emanuel«, sagte Krenn. »Ich brachte Merzhan um, weil ich zornig war – es ging mir nicht in erster Linie darum, einen Krieg zu verhindern.«

»Einige der Bemerkungen Merzhans blieben ein Rätsel für mich«, brummte Dr. Tagore. »Aber wie dem auch sei: Ich glaube, der epetai-Khemara wäre stolz auf einen Schüler, der mit einem Schiff den Sieg über drei gegnerische Kreuzer errang.«

Krenn gab keine Antwort.

»Ich bin Bürger der Föderation«, fuhr Dr. Tagore nach einer Weile fort. »Nein, ich stehe nicht in ihrem Zentrum, eher am Rande, aber ich gehöre trotzdem dazu. Was man nicht von allen behaupten kann, die in unserer Einflußsphäre geboren wurden. Manche entscheiden sich für das Pionierkorps, und andere brechen auf, um nach Asteroiden zu suchen, die wertvolle Mineralien und Metalle enthalten. Einige von ihnen finden das dunkle Land des Wahnsinns, und man kann sie nicht zurückholen, da sie dort glücklicher sind als in der Welt der klaren Logik.

Krenn, wenn ein Klingone zur Welt kommt, der kein Klingone sein kann – wohin wendet er sich dann?«

Der Captain schaltete den Wandkommunikator ein. »Bitte lassen Sie das Gepäck Dr. Tagores in den Transporterraum bringen.« Er ließ die Taste los und lächelte. »*Pozhalasta prishl'yitit bagazh*. Dieser Satz in Ihrer Sprache war einer der ersten, den ich lernte. Und doch formuliere ich ihn jetzt zum erstenmal.«

Dr. Tagore lächelte ebenfalls und fragte auf *Klingo-*

naase: »›Wo befinden sich die geheimen militärischen Anlagen?‹ Ich hielt es nie für notwendig, diese Worte auszusprechen.«

Krenn lachte laut, griff nach dem Arm Dr. Tagores und geleitete ihn auf den Korridor. Der ehemalige Botschafter stimmte in sein Lachen ein.

Der Lift brachte sie aufs Deck des Maschinenraums. Dort waren die Besatzungsmitglieder damit beschäftigt, beschädigte Geräte zu reparieren, Trümmer beiseite zu räumen, Tote fortzubringen und Verletzte zu behandeln. Nur einige wenige Klingonen bemerkten den Captain und grüßten ihn. Krenn öffnete eine speziell gesicherte Tür und bedeutete Dr. Tagore, ihm zu folgen.

In der großen Kammer befanden sich drei zylindrische Blöcke aus Metall und Glas. Jeder von ihnen durchmaß hundert Zentimeter und war mehrere Meter lang, und sie schienen von innen heraus zu glühen. Im Zentrum der Zylinder bemerkte Dr. Tagore einige achteckige Kristalle, die in roten und goldfarbenen Tönen schimmerten.

»Carter Winstons Ring«, sagte der ehemalige Botschafter. »*Dilithium*.«

»Danach fragten Sie eben.« Krenn lachte erneut. »Die *Spiegel* erhielt einige neue Installationen, und in gewisser Weise ist dieses Schiff deshalb eine Art Übergangsmodell. Eigentlich wurde nur die Leistungsfähigkeit der üblichen Bordanlagen erhöht, und das bedeutet, wir bewegen uns ständig am Rande einer Systemüberlastung. Aber bald gibt es eine völlig neue Modellreihe, den D6-Kreuzer, der die ganze Kapazität des Dilithium-Fokus' ausschöpft. Und dann bewahrheiten sich die Prophezeiungen Admiral Shepherds.«

»Aber... Sie wußten also von Anfang an Bescheid...«

»Es gibt da ein Volk, das wir Pseudoherrscher nennen. An Bord aufgebrachter Raumschiffe fanden wir die Kristalle. Aber es handelte sich um *Kuve*, die nicht wissen, wozu man sie einsetzen kann, und deshalb erhoben wir Anspruch auf das Dilithium – was nur angemessen war.«

Dr. Tagore senkte den Kopf. »Und jetzt haben Sie den Bericht und wissen daher, daß die Föderation erst am Anfang der neuen technischen Entwicklung steht. Wie dumm ich doch gewesen bin, Krenn. Es gelingt mir noch immer nicht, wie ein Klingone zu denken.«

»Vielleicht schaffen Sie das nie«, erwiderte der Captain. »Glauben Sie etwa, das Konzil ginge davon aus, von der Föderation einen vollständigen Bericht erhalten zu haben? Die Räte werden die Unterlagen prüfen und annehmen, daß sie nicht über alles Auskunft geben, nur einen kleinen Teil der Wahrheit enthalten. Und in der Föderation wird man vermuten, wir hätten das Wissen gestohlen und seien somit auf dem gleichen Stand Dadurch wird ein Krieg verhindert – und das ist es doch, was Sie wollten. Die Sicherung des Friedens macht keineswegs einen Narren aus Ihnen.«

»Ich fasse es nicht«, ächzte der Mensch. »Ich kann es einfach nicht fassen.« Er griff sich mit der einen Hand an die Stirn und schwankte. Er wirkte schockiert.

»Fühlen Sie sich nicht gut?« fragte Krenn auf Föderations-Standard. »Es... es wäre mir gar nicht recht, wenn Sie jetzt stürben.« Er wußte, daß Menschen aufgrund eines Schocks ums Leben kommen konnten.

»Oh, es ist alles in Ordnung mit mir«, entgegnete Dr. Tagore. »Seit fünfzig Jahren bin ich nicht mehr so lebendig gewesen. Ich fühle mich wie... wie Lanzelot, der gerade das erhoffte Wunder erlebte.«

Sie betraten wieder die Liftkabine. In dem Korridor, der vom Aufzug zum Transporterraum führte, hatten sich die Offiziere der *Spiegel* versammelt und salutierten. In ihren Halftern steckten keine Waffen, und Krenn wußte, daß Maktai einen entsprechenden Befehl gegeben hatte. Dr. Tagore nickte den Klingonen zu, als er an ihnen vorbeiging. Krenn erwiderte ihren Gruß.

Maktai trat ihnen entgegen und führte sie durch die Tür.

Kelly wartete an der Justierungskonsole, und das Gepäck des ehemaligen Botschafters lag auf den Transporterscheiben bereit.

»Ich glaube, es war eine sehr ehrenvolle Mission«, sagte Dr. Tagore. »Wenn auch keine besonders ruhmvolle. Wissen Sie, Krenn... für uns beide gibt es keinen Platz in der Geschichte unserer Völker...«

»Es existieren verschiedene Arten von Ruhm«, erwiderte der Captain. »Und das, was vor den nackten Sternen geschieht...«

»...bleibt für immer Teil der kosmischen Erinnerung«, sagte der Mensch. »Ja, ich nehme an, das ist Anerkennung genug.«

Dr. Tagores Züge wirkten angespannt, und Krenn spürte einen dumpfen Schmerz in seinem Unterkiefer. »Emanuel...«

Kurz vor dem Transporterpodium blieb der Mensch stehen und drehte sich um.

»Ich möchte Ihnen noch etwas sagen. Ganz gleich, welches Schiff in der Weißen oder Schwarzen Flotte ich befehligen werde... an Bord wird es immer einen Platz für Sie geben, epetai-Tagore. Auch wenn Sie ihn nicht möchten.«

Dr. Tagores Stimme klang sehr fest und gar nicht alt, als er antwortete: »Und wenn ich höre, daß Sie aus dieser Welt in die andere gewechselt sind, Krenn, so werde ich ehrlich um Sie trauern – selbst wenn Sie das nicht wollen.«

Im Anschluß an diese Worte trat er auf die Transporterscheibe und hob die Hand so, daß die Innenfläche nach vorn zeigte. Krenn und Kelly salutierten und verharrten einige Sekunden lang in dieser Stellung. Dann sagte der Captain: »Energie.« Schalter klickten, und Dr. Tagore verschwand lautlos in einem goldfarbenen Schimmern.

Kelly beugte sich vor, um die Schieberegler in die Ausgangsposition zurückzuziehen.

»Warten Sie«, sagte Krenn.

»Captain?«

»Wenn ich Ihnen den Befehl gäbe, sowohl Ihre Sachen als auch die medizinischen Unterlagen zu holen und sich für eine... Fortsetzung der Behandlung auf den Planeten beamen zu lassen – wären Sie bereit, einer solchen Anweisung nachzukommen?«

»Würde die *Spiegel* anschließend den Flug fortsetzen?«

»Ich ließe Sie nicht im Stich. Sie müßten nur auf die Ankunft eines... anderen Schiffes warten.«

»Nur der Bordarzt kann einen solchen Befehl erteilen«, sagte Kelly. »Und was seinen Zuständigkeitsbereich angeht, braucht Auloh keine Anweisungen entgegenzunehmen.«

Krenn nickte. »Die Nachricht des Sicherheitsoffiziers der *Wut*...«

»Captain, Sie erklärten, die Linie sei ausgestorben, und das bedeutet, der Name war frei. Die Informationen Merzhans widersprechen dem nicht.« Kelly berührte die Transporterkontrollen. »Wenn ich den Befehl erhalte, mich auf den Planeten zu beamen, so werde ich gehorchen. Doch wenn die *Spiegel* irgendwann wiederkommt, so... so würde ich gern an Bord zurückkehren.«

»In Ordnung, Commander«, sagte Krenn. Er schaltete seinen Kommunikator ein. »Alle Stationen besetzen. Vorbereitung zum Start.«

Auf der Brücke herrschte ein recht hoher Luftdruck, und Krenn genoß die dunstige Wärme. Er atmete tief durch, lächelte und nickte dem Ingenieur zu: Seine Besatzung hatte durchaus einen solchen klimatischen Luxus verdient. Und außerdem waren die Energiereserven groß genug.

Der Captain nahm im Sessel des Befehlsstandes Platz und stellte fest, daß der gesplitterte Schirm neben der Kommandokonsole bereits durch ein neues Gerät ersetzt worden war. Der Hauptschirm zeigte die Wrackteile, die von der Streitmacht Kians übriggeblieben waren. Einige davon glühten noch immer. In der Ferne explodierte einer der Sprengkörper, die für eine Bombardierung der planetaren Kolonie vorgesehen gewesen waren.

Natürlich handelte es sich nicht um die Streitmacht Kians, sondern die Kodons. Und Margons. Und anderer Verschwörer. Die Sektion Zwei der Klassifikationsunterlagen hatte eindeutige Hinweise darauf enthalten. Krenn dachte an die Fraktion, der es fast gelungen war, den ersehnten Krieg vom Zaun zu brechen, gegen die Föderation, die ebenfalls Dilithium zu verwenden begann... an das Raumschiff des Kontaktamtes, das jene überaus wichtigen Informationen ins Imperium brachte – und fast zerstört worden wäre...

Er entsann sich auch an die Behauptung des Operationsmeisters, seine Loyalität gelte in erster Linie dem Imperium und nicht irgendwelchen Räten des Imperialen Konzils. Der Captain zweifelte nicht daran, daß diese Worte Meths ehrlich gemeint waren – obgleich die Daten in Sektion Zwei auch noch auf andere Dinge hindeuteten.

Die Fraktion, die den Tod des Gedankenadmirals Kethas angeordnet hatte, würde vermutlich während eines Imperialen Aufruhrs ums Leben kommen, wobei die Besatzungen ihrer eigenen Schiffe als Henker fungieren mochten.

Der letzte Zug des Reflektiven Spiels.

Krenn fragte sich, ob er eine ganz besondere Belohnung von Meth erwarten konnte: die Wahrheit über seine Abstammung. Eins stand fest: Sie hatten enorme Energie am Ereignishorizont freigesetzt. Oder stellte Meth den Personen, die er zu seinen Werkzeugen machte, niemals solche Informationen zur Verfügung? Die Daten der Genstruktur Kellys hat er geheimgehalten, fügte Krenn in Gedanken hinzu, und vielleicht hoffe ich ebenfalls vergeblich.

Er lächelte unwillkürlich. Vor drei Jahren hatte er damit begonnen, sich mit der Vergangenheit Kellys – und auch Zharns – zu befassen. Und fast durch Zufall war er dabei auf seine eigene gestoßen. Meth hatte recht: Wissen stellte Macht dar, und Geheimnisse waren Waffen.

Wie seltsam, dachte Krenn, daß mein Geheimnis, kein Rustazh zu sein, mich noch mehr zu einem Sohn Khemaras macht: Er gibt mir genau die Waffe in die Hand, mit der mich Kethas von Anfang an ausrüsten wollte.

Die Waffe der Geduld, gegen die sich Klingonen nicht wehren konnten.

»Ich erwarte Ihre Befehle, Captain«, sagte der Steuermann.

»Direkter Kurs nach Klinzhai, *Zan* Kepool«, wandte sich Krenn an den Navigator. »*Zan* Klimor: Warp vier bis wir die Umstrittene Zone hinter uns gebracht haben... dann Warp sechs.«

Krenn sah auf den Hauptschirm und betrachtete die Sterne. Wir sind noch immer in der Einflußsphäre der Föderation, fuhr es ihm durch den Sinn, aber es sind die gleichen Sterne. Wohin soll sich ein Klingone wenden, der kein Klingone sein kann? hatte Dr. Tagore gefragt. Die Antwort lag klar auf der Hand: zu den nackten Sternen.

Wenn wir uns jemals wiedersehen, überlegte Krenn, in diesem oder im nächsten Leben, so habe ich Emanuel einiges zu erzählen.

In einem Punkt hatte sich der Mensch geirrt. Dr. Tagore glaubte, Klingonen behielten Kummer und seelischen Schmerz für sich, teilten ihn mit niemanden. Und eine solche Annahme war natürlich falsch.

Stellt Rache nicnt die letzte Reflektion des Teilens dar? dachte Krenn friedlich.

Die Sterne schienen an der *Spiegel* vorbeizugleiten, und das Raumschiff verschwand in der Schwärze des Alls.

EPILOG

PERSÖNLICHES LOGBUCH DES CAPTAINS, STERNZEIT 8405.15

Ich bin... fasziniert, wie Spock sagen würde.

Und ich erinnere mich an die Worte, die Abraham Lincoln formuliert haben soll, als er der Autorin von *Onkel Toms Hütte* begegnete: »Sie sind also die kleine Frau, die diesen großen Krieg begann.« Ich denke auch an die vielen und nun nicht mehr löschbaren Logbucheinträge, in denen ich die Klingonen als ›grausame und heimtückische Mörder‹ bezeichnete. Solche Worte kamen mir recht leicht über die Lippen. Nun, unsere Erfahrungen mit den Klingonen sind nicht gerade sonderlich angenehm, aber ich glaube, in Zukunft werde ich in bezug auf meine Logbuch-Formulierungen vorsichtiger sein.

Ich weiß, daß die meisten Besatzungsmitglieder das Buch gelesen haben, entweder während des Freigangs in der Starbase oder später, hier an Bord: Die Schiffsbibliothek hat fast zweihundert Kopien hergestellt. (Spock nannte mir diese Zahl — und es war eine der sehr seltenen Gelegenheiten, bei der ich ihn zweimal fragen mußte, um eine Auskunft zu bekommen.)

Die Haarschnitte, die nicht den Vorschriften entsprachen, sind zwar verschwunden, aber die Reaktion der Besatzung auf die Schilderungen im Buch dauert an. Ich wäre ein armseliger Captain, wenn ich sie nicht bemerken würde.

Insbesondere fällt mir die Beendigung des verbalen Krieges zwischen Spock und Dr. McCoy auf. Ich vermute, dabei handelt es sich nur um eine Art vorübergehenden Waffenstillstand: Pille verzichtete darauf, Spock auf sein Erlebnis im Spielzimmer anzusprechen, wenn Spock die ›Windeln des Enkels‹ unerwähnt läßt.

Zwar fehlen mir die Worte, um es ihnen mitzuteilen, aber aufgrund dessen, was ich in dem Buch gelesen habe, hat meine Achtung sowohl Spock als auch Dr. McCoy gegenüber weiter zugenommen: Es freut mich, Einblick in einen Teil ihrer Vergangenheit bekommen zu haben.

Außerdem ist mir jetzt klarer als jemals zuvor, daß die Föderation nie perfekt war und es auch nie sein wird.

Die Handlung des Romans mag frei erfunden sein, wie Starfleet behauptet. Aber eigentlich würde ich das bedauern: Die Wahrheit ist immer wesentlich interessanter. Und ich spreche als jemand, der vor langer Zeit – vor vielen Jahren, in einer Stadt namens Chicago – in die fast unwiderstehliche Versuchung geriet, die Geschichte zu verändern.

Ich verspüre jetzt eine sonderbare Bitterkeit, und ich weiß nicht, ob das vom Autor beabsichtigt wurde. Vielleicht liegt es daran, daß ich *erlebt* habe, was selbst geringfügige Veränderungen bewirken können. Ich denke an die Klingonen, über die ich gerade gelesen habe und die inzwischen alle längst tot sind... daran, wieviel wir verloren, weil wir sie nicht direkt kennenlernen konnten.

Ende des Eintrags.

QUELLENVERZEICHNIS

M. S. Murdock
DAS NETZ DER ROMULANER/The Web of the Romulans

Aus dem Englischen von Hans Maeter
(Der Titel erschien bereits in der Reihe
»Heyne Science Fiction & Fantasy«
mit der Band-Nr. 06/4209 in der 8. Auflage.)

John M. Ford
DER LETZTE SCHACHZUG/The Final Reflection

Aus dem Englischen von Andreas Brandhorst
(Der Titel erschien bereits in der Reihe
»Heyne Science Fiction & Fantasy«
mit der Band-Nr. 06/4528 in der 4. Auflage.)